A FRAGRÂNCIA
DA FLOR
DO CAFÉ

Ana Veloso

A FRAGRÂNCIA DA FLOR DO CAFÉ

Tradução:
ZILDA H. S. SILVA

JANGADA

Título do original: *Der Duft der Kaffeeblüte*.

Copyright © 2006 Ana Veloso.
Copyright da edição brasileira © 2014 Editora Pensamento-Cultrix Ltda.

Texto de acordo com as novas regras ortográficas da língua portuguesa.

1ª edição 2014.

Todos os direitos reservados. Nenhuma parte desta obra pode ser reproduzida ou usada de qualquer forma ou por qualquer meio, eletrônico ou mecânico, inclusive fotocópias, gravações ou sistema de armazenamento em banco de dados, sem permissão por escrito, exceto nos casos de trechos curtos citados em resenhas críticas ou artigos de revistas.

A Editora Jangada não se responsabiliza por eventuais mudanças ocorridas nos endereços convencionais ou eletrônicos citados neste livro.

Esta é uma obra de ficção. Todos os personagens, organizações e acontecimentos retratados neste romance são produto da imaginação do autor e usados de modo fictício.

Editor: Adilson Silva Ramachandra
Editora de textos: Denise de C. Rocha Delela
Coordenação editorial: Roseli de S. Ferraz
Preparação de originais: Alessandra Miranda de Sá
Produção editorial: Indiara Faria Kayo
Editoração eletrônica: Join Bureau
Revisão: Nilza Agua e Vivian Miwa Matsushita

CIP-Brasil Catalogação na Publicação
Sindicato Nacional dos Editores de Livros, RJ

V555f

    Veloso, Ana
        A fragrância da flor do café / Ana Veloso ; tradução Zilda H. S. Silva. – 1. ed. – São Paulo : Jangada, 2014.
    536 p. : il. ; 23 cm.

    Tradução de: Der Duft der Kaffeeblüte
    ISBN 978-85-64850-66-8

    1. Ficção alemã. I. Título.

14-11668

CDD: 813
CDU: 821.112.2-3

Jangada é um selo editorial da Pensamento-Cultrix Ltda.

Direitos de tradução para o Brasil adquiridos com exclusividade pela
EDITORA PENSAMENTO-CULTRIX LTDA., que se reserva a
propriedade literária desta tradução.
Rua Dr. Mário Vicente, 368 – 04270-000 – São Paulo, SP
Fone: (11) 2066-9000 – Fax: (11) 2066-9008
http://www.editorajangada.com.br
E-mail: atendimento@editorajangada.com.br
Foi feito o depósito legal.

Sumário

Livro um – 1884-1886 7

Livro dois – 1886-1888 181

Livro três – 1889-1891 357

Livro um
1884-1886

I

O CAFÉ, PENSOU VITÓRIA DA SILVA, é a planta mais bela do mundo. Diante da janela aberta do seu quarto, ela contemplava os campos. As colinas da fazenda estendiam-se pelo horizonte e todas elas estavam cobertas pelas ondulantes fileiras de "ouro verde", que durante a noite tinha mudado de cor: os botões da flor tinham desabrochado logo depois das chuvas da semana anterior. Os arbustos estavam agora cobertos de delicadas flores brancas e, ao longe, a paisagem parecia ter sido polvilhada com uma fina camada de açúcar.

"Será que é assim quando neva?", perguntou-se Vitória, como em tantas outras vezes. Nunca tinha visto a neve. "Mas com certeza não tem um cheiro tão bom", pensou. Inspirou com força o ar carregado com o aroma das flores do café, tão parecido com o perfume do jasmim. Vitória tinha intenção de sair após o café da manhã para cortar alguns ramos, um hábito que ninguém na sua família compreendia. "Por que não põe algumas flores bonitas no vaso?", costumava perguntar-lhe o pai. Para ele, o café era apenas uma planta útil, não ornamental.

Mas Vitória não pensava da mesma maneira. Gostava das plantas como estavam nessa época, em meados de setembro, carregadas de flores e com seu delicado aroma impregnando toda a casa. Também gostava quando apareciam os primeiros frutos e brilhavam ainda verdes por baixo das flores brancas. Admirava-se quando ficavam maduros e pendiam brilhantes, vermelhos e pesados entre as folhas verdes. Mas o que mais a fascinava eram os ramos, cobertos com flores e frutos em diferentes graus de maturação e que pareciam refletir uma mistura de todas as estações do ano.

Existiria alguma outra planta tão mutante? Que fosse caprichosa como uma rosa e produtiva como nenhuma outra, cuja essência, o grão de café, tivesse ao mesmo tempo um aspecto tão modesto e um sabor tão magnífico?

Vitória lembrou-se de repente que estavam à espera dela para tomar o café da manhã. Fechou a janela. Gostava de poder continuar a se sentir inebriada pelo aroma e pela visão dos cafezais. Apesar de ainda ser muito cedo, o calor já se refletia na paisagem. A partir daquela hora, qualquer atividade seria um verdadeiro suplício. Quanto mais tempo Vitória deixasse a janela e as cortinas abertas, menos demoraria para o sol abrasador eliminar o frescor cuidadosamente preservado do quarto.

– Sinhá Vitória, venha logo! Estão à sua espera. – A criada apareceu de repente à porta, dando-se, como sempre, ares de importância.

Vitória sobressaltou-se.

– Miranda, por que você tem que andar sempre assim? Será que não pode se portar como uma pessoa civilizada? Tem de bater à porta e esperar que eu lhe responda antes de entrar; já lhe expliquei isso mil vezes!

Mas ela não podia esperar. Miranda estava ali a serviço havia pouco tempo; era um ser sem modos e sem instrução que o pai havia comprado do fazendeiro Sobral por compaixão, por baixo dos panos, claro, já que a importação de escravos estava proibida desde 1850 e o mercado interno era regulamentado com rigor. Havia mais de trinta anos que não se realizavam leilões públicos de africanos recém-chegados ao país. Quem precisasse de mais trabalhadores tinha de confiar na fertilidade dos escravos existentes ou recorrer ao mercado negro. E, quanto menos escravos novos chegavam, melhor tinham de ser tratados os que se possuía. Um fazendeiro, um latifundiário, antes de dar chibatadas num escravo rebelde, ponderava muito mais agora do que trinta anos antes. Ninguém podia se dar ao luxo de ter trabalhadores braçais doentes ou famintos. E muito menos o pai de Vitória, Eduardo da Silva, proprietário de uma das maiores fazendas do Vale do Paraíba, com mais de trezentos escravos. Tinha inimigos demais para se permitir infringir a lei ou atentar contra a moral dominante maltratando os negros. Além disso, era casado com uma mulher que levava muito a sério o amor cristão ao próximo. E ali estavam os dois à mesa, à espera da filha, que excepcionalmente havia se atrasado por se deixar levar por suas fantasias com as flores do café.

– Diga aos meus pais que eu já vou!

– Muito bem, sinhá Vitória. – Miranda fez uma desajeitada reverência, deu meia-volta e fechou a porta atrás de si.

"Meu Deus!", murmurou Vitória para si mesma; ajeitou a saia de brocado com uma expressão de desgosto, colocou sobre os ombros o penhoar de autêntica renda de Bruxelas e se olhou no espelho que havia sobre o toucador. Fez com destreza uma trança que lhe chegava quase até a cintura e prendeu-a num coque. Depois calçou chinelos e se dirigiu à sala de jantar.

Alma e Eduardo da Silva a receberam com um olhar de reprovação.

– Vitória, minha filha – dona Alma a cumprimentou com voz rouca. Vitória dirigiu-se a ela e lhe deu um beijo na testa.

– Mamãe, como se sente hoje?

– Como sempre, querida. Mas vamos rezar logo para que o seu pai possa começar a tomar o café. Apresse-se.

– Papai, desculpe...

– Shh! Depois.

Dona Alma já juntara as mãos e murmurava uma breve oração. Com olheiras, os dedos enrugados e o cabelo preso, salpicado de numerosos fios grisalhos, tinha a aparência de uma idosa. Mas Alma da Silva tinha apenas 42 anos, idade com a qual muitas outras damas da sociedade ainda iam aos bailes e reparavam no marido das amigas. E, por mais ridículo que fosse o comportamento delas, às vezes Vitória desejava que a mãe também fosse mais alegre e um pouco menos mártir.

– Amém! – Eduardo da Silva acabou com impaciência a oração assim que a mulher recitou o último verso.

– Bom, querida Vita, agora pode se desculpar, se é que era isso que pretendia fazer há pouco. – O pai mordeu com força a torrada, sobre a qual havia colocado uma boa fatia de queijo fresco e de goiabada. Mas tanto a mulher como a filha o desculpavam. Eduardo da Silva levantava-se todos os dias às quatro da manhã e trabalhava durante duas horas no escritório para, depois, ao amanhecer, se dedicar às suas outras tarefas como fazendeiro. Inspecionava os estábulos e as senzalas, percorria os campos a cavalo e verificava os cafezais, dava ao capataz as instruções diárias e ainda tinha sempre uma palavra amiga para o ferreiro ou a mulher que ordenhava o gado. Por volta das oito horas voltava para casa a fim de tomar o café da manhã com a mulher e a filha, um ritual sagrado para ele. Não era de admirar que àquela altura estivesse com muita fome e que prescindisse por vezes de bons modos à mesa.

Naquele momento limpava as migalhas da barba, que tinha o mesmo aspecto impressionante que a de um imperador.

– Papai, desculpe. Tinha me esquecido completamente de que hoje o senhor tem de ir a Vassouras. Mas não percebeu? O cafezal está em flor! É fabuloso!

– Sim, sim, parece que vai ser uma colheita realmente boa. Espero que o senhor Afonso não pense a mesma coisa hoje e desista da ideia.

– Com certeza não pensará. Nem mesmo uma colheita tão boa quanto esta poderá salvá-lo. Dessa vez ele cederá.

– Que Deus a ouça, Vita! Mas com o Afonso nunca se sabe. Está doido e é imprevisível. Pode me passar os brioches, por favor?

O cesto com bolos estava diante de dona Alma, que tentou se antecipar à filha. Mas aquele movimento obrigou-a a parar subitamente, com uma expressão de dor.

– Mamãe, não está se sentindo bem?

– As dores são horríveis. Mas não se preocupem comigo; vou mandar buscar o doutor Vieira. O remédio dele fez milagres na minha última crise. Pode dispor do Félix? – perguntou ao marido.

Félix era o faz-tudo na Fazenda Boavista. Tinha 14 anos, era alto e forte. Mas não podia trabalhar na colheita – era mudo, e no cafezal tinha de enfrentar a zombaria dos escravos com os próprios punhos.

Depois de algumas semanas nos campos, voltando para casa todas as tardes com ferimentos graves, o pai de Vitória decidiu que Félix ficaria na casa. Fazia falta alguém que levasse recados ou ajudasse nas tarefas. Sacos de arroz, peças de carne de porco, barris de vinho, havia sempre alguma coisa para carregar. Entretanto, o rapaz tinha aprendido a imitar os modos do amo, e já podiam lhe destinar tarefas menos rudes.

– E tinha de ser justamente hoje! – lamentou-se dona Alma. – Vocês têm tantas coisas para fazer.

Vitória olhou para a mãe sem compreender. *Tantas coisas?* Claro que ela tinha ainda muito a fazer. Desde que a mãe enfraquecera por causa da doença, Vitória havia se encarregado de administrar a casa. Mas o que estaria previsto para aquele dia que ia além das obrigações habituais?

– Ah, querida, não comentei? O Pedro chega esta tarde, e virá acompanhado de dois amigos. Um deles é sobrinho do imperador. Por isso, por favor, cuide para que não falte nada aos nossos ilustres convidados.

Vitória franziu as sobrancelhas. Será que a mãe havia anunciado a visita tão em cima da hora de propósito? Não, dona Alma podia estar debilitada e queixosa, mas continuava a ser uma mãe dedicada que nunca magoaria a filha de maneira deliberada. Além disso, nos últimos tempos, era frequente que Vitória fosse a última a saber quando acontecia alguma coisa fora do habitual, embora depois o trabalho recaísse sobre ela.

E com certeza não iria ser fácil cuidar daquela visita. *Ilustres convidados?* Ela tinha até vontade de rir! Conhecendo seu irmão Pedro, ele apareceria ali com um grupo de amigos escandalosos e mal-educados. Comeriam os deliciosos quitutes todos de uma vez, sem sequer uma palavra de elogio. Beberiam os caros vinhos de Borgonha como se fossem água, e, quando partissem, a sala ficaria cheirando a tabaco durante vários dias.

O melhor era preparar para aqueles rapazes, fosse qual fosse a origem deles, uma simples porção de carne-seca, que devorariam com mais apetite do que qualquer iguaria mais requintada. Vitória tinha certeza absoluta disso. Não importava a obrigação que tinha de tratar da família e dos convidados conforme sua posição social. De qualquer maneira, naquela tarde, a Boavista iria se transformar na maior fazenda das redondezas, se tudo corresse bem e se o senhor Afonso não mudasse de ideia na última hora.

Dessa vez parecia que o negócio seria fechado. Três anos antes, uma colheita espetacular salvara Afonso Santos da ruína na qual sua fazenda havia caído devido à sua paixão desmedida pelo jogo. Mas agora não podia ser salvo nem pela mais generosa colheita de café. Segundo se comentava, Afonso tinha perdido praticamente toda a fortuna num jogo disputado na capital. Se quisesse ao menos conservar a casa e garantir à família um mínimo de conforto, teria de se desfazer dos campos que faziam fronteira com a Boavista.

– Tenho de ir, Vita! Quando o Félix voltar, pode ir com ele à adega e explicar onde estão as coisas e o que ele tem de fazer com as garrafas. Acho que ele já pode assumir essa responsabilidade. E tragam o Lafite de 1874. Esta noite, com certeza, teremos um bom motivo para brindar.

Eduardo da Silva deu uma piscadela para a filha, despediu-se carinhosamente da mulher e saiu da sala com seu passo enérgico.

Durante alguns instantes, um desconfortável silêncio instalou-se à mesa, como acontecia habitualmente quando mãe e filha de repente ficavam a sós – algo que não era frequente, pois na Boavista normalmente havia um constante vaivém. O médico visitava com regularidade sua doente mais lucrativa; o sacerdote aparecia duas vezes por semana para se deleitar com o vinho do seu Eduardo; um ou outro vizinho entrava ocasionalmente na fazenda quando viajava a negócios para a capital, o Rio de Janeiro, ou para Vassouras, a cidade mais próxima; Lourenço, o decorador, e *mademoiselle* Madeleine, a chapeleira, vinham oferecer seus serviços com mais frequência do que o necessário; e, é claro, Pedro os visitava assiduamente. Portanto, sempre havia alguém por perto, e não era comum surgir aquele desconfortável silêncio entre mãe e filha.

– Mamãe – Vitória por fim disse à mãe –, desde quando a senhora sabe que Pedro vem nos visitar?

– Ai, querida, é imperdoável que eu não tenha dito nada antes! Quando recebi a carta, há uns três dias, tinha tanta coisa na cabeça que me esqueci completamente de avisar você.

– Está bem. Quantas pessoas vêm com ele?

– Provavelmente três. Cuide bem dessas visitas, um deles é João Henrique de Barros e, se não me engano, é assim que se chama o genro da prima da princesa Isabel.

– Mamãe, com todo o respeito por seu enorme conhecimento da árvore genealógica da família imperial, o que isso significa? Primeiro, João Henrique de Barros não é um nome tão comum assim. Segundo, mesmo que seja realmente o genro da prima de dona Isabel, esse homem pode ser um canastrão.

– Filha!

Já tinham mantido aquela mesma discussão em outras ocasiões e nunca chegavam a um acordo. Dona Alma estava convencida de que uma boa linhagem valia mais que qualquer virtude ou fortuna no mundo. Vitória não compreendia por que a mãe tinha se casado com Eduardo da Silva. Na época, o pai nada mais era que um homem do campo, embora tivesse demonstrado inteligência e visão suficientes para emigrar ao Brasil e ali se dedicar à plantação do café.

Seu trabalho árduo e a crescente demanda pelo "ouro verde" no mundo todo tinham transformado, em pouco tempo, Eduardo da Silva num homem rico; no entanto, fora um acaso que o levara a fazer parte da nobreza. Dom Pedro II tinha lhe outorgado o título de barão em agradecimento por ter salvado a vida de um membro pouco importante da família imperial quando este sofreu um acidente enquanto montava a cavalo. Assim, Eduardo da Silva, um imigrante português que graças ao trabalho havia se tornado o senhor da Boavista, converteu-se em barão de Itapuca. E dona Alma, a única filha de um falido nobre português, tinha se libertado enfim da infâmia de ter se casado com uma pessoa de classe inferior.

– Já escolheu o cardápio? – perguntou Vitória. – Acho que, se os cavalheiros são assim tão importantes, é bom impressioná-los, embora não seja fácil. Já não temos mais terrina trufada nem presunto italiano.

– Bom, você e Luíza vão pensar em alguma coisa – respondeu dona Alma, fugindo à pergunta. Luíza, a cozinheira, trabalhava desde sempre para a família, e a experiência lhe permitia manter a calma em qualquer circunstância.

– Acompanhe-me ao quarto, quero descansar um pouco.

"Como sempre!", pensou Vitória. Deu o braço à mãe e a acompanhou até as escadas. Sempre que as circunstâncias fugiam do habitual; sempre que era preciso ter mais imaginação e disposição para o trabalho, dona Alma sentia-se indisposta. Que injustiça! Ela, Vitória, tinha de assumir, aos 17 anos, a responsabilidade para que a casa funcionasse bem todos os dias, e como é que a mãe lhe agradecia? Com uma expressão de sofrimento que a impedia de fazer qualquer tipo de crítica.

Vitória decidiu que daquela vez não atenderia o desejo da mãe de acompanhá-la ao andar de cima. Tinha muitas tarefas pela frente e não poderia realizar aquele lento ritual. A mãe tinha de se apoiar em alguém até chegar ao quarto e, depois de estar sentada no seu cadeirão, pedir sua manta, o livro de orações, o bordado... Ou, coisa que Vitória gostaria de evitar a qualquer preço, iniciar uma conversa sobre a doença que, na sua opinião, Deus enviara à mãe para ensiná-la a ser humilde.

– Miranda! Venha cá e ajude dona Alma a ir para o quarto.

– Muito bem, sinhá Vitória.

A jovem, que aguardava à porta da sala de jantar até que a família saísse da mesa, aproximou-se correndo.

15

– Devagar, Miranda! Dentro de casa não se corre. É um local de sossego e bem-estar, e é assim que deve continuar a ser – disse Vitória, cravando o olhar na moça. – E, assim que dona Alma tiver tudo de que precisa, volte para cá. Quanto antes, mas sem correr, entendido?

– Sim, sinhá.

Dona Alma manteve-se em silêncio e lançou um olhar cético à filha. Parecia suspeitar de que aquela leve repreensão pretendia ser uma demonstração da sua capacidade como dona de casa. Suspirando em silêncio, agarrou-se ao braço de Miranda, levantou a saia de tafetá preta com a outra mão e subiu penosamente as escadas.

– Mamãe, bom descanso. Mais tarde irei vê-la – falou Vitória. Ela voltava a ter, de novo, a consciência pesada.

Aproximou-se da janela para admirar outra vez o branco esplendor que reluzia sob o sol da manhã. Que visão magnífica! Só por causa daquilo valia a pena viver tão longe da corte e ser considerada no Rio de Janeiro uma provinciana.

Apesar de todo o trabalho que a esperava, daria um rápido passeio pelos cafezais. Dois ou três ramos seriam mais que suficientes para enfeitar a mesa, as flores brancas combinariam à perfeição com as toalhas bordadas e a elegante porcelana de Limoges. Sim, e arrumaria os ramos na jarra de vidro veneziano de forma tão bela que todos julgariam se tratar de uma estranha variedade botânica extremamente cara. Mas primeiro teria de se dedicar às tarefas menos agradáveis. Deveria falar quanto antes com a cozinheira e rever com ela as provisões. Luíza tinha o controle da cozinha já havia muitos anos e saberia o que se poderia ou não fazer para o jantar.

Vitória fechou as cortinas da sala de jantar para evitar a entrada do ar quente. Não usariam aquele aposento até a hora do jantar. Os Silva raramente almoçavam juntos. Eduardo da Silva costumava ficar fora o dia inteiro e comia qualquer coisa numa taberna ou almoçava com os capatazes, que tinham instalado uma cozinha rudimentar perto dos campos. Alma da Silva tinha uma falta de apetite crônica e não fazia a refeição do meio-dia. E Vitória comia tanto no café da manhã que nunca sentia fome senão no fim da tarde, e, se sentisse, mandaria servir uma refeição leve ou uma fruta na varanda.

A caminho da cozinha, o olhar de Vitória deteve-se na cristaleira, em cujos vidros viu o próprio reflexo. Meu Deus, ainda estava de penhoar! Subiu rapidamente para o quarto, colocou um vestido leve e simples de algodão e calçou sapatos. Quando fazia muito calor, não punha o espartilho, e, enquanto estivesse apenas com a criadagem, ninguém se escandalizaria com o fato.

Fechou a porta com cuidado. Não queria que a mãe a chamasse. Do quarto, que ficava do outro lado do corredor, chegava um murmúrio abafado. Pelo visto, dona Alma havia retido Miranda mais que o necessário. Vitória quase sentia pena da criada, que muito provavelmente estaria suportando uma conversa interminável sobre as misérias deste mundo em geral e do horror daquele longínquo canto do mundo em particular. Embora o Brasil já fosse independente havia mais de sessenta anos, dona Alma continuava a considerar o país uma colônia portuguesa. Queixava-se continuamente das condições de vida desumanas, do clima úmido e quente demais, da população selvagem, que não tinha nenhuma educação moral. Qual poderia ser a explicação para aquela mistura de raças entre brancos, negros e índios, e para que houvesse até mesmo indivíduos com tipos de pele cuja cor era indefinível? E estava cada vez pior!

Vitória desceu as escadas na ponta dos pés. Quando chegou ao andar de baixo, chamou Miranda. Se fosse outro dia qualquer, teria deixado a mãe continuar a se lamentar, mas naquele dia todas as mãos seriam necessárias.

Miranda fechou a porta do quarto de dona Alma e desceu as escadas.

– Rápido, inútil! Chega de conversa. Quando tiver acabado de tirar a mesa, pode começar a polir a prataria, e tire bem o pó da sala toda. Mas sem quebrar nada!

Depois se encaminhou para a cozinha.

– Sinhazinha, que aparência a sua hoje, hein? – A cozinheira levantou os olhos do tacho onde preparava massa de pão e observou Vitória com um olhar de crítica. Por ser a única escrava na casa, era a única que tratava a filha da família por *sinhazinha*. Vitória gostava daquele diminutivo de sinhá, que era a variante simplificada dos negros para senhora ou senhorita. Como única escrava, Luíza tomava também a liberdade de exprimir abertamente sua opinião. Os outros escravos a adoravam como uma santa. Estavam convencidos de que Luíza tinha poderes mágicos. Por vezes até Vitória pensava isso, apesar de achar que as superstições e, sobretudo, os fetiches dos escravos não faziam sentido nenhum. Luíza era uma mulher conservada, de idade indefinida. Vitória calculava que teria uns 50 anos, mas as histórias que a escrava contava nos seus raros momentos de tagarelice faziam-na pensar que tinha muito mais. As razões de Luíza para ocultar sua idade eram um enigma. Talvez pensasse que assim aumentaria seu poder de fascinação? Ridículo. A cozinheira era magricela, idosa e tinha a pele muito escura; precisamente por isso, pensava Vitória, não tinha o direito de criticar a aparência de sua sinhazinha.

– O que tem a minha aparência, Luíza?

– Ah, filha, você parece uma menina da roça com estes sapatos horríveis e este vestido velho. E ainda por cima sem espartilho. Se o senhor Eduardo vir isso...

– Mas meu pai não me verá assim. Ponto final. E esta noite, quando chegarem os convidados, você nem vai me reconhecer.

– Quais convidados?

– O Pedro chega hoje com três amigos.

– Já não era sem tempo que aparecesse na própria casa – grunhiu Luíza. O tom de sua voz não enganou Vitória. Sabia que Luíza adorava Pedro e que ficava muito contente com a chegada do rapaz. – Quem sabe o que anda tramando dessa vez... O que será que fez esse menino querer voltar para casa no meio da semana? – Luíza voltou a afundar as mãos magras mas fortes na massa.

– Também me pergunto isso. Mas, como ele vem com amigos, alguns distintos cavalheiros, o motivo talvez seja agradável dessa vez. De todo modo, não podemos esquecer que papai também terá esta noite um motivo de comemoração.

A cozinheira fez um ar pensativo, mas continuou a sovar a massa com energia.

– Lombo de porco assado – disse Luíza de repente. Seu tom não admitia discussão. – O Pedro adora o meu lombo de porco assado. E os outros cavalheiros também vão gostar: jovens precisam se alimentar bem. Podemos fazer batatas para acompanhar, embora, na minha opinião, mandioca cozida combine melhor. Mas com certeza dona Alma não vai aprovar.

– Paciência! Mandioca é mesmo o mais adequado. – Vitória adorava as douradas rodelas assadas daquela raiz, crocantes por fora e farinhentas e doces por dentro. Mas o que mais gostava na mandioca era o fato de não ser um alimento europeu. A alta sociedade brasileira imitava em tudo o Velho Continente, sem nunca atingir o mesmo grau de requinte, e Vitória já estava cansada daquele hábito horrível.

Luíza arqueou uma das sobrancelhas.

– Filha, filha... – Ela parecia sempre adivinhar as ideias de Vitória. – Você só prefere mandioca porque dona Alma não gosta.

– Ora, você mesma não disse que mandioca combina melhor com o lombo de porco assado? E, como mamãe prefere não se intrometer nos preparativos, eu é que decido. Vamos comer mandioca.

Luíza não pôde disfarçar um sorriso. A jovem saíra ao pai, pelo menos no comportamento e na personalidade. Fisicamente era mais parecida com a mãe, com sua esbelta figura, a pele branca e o cabelo escuro e encaracolado. Mas, ao contrário de dona Alma, Vitória tinha olhos azuis. Emoldurados por longas sobrancelhas negras, os olhos de Vitória brilhavam com uma cor que fazia lembrar o céu numa luminosa manhã de junho, sem nuvens nem neblina. Era realmente bonita a sua sinhazinha, com aqueles incríveis olhos claros cujo único defeito era o fato de refletirem mais inteligência do que seria aconselhável para uma jovem.

– Por que está me encarando assim? – Luíza desviou o olhar e pareceu voltar a se concentrar na massa. – Bom, já estou vendo que hoje está num dos seus dias de silêncio. Por favor, excelência, guarde seus inexpressáveis pensamentos para si mesma. – Vitória dirigiu-se para a porta. Quando a alcançou, voltou-se para Luíza. – Se precisar de alguma coisa, vou estar no quarto da roupa de cama e banho.

A coisa seguinte a ser feita era supervisionar as roupas de cama e as toalhas. Tudo era lavado e engomado regularmente, mas devido ao calor tropical e à umidade do clima, às vezes formavam-se manchas de mofo tão depressa que nem sempre a roupa estava limpa e fresca como seria de esperar numa casa como a dela. Era muito provável que os amigos do irmão passassem a noite na Boavista, já que o hotel mais próximo ficava em Vassouras e não se podia obrigar um convidado a cavalgar durante duas horas à noite, sem mencionar as viagens de carruagem. Depois das chuvas, os caminhos ficavam cheios de lama e não era fácil circular por eles, sem contar os inúmeros perigos como aranhas venenosas ou ladrões. Além disso, a hospitalidade exigia oferecer aos cavalheiros um quarto para passarem a noite. E na casa havia espaço suficiente.

Com seis quartos e dois banheiros no andar superior, a casa acabava por ser grande demais para a família Silva. Quando o pai a construíra, a família tinha perspectivas que acabaram por não se concretizar. Dona Alma dera à luz sete filhos, mas três deles tinham morrido pouco depois do nascimento. Outro falecera aos 11 anos, vítima da cólera que atingiu o país em 1873, e o irmão mais velho sucumbira ao tétano após ter se ferido com um ferro oxidado. Restavam apenas ela e Pedro, e ele só voltava para casa esporadicamente.

Vitória tirou do armário a maior toalha de mesa que havia ali e a desdobrou. Cheirava suavemente a lavanda. Se seriam sete pessoas para jantar, teriam de usar a mesa grande. Achou que a toalha serviria. E os guardanapos com delicados bordados que faziam conjunto com a toalha? Vitória os inspecionou para ver se havia manchas, se estavam amarelados ou com buracos, mas não viu nada. Tanto melhor. Voltou a dobrar a toalha e os guardanapos com cuidado, deixou-os de lado e fechou as portas do velho armário de cerejeira que, tal como toda a roupa, fazia parte do enxoval da mãe.

Quando ia saindo do quarto, seu olhar pousou sobre o vestido de gala que estava pendurado num cabide junto à porta. Depois da festa na casa dos Gonzaga, tinham levado o vestido à costureira para que ela fizesse alguns reparos. Vitória havia dançado tanto que não só a bainha estava descosturada, como também os balões das mangas haviam se soltado. Graças a Deus só ela tinha notado – e a mãe, naturalmente –, já que os demais convidados também não haviam parado de dançar.

Que festa! Rogério, o seu mais fervoroso admirador, dançava com tanto entusiasmo que ela se sentia tonta. E, para dizer a verdade, o champanhe também tinha sido responsável pelo fato de Edmundo, aquele jovem tão aborrecido, tê-la abordado depois de cada dança. "Vita", dizia-lhe, chamando-a pelo apelido que apenas seus melhores amigos usavam, "Vita, você parece cansada. Beba outra taça, o champanhe vai lhe fazer bem." Se pensava que assim ela se sentaria e conversaria com ele, era ainda mais tolo do que aparentava. Quem iria querer conversar com Edmundo quando a orquestra vinda do Rio tocava valsas, polcas e mazurcas tão maravilhosas? Edmundo deveria tê-la convidado para dançar em vez de persegui-la com aqueles olhos de cachorro sem dono. Mas, se ele não gostava de dançar...

O belo vestido estava pendurado ali agora, parecendo novo, recém-lavado e recém-passado. A mulher encarregada do serviço devia tê-lo trazido havia pouquíssimo tempo. Vitória ficou aborrecida por não ter sido avisada. E se ela não tivesse visto o vestido? Uma roupa como aquela não podia ser deixada assim, pendurada num canto, sem mais nem menos. Pegou o cabide e observou a elegante peça. Que sonho de vestido! A seda azul-clara harmonizava-se perfeitamente com a cor de seus olhos e tornava ainda mais elegante a pele branca como a neve. As diminutas rosas brancas que decoravam a grande saia pareciam quase inocentes se comparadas com o generoso decote.

Vitória aproximou o vestido da cintura e olhou para baixo. Os rústicos sapatos que espreitavam sob o vestido a fizeram rir, mas não a impediram de dar alguns passos de valsa e rodopios. Sussurrou em voz baixa a melodia da valsa vienense com a qual havia deslizado pelo salão de baile e que, se Rogério não a tivesse segurado – talvez até com força demais –, a teria feito desmaiar.

Como aguentaria até a próxima festa? Faltavam ainda três intermináveis semanas! Mas pelo menos o casamento de Rubem Araújo e Isabel Souza prometia ser um grande acontecimento. Seriam mais de duzentos convidados, e os Souza não poupariam despesas, uma vez que estavam extremamente felizes por terem encontrado um bom partido para sua pálida filha. Enfim, outra oportunidade para se enfeitar! Embora, era evidente, Vitória não pudesse usar aquele vestido, uma vez que os convidados seriam os mesmos da festa dos Gonzaga. Que tal o vermelho-cereja? Era uma peça bem chamativa, mas muitíssimo elegante, e ficava muito bem com sua pele branca e os cabelos negros.

Os pensamentos de Vitória foram bruscamente interrompidos. Miranda entrou no quarto com passos apressados.

– Sinhá Vitória, tem uma visita. Não ousei deixá-lo entrar.

"Ai, Deus queira que não seja ninguém importante!", pensou. Miranda tinha instruções precisas para não deixar entrar em casa ninguém que não conhecesse, embora se pudesse tratar de alguém que a moça ainda não havia visto nos três meses de serviço que tinha na Boavista. O banqueiro Veloso, por exemplo, ou a viúva Almeida.

Mas na porta estava um homem que Vitória não conhecia. Tinha as botas cobertas de lama, e a roupa, que denunciava sua origem humilde, estava igualmente suja. Parecia ter cavalgado durante muito tempo. Havia tirado o chapéu de pele e a marca na testa revelava que estivera com ele durante muitas horas. Usava o cabelo comprido, preso na nuca, embora tivessem se soltado algumas mechas, que caíam sobre seu rosto dando-lhe um ar mal-encarado. Nos quadris usava um cinto no qual estava pendurado um enorme revólver.

Uma figura verdadeiramente surpreendente. Pela vestimenta, poderia se tratar de um agricultor gaúcho. Pelo cabelo preto-azulado e os olhos ligeiramente puxados, poderia ser caboclo – um mestiço de índio como os que naqueles dias perambulavam pela região à procura de trabalho. No entanto, sua atitude não era nem a de um simples agricultor nem a de um caboclo. Com a cabeça erguida, dirigiu a Vitória um olhar que era tudo, menos humilde, fazendo-a sentir um arrepio na espinha. Seria um bandoleiro? Quem andaria assim, em plena luz do dia, com um revólver? A respiração de Vitória tornou-se imperceptivelmente mais acelerada. Estava sozinha; não podia esperar ajuda nem da mãe prostrada na cama nem da desajeitada Miranda. Luíza estava na cozinha, nos fundos da casa, onde não perceberia nada se ocorresse um assalto, e Félix havia muito tempo devia ter partido para Vassouras.

– O senhor deve ter se enganado de porta. A entrada de serviço para os fornecedores é na parte de trás da casa, como em qualquer fazenda. E, se for para nos vender alguma coisa, não precisamos de nada.

Antes que o homem pudesse dizer uma palavra, Vitória fechou-lhe a porta na cara. No mesmo instante, arrependeu-se da reação exagerada. Realmente, agora havia dado para ver fantasmas! Um ladrão? Andava fantasiando demais. Por certo era um comerciante tentando lhe vender tesouras, ferramentas ou sementes para a nova colheita de milho. Através de uma das janelas laterais, observou a maneira elegante como montava o cavalo e o viu partir.

O cavalo parecia tão cansado quanto o dono, mas era de raça mais nobre que ele. "Curioso", pensou Vitória, "um animal tão esplêndido nas mãos de um sujeito como aquele." A grande quantidade de bolsos e sacos que o cavalo carregava fazia pensar que o homem era de fato um comerciante. Vitória refletiu que, se fosse assim, provavelmente sua reação tinha sido correta. Onde iriam parar se qualquer pessoa se atrevesse a bater na porta principal? Será que iriam querer também se sentar nos confortáveis sofás da entrada e que lhes servissem um café?

Na Boavista não se desprezava ninguém. Qualquer comerciante poderia oferecer sua mercadoria, qualquer indigente recebia um prato de sopa, qualquer soldado podia matar sua sede e a de seu cavalo. Mas todos tinham de bater na porta de serviço, onde seriam recebidos por Miranda, Félix ou qualquer outro escravo encarregado das tarefas da casa. Apenas os que pretendiam visitar a família Silva, por motivos particulares ou profissionais, podiam bater na porta principal.

Vitória sacudiu a cabeça num gesto negativo. Ainda um pouco desconcertada com o atrevimento do homem, entrou na sala de jantar. Miranda polia uma faca de prata; era a segunda que limpava, já que em cima da mesa brilhava apenas uma única faca, enquanto os talheres restantes formavam um desorganizado monte cinzento e opaco.

– Vá à porta dos fundos e veja o que quer de nós esse homem estranho. Seja o que for, mande-o embora. Parece-me que não tem boas intenções.

– Muito bem, sinhá. – Miranda deixou cair em cima da mesa a faca que estava limpando e saiu correndo.

Voltou logo depois.

– Não tinha ninguém lá, sinhá.

Que estranho! Bom, de qualquer forma, Vitória não ficaria remoendo o assunto por causa daquele homem.

Miranda estava diante da patroa, à espera de uma reação.

– O que está fazendo aí de boca aberta? Sente-se e continue a polir a prataria. E faça-me o favor de não estragar a bela mesa da avó de dona Alma.

Miranda sentou-se. Mergulhada em seus pensamentos, Vitória puxou também uma cadeira e se aproximou da mesa. Por uma fenda entre as cortinas entrava um único raio de sol, no qual flutuavam diminutas partículas de pó, que iluminava o tapete persa em frente ao aparador. O olhar perdido de Vitória elevou-se, detendo-se no quadro pendurado acima do móvel. Alma e Eduardo da Silva na sala da fazenda recém-construída, a Boavista, no ano de 1862. A mãe trajava um vestido cor-de-rosa com enfeites de crinolina, última moda na época; achava incrível que dona Alma tivesse sido tão bonita antes. E o pai dirigia-lhe um olhar firme, possivelmente de acordo com os gostos da época e do pintor. Eduardo tinha sido um homem muito atraente, e seu rosto refletia orgulho e inteligência em igual medida.

Um forte ruído arrancou Vitória de sua breve apatia. Miranda havia deixado cair uma faca e a olhava, angustiada.

Dessa vez, Vitória não a repreendeu. Já chegava por esse dia. Talvez mais tarde se portasse de acordo com o que esperavam dela. Sem dizer uma palavra, Vitória se pôs de pé e saiu da sala. Bastava de perder tempo! Não podia agir assim se quisesse fazer tudo o que tinha planejado. Um dos escravos estava gravemente doente. Quando Félix chegasse de Vassouras com o médico, iria com ele ver o jovem negro. Podia ser, como acontecia às vezes, que estivesse fingindo estar doente para não ter de trabalhar ou para ser isolado do restante dos escravos, o que lhe facilitaria a fuga. Além disso, Vitória tinha de investigar a queixa do capataz, que acusava o vigilante de roubar os alimentos que eram distribuídos aos escravos. Era uma acusação séria. Se Vitória descobrisse que havia algo de verdade naquela história, seu pai teria de intervir. No pior dos casos, seria necessário despedir seu Franco, coisa que não desagradaria muito a Vitória. Ele era insuportável. Depois teria de ver sua égua, fechada no estábulo por causa de uma ferida na pata e parecendo tão saudosa quanto ela dos passeios que faziam.

Após a sesta – à qual não renunciaria de forma nenhuma, pois a noite prometia ser longa –, teria de resolver algumas questões na sua mesa de trabalho. Tinha de analisar várias contas e listas de fornecimentos, uma tarefa que o pai havia lhe confiado ao descobrir sua formidável capacidade para cálculos. Além disso, tinha de encontrar tempo para ler o jornal, no qual acompanhava com bastante interesse a evolução do café, que recentemente havia começado a ser cotado na Bolsa do Rio de Janeiro.

Mas a primeira coisa a fazer, antes que o calor se tornasse insuportável, era ir até os campos de café. Vitória pôs um avental rústico e um velho chapéu de palha, pegou um cesto e uma faca, e partiu. Atravessou uma pequena horta de ervas aromáticas que mandou plantar perto da casa. Depois da cancela de madeira, desbotada e rachada pelo sol e pela chuva, seguiu por um estreito caminho que conduzia aos campos. O café ocupava praticamente toda a superfície cultivada, mas também havia trigo, milho, legumes e frutos. Era preciso alimentar quase trezentos escravos, além de cinquenta vacas, vinte cavalos, cem porcos e quase duzentas galinhas.

Após um rápido passeio, Vitória chegou ao primeiro campo de café. Algumas gotas de suor já apareciam sobre seu lábio superior. O sol brilhava implacável no céu sem nuvens, embora não devesse passar das dez da manhã. Não soprava nenhuma brisa. Ao longo do dia, calculou Vitória, o termômetro subiria até os 35 graus. E ainda nem estavam na primavera! Tinha de se apressar se não quisesse voltar para casa banhada em suor. Aproximou-se de um arbusto e cortou com cuidado um par de ramos particularmente bonitos. Fez o mesmo em outros três arbustos, até que encheu o cesto. Depois ajeitou o chapéu de palha e empreendeu o caminho de volta. Que refrescante seria agora um mergulho no Paraíba! Mas Vitória descartou de imediato aquela ideia. Hoje não podia passar o dia dentro da água, pensou ela. Além disso, depois das chuvas, o rio trazia muito mais água do que o normal e, embora costumasse serpentear preguiçoso pela paisagem, tinha se transformado numa corrente impetuosa e traiçoeira, na qual seria melhor não se banhar. Ainda assim, ao longe parecia inofensivo, cintilando ao sol e deslizando como uma fita de seda por entre as verdes colinas. Ficava a uns quinhentos metros do local onde ela estava. Conseguia ver o brilho da água. Vitória não tinha uma visão muito acurada, mas também ainda não se habituara aos óculos que o pai havia lhe trazido de uma viagem à França. Conhecia de memória as enormes árvores à beira do rio e o caminho de areia que conduzia a Vassouras, por isso não precisava de ajuda. Mas alguma coisa alterava a perspectiva habitual. Será que alguma vaca havia fugido? Vitória focou o olhar e concentrou-se na mancha escura. Estava se mexendo. Um cavalo? Seria o homem que tinha batido à sua porta? Vitória levantou a saia e correu em direção à casa. Quando chegou à cancela da pequena horta, voltou-se para olhar. A mancha tinha desaparecido.

II

PARA OS COMISSIONISTAS, OS INTERMEDIÁRIOS DO CAFÉ, setembro era uma época em que não havia muito trabalho. As grandes entregas das fazendas ao sul do Rio de Janeiro não chegariam senão em alguns meses. Na realidade, os cafezais podiam dar fruto o ano inteiro, mas era no outono que mais produziam. Por isso, a colheita principal realizava-se habitualmente em maio, que era também o mês mais seco na região. Se o café não fosse colhido e chovesse, apesar das esperanças e previsões, podia-se perder a colheita inteira.

Os frutos recém-apanhados estendiam-se em longas fileiras nos pátios das fazendas para que secassem, e os escravos viravam-nos regularmente com ancinhos, de modo que todos recebessem os raios de sol. Essa fase da colheita do café era a mais delicada. Se os frutos secassem demais, os grãos de café do interior perdiam o aroma. Se não recebessem sol suficiente ou se a chuva molhasse as cuidadosamente arranjadas fileiras de frutos quase secos, os grãos apodreciam por dentro.

Mas também, depois da secagem, quando se retirava a polpa dos frutos e a casca avermelhada, e se tiravam de lá os dois grãos que cada um continha, podiam ser provocados danos irreversíveis. Um só "grão maldito" podia deixar todo um saco de café inutilizado. Por isso, a seleção dos grãos era realizada exclusivamente pelos escravos com experiência para detectar os grãos em mau estado. Tratava-se, em geral, de frutos que tinham amadurecido demais, estavam enrugados e tinham uma cor escura.

Pedro da Silva conhecia perfeitamente todo esse processo e era capaz de avaliar a qualidade de uma remessa de café com um simples olhar. Para o comissionista Fernando Ferreira, foi uma sorte ter conhecido Pedro. A princípio, a proposta de Eduardo da Silva para que aceitasse seu filho Pedro como aprendiz pareceu-lhe uma piada de mau gosto. O que ele faria com o filho mimado de um rico fazendeiro? Os seus modos delicados e a sua elegante vestimenta apenas despertariam a inveja dos outros empregados. Além disso, até que ponto um jovem já com 23 anos de idade estaria disposto a aprender? Mas as objeções do comissionista desvaneceram-se quando Eduardo da Silva concordou que o filho recebesse o salário habitual e não fosse objeto de nenhum tratamento especial. Quando Pedro da Silva ocupou seu posto de trabalho sob o olhar desconfiado de Fernando Ferreira e dos seus cinco empregados, sabia que no decorrer de uma semana já teria conquistado a simpatia de todos eles. Era inteligente, trabalhador, discreto, e não se portava como o restante dos filhos de fazendeiros ricos. Era sempre amável e nunca perdia a serenidade ou a alegria com o sufocante calor, que nos meses de verão transformava o escritório num inferno e irritava todos eles. Para Pedro da Silva, trabalhar com Fernando Ferreira seria uma ótima oportunidade para escapar à asfixiante rotina da província. Rio de Janeiro! Aceitaria qualquer trabalho, desde que pudesse viver numa metrópole com todo tipo de atrações. E o que poderia fazer? Para medicina não tinha nenhum talento e, ao fim de um semestre, já havia abandonado os estudos. Havia achado a área de direito muito teórica depois de dois semestres. Não conseguia ficar debruçado sobre os livros o dia todo. Sendo assim, decidiu-se pelo que conhecia melhor graças à educação de Eduardo da Silva: o café.

Se Pedro pensou alguma vez que poderia fugir do seu destino como sucessor do pai, suas esperanças desvaneceram-se naquele momento. A aprendizagem com Ferreira, que deveria culminar com um ano de formação junto a um grande exportador, não lhe desagradava tanto como temera a princípio. A inspeção das entregas e a negociação com fazendeiros e exportadores eram coisas para as quais tinha jeito. Além disso, de todos os colaboradores de Ferreira, Pedro era o mais habilidoso para recrutar trabalhadores que descarregassem as carroças. Apenas uma minoria dos negros livres contratados como descarregadores em qualquer lugar era realmente talhada para esse trabalho, e Pedro tinha muitos anos de experiência com os escravos da Boavista. Homens velhos, fracos ou mutilados não serviam. Um saco que deixassem cair no chão poderia arrebentar ou ir parar numa poça de água suja.

Os escritórios ficavam na rua do Rosário, uma via ocupada quase exclusivamente por comissionistas. O prédio era da época colonial e decorado com azulejos de desenhos azuis e brancos. Na janela estava escrito "Fernando Ferreira & Cia." em elegantes letras douradas com contorno em preto. O aroma de café recém-torrado invadia a rua durante o ano todo, já que os exportadores gostavam que lhes preparassem um café para poder avaliar corretamente a qualidade da mercadoria. Foi Pedro quem propôs que se moesse, torrasse e preparasse o café para os clientes mais importantes; afinal de contas, o sabor do café dependia do bom desenvolvimento de cada uma das etapas do processo. Foi ele também quem substituiu as velhas xícaras onde Ferreira servia o café aos exportadores por delicadas xícaras de porcelana com borda dourada. De início, essa medida contou com a desaprovação de Ferreira, que via assim confirmados os seus preconceitos em relação ao extravagante modo de vida do barão. Mas, no fim, o êxito veio dar razão a Pedro: o café ficava melhor nas elegantes xícaras, e aquela requintada forma de apresentação contribuía para conseguirem um preço melhor.

A aparência de Pedro também exercia influência. Seus grandes olhos castanhos faziam-no parecer mais inocente do que era na realidade. Com ele, os clientes não se sentiam pressionados nem enganados, como acontecia com outros comissionistas. Pelo contrário: depois de assinarem um contrato com Pedro, todos ficavam convencidos de que tinham feito um excelente negócio. A suave voz de Pedro, sua amabilidade e o jeito aparentemente ingênuo faziam quase todos esquecerem que o jovem Silva era um perspicaz negociante.

Fernando Ferreira reconheceu de imediato esse talento do seu empregado. Após dez meses de trabalho árduo, Pedro havia convencido o chefe, ao contrário do que nele era habitual, a lhe conceder pequenas férias. A pessoas como Pedro da Silva, pensava Ferreira, não fazia mal fazer concessões. Afinal de contas, o comportamento do jovem não deixava transparecer que se sentisse diferente em relação aos outros, embora isso também não fizesse Ferreira se esquecer de que ele era o único filho varão de Eduardo da Silva. Um dia, Pedro seria o senhor da Boavista.

Pedro estava contente por ter alguns dias livres. Convidou uns amigos para irem com ele até Boavista e depois viajariam à província de São Paulo, para visitar a família do seu amigo Aaron Nogueira. Aaron era um antigo colega de estudos que, ao contrário de Pedro, revelava uma capacidade excepcional para a jurisprudência e tinha superado com sucesso os exames. Por ser judeu, Aaron não era propriamente o tipo de amizade que dona Alma queria para o filho no Rio, mas Pedro não podia ter encontrado um amigo mais inteligente e com mais senso de humor do que Aaron. João Henrique de Barros, pelo contrário, agradaria muito à mãe. Na carta ele mencionou expressamente o nome do amigo, também ele antigo colega de estudos, e tinha a certeza de que dona Alma saberia de quem se tratava. Isso atenuaria um pouco a situação, uma vez que o terceiro convidado não agradaria nem à mãe nem ao pai: León Castro era um jornalista conhecido fora do Rio por sua veemente defesa da abolição da escravatura. Pedro e Aaron haviam conhecido o homem um pouco mais velho do que eles numa reunião em São Cristóvão, e o admiravam pelas suas ideias vanguardistas, pela destreza de sua retórica e pela absoluta falta de respeito perante qualquer autoridade. León era para eles um herói, embora nem todos compartilhassem de suas ideias.

Pedro estava muito surpreso pelo fato de León ter aceitado o convite para viajar com ele até a Boavista. Tudo aconteceu por acaso durante um entusiasmado debate sobre as condições de vida dos escravos: "Pelo visto você nunca esteve numa fazenda onde vivem negros bem alimentados e satisfeitos. Falo sério, León: venha conosco à Boavista; vai mudar de opinião. Nossos escravos vivem muito melhor do que todos esses homens livres que arrastam sua existência miserável pelas ruas do Rio".

Pedro sentia agora um certo receio. A mãe o recriminava dizendo que era um liberal incorrigível e, se ainda por cima se fazia acompanhar de um judeu e de um abolicionista, provavelmente o chamaria de anarquista e convenceria o pai a trazê-lo de volta à Boavista. Que ideia pavorosa! Pedro odiava a vida entediante da província, embora tivesse saudades da família, da fazenda, dos passeios a cavalo em meio à natureza, do banhos no Paraíba e da vida ao ar livre. Mas o que era isso comparado com a excitante, ruidosa, turbulenta e selvagem vida na cidade? No Vale do Paraíba, a sociedade estava estritamente dividida em duas classes: fazendeiros e escravos. Só nas pequenas cidades do distrito, em Valença, Vassouras ou Conservatória, havia cidadãos normais cujas profissões, essas sim, destinavam-se a atender às necessidades dos fazendeiros. Havia professores, músicos, médicos, lojistas, artesãos, alfaiates, advogados, banqueiros, farmacêuticos, livreiros e, é claro, soldados e pessoas a serviço do imperador. A vida passava tranquila, sem grandes sobressaltos. Era marcada pelas festas católicas e pelas estações do ano e, à semelhança destas, repetia-se com desmotivadora regularidade. Tudo era tão previsível! Em abril, a festa na casa dos Teixeira; em maio, a colheita; em outubro, o funeral do avô, a quem não chegara a conhecer; em janeiro, a viagem em busca de temperaturas mais frescas nas montanhas de Petrópolis.

O Rio, pelo contrário, fervilhava ardentemente. Nunca se sabia o que iria acontecer no dia seguinte. A qualquer momento era possível encontrar pessoas capazes de narrar aventuras fascinantes. Quase todos os dias chegava um barco da América do Norte ou da Europa repleto não só de marinheiros esgotados, mas também de jogadores, prostitutas e valiosas mercadorias. No Rio havia missionários dispostos a se aventurar nas selvas do Norte, aristocratas ingleses que tentavam se esconder dos credores no Novo Mundo, intelectuais franceses que viam ali um bom terreno para suas ideias progressistas. Cada vez chegavam mais barcos repletos de tristes figuras, judeus russos que fugiam do pogrome e agricultores alemães e italianos que, com suas grandes famílias e a enorme coragem dos desesperados, procuravam começar uma vida nova nas terras pouco habitadas do Sul do país.

Embora Pedro sentisse pena dos estrangeiros, havia qualquer coisa neles que lhe provocava certa inveja: seu primeiro olhar sobre o Rio de Janeiro. O cenário, que não podia ser mais espectacular, já havia sido descrito com palavras eufóricas por viajantes de tempos anteriores. As inúmeras enseadas, salpicadas de praias brancas, desenhavam curvas sinuosas. Seus extremos pareciam tocar-se no horizonte, de forma que à primeira vista davam o aspecto de um intrínseco labirinto, um delta gigante com centenas de ilhas. De fato, quando os portugueses, na expedição comandada por Gaspar de Lemos, chegaram à baía quase circular de Guanabara, pensaram que se tratava da desembocadura de um rio e, como isso aconteceu em 1º de janeiro de 1502, deram ao lugar onde desembarcaram o nome de "Rio de Janeiro".

Os penhascos de granito, com seus caprichosos contornos, elevando-se poderosos do mar, estavam rodeados por espessas florestas cujo extraordinário verdor se estendia entre a costa e as montanhas. Uma paisagem de tal forma incomparável que fazia esquecer a dificuldade da viagem. Mas, assim que se conhecia o Rio de perto, perdia-se a visão da grandiosidade da paisagem, que dava lugar a outras impressões. O barulho, o calor sufocante, os mosquitos, o lixo, a confusão e as pessoas nas ruas impediam uma visão clara das montanhas ou do mar.

Pedro estava feliz por fugir durante algum tempo daquele labirinto em que mal se orientava. Estava na estação, à espera dos amigos que chegariam a qualquer momento. Observava, fascinado, a agitação à sua volta. Os vagões do trem que fazia a ligação entre Rio e Vassouras diariamente estavam sendo carregados com artigos de luxo de que os fazendeiros e suas famílias precisavam. Eram, sobretudo, produtos importados: cosméticos, perfumes, batons, porcelanas, vidros, móveis, livros e revistas, rendas, penas para chapéus, instrumentos musicais, vinhos, licores. Mas também se carregavam enormes quantidades de farinha de trigo, uma vez que no Brasil, onde não se cultivava o trigo, o pão branco era uma autêntica iguaria.

– Ah, você está aqui! Estou há mais de meia hora à sua procura. Mas nesta confusão infernal não há quem se oriente. – Aaron Nogueira, banhado em suor, aproximou-se do amigo. – Esta estação é um horror. Os estivadores não olham por onde andam; que falta de respeito! E não se consegue encontrar um menino que seja para transportar as malas. – Esgotado, Aaron largou a bagagem no chão. Olhou aborrecido para um rasgo na manga do casaco. Seus cachos ruivos estavam despenteados.

Pedro não teve alternativa a não ser sorrir.

– Você parece um louco!

– Sim. Tome cuidado que estou prestes a perder o juízo!

Naquele momento chegou João Henrique de Barros, com uma aparência impecável e um ar arrogante. Aaron ficou admirado.

– Como consegue andar no meio desta gente sem que isso o afete?

João Henrique lhe lançou um olhar expressivo.

– Com a atitude certa, meu amigo.

Pedro olhou para o relógio de bolso e fez um sinal para que se pusessem a caminho.

Pouco depois de os jovens terem encontrado sua cabine e de se instalarem, a locomotiva a vapor lançou um apito estridente. Aaron, que estava na janela observando extasiado, e a uma distância segura, o colorido rebuliço da estação, perdeu o equilíbrio e quase caiu. João Henrique olhou para ele pelo canto do olho com uma expressão de censura, enquanto Pedro desatava a rir.

Quando o trem deixou a cidade para trás, João Henrique tirou da sua valise de couro uma garrafa de conhaque e dois copos.

– Vamos passar por isto da melhor maneira possível. Combinado?

– Por favor, João Henrique, não acha cedo demais para começar a beber?

– Aaron, não seja desmancha-prazeres. – João Henrique encheu os dois copos, ofereceu um a Pedro e ergueu o outro. – À saúde do nosso querido Aaron!

Pedro pensou consigo que Aaron tinha razão: era cedo demais para beber. Mas assumiu o papel de *bon vivant* que não rejeita nenhum prazer e se entrega sem remorsos ao ócio. E, além disso: eram jovens, não eram?

– À Boavista! – exclamou Pedro. Não tinha intenção de reforçar a indireta de João Henrique.

– À Boavista! – Aaron brindou com um cantil que retirou de sua velha maleta.

João Henrique arqueou a sobrancelha com fingida aprovação.

– Seu rabino ficaria orgulhoso de você.

– Ficaria mesmo. Ao contrário do seu confessor, que fica doente assim que você se aproxima do confessionário.

– Por acaso acha que vou deleitar o velho padre Matias com um relato pormenorizado dos meus excessos? Não, ainda vai ter de esperar muito...

– João Henrique, Aaron, podem deixar essas discussões para outra ocasião? Estou cansado disso. Nem sei como pude pensar em convidar os dois ao mesmo tempo.

De fato, no Rio, Pedro evitava se encontrar muitas vezes com os dois juntos. Estavam sempre discutindo, e a menor coisa servia de pretexto para trocarem frases mordazes. Uma vez discutiram com tamanha empolgação sobre um livro, que quase chegaram a brigar de verdade. Pedro os expulsou de sua casa. Se queriam se bater, teria de ser em outro local. Na sua casa, ou melhor, na residência do pai que ele ocupava durante a estadia no Rio, teriam de se comportar devidamente.

Mas por vezes não conseguia evitar que os dois se encontrassem. Eram seus dois melhores amigos. Cada um tinha qualidades que Pedro valorizava. Aaron possuía uma mente brilhante. Era muito engenhoso, mas ao mesmo tempo podia ser tão sério, formal e disciplinado que os outros jovens o consideravam antipático. Seu jeito de ser desajeitado o fazia parecer um sábio distraído, algo que ele não era de maneira nenhuma. Sábio sim; distraído não. A isso juntava-se sua incapacidade para se vestir bem. Aaron não tinha dinheiro para isso, mas também não achava necessário ter um guarda-roupa impecável. Pedro havia tentado lhe explicar que um advogado devia se vestir bem, mesmo que fosse unicamente para convencer os clientes das suas aptidões. As pessoas se deixavam deslumbrar por pormenores exteriores, e Aaron devia levar isso em consideração. Embora pudesse parecer muito competente, com a vestimenta adequada teria muito mais resultados.

Os trajes desalinhados de Aaron davam a João Henrique contínuos pretextos para zombaria. João Henrique estava sempre impecável. Nunca estava com o menor detalhe inadequado. Nas reuniões oficiais apresentava um ar extremamente sério; no teatro era de uma elegância despreocupada; na igreja conseguia, apesar dos ricos trajes, transmitir uma imagem de modéstia e humildade. Nem as roupas nas farras noturnas tinham mau aspecto. Pedro nunca tinha visto João Henrique exercer sua profissão, mas conseguia imaginar perfeitamente que os pacientes, perante sua aparência impecável, deviam considerá-lo uma sumidade em medicina, o que de certa maneira até acelerava o processo de cura. No entanto, não era o estilo de João Henrique o que Pedro mais admirava nele. Valorizava sobretudo sua enorme autoconfiança. Nem as personalidades mais importantes, nem os melhores professores ou os mais famosos cantores de ópera, nem jogando cartas, nem nos exames: nada nem ninguém fazia João Henrique perder o domínio sobre si mesmo. Apenas Aaron conseguia fazer com que seu sangue fervesse com uma simples observação.

Quando estava com João Henrique, Pedro se sentia contagiado por sua altivez. Ao lado dele sentia-se forte e intocável. Não que Pedro fosse uma pessoa fraca. Mas o receio que sentia em certos estabelecimentos de duvidosa reputação ou a insegurança que o invadia diante dos altos dignitários desapareciam se estivesse ao lado de João Henrique. O amigo o fazia se sentir um adulto. Este era precisamente o motivo pelo qual o havia convidado a ir à Boavista. Com João Henrique seria mais fácil que o pai o visse como um homem, não como um rapazinho. Além disso, a presença de João Henrique faria desaparecer as críticas que dona Alma faria aos outros convidados. Por tudo isso, valia a pena suportar durante alguns dias as disputas entre seus dois amigos.

A paisagem deslizava lentamente diante dos três jovens. João Henrique acendera um cigarro e lia o jornal confortavelmente reclinado no banco de veludo vermelho. Pedro ia voltado para a frente, em seu assento à janela; à sua frente, no sentido contrário à marcha do trem, estava Aaron. Ambos olhavam pelo vidro, um pensativo e retraído, o outro animado e cheio de expectativas.

Crianças de pele escura quase nuas corriam junto aos vagões dizendo adeus. Nos arredores do Rio, o panorama era constituído por cães que ladravam, casebres em ruínas, porcos em pocilgas, mulheres tristes com os bebês às costas. Mas esse deprimente cenário aos poucos foi sendo substituído pela natureza selvagem do interior do país. Quanto mais o trem se aproximava das montanhas, mais exuberante e impenetrável se tornava a vegetação. Por entre as pedras dos trilhos cresciam delicadas ervas; ao lado floresciam orquídeas selvagens. Aqui e ali Pedro descobria um tucano na mata. Avistou beija-flores inquietos, brilhantes e gigantes borboletas azuis, viu macacos empoleirados na bananeira, e teve até uma rápida visão de um urutu enroscado no grosso tronco de uma caoba. Ou seria sua imaginação pregando-lhe uma peça? Apesar dos relatórios dos pesquisadores que diariamente anunciavam fascinantes descobertas de novos animais, plantas e doenças no Brasil, Pedro tinha visto unicamente serpentes. Mas, no final das contas, aquilo era uma selva, e não tinha muito em comum com os aprazíveis campos de plantação do Vale do Paraíba.

João Henrique quebrou o silêncio com uma breve e estridente gargalhada.

– Sabem o que escreveu León no *Jornal do Commercio*? É inconcebível! Ouçam: *Com uma inusitada pretensão apresentou-se ontem, quarta-feira, 21 de setembro de 1884, um tal Carlos Azevedo na prefeitura de São Paulo: ele, filho ilegítimo e único do recentemente falecido fazendeiro Luís Inácio Azevedo, queria oferecer a liberdade a uma escrava que herdara do seu pai e que ela passasse a constar nos registros da cidade. O nome da escrava era Maria das Dores. Era a sua mãe. Admirados, caros leitores? Não querem acreditar que numa época tão avançada como a nossa, num país tão florescente como o nosso, um homem possa receber a mãe como herança? Pois acreditem. E tenham vergonha da nossa indigna legislação. Enquanto os negreiros sem escrúpulos puderem abusar impunemente das mulheres de cor e enquanto as pessoas forem tratadas como objetos que passam de pais para filhos, o Brasil não poderá ser considerado um "país civilizado". Neste caso, a escrava teve a sorte de o seu patrão ter reconhecido o filho ilegítimo e de este lhe oferecer a liberdade. Mas de igual modo podia tê-la vendido, e o teria feito amparado pelas nossas leis. E pergunto eu: Que gênero de país é este, onde um homem pode vender a própria mãe? Na minha opinião só existe uma solução: é preciso abolir a escravatura!*

Aaron e Pedro riram.

– Ahá! – zombou Aaron. – Lá vai a imaginação dele outra vez.

– Onde é que ele arranja essas histórias? – perguntou-se Pedro, admirado. – Uma coisa assim é impossível de imaginar. E ele cita até nomes; todo esse drama deve ser passível de confirmação.

– Em breve saberemos – objetou João Henrique. – Logo ele nos explicará os pormenores.

Depois continuou embrenhado na leitura do jornal. Pedro e Aaron começaram a conversar. O tempo, a política, a saúde da princesa Isabel, os preços do café, a qualidade dos cigarros da marca Brasil Imperial, a situação dos negros no Rio, a nova moda de tomar banho no mar e a expressão do rosto do revisor desviaram a atenção de ambos da paisagem. Quando se deram conta de onde estavam, Aaron surpreendeu-se.

– Meu Deus! Tudo isto são cafezais?

– Sim. – O próprio Pedro sentia-se tão emocionado diante da visão, que só conseguiu responder com um monossílabo.

– É maravilhoso!

Ambos admiraram em silêncio a paisagem que deslizava diante deles.

De vez em quando viam ao longe uma fazenda, constituída geralmente por brancos e sólidos edifícios brilhando ao sol que não deixavam antever a elegância que havia em seu interior.

– Aquela é a fazenda dos Sobral – disse Pedro, apontando com o dedo na direção sul. – Não sei se você consegue ver bem daqui, mas a casa-grande, a mansão, tem um pórtico com colunas. Imagine só: colunas! Como na América do Norte!

– Qual é o problema? – perguntou Aaron.

– Honestamente, Aaron, às vezes parece que você emigrou ontem em vez de há onze anos. Não há nada de mal nisso. Mas no Brasil mantém-se o estilo de construção tradicional português, e nele não há lugar para colunas numa casa

35

de campo. Destoam, percebe? Gostamos mais do estilo austero, sem ornamentos. Uma casa como a dos Sobral é muito arrogante. Não tem humildade.

Aaron sorriu.

– Naturalmente – prosseguiu Pedro –, todos têm inveja daquele grandioso pórtico, embora ninguém reconheça esse fato.

– E como é a sua casa? – quis saber Aaron.

– Imagine-a como quiser; daqui a duas horas já teremos chegado. Mas, bom, posso adiantar uma coisa: tem o aspecto de que nela vive gente honesta e muito católica. Por fora, pelo menos. Tirando um ou outro detalhe que revelam a vaidade e o orgulho de nossa família: o caminho das palmeiras, a fonte na parte da frente da casa, os enfeites de porcelana nas escadas, os vasos nas janelas da fachada...

– Está bem, está bem! Não conte tudo. Vou conseguir conter a curiosidade.

Quando o trem passou junto às primeiras casas de Vassouras, João Henrique deixou o jornal de lado e olhou pela janela. Passaram por casas modestas de madeira com pequenas hortas, oficinas de carpinteiros, serralheiros e ferreiros; depois, próximo a sobrados de pedra, em cujos quintais no fundo havia roupa estendida no varal. No geral, Vassouras dava a sensação de ser uma cidadezinha limpa e agradável. Mas a estação tinha outro aspecto. Não era muito diferente da estação do Rio. Na plataforma viam-se estivadores e garotos andando de um lado para o outro, vendedores de jornais, engraxates e inúmeras pessoas bem-vestidas que vinham buscar alguém.

O coração de Pedro começou a bater com força. Pôs a cabeça para fora da janela na esperança de descobrir algum rosto conhecido. Enfim viu José, o cocheiro da Boavista.

– José! Aqui!

O velho negro acenou com a mão. Abriu caminho por entre as pessoas da plataforma e correu junto ao vagão até chegar perto de Pedro.

– Nhonhô! – gritou, e seu rosto enrugado esboçou um sorriso que deixou entrever dentes perfeitamente brancos.

João Henrique olhou para Pedro, incrédulo.

– Nhonhô? Meu Deus, quantos anos ele acha que você tem?

– O que significa *nhonhô*? – quis saber Aaron.

– É uma junção de senhor e sinhô – explicou Pedro. – Os escravos chamam assim os jovens patrões.

– Patrões com menos de cinco anos! – acrescentou João Henrique.

– Bom, deixe isso pra lá! José sempre me chamou de nhonhô; acho que não consigo mais tirar esse hábito dele.

Atiraram para José parte da bagagem pela janela. Quanto às malas maiores, levaram-nas eles próprios pelo estreito corredor do vagão.

Uma vez lá fora, Pedro deu palmadas joviais nas costas do velho escravo.

– Ótimo, meu velho, está com ótima aparência! Como vai a sua gota?

– Não muito mal, nhonhô. Se Deus quiser, poderei continuar a conduzir os cavalos durante muitos anos. Vamos, a carruagem está na entrada da estação.

E ali estava. A tinta verde-escura brilhava ao sol da tarde, a capota de pele dobrada. Na porta via-se o escudo do barão de Itapuca, que representava um pé de café sob um arco de pedra. Na língua indígena, *Itapuca* significa "arco de pedra", e, embora se tratasse apenas de uma simples formação geológica no limite da quinta, marcada pelo rio, aquele arco de pedra havia dado ao imperador uma boa oportunidade para recuperar um nome do tupi-guarani para o jovem barão.

José deu uns trocados ao garoto que tinha ficado vigiando a carruagem durante sua ausência. Depois colocou a bagagem dentro dela com a ajuda de Pedro e Aaron. João Henrique ficou a um canto e não mexeu um dedo. Por fim, tudo ficou arrumado e os três amigos acomodaram-se na carruagem. José subiu na parte da frente e pôs os cavalos em marcha.

Só então, quando o escravo se sentou e as calças subiram ligeiramente, puderam ver que não usava sapatos. Ninguém ficou admirado com o aspecto do negro de cabelos brancos com o seu uniforme e pés grandes e cheios de calos sob as calças com enfeites dourados. Até Aaron conhecia a razão: escravos não podiam usar sapatos. Era um dos traços característicos que os distinguiam dos negros livres. A venda de sapatos era estritamente regulamentada. Os escravos que escapavam e conseguiam de algum modo arranjar sapatos estavam a salvo de seus perseguidores.

Não havia nada de estranho no fato de os escravos que trabalhavam no campo e que usavam uma simples vestimenta de tecido grosso não usarem sapatos. Mas aqueles que trabalhavam nas casas, que por vezes vestiam roupas velhas dos patrões, e que ficavam portanto com uma aparência mais distinta, causavam uma estranha impressão com os pés descalços.

A carruagem sacolejava pelas ruas de pedra de Vassouras. João Henrique e Aaron estavam admirados com o aspecto bem cuidado da cidade. As casas eram pintadas de branco, rosa, azul ou verde-claro. No extremo sul da praça principal, a praça Barão de Campo Belo, erguia-se a igreja de Nossa Senhora da Conceição, à qual se chegava por meio de alguns degraus de mármore. No extremo ocidental da praça estava a majestosa Câmara Municipal, em frente da qual se encontravam a biblioteca e o quartel da polícia. A praça era rodeada por palmeiras e amendoeiras, à sombra das quais alguns bancos de madeira convidavam ao descanso. Viam-se amas negras com crianças brancas, grupos de viúvas vestidas de preto que olhavam de forma severa para os jovens que passavam, e senhores com expressão preocupada que pareciam estar com pressa.

– Que bonito! – exclamou Aaron.

– Sim, é verdade. – Os olhos de Pedro ganharam um brilho de melancolia. Como podia esquecer quanto era agradável e tranquila aquela cidade? Por que trocara efetivamente aquela vida idílica pelo labirinto do Rio? Quando naquele momento um homem que passava pela rua tocou o chapéu e o cumprimentou com uma leve inclinação, lembrou-se por quê. Rubem Leite, o tabelião, reconhecera-o de imediato. E todos os que queriam se dar ares de importância também o reconheceriam. Iriam elogiá-lo, incomodá-lo, pedir-lhe um empréstimo ou tentar convencê-lo de absurdas transações financeiras. A ele, o jovem senhor da Boavista, que ali ainda era nhonhô. A ele, cujos primeiros passos todos assistiram, cujos gritos quando havia perdido a ama ninguém esquecia e cujas primeiras experiências juvenis continuavam a ser motivo de zombaria.

Julgavam conhecer Pedro da Silva, mas agora ele era outra pessoa. No anonimato da grande cidade, não impressionava ninguém com seu nome, pois lá eram outras as qualidades a serem valorizadas. Ali, na província, ninguém daria valor às suas capacidades. Para os habitantes do vale ele seria sempre o filho de Eduardo da Silva, uma criança malcriada. Como o incomodava essa memória coletiva! Provavelmente a viúva Fonseca continuaria o resto da vida a olhá-lo admirada com o tanto que havia crescido. E com certeza seu velho professor ainda se admiraria com o fato de o pequeno Pedro, que quando criança revelava aversão extrema para as disciplinas de letras, ir hoje voluntariamente ao teatro ou pegar um livro.

A carruagem deixou a cidade para trás. A rua de pedra passou a ser uma estradinha de terra, e o veículo rodava agora mais silencioso atrás dos dois cavalos. O sol brilhava no céu. Nos campos ouvia-se um ligeiro zumbido, mas a brisa do caminho livrava Pedro, João Henrique e Aaron de mosquitos, marimbondos e outros insetos. Cheirava suavemente à flor do café. A carruagem passou junto a um grupo de escravos que voltava dos campos. Traziam cestos na cabeça e vinham cantando.

– Não têm correntes nos pés! – admirou-se Aaron.

– Claro que não! Com feridas nos tornozelos, não poderiam trabalhar.

– Mas eu pensei que...

– Sim – interrompeu-o Pedro –, você leu muitos artigos do León, isto sim. Aqui os escravos são bem tratados. Pouquíssimos desejariam fugir. Afinal de contas, não conhecem a liberdade e não saberiam o que fazer.

– Então por que os jornais estão cheios de anúncios em busca de fugitivos?

– Só no distrito do Rio de Janeiro vivem centenas de milhares de escravos. Se escaparem dez por dia, é insignificante. No sábado talvez apareçam cinquenta anúncios no jornal; parece muito, mas não é.

Aaron não parecia estar de acordo com o cálculo, mas abandonou o assunto.

– Sabe quantos negros fugidos são encontrados? – perguntou João Henrique.

– Não – respondeu Pedro. – Calculo que não muitos. As características de muitos deles são parecidas. Se um anúncio diz "de estatura média, cerca de 30 anos, responde pelo nome José", não haverá muitas possibilidades de encontrá-lo. Situação diferente é quando o fugitivo tem algum traço especial: uma cicatriz, uma deficiência ou algo semelhante.

– Tenho pena deles – disse Aaron. – Quando alguém arrisca tanto, passa por tantas privações e muda conscientemente um presente até que suportável por um futuro que não é propriamente cor-de-rosa, é porque dá muito valor à liberdade. E, se são corajosos e espertos o bastante para escapar, já têm as principais qualidades de que um homem livre precisa, e já ganharam sua liberdade.

– De novo! – João Henrique olhou para Aaron como quem olha para uma criança que não percebe algo muito simples depois de lhe ter sido explicado mil vezes. – Os negros são como nós. Você os viu no Rio. Assim que conseguem a liberdade, aproveitam para beber, brigar, mentir. Deixam imundos os lugares onde vivem, seus inúmeros filhos correm por aí nus, as mulheres trabalham como prostitutas. Realmente, não são melhores que os animais.

Pedro esperou que o velho cocheiro não estivesse ouvindo a conversa. João tinha razão em parte, mas ele sabia que muitos escravos eram pessoas corretas e fiéis, às quais não se podia comparar à gentalha da cidade, e que se ofenderiam se os metessem todos no mesmo saco, como havia feito João Henrique.

Por fim chegaram à entrada da Boavista. O portão de ferro forjado com o escudo da família estava aberto à espera deles. Atrás dele estendia-se uma longa avenida ladeada por altas e elegantes palmeiras-imperiais, que conduziam à mansão. Daquela perspectiva via-se apenas a fachada da casa-grande, um amplo casarão de dois andares. Era branco, com um telhado de telha avermelhada e os contornos das janelas pintados de azul. Cinco degraus conduziam à grande porta principal. À direita e à esquerda havia sete enormes janelas e, também em ambos os lados da porta, dois grandes bancos de madeira pintados no mesmo azul dos contornos das janelas. Totalmente simétrico e à primeira vista simples e austero, o edifício fazia lembrar um mosteiro. Mas essa impressão desvanecia-se quando se contemplava a casa mais de perto. Uma alegre fonte borbulhava diante dela. Os enfeites de cerâmica azul de ambos os lados da escada e as glicínias que trepavam junto à porta principal faziam-na perder seu ar severo. Atrás das janelas viam-se acolhedoras cortinas e, sob o telhado, uma delicada moldura de madeira própria de uma casa de boneca, que parecia não se encaixar muito bem naquela arquitetura austera.

Pedro poderia ter descrito de memória cada detalhe da casa-grande e do resto das construções da Boavista. Ele cresceu ali, conhecia tudo como a palma da mão. Mas agora, depois de quase um ano de ausência e com convidados que nunca tinham estado ali, via a casa com outros olhos. Com os olhos dos amigos. Notou de repente como era feminina a moldura do telhado num edifício tão masculino. Viu que o capacho com o escudo de *visconde* era um tanto arrogante. Mas também pôde apreciar que a casa, 25 anos depois de sua construção, estava em perfeito estado e irradiava dignidade. Pedro alternava entre o orgulho de proprietário e a sensação de ser responsável por tudo, inclusive por aquilo que estava fora de seu alcance.

Enquanto João Henrique e Aaron se espreguiçavam e se esticavam depois da cansativa viagem, Pedro começou a sentir uma estranha pressa. Descarregou a bagagem que estava ao lado do cocheiro, sem deixar de falar.

– Este calor não é normal nesta época do ano, mas esperem até entrarmos; lá dentro está mais fresco. Lamento que a viagem tenha sido tão longa, mas não se consegue evitar. Quando se leva o gado pelas estradas após as chuvas, forma-se muita lama. E, claro, sempre salpica alguma coisa, mas não se preocupem, aqui no campo é normal. A criada vai limpar as malas e a roupa de vocês. Bom, e então: o que acham da casa? Vão ficar de boca aberta assim que virem o resto, isto é apenas uma quarta parte do complexo.

Naquele momento abriu-se a porta principal. Atrás dela apareceu Vitória. Pedro pensou que havia falado demais, mas, quando ia esboçar uma desculpa, reparou no rosto de Aaron. O amigo estava petrificado. Tinha acabado de ver a jovem mais bonita do mundo.

III

— PEDRO! – VITÓRIA VOOU PARA OS BRAÇOS DO IRMÃO. – Deixe-me olhar para você, Pedrinho, meu irmão querido! Meu Deus, como você mudou!

– E quanto a você, Vita? Está cada vez mais bonita! – Olhou com admiração para a irmã, que, num incomum acesso de vaidade, deu um rodopio diante dele. Talvez o gesto se devesse à excitação do momento.

– Gostou do meu vestido? Não queria que tivesse vergonha de mim na frente dos seus amigos.

– Não diga besteira, Vita! Mesmo com farrapos pareceria uma rainha. Bom, vou lhe apresentar nossos convidados. Este é o meu colega de estudos João Henrique de Barros, o médico mais promissor sob o nosso sol tropical.

João Henrique pegou a mão que Vitória lhe oferecia e a beijou com uma elegante reverência.

– Muito prazer, senhorita Vitória. Seu irmão nos falou bastante sobre você. Mas esqueceu de mencionar sua arrebatadora beleza.

Vitória calculou que ele deveria ter uns 25 anos; parecia um pouco mais velho que o irmão. João Henrique de Barros usava barba inglesa e se vestia conforme a moda. Galanteador e convencido, Vitória não o achou simpático. Sua voz tinha um certo tom pedante e, embora não se pudesse dizer que era feio, Vitória não gostou de sua aparência. Tinha a testa um pouco ampla demais, e os pequenos olhos fundiam-se em órbitas profundas e enrugadas. Provavelmente aquele horrível inglês, Charles Darwin, tinha razão com sua inovadora teoria. João Henrique de Barros de fato parecia descender do macaco.

– E este – continuou Pedro, empurrando para a frente um baixinho ruivo –, este é Aaron Nogueira, que acaba de terminar o curso de direito. Um advogadozinho, mas dos espertos!

– Senhorita! – Aaron Nogueira beijou a mão de Vitória. A agitação o impediu de dizer qualquer outra coisa. Teria gostado de falar mil coisas; inúmeros galanteios e elogios lhe vieram à cabeça, mas no momento decisivo não se lembrou de mais nada, a não ser de ficar calado.

– O que aconteceu, Aaron? Ficou mudo? – E, dirigindo-se a Vitória, explicou: – Na frente do juiz ele não é tão tímido. Pelo contrário, ali ele fala até cansar qualquer um.

O rosto de Aaron Nogueira iluminou-se com um suave sorriso, que acentuou suas covinhas e lhe deu um ar malicioso. Mas ele recuperou o controle com rapidez.

– Precisamente! Não queremos que uma dama tão encantadora se canse de me escutar falar!

Vitória gostou dele.

– Pode ficar tranquilo. Não costumo deconcertar os homens com desmaios, e sim com minha personalidade.

– Que gosto dá ver uma sinhazinha capaz de pensar! – observou João Henrique.

– Quase tanto quanto encontrar um médico sincero – respondeu Vitória, sem se deixar levar pelo elogio. – Ou um advogado tímido – acrescentou, sorrindo amavelmente para Aaron. Este encontrava-se maravilhado.

Pedro parecia ter sido excluído daquela conversa. Mas continuou a falar alegremente:

– Nosso herói dos oprimidos e dos escravos, já deve tê-lo conhecido. Ele vinha para cá se encontrar conosco. Onde foi que se meteu?

– Quem? – Vitória olhou para o irmão, surpresa.

– León Castro.

– Aqui não chegou nenhum León Castro.

– Não pode ser. Ele viajou um dia antes de nós. Será que se perdeu?

– Antes de esclarecermos esta questão, entrem em casa e tomem algum refresco. Vamos. – Vitória se dirigiu a Aaron Nogueira e a João Henrique de Barros. – Daqui a pouco já vou mostrar o quarto de vocês. O Félix vai levar as malas para cima. Estejam à vontade para demorar o tempo que precisarem para trocar de roupa; só jantaremos quando estiverem prontos.

Os três homens deixaram a malas no vestíbulo e seguiram Vitória até a varanda. Pedro sentou-se na cadeira de balanço, João Henrique de Barros e Aaron Nogueira partilharam o banco de madeira, sobre o qual Vitória havia colocado almofadas bordadas da sala. Ela se sentou num cadeirão de vime. Assim que se sentaram, chegou Miranda trazendo uma grande bandeja com café, limonada, bolachas de água e sal e bombons. Vitória a ajudou a arrumar as xícaras, os pratos e as travessas na mesa. O sol ainda brilhava e banhava tudo com uma luz cálida. Aaron não conseguia tirar os olhos de Vitória. Seu cabelo, cuidadosamente arrumado para a ocasião, tinha brilhos dourados, e sua pele refletia a luz do sol num suave tom de pêssego. Que ser maravilhoso!

Enquanto servia o café de um bule de prata aos amigos do irmão, desculpou-se pela ausência dos pais.

– Nossa mãe se juntará a nós no jantar; ela não se sente muito bem. E nosso pai foi chamado aos estábulos pouco antes da chegada de vocês. Estão com problemas com uma égua prestes a parir.

– Ah, sim, os prazeres da vida no campo! – comentou João Henrique com um certo ar de irritação.

– Está dizendo por experiência própria? – perguntou Vitória.

– Meu Deus, não! Nasci e cresci no Rio de Janeiro, sou um autêntico carioca. A cidade carece da cultura que tive a oportunidade de apreciar na minha estadia em Lisboa e Paris, mas é muito mais civilizada que a província.

Que arrogância! Considerar a cidade como civilizada era uma ironia. Por mais palácios, teatros, universidades, bibliotecas, hospitais, cafés e grandes lojas que houvesse, Vitória nunca consideraria que uma cidade na qual o próprio imperador vivia praticamente lado a lado com uma fossa de esgoto e cujo fedor respirava fosse melhor que um pântano malcheiroso. Embora as ruas estivessem iluminadas com lâmpadas de gás, embora houvesse uma linha de trem direto para Vassouras, no Rio de Janeiro só havia canalização de esgoto nos bairros altos da cidade. Em muitos outros recolhiam-se as águas residuais em grandes recipientes que depois se esvaziavam no mar. Ou esperava-se apenas pelas grandiosas chuvas que inundavam as ruas estreitas e arrastavam com elas toda a imundície. Ali na Boavista talvez tivessem menos estímulos culturais e intelectuais, mas pelo menos dispunham de um sistema de escoamento.

– Pois eu penso – objetou Aaron Nogueira – que a Boavista, com o maravilhoso acolhimento que nos preparou a senhorita Vitória, demonstra o contrário. De qualquer forma, considero que tudo isto – e fez um gesto com o braço apontando ao redor – é grandioso. E muito mais civilizado do que eu esperava. O nosso querido Pedro porta-se por vezes como se viesse da selva.

– Não têm outra coisa com que se entreter além de zombar de mim? Preocupem-se com León. Não quero nem imaginar o que possa ter acontecido a ele.

– Não deve ter acontecido nada de mal. Provavelmente ele bebeu mais vinho do que devia em algum canto e agora está dormindo para ver se cura a ressaca. Se possível com uma beldade de pele morena a seu lado – opinou João Henrique com um sorriso mordaz.

– João Henrique! Modere suas palavras! Não diga essas coisas na frente da minha irmã.

Vitória controlou sua indignação. Sabia que muitos homens brancos, entre eles alguns de boas famílias, perseguiam as escravas, e conhecia também as consequências. Na Boavista havia alguns mulatos sobre cujo pai se especulava às escondidas. O pai e o irmão estavam livres de qualquer suspeita, pois estas sempre recaíram sobre o capataz dos escravos, o Pereira, ou sobre o encarregado do gado, o Viana.

Naquele momento apareceu Miranda.

– Sinhá, há uma pessoa que quer lhe falar na porta dos fundos.

– Ora! – surpreendeu-se Vitória.

Àquela hora não era habitual. O sol já estava se pondo; dali a meia hora estaria completamente escuro. Eles sabiam com que rapidez a noite caía, por isso todos, desde o mais ilustre viajante até o mais humilde vagabundo, teriam procurado abrigo muito antes. Devia ser uma emergência.

Vitória avançou depressa pelo longo corredor que conduzia à zona de serviço e à porta dos fundos. Suas botas de seda branca, que espreitavam indiscretas sob o vestido de chamalote verde-maçã, ecoavam sobre o piso de mosaico. Então dentro de casa não se podia correr? Agora que haviam chegado pessoas da cidade, acontecimento que considerava ser uma agradável mudança na rotineira vida da fazenda, não queria perder nem um segundo da conversa. E nem dona Alma nem Miranda viam com que pressa ela avançava pelo corredor.

Aborrecida, abriu a porta, que só estava ligeiramente encostada. Ficou sem palavras. Diante dela estava o mesmo homem que tinha aparecido de manhã. Mas também não era o mesmo. O cavalheiro que a observava fixamente, com uma sobrancelha arqueada em fingida admiração, estava elegantemente vestido. Tão elegante quanto os figurinos que Vitória via nas ilustrações das revistas europeias. Mas não parecia um disfarce; pelo contrário. Exibia com perfeita naturalidade uma casaca cinza-escura de tecido fino. No bolso superior, via-se um lenço de seda vermelho com suas iniciais. Os sapatos de verniz preto não tinham nem um grão de pó e nem um só fio escapava da arranjada cabeleira, que, distante de qualquer tipo de moda, era comprida e estava presa com uma fita de veludo negro.

Com exagerada cortesia, ele tirou o chapéu e fez uma profunda reverência diante de Vitória.

– Senhorita Vitória, já sei que não quer comprar nada. Mas aceitaria um presente de um amigo de seu irmão? – perguntou, entregando-lhe um pequeno pacote com um laço azul-claro.

León Castro! Vitória sentia-se envergonhadíssima. Aceitou o presente esperando que ele não notasse o tremor de suas mãos. Foi inútil.

– Mas, sinhazinha, querida senhorita, perdoe minha impertinência. Chamo-me León Castro e não tinha intenção nenhuma de importuná-la.

Vitória tentou se conter, mas apesar daquelas amáveis palavras, não conseguiu ficar calada.

– Não me importuna, me ofende.

Aquele homem tinha tido o descaramento de bater na porta dos fundos vestido daquela maneira... só para humilhá-la! Não tinha sido desagradável o suficiente tê-lo expulsado de manhã? Tinha de ridicularizá-la agora com aquela indigna comédia?

– Acompanhe-me! – Deixou-o entrar e fechou a porta com força. Queria ir à frente dele e para isso tinha de ultrapassá-lo. Mas León estava plantado no corredor e não parecia ter intenção nenhuma de se afastar. Quando ela se desviou dele por uma das laterais, León observou-a com um sorriso irônico. Que atrevido e descarado! No entanto, no breve momento de proximidade física, não pôde evitar de apreciar seu perfume de ervas.

Uma vez tendo conseguido ultrapassá-lo, Vitória atravessou o vestíbulo num passo acelerado. Deixou o presente em um aparador ao passar por ele. Não se virou uma única vez para Castro, mas, pelos passos dele, percebeu que a seguia de perto. Vitória sentia-se observada. Enfim chegaram à varanda.

– Meu Deus, León! O jornal o mandou atrás de alguma boa história? – Pedro levantou-se e deu palmadas joviais nas costas do amigo.

– Parece que sim. E sua amável irmã foi muito simpática e me ajudou na investigação.

Pedro olhou para Vitória sem compreender.

– O que ele quis dizer?

Vitória não respondeu. Estava vermelha de fúria e de vergonha. Era o que faltava: o tipo era um escritorzinho! Agora transformaria o pequeno incidente num artigo em que todas as sinhazinhas dos arredores do Rio figurariam como provincianas convencidas e mal-educadas.

João Henrique levantou-se para cumprimentar o amigo. Quando também Aaron se pôs de pé, o fez tão desajeitadamente que derrubou um copo. A limonada caiu sobre ele, e, enquanto os outros riam do amigo desastrado, ele dirigiu a Vitória um olhar que ela compreendeu de imediato.

– Venha comigo; temos de tirar já essa mancha com água e sabão!

Pararam no vestíbulo.

– León a incomodou? – Aaron perguntou com um sorriso. – Ele gosta de fazer esse tipo de coisa. Todos já passamos por isso.

Vitória estava admirada com a capacidade de observação de Aaron. Ela achava que sua expressão não deixava assim tão evidente seu estado de espírito.

– Esta manhã ele veio aqui. Estava muito sujo e parecia perigoso, e eu nem sequer lhe dei oportunidade de se apresentar. Expulsei-o bruscamente. Meu Deus, que vergonha!

Aaron riu.

– Oh! É seu truque mais antigo; João Henrique também caiu nele. Acalme-se. E, em relação às minhas calças, não se preocupe. Uma boa limpeza só fará bem a elas. É melhor ir ao quarto mudar de roupa.

Vitória chamou Félix e ordenou-lhe que mostrasse a Aaron o quarto onde ficaria alojado e que levasse a bagagem dele. Depois aprumou-se, encheu-se de coragem para voltar a ver o escritorzinho e deu um beijo no rosto de Aaron.

– Obrigada!

Ela não imaginava as consequências do que tinha acabado de fazer. Assim que Félix desfez as malas e levou as calças para lavar e o casaco para costurar, Aaron deixou-se cair na cama como que em transe. Com o olhar fixo no teto, entregou-se ao sonho que Vitória provocou nele. Queria uma mulher assim, exatamente assim. Com sua imaculada pele branca, os cabelos negros e a delicada figura, parecia saída de um conto de fadas. Seus olhos eram de um azul perturbador e seu semblante, com a testa alta e o nariz reto, era o mais aristocrático que já tinha visto. E essa beleza combinava com sua personalidade, que parecia ser expansiva, vibrante e livre.

Não, não podia se deixar levar por um sonho assim; tinha de tirá-lo da cabeça quanto antes. Ela era católica; seus pais nunca a entregariam a um judeu. E ele estava comprometido com Ruth, uma agradável jovem que conhecia havia muito tempo. Era a filha do advogado Schwarcz, vizinho dos pais em São Paulo, e um dia ele trabalharia no escritório dele. Mas Ruth era tão comum! Não tinha nenhuma dúvida de que seria uma esposa perfeita, mas nunca provocaria nele a mesma perturbação que Vitória desencadeou com um simples olhar.

Bastava! Afinal de contas, Vitória também teria que opinar naquele assunto, e era mais que improvável que se interessasse por ele, um homem praticamente sem posses que não tinha nada a não ser inteligência e grandes ambições. Sabia que no Brasil podia vir a ser alguém. Seus pais tinham passado grandes dificuldades para conseguir lhe pagar os estudos na melhor universidade de direito do país. Era muito grato por isso; tanto que faria sempre o que eles quisessem. Se insistissem para que se casasse com Ruth, teria de aceitar a ideia, por mais dura que fosse. Mas isso não o privaria de apreciar a estimulante presença de Vitória.

Aaron lavou-se, penteou os cachos rebeldes, vestiu sua melhor roupa e foi para a varanda. Nas escadas, deteve-se para contemplar os quadros pendurados na parede. Havia casas de campo holandesas, paisagens de inverno da França e da Alemanha, batalhas navais portuguesas e inúmeros retratos da família

Silva. Reconheceu Pedro de imediato, um jovem sentado num cadeirão grande demais para ele. Vitória também estava muito semelhante: no quadro, onde aparecia com uns 12 anos, estava quase tão bonita como agora. Depois deteve-se em outros retratos. Pelas placas de latão soube que eram os pais. Eduardo da Silva impunha certo respeito com seu uniforme ricamente enfeitado com galões, faixas e condecorações. O quadro mostrava um homem com boa aparência, e Aaron perguntou-se se seria assim realmente. A seu lado estava o retrato de dona Alma. Era de uma beleza etérea, mas seu olhar parecia de aço e os lábios eram finos demais para lhe conferir a expressão de doçura que tanto apreciava nos retratos da época. Aaron se perguntou por que não havia retratos dos avós, fato comum nas famílias de renome. Perguntaria a Pedro quando não houvesse ninguém por perto.

Quando chegou à varanda, João Henrique e Pedro se retiravam para se trocar. León estava sentado no banco e apreciava um copo de champanhe.

– Já estamos nos aperitivos. Quer tomar champanhe? – perguntou Vitória, oferecendo-lhe um copo.

– Só se brindar comigo.

– Com certeza!

Aaron e Vitória sorriram e ergueram os copos. Pareciam não ligar para León, até que este levantou o copo semivazio e falou:

– À sinhazinha mais bela do país.

– E aos convidados mais... notáveis que Pedro já trouxe para nossa casa.

Vitória inclinou a cabeça, fitando León e Aaron. Embora se sentisse lisonjeada, não podia deixar de notar certo tom de ironia na voz de León. Ainda estava irritada. Quando Aaron foi para o quarto, ela teve que explicar o mal-entendido com León Castro. Pedro e João Henrique haviam se desmanchado de tanto rir, e ela então se sentiu completamente ridícula. Bebeu o champanhe de uma só vez.

– Aprendeu isso com os escravos? – perguntou León, visivelmente se divertindo com o nervosismo de Vitória.

– Não, aprendi com os amigos do meu irmão. – E, muito séria, acrescentou: – Os escravos da Boavista não têm autorização para consumir álcool, a não ser em dias de festa.

– Claro que não – respondeu León com a ênfase de um responsável funcionário.

Vitória decidiu ignorar as provocações de Castro. Dirigiu-se a Aaron.

– Conte-me como foi a viagem, Aaron. Posso tratá-lo por Aaron?

– Claro que sim, Vitória.

– Vita. Meus melhores amigos me chamam de Vita.

– Muito bem, Vita. – Aaron contou-lhe o que tinham visto durante a viagem e os assuntos sobre os quais haviam conversado. De repente lembrou-se do artigo que João Henrique tinha lido para eles. – João Henrique partilhou conosco a leitura do *Jornal do Commercio*, lendo-nos uma interessante matéria cujo autor está sentado aqui entre nós. Já falaram sobre isso? – acrescentou, olhando para León.

– Não, e também não devemos fazer isso agora.

– Tem razão. É melhor esperar pelo Pedro e pelo João Henrique. Com certeza vão querer saber de onde você desenterrou aquela história.

Vitória não sabia a que se referiam, mas não tinha intenção de perguntar. Só daria a Castro mais uma oportunidade de ridicularizá-la. Iniciou uma conversa qualquer, e Aaron e Castro acompanharam-na, agradecidos. Também eles desejavam aliviar a tensão do ambiente e não queriam puxar nenhum assunto complicado.

Acompanhando Pedro e João Henrique chegou também Eduardo da Silva à varanda. Fizeram-se as apresentações e trocaram-se palavras de cortesia. Depois foram todos para a sala de jantar. A mesa estava posta para um banquete, e os cavalheiros encheram Vitória de elogios nesse sentido.

– Que flores maravilhosas! É incrível que na província haja coisas assim...

– Sim, querido senhor Barros. Além disso, no Rio não as encontrará.

– Como se chamam estas plantas tão magníficas? – quis saber João Henrique.

Os demais se entreolharam, mas deixaram que Vitória respondesse a João Henrique.

– Café.

– Café?

– Exatamente. Deve ter visto muitas do trem.

João Henrique soltou uma estridente gargalhada.

– Esta é boa! Realmente boa! Não sabia que o café também era utilizado como ornamento.

– E não é – interveio Eduardo da Silva. – Cada ramo que se corta diminui a colheita.

– Mas, papai, com as doze mil arrobas que produz ao ano, isso nem se nota.

– Em breve, quase dezesseis mil.

– Isso significa... pai, que o negócio correu bem! – Vitória agarrou o pescoço do pai. Pedro os observava sem compreender.

– Hoje fechei um acordo com o senhor Afonso. Agora somos proprietários das terras dele e, com isso, da maior fazenda do Vale do Paraíba.

– Fantástico, pai! Meus parabéns! Façamos um brinde a isso!

Pedro chamou Félix para que trouxesse outra garrafa de champanhe da adega. Não foi preciso dar detalhes aos amigos de Pedro. Já tinham compreendido que se tratava da compra de terras que a família Silva possuía grande interesse em adquirir.

Vitória ordenou a Miranda que fosse chamar dona Alma. Pouco depois, a mãe desceu as escadas como se nunca tivesse tido a mais diminuta dor. Trajava um vestido de seda cinza e, por baixo, uma gola de renda cor-de-rosa, coisa muito pouco habitual nela. Caía-lhe bem; fazia sobressair ainda mais a palidez de sua pele e sua esbelta figura. Todos estavam de pé na sala de jantar, mas, assim que dona Alma chegou e que fizeram um brinde ao bom negócio do pai, e também aos convidados, ocuparam os devidos lugares. Na cabeceira da mesa sentaram-se os pais de Vitória; de um lado estava Vita, sentada entre Aaron e João Henrique, e, do outro, Pedro e León. Miranda e Félix esperavam à porta. Vitória lhes fez um sinal. Podiam começar a servir.

Dona Alma fez uma breve oração enquanto o primeiro prato já fumegava diante deles, uma cremosa sopa de aspargos e caranguejos-do-rio. De fato Luíza parecia fazer milagres! Onde teria arranjado aqueles aspargos, sobre os quais não tinham falado pela manhã? Será que Pedro os teria trazido do Rio sem ter lhe dito nada? Olhou para o irmão e soube que estava certa. Seu sorriso cúmplice o delatou.

Durante o jantar, dona Alma conversou animadamente com João Henrique, que estava sentado à sua esquerda, e Eduardo da Silva respondia com paciência às perguntas que León lhe colocava sobre a fazenda, a produção de café e os escravos. Apenas Vitória reparou no pouco apetite com que Aaron tomava a sopa e como deixava os caranguejos no fundo do prato. Não fez nenhum comentário, mas, quando chegou o segundo prato, Aaron olhou para ela confuso.

– A carne assada tem um aspecto excelente. Mas, por favor, perdoe-me se eu não comer...

Vitória continuava sem compreender. O que havia de errado com ele? Luíza havia recheado a carne com ameixa, passas e castanhas, uma iguaria importada, e tanto o aspecto quanto o aroma eram insuperáveis.

Pedro pigarreou.

– A religião dele o proíbe de comer carne de porco. Foi um lapso da minha parte; devia tê-la avisado.

Vitória compreendeu imediatamente. Meu Deus, que situação inadmissível. Ao ouvir o nome de Aaron devia ter se dado conta e tomado as medidas necessárias.

– Não se preocupe comigo, querida Vita. Fico bem com os acompanhamentos.

– Nem pensar! Vou ver o que lhe podem arranjar rapidamente. Você come carne de vaca e frango?

Aaron assentiu, e Vitória se levantou de um salto para ir à cozinha. Aaron tentou impedi-la, mas ela saiu com rapidez. Sentia-se desconfortável por ser o centro das atenções devido a seus hábitos alimentares. Dona Alma começou a bombardeá-lo com perguntas sobre sua origem e religião, e, quanto mais ele contava, mais franzida ficava a testa dela, ou pelo menos assim julgava ele.

Pedro teve a mesma sensação. Naquele momento sentiu vergonha da mãe, que, com suas ideias antiquadas, não se encaixava bem naquela época de final de século, tampouco naquele país de mente aberta.

– Não é maravilhoso viver num país onde tantas nacionalidades, religiões, culturas e raças se misturam num único povo? Esta variedade só existe no Brasil!

Dona Alma não parecia partilhar daquela opinião, mas absteve-se de fazer qualquer comentário.

– Nos Estados Unidos ocorre o mesmo – contradisse León.

– Já esteve lá alguma vez?

– Ah, sim, muitas vezes! – Depois León falou em detalhes sobre suas visitas a Washington, os encontros com políticos e a situação dos negros, que havia vinte anos já não viviam como escravos. Fez um rápido esboço das leis e medidas que tinham permitido a integração do negros na sociedade.

Vitória voltou e pediu em voz baixa a Aaron que tivesse alguns minutos de paciência; não queria interromper o discurso de León, pelo qual mostravam grande interesse os demais presentes. Ela própria se sentou sem demora, atraída pelo assunto. León era um bom orador. O que narrava parecia fazer sentido em termos de moral; era interessante, mas ele não prescindia de um tom melodramático – era ameno, sem tocar em assuntos controversos. Sua voz sonora mantinha a intensidade adequada e o ritmo perfeito. Gesticulava pouco, mas com eficácia. Falou sobre as ainda problemáticas relações entre os estados do Norte e do Sul, sobre os deslizes de alguns diplomatas que tinha conhecido em Washington e sobre o breve encontro com o presidente Chester Arthur, que, à semelhança da maioria dos norte-americanos, tinha o estranho hábito de tomar café com leite à tarde e à noite. Falou das grandes indústrias que tinham levado o bem-estar ao Nordeste, embora deixando tristes paisagens, e do atraso do Sul, que continuava a viver da agricultura e, como tal, lhe era difícil andar para a frente sem os escravos. Falou dos negros, que tinham uma vida modesta, trabalhando em liberdade como artesãos ou agricultores, mas também dos ataques de brancos racistas aos povoados dos negros.

Nas pausas que León fazia entre cada frase apenas se ouvia o barulho dos talheres. Todos estavam apreciando a comida; até mesmo Aaron, a quem tinham servido um prato de frango assado, comia com grande apetite. León era o único que mal havia tocado na comida.

– Mas, por favor, senhor Castro, coma antes que seu jantar esfrie – convidou-o dona Alma.

– Lamento. Desculpem; eu me abandonei às lembranças e esqueci todas as regras da boa educação. Devo tê-los aborrecido. – Provou um bocado. – Delicioso, absolutamente delicioso! – Fez uma expressão de reconhecimento em direção a dona Alma, que recebeu o elogio com benevolência.

– Achei seu relato extremamente interessante – deixou escapar Vitória. Era verdade, mas nunca o teria dito se não estivesse furiosa com a mãe.

León olhou para ela com um sorriso provocante, mas não comentou nada.

– Sim, foi muito interessante – concordou Aaron. – Depois tem de nos contar mais detalhes dessa sua experiência nos Estados Unidos. E também se por lá houve algum caso de pessoas que venderam a própria mãe...

Pedro e João Henrique quase engasgaram. Dona Alma e o marido olharam-se, ofendidos. Vitória surpreendeu-se.

– O quê...? – começou a jovem, mas João Henrique já se aproveitava daquela deixa e explicava o assunto.

– Num artigo do jornal de hoje, León relata o caso de um homem, filho bastardo de um fazendeiro e de uma negra, que herdou as propriedades do pai e, com estas, a mãe. Ofereceu liberdade à mulher, mas nosso bom León não se conformou com esse desagradável desenrolar dos fatos. Disse que o homem poderia ter vendido a mãe.

– Onde é que isso foi publicado? No *Jornal do Cammercio?*

Pedro assentiu. De tanto tentar segurar o riso, tinha os olhos cheios de lágrimas.

Vitória lamentou ter lido com atenção apenas as páginas de economia; o resto do jornal apenas tinha folheado e não viu aquele artigo.

– É a realidade, a triste realidade – disse León. – Não sabia, senhorita Vitória? No Brasil, a lei autoriza a venda de um familiar. O caso que expus no referido artigo aconteceu de fato. Obviamente, troquei os nomes para proteger as pessoas envolvidas.

– É incrível, León, vamos falar sério. Como é que o editor do jornal permite que invente uma história qualquer de terror e depois diga que é tudo verdade, que você só mudou os nomes? – argumentou João Henrique.

– Permitindo. E mais: isso valoriza qualquer história real, incomum, e nos casos mais escandalosos é normal trocar os nomes.

– Admita que é sua fantasia que inventa grande parte dessas histórias "verídicas" – disse Pedro.

– De modo algum. Pensem um pouco. Com certeza, no meio das pessoas que os rodeiam, há algum bastardo, descendente do patrão. Não se fala disso, mas todos conhecem pelo menos um caso. Se um dia o filho herdar a fazenda e vender os escravos, pode acontecer de vender os próprios irmãos.

– Um bastardo não pode ser considerado um irmão – disse dona Alma, furiosa.

– Não?

Vitória olhou para León, pensativa. Nunca tinha refletido seriamente sobre essas coisas, já que na Boavista com certeza não havia "irmãos" seus soltos por aí. Mas, quanto mais pensava naquilo, mais concordava com León. Metade do sangue que corria nas veias desses bastardos era do pai.

– Não – respondeu Eduardo no lugar da mulher. – Mas não devemos continuar falando à mesa sobre um assunto tão desagradável.

Ninguém se atreveu a contradizê-lo. Para reiniciar a conversa, dona Alma perguntou a João Henrique sobre as últimas novidades na corte. João Henrique impressionou Pedro com sua pormenorizada exposição, completamente imaginária, já que, tal como ele, nunca teve contato com a família imperial. Como sempre, dona Alma sobre seu encontro com o imperador, que, embora tivesse acontecido quinze anos atrás, era sem dúvida o acontecimento mais importante de sua vida. Vitória e Pedro trocaram um olhar eloquente: já tinham ouvido aquela história mil vezes, e a mãe acrescentava sempre um detalhe novo para que quem a ouvisse pensasse que ela tinha grande intimidade com o monarca. E João Henrique, que para esse gênero de histórias era um público muito agradecido, fingiu estar bastante interessado e profundamente impressionado. Dona Alma ficou feliz.

Passados alguns minutos, e aborrecida com aquela conversa, Vitória dirigiu-se a Aaron para lhe perguntar sobre sua profissão. Enquanto isso, León conversava com Eduardo sobre as riquezas do subsolo do Brasil. Quando acabaram a sobremesa, todos ficaram satisfeitos ao ver que Eduardo e dona Alma se despediam.

– Não vamos tomar café. Mas vocês, jovens, podem continuar a conversar mais um pouco na sala. Por certo têm muito a contar uns aos outros. Ah, Pedro! No escritório tenho uma caixa com excelentes charutos: ofereça-os aos seus convidados.

Já na sala, Vitória serviu cinco copos com o melhor conhaque que tinham, enquanto o irmão, João Henrique e Aaron se concentravam no ritual de acender os charutos. León preparou um cachimbo.

– E isto? Aprendeu com os escravos? – perguntou Vitória em tom zombeteiro, enquanto lhe oferecia um copo.

– Não, aprendi a apreciar o cachimbo na Inglaterra.

– León – intrometeu-se João Henrique –, faça o que fizer, saiba que sempre mete os pés pelas mãos. Não sabia que só os escravos é que fumam cachimbo? Cavalheiros não fazem isso. É vulgar.

– Pode ser que seja vulgar, mas é um enorme prazer. Já fumou cachimbo alguma vez?

– Claro que não. Assim como também nunca lavei o chão nem passei uma camisa, ou comi crista de galo cozida. São coisas que não fazem parte do nosso mundo.

– Do seu talvez não. No meu mundo, eu mesmo decido o que é bom para mim e o que não é. Talvez devesse provar um dia as cristas de galo cozidas.

A fumaça do cachimbo cheirava bem, muito melhor que a dos charutos. O ar da sala quase podia ser cortado, e Vitória sentiu as pernas tremerem ligeiramente devido à incomum quantidade de álcool que tinha bebido durante o jantar. Deixou-se cair num cadeirão e pediu a Aaron que abrisse a janela. Este levantou-se de um salto para cumprir de imediato seu desejo. A fumaça misturou-se com o úmido ar fresco que recendia a terra, no qual flutuava o suave aroma das flores do café. León olhava para Vitória continuamente, e, embora ela não soubesse muito bem por quê, naquele momento sentiu-se irresistível.

Mas João Henrique, Aaron e Pedro acabaram com a magia do momento ao falar outra vez dos escravos. Meu Deus, que aborrecidos os homens conseguiam ser!

Aaron pensou que Vitória ficaria satisfeita ao lhe formular uma pergunta sobre um assunto do qual supunha que ela tivesse certo conhecimento:

– Quem vai trabalhar nas novas terras? Vocês têm braços suficientes?

Vitória ficou contente por a levarem a sério, embora naquele exato momento preferisse falar sobre assuntos mais espirituais – música, literatura, teatro, joias ou flores: qualquer coisa, menos questões econômicas. Mas, assim que se levantou, já se preparando para dar uma resposta sucinta, mudou de ideia.

– Se os nossos trezentos escravos aumentarem sua produtividade em 25 por cento, o que é algo bastante realista, só precisaremos de mais sessenta homens. – Vita olhou para León de relance. Ele ouvia atentamente. Ela continuou: – No longo prazo é inevitável a aquisição de novos escravos. Mas hoje em dia não é fácil arranjar bons trabalhadores braçais, portanto me parece que este ano teremos de recorrer a trabalhadores livres. Para nós é bem menos lucrativo, mas muito melhor do que deixar parte das terras sem colheita.

– Quanto...? – interrompeu-a João Henrique. Mas ela já tinha calculado a pergunta e, por sua vez, o interrompeu também.

– Com quatro arrobas ou, o que é a mesma coisa, com um saco de café, conseguiremos uns vinte mil-réis. O trabalhador recebe uns dez vinténs por cada cesto que apanha, ou seja, duzentos réis. Entre dez e quinze cestos perfazem, após tirar o grão e depois de lavá-lo e secá-lo, um saco de café, desde que não se tenham apanhado grãos verdes ou pretos. Depois devemos descontar as despesas de armazenamento e manutenção, o dobro. A isso acrescente-se que os escravos não roubam tanto como os trabalhadores livres. Isso representa para nós um prejuízo de quase cinco por cento. Apesar da nossa vigilância, esses mal-intencionados conseguem sempre nos tirar uma parte da colheita e vendê-la de forma ilegal.

– Isso representa um prejuízo de...

– Sim, caro senhor Castro, de dois contos de réis. Por essa quantia se poderia adquirir um par de belos cavalos ou vários instrumentos musicais.

– A propósito de música – comentou Pedro –, Vita pode fazer amanhã uma demonstração das suas habilidades ao piano.

– Mas só se não nos assustar tanto quanto com a demonstração da sua capacidade de cálculo – brincou João Henrique. Só ele achou graça da piada.

Entretanto, Vita percebeu a indireta e imediatamente se despediu do irmão e dos amigos.

Já passava da meia-noite quando Vitória caiu de cansaço na cama. Seu corpo estava exausto, mas a mente continuava bem desperta. Passaram-lhe mil coisas pela cabeça, um caótico caleidoscópio de pequenas impressões que durante o dia não tinha visto com tanta clareza. O rasgo na manga de Aaron; os silêncios do irmão Pedro; o olhar falso do capataz Franco Pereira; Luíza com seu cachimbo sentada nas escadas, na entrada da porta dos fundos, depois de terminar o trabalho diário; o candelabro no piano; o presente de León que nem abrira. Seu último pensamento antes de adormecer foi sobre não terem bebido o Lafite.

IV

FLORENÇA, A FAZENDA DA FAMÍLIA SOARES, ficava aproximadamente a uma hora a cavalo da Boavista. Havia muito tempo que Vitória desejava visitar sua amiga Eufrásia. Mas agora, quatro semanas depois de Eduardo ter comprado as terras do vizinho, o que o transformou no maior fazendeiro do vale, e Afonso Soares, no motivo de piada da cidade, tinha de ver Eufrásia. Com quem falaria sobre a carta que tinha recebido alguns dias antes? Com a mãe? Com os empregados? Não, para falar de assuntos românticos era preciso uma amiga da mesma idade.

Vitória cavalgou pela avenida de palmeiras que dava acesso à mansão de Florença. Sua mente não se afastava da carta, por isso não percebeu os pequenos indícios de decadência, já visíveis. As palmeiras-imperiais estavam descuidadas, grandes folhas que já deviam ter sido podadas havia muito pendiam tristes dos troncos. Nem a desbotada cor da porta nem o fantasmagórico silêncio que inundava tudo a fizeram tomar consciência. Tocou a campainha enferrujada que havia junto à porta. Nada. Tocou de novo, e enfim reparou num movimento no interior da casa. Vitória viu alguém afastar uma cortina no andar de cima.

– É a Vita! – gritou.

Alguns minutos depois Eufrásia abriu a porta. Ainda estava de roupão, e nos seus olhos notava-se que estivera chorando. Tinha o cabelo despenteado.

– Meu Deus, Eufrásia! O que aconteceu? Morreu alguém?

– Quase – disse Eufrásia com amargura. – Entre.

– Por que abriu a porta? Onde está a Maria da Conceição?

Maria da Conceição era a criada dos Soares, uma mulata de meia-idade que estava havia tanto tempo em Florença que Vitória se lembrava dela desde sempre e praticamente como parte da família.

– A Maria foi vendida. Tal como os outros escravos. E, assim como as nossas terras, o gado, a casa de verão em Petrópolis, as pratas e o quadro de Delacroix. Só nos resta a casa e os móveis estritamente necessários. Ai, Vita, é horrível!

Eufrásia desatou a chorar. Vitória abraçou a amiga.

– Por que não falou comigo? Poderíamos tê-los ajudado.

Eufrásia afastou-se dos braços dela.

– Vocês? Vocês são os culpados pela nossa miséria!

Vitória se deu conta, tarde demais, que havia se metido em uma enrascada. Eufrásia pensava que a família Silva era a responsável pela sua desgraça. Aquilo era um disparate. Se não fosse a paixão do pai dela pelo jogo nunca teriam chegado àquela situação. Mas consolava-se dizendo o contrário. Mais tarde, quando Eufrásia estivesse mais calma, teriam tempo para falar sobre aquilo. Olhou para a amiga com seriedade.

– Eufrásia, acho que se pensar um pouquinho mais vai ver as coisas de outra maneira. É melhor ir ao seu quarto, se vestir como deve ser, pentear os cabelos e se lavar. Enquanto isso, vou fazer um café. Depois continuamos a conversa. Está bem?

Eufrásia assentiu e saiu. Nas escadas, deteve-se, virando para Vitória e lhe lançando um sorriso forçado.

Na cozinha, Vitória encontrou com rapidez o que procurava. No fogão ainda havia brasas, por isso o café ficou pronto sem demora. Alguém parecia ter cuidado da cozinha. Estava tudo bastante arrumado, embora Vitória não conseguisse imaginar Eufrásia, os pais ou os dois irmãos mais novos em condições de manter tudo arrumado, avivar o fogo ou aquecer a água para se lavarem.

Na sala, Vitória encontrou algumas xícaras. Preparou uma mesa pequena e sentou-se. No papel pintado com listras cor-de-rosa e brancas percebia-se que onde havia quadros pendurados agora só se viam marcas mais claras da moldura cinza-escura. Em toda a parede só havia uma fotografia numa moldura de madeira de cerejeira. A família Soares em tempos melhores: o pai em pé atrás de dona Isabel, sentada num sofá, os meninos, entre 7 e 11 anos, com roupas de festa, apoiados nos braços do sofá. Que menina tão querida tinha sido Eufrásia! Vitória desviou os olhos do quadro e espreitou a sala. Nos lugares que antes estavam cobertos pelos tapetes de Aubusson, o piso de madeira estava mais escuro e menos gasto que nas zonas onde a madeira esteve exposta ao sol e ao roçar dos sapatos. A louça continuava no lugar, mas faltavam as melhores peças, as porcelanas da Saxônia, as xícaras de Charpentier, a tabaqueira de Sèvres, a jarra de Doccia que, na época, era o orgulho de dona Isabel. A fina camada de pó depositada ao redor das peças que já não estavam expostas revelava a quantidade de copos, garrafas, jarrões, tacinhas e peças que faltavam.

No andar de cima ouviram-se vozes. Pouco depois, Eufrásia desceu as escadas.

– Minha mãe se nega a cumprimentá-la.

No fundo, Vitória ficou satisfeita, pois não suportava dona Isabel. Mas ao mesmo tempo estava indignada. Que culpa tinha ela de Afonso Soares ser um fracassado? Se o seu pai não tivesse comprado as terras, outra pessoa o teria feito.

– Não fique zangada – disse-lhe Eufrásia. – Não é só por causa de você, mas sim porque está com uma aparência horrível. Nos últimos meses ela envelheceu dez anos.

– Onde está o restante da sua família?

– Meu pai está no Rio, onde com certeza se entregará ao seu vício de modo mais desenfreado que nunca. O Jorge e o Lucas estão no colégio. Graças a Deus foi pago antecipadamente, assim pelo menos podem ficar até o Natal. O Jorge tem notas muito boas, é possível que consiga uma bolsa. O Lucas terá de partir. Talvez vá para a academia militar, já que tem 16 anos.

– E o que você vai fazer? Não pode ficar aqui fechada à espera de tempos melhores.

– Não? – disse Eufrásia, soltando uma gargalhada seca. – Na sua opinião, o que devo fazer? Ir a festas e enfeitiçar os meus inúmeros admiradores com os meus vestidos velhos? Atrair todos os olhares com meu penteado horroroso, pois não tenho uma aia que me arrume o cabelo? Expor-me a perguntas impertinentes sobre minha família?

– Por que não?

Embora se conhecessem havia muito tempo, Vitória ainda se admirava com o fato de Eufrásia dar tanta importância ao aspecto exterior e à opinião dos outros; gostava de um vestido não tanto pela sua elaboração ou pela riqueza do material, mas sim pelo efeito que causava à sua volta. Aprendia de cor belos versos não quando gostava deles, mas apenas quando eram adequados para serem recitados em público e causar sensação. Quando Eufrásia tinha

9 anos, um jovem escravo que tinha se apaixonado perdidamente por ela ofereceu-lhe um belo objeto talhado em madeira: um par de pombas sobre um ramo. O trabalho era de enorme precisão e singular delicadeza; o jovem era um verdadeiro artista. Mas Eufrásia se livrara do presente sem apreciá-lo. O que ela faria com um pedaço de madeira?

Agora, depois de tanto tempo sem ver Eufrásia, aquela superficialidade lhe pareceu mais desagradável do que nunca. As circunstâncias contribuíam para fazer sobressair aquela característica da amiga. Por que não se preocupava com o estado do pai, as necessidades dos irmãos, o medo da mãe ou o abandono dos escravos? Não parecia muito preocupada com os sentimentos das pessoas que a rodeavam, só se impressionava com o que faziam: a mãe parecia uma velha, o pai bebia e jogava, os irmãos não podiam continuar numa escola de renome, os escravos tinham ido embora... O que diriam os conhecidos e amigos de tudo aquilo? Para Eufrásia, era indiferente que Maria da Conceição, que havia servido com sacrifício os Soares e se sentia muito ligada a eles, pudesse superar ou não a perda do seu lar e a humilhação de ser vendida.

Por outro lado, aquela maneira de ser tinha uma vantagem: era muito fácil animar Eufrásia. Bastava mostrar-lhe um bonito acessório novo para tirá-la do poço de autocompaixão onde ela mesma se afundava. Ou pensar num marido. Afinal de contas, a educação que Eufrásia recebeu estava direcionada a isso mesmo: convertê-la numa bela esposa. Eufrásia não tinha talentos especiais, mas tinha bom gosto, dançava bem e, quando tinha convidados mais importantes que Vitória, sabia ser uma anfitriã perfeita. E, embora Vitória soubesse que elogios em demasia subiam com rapidez à cabeça da amiga, naquela ocasião considerou excepcionalmente adequado dizer-lhe duas ou três coisas agradáveis.

– Veja as coisas desta maneira: você é muito bonita, sua família tem origem irrepreensível e você reúne todas as condições para ser uma esposa maravilhosa.

– Sim, mas não tenho dote.

– Tenho certeza de que o Arnaldo se casaria mesmo sem dote. Ele está doido por você.

– Antes, talvez. E, além disso... ele é tão entediante!

– Meu Deus, Eufrásia! Com certeza não é mais entediante que a vida que você tem atualmente. Imagine os vestidos maravilhosos que poderia usar, as grandes festas que poderia organizar. Graças ao dinheiro do Arnaldo, o Lucas poderia continuar na escola e você teria meios para fazer de Florença o que sempre foi.

Eufrásia sorriu hesitante. Parecia ter gostado da ideia. Como não tinha pensado nisso antes?

– Mas você acha que ele vai continuar gostando de mim quando me vir com os meus vestidos velhos?

– Ele nem vai notar. Você tem o armário cheio de roupas que só usou uma vez e estão impecáveis. A não ser que também tenha vendido todo o seu guarda-roupa, o que duvido.

– Não, ficamos com nossas roupas. Mas, Vitória, pelo amor de Deus, não posso usar os vestidos do ano passado. E se a Florinda me encontrar com o vestido amarelo, aquele que usei na festa de aniversário dela e o único que não está fora de moda? Ela vai rir de mim.

– Bem, então é só ignorá-la. Pode fazer isso, porque ela tem inveja do seu cabelo dourado e do seu nariz com sardas. Com um nariz como o dela, não lhe servem de nada os vestidos mais extravagantes do mundo. O importante é que o Arnaldo gosta de você e vai continuar gostando. Se antes da próxima festa você quiser passar lá em casa, nos arrumaremos juntas. A Miranda pode ajudá-la com o penteado.

– Oh, Vita! Você tem razão. Sempre tem. Gostaria de ter o seu senso prático e sua autoconfiança. Que tola eu fui! Por que não falei com você antes?

– Também me faço a mesma pergunta.

– Por outro lado, podia ter vindo há mais tempo.

Vitória percebeu o tom de repreensão.

– Hum, tive muito que fazer.

"Desde que temos as nova terras...", ia acrescentar, mas conteve-se a tempo. Vitória não podia imaginar que a família estivesse tão mal, embora temesse que as novas circunstâncias tivessem repercussão na sua amizade com Eufrásia. Seus temores acabaram por ser infundados. Algumas palavras otimistas bastaram para animar a amiga. Limitou-se a fazer Eufrásia pensar em outras coisas, e esta rapidamente voltou a ser a mesma de sempre: uma jovem de 17 anos preocupada com seus vestidos, penteados, admiradores e festas.

– Por que o Arnaldo não veio vê-la? – questionou-se Vitória. – Antes passava o dia inteiro aqui.

– Veio. Mas fiz de conta que não estava em casa. Tenho muita vergonha do que aconteceu à minha família. Ele veio três vezes, mas já há umas duas ou três semanas que não aparece mais por aqui.

– Ele não deixou nenhum bilhete?

– Deixou. Pedia-me que lhe desse notícias, mas não lhe dei. Provavelmente agora não quer mais saber de mim.

– Que besteira! Agora é que deve estar mais apaixonado do que nunca. Deve estar pensando que você o rejeitou e, quanto menos a vir, mais vontade terá de encontrá-la.

Eufrásia sorriu disfarçadamente, como se na realidade tivesse agido sempre com essa intenção.

Entretanto, já tinham bebido todo o café. Vitória ofereceu-se para preparar outro bule.

– Mas por quê? A Sílvia pode fazer isso.

– Ah, continuam com a Sílvia?

– Sim, está tão velha que não nos dariam nada por ela, por isso a conservamos. Cuida de tudo o que é indispensável. Cozinha, lava a roupa, limpa. Não faz nada bem, mas pelo menos faz melhor que nós. Agora está lá em cima com a mamãe. Vou chamá-la.

– Não, deixe que fique lá. Quero lhe contar uma coisa, mas que deve ficar só entre nós duas, e a Sílvia, se bem me lembro, é muito faladeira. Eu faço o café.

Eufrásia também poderia fazê-lo, pensou Vitória. Não era assim tão difícil pôr água para ferver. Mas a amiga era elegante demais para realizar até as tarefas domésticas mais básicas.

Quando Vitória voltou da cozinha, Eufrásia levantou-se do sofá.

– Vita, não me deixe morrer de curiosidade. Conte-me. O Rogério enfim lhe fez alguma proposta?

O Rogério! Vitória quase se esquecera dele.

– Não, mas agora que tocou no assunto: há muito tempo que ele deveria tê-la feito, e eu a teria rejeitado, obviamente. – As duas desataram a rir. Vitória prosseguiu: – Porque conheci outra pessoa.

Resumidamente, contou à amiga sobre a visita de Pedro, sobre os convidados, sobre León. Sua voz era tranquila, e nem a atitude nem os gestos revelavam em absoluto a agitação que havia em seu coração. No seu resumo omitiu os detalhes mais reveladores. Não disse uma só palavra sobre os elogios que León lhe sussurrou, nem que tinham ficado alguns minutos a sós; não falou dos olhares ansiosos que ele lhe dirigiu quando estava a cavalo com a roupa justa de montaria; de como perdia o fôlego cada vez que León entrava na sala; ou do rubor que lhe cobriu o rosto quando León roçou casualmente seu braço. Seu sorriso acanhado, os dentes imaculados, os olhos negros puxados, as sobrancelhas grossas... não contou nada disso a Eufrásia. Quando a amiga quis saber como era aquele misterioso desconhecido, limitou-se a narrar os fatos com um certo distanciamento. Como poderia descrever a magia que se desprendia do riso dele? Como explicar o fascínio do seu olhar, que era vibrante e, ao mesmo tempo, melancólico, e no qual Vitória queria se perder para sempre? Como falar de seu queixo marcante, com um ligeiro brilho azulado? Nunca poderia explicar em palavras o que sentia quando ele gesticulava com as mãos fortes e bem constituídas, e quando seus músculos se notavam, salientes, sob a camisa fina. Como explicar o que sentia quando observava, de esguelha, o corpo atlético, os ombros largos e os quadris estreitos? Não tinha um único grama de gordura. Deslocava-se com a elegância e a suave agilidade de um gato, mas, quando foi embora, ao colocar a pesada mala de João na carruagem, havia revelado toda a força que se escondia sob a pele bronzeada.

Descreveu-o como um homem "de estatura média, cabelos escuros, sem barba". Ele também poderia ser descrito assim.

– Mas, Vita, o que viu nesse homem? Ele tem uma profissão mal remunerada, não parece ter tão boa aparência e, ainda por cima, tem ideias políticas absolutamente reprováveis.

– Também não sei. Mas ele tem... uma coisa especial.

– Meu Deus, Vita! Você pode ter o homem que quiser. Não se atire nos braços do primeiro que aparece só porque tem uma aura um tanto misteriosa. Depois do que me contou, acho que deve ser um contraventor.

– Não tenho a intenção de me atirar nos braços de ninguém. Não tenho pressa em me casar. Acha que eu deixaria de depender do meu pai para passar a depender de um marido? Não, quando fizer 21 anos quero eu mesma decidir o que fazer da minha vida e, sobretudo, com o meu dinheiro. Mas isso não significa que não possa flertar um pouquinho, não é?

– Vita, assim a coisa fica ainda pior. Não pode brincar com alguém se não for um sério candidato a ser seu marido.

– Claro que posso. Não percebe, Eufrásia? É apenas um jogo; faço-o por pura diversão.

Aquilo não era totalmente verdadeiro. Nos olhos de Vitória escondiam-se outras coisas, mas ela nunca admitiria que estava se apaixonando por uma pessoa que mal conhecia.

– Ele me escreveu. Leia.

Vitória tirou a carta da carteira bordada e a entregou a Eufrásia. Não queria ser ela a lê-la; era como se sua voz a desonrasse, como se a fizesse perder todo o efeito hipnotizador. Eufrásia pegou a carta e começou a ler.

– *Minha querida Vita.*

– Não, Eufrásia – exclamou Vitória. – Não leia em voz alta.

A amiga franziu a testa e continuou.

> *Minha querida Vita, cara sinhazinha:*
>
> *Os dias que passamos, os amigos de seu irmão e eu, na Boavista serão inesquecíveis. Permita-me retribuir sua hospitalidade convidando-a a vir à cidade: no dia 25 de outubro estreia uma peça de teatro na qual a divina Marquez interpreta o papel principal; toda a cidade não fala de outra coisa. Arranjei dois lugares junto ao palco e não consigo imaginar uma companhia mais agradável do que a sua. Acha que poderá vir?*
>
> *Esperando ansiosamente sua confirmação e com toda a estima, seu escravo, León.*

Eufrásia torceu os lábios numa expressão de desprezo.

– O que é isto? Se este papel ridículo, que ainda por cima revela insolência, faz parte do seu "divertido" jogo, então você enlouqueceu. E como ele se atreve a chamá-la de sinhazinha e dizer que é seu escravo? Ninguém normal se colocaria no mesmo nível que os negros.

Vitória contou à amiga o mal-entendido do princípio, o fato de León lembrá-lo constantemente e como ela, para não parecer que era destituída de senso de humor, deu continuidade à brincadeira, embora na realidade não a achasse engraçada. Eufrásia admitiu que a carta era de fato um pouco impertinente. Mas não lhe disse como achava excitante a maneira como ele a tratava, tão diferente dos modos afetados dos jovens fazendeiros. León era capaz de lhe dizer as maiores insolências de modo tão amável, que só mais tarde se dava conta do que ele realmente disse e, por isso, não reagia como deveria. Passava um tempo enorme pensando nas respostas que poderia lhe dar. E não lhe faltavam ideias! Teria sido extremamente fácil arrasar com ele. Mas, por mais que se propusesse a lhe dar uma resposta brusca no encontro seguinte, nunca conseguia fazê-lo. Ele estava sempre um passo à frente. Nas discussões com León, ela se sentia sempre em posição inferior. Logo ela, que não temia nenhum debate e que, com sua retórica, era capaz de convencer todos os que a rodeavam! Na presença de León, entretanto, sua inteligência perspicaz falhava, derrotada pela bela voz de barítono dele e pelos seus olhares ardentes. Como ele conseguia deixá-la fora de combate com tanta facilidade? Por que razão se sentia como uma menina tola quando falava com ele, mas como uma mulher sedutora quando ele a olhava?

– Sabe, Eufrásia, é difícil descrever o que me fascina nele. Teria de vê-lo, e então perceberia imediatamente o que eu quero dizer. Talvez tenha essa oportunidade em breve.

– O que quer dizer com isso? Ele vai voltar?

– Não, quero dizer que vou aceitar o convite dele. Mas tenho de arranjar um bom pretexto para sair da Boavista. Sozinha, quero dizer. Receio que a estreia de uma peça de teatro não seja motivo suficiente para meu pai concordar.

– Então pensou em mim. – Vitória tinha de admitir que, quando se tratava de enganar os pais, a capacidade de compreensão de Eufrásia era imbatível.

– Poderia dizer ao papai que você tem de ir com urgência ao Rio por razões familiares e que me pediu que a acompanhasse. Ele concordaria prontamente. Também posso lhe dizer que Maria da Conceição e Luiz iriam conosco: ele não sabe que os dois não trabalham mais para vocês. E teríamos a oportunidade de passar uns dias no Rio. Precisamos avisar o Pedro; afinal de contas teremos de ficar em algum lugar, mas acho que meu irmão não nos delataria. Para esse tipo de coisa, posso contar com ele. À sua mãe, contaremos a versão inversa: que eu tenho de ir com urgência ao Rio e que gostaria que me fizesse companhia.

Eufrásia pensou naquilo durante alguns segundos, depois assentiu.

– Está bem. Mas com uma condição: o León tem de me arranjar um ingresso para o teatro também.

– Essa será uma missão das mais fáceis, tenho certeza absoluta.

– E mais uma coisa: gostaria de usar seu vestido vermelho na estreia da peça. A Sílvia pode reformá-lo um pouco para que não pareça tão provinciano.

Vitória engoliu em seco. Bom, se aquele era o preço que tinha de pagar para voltar a ver León, ela o pagaria de bom grado. No entanto, aquela exigência da Eufrásia a deixou irritada. Que direito tinha ela de impor condições quando era ela, Vitória, quem lhe proporcionaria um agradável entretenimento? Também não achou engraçada a indireta. Seu vestido vermelho não era provinciano. E, além disso, Eufrásia não ficaria tão bem nele quanto Vitória ficava.

– Por mim, tudo bem. Mas depois temos de desfazer os arranjos para que minha mãe não perceba.

As jovens passaram as horas seguintes imaginando quanto se divertiriam na viagem. Na famosa sorveteria da Francesco tomariam um sorvete; na confeitaria Hernandez provariam bolos de chocolate e outras guloseimas; e nas elegantes lojas da rua do Ouvidor veriam as vitrines, adquirindo ideias novas para o próprio guarda-roupa. Sombrinhas, chapéus, luvas, lenços, carteiras, espartilhos e meias. O que estaria na moda? O que usariam as senhoras da cidade grande?

Os planos as aproximaram novamente. Vitória lembrou-se dos velhos tempos, quando eram inseparáveis. Não havia nenhum segredo que não confiasse à amiga. Podiam passar horas conversando e rindo da estúpida cara do rapaz com quem tinham se encontrado ou de como haviam enganado os pais. Não se cansavam nunca de se queixar dos irmãos, de criticar os professores ou de arranjar ideias para pregar peças nos escravos da casa.

Quando dormiam na casa uma da outra, o que acontecia com bastante frequência, ambas contavam sob os lençóis coisas que já sabiam de cor, mas que não se importavam de repetir várias outras vezes. Tinham sido como irmãs, até... Até quando? Vitória não sabia quando acabara a confiança entre Eufrásia e ela. Não houve uma causa concreta. Pouco a pouco, formara-se entre elas uma barreira que não conseguiam ultrapassar. De repente, deixaram de partilhar segredos, e os pensamentos mais íntimos eram confiados apenas aos diários, e não à amiga. No entanto, continuaram a ser cúmplices, até que a rivalidade entre os pais havia imprimido um rude golpe à amizade.

Mas naquele momento parecia que voltavam a ter 13 anos e que as vicissitudes da vida não as tinham afetado. Divertiam-se planejando a viagem. Queriam ver o Palácio Imperial com suas novas construções, bem como a ampliação do Jardim Botânico, onde cresciam plantas raras e valiosas. E o Jockey Club. Não podiam deixar de ver uma corrida de cavalos. Aproveitariam até para dar uma olhada no porto e em alguns bairros que na companhia dos pais não poderiam sequer pensar em pisar. Os irmãos as tinham avisado com observações ambíguas, mas agora veriam com os próprios olhos o que acontecia na rua da Candelária. E também fariam uma excursão à praia de Copacabana. Nos últimos tempos, as pessoas vinham tomando banhos de mar ali, pois dizia-se que faziam bem à saúde. Homens e mulheres juntos... e com trajes de banho que revelavam mais do que escondiam!

– Eufrásia, receio que não vamos conseguir fazer tudo. Não posso me ausentar por mais de três dias.

– Tem razão. Mas não é maravilhoso imaginar tudo isso?

Vitória concordava. No entanto, tinham de cuidar de outro assunto de caráter mais prático. Era preciso avisar Pedro da iminente visita, e ela deveria enviar uma resposta a León. Tinham de comprar as passagens de trem e, sobretudo, convencer os pais de ambas da absoluta necessidade de fazer aquela viagem.

Já era meio-dia quando Vitória e Eufrásia se sentaram para escrever o rascunho de uma carta para León.

León, escreveu Vitória, que se sentia muito inspirada graças à alegria da viagem, *apesar do seu descaramento, vou ceder ao seu pedido.*

– Vocês se tratam por você?

– Não, mas tenho de respeitar as regras do jogo, não tenho? E, no jogo, eu sou a sinhazinha, e ele, o subordinado.

– Sim, mas tratá-lo de "você" em vez de "senhor" não é exagero?

Discutiram em detalhes aquela questão. Até que se impôs o critério de Vitória. Ela manteve o tratamento informal, que lhe permitia um tom de confiança que, em outras circunstâncias, seria impensável.

Você tem de agradecer esta generosidade de minha parte à intervenção da minha querida amiga Eufrásia, que me convenceu da necessidade de assistir a essa estreia. Ela também quer ir, por isso, se puder me fazer um favor, você arranjaria um ingresso para ela?

– Vita, não pode ser! Não está mesmo pensando em lhe escrever nesse tom, está? – Iniciaram novo debate, mas Vitória tinha de novo os melhores argumentos.

– Sabe, Eufrásia, no fundo a carta até que é bastante suave. Por acaso utilizaria a expressão "se puder me fazer um favor" ao ordenar qualquer coisa a um escravo?

– Bem, tem razão. Mas, se pensarmos melhor, você também nunca manteria correspondência com um escravo. Ou conhece algum que saiba ler e escrever?

Isso, pensou Vitória, era mesmo verdade. Talvez não devesse continuar com aquele jogo ao se corresponder com León... Ah, não, era excitante demais! Continuou a escrever: *Trate também de nos mandar um carro à estação. Vamos nos encontrar na tarde do dia xx de outubro, no Rio.*

Em casa, quando tivesse a autorização dos pais e as informações exatas da viagem, passaria a carta a limpo e colocaria a data.

Cumprimentos ao nhonhô e aos senhores João Henrique de Barros e Aaron Nogueira. E não os aborreça com suas descaradas observações!

No fim da folha repleta de borrões de tinta, palavras riscadas e garranchos ilegíveis, Vitória escreveu energicamente seu pomposo nome completo: *Vitória Catarina Elisabete da Silva e Moraes.*

Até que não ficava mal! Assinaria assim, e com a ajuda de uma boa pena sua assinatura ficaria ainda mais imponente.

– Não acredito que vá ter coragem de enviar essa carta. Em casa vai se encher de dúvidas e acabar por escrever duas ou três linhas banais.

– Claro que vou enviá-la; afinal de contas, foi ideia minha escrevê-la assim, e não de outra maneira! Mas, se não acredita em mim, vamos passá-la agora mesmo a limpo e mandá-la.

Eufrásia correu até o quarto e, da escrivaninha Luís XV, que conseguira colocar a salvo dos credores, tirou uma folha de papel, um envelope, uma pena e tinta. Chegou mesmo a encontrar um selo. Tinha de despachar a carta antes que Vita mudasse de ideia. Esta sim era uma aventura das que apreciava! Meu Deus, se ela realmente escrevesse e mandasse aquela carta...!

Retornando à sala, observou Vitória. Ela mordia o lábio inferior enquanto tentava dar à escrita um ar mais adulto. A primeira tentativa fracassou. Rasgou o papel e o atirou ao chão, furiosa.

– Eufrásia, não consigo! Minha letra é a de uma menina bem-comportada que está praticando caligrafia. Tem mais papel de carta aí?

– Tenho, mas é melhor que pratique numa folha comum, senão vai acabar com as minhas folhas de papel de carta.

Vitória continuou a praticar. Após quatro tentativas, pareceu estar um pouco mais satisfeita.

– O que você acha? Esta poderia ser de uma dama, mas sem muito enfeite. Simples, mas elaborada.

Uma vez escrita a carta com uma data aleatória, Vitória colocou-a num envelope, onde escreveu o endereço com a mesma letra recém-aprendida. Eufrásia aqueceu o lacre, deixou cair uma gota na parte de trás do envelope e estampou por cima o selo de Vitória com o escudo do barão de Itapuca. Depois colou o selo dos correios e deixou a carta no aparador.

– Eu a enviarei. Além disso, já passou da hora de eu sair de casa. Amanhã vou com a Sílvia a Valença e lá a colocarei no correio.

– Sim, e agora pode aproveitar e passar pela Boavista para contar a dona Alma a triste história que a obrigará a viajar ao Rio.

– Mas antes você tem de falar com minha mãe. É melhor que seja hoje, já que está aqui.

Vitória ficou horrorizada com a ideia de se encontrar com dona Isabel. Ela já era insuportável quando tudo estava bem. Como seria agora, que se sentia terrivelmente mal? Mas era inevitável, se não quisesse perder a oportunidade de sair com León.

– Pode já ir preparando-a?

– Claro. Aguarde um instante. Vou falar com ela e depois a chamo. – Eufrásia subiu ao andar de cima. Pouco depois, desceu Sílvia. Era evidente que

Eufrásia mandara a escrava para baixo. No braço trazia um vestido que Vitória conhecia. Provavelmente, fora dona Isabel que o oferecera à escrava.

– Sinhá Vitória, que alegria ver que voltou a nos visitar!

– Sim, Sílvia, também fico contente. Mesmo que as circunstâncias não ofereçam grandes motivos de alegria...

– Meu Deus, a quem o diz! A sinhá dona Isabel está doente com tantas preocupações; a sinhá Eufrásia, não há quem a reconheça com tantos desgostos; e os meninos, mal os vemos por aqui. Que desgraça terrível!

A maldosa expressão no rosto de Sílvia desmentia suas palavras. Pelo seu aspecto, não parecia muito preocupada com a situação. Tinha muito mais trabalho do que antes, pois na realidade ela era todo o pessoal que restava aos Soares. Mas parecia gostar daquele aumento de responsabilidade... e de importância. Logo ela, a impertinente, não fora vendida. Até fora promovida a aia de dona Isabel! Uma aia que também tinha de cozinhar, costurar e limpar, mas uma verdadeira aia, que tinha acesso ao quarto da senhora e a todos os assuntos pessoais da família.

Vitória não gostou da expressão de Sílvia.

– Tudo isso está me cheirando muito mal. Devia se preocupar mais com a casa e menos com o guarda-roupa de dona Isabel, que certamente agora não o utiliza muito.

Sílvia estremeceu.

– Mas sinhá... nem sei onde ando com a cabeça de tanto trabalho que tenho. E a dona Isabel tem me ocupado o dia inteiro: acho que seu estado emocional é mais importante que os móveis.

– Sim, com certeza, mas disso sabe mais o padre Paulo do que você. Amanhã irei vê-lo e pedirei que venha até aqui. Até porque você deve ter algum pecado a confessar, ou não?

Sílvia engoliu em seco, mas absteve-se de responder. Com uma leve reverência, fugiu o mais depressa que pôde ao rígido exame a que Vitória a submetia. Esta ficou admirada. Eufrásia não lhe dissera nada! E logo ela, que sempre tivera um certo ar autoritário. Por que razão deixava agora que uma escrava fizesse o que bem entendesse? Tinha de falar com Eufrásia sobre aquilo antes de voltar para a Boavista.

– Vita, pode subir! – ouviu a voz da amiga.

Quando Vitória subiu as escadas, Eufrásia, inclinada sobre o corrimão, sussurrou-lhe:

– Seja breve. Ela não está de muito bom humor.

Mas a conversa com dona Isabel correu melhor do que esperava. Vitória mostrou seu lado mais amável, sem deixar transparecer compaixão ou admiração pelas alterações que se tinham produzido no rosto de dona Isabel. Esta acreditou na história da jovem e autorizou que Eufrásia viajasse ao Rio. O primeiro obstáculo fora ultrapassado.

Antes de se despedir, Vitória deu a Eufrásia alguns conselhos sobre como tratar Sílvia e o que deveriam fazer, tanto ela quanto a mãe, para mudar a atitude da escrava. "Arranquem as ervas daninhas do jardim. Vão voltar a se sentir vivas outra vez." Eufrásia observou-a sem compreender. A admiração permaneceu em seu olhar enquanto Vitória montava o cavalo, de maneira não muito feminina, e desaparecia de sua vista a galope.

Atrás dela levantou-se uma nuvem de poeira. Havia várias semanas não chovia. Vitória seguiu por um caminho que atravessava um pequeno bosque, pelo qual podia cavalgar ao longo do rio. Precisava de ar puro e de exercício para esquecer o sufocante ambiente da mansão de Florença, que ameaçava afetá-la também. E precisava de tempo para poder pensar na carta que escrevera a León. Teria exagerado? Pensaria ele que ela era uma tola estúpida? Será que desejava o encontro tanto quanto ela? Ou seria ela apenas mais uma da suas muitas acompanhantes? Como poderia saber se não fosse ao Rio? Ao irmão não podia perguntar. Pedro iria rir dos seus sentimentos e, além disso, provavelmente não aprovaria que a irmã mais nova se envolvesse com um homem como León.

E, partindo do princípio de que a viagem correria conforme o planejado, o que fariam depois do teatro? Será que León as levaria para casa com toda a cerimônia? Ou será que a desafiaria para irem jantar? Deveria aceitar? Como poderia se livrar de Eufrásia? Vitória estava habituada a lidar com os filhos de fazendeiros, com os Rogérios, os Arnaldos e os Edmundos do vale, e com eles jamais ficara tão nervosa. Mas, só de pensar no encontro com León, tremia da cabeça aos pés. Que sensação maravilhosa! Tomara que pudesse aproveitá-la durante mais tempo.

Vitória parou junto a uma curva do rio. Estava com calor. Desmontou do cavalo e estendeu uma manta no campo que o rio rodeava como se fosse uma península. Queria descansar uns minutos e se entregar com tranquilidade aos seus pensamentos. Chegaria à Boavista a tempo de realizar as tarefas que a esperavam. Deitou-se na manta, cruzou os braços atrás da cabeça e contemplou o céu. O vento arrastava as nuvens. A brisa empurrava mechas de cabelo sobre seu rosto, mas Vitória estava tão distraída que não notou as leves cócegas que os fios provocavam em sua pele. Um inseto zuniu ao redor dela, mas não a incomodou. Nada a incomodava. O mundo era maravilhoso. Ia se encontrar com León.

Duas horas depois, Vitória acordou. Sentia frio. Estava escurecendo. Meu Deus! Como pôde ter adormecido? Os pais deviam estar preocupados. E com razão. Já era bastante inadequado dar longos passeios a cavalo sozinha, quanto mais se expor à vista de todos deitada numa manta de lã. Felizmente ninguém a vira. Arrumou sem demora as coisas e montou o cavalo. Se galopasse rápido, ainda chegaria com luz.

Quando chegou em casa, transpirava. Vários cachos haviam se soltado da trança, e o vestido estava com um aspecto de ter sido usado durante uma semana inteira. Entregou o cavalo ao rapaz do estábulo, sustentou com firmeza o olhar dele e do resto dos escravos, que, àquela hora, ainda estavam no pátio, e dirigiu-se à casa, onde estariam aflitos à espera dela.

O pai vestia o casaco de pele.

– Vita! Ia agora mesmo sair à sua procura. Por que chegou tão tarde?

– Papaizinho, não se zangue comigo. Estive com a Eufrásia e começamos a conversar. Tínhamos tantas coisas para contar uma à outra! E não nos demos conta de que era tão tarde.

– Meu Deus, Vita! Você já não é nenhuma criança. Por acaso pensa só em si mesma? Como acha que ficou sua mãe? Está há uma hora enfiada na cama, só chorando. E é melhor que ela não a veja assim. Antes de lhe pedir desculpas, recomponha-se um pouco.

– Claro, *papai*.

Vitória olhava confusa para o chão.

– E na casa daquele miserável não há ninguém que avise um convidado que está ficando tarde? Ou será que não há relógios em Florença?

– Não, papai. Quer dizer, sim.

– O que quer dizer?

– Não, já não há relógios na casa. Em Florença, as coisas não estão nada bem. Tiveram de vender tudo o que era de valor. Mas evidentemente me avisaram que devia ir andando. Mas eu não liguei, até ver que o sol estava se pondo. Foi então que desatei a correr como se estivesse sendo perseguida pelo diabo.

– Devia deixar de falar dessa maneira. Falo sério, Vita; acho que está se tornando um pouco selvagem.

– Desculpe. Bom, vou ver a mamãe.

Preferiu sair dali antes que o pai continuasse a lhe fazer perguntas e ela desse um passo em falso ao lhe responder.

Mas a conversa com a mãe foi ainda mais difícil. Dona Alama olhou para Vitória como se ela houvesse cometido todos os pecados mortais ao mesmo tempo. A mãe parecia pensar que a virtude de Vitória sofrera naquela tarde danos irreparáveis. Com uma franqueza pouco habitual falou à filha, de quem estava cada vez mais distante e sobre cujos sentimentos ignorava tudo, apelando à sua consciência. Com o aspecto que tinha, a jovem só podia vir de um encontro com um admirador.

– Acredite em mim, Vitória, a maioria dos homens são uns animais. Aproveitam-se de nossas ideias românticas para... fazer coisas inomináveis. Você deve mostrar seu lado frio aos admiradores. Jamais os deixe pensar que as tentativas de aproximação vão ter alguma chance. E, se quiserem tocá-la... então...

– Mas, mamãe, o que está pensando? Só estive com Eufrásia. Há várias semanas que não me encontro com nenhum admirador. Parece-me até que são eles que têm me mostrado seu lado frio.

– Devia ficar contente com isso.

Dona Alma olhou pensativa para a filha. Vitória tinha 17 anos, uma idade difícil. A seus olhos, convertera-se numa bela jovenzinha, mas só naquele momento é que dona Alma tomou consciência de que Vitória já não era uma criança. Como poderia preveni-la de um destino que ela própria vivera, tal como tantas outras mulheres inconscientes? Mas não podia ser mais clara, e de modo algum mencionaria o próprio caso como exemplo a ser evitado. Afinal de contas, tivera sorte em meio à desgraça. Quando tivera de se casar com Eduardo, parecera-lhe que era o fim de sua vida. À época, tinha a mesma idade que a filha naquele momento. Agora até achava que as coisas tinham corrido bem entre ela e o marido. Eduardo tratara-a com muito carinho, fizera fortuna e até lhe tinham concedido o título de barão.

– Bom, mamãe, tenho de tratar de algumas coisas. Janta com o papai e comigo?

– Sim, desço em meia hora.

– Muito bem. Até já... não se preocupe sem necessidade. Minha inocência não está em perigo.

Saiu do quarto contente por fugir do olhar da mãe.

V

CHOVIA. HAVIA VÁRIOS DIAS CAÍAM DE UM CÉU acinzentado finas gotas que mal se viam, mas que, com sua insistente perseverança, tinham encharcado tudo. A umidade colava-se em cada canto e em cada poro. Além disso, estava muito frio para a época do ano. Era um castigo. Sem o calor do sol, nada secava. A roupa, os tapetes e até as camas estavam sempre úmidos, já que nos quartos não havia nem braseiros nem lareiras.

Para se aquecer um pouco, Vitória passava horas na cozinha, o único lugar da Boavista que estava realmente quente e seco. Luíza gostava da sua companhia, mas os outros escravos que trabalhavam na cozinha sentiam-se desconfortáveis com a presença da sinhazinha. Descarregou todo o seu mau humor neles, embora tivesse a certeza de que não eram eles a causa de seu estado de espírito.

Vitória sabia que estava sendo injusta, mas não podia se conter. Afinal de contas, também não a tratavam com justiça. Por que haveriam os escravos de receber melhor tratamento que ela? Era uma prisioneira, condenada ao cárcere domiciliar pelo pai e atormentada pela mãe. Ainda por cima aquela horrível chuva, que a deprimia ainda mais. Com aquele tempo não se podia sequer pensar em sair para passear ou andar a cavalo, caso a deixassem sair da Boavista. Mas, depois de Eduardo da Silva ficar sabendo dos planos dela e de tê-la proibido de viajar ao Rio, tinha de ficar em casa. Quatro semanas sem passeios, sem festas, sem visitas aos vizinhos! Vitória só podia se afastar da casa até as imediações, por exemplo, para ir à horta de ervas aromáticas ou às senzalas. Já tinha cumprido duas semanas do castigo, mas os catorze dias que lhe faltavam pareciam-lhe uma eternidade. O tempo passava cada dia mais devagar, e a chuva não contribuía para melhorar seu estado de ânimo.

Mantinha contato com o exterior através do jornal. Cada vez que encontrava um artigo de León, seu coração começava a bater mais depressa. E, quando leu a crítica da peça para a qual León a tinha convidado, gostaria de ter gritado de raiva. Produziu-se um escândalo enorme quando a divina Marquez havia parado no meio da representação para expulsar do local um insistente admirador que a incomodava com sua voz. Fazia ideia da confusão que devia ter sido aquele episódio! E ela, Vitória, o havia perdido!

Também não gostou de ter perdido o burburinho local. Embora Vitória não fosse muito dada a falar mal dos outros, por vezes gostava de criticar a desajeitada tentativa de aproximação de alguns jovens ou o guarda-roupa de algumas mulheres. Adoraria ter visto como Isabel Souza se exibia como nova mulher de Rubem Araújo, conhecido por ser o maior conquistador de toda a região. E como lamentava não ter podido dançar com Rogério! Sentia até falta da gagueira de Edmundo, dos olhares repletos de veneno da viúva Almeida, dos segredinhos das moças mais novas, do fingimento de Eufrásia, que, conforme haviam lhe contado os pais, deixava-se cortejar por Arnaldo. Mas isso era tudo o que dona Alma e o senhor Eduardo estavam dispostos a lhe contar.

– Como se desculparam pela minha ausência? Terão contado alguma mentira? – perguntou Vitória ao pais com certa ironia. O pai soube reagir.

– Não, querida Vita, fomos muito sinceros e dissemos que está doente. E está mesmo, certo? Sofre de uma grave carência de respeito e de amor pela verdade, tal como uma necessidade fatal de ser o centro das atenções. E, como tudo isso é muito contagioso, recomendamos aos seus amigos e conhecidos que não a visitem.

– Oh, mas que amabilidade da parte de vocês! E qual é o remédio que acha mais apropriado para a minha cura?

– Dado que a proibição de sair e o trabalho não lhe serviram de grande coisa, poderia ajudá-la uma confissão. O padre Paulo disse-nos que há muito tempo você não limpa a consciência com ele.

– Pai, eu me confesso todos os domingos. Pergunto-me o que deseja ouvir esse homem. Aqui fechada não posso cometer grandes pecados. E, além disso, como é que ele pode falar sobre meus pecados? É inconcebível!

Eduardo da Silva pensou consigo que a filha tinha razão. Mas, por outro lado, gostava que o padre Paulo o informasse sobre as falhas, mais ou menos graves, das pessoas da Boavista. O sacerdote ia todos os domingos celebrar a missa na capela para a família, os empregados brancos e os escravos que trabalhavam na casa. Os trabalhadores do campo reuniam-se fora da capela para rezar. Antes da missa, o padre Paulo ouvia as confissões daqueles que desejavam fazê-lo e de todos os que fossem comungar.

Vitória contava sempre falhas leves de que se lembrava para satisfazer o sacerdote, como respostas mal-educadas ou breves surtos de vaidade e orgulho. Mas talvez tivesse chegado o momento de lhe contar tudo, embora corresse o risco de que ele corresse para contar tudo aos pais. Sim, talvez até fosse a melhor maneira de ficarem sabendo o que nunca conseguiria lhes dizer cara a cara. No domingo confessaria ao padre Paulo o que estava acontecendo. Sem hesitações. Vitória já imaginava o semblante preocupado do padre Paulo. E ficava radiante com isso. A ideia de que com aquilo a culpassem de outro pecado desapareceu tão depressa quanto tinha surgido.

Ao contrário da maioria das fazendas da região, na Boavista a capela se encontrava num edifício junto à casa-grande. Por fora parecia outra das muitas pequenas construções que tinham se erguido na fazenda sem uma ordem predefinida, alterando a forma original de ferradura. Com o passar do tempo, tentara-se adaptar o crescimento da fazenda e do seu pessoal, mas, apesar da construção de divisões anexas, sempre faltava espaço. À primeira vista, a capela não se distinguia em nada do resto das casas daquele aglomerado que crescera desordenadamente. Estava pintada de branco, e portas e janelas, que se encontravam em perfeita simetria, como numa casa de dois andares, eram de cor azul. Não tinha mais de cinquenta metros quadrados, mas, mal se entrava, tinha-se a sensação de estar numa igreja de verdade. Era composta por um só andar, porém com altura de dois pisos. Quando se visitava a capela pela primeira vez, ficava-se sem fala perante o luxo que se desprendia do interior e que surpreendia num edifício tão modesto. O altar era decorado com vasos barrocos que, à semelhança dos ornamentos das paredes, eram banhados a ouro. Suntuosos candelabros, valiosas figuras de santos nos nichos, um lustre de vidro que daria prestígio ao salão de festas imperial e artísticas pinturas murais... a decoração da capela era própria de uma catedral.

De ambos os lados, diante das janelas superiores, havia uma varanda cuja balaustrada branca também possuía ornamentos dourados. Abaixo dela estava o confessionário, cujo interior carecia de enfeites, uma vez que assim ajudaria a recordar os pecados.

– Padre, pequei.

Vitória ajoelhou-se no duro banco de madeira e apoiou os cotovelos no beiral sob a janelinha, atrás da qual estava o sacerdote. Tinha as mãos instintivamente cruzadas diante do rosto, embora soubesse que para ela, naquele local, não existia anonimato. Na verdade, Vitória e o padre Paulo podiam ter se encontrado na sala, em plena luz, e falado a sós sobre os pecados da jovem. Mas era necessário manter as aparências. E talvez até que não fosse má ideia fazê-lo. Vitória tinha dúvidas sobre se teria tido coragem de fazer uma verdadeira confissão ao sacerdote olhando-o diretamente nos olhos. Na penumbra do austero confessionário, era mais fácil concentrar-se no essencial. Ainda assim, teve dúvidas. O início era sempre o mais difícil.

O confessor pigarreou para lembrar a Vitória por que estava ali. Ela engoliu em seco e depois disse numa voz que nem ela própria reconheceu:

– Cada vez se torna mais difícil para mim respeitar meu pai e minha mãe.

– Não cumprir o quarto mandamento é grave.

Apesar de ele estar sussurrando, Vitória notou a decepção na voz do sacerdote.

– Eu sei. Mas por que não existe um mandamento que obrigue os pais a respeitarem os filhos?

Depois de ter começado, era mais fácil falar.

– Como posso gostar de uma mãe que me engana? Ficou com um presente que sabia ser para mim. Quando o pedi, queimou-o e me disse que só me faria sofrer. Era um pequeno livro de poemas trazido por um amigo.

– Dona Alma sabe o que é bom para você. Provavelmente fez bem em destruir o livro.

Vitória estremeceu. Achou o fato de o sacerdote pronunciar o nome da mãe um não cumprimento das leis não escritas do confessionário, que ela mesma questionara minutos antes. Será que o padre Paulo não podia atuar como se fosse uma confissão anônima? Mas enfim... Fez um esforço e continuou:

– Sim, e o meu pai sabe melhor o que é bom para mim. – A voz de Vitória destilava um sarcasmo mordaz. – E, sobretudo, o que é bom para ele. Proibiu-me de fazer uma breve viagem ao Rio, que me agradaria muito, apenas porque pensa que sou indispensável em casa. É verdade, minha mãe está doente e eu é que me encarrego da casa e das contas do meu pai. Mas o fato de me ausentar dois ou três dias não seria um grande problema. Bom, mas isso tudo o senhor já sabe.

– Tem de aceitar com alegria as obrigações que os seus pais lhe impõem.

Vitória suspirou interiormente. Como podia ter tão pouca compreensão um sacerdote que deveria conhecer também os problemas dos jovens? Começou a transpirar, apesar de a capela estar bem fresca. De repente, o confessionário lhe pareceu uma prisão. Cheirava ligeiramente a madeira e a incenso. Também lhe pareceu que o hálito do padre Paulo cheirava a álcool.

– E por acaso o meu pai não tem também a obrigação de me arranjar um marido? Não pode me manter em casa para sempre só porque sou muito trabalhadora.

– Cuidado, jovem. Está demonstrando seu orgulho.

– Desculpe, padre.

– Continue o seu relato. O que tem a ver a procura de um marido com essa tal viagem que não lhe deixaram fazer?

Felizmente, o padre Paulo não viu o rosto de Vitória corar. Mas não havia problema; tinha de ser sincera, pois a confissão só faria sentido se revelasse todos os seus segredos.

– Padre Paulo, por favor! Como se não soubesse! Provavelmente já todo o vale sabe que fui castigada com este cárcere humilhante porque ia me encontrar com um homem no Rio. Ele havia me convidado para acompanhá-lo à estreia de uma peça de teatro.

– O senhor Eduardo sabia por que você desejava ir ao Rio?

– Não, eu... menti. Não era para os meus pais saberem nada desse admirador. Bom, para eles não é um admirador apropriado.

– Então não pediu sua mão em casamento?

– Claro que não. Acabamos de nos conhecer.

– E, apesar disso, queria vê-lo em segredo.

– Sim.

– Então não se... aproximaram?

– Não. Infelizmente. Mas sonho com isso.

Vitória ouviu como o padre buscava o ar.

– Ter pensamentos impuros é tão grave quanto colocá-los em prática.

– Bom, padre, se eu tivesse ido ao Rio provavelmente não teria acontecido nada que o senhor considera grave. Mas, precisamente porque me proibiram de fazer essa viagem, meus pensamentos "impuros" andam agora ao redor desse homem.

– Vita, você deve tirá-lo da cabeça. É León Castro, não é? Eu o conheço. Numa conferência que deu há algumas semanas em Conservatória, tive oportunidade de ver seu rosto. Defende ideias que não pode partilhar; anda com mulheres de má fama; convive com os negros. Seus pais só querem o melhor para você.

– Não acho que meus pais nem o senhor saibam o que é melhor para mim. Além disso, acho que o meu pai até simpatizou bastante com León Castro. O castigo que me impôs deve-se exclusivamente às mentiras que lhe contei, e ao fato de ele ficar sabendo no dia seguinte dessa conferência em Conservatória. Eu também estava lá. Mas fique descansado: León queria me cumprimentar no final, mas eu é que não concordei.

– Agiu corretamente, filha.

– Não, foi a maior estupidez da minha vida. Tinha tanta vontade de vê-lo... E, quando enfim aparece, deixo-me levar pelo ciúme e o rejeito.

Vitória lembrava-se perfeitamente daquele dia. Apenas uma semana antes do encontro planejado no Rio. León Castro fora dar uma conferência em Conservatória, uma pequena cidade a noroeste de Vassouras. Na praça principal instalara-se uma tribuna na qual os diversos políticos expunham suas ideias sobre a abolição da escravatura. Quando León subiu à tribuna, formou-se um pequeno tumulto entre o público: seus seguidores encorajaram-no e o aplaudiram, e os não simpatizantes o vaiaram. Teve então lugar uma luta na qual – Vitória viu perfeitamente – o sempre correto senhor Leite agarrou alguém pelo pescoço e gritou furiosamente com todos que estavam à sua volta. A polícia teve de impor a ordem para que León, que desde a publicação do seu artigo no *Jornal do Commercio* se transformara no mais famoso abolicionista do país, pudesse ter garantida a atenção do público. Vitória teve a sensação de que León olhava continuamente em sua direção, embora não conseguisse reconhecê-la. Ela estava à sombra num canto da praça, usava um chapéu com véu e, excepcionalmente, seus óculos. Eufrásia fora com ela; não queria deixar escapar a oportunidade de conhecer o homem dos sonhos da amiga. Quando León acabou a conferência, Eufrásia puxou a manga do casaco de veludo de Vitória.

– Ande, Vita, vamos nos aproximar. Tem de me apresentá-lo. Meu Deus, é incrível como alguém de tão boa aparência possa defender essas ideias horríveis.

Mas Vitória ficou onde estava. Uma belíssima mulata, pouco mais velha que ela, aproximara-se rapidamente de León para lhe dar um copo de água. Estava bem-vestida e calçava sapatos. Ele pegou o copo, agarrou a mão da jovem e lhe levantou o braço em sinal de triunfo. De novo rebentaram os aplausos, ouvindo-se apenas um ou outro assovio isolado. León e a mulata ficaram algum tempo na mesma posição, antes de abandonar a tribuna. Ele deixou a moça passar à frente, pondo-lhe uma das mãos nas costas e empurrando-a adiante com suavidade, como um cavalheiro faria a uma dama. Ao ver isso, Vitória sentiu um nó no estômago. Muito mais tarde viria a compreender que se tratava apenas de um gesto político para demonstrar seu reconhecimento pelos direitos dos negros. Mas, na praça de Conservatória, pensou apenas numa coisa: ele preferia aquela mulata... e tinha o descaramento de apresentar a amada em público.

Quando à tarde León chegou à Boavista, tal como anunciara por carta, viu-se sozinho. Vitória observava-o da janela de seu quarto. Dera instruções a Miranda que lhe dissesse que a sinhazinha não estava em casa devido a um trágico incidente ocorrido na vizinhança. Quando León lhe perguntou onde se produzira o incidente, a jovem se atrapalhou com as próprias explicações. León deixou um bilhete, montou o cavalo e, em cumprimento, tocou o chapéu sem sequer se virar. Sabia que o observavam.

Vitória desceu o mais rápido que conseguiu e leu o bilhete: *Vita, não vai me libertar da escravidão de uma vez por todas? León.*

Ela rasgou o papel e jogou, furiosa, os pedaços no chão da entrada. Que jogo tão estúpido! Bastava! Não lhe agradava que León continuasse a irritá-la com seu peculiar senso de humor.

No dia seguinte, ela se arrependeu profundamente de sua reação. O pai ouvira nas dizimadas terras dos Soares uma vaca que bradava à beira da morte e se aproximou a cavalo da fazenda Florença, coisa que em outras circunstâncias jamais teria feito. Em conversa com dona Isabel, ficou sabendo que a viagem ao Rio planejada pelas jovens tinha um objetivo bem diferente daquele apresentado aos pais. Retornando à Boavista, descarregou toda a sua fúria e castigou Vitória como nunca fizera antes.

Padre Paulo fez Vitória voltar à realidade.

— Tenho a impressão de que vê mais nesse homem do que ele vê em você. É apenas um sonho da juventude; rapidamente o esquecerá. Estou mais preocupado com o seu orgulho, sua vaidade e o pouco respeito que tem pelos seus pais. E também não está se dando bem com a verdade.

Vitória o interrompeu.

— Padre Paulo, nunca fui tão franca com o senhor como hoje. Presumo que possa confiar em sua discrição.

— Vita! Que palavras horríveis! Sabe que o segredo de confissão é sagrado.

— Naturalmente, padre, naturalmente. Peço desculpas.

— Em penitência pelos seus pecados, deverá ir todos o dias que faltam ao seu castigo à capela, para rezar a Nosso Senhor. Duas dúzias de pais-nossos e duas dúzias de ave-marias. E concentre-se na oração; não se perca em devaneios. No próximo domingo, conte-me que novos esforços você fez para esquecer esse homem.

O padre deu a bênção final e despediu-se de Vitória. Ela afastou a pesada cortina de veludo do confessionário. A luz do sol que entrava pelas janelas superiores da capela a cegou. Quando seus olhos se acostumaram à claridade, viu dona Alma sentada num banco muito perto do confessionário. Vitória calculou que na última meia hora a mãe ouvira apenas murmúrios entre o padre e ela, mas não tinha certeza. Teria ouvido tudo? Tanto fazia. Lançou um olhar zangado à mãe e murmurou:

— Quem procura, acha.

Dona Alma olhou-a sem compreender. Como tal, Vitória traduziu a sentença à medida que ia embora.

— Quem escuta, ouve.

Pegou a saia e desatou a correr.

Deteve-se diante do túmulo da sua antiga ama. O cemitério ficava junto à capela. Eram enterrados ali apenas os membros da família e os escravos que quase faziam parte dela. Não havia muitos túmulos. Os antepassados de Vitória tinham morrido em Portugal e estavam enterrados lá. No jazigo familiar, um mausoléu de mármore, podiam-se ler os nomes dos cinco irmãos mortos. Um pouco mais afastada estavam as sepulturas de uns dez escravos. Vitória conhecera apenas dois deles o bastante para lamentar sua perda: o caubói João, que salvara o pai da morte muitos anos antes, e a ama Alzira, que a amamentara, fora sua babá e companheira de brincadeiras... mais mãe do que dona Alma já havia sido. Alzira morrera um ano antes, e Vitória duvidava de que algum dia pudesse voltar a ter uma escrava tão esperta, tão carinhosa e, ao mesmo tempo, tão rigorosa como ela. Alzira era respeitada por todos na Boavista, até pelos pais de Vitória. Nenhum segredo escapava ao seu olhar perspicaz, mas também nenhum estava tão bem guardado quanto com ela. Alzira a teria compreendido, consolado e dado conselhos. Sem seu jeito conciliador, sem suas sábias decisões, o pequeno mundo da Boavista estava agora virado do avesso.

Naquele dia, Vitória deu uma desculpa para não jantar: doía-lhe a cabeça e não tinha apetite. Na realidade não tinha nada além do temor de que o pai lhe desse novo sermão. Com certeza a mãe teria lhe contado sobre sua ousadia, da qual se arrependera de imediato. Fora longe demais ao acusá-la de ouvir às escondidas. Além disso, receava que padre Paulo tivesse lhes contado cada sílaba da conversa que haviam mantido, pelo que o pai teria motivos mais que suficientes para repreendê-la.

Vitória sentou-se à sua escrivaninha. À frente estavam as duas cartas que recebera de León. A primeira, a que mostrara a Eufrásia, estava suja de tanto abrir e fechar, e nas dobras o papel estava tão mole que Vitória receava que se rasgasse. Na segunda carta, muito breve, León anunciava que previa ir à Boavista depois da conferência em Conservatória. Que correspondência escassa! Mas Vitória a lia e relia vezes sem conta, interpretando mais uma vez cada palavra, adivinhando sempre novas intenções. Estava furiosa consigo mesma pois não havia guardado o bilhete que ele lhe deixara quando Miranda mentira por ela. Sabe-se lá quantas mensagens secretas não poderia ter encontrado naquele bilhete!

Mas Vitória estava mais preocupada com a correspondência que não recebera. Não voltara a saber nada de León desde que ela lhe escrevera dizendo que não iria encontrá-lo no Rio. Teria sua carta sido fria demais? Ou seria por não ter mencionado o humilhante castigo e, como tal, não ter explicado o motivo da ausência? Será que sua resposta teria ido parar em mãos alheias? Se os pais lhe proibiam visitas, podiam também lhe reter a correspondência.

De repente, Vitória ouviu que a chamavam. Escondeu rapidamente as duas cartas numa gaveta da escrivaninha, dirigiu-se à porta e aguçou os ouvidos para escutar o que se passava na casa. Dona Alma nunca permitira que se chamasse alguém aos gritos a não ser em circunstâncias especiais.

– Vita! – O pai abriu a porta, sobressaltando-se ao ver Vitória tão perto dele. – Meu Deus, filha! O que está fazendo aqui? Por que não respondeu?

– Não me sinto bem. Não consigo comer nada.

– Quem é que está falando em comer? Félix desapareceu. Você faz ideia de onde ele possa estar?

– No meu quarto é que não está, com certeza.

– Poupe-me de suas observações irônicas. Venha para a sala ouvir José. Talvez você se lembre de onde o rapaz possa ter se enfiado.

O cocheiro estava no centro da sala, a cabeça baixa, prestes a chorar.

– Deixei-o na farmácia. Ficou de comprar os remédios para dona Alma e depois os cadernos da sinhazinha na loja de música. Enquanto isso, eu fui à estação buscar a encomenda com as telas e as tintas que o senhor encomendou no Rio. Era para o rapaz se encontrar comigo na estação, onde fiquei à espera dele com a carruagem. Mas ele não foi. Esperei durante duas horas, depois percorri toda a cidade perguntando por ele, mas ninguém o viu. Ó meu Deus...!

– Não se preocupe – disse Vitória, tentando acalmar o velho. – Provavelmente vai aparecer a qualquer momento com um sorriso divertido e uma explicação plausível para seu atraso. Talvez não o tenha encontrado na estação porque chegou quando você já tinha ido embora. Pode ser que tenha precisado vir a pé, e é bem feito para ele.

Vitória não estava tão otimista quanto parecia. Também estava preocupada com o desaparecimento de Félix. Nunca acontecera nada semelhante; o rapaz sempre havia sido pontual. E, se realmente estivesse em apuros, se tivesse sido vítima de um roubo ou acidente, estaria com graves problemas para entrar em contato com eles. Na manhã seguinte alguém teria de ir com José à cidade para continuar a procura por ele. Se possível ela própria: era uma situação excepcional diante da qual o pai não poderia continuar a manter o castigo.

Enquanto Vitória ia se sentindo mais animada com essa nova perspectiva, José se desmoronava cada vez mais.

– Vita, pense um pouco. Por acaso ele tinha alguma outra encomenda sua para pegar?

– Hum... Além dos cadernos e das telas, não tinha mais nenhuma encomenda. Talvez tenha passado pela pastelaria. A dona Evelina simpatiza muito com ele e lhe oferece sempre bombons e outros doces. Mas isso não explicaria seu desaparecimento.

– Sinhá Vitória, já perguntei à dona Evelina. Ele não foi visto por lá – explicou José.

– Deve ter fugido – disse dona Alma, que até então permanecera em silêncio, sentada no sofá e apenas ouvindo.

– Não acredito, mãe. Que motivos teria? Ele é muito esperto, mas é mudo. Logo o descobririam.

– Agora não podemos fazer mais nada. Proponho que esperemos até amanhã. Se Félix não aparecer, logo cedo empreenderemos uma busca séria. Você, José, esteja aqui às sete.

Eduardo dispensou o cocheiro com uma inclinação de cabeça.

José saiu como se arqueado pelo peso da culpa, que atribuía exclusivamente a si próprio. No fundo, partilhava da suspeita de dona Alma sobre o jovem ter tentado fugir, mas não falaria disso com ninguém até ter total certeza. No quarto onde vivia com Félix encontraria a prova. Havia uma coisa que o rapaz guardava como se fosse ouro. Se aquele objeto não estivesse lá, saberia que Félix tinha fugido.

A porta do quarto rangeu quando José a abriu, vacilante. Ele deixou a lâmpada a óleo em cima de uma mesinha a um canto e fechou a porta. Depois sentou-se na cama, uma simples estrutura de ferro com um colchão de palha por cima. Não lhe agradava a ideia de mexer no esconderijo de Félix. O jovem mantinha aquele lugar em segredo, mas o velho, que com o passar dos anos dormia cada vez menos, observara várias vezes que ele ocultava seus tesouros num orifício entre as madeiras. Era minúsculo, mas suficiente para os objetos que Félix tanto valorizava. Tinha um par de moedas que conseguira reunir graças a alguns serviços, uma pedra de estranho formato que encontrara certa vez, o dente de um puma que ganhara numa aposta. Também escondia ali uma pequena bolsa de pele com um medalhão de ouro. Essa joia era a única lembrança que lhe restava da mãe, que morrera no parto quando ele havia nascido. O medalhão fora presente do pai, cuja identidade Félix nunca chegara a esclarecer. Mas o medalhão era de tamanho valor que devia ser de um cavalheiro da alta sociedade. Luíza o guardara até que ele fizesse 12 anos. "Tome, jovenzinho. Era da sua mãe. Já é suficientemente crescido para guardá-lo você mesmo."

De vez em quando Félix olhava para o medalhão com enorme respeito. José o ensinara como abri-lo. Assim que levantou a tampa, Félix se sobressaltou. Passado o primeiro susto, examinou a joia detalhadamente. Em seu interior, de ambos os lados, havia uma pequena fotografia oval. Mas, com o tempo, as fotografias encheram-se de manchas. Quase não se conseguia ver nada, exceto que se tratava de um homem com um uniforme de gala e um sabre excepcional, e de uma mulher de pele escura. Eram seus pais.

José levantou-se da cama com um suspiro. Tinha de espreitar o esconderijo, senão o desaparecimento de Félix não o deixaria sossegado. Pôs-se de pé em cima da cama do jovem para chegar ao lugar oculto. Rapidamente tocou uma caixa. Pegou-a e se sentou para ver o conteúdo. A pedra estava lá, mas o dente, as moedas e o medalhão tinham desaparecido. José, que mal se lembrava da última vez que havia chorado, ficou com os olhos inundados de lágrimas.

VI

O CHÃO ESTAVA SECO E DURO. A pedras que se sobressaíam da lama seca cravavam-se nos pés a cada passo. Depois de andar por dois dias seguidos, Félix tinha tantas feridas que, para conseguir continuar, teve de rasgar a camisa e usar as tiras de tecido como curativo improvisado. Quase sentia saudades do pântano que tinham atravessado. Lá os pés praticamente não haviam sofrido. Mas não: no pântano existiam outros tormentos pelos quais não queria voltar a passar. Curioso como se esquece tudo tão rápido quando surgem novas calamidades. Já estavam andando havia cinco dias. Félix tinha dores em todos os ossos e, como sua pele já não estava habituada ao sol intenso, tinha o nariz ardendo. Os lábios estavam rachados e havia ainda outro suplício: as picadas de insetos, uma vez que corpos suados eram motivo de festa para eles.

No entanto, pior que Félix estavam as mulheres que tinham de carregar os filhos, alguns ainda bebês, e os idosos, que já não tinham boas pernas. Mas não eram muitos. A maior parte das trinta pessoas que compunham o grupo era de jovens fortes. Fossem novos ou velhos, homens ou mulheres, todos tinham algo em comum: queriam escapar da escravidão. A qualquer preço. Ainda que para isso tivessem de andar durante o dia por terrenos inconcebíveis e sofrer todo tipo de penúria; mesmo que tivessem de viver o resto da vida com medo de ser descobertos, ainda assim, queriam ser livres.

Quando Félix pediu ao famoso abolicionista León Castro que o ajudasse a fugir, estava convencido de que conseguiria enfrentar qualquer coisa desde que alcançasse a liberdade. Agora, depois da desgastante caminhada pelo interior da província do Rio de Janeiro e das quatro insuportáveis noites que tinham passado dormindo sob o empoeirado chão de algum celeiro, ou mesmo a céu aberto, não tinha tanta certeza. Por que razão tinha abandonado o conforto do pequeno quarto que dividia com José, o cocheiro? Como podia ter renunciado aos privilégios que desfrutava na Boavista por aquela viagem rumo à incerteza? Já estava com saudade do seu amigo Betinho, que tocava flauta tão bem, assim como dos cuidados maternais de Mariana. Sentia falta dos sons da fazenda onde havia nascido, dos gritos de Pereira no pátio, do relinchar dos cavalos, do regresso dos escravos do campo, sempre acompanhados de cânticos, das grosseiras implicâncias da velha Zélia, que ressoavam até na casa-grande. Agora, tanto de dia como de noite, estivessem andando ou descansando, ouviam-se apenas murmúrios abafados, nada de música, nem uma palavra mais alta que a outra. O silêncio do medo.

Até o choro dos bebês era mais fraco, como se também estivessem perdendo as forças. A fadiga da caminhada e a escassa alimentação debilitavam a todos. Desde que tinha fugido, Félix comeu apenas as broas de milho que as mulheres cozinhavam quando paravam. Na carne do tatu que três rapazes tinham caçado no bosque quase não tinha tocado, e não conheciam os frutos das árvores, por isso ninguém se atrevia a prová-los. Com grande tristeza, Félix percebeu que os restos de comida dos patrões que Luíza lhe aquecia na cozinha eram melhores que tudo o que pudesse vir a comer no futuro. Ficava com água na boca só de pensar nos pastéis de massa tenra, nas sopas e nos pratos de carne assada.

Nenhum dos colegas de viagem de Félix havia comido na vida outra coisa além do que se plantava nas fazendas. Nenhum deles viveu em liberdade; nenhum teve de tomar nenhuma decisão nem lutar pela sobrevivência num ambiente hostil. O único que sabia enfrentar situações adversas era Zé, o guia. Aquele negro enorme, com a cara marcada pela varicela, era o intermediário de León Castro e tinha de conduzir aquela penosa caravana desde Vassouras até Caxambu. Lá, outro guia os levaria até Três Corações, o destino final. Zé também não confiava nas plantas do bosque. "Segundo o dono, podem comer essa aí", dizia, apontando para um fruto redondo de aparência espinhosa. "Mas, se querem minha opinião, melhor não comer, senão as tripas de vocês ficarão pelo caminho", finalizava, desatando a rir estrondosamente.

Ninguém comeu aquele fruto. Em relação a todo o resto também seguiam os conselhos de Zé, embora Félix pensasse que não eram produto de sua experiência como homem livre, e sim de sua escassa inteligência. Afinal de contas, continuava a ser um escravo a quem se notava certa insegurança, apesar do aspecto imponente e gigantesco. Zé não os deixava se lavar, uma vez que considerava a limpeza um sinal de feminilidade, uma característica própria dos brancos. Com frequência, o percurso do grupo decorria ao longo de um rio, mas Zé também os proibiu de pescar, já que para ele em todos os rios existiam correntes traiçoeiras. Além disso, como não tinham galinha para oferecer como sacrifício, toda noite ele os obrigava a enterrar pelo menos uma pena de ave à frente dele pronunciando misteriosos feitiços. Era uma das poucas ocasiões em que Félix não se importava de ser mudo.

Félix não conhecia os rituais de Zé. As reuniões secretas para adorar a divindade africana que eram celebradas na Boavista e às quais ele, por ser mudo, podia assistir seguiam regras muito diferentes. No entanto, nada o surpreendia. Os escravos tinham sido trazidos ao Brasil de várias tribos africanas, e os diferentes cultos haviam evoluído de inúmeras maneiras com o passar dos anos. Quem sabe Zé tivesse enriquecido sua cerimônia com rituais indígenas? Afinal de contas, Esperança, o destino final da viagem, estava situada no centro do território guarani.

A maioria de seus colegas estava satisfeita com os rituais realizados por Zé. Toda a ajuda era bem-vinda, mesmo que viesse de divindades indígenas. E onde viveriam os deuses se não ali, nas empinadas ladeiras da serra da Mantiqueira, cobertas de verde e nas quais parecia se sentir a presença de inquietantes criaturas? Até mesmo o pragmático Félix julgava sentir o espírito de uma presença sobrenatural, mas ele pedia ajuda ao Deus dos brancos. Mentalmente rezou tantos pai-nossos e ave-marias como jamais tinha feito antes na vida. E com sucesso: quando um dia foram detidos por uma patrulha do imperador, que lhes perguntou qual o objetivo da viagem, suas silenciosas preces deviam ter contribuído para convencer os soldados da legalidade da viagem:

– São todos escravos do senhor Azevedo – explicou-lhes Zé, e tirou do bolso um documento aparentemente oficial. Nele estava escrito que o senhor Azevedo, dono da fazenda Santa Maria, era um famoso veterano da guerra do Paraguai e, como tal, um bom amigo do imperador, e enviava aqueles escravos, cujo nome conhecia um a um, à filha e ao genro, que precisavam com urgência de mais braços na sua fazenda de Minas Gerais.

Os soldados mostraram-se céticos, inspecionaram o documento e fizeram algumas perguntas a Zé. Chegaram até mesmo a falar com alguns dos escravos, acreditando que estes revelariam o verdadeiro motivo da viagem. Havia muitos escravos fugidos e a recompensa pela captura deles era considerável. Mas, após um interrogatório de meia hora, os soldados não encontraram nenhum detalhe que contradissesse a versão de Zé e foram-se embora. Félix se benzeu.

No décimo primeiro dia, chegaram a Esperança. À primeira vista, a fazenda não fazia jus ao nome que tinha. A casa-grande era menor do que Félix estava habituado a ver no Vale do Paraíba. Não havia uma entrada com palmeiras-reais nem se via nenhum sinal de riqueza. Teriam de ficar numa quinta tão pobre? As senzalas pareciam miseráveis, e por todo lado proliferavam ervas daninhas. Diante da porta estava uma velha carruagem, que acentuava a impressão de pobreza. A única pessoa que ficou contente de chegar lá foi Lulu, o guia do grupo durante a última parte do trajeto. Ele abraçou carinhosamente um velho mulato que não parecia pertencer àquele lugar.

– Este – disse Lulu – é o Gregório. Ele vai lhes mostrar tudo e ensinar aquilo que for preciso. É uma espécie de capataz. Porque, embora vocês tenham deixado de ser escravos, devem continuar a seguir uma série de regras específicas. É melhor fazerem o que ele mandar.

Gregório virou-se para os recém-chegados.

– Bem-vindos a Esperança. Estou vendo o desalento no rosto de vocês, mas, acreditem em mim: assim que tiverem comido e dormido, vão se sentir melhor. E, quando tiverem recebido o primeiro salário, toda a nostalgia desaparecerá num piscar de olhos. Aqui vivem cerca de 150 pessoas, todas elas antigos escravos. Cada um de nós sabe como vocês se sentem neste momento. Mas nenhum se arrepende da decisão que tomou.

O homem de cabelos grisalhos contemplou lentamente o rosto dos recém-chegados. Seu olhar cravou-se em Félix, que por sua vez observava fixamente o idoso. Que figura tão cômica, com aquela capa marrom-clara e os sapatos mais gastos que já tinha visto!

– Ei, você, para quem está olhando com essa cara de bobo?

Félix sentiu-se encurralado. Encolheu os ombros e, através de gestos, deu a entender que não conseguia falar.

– Você deve ser o rapaz da Boavista, certo?

Félix assentiu.

– Mas, além da voz, não lhe falta mais nada, ou falta?

Félix negou com a cabeça. Primeiro tocou na testa e depois mostrou o bíceps.

– Então se considera esperto e forte. Ótimo, precisamos de gente assim. Quantos anos você tem?

Se agora Félix fosse sincero e respondesse 14, ia perder dinheiro. Tinha ouvido que o trabalho não era o único requisito para receber um salário; a idade também contava. Mostrou ao velho primeiro dez dedos e depois seis. Essa idade era viável.

– Aqui não precisamos de mentirosos.

Gregório lançou um olhar penetrante a Félix e virou-se para os outros.

– Para chegarem até aqui, tiveram de mentir. Vão ter de continuar a mentir para não comprometer sua liberdade. Mas não se atrevam a mentir em Esperança. E, sobretudo, devem ser sinceros comigo. Sei mais sobre vocês do que pensam. Eu os conheço melhor do que vocês se conhecem. Aquele que mentir vai ter uma vida muito difícil aqui. Entenderam?

Todos assentiram.

– Agora podem descansar. Margarida vai mostrar às mulheres o alojamento feminino, e os homens vão com o Carlos.

Enquanto seguiam o homem, um rapaz aproximou-se de Félix e, em voz baixa, perguntou-lhe a verdadeira idade. Félix mostrou-lhe catorze dedos.

– Você tem 14 anos? Meu Deus! Observei você durante todo o caminho. Está realmente muito crescido. E é corajoso.

Félix olhou tristemente para o rapaz. Abandonou sua valentia no momento em que Gregório o pegou mentindo. Iria ganhar menos que muitos dos outros, embora trabalhasse tão bem quanto eles, e também estaria mais exposto a zombarias, pois os homens preferem se meter com os mais novos do que com os da sua idade. Com 14 anos ainda era considerado uma criança; com 16, seria um homem.

O alojamento era extremamente rudimentar. Um enorme barracão de um só andar tinha sido dividido, com simples painéis de madeira, em duas dúzias de quartos. Em cada um deles deviam se instalar três ou quatro homens. O chão estava coberto por palha e, como colchão, utilizavam sacos de café cheios também de palha. Carlos apontou para Félix e para o outro rapaz, Lauro, o quarto menor.

– Vão ficar com o Guga e o Matias. Os dois têm a mesma idade de vocês. Daqui a umas duas horas voltam dos campos e vão explicar como funcionam as coisas aqui.

Depois, Carlos entregou a ambos um saco com comida.

– Isto é suficiente para hoje.

Félix abriu o saco. Lá dentro havia um pão, um pedaço de queijo, uma laranja e uma banana, além de arroz, lentilhas e uma fatia de toucinho. Mas, sem utensílios culinários, não podiam cozinhar. Ele comeu avidamente o pão e o queijo. Lauro fez o mesmo.

– Gosto disto. Toucinho! E um quarto para quatro. Em Santa Clara não tínhamos isto.

Félix o invejava. Achava insuficiente tanto a quantidade de comida quanto as condições do alojamento. Mas tinha de se acostumar. De todos no grupo que chegara até ali, ele era o único que havia trabalhado dentro da casa-grande. Mas não tinha intenção de contar o fato a ninguém, já que lhe cairiam em cima como feras. A rivalidade entre escravos que trabalhavam na casa e os do campo era enorme, e Félix calculava que a liberdade não mudaria nada em relação a isso.

Assim que acabou a frugal refeição, abateu-se sobre ele um enorme cansaço. Juntou três sacos para poder se deitar comodamente e adormeceu. Duas horas mais tarde, acordaram-no sem nenhum constrangimento.

– Ei, você está na minha cama! – recriminou-o um corpulento mulato, que Félix calculou ter poucos anos mais do que ele. Félix o encarou com os olhos bem abertos, bocejou, mas não se mexeu do lugar. Estava tão esgotado que tinha a sensação de nunca mais conseguir se levantar. Mas, quando o rapaz o empurrou para um lado, Félix se ergueu.

– Não volte a fazer isto, entendeu? Ali – disse, apontando para um cama onde havia um pouco de palha – é o seu lugar.

93

Lauro também fora acordado e expulso de sua cama.

– Querem os sacos todos para vocês e que nós nos deitemos sobre estes restos de palha suja? Nem pensar. – Dizendo isto, Lauro pegou um saco de café e o levou para o canto que lhe tinham indicado.

– É o que se costuma fazer aqui. Temos direito de antiguidade – respondeu o garoto corpulento, a quem se juntara outro rapaz, mais musculoso e mais negro que o alcatrão, com um aspecto um pouco selvagem, que não dava margem para grandes disparates. Félix sentou-se no canto indicado, mas Lauro ainda não estava de acordo com aquela injustiça. Gritou e insultou os dois, até que o gordo lhe deu um empurrão e lhe tirou os sacos. Félix sabia que a situação ia piorar, por isso ficou quieto no seu canto. Não era bom presságio começar o primeiro dia com uma disputa. Mas Lauro continuava a gritar cada vez mais alto, até que por fim empurrou o gordo, e os dois rapazes caíram em cima dele. O corpulento segurava Lauro com força enquanto o musculoso lhe socava o estômago, a cara e a virilha de forma brutal. Lauro gemia de dor. Aquilo era demais para Félix. De bom grado teria berrado pedindo ajuda ou gritado com os dois rapazes, mas ambas as coisas teriam sido inúteis. Os homens do barracão não pareciam se importar com o que acontecia no outro quarto, embora fosse possível ouvir qualquer murmúrio através dos finos painéis. Porém, o próprio Félix teve de intervir.

Saltou como um raio e, antes que o gordo pudesse avisar o parceiro, já tinha metido os dedos nos olhos do magro. A situação mudou rapidamente a favor de Félix e Lauro. O magro estava fora de combate; contorcia-se e tapava os olhos. O gordo havia levado uns bons golpes. Lauro olhou para Félix. Seu olho esquerdo estava tão inchado que mal conseguia ver, mas não parecia se importar com isso, tampouco disfarçou a alegria.

– Anda, vamos pegar as coisas a que temos direito.

Durante os dias e semanas seguintes, a situação a respeito da posse dos sacos de café parecia ter se esclarecido, embora se notasse certa tensão no ar. Guga, o gordo, e Matias, o magro e musculoso, provocavam os novos inquilinos sempre que tinham oportunidade para isso. Roubavam-lhes porções de comida, boicotavam-lhes o trabalho e disseminavam horríveis mentiras sobre eles. Félix e Lauro não podiam esperar que ninguém os ajudasse. Era como Carlos havia dito: já não eram escravos, mas também não eram patrões. Em Esperança aprendiam a agir e a pensar por eles próprios, de modo a estar preparados para quando saíssem dali. Nenhum negro ficava lá mais de um ano. Passado esse tempo e munido de documentação falsa, sapatos, alguma formação e um pouco de dinheiro, passariam a viver em verdadeira liberdade. Quando lá tinham chegado, Gregório fora bem explícito ao dizer que apenas um em mil tinha a capacidade necessária para ganhar a vida no mundo exterior.

– Acham que assim que tiverem ganho algum dinheiro já podem ir para o Rio de Janeiro e ter uma vida mais sossegada, mas precisam de algo a mais. A maioria de vocês acabará na sarjeta. Começam a trabalhar no nível mais baixo, esforçam-se muito mais do que nas fazendas, que é de onde vocês vêm, e os poucos trocados que ganham por dia gastam em bordéis e aguardente. Esta é a triste realidade. Mas todos têm a oportunidade de melhorar. Aqui ensinamos vocês a aproveitar essa chance. Quem compreender bem o que queremos lhes ensinar aqui poderá montar a própria oficina ou administrar uma loja com certo êxito.

Félix sabia que nem Guga nem Matias o conseguiriam, e também estava convencido de que Lauro tinha contra ele o próprio temperamento. Mas, e quanto a ele? Sua mudez fazia com que não estivesse nas melhores condições para enfrentar todo tipo de adversidade que pudesse encontrar ao longo da vida. Embora, por outro lado, talvez devesse a essa deficiência sua extraordinária capacidade de percepção. Tinha superado com rapidez todos os que começaram com ele a ter aulas em Esperança. Nenhum estava tão desejoso de aprender a ler e escrever como ele. Enfim poderia se expressar com algo além da mímica. Também achava a aritmética bastante fácil, e não demorou para que se tornasse o preferido de dona Doralice, a professora.

Ela andava pelos 50 anos e ainda era bonita. Muitos anos antes, também tinha sido uma escrava, mas guardava em sigilo as circunstâncias exatas de sua libertação. Falava com um ligeiro sotaque espanhol e tinha evidentes traços indígenas. Corria o rumor de que provinha de uma região fronteiriça próxima do Uruguai, do Paraguai ou da Argentina. Félix adorava dona Doralice e, ao contrário da maioria das pessoas, aguardava as aulas com verdadeira impaciência. Enquanto Lauro se queixava da falta de tempo livre, já que todo dia, antes e depois das oito horas de trabalho, havia duas horas de aulas, Félix teria preferido passar mais tempo aprendendo.

Havia uma moça de uns 16 anos, Fernanda, que disputava com ele o carinho da professora. Félix não suportava Fernanda. Era orgulhosa e desconfiada, e não se relacionava com nenhum dos homens de Esperança, embora tivesse muitos admiradores. Félix não sabia o que viam nela. Embora fosse dona de um rosto bonito, para o gosto dele era baixa e roliça demais. Tinha um peito enorme que sempre escondia sob amplas blusas, e Félix via aquilo como algo ameaçador. Mas muitas noites, quando se reuniam em grupos para jantar, aqueles seios convertiam-se em alvo dos mais obscenos comentários. Quando Félix se aborrecia e se afastava, farto daquelas conversas, os homens faziam piadas ainda mais grosseiras, dessa vez sobre ele.

– Não fique assim, jovenzinho – consolava-o por vezes o velho Ronaldo –, logo também vai gostar desses assuntos.

Ronaldo decidiu, junto com outro homem mais velho, introduzir Félix nos segredos do amor entre um homem e uma mulher. Combinaram negociar com Lili um preço especial. Aquela jovem era astuta e boa negociadora, e seu belo corpo a ajudava a ganhar algum dinheiro. O dono e Gregório faziam de conta que não sabiam o que Lili fazia, mas sabiam perfeitamente, assim como todos ali, no que é que ela pensava em aplicar o dinheiro poupado, já que não o escondia:

– Um dia serei dona do maior e melhor bordel do Brasil.

Todos acreditavam nela.

Com efeito, para prestar seus serviços a Félix pediu uma quantia bem pequena. Achava-o um bom investimento. Quando o rapaz começasse a gostar daquilo, haveria de querer voltar outras vezes. Nessas ocasiões, teria de pagar o preço real. Além disso, gostava dele. Félix já tinha um corpo de adulto, embora ainda fosse um pouco desajeitado. A amargura, a miséria e o desespero ainda não haviam sulcado seu rosto. Sua expressão era uma mistura de otimismo juvenil e teimosia infantil. A isso deviam se acrescentar uma pele morena clara muito suave, olhos esverdeados, um nariz reto e lábios finos, que pareciam os de uma pessoa branca. Tudo isso agradava Lili muito mais que os tipos rudes que costumavam visitá-la.

Félix não se mostrou muito entusiasmado com o plano, mas não tinha escapatória. Enquanto isso, já havia se espalhado o rumor de que Lili o transformaria num homem, e aborreciam-no fazendo-lhe gestos obscenos e lhe dirigindo expressões de duplo sentido. Quanto mais conselhos bem-intencionados lhe davam, quanto mais detalhes ia conhecendo sobre o corpo feminino, mais receava o iminente encontro com Lili. Sua evidente timidez provocava ainda mais piadas entre os homens, mas Félix não tinha escolha: devia ir ao encontro de Lili.

Quando enfim o dia chegou, Félix tentou se aproximar de modo discreto da cabana onde Lili exercia sua profissão. Mas a gritaria dos homens o acompanhou, de maneira que até as mulheres perceberam a movimentação. Fernanda, que estava no pátio à frente do barracão das mulheres tentando escrever numa lousa, lançou-lhe um olhar carregado tanto de nojo quanto de compaixão. Justo naquele dia tinha de estar sentada ali! Sua aventura era para Félix muito mais penosa diante dela do que de qualquer outra pessoa, à exceção talvez de dona Doralice. Mas manteve a cabeça erguida e não deixou que notassem sua angústia interior.

– Félix, seu sortudo – disse-lhe Lili quando o viu. – É realmente um sujeito de sorte, jovenzinho. Sabia?

Félix negou com a cabeça.

– Não está contente? Com certeza já sentiu desejos carnais, ou não? Já não se aliviou, você mesmo? Mas, acredite em mim: uma mulher pode lhe proporcionar muito mais alegria do que a sua própria mão.

Félix virou-se, envergonhado. O que tinha ela a ver com o que ele fazia à noite sob o cobertor? Lili aproximou-se mais dele. O rapaz sentiu o hálito dela e lhe observou os grandes poros do nariz. Achou-a repugnante. Mas o que ela fez a seguir com ele o fez esquecer de tudo o que existia à sua volta. A expressão dissimulada de Lili, os utensílios que havia no armazém, o enorme banco de madeira onde estava sentado... tudo isso se desvaneceu quando Lili começou a lhe dar prazer com as mãos, com a boca e com o corpo. Também não se deu conta de que alguns rapazes se alternavam em espiar por um pequeno buraco, divertindo-se com o que viam. Quando Lili se pôs em cima dele e começou a se mexer cada vez mais depressa, da sua garganta saiu uma espécie de grunhido que o assustou.

Os dias seguintes foram para ele um verdadeiro suplício. Todos na fazenda pareciam saber que tinha visitado Lili. As moças mais novas sorriam disfarçadamente quando ele passava por elas, e os rapazes que ainda não tinham idade suficiente para receber as lições de Lili olhavam-no admirados. Homens adultos faziam-lhe comentários que, ainda que fossem elogios, pareciam-lhe bastante desagradáveis.

– O rapaz tem nas calças o que lhe falta na garganta – dizia um, e Félix questionava-se como ele saberia disso. Teria Lili contado os detalhes do encontro entre eles? Lauro queria saber tudo em detalhes, mas, através de gestos, era impossível dar uma descrição completa.

– Ai! – disse Lauro. – É melhor eu mesmo fazer uma visita a Lili. Assim ficarei conhecendo os pormenores. Mas ela pede quinhentos réis! Como se eu tivesse esse dinheiro! E os velhos com certeza não me emprestarão.

Félix não suportava a falta de privacidade. Na Boavista arranjava sempre uma maneira de fazer uma sesta à beira rio sem que o vissem, ou de surrupiar algumas provisões na cozinha. Ali, pelo contrário, sabia-se o que todos faziam a qualquer hora. Nunca estava só, nem nas aulas, nem nos campos, nem no seu quarto. Além disso, mal se podia deslocar livremente dentro da fazenda; as saídas mais demoradas, como por exemplo ir à cidade vizinha de Três Corações, estavam estritamente proibidas. Para muitos, a tentação de se sentarem por lá numa taberna e de se embebedarem era muito forte, e com isso também era grande o perigo de se gabarem de terem conseguido fugir. Só os que estavam lá havia muito tempo é que podiam acompanhar dona Doralice ou Gregório quando tinham de ir à cidade tratar de alguma coisa. E, quanto mais limitado e observado se sentia, mais se isolava dos outros. Começou a sentir saudades.

Estava imerso nesse estado de espírito quando León Castro chegou à Fazenda Esperança. Um amigo dos seus senhores! Poderia lhe contar como andavam as coisas na Boavista, como reagira a família Silva à sua fuga, o que andava fazendo o restante dos escravos. Mas a princípio León não reconheceu o rapaz que o olhava e que o cumprimentou com alegria. Desceu do cavalo com um salto e parecia ter pressa para entrar em casa. Subiu os degraus de dois em dois e, quando estava em frente à porta da casa-grande, tocou impaciente a campainha. Dona Doralice abriu-lhe a porta e os dois fundiram-se num abraço. Félix ficou admirado. Que branco abraçaria uma mulher negra com tanto carinho diante de todos?

Félix não teve oportunidade de ouvir as novidades trazidas por León até o dia seguinte. Foi então que o jornalista mandou chamá-lo. Estava sentado à escrivaninha do dono, a quem Félix nunca vira, mas que estava presente em todo lugar. Oswaldo Drummond, genro do poderoso senhor Azevedo, e a esposa Beatrice eram os donos daquela fazenda, mas viviam em outra propriedade situada a muitos quilômetros rumo ao interior. Mas isso não dava a León o direito de se sentar à mesa do senhor Oswaldo. Félix admirou-se com a falta de respeito, mas não deixou que se notasse.

– Sente-se – disse-lhe León. – Ouvi dizer que se adaptou bem.

Félix assentiu.

– Há quanto tempo está aqui? Dois, três meses?

Félix lhe deu a entender que eram quase quatro.

– Quanto é 13 vezes 45?

Félix pensou durante alguns segundos e depois lhe mostrou primeiro cinco dedos, depois oito e depois outra vez cinco.

– Muito bem. E como se escreve o seu nome?

León deu-lhe uma folha de papel e um lápis. "Félix Silva", escreveu o rapaz no papel com letras desajeitadas. Depois acrescentou: "Como estão as coisas na Boavista?".

León estava admirado.

– Isto é fantástico. Até agora ninguém aprendeu tão rápido a escrever. Respondendo à sua pergunta: há muito tempo que não vou lá, mas ouvi o Pedro dizer que estão todos bem. Tem saudade?

Félix mordeu os lábios. Não queria que pensassem que era um sentimental. Mas enfim assentiu.

– É normal. Mas isso passa. Assim que tiver experimentado a verdadeira liberdade, nunca mais vai querer renunciar a ela. – Ficou olhando para Félix durante alguns instantes. – É jovem o suficiente para aprender a viver em liberdade. Repare: muitas das pessoas mais velhas não o conseguem. Viveram muito tempo como escravos, sem assumir as próprias responsabilidades. Não é fácil, mas você pode conseguir.

Félix estava orgulhoso por uma pessoa como León Castro acreditar tanto nele.

– Já pensou na profissão que gostaria de ter? – perguntou-lhe León.

Sim, já pensara. Mas sem chegar a nenhum resultado satisfatório. Podia aprender uma profissão, transformar-se em ferreiro ou carpinteiro. Era forte e tinha mãos habilidosas. No entanto, atraía-lhe mais uma profissão na qual pudesse aplicar seus conhecimentos recém-adquiridos. As aulas para aprender a ler, escrever e contar lhe haviam aberto um novo leque de possibilidades. Mas não seria muito atrevimento de sua parte exprimir o que sentia?

O jovem deu de ombros.

– Rapaz, você tem de pensar nisso. Só então poderemos prepará-lo. Imagina-se trabalhando em um escritório?

Félix assentiu, contente.

– Tenho um amigo no Rio que dirige um grande negócio e que pode precisar de alguém como você: alguém que saiba fazer contas, seja discreto e digno de confiança.

Félix arqueou as sobrancelhas. Comparar mudez com discrição, por favor! Que ideia absurda! Ele podia ser tão indiscreto quanto qualquer outra pessoa.

– Não me olhe desse jeito crítico, Félix. Não me refiro de modo algum à sua mudez. Quando digo discrição, quero dizer discrição. Sei que é capaz de guardar um segredo.

León dirigiu a Félix um olhar que o assustou.

– Se quiser trabalhar com este meu amigo, tem ainda muito o que aprender. Só recomendo trabalhadores de confiança aos meus amigos, e que correspondam ao que se espera deles. Se for capaz de se imaginar o resto da vida trabalhando com fileiras de números num pequeno escritório, nos próximos meses nós o prepararemos aqui, em Esperança, de forma intensiva. Você é quem decide.

Félix coçou a cabeça de maneira hesitante. A ideia de passar toda a vida como León descrevera não era propriamente muito atraente. Embora, por outro lado, se se decidisse por aquilo, dedicaria menos horas ao trabalho árduo do campo e mais tempo às aulas com dona Doralice. Isso foi decisivo. Esticou o polegar em sinal de aprovação e sorriu.

– Mais uma coisa, Félix. Meu amigo não quer gente que gasta com prostitutas o dinheiro ganho arduamente.

O rapaz quis que se abrisse um buraco no chão e a terra o engolisse. Até León estava a par do assunto! Em cima da mesa, pegou o lápis e o papel, e nele escreveu: "Fui obrigado".

León riu:

– Sim, já sei. Os velhos juntaram dinheiro por você. Pode ficar verdadeiramente orgulhoso. Não teriam feito isso por mais ninguém. É quase como se o considerassem o mascote deles. Mas não volte a fazer isso. Não porque eu desaprove esse tipo de coisa, mas sim porque com prostitutas você pode pegar doenças horríveis.

Félix assentiu com uma expressão séria. De qualquer forma, não tinha mesmo intenção de voltar a visitar Lili.

– Então está tudo esclarecido. Vou tratar dos detalhes para que dona Doralice lhe dê todos os dias cinco horas de aula. Não a desaponte. Esforce-se. Tem de aprender em pouco tempo o que as outras pessoas levaram anos para aprender na escola. Mas sei que você tem talento para conseguir isso.

León levantou-se e apertou a mão de Félix. A conversa tinha acabado.

Os meses seguintes foram um inferno para Félix. Já não era o mascote dos demais, e sim o alvo preferido da maldade deles. Era classificado como preguiçoso porque não tinha de se matar de trabalhar como eles. Na realidade, trabalhava mais do que eles, pois passava noites inteiras estudando no quarto e lendo os livros que dona Doralice lhe emprestava. Mas acusavam-no de arrogante porque, segundo eles, achava-se mais inteligente. Sempre que tinham oportunidade, zombavam dele e o humilhavam. Se não fosse Lauro, teriam lhe roubado os livros e o humilhado ainda mais. Lauro não dava importância ao tratamento especial que o amigo recebia, pois em seu íntimo estava convencido de que Félix o merecia. Ele se dividia entre a inveja e a admiração, mas nunca o admitiria perante o restante dos homens.

As aulas também não lhe corriam muito melhor. Enquanto Félix tinha tido lições junto com os outros, tudo era muito fácil. Mas agora dona Doralice aumentara tanto o ritmo e o nível, que Félix estava quase desesperado. Também haviam selecionado Fernanda para receber aquelas aulas especiais, e ela não estava muito melhor que ele. Mas, em vez de entrarem em acordo, de estudarem juntos e de tornarem o sofrimento mais leve, Fernanda e Félix transformaram-se em rivais. Na escrita ela era melhor e levava vantagem nas lições de gramática. Félix mal conseguia acompanhá-las. Nas contas, ele estava à frente, e Fernanda tinha de trabalhar arduamente à noite para conseguir acompanhá-lo. A aula de que os dois mais gostavam era a de conhecimentos gerais. O que ali aprendiam sobre países longínquos, plantas e animais de seu país, grandes descobridores e navegadores, batalhas históricas e acontecimentos políticos contemporâneos abria-lhes novos horizontes... e os tornava conscientes da própria ignorância.

– Conhecimento é poder – dissera-lhes dona Doralice. – É por isso que os brancos lhes negam educação. Quem souber ler e acompanhar as leituras dos livros e dos jornais pode ter ideias de que os brancos não gostam.

"Mas eles também se beneficiariam com isso", escreveu Félix na sua lousa. "Podem empregar os escravos na administração."

Fernanda o olhou como se não estivesse bom da cabeça.

– E para que iriam querer colocar alguém como você na administração? Para que pudesse ver os livros deles e saber quanto ganham?

"Por que não? Não é segredo nenhum que são ricos."

– Eles têm receio – respondeu Fernanda – de que alguns de nós sejam mais espertos e os enganem.

Piscou o olho para Félix com cumplicidade. Ele respondeu com um sorriso. Era a primeira vez que entre eles havia algo parecido com um entendimento amistoso. Os dois, e o reconheciam até mesmo na sua mútua rivalidade, eram espertos o bastante para vencer os brancos com as armas deles. Se o conseguiriam de fato, já era outra história.

Dona Doralice estava orgulhosa de seus alunos. A princípio, incentivara certa rivalidade entre eles, porque assim avançavam mais depressa. Mas, agora, como poderia fazê-los perceber que os negros tinham de permanecer unidos perante qualquer circunstância, fosse qual fosse seu sexo ou idade, e que unidos seriam mais fortes do que separados? Félix parecia não levar Fernanda a sério porque era uma jovenzinha, e Fernanda considerava Félix um tolo muito mais imaturo do que ela.

– Vocês são mais inteligentes que os outros – disse-lhes um dia dona Doralice, uma expressão séria no rosto –, mas são tão tolos que tornam a vida um do outro impossível. Como se já não fosse suficientemente difícil, em particular para vocês. Sei que os outros arranjam confusão com os dois, que quase não têm amigos aqui. A única pessoa que poderia libertá-los dessa solidão está sentada diante de vocês todos os dias.

Félix e Fernanda olharam confusos para a carteira que cada um tinha à frente e fizeram como se as iniciais e os símbolos ali gravados fossem a única coisa merecedora da atenção de ambos. Por fim, Fernanda fez um esforço. Olhou para cima e levantou os ombros.

– Dona Doralice, com todo o respeito, o que a senhora acha que diriam os outros se fôssemos bons amigos? Achariam que somos um casal e nos chateariam com isso. E, sinceramente, não quero que me atribuam tamanho mau gosto por andar com esta criança.

– Esta *criança*, como você diz, querida Fernanda, é atualmente a única pessoa nesta fazenda que pode ajudá-la se precisar. Sei que sente saudades da sua amiga Lídia, e sei também que nenhum homem, jovem ou mais velho, substituirá a amizade com outra moça. Mas a Lídia não está mais aqui, e pelo menos uma coisa deve ter aprendido: se não pode mudar as circunstâncias, ao menos tente tirar o melhor proveito delas.

– O melhor seria não ter de suportar todos os dias este moleque idiota.

Dona Doralice olhou zangada para Fernanda.

– Se é isso que quer! Está dispensada de vir às aulas durante as próximas duas semanas. Ao lavar a roupa, terá oportunidade para refletir sobre sua impertinência.

Fernanda preparava-se para responder, mas pensou melhor. Pegou suas coisas e se levantou tão bruscamente que derrubou a cadeira. Depois, saiu da sala. Atrás dela ficou um desconfortável silêncio no qual Félix e dona Doralice olharam um para o outro, sentindo-se culpados.

Félix sentiu compaixão por Fernanda. Observava as demais mulheres na lavanderia, onde torciam a roupa e a penduravam para que secasse. Observava as enormes mãos de Fernanda, que não estavam habituadas àquele trabalho nem ao sabão azul. Sabia como estava sofrendo, não só porque zombavam dela, mas também porque perdia as aulas e ele avançaria tanto, que depois ela não conseguiria acompanhá-lo. Às vezes a via sentada à frente do barracão das mulheres, lendo com empenho e bocejando disfarçadamente. Passada uma semana, Félix teve de reconhecer que sentia falta dela. As aulas não tinham a mesma graça sem sua rival. Além disso, achava aquele castigo duro demais. Afinal de contas, a única coisa que Fernanda fizera fora dizer a verdade. Ele, no entanto, não tivera coragem para manifestar sua opinião, que não era muito diferente da de Fernanda.

Encheu-se de toda a coragem que conseguiu e dirigiu-se à lavanderia.

– Saia da minha frente, sapo! – gritou-lhe Fernanda quando ele se aproximou.

Félix lhe deu a entender que queria ajudá-la. Torcer a roupa seria mais fácil se ele colaborasse.

– Está adorando minha situação! – Ela o empurrou para um lado, com muito mau humor. Mas Félix insistiu tanto e com tal olhar de cão abandonado, que por fim Fernanda desatou a rir.

– Está bem, se quer que zombem de você por fazer trabalho de mulher... Olhe, pode levar isto lá para os fundos da casa.

E indicou-lhe uma enorme bacia cheia de roupa já lavada. O lado sul do barracão era menos poeirento, portanto era ali que se estendia a roupa. Também nisto Félix a ajudou, já que, sendo mais alto, tinha mais facilidade em pendurar as peças grandes nas cordas altas.

A partir daquele dia, Félix e Fernanda tornaram-se inseparáveis. Continuaram a discutir com frequência, e nas aulas permaneceram rivais, mas estudavam juntos e partilhavam todo o tempo livre que pudessem ter. Embora lhes tivessem aconselhado que, se fosse possível, não pensassem no tempo de escravidão, e muito menos que falassem disso, Félix e Fernanda costumavam se sentar à sombra de um jamboeiro e entregavam-se a essas lembranças. Suportava-se melhor a saudade ao partilhá-la com alguém que tinha vivido experiências semelhantes. Não lhes passava pela cabeça que um dia pensariam com a mesma intensidade na vida de então, em Esperança.

VII

DONA ALMA OLHOU MELANCÓLICA PELA JANELA. Era a primeira viagem que fazia em cinco anos. Perante o marido e a filha, mostrara-se mais contente do que realmente estava, mas agora, à medida que se aproximavam inexoravelmente do destino, vira-se invadida por uma estranha tristeza. Enquanto estava na Boavista, onde tudo corria como de costume, as monótonas ocupações de cada dia evitavam que pensasse na própria vida. Conformara-se com seu destino, que era muito menos esplendoroso do que aparentava. Ser a senhora de uma grande fazenda de café significava, sobretudo, muito trabalho e preocupações. Embora Vitória tivesse assumido muitas das suas responsabilidades, dona Alma encarregava-se de determinados problemas da vida diária mais do que era habitual em qualquer outra senhora. A limpeza do piso, os escravos rebeldes ou os animais doentes... esses eram os assuntos que predominavam nas conversas e nos pensamentos da família. Sobre poesia, arte ou música, sobre vestidos caríssimos ou detalhes picantes das intrigas palacianas mal se falava entre os Silva. Apenas em raras ocasiões, quando havia uma visita notável ou se dava uma grande festa, dona Alma assumia o papel de dama com o qual já não se identificava mais havia muito tempo.

Em algum momento daqueles últimos 25 anos, transformara-se de aristocrata em agricultora. Perdera a juventude, a vivacidade, a despreocupada convicção de que estava destinada a algo melhor. E isso acontecera sem que se desse conta. Aquela viagem fazia dona Alma ver quanto tinha mudado. Antes, em circunstâncias semelhantes, teria se sentido como uma rainha que se digna a deixar o isolamento livremente escolhido do palácio para ser aclamada pelo povo. Agora, sentia-se como a rainha-mãe destronada que estivera tempo demais encarcerada numa torre e que não sabia mais como se portar em público. Dona Alma estava com medo.

Vitória ficou admirada com a triste expressão no rosto da mãe, mas não se atreveu a perguntar qual era a causa. Além disso, não queria que lhe estragassem aquele momento. Durante semanas interpretara o papel de filha exemplar, concentrara-se em seu trabalho, melhorara nos estudos de piano e confessara pequenos erros ao padre Paulo... até que os pais tiveram pena: antes do Natal podia ir alguns dias ao Rio para comprar os presentes. Tivera de utilizar todo o seu poder de persuasão para que a mãe a acompanhasse. Não que Vitória valorizasse tanto assim a companhia de dona Alma; mas sem ela não a teriam deixado fazer a viagem.

Em meio à multidão da plataforma, quase não viam Pedro.

– Mãe, Vita! Estou aqui!

Pedro saltava e abanava o chapéu. Elas o perderam de vista, mas ele continuou a saltar e a gritar o nome das duas. Dona Alma cogitou que o considerariam um louco, e ficou contente quando enfim puderam se cumprimentar.

– Está com tão boa aparência, mãe! E você, Vita, está ainda mais bonita!

– Sim, sim, sim – disse dona Alma, aborrecida –, mas agora tire-nos quanto antes deste lugar horrível.

Vitória não tinha tanta pressa assim em abandonar a estação. Gostava das pessoas, da confusão e dos olhares de admiração dos homens. Era a cidade!

Em frente à estação tomaram um coche de aluguel. O cocheiro era muito descortês, e Vitória suspeitou de que se enfiava propositalmente em todos os buracos. Mas até disso gostou. Os habitantes da cidade eram mais ousados que os do campo, isso era fato. Foram em meio a solavancos até São Cristóvão, ultrapassaram inúmeros *omnibus* – coches puxados por dois cavalos onde havia lugar para umas quinze pessoas –, passaram diante de imponentes edifícios públicos e pessoas elegantemente vestidas que pareciam ter muita pressa. Vitória devorava cada pormenor que via pela janela. Contagiou-se pela agitada atividade. Sentiu-se desperta, viva e com vontade de fazer muitas coisas.

A casa de São Cristóvão ficava numa estreita rua sem saída. Tal como as casas ao redor, era relativamente estreita e tinha três andares. Estava pintada de amarelo-claro, e no andar superior havia varandas de ferro forjado com amplas portas de folha dupla. A casa tinha um aspecto bem cuidado e poderia pertencer a um bairro elegante de Florença, Nice ou Lisboa. A única coisa que indicava não estarem na Europa eram as duas negras com seus aventais recém-engomados que esperavam a família na porta.

– Maria do Céu, é você? Meu Deus, como está diferente!

Maria do Céu fez uma educada reverência.

– Sim, sinhazinha, a menina também não está como eu me lembrava.

As duas desataram a rir. Dona Alma não percebia o que as divertia tanto, e a mãe de Maria do Céu envergonhou-se da insolente conduta da filha. Dois anos antes tinham sido enviadas, mãe e filha, para São Cristóvão a fim de tomarem conta da casa da família Silva na cidade. Maria do Céu tinha então 13 anos, e a menina de pernas e braços compridos transformara-se numa linda jovenzinha. E em alguém que não se mostrava muito servil diante de seus senhores. A maior parte do tempo estavam sozinhas na casa, e o jovem senhor não se ocupava propriamente da educação do seu pessoal, desde que fizessem o trabalho corretamente.

– Seja bem-vinda, sinhá dona Alma – disse Maura, fazendo uma reverência. – Entre quanto antes; aqui dentro está mais fresco.

Dona Alma entrou primeiro, seguida de Vitória, Pedro e das duas escravas.

– Meu Deus, Pedro! O que aconteceu aqui? – exclamou dona Alma quando entraram na sala. Vitória não entendeu a que a mãe se referia. Havia muito tempo não ia àquela casa, mas parecia-lhe que a sala estava como sempre. Tinha claramente o selo dos pais, com o papel de parede pintado de listras verde-claras e bege, as pesadas cortinas de veludo, os elegantes móveis estilo 1850 e os fofos tapetes orientais. Vitória seguiu o olhar da mãe e rapidamente descobriu a alteração. Três novos quadros estavam pendurados na parede.

– O pintor chama-se Van Gogh; é holandês – explicou Pedro, apontando para um escuro quadro que mostrava um homem num tear. Este outro – acrescentou, referindo-se a um quadro com duas mulheres passando roupa – chama-se Edgar Degas. E aquele belo quadro da ponte é de Paul Cézanne. Descobri os três quadros numa pequena galeria de Paris durante a viagem que fiz à Europa há dois anos. Estavam com bom preço. Achei-os maravilhosos.

– Cada moeda que gasta neste amontoado de pinceladas é dinheiro desperdiçado – disse dona Alma, zangada. – Faça-me o favor de tirar esses quadros daí enquanto estivermos no Rio. Não acho que o tecedor nem as engomadeiras tenham perdido alguma coisa na nossa sala.

Vitória teve de dar razão à mãe, embora houvesse ficado fascinada com os quadros. Propôs-se a vê-los com mais calma em outro momento.

Depois de tomarem um refresco, subiram aos quartos para descansar um pouco da cansativa viagem. Mas Vitória não conseguia relaxar. Estava muito nervosa. Tinha tantos planos para aqueles dois dias que não podia perder tempo dormindo. Isso podia fazer na Boavista. Lavou-se, trocou de roupa e desceu novamente à sala. Queria aproveitar para falar com o irmão a sós.

Pedro estava tirando os quadros.

– Ai, Vita! Não tenho nenhuma inveja de você. Acho que não conseguiria suportar a mamãe todos os dias.

– Sim, tem razão. Mas neste caso compreendo a reação dela. Esses quadros não têm nada a ver com o resto da sala.

– Se eu pudesse, mudava tudo. Esses móveis velhos me deprimem. Depois eu lhe mostro meu quarto, o único cômodo da casa que decorei do meu gosto. Acho que vai gostar.

– Está bem, mas antes tem de me contar tudo o que aconteceu desde que nos vimos pela última vez. Meu Deus, já se passaram mais de três meses! O que os seus amigos Aaron, João Henrique e León andam fazendo? Será que vou enfim conhecer a famosa Joana de quem tanto falava na sua carta – a única que me escreveu; devia ter vergonha.

Vitória esperava que, mencionando-o discretamente, o irmão não notasse seu interesse por León. Mas não era fácil enganar Pedro.

– Vita, sei perfeitamente o que quer saber. Ou acha que não soube do seu castigo? O resto deduzi. Conte-me: o que se passa entre Aaron e você?

Vitória surpreendeu-se. Depois desatou a rir até lhe saltarem lágrimas dos olhos.

– Nada, Pedrinho, absolutamente nada. Como pode pensar uma coisa dessas?

– Desde a nossa visita à Boavista, Aaron não parou de me fazer perguntas sobre você. Nada para ele é banal; quer saber de tudo. Acho que já conhece todos os detalhes da sua vida.

– Mas você não contou aquilo da rã, contou?

– Claro que não. Ele sabe que você foi uma menina muito má, e também sabe que agora é uma sinhazinha insuportável.

– Pedro, você é terrível!

– Ó Vita, não tinha outra alternativa. Aaron está apaixonado por você e me persegue a toda hora. Não me deixa em paz até que lhe conte alguma coisa sua.

– Coitadinho!

– Sim, coitado! Calculo que não corresponda ao amor dele. Você gosta mais de homens do tipo de Edmundo Leite Corrêia ou Rogério Vieira de Souto: ricos fazendeiros com uma boa genealogia católica.

– Ah, é? – Vitória preferiu deixá-lo com aquela ideia. Sentiu alívio por Pedro não desconfiar de nada sobre seus verdadeiros sentimentos. – O melhor mesmo é me contar alguma coisa da sua Joana. Vamos conhecê-la?

Pedro foi ao escritório, que ficava ao lado da sala, e voltou com uma moldura.

– Olhe, é esta.

Vitória ficou admirada. Imaginara uma mulher mais elegante e mais bonita. Não esperava que o irmão arranjasse uma namorada tão sem graça.

– Parece muito... inteligente.

– Ai, Vita, você é demais! Já sei o que está pensando. Mas espere até conhecê-la. Acho que vai gostar dela. É realmente inteligente e perspicaz. Além disso, é muito bonita quando sorri. Nesta fotografia ficou péssima.

A hora seguinte passou voando. Vitória e Pedro trocaram novidades sobre amigos e conhecidos comuns, até que dona Alma chegou e, entre os três, planejaram o que fariam no dia seguinte.

Vitória e a mãe começaram por dar uma volta pela rua do Ouvidor. Pedro tinha de trabalhar e se encontraria com elas para almoçar no Hotel de France. Mas não sentiram falta dele: quando se vai às compras, a companhia masculina só costuma servir para atrapalhar. Dona Alma estava excepcionalmente alegre, e nas elegantes lojas que visitaram divertiu-se tanto quanto Vitória.

– Mamãe, olhe! Não é maravilhoso este chapéu? Ficaria muito bem com o meu vestido vermelho! O que acha?

Vitória pôs o chapéu e deu um rodopio diante do espelho.

– Ele lhe cai muito bem – disse dona Alma, virando-se para a vendedora. – Vamos levá-lo.

Ela comprou duas extravagantes presilhas decoradas com borboletas de brilhantes pérolas de vidro. Vitória disfarçou sua admiração. O que se passava com a mãe?

Continuaram a perambular, desde a rua do Ouvidor até o largo do Paço, a rua da Misericórdia, o largo da Carioca; passaram por avenidas com lojas escandalosamente caras e sujas ruelas; por praças inesperadamente silenciosas e ruas comerciais onde reinava a estrondosa gritaria dos comerciantes negros. Compraram cigarros e um guarda-chuva com cabo de prata para o senhor Eduardo, uma garrafa de vidro com os correspondentes copos de conhaque para Pedro, um pacote de tabaco e um cachimbo para Luíza, uma gola borda-da para Miranda e um almofadão para José.

Vitória teria continuado a dar voltas durante horas, mas dona Alma precisava descansar. Sentaram-se na confeitaria Francisco, pediram um chá com bolo e conversaram sobre tudo o que tinham visto como se fossem duas boas amigas. Dona Alma estava com tão bom humor que não só ria de qualquer observação ridícula, como também pediu um licor. Eram onze e meia.

– Mamãe, o que a senhora tem? Noto que está muito diferente.

– Não tenho nada, filha. Estou apenas me divertindo!

Tomaram o licor e deixaram o café um pouco embriagadas. No exterior, foram cegadas pelo sol.

– Acho que não tenho nem forças nem apetite para almoçar com você e Pedro. Vou apanhar um coche e irei para casa. Busque o Pedro e vá sozinha com ele. Depois você volta para casa. Tem de fazer uma sesta para logo à tarde estar descansada e desperta.

– Sim, mãe, vou sentir sua falta. Gostei muito do nosso passeio.

– Podemos repeti-lo amanhã em outro bairro. Talvez possamos ir à Glória.

– Seria ótimo.

Vitória acreditava realmente no que dizia. Poucas vezes se sentira tão bem com a mãe como naquela manhã, e queria aproveitar aquilo.

Vitória saltou do coche em frente ao escritório do comissionista Ferreira. Despediu-se da mãe com um aceno enquanto desaparecia pela esquina. Depois olhou pela janela do escritório de Ferreira. Protegeu os olhos com a mão para conseguir ver alguma coisa na penumbra do interior. Estava vazio, não havia ninguém ali, sequer na recepção. Faltava uma hora até o encontro com Pedro e queria aproveitar melhor esse tempo do que ficar à espera do irmão ou conversando com algum dos seus colegas. Assim que entrasse no escritório e tocasse a campainha, apareceria alguém para tomar conta dela. Não era frequente se ver uma autêntica sinhazinha por ali, e a filha de Eduardo da Silva merecia atenção especial. Teria sorte se não fosse o próprio senhor Fernando a se sentir obrigado a recebê-la. Vitória não suportava sua atitude servil, e o rosto gordo do homem a deprimia.

Olhou ao redor. Não, ninguém notara sua presença. Continuou a andar até o cruzamento seguinte, no qual virou à esquerda. Percorreu a rua sem rumo certo, um pouco enjoada pelo calor e pelo licor, mas com uma agradável sensação que havia muito não sentia. Ninguém a conhecia; ninguém se preocupava com ela. As pessoas passavam a seu lado como se ela fosse uma delas. Achavam que Vitória Catarina Elisabete da Silva e Moraes era uma carioca! Naturalmente, só as moças da província andavam na cidade acompanhadas da mãe ou das velhas amas negras. As mulheres modernas já não causavam sensação se andassem sozinhas na rua.

Vitória não tinha muito dinheiro. No Vale do Paraíba era muito conhecida e não tinha de pagar em loja nenhuma. E na cidade eram sempre a mãe e o irmão quem pagavam. Por isso, não podia pensar em comprar grandes coisas. Mas não tinha importância. Conformava-se em olhar as vitrines. Numa sapataria, provou botas que nos seus delicados pés ficavam muito bem, mas que não tinha condições de comprar. Numa perfumaria francesa viu com admiração um conjunto de delicados sabonetes. Experimentou inúmeras águas-de-colônia e no fim disse ao vendedor que era incapaz de se decidir por um só perfume. De um vendedor ambulante esteve prestes a comprar um bolinho frito em azeite, mas lembrou-se do iminente almoço com Pedro e desistiu.

Por fim, entrou numa livraria cuja variedade a deixou admirada. A loja era maior que a Livraria Universal de Vassouras e que o negócio das irmãs Lobo de Valença juntos! Tinha todo tipo de livros de fotografias, literatura especializada em todas as áreas acadêmicas, poesia italiana, romances alemães, livros de história portugueses, livros de política ingleses, contos americanos...

quase tudo o que um amante da literatura poderia desejar. Vitória não era uma grande leitora, já que na Boavista não tinha grandes ocasiões para ler. Mas a enorme variedade, o cheiro do papel, a grande quantidade de conhecimentos reunidos nos livros, tudo aquilo a impressionou. Folheava alguns volumes que estavam em cima de uma mesa no centro da loja, quando um empregado se aproximou dela.

– Está à procura de algo específico?

– Oh, eu... não, nada de especial! – Como o vendedor não ia embora, acrescentou: – Talvez um romance atual.

– Uma obra do naturalismo francês ou talvez do romantismo?

Vitória não sabia o que significava aquilo de naturalismo francês, mas, dito pelo empregado, soava quase obsceno. Por outro lado: que mal faria se ali, onde ninguém a conhecia, perguntasse sobre um livro indecoroso?

– Gosto mais do naturalismo.

O vendedor pediu-lhe que o acompanhasse até uma estante que estava à entrada. "O naturalismo não deve ser assim tão mau", pensou Vitória. "As obras pouco aconselháveis costumam ficar mais escondidas."

O homem deu-lhe um livro intitulado *Germinal,* de Émile Zola.

– Esta obra acaba de sair. É considerada a obra-prima de Zola, e na Europa está causando grande furor.

Como Vitória já tinha ouvido falar do nome do autor, decidiu comprar o livro. Uma obra como aquela, que "na Europa está causando grande furor", demoraria pelo menos dois anos para chegar ao vale. Vitória relanceou o olhar pelos outros livros da estante. O vendedor observou-a e depois comentou:

– Aqui temos os autores que fazem crítica social. Marx, Mill, Castro e outros.

O coração de Vitória deu um salto.

– Castro?

– Sim, as teorias abolicionistas de León Castro. Os livros de poemas dele estão em outra seção.

– Ah, não sabia que Castro também era poeta. Onde o senhor disse que posso encontrar a obra lírica dele?

No piso de madeira da livraria, os saltos de Vitória ecoaram com força demais para o silêncio da loja. O vendedor parou diante de uma estante que ocupava os quatro metros de altura que havia até o teto. Pensativo, coçou o queixo e, olhando para cima, encontrou a estante onde estavam os livros de Castro. Em seguida trouxe para perto uma escada com rodinhas e a escalou. Poucos instantes depois, desceu com dois finos volumes sob o braço.

– *Os seus olhos são o meu céu* é a última obra dele – explicou o vendedor. – Embora o livro *Sob a lua* seja o mais conhecido.

Vitória gostaria de poder levar os dois. Mas, após calcular mentalmente o dinheiro de que dispunha, percebeu que com o livro de Zola poderia apenas comprar um dos volumes de poesia.

Quando saiu da loja, o sol do meio-dia e o ar sufocante quase não a deixaram respirar. Com o embrulho cuidadosamente acomodado sob o braço, dirigiu-se ao Hotel de France, que não ficava muito longe dali.

Pedro já estava sentado a uma mesa e fez-lhe sinal com a mão assim que entrou.

– Onde é que deixou mamãe?

– Oh, ela estava esgotada de tanto andar e foi para São Cristóvão.

– E deixou você assim, sozinha na cidade?

– Pedro, não se comporte como um senhor antiquado. – Vitória lhe contou o que fizera. – Sabe que foi ótimo? Poder andar pelas ruas à vontade, sem ter de me preocupar com o ritmo e as preferências dos outros, foi simplesmente grandioso. Acho que vou continuar minha pequena exploração depois do almoço.

– Esqueça. As lojas fecham agora e só voltam a abrir às quatro. Ninguém normal andaria por vontade própria na rua a esta hora.

– Está bem. Então vou me misturar com os que não são normais. Ninguém vai notar – respondeu Vitória, rindo ao ver a expressão de admiração do irmão. – Não, Pedrinho, não tenha receio. Vou para casa muito bem-comportadinha e farei uma sesta reparadora. Aliás, estou muito cansada.

Na realidade, o que queria era ler quanto antes o livro de poesia que tinha comprado, mas não o diria a ninguém, nem a seu querido irmão.

– O que é isto tão bonito que comprou? – perguntou Pedro, apontando para o embrulho que estava em cima da mesa, perto de Vitória.

– Ah, apenas dois romances. Histórias de amor, nada de especial. Livros para mulheres, sabe como é.

Pedro observou-a com curiosidade, mas não comentou mais nada. Não sabia que a irmã gostava de leituras frívolas.

Durante o almoço falaram sobre o trabalho de Pedro e as novidades da Boavista. Ambos achavam muito estranho que Félix ainda não tivesse sido encontrado.

– Não sei, Pedro, não consigo entender como um jovem mudo de 14 anos, que ainda por cima foi sempre muito bem tratado, foge assim, sem mais nem menos. E também não compreendo como ainda não o acharam.

– Sim, é muito estranho mesmo. Até os homens mais espertos são achados; como esse jovem inexperiente conseguiu escapar?

– Não acha que há alguma coisa por trás disso? Receio que tenha morrido. Talvez tenha caído no rio. Quem sabe o cadáver dele ficou enterrado, sei lá. Mas alguém como ele não pode desaparecer assim. E a probabilidade de ser encontrado diminui a cada dia que passa.

– Se está vivo, se realmente conseguiu fugir, deve ter cuidado para não cair nas nossas mãos. Ele sabe o que acontece aos fugitivos que são encontrados.

– Que horror! Vamos falar de outra coisa.

Mas a imagem de um jovem aterrorizado sendo chicoteado quase até a morte ficou gravada em sua mente. Durante o almoço, o caminho de volta a São Cristóvão e até mesmo enquanto lia *Os seus olhos são o meu céu*, continuava ali, como um véu que enevoava sua boa disposição. Só quando adormeceu é que a imagem foi apagada pelas alegres cores dos seus sonhos.

Acordou quando o sol já se punha. Devia passar das cinco. Por que será que ninguém a havia acordado? Vitória vestiu um roupão e puxou o cordão que estava junto à cama, fazendo tocar uma campainha na cozinha. Pouco depois apareceu Maria do Céu. Vitória pediu que lhe trouxesse um café.

– Onde está meu vestido? Já está passado? E o chapéu novo? Estava com dona Alma. Pegue-o para mim, por favor.

– O vestido está passado e arrumado no armário, sinhá Vitória, e o chapéu também coloquei no armário.

– Você é um tesouro, Maria. Depois você pode me ajudar com o cabelo, ou é melhor colocá-lo nas mãos experientes da sua mãe?

– Eu a ajudarei de bom grado a se pentear. Mamãe está arrumando o cabelo de dona Alma e não vai ter tempo de penteá-la.

Quando Maria do Céu voltou com o café, Vitória já estava sentada no toucador, penteando a longa cabeleira. Maria pegou a escova e continuou a tarefa.

– Conte-me: com quem é que meu irmão se encontra quando tem visitas?

– Ah, são quase sempre os mesmos. Costuma aparecer a Joana da Torre, algumas vezes acompanhada do irmão, Carlos da Torre. Sabe quem é, aquele louco que quer voar. Também costumam vir João Henrique de Barros, Aaron Nogueira, claro, e às vezes Floriano de Melo, um colega de seu irmão. E de vez em quando vêm León Castro e sua Viúva Negra.

– Viúva Negra? Quem é essa?

– Nunca ouviu falar dela? É a… acompanhante do senhor Castro. Todos a chamam de Viúva Negra, não só pela cor da pele, que para uma mulata é bastante clara, mas também porque se veste sempre de preto. Não sei se é realmente viúva.

– Mas tem qualquer coisa de aranha venenosa, não tem?

Vitória deixou escapar a maldosa observação, mas, se pudesse, teria se esbofeteado por isso. Maria do Céu parou de penteá-la por um instante e a olhou no espelho com uma expressão de interrogação.

– Conhece-a?

– Oh, não! De onde poderia conhecê-la?

– Realmente tem qualquer coisa de aranha venenosa. Mas só se percebe quando você se aproxima mais dela. À primeira vista é cativante, extremamente simpática e parece ter muita força.

– Ah, sim! Mas, enfim, tudo isso é bobagem. Conte-me alguma coisa sobre Joana.

– É uma verdadeira senhora. É esperta, carinhosa, justa e tem um coração enorme. É a melhor mulher que seu irmão poderia encontrar.

– Como ela é? Só vi uma fotografia dela, e parece que não foi muito favorecida.

– Isso mesmo; a fotografia que está lá embaixo no escritório não lhe faz grande justiça. Não é tão bonita quanto a menina, naturalmente, mas tem traços proporcionais, pele de alabastro e olhos calorosos. Acho que vai gostar dela.

O cabelo de Vitória já estava sedoso e brilhante. Maria do Céu passou os dedos por entre os cachos.

– Como quer usar o cabelo hoje?

– Se tiver coragem, pode me fazer um penteado muito extravagante. Quero os cabelos mais chamativos do Rio, mas com classe. Tem de se adaptar ao chapéu, claro.

A moça refletiu um pouco, depois dividiu o cabelo de Vitória em madeixas abaixo da nuca e fez uma trança com metade delas. Maria do Céu não disse absolutamente nada sobre o que faria. Depois pegou um frisador e transformou as madeixas restantes em enormes cachos. Vitória olhou-se no espelho e se achou horrível. Mas decidiu esperar até ver qual era a ideia de Maria do Céu: a jovem era bem despachada e conhecia a moda do Rio. Vitória fechou os olhos e deixou a escrava fazer seu trabalho. Seus pensamentos se concentraram em tudo o que Maria do Céu acabara de lhe contar, sobretudo a respeito da Viúva Negra. Devia ser a mesma mulher que Vitória vira com León em Conservatória. Se fosse, então a primeira impressão de Vitória não estava tão errada: parecia ser mais que uma colega de luta contra a escravidão. Seria amante de León? Ou talvez até mesmo sua noiva? Como ele podia ter tido a ousadia de cortejar Vitória? Ou seria apenas imaginação dela?

– Está pronto! – exclamou Maria do Céu, arrancando-a dos pensamentos.

Vitória abriu os olhos e ficou surpresa. Maria do Céu segurava outro espelho, de forma que Vitória conseguisse se observar de todos os ângulos. O resultado era fabuloso. A moça prendera as tranças num gigantesco coque na nuca do qual caíam alguns fios encaracolados. O penteado era jovial, mas sem parecer infantil. Era clássico e elegante, mas não sério. Os fios encaracolados que emolduravam o rosto de Vitória davam-lhe uma expressão doce.

– Você fez mágica, Maria do Céu! Depressa, traga-me o chapéu para vermos como ficará com esta obra de arte.

Ficou maravilhoso. Vitória inclinou-o indecisa para a direita, depois para a esquerda, até que o tirou.

– Bom, vamos à parte mais desagradável. Puxe com toda a força que puder. Quero ter a cintura mais fina de todo o Rio, mas com classe, também.

Maria do Céu apertou tanto o espartilho que Vitória mal conseguia respirar. Depois ajudou-a a colocar a combinação e, por fim, o vestido de seda vermelho-cereja.

– Está irresistível, sinhá! Todos os homens se apaixonarão assim que a virem.

– Meu Deus, nem pensar! Bastava-me que fosse só um.

– Ah...

– Nada de *ah...* disse apenas por dizer.

Vitória pôs um pouco de pó de arroz no rosto. Renunciou aos demais cosméticos: o vestido já tinha cor suficiente. Se ainda pusesse carmim nos lábios, correria o risco de parecer um tanto ordinária. Por fim colocou o chapéu, prendeu-o com dois grampos e olhou-se no espelho uma última vez. Estava muito satisfeita com o resultado.

Vitória desceu as escadas correndo e ficou contente ao pensar na cara da mãe e do irmão quando a vissem. Mas, quando chegou lá embaixo, foi ela quem ficou boquiaberta. Dona Alma estava irreconhecível. Tinha o cabelo preso num delicado coque, ornamentado com as duas novas presilhas. As pérolas azuis e douradas das presilhas combinavam perfeitamente com o vestido azul com enfeites dourados. Dona Alma colocara até um pouco de *blush* e pintara os lábios. Tinha um discreto cordão de ouro ao pescoço. A transformação era assombrosa. A senhora de ar envelhecido e até um pouco amargurado convertera-se numa mulher tão atraente que podia passar por uma alegre, embora decente, parisiense.

– Mãe, está fantástica!

– Você é que está, Vita! Mas acho que lhe falta uma coisa. Maura – disse a mãe, dirigindo-se à escrava, que estava um pouco afastada –, vá buscar os meus rubis.

Quando Maura voltou, mãe e filha continuaram a se observar, maravilhadas. Maura entregou o colar a dona Alma, que o colocou em Vitória.

– Que sorte ter trazido os rubis! Combinam perfeitamente com o seu vestido. Tome, coloque você mesma os brincos.

Vitória estava mais surpresa com a transformação da mãe do que com a própria imagem refletida no espelho que havia sobre o aparador, na qual se via mais adulta. Até então, dona Alma nunca lhe emprestara suas joias. E havia muito tempo que não a tratava por Vita. Se tudo se devia à influência do ar da cidade, teria de ir com mais frequência com ela ao Rio.

O som das rodas do coche que se aproximava pela rua conseguiu que Vitória e dona Alma deixassem de se examinar mutuamente. Pedro tinha ido buscar Joana, que não morava muito longe, para que as mulheres se conhecessem em casa e não a caminho do teatro.

Pedro e Joana podiam ser irmãos. Tinham ambos a pele clara da classe alta portuguesa, ambos possuíam boa estatura, mas também por isso mesmo o nariz um pouco grande: em Pedro esse traço era masculino, mas em Joana dava-lhe um aspecto mais duro. Ambos tinham olhos castanhos, rodeados por espessas e escuras sobrancelhas, com um olhar um pouco tímido que não correspondia de forma nenhuma à maneira de ser de nenhum deles – pois, assim que entrou, Joana ofereceu a mão de forma decidida à futura sogra.

– Dona Alma, fico muitíssimo contente de conhecê-la. Sou a pobre jovem que foi vítima do seu filho.

A voz de Joana era mais profunda do que esperavam.

– Joana. Pedro nos escreveu muito a seu respeito. Muito prazer.

– Igualmente. E você é a Vita, não é?

Apertou a mão de Vitória com força, como um homem teria feito.

Pedro observava a cerimônia de apresentações sem dizer uma só palavra.

– O que foi, filho? Ofereça à sua noiva algo para beber. Ainda temos alguns minutos antes de sair

– O Pedro sabe o que eu bebo, não é, querido?

– Claro, Joana, meu amor. Só champanhe. – Virou-se para a mãe e a irmã. – Vocês também, imagino.

Maura trouxe uma garrafa, que Pedro abriu habilmente. Vitória lançou um olhar furtivo para Joana. Apesar dos modos francos, da voz profunda e do nariz não propriamente fino, era muito feminina. Tinha uma boca bonita, sensual, formas muito delicadas e movia-se com elegância. O pedido oficial de casamento teria lugar em março, mas Vitória já via Joana como sua cunhada. Pedro e ela estavam muito apaixonados, até uma criança poderia vê-lo, e Vitória estava satisfeita com a escolha do irmão. Temera o pior ao saber que Joana era filha de um burocrata da câmara, um português de origem nobre. A nobreza empobrecida estava sempre muito orgulhosa de sua origem e do seu título. Mas Joana não era a típica filha de um funcionário que, na primeira oportunidade, cita o próprio nome, tal como outros falariam de condecorações ou joias. Parecia ser muito sensata.

– Pedro, o que aconteceu com seus belos quadros? Por que estão penduradas novamente estas horríveis antiguidades? – perguntou Joana.

– Oh, minha mãe não gostou deles! Agora estão no meu quarto. – E mudou de assunto com rapidez. – No teatro nos encontraremos com João Henrique de Barros e o pai dele. João Henrique tem de fazer companhia ao pobre homem, que está com o coração desfeito desde a morte da mulher.

– Que horror! – falou Joana. – João Henrique é insuportável. E, além disso, o velho rabugento... Que bela dupla nos espera esta noite!

Vitória riu-se, mas dona Alma não achou graça nenhuma na observação.

– Pois eu acho o jovem senhor de Barros extremamente agradável.

Joana mordeu os lábios e olhou para o chão com fingida perplexidade. Achou preferível não falar mais nada.

– Bom – disse Vitória, consertando a situação –, então mamãe pode se ocupar dos dois cavalheiros solitários?

– Com todo o gosto – respondeu dona Alma, e realmente pensava assim.

No saguão do teatro havia uma grande animação. Vitória imaginou como os empregados conseguiam levar bandejas cheias de taças de champanhe pelo meio da multidão sem derrubar uma só gota. Ardiam-lhe os olhos por causa da densa fumaça dos charutos. Os Barros ainda não tinham chegado, e não tardaria muito até que soasse o gongo que os convidaria a ocupar seus lugares. O barulho era tanto, que Vitória e Joana tinham de encostar as cabeças para poderem se ouvir. Qualquer pessoa que as visse julgaria que eram duas velhas amigas confiando segredos uma à outra. Pedro, entretanto, conversava com a mãe, que estava muito corada devido ao calor, ao champanhe ou ao entusiasmo. Vitória estava admirada, já que o rosto da mãe nunca, sequer em pleno verão ou depois de realizar um grande esforço, tivera outra cor além da doentia palidez. Dona Alma estava com a vista fixa num ponto situado em um local atrás de um pequeno grupo. Vitória virou-se e viu para onde a mãe olhava. Era um homem mais velho acompanhado por João Henrique e que também encarava dona Alma com os olhos muito abertos.

Os dois homens vinham abrindo caminho entre as pessoas.

– Dona Alma, querida, está fabulosa. Meu Deus, quantos anos se passaram? Vinte? Está igualzinha. – Abraçou-a e lhe deu dois beijos no rosto.

– Quase vinte e cinco, senhor Manuel. Não é incrível? O senhor está com o mesmo aspecto de antigamente.

– Bom, parece que não teremos de fazer apresentações! – disse João Henrique a Pedro. Cumprimentou Joana com uma leve inclinação de cabeça, depois virou-se para Vitória.

– Seja bem-vinda, linda senhorita. Que honra tê-la em nossa humilde cidade! Está magnífica e, se me permite a observação, o ar de surpresa assenta-lhe muito bem. Não sabia que nossos pais se conheciam tão bem?

– Não, é novidade para mim. De qualquer modo, não conheço seu pai. Faria o favor de nos apresentar?

Manuel de Barros, um homem alto, muito atraente, em torno dos 50 anos, beijou a mão de Vitória.

– Tão bonita quanto a mãe – disse em tom cordial. Felizmente não disse mais nada, pois naquele momento soou o gongo. Foram arrastados pela maré de gente que se dirigia para a sala. Só quando chegaram às escadas que conduziam ao camarote é que se sentiram um pouco mais desafogados. Sentaram-se e observaram o movimento da plateia. Com uma taça de champanhe na mão, para Vitória não era fácil segurar também o programa, os binóculos e a carteira. Pelo menos não tinha de se levantar, como os espectadores da plateia, para deixar passar os que tinham seu lugar no centro da fila.

– Olhe, ali embaixo está o Júlio – sussurrou Pedro ao amigo.

– Meu Deus, como sempre com um vestuário inconcebível! Que roupa tão velha! Talvez não tenha nada melhor para vestir – considerou João Henrique.

Vitória que, por vaidade, naquela noite renunciara aos óculos, não conseguiu reconhecer claramente o homem a que se referiam. Pegou os binóculos e o observou melhor. Sim, efetivamente seus trajes estavam quase no limiar do permissível. Mas não era o único. Vitória viu mais pessoas que não tinham se dado o trabalho de se arrumar para a ocasião e haviam ido com as roupas de rua.

– Agora é habitual no Rio ir ao teatro de qualquer maneira?

– Alguns fazem-no por puro esnobismo – respondeu João Henrique. – Querem demonstrar com isso que ir a eventos culturais é algo habitual para eles. Para outros, como Júlio, trata-se de uma manifestação política sob o lema: *O teatro deve estar ao alcance de todos, também daqueles que não têm dinheiro para roupas caras.*

– Duvido que seja a necessidade de andar bem-vestido o que impede os pobres de irem ao teatro – disse Vitória, enquanto continuava a estudar o público com os binóculos. Depois apagou-se a luz nas lâmpadas de gás. Rapidamente se fez silêncio na sala, exceto por uma ou outra leve tossida. No momento em que se levantava a pesada cortina de veludo azul, Vitória viu dois vultos deslizando pelo corredor à esquerda da plateia. Dois que chegavam atrasados. Sentaram-se em lugares na extremidade da sala e provocaram um zangado *Shhh!* entre o público.

Vitória ficou decepcionada com a peça. Tinha lido Molière e gostara muito mais do que da representação. Os atores causavam tédio, e Argan, que o famoso Orlando Alentar interpretava, parecia estar havia muito tempo com uma doença imaginária que apresentava quase a rigidez de um cadáver. Vitória quase adormeceu.

Quando enfim acabou o segundo ato e se acenderam as lâmpadas da sala, bastaram-lhe dois segundos para se livrar da sonolência. Pedro cumprimentava alguém que estava na plateia. Vitória olhou com indiferença para baixo... e acordou de repente. Até mesmo sem óculos conseguia ver que era León Castro. A mulher que estava ao lado dele, toda vestida de preto e a única pessoa de pele escura em toda a sala, não deixava margem para dúvidas.

– Vita, os métodos com os quais maltrata seus escravos incluem-se em estilos de crueldade cada vez mais sutis. Ataque de coração provocado por uma surpresa. Que modo tão pérfido de tortura!

Felizmente, nem dona Alma, que conversava animadamente com Manuel de Barros, nem Pedro, que perambulava pelo saguão à procura de um empregado, tinham ouvido aquela peculiar forma de cumprimento. O restante dos jovens que estavam ao redor – Joana, João Henrique e a Viúva Negra – os encaravam em silêncio e com perplexidade.

– Bom, meu querido León, nesse aspecto você não fica aquém. Ataque de coração provocado por um cumprimento inconveniente. Que modo tão pérfido de acabar com os patrões!

León sorriu.

– Você é encantadora, Vita! Esperava que eu, como provavelmente o fariam todos os outros cavalheiros aqui presentes, elogiasse sua aparência com palavras frívolas que jamais poderiam fazer justiça à sua beleza? Não, não terá pensado que sou tão aborrecido, estou certo?

– Está. Mas também não pensei que fosse tão descortês e não fosse me apresentar sua acompanhante.

– Dona Cordélia dos Santos, senhorita Vitória da Silva.

As duas mulheres fizeram uma expressão de reconhecimento com a cabeça. Vitória não se decidiu por dar a mão à mulata. Dona Cordélia! Que presunçosa devia ser para se fazer chamar de dona com aquela cor de pele e ainda por cima sendo tão jovem!

– Desculpe minha curiosidade, Cordélia – disse Vitória, dirigindo-se a ela –, mas como é possível que, estando de luto, tenha vindo ao teatro?

– Bem – respondeu a mulata, renunciando a acrescentar um cortês sinhá ou senhorita antes do nome de Vitória –, não estou de luto por ninguém em particular. Visto-me de preto para exprimir a dor que foi causada a meu povo, à minha raça, neste país.

Vitória quase engasgou com o champanhe que Pedro lhe trouxera.

– Ah, sim! E seu marido, guarda luto sozinho em casa?

Vitória sabia que assim ganhava um ponto. Cordélia não tinha marido e, como tal, também não tinha direito a ser chamada de "dona".

– De modo nenhum. Meu homem – e olhou carinhosamente para León – está muito ocupado tentando acalmar minha dor.

Touché. Aquela mulher, aquela mulata, era realmente esperta; e, era evidente, mais habilidosa nas respostas do que Vitória poderia supor. Ainda por cima, era também muito bonita.

Era alta e magra, tinha uma pele aveludada, de um suave tom castanho, e um rosto que, tirando a cor, podia ser de um branco. O nariz era estreito e reto, os lábios tão finos que não pareciam ser de raça negra, embora suficientemente cheios para serem sensuais. As sobrancelhas de Cordélia não tinham fios ondulados, como acontecia com a maioria dos negros, sendo longas e suaves. O cabelo, sem ser o crespo habitual, ela usava curto, como se assim quisesse demonstrar sua solidariedade às escravas que trabalhavam no campo.

A tensão que havia no ar parecia divertir León, que revelava um ligeiro sorriso.

– Vita, como é que não sabíamos nada da sua visita? E onde deixou seu admirador Aaron Nogueira?

– Aaron – disse Pedro, que se juntara a eles – não está na cidade. Ele lamenta profundamente não poder ter se encontrado com minha irmã. Além disso, é esperto o suficiente para saber que um novo encontro não lhe ficaria bem, já que acaba de voltar a ter controle sobre si mesmo.

Pelo visto, todos estavam a par do entusiasmo que Aaron sentia por Vitória, e ela não gostou nada daquilo.

– E, uma vez que não o vejo há algumas semanas – continuou Pedro, dirigindo-se a León –, não pude anunciar a visita da minha família. Por acaso deveria ter escrito para informá-lo?

León dirigiu a Vitória um olhar penetrante. Não, não era o irmão, e sim ela própria quem deveria lhe ter escrito. E ela o teria feito se houvesse aparecido a oportunidade de pôr uma carta no correio sem que a vissem. Mas isso não podia lhe contar sem mencionar o humilhante castigo. E sobre aquele assunto não falaria jamais enquanto estivesse presente aquela impertinente Cordélia.

– Quanto tempo vai ficar no Rio? – perguntou León a Vitória.

– Só três dias. Minha mãe e eu estamos fazendo as compras de Natal. Vamos embora depois de amanhã.

O olhar de León parecia implicar a pergunta não pronunciada sobre se poderiam se encontrar em alguma ocasião. Pelo menos foi assim que Vitória interpretou o brilho fugaz nos olhos dele, que, sem dúvida, era dirigido a ela e que fez seus joelhos ficarem trêmulos.

– Já provaram alguma vez os canapés de caviar que servem aqui? Bom, devem provar, pois são muito saborosos.

León dirigiu-se ao balcão onde serviam as bebidas. Vitória questionou-se sobre o que significaria aquela brusca mudança de assunto. Olhou para León, que se deslocava com agilidade em meio à multidão.

Não ouviu o que Joana dizia a Cordélia, nem prestou atenção à conversa entre Pedro e João Henrique. Dona Alma e o senhor Manuel continuavam conversando alegremente, e o brilho nos olhos da mãe teria dado o que pensar a Vitória se o tivesse visto. Mas ela não viu. Estava calada, ainda olhando para o bar. Só saiu do seu estado de abstração quando León voltou. Vitória notou que Cordélia a observava fixamente.

– Vai se queimar se continuar olhando assim para ele – sussurrou-lhe a mulata. E ofereceu um radiante sorriso a León quando este se aproximou delas.

– O empregado com os nossos canapés vem já – disse ele. – Infelizmente não vou poder apreciá-los. Tenho de cumprimentar algumas pessoas. Entre elas, o cavalheiro que está ali à frente. É o deputado Fabiano Almeida Roza. Você me acompanha, Cordélia?

Vitória sentiu-se ofendida. O que significava tudo aquilo?

– Vita, não sabe como lamento que nosso encontro casual tenha sido tão breve.

León inclinou-se e pegou-lhe a mão para beijá-la. Ao fazê-lo, depositou um pequeno papel na mão dela.

Durante o terceiro ato e o resto da noite, Vitória esteve como que aturdida. Embora se tivesse proposto a aproveitar cada segundo da sua estadia no Rio e a não passar no quarto mais tempo do que o imprescindivelmente necessário, agora esperava ansiosa que chegasse o momento de ficar a sós. Quando disse que se retiraria cedo, dona Alma, Joana e Pedro mostraram-se seriamente preocupados com ela.

VIII

AMANHÃ, 14 HORAS, em frente ao Palacete da Graça.

O bilhete só dizia isso. León havia escrito a frase com um lápis no verso de um recibo, mas Vitória sentia como se aquela fosse a mais bela carta que já recebera. Estava deitada na cama, lendo o bilhete uma e outra vez. Não se cansava nunca. Eram já dez da manhã, mas Vitória não tinha vontade de sair do quarto. Era o único lugar onde podia se deixar levar com tranquilidade pelos pensamentos, imaginando o próximo encontro e revendo o que acontecera na noite anterior.

Daí a pressa em trazer os canapés de caviar, que afinal não puderam provar porque, assim que o empregado os trouxe, tocou o gongo. Daí a pressa em cumprimentar o tal deputado aparentemente tão importante, pois dessa forma León tivera a oportunidade de dar a mão a Vitória e lhe entregar o papel. Vitória via agora de maneira diferente os olhares de León, cada uma das suas palavras, cada um dos seus movimentos.

– Vita, meu amor, tem certeza de que não quer vir comigo ao Jockey Club? – perguntou dona Alma, entrando de repente no quarto depois de bater levemente à porta.

Vitória escondeu com rapidez a mão com o papel sob a colcha. Esperava que a mãe não tivesse visto nada.

– Não, mãe; nem conseguiria, mesmo que quisesse. Tenho a sensação de que minha cabeça vai explodir. Acho que ontem bebi um pouco mais do que deveria.

Dona Alma olhou fixamente para Vitória. A filha não tinha o aspecto de quem está se sentindo mal. Pelo contrário. Sua pele tinha um tom rosado, e os olhos brilhavam de entusiasmo. Com a luz do sol que entrava pela janela, pareciam mais azuis do que de costume. Mas dona Alma não disse nada. Também não se importava muito em ir às corridas de cavalos sozinha com o senhor Manuel. Tinham muitas coisas a dizer um ao outro.

– Bom, então lhe desejo melhoras, minha querida. – Dona Alma deu um beijo em Vitória e foi embora.

Amanhã, 14 horas, em frente ao Palacete da Graça.

León escolhera astutamente a hora e o local do encontro, mesmo com o barulho do teatro e mesmo sem ter tido muito tempo para pensar. Mais uma característica que agradou Vitória: ele pensava depressa. Às duas da tarde, e León sabia disso, era a hora que as senhoras da alta sociedade se retiravam para descansar, de modo que Vitória teria oportunidade de fugir à vigilância da mãe, ainda que por pouco tempo. E o Palacete da Graça, que fora o palácio de uma família italiana e agora abrigava uma biblioteca, ficava a apenas cinco minutos a pé da casa dela, na rua Nova da Bela Vista, junto daquele que fora o palácio da marquesa de Santos. Bastaria que Vitória manifestasse o desejo de sair e andar um pouco ao ar livre. Ninguém suspeitaria. E, se alguém a visse com León, poderia dizer que tinham se encontrado por acaso em frente à biblioteca.

Ainda faltavam quatro horas! Era tempo demais para passar se arrumando. Vitória pegou o livro de poesia, do qual só lera duas ou três páginas. Mas os versos não lhe provocavam nenhuma emoção, ou pela falta de concentração, ou pela fraca qualidade dos poemas. Não se admirava que o vendedor tivesse tido que procurar o livro em um canto escondido da loja. León podia ser um bom jornalista, um excelente orador e um carismático defensor da abolição, mas com certeza não era um grande poeta. Vitória folheou o livro entediada, até que chegou ao poema que na tarde anterior lhe provocara arrepios na espinha.

Os seus olhos são o meu céu
Tão azuis e límpidos
Esporeiam o meu cavalo
Para estar a seu lado.

Serei enganado pela luminosa cor,
Que tanto me prometeu?
Você riu. Eu morro,
Como um louco na sua dor.

Perdi minha visão:
Tudo lhe ofereci.
Só me deixou.

O meu percurso é longo.
Sou apenas seu escravo
Mas tenha a certeza: tudo chegará.

Era evidente que León escrevera aquele poema muito antes de eles se conhecerem. Mas Vitória achava que o havia pensado unicamente para ela. Estava maravilhada. Talvez gostasse tanto precisamente por ser tão fraco. O fato de por trás da faceta fria de León se esconder um homem capaz de exprimir seus sentimentos daquela forma comoveu Vitória. E o fato de fracassar como poeta, quando tinha tanto êxito em todo o resto, tornava-o mais humano.

– Sinhá Vitória, aqui está seu café da manhã – disse Maria do Céu da entrada do quarto.

– Sim, entre. Coloque a bandeja em cima da mesa; daqui a pouco tentarei comer algo.

– Precisa de mais alguma coisa?

– Não, muito obrigada. Vou dormir mais um pouquinho; com certeza me sentirei melhor depois.

Vitória sentiu o aroma do café, das torradas e da manga recém-apanhada. Meu Deus, estava morta de fome! Mas, se se lançasse vorazmente sobre o café da manhã, ninguém acreditaria que efetivamente se sentia mal, já que um dos seus sintomas devia ser a falta de apetite. Mas e daí? Exceto os empregados, ninguém saberia que tomara o café da manhã com grande apetite. Vitória levantou-se, afastou ligeiramente a lâmpada e o livro que estavam em cima da mesinha de cabeceira e pousou nela a bandeja. Depois sentou-se de novo na cama e apreciou seu café da manhã. Comeu até a última migalha, e considerou até chamar a Maria do Céu para que lhe trouxesse mais alguma coisa. Conteve-se fazendo uso de toda a sua força de vontade.

Passou a meia hora seguinte folheando o livro de poesia e perguntando-se como teria sido possível que León publicasse uma obra tão medíocre. Era evidente que não estava muito consciente das próprias limitações. Nisso, ao menos, era igual aos outros homens que Vitória conhecia. Admirava-se sempre de todos eles se vangloriarem até da mais ridícula das habilidades, ao passo que as mulheres subestimavam a própria capacidade.

Por fim, Vitória cansou-se de ficar na cama. Sentia-se com energia demais para permanecer inativa. Impaciente, atravessou o quarto e abriu as cortinas e a janela. Lá fora havia um calor e uma umidade sufocantes. O ar pegajoso formava uma película sobre a pele, e Vitória começou a transpirar sob a fina camisola. Para o encontro com León teria de usar seu vestido mais leve, que infelizmente não era o mais bonito. E deveria prender o cabelo num penteado que o esticasse o máximo possível, para que a umidade não o ondulasse e a fizesse parecer uma escrava despenteada.

Quando viu o senhor Manuel aproximar-se numa carruagem, Vitória fechou logo a janela e as cortinas. Viu como dona Alma saía animada de casa, subia à carruagem e se afastava. Quando se perdeu de vista, Vitória tocou com impaciência a campainha. Continuava com fome. E tanto fazia o que Maria do Céu ou Maura pensassem dela.

Perto da uma, Vitória começou a ficar muito nervosa. Aplicou-se talco dos pés à cabeça para não se desfazer em suor com o calor do meio-dia. Afinal, talvez não tivesse sido tão boa a ideia de León de se encontrarem àquela hora. Depois vestiu-se. Lamentou que Maria do Céu não pudesse ajudá-la a se vestir, uma vez que depois de todo o processo já lhe escorriam pequenos riachos de suor pelas costas. Que clima desumano!

Pouco antes das duas, Vitória saiu do quarto. No vestíbulo, encontrou-se com Maria do Céu.

– Sinhá, que bom que já está se sentindo melhor!

Vitória não deixou de reparar na suave ironia no tom de voz da criada.

– Ah, assim que dona Alma saiu de casa, produziu-se uma melhora milagrosa. E agora tenho a necessidade imperiosa de mexer as pernas. Dentro de uma hora, no máximo, estarei de volta. Mas isto é para ficar entre nós duas, entendeu?

– Naturalmente. Tome – disse a moça quando Vitória se preparava para sair –, ia se esquecendo da sombrinha.

Na rua não se via uma pessoa sequer. Só na pequena praça em frente ao palacete havia sinais de vida. Uma velha baiana com um traje branco e um turbante igualmente branco oferecia sua doce mercadoria à sombra de uma árvore, apesar de àquela hora ninguém desejar comprar nada. Dois rapazes negros corriam atrás de um cão arfante que estava com a língua de fora e uma coleira que valia mais do que a roupa de seus perseguidores. Provavelmente os dois jovens escravos estariam aproveitando a sesta do dono para fugir com o cão e brincar com ele. Um homem atravessava a praça com o cabelo encharcado de suor e um ar de quem vai desmaiar a qualquer momento. Talvez fosse um homem de negócios a quem um assunto urgente o houvesse obrigado a se expor ao sufocante calor.

Não se via León em lugar nenhum. Vitória dirigiu-se ao Palacete da Graça, deteve-se à entrada e estudou calmamente um cartaz que ali estava pendurado. Naquele momento não havia nada que lhe interessasse menos do que aquele chamamento à caridade natalícia. Mas o que mais poderia fazer para que sua espera parecesse obedecer a um motivo concreto? Quando já sabia o texto de cor, começou a ficar furiosa. Como León poderia marcar um encontro com ela e depois não aparecer? Que ousadia! Esperaria por ele mais dois minutos, depois iria embora. Como não tinha relógio, não sabia há quanto tempo estava à espera. Mas parecia estar ali havia uma eternidade.

Quando achou que já tinham se passado os dois minutos, Vitória regressou pelo mesmo caminho que usara para chegar ali. A baiana cochilava em seu lugar e não viu Vitória, mas os dois rapazes olharam-na, curiosos. Uma sinhazinha passeando sob um calor de quarenta graus à sombra não era coisa que se visse todos os dias. Mas ficaram ainda mais admirados quando Vitória acelerou o passo. De repente, sentiu-se cheia de pressa. Tinha perdido metade da estadia no Rio para ficar esperando. Queria continuar a aproveitar a cidade; não podia perder mais tempo.

Na rua Bonita, aproximou-se dela um coche sem capota a toda velocidade. O cocheiro conduzia com tão pouco cuidado que esteve prestes a esbarrar em Vitória, que andava na calçada. Ela quase deixou escapar um resmungo. Mas, quando viu quem estava na carruagem, ficou sem palavras. León também a viu. Ele gritou qualquer coisa ao cocheiro e este deteve o coche com enorme estrondo no meio da rua. Vitória aproximou-se ligeiramente. Tinha a sombrinha bem colada à cabeça. Com um pouco de sorte, ninguém a reconheceria.

– Vita, suba. – León ofereceu-lhe a mão e a ajudou a subir à carruagem. – Desculpe meu atraso.

Estava deslumbrante. Vestia calças pretas e uma camisa branca com os botões de cima desabotoados, de modo que se podia entrever o seu peito musculoso. A pele bronzeada revelava um brilho cor de mate. Provavelmente era a única pessoa do Rio de Janeiro que àquela hora não estava alagada em suor. Sem gravata, chapéu ou colete, parecia um senhor que tinha estado até o momento sentado na varanda de casa, e não um homem que tinha interrompido o trabalho na redação de um jornal ou onde quer que fosse.

– Proponho-lhe darmos um passeio na carruagem à beira da água. O vento e a brisa do mar vão refrescá-la.

Será que ele cumprimentava sempre seus conhecidos com uma observação tão deselegante sobre a aparência deles? Se tivesse sido pontual no palacete, não teria de suportar agora a visão de uma mulher totalmente derretida!

– Esperava ser eu a fazê-lo derreter.

– E, ao contrário, eu a manterei fria, como posso observar. – León atirou a cabeça para trás e riu. – Não vai gostar disso, vai? Está habituada a que todos os homens percam a cabeça. Mas não receie, Vita. Comigo também obteve o mesmo efeito.

Ela não disse nada. Ia sentada ao lado de León e apreciava o vento suave que entrava no coche e que, embora fosse quente, secara com rapidez seu vestido, a pele e o cabelo. Passaram pelo porto, e também lá estava tudo muito calmo àquela hora. Alguns trabalhadores e estivadores estavam sentados no chão à sombra da mercadoria que deviam carregar nos paquetes, os barcos a vapor que demoravam apenas 28 dias para atravessar o Atlântico. O ar cheirava a podridão, água parada e peixe estragado.

Quando chegaram à praia do Flamengo, voltou a cheirar novamente a sal, areia e verão. Atrás da baía de Botafogo viram se esgueirar as duas elevações do Pão de Açúcar. Vitória contemplou a vista embevecida. León a olhava de soslaio.

– Uma vista magnífica, não concorda?

– Sim. – Vitória virou-se para ele. – Conte-me, León, por que organizou este encontro rodeado de tanto mistério?

– Pensei que preferisse assim.

– Todo esse segredo dá a isso tudo um tom de encontro amoroso.

– E não é?

Vitória ouvia seu coração bater. Mas tentou manter a calma.

– Podia ter seguido o processo habitual e pedir à dona Alma que o deixasse me visitar ou fazer um passeio comigo.

– Para que ela se negasse e voltasse a trancafiá-la?

Ele sabia! Sabia que a tinham submetido ao ridículo castigo de não sair de casa!

– Oh, eu...!

– Não precisa me explicar nada. Sei o que aconteceu e faço ideia de como tenha sido. Calculo que por isso não tenha conseguido me avisar da sua visita.

Vitória assentiu.

– Mas eu soube. Não pelo Pedro, mas por Aaron, que não parou de se lamentar por não poder vê-la.

– Então nosso encontro no teatro não foi acidental?

– De modo algum. – León sorriu, deixando à mostra seus dentes imaculados. – Mas consegui surpreendê-la, ou não?

– Sem dúvida. E o melhor de tudo foi a escolha de sua acompanhante. Com certeza deu veracidade à sua representação.

– Fala de Cordélia? É apenas uma espécie de ajudante. Ela...

– Desculpe – interrompeu-o Vitória. – Não estou interessada nos detalhes da sua "ajudante".

– Sinhazinha, noto um certo tom de ciúme nas suas palavras?

– De forma nenhuma. Acho que está confundindo ciúme com decência.

León suspirou.

– Ah, essa é boa! Vita, gostaria que tivesse a delicadeza de não representar o papel de educada e rigorosa menina do campo. Eu a conheço.

– Fala sério? Não consigo imaginar que alguém que possua tão pouco senso poético tenha mais intuição no relacionamento com as pessoas.

Vitória fora longe demais e tinha consciência disso. Ele não lhe dera nenhum motivo sério para falar assim; estava apenas brincando com ela. E Vitória respondia daquela maneira. Sentiu vergonha de si própria.

– Ah, você o leu. Não era minha intenção aborrecê-la com meus poemas de amador, garanto-lhe. Os paralelismos entre um dos poemas e nosso encontro são tão magníficos que era inevitável que o visse no livro.

– *Os seus olhos são o meu céu.*

– Exatamente. É um poema muito triste. É uma pena encarar nossa amizade dessa maneira.

– Acha que somos amigos?

– Claro que sim. O Pedro é meu amigo e, como tal, você também.

– Por que será que não consigo me libertar da sensação de que está sempre zombando de mim?

– Eu penso o contrário. É evidente que você se diverte me incomodando.

León tirou um pequeno relógio de bolso das calças.

– Proponho-lhe uma coisa. Já estamos passeando há meia hora; logo teremos de regressar para que sua ausência não desperte atenção. O que acha de aproveitarmos o regresso para falar seriamente?

Vitória torceu a boca, zangada.

– Há muito que venho tentando. Você é que não sabe nem soletrar a palavra *seriamente*.

Olhou para ele com um ar teimoso, e ele lhe devolveu o olhar com uma expressão arrogante. De repente, uma das rodas da carruagem passou num buraco da rua. O carro deu um solavanco que fez León e Vitória quase caírem do banco.

– Cuidado! – deixou escapar Vitória. Olhou para León, e depois ambos soltaram uma libertadora gargalhada.

Passaram o resto do passeio contando todo tipo de coisas a respeito um do outro. Vitória contou-lhe do seu dia a dia na Boavista, de Luíza e do pai, da "ressurreição" de Eufrásia e do aborrecido e longo castigo sem sair de casa. Confessou-lhe que tinha ido às escondidas à conferência que ele dera em Conservatória e lhe falou de sua preocupação com Félix.

– Lembra-se do rapaz? Era o mudo.

– Sim, quase uma criança.

– Isso mesmo. – Vitória não gostava de falar daquilo. Decidiu não se alongar no assunto. – Falemos de outra coisa. Fale-me de você, do seu trabalho, dos seus amigos.

– Quer que lhe conte a pior coisa que me aconteceu nos últimos meses? – Vitória assentiu, e ele continuou: – Fui visitar uma bela jovem que vivia numa casa muito distante, num vale longínquo, mas, quando cheguei lá, ela me rejeitou.

Vitória olhou para ele cheia de remorsos.

– Eu... não me sentia bem. Lamento que tenha feito essa longa viagem em vão. Mas esqueçamos isso. Conte-me a melhor coisa que lhe aconteceu em todo o ano.

– Foi num dia de setembro. Quando fui visitar um amigo e uma jovem ousada de indescritível beleza me bateu com a porta na cara. Naquele momento, apaixonei-me perdidamente por aquela divina criatura.

Vitória engoliu em seco. Seria uma declaração de amor? Ou ele estaria zombando dela novamente?

– E essa "divina criatura" corresponde aos seus sentimentos?

– Se eu soubesse! A bela jovem é um pouco arisca e, mesmo que estivesse morrendo de amores por mim, o que nem me atrevo a esperar, mais que depressa o demonstraria desprezando minha pessoa em vez de com palavras de apreço.

– Talvez porque a jovem não tenha certeza dos sentimentos que você nutre por ela e não queira criar falsas expectativas.

– É possível. Mas bastaria que me olhasse nos olhos para que soubesse que estou louco por ela.

Vitória olhou para León, mas rapidamente desviou o olhar. Não gostava do rumo que a conversa estava seguindo. Não conseguia se libertar da sensação de que León zombava dela.

Fizeram em silêncio o restante do caminho. Dessa vez, o mar ficava à sua direita. À esquerda conseguiam ver a igreja de Nossa Senhora da Glória; pouco depois passaram pelo imponente complexo do Arsenal da Guerra. O trânsito era cada vez mais intenso, e graças à diminuição da velocidade Vitória conseguiu manter sua sombrinha mais equilibrada. Mantinha-a tão baixa que ninguém conseguiria ver seu rosto. Na realidade, não conhecia muitas pessoas no Rio, e a possibilidade de que algum dos seus conhecidos estivesse àquela hora na rua era muito remota. Atravessaram o centro da cidade. À esquerda viram o Palácio Imperial, a residência do imperador na cidade; num quarteirão mais acima ficava a bela igreja Nossa Senhora da Lapa dos Mercadores. Na baía de Guanabara, diante da ilha Fiscal, havia inúmeros veleiros, paquetes e barcos de pesca anunciando que o porto ficava um pouco mais ao norte.

Assim que atravessaram o centro da cidade, voltaram a sentir o cheiro do porto. Se não fosse o mau cheiro, talvez tivessem apreciado a beleza da paisagem. A baía de Guanabara, o gigantesco porto natural que se encontrava praticamente rodeado de terra, estava salpicada de barcos ali ancorados, que eram a prova da imensa importância da cidade. O Rio de Janeiro era o porto mais importante da América do Sul e a maior metrópole do continente.

Já estavam perto de São Cristóvão. León consultou seu relógio.

– Três horas. Com certeza já sentiram sua falta.

Vitória deu de ombros.

– Não faz mal. Vou dizer que estive na biblioteca.

– Quando a verei de novo? – perguntou León.

– No ano que vem, meu aniversário será no sábado de Carnaval. E, como Pedro e Joana devem já ter anunciado o noivado a essa altura, teremos três motivos para festejar. Vamos dar uma grande festa a fantasia na Boavista. Gostaria muito que você fosse.

– Fala sério?

– Falo.

– Então está me convidando?

– Não, isso não. O convite oficial será do Pedro. Você compreende, não é verdade?

León não respondeu. Limitou-se a fixar em Vitória um olhar estranhamente triste. Depois inclinou-se sobre ela como se quisesse sussurrar algo em seu ouvido. Ela aproximou também a cabeça para ouvi-lo melhor.

– Minha bela, medrosa, orgulhosa e esperta Vita. Irei como seu escravo. Pode ter certeza.

Os lábios dele roçaram o pescoço dela como por acaso.

Horas mais tarde, quando Vita já retornava para casa, sentia tanto o calor do beijo de León na pele que achava que todos notariam a marca em seu pescoço. Mas aquilo não era nada comparado ao fogo ardente que vibrava em seu coração.

IX

COMO O TEMPO PASSAVA DEPRESSA. Se Vitória havia pensado a princípio que os três meses que faltavam para a grande festa seriam um período insuportavelmente longo, agora se dava conta da rapidez com que o tempo transcorrera. A família havia passado os dias de Natal em harmonia; na véspera de Natal, foram todos juntos a Valença ver os fogos de artifício e assistir ao baile do Hotel Lisboa, onde tinham passado a noite. Em janeiro renunciaram à habitual viagem a Petrópolis para se concentrarem na preparação da grande festa. Vitória divertiu-se muito naqueles dias. No vale só permaneceram alguns de seus amigos e conhecidos, a maioria estando de férias nas montanhas. Como naquela época também ela estava com menos trabalho, tinha muito tempo livre para andar a cavalo ou nadar. Dona Alma e Luíza aliaram-se para dissuadi-la de passar tantas horas ao ar livre – "você vai ficar tão bronzeada quanto uma mulata" –, mas Vitória não se importava com as recomendações das duas nem com sua delicada pele. A única coisa que aceitou foi levar um chapéu de aba larga que lhe protegia o rosto e vestidos de manga comprida. Além disso, sempre que podia, mantinha-se à sombra e, para os passeios, escolhia as primeiras horas da manhã ou as últimas da tarde. Por isso, no início de fevereiro, depois de ter aproveitado quatro longas semanas de bom tempo de verão, tinha apenas um ligeiro bronzeado, suficiente para lhe dar uma aparência fresca e saudável, sem perder a delicadeza.

E enfim chegou o grande momento. Dali a dois dias receberiam mais de 150 convidados, a maioria vizinhos e conhecidos do Vale do Paraíba, mas também amigos de Pedro do Rio e clientes do pai de outros locais do país. Alguns deles dormiriam na Boavista; outros ficariam alojados em fazendas vizinhas e em hotéis de Valença ou Vassouras. Vitória dividiria seu quarto com Joana. Em outras circunstâncias não teria gostado nada da ideia, mas agora isso até contribuía para aumentar a excitação e o bom humor que tinha se apoderado dela. Agradava-lhe a ideia de passar um tempo ao lado da futura cunhada e de trocar coisas com ela.

A Boavista estava irreconhecível. No andar de baixo puseram-se todos os móveis encostados à parede para que coubessem os convidados. As portas duplas entre a sala e a sala de jantar estavam abertas, assim como as portas que davam para o escritório, que ficou praticamente vazio. No total dispunham de um espaço de quase cem metros quadrados. Além disso, atrás da varanda colocaram uma tenda, à qual se chegava por um corredor coberto por um toldo. Se chovesse, os convidados que quisessem conversar fora da pista de dança ou sem ser incomodados pela música da orquestra, que sem dúvida seria a maioria, poderiam chegar com os pés secos à tenda, na qual puseram um bar e uma enorme mesa com comida. A única coisa que a tenda não aguentaria seria uma tempestade violenta.

Ao pensar em sua fantasia, Vitória havia tido uma ideia que não era fácil de pôr em prática, mas, se o conseguisse, causaria furor. Queria vestir-se de arbusto de café.

– Que ideia mais maluca! – disse-lhe dona Alma, alarmada. – Não pode se vestir de Madame Pompadour, como as outras jovens?

– Haverá muitas Madames Pompadour, mas apenas um arbusto de café.

Depois explicou à mãe como imaginava sua fantasia, e por fim dona Alma concordou.

– Por mim está bem. Parece que não vai se transformar muito.

Nada mais longe da intenção de Vitória. No dia de seu aniversário não só queria estar linda como também desejava fazer uma entrada triunfal. E com sua fantasia iria consegui-lo. O vestido era de seda verde e, na realidade, muito fácil de confeccionar. Embora fosse tudo, menos simples. Na saia levava inúmeras folhas de cetim, entre as quais espreitavam pequenas flores brancas e frutos vermelho-vivo. A costureira demorou uma semana para fazer as flores, e, para os frutos, que eram formados por pequenos pompons de seda, precisou de outra semana. Essas aplicações davam à saia um volume que fazia sobressair ainda mais a cintura fina de Vitória. No corpete do vestido não havia nem folhas, nem flores, nem frutos costurados, pois teria ficado muito pesado e a incomodaria ao dançar. Em vez disso, era todo bordado. O trabalho extraordinariamente delicado foi realizado por uma mulher de Valença que era conhecida pelos seus bordados de filigrana. Também as luvas, que lhe chegavam aos cotovelos, tinham flores e frutos bordados. Dona Alma aceitou emprestar de novo os rubis a Vitória, que combinavam perfeitamente com sua fantasia. Na cabeça levaria uma complexa estrutura elaborada com ramos autênticos de café, e, no rosto, uma máscara verde com os cantos bordados de vermelho e branco, da qual sairiam pequenos ramos nas laterais.

Tudo estava pronto, menos o enfeite da cabeça, que chegaria no próprio dia da festa. Um dia Vitória experimentou a fantasia com os acessórios para ver o efeito do conjunto. Chegou à sala aos pulinhos, onde pensava que estariam os pais. Mas, além de dona Alma e do senhor Eduardo, estava também o advogado, o doutor Nunes. Os três ficaram olhando para Vitória como se observassem a aparição de um extraterrestre, até que dona Alma quebrou o silêncio:

– Nem parece que vai realmente fazer 18 anos.

Mas o pai tinha outra opinião:

– Vita, sua fantasia é magnífica!

E o doutor Nunes acrescentou:

– É incrível! Que plantas maravilhosas crescem nesta fazenda!

Joana e Pedro chegariam a qualquer momento. Vitória os aguardava com impaciência, andando nervosa pela casa inteira. Na realidade, já não havia muito para fazer. Tudo o que tinha de ser preparado com antecedência já estava pronto. Ao longo do dia chegaria o gelo, um bloco proveniente da América do Norte, tão grande que nem o longo transporte de barco até o Brasil, nem a viagem pelas ardentes colinas da região, reduziriam notavelmente seu tamanho. No porão tinham preparado um canto com um oleado para ali armazenar o gelo. E, se não fosse usado inteiro na festa, com esse cuidado poderia durar mais uma ou duas semanas. Como ela gostava das bebidas geladas, do som do gelo nos copos e dos requintados alimentos apresentados sobre gelo picado! E que maravilha poder tratar no dia seguinte dos pés e da dor de cabeça com pequenos pedaços de gelo que se fundiam no contato com a pele!

Vitória queria apreciar aquele luxo com todos os seus sentidos, já que não poderiam contar com novos fornecimentos de gelo até julho, quando o inverno chegava ao Chile.

Na sua última vistoria pela casa, Vitória verificou que entre todos os possíveis lugares que tinham arranjado para os convidados se sentarem na sala estava também a não muito confiável cadeira do quarto da mãe. E se o senhor Alves se sentasse nela? Com certeza a cadeira se partiria com seu enorme peso!

– Miranda!

A jovem veio do cômodo ao lado.

– Sim, sinhá Vitória?

– Trate de tirar esta cadeira velha daqui. Veja só.

Vitória deixou-se cair com força sobre a almofada de veludo vermelho-escuro e se mexeu na cadeira, que começou a ranger e a chiar de modo preocupante.

– Está completamente bamba. Mal aguenta o meu peso. Imagine o que aconteceria se o senhor Alves se sentasse nela.

Miranda riu.

– Era bem feito.

– Por favor! – Mas Vitória não conseguiu evitar o riso. Sim, era bem feito. – Embora provavelmente não fique muito tempo sentado. Com certeza ele vai passar a maior parte do tempo junto ao bufê. Ainda assim, tire a cadeira daqui. Diga ao Humberto que a leve ao carpinteiro. Talvez ele consiga arrumá-la para depois de amanhã.

Miranda assentiu e saiu. Naquele momento, ouviu-se uma carruagem. Vitória suspendeu um pouco a saia e foi à porta o mais depressa que conseguiu.

Joana parecia um pouco cansada da viagem, mas seu rosto se iluminou assim que viu Vitória. Pedro também estava feliz em estar de novo na Boavista.

– Joana, Pedro, finalmente! Não se assustem com o aspecto das coisas. Tivemos de virar a casa do avesso para nos preparar para receber tanta gente – explicou Vitória enquanto os três entravam.

Quando chegaram à sala, Joana sentou-se numa das cadeiras que estavam alinhadas junto à parede e olhou ao redor, os olhos muito abertos.

– Isto é... incrível! Por fora a Boavista é impressionante, mas não se consegue imaginar o que nos espera aqui dentro. Pensei que seria tudo mais rústico.

Seu olhar deslizou pelas paredes elegantemente ornamentadas com o papel de parede, o estuque colocado em forma de filigrana e o magnífico teto trabalhado em cujo centro estava pendurado um gigantesco lustre de vidro. Depois inclinou-se para a frente a fim de ver a sala ao lado através da porta aberta.

– Fantástico!

Joana pôs-se de pé, foi até a sala de jantar e também ficou ali, admirada. Nas paredes não havia quadros emoldurados como na sala, mas estava, sim, decorada com pinturas murais que mostravam idílicas cenas campestres e de caça em tons pastel. Isso conferia à sala um ar de sonho, de um conto.

– Normalmente ela tem outro aspecto – disse Vitória. – Espere até conhecer a sala de jantar como ela é de fato. Agora, sem os tapetes e com as cadeiras amontoadas e as mesas desnudas, não é muito acolhedora.

– Não, não. – Joana já se esquecera do cansaço da viagem, uma vez que não parava de dar voltas, doida de alegria, fazendo esvoaçar sua saia. – Ai, Vita! Não posso acreditar que algum dia serei a senhora de uma casa tão nobre.

O quê? Teria ouvido bem? Vitória olhou para Joana boquiaberta. Jamais vira as coisas sob aquele prisma: um dia Pedro seria o senhor da Boavista e sua esposa teria a última palavra. Ela, Vitória, que havia crescido na fazenda, que tinha se ocupado de tudo durante anos, que amava a Boavista do fundo do coração, seria rebaixada e passaria a ser uma figura acessória. Como mulher casada seria bem-vinda como visita; como irmã e cunhada solteira, na melhor das hipóteses, seria aceita se ficasse tomando conta dos pais idosos.

– Vita, desculpe. Que indelicadeza! Eu...

– Tudo bem, Joana. Tem razão. Nunca havia pensado nisso, e a ideia foi tão nova para mim quanto incrível para você. Mas na Boavista há lugar para todos.

Seria verdade aquilo? Sim, havia espaço suficiente. E também trabalho suficiente para que cada um encontrasse seu lugar. Mas ela desejava realmente aquilo? Desejava deixar o comando nas mãos de Pedro e da mulher, por mais que gostasse deles? Desejava se submeter a eles, tal como agora tinha de se submeter à vontade dos pais?

– *Voilá*, um copo de limonada! – disse Pedro, arrancando-a de seus tristes pensamentos. – Como você não me ofereceu nada, assumi essa função. A nós!

– A nós! – repetiram Joana e Vitória ao mesmo tempo. Olharam-se e sorriram.

– Estou certa de que esta não será a única coisa em que iremos coincidir – disse Joana, e piscou um olho para Vitória.

Pedro teve a sensação de que as duas jovens haviam conversado sobre outro assunto com o qual não tinha nada a ver, mas apesar de tudo disse à noiva:

– Certamente que sim. Vocês se parecem muito mais do que imaginam.

Seria verdade? E isso seria bom? Mas, antes de Vitória poder se aprofundar naqueles pensamentos, Miranda entrou correndo na sala.

– Depressa, sinhá. O gelo está chegando!

Depois do jantar, no qual a família discutiu alguns detalhes da festa, Joana e Vitória foram juntas para o quarto. Queriam examinar as fantasias para ver se podiam melhorar mais alguma coisa. Joana tirou da mala uma interminável faixa de seda dourada e a enrolou em volta do corpo.

– Não vai vestida de mulher de harém, vai? – perguntou Vitória. – Acho que não causaria muito boa impressão em dona Alma.

– Não. Espere. – Joana colocou o tecido em volta da cabeça e se dirigiu ao toucador. – Tem batom?

– Sim, na bandeja de prata que está à direita do espelho.

Quando Joana se virou novamente, Vitória reconheceu a fantasia. Joana havia pintado um ponto vermelho na testa, em cima do nariz.

– Vai de marajá e maarâni?

– Adivinhou. Quando além do sari eu puser também as sandálias e as joias de ouro, e pintar os olhos de preto, todos vão me confundir com uma indiana de verdade. E com o turbante e o sabre, o Pedro vai parecer um autêntico marajá.

– Lindo. Como tiveram essa ideia?

– Não sabia que minha família antes vivia na colônia de Goa? Em casa temos várias caixas cheias de roupas, enfeites, joias, instrumentos musicais e figuras da Índia. Meus pais vestem-se com trajes indianos.

Vitória sentiu curiosidade em relação aos pais de Joana, os futuros sogros de Pedro. Chegariam no dia seguinte e dormiriam na Boavista. Embora estivesse mais ansiosa com a chegada de outros convidados. Melhor dizendo, de *outro convidado*.

– Quem mais você e Pedro convidaram? Conheço alguém?

– Vêm os amigos de Pedro, mas você já os conhece. Eu, além da minha família, convidei apenas dois bons amigos. Minha velha amiga Gabriela e meu vizinho Conrado, com o qual praticamente cresci. Tenho certeza de que vai gostar deles.

– Convidaram León?

– Sim, por quê?

– Oh, por nada! Já li muitas coisas sobre ele no jornal; defende ideias muito revolucionárias.

Joana sorriu.

– Está me escondendo alguma coisa, não está?

Vitória deu as costas a Joana e fingiu que algo dentro do armário precisasse de toda a sua atenção.

– Não.

– Deixe pra lá. Realmente não tenho direito de me meter nas suas coisas. Mas, se precisar de alguém que a ouça e que seja discreta, pode contar comigo.

Vitória virou-se de repente e olhou Joana nos olhos.

– Sabe se ele vai trazer a Viúva Negra?

– Bom, não seria de admirar. Mas não; acho que não fará isso. Tenho certeza de que vai preferir concentrar toda a atenção em você.

– Como...?

– Como cheguei a essa conclusão, querida Vita? Observei vocês dois no teatro. É difícil não perceber que aquele homem está completamente apaixonado por você.

Meu Deus! Os outros teriam notado alguma coisa? Todos, menos ela? E seria verdade? Não seria uma fantasia da Joana? Seria ela uma daquelas mulheres que julgam ver argumentos românticos por todo canto, até onde não existe absolutamente nada?

Joana pareceu ler seu pensamento.

– Não, não é minha imaginação. E não se preocupe; os outros estavam entretidos demais com os próprios assuntos e não notaram nada.

– Se ao menos fosse verdade! – sussurrou Vitória, e nem Joana nem ela tiveram a menor dúvida de que não precisavam da cumplicidade de mais ninguém.

* * *

O enorme senhor Alves e sua não menos corpulenta esposa foram os primeiros a chegar. Tinham-se fantasiado de João e Maria, e com as bochechas pintadas de vermelho e os chapéus que usavam ficavam ainda mais ridículos do que com as roupas normais. Mas Vitória pelo menos teve de admitir que tinham coragem e não lhes faltava senso de humor. Provavelmente teriam se matado de rir durante o caminho cada vez que olhavam um para o outro.

– João, Maria, bem-vindos! Não terão mais de passar fome; agora encontraram a casinha de chocolate, e aqui não há bruxa! – exclamou Vitória, recebendo seus convidados.

– E tragam também uma xícara de café, ou ainda está tudo no arbusto? – perguntou o senhor Alves, olhando para a saia de Vitória.

– Façam o favor de entrar – convidou dona Alma, que também estava à entrada recebendo os convidados. Ela estava fantasiada de czarina, e o arminho, que corria o risco de derreter sob o forte calor do verão, dava-lhe a aparência elegante de uma rainha russa. Não conseguia entender o humor que o casal Alves emanava. Se fosse por ela, a festa teria tido um tema que obrigasse todos os convidados a se vestirem de maneira condizente.

Um negro, que tal como os outros escravos estava vestido de mouro – todos usavam um turbante vermelho e verde, sapatilhas árabes vermelhas, calças verdes e uma camisa de listras vermelhas e verdes –, chegou com uma bandeja repleta de taças de champanhe, vinho, água e sucos de fruta. Os Alves pegaram uma taça de champanhe cada um e brindaram a seus anfitriões. Depois descobriram a comida e concentraram-se imediatamente nela.

– São terríveis! – lamentou-se dona Alma. – Conheço-os há quase trinta anos e a cada vez parecem mais infantis.

– Mãe, é Carnaval. Deixe-os.

Felizmente, naquele momento chamaram a atenção de dona Alma as personagens de Esmeralda e seu Corcunda, cuja verdadeira identidade Vitória não conseguiu descobrir à primeira vista. E de repente, como que obedecendo a um sinal combinado em segredo, chegaram todos os outros. Eufrásia, vestida de Madame Pompadour com o seu Rei-Sol, Arnaldo; Rogério, que ficava muito bem fantasiado de Cristóvão Colombo; a viúva Almeida, como a Cinderela mais velha e feia que se podia imaginar; Edmundo, que escondia sob o hábito de um monge a única coisa bonita que tinha: o corpo esbelto; João

Henrique de Barros com o pai, ambos como capitães de fragata portugueses; Florinda, uma conhecida dos tempos de escola, que se fantasiara de Joana d'Arc; o tabelião Rubem Leite com a mulher, ele com uma armadura de cavaleiro, ela como princesa do castelo; os Sobral, que tinham se vestido, juntamente com os quatro filhos, como uma família da Virgínia norte-americana dos anos 1830; o patrão de Pedro, o comissionista Fernando Ferreira, como mosqueteiro, embora com bochechas um pouco salientes; Rubem Araújo e a esposa Isabel, grávida, ambos transformados em xeques árabes, talvez para disfarçar o estado dela; o doutor Vieira com a original fantasia de médico... embora da Idade Média; Aaron Nogueira, que vinha muito convincente fantasiado de chinês; e o colega de Pedro, Floriano de Melo, com a mulher Leonor numa versão mais modesta, embora historicamente mais correta, de Madame Pompadour e Luís XV.

A confusão era enorme, mas todos estavam de muito bom humor; e a incoerente mistura de fantasias fazia com que todos brincassem a esse respeito. A fantasia de Vitória era a mais elaborada e criativa, e recebeu todo tipo de elogios. Em meio a toda aquela agitação, ninguém se deu conta do quanto ela estava cada vez mais nervosa.

Meu Deus, era mesmo uma tola! A festa começava às oito, e eram nove horas. Ainda faltavam alguns convidados; não havia motivo para estar tão ansiosa. Só seria tarde quando já tivessem comido e consumido bastante álcool, quando os mais velhos começassem a ir embora e os jovens pudessem dançar e flertar sem inibições.

– Vita, é um arbusto de café maravilhoso! Mas tem de admitir que eu também não estou nada mal, e estou muito mais elegante que a senhora de Melo.

– Está linda, Eufrásia! E o Arnaldo está incrivelmente vivo.

– Como assim vivo?

– Não sabia que o Rei-Sol, Luís XIV, já estava morto muito antes de Madame Pompadour se transformar na amante do rei? Do seu filho...

– O que é que tem? O importante é que estamos muito bem, não acha? A propósito, quem é aquele sujeito com a ridícula fantasia de asas?

– É Carlos, irmão da minha futura cunhada. É engenheiro e faz experiências de voo. Veja bem: é um homem muito instruído, e no entanto pensa que o homem poderá voar um dia, e ainda com máquinas voadoras!

– Está maluco! Bem, pensando melhor, não o acho assim tão atraente. – Eufrásia deu um gole na sua bebida e pousou em Vitória um olhar penetrante. – Não sei por quê, mas acho que está diferente hoje. Não será por acaso hoje o dia em que Colombo vai descobrir a América?

– Não conheço os planos de Colombo. Mas as plantas exóticas não têm a menor intenção de se deixarem descobrir hoje.

– Ah, sei! Se eu fosse você, cederia um pouquinho às intenções de Rogério. Vocês são praticamente marido e mulher. O vale inteiro sabe que foram feitos um para o outro e que vão se casar. Basta vê-los dançando.

– Não diga besteiras, Eufrásia! Gosto de dançar com ele, é verdade, mas não é por isso que vou me casar com ele.

– Conhece alguém melhor? Algum homem mais bonito, mais esperto e mais rico, que, além disso, esteja tão perdidamente apaixonado por você?

– Por acaso, conheço.

– Oh, Vita! Não posso acreditar que seja tão tola!

– Pense o que quiser.

– O que é que vocês estão cochichando? Venham para a tenda, está fantástico aqui.

Florinda aproximou-se por trás delas, e Vitória esperou que ela não tivesse ouvido nada do que tinham dito. Florinda era a pior bisbilhoteira do lugar.

– Venham depressa, não percam o melhor da festa! – disse às antigas colegas de escola. – Apareceu agora um escravo descalço e muito sujo que está bebendo champanhe. Rogério e Arnaldo tentaram expulsá-lo, mas ele afirma categoricamente que foi convidado. Ainda vão acabar aos socos – riu-se Florinda.

Vitória imaginou logo quem era o causador de toda aquela agitação. Só León seria capaz de aparecer vestido de escravo numa festa cheia de fazendeiros. Mas como chegara à tenda? Não podia ter entrado pela porta e cumprimentado primeiro os anfitriões, como faziam os outros convidados?

Quando Eufrásia, Florinda e Vitória chegaram à tenda, a situação já havia sido esclarecida. O irmão de Vitória identificara o "escravo" como León Castro, e Arnaldo, Rogério, Pedro e León conversavam amistosamente e brindavam ao mal-entendido. Rogério achara o episódio extremamente cômico e ria sem

145

parar, felicitando León pelo impacto conseguido. Ao contrário, Arnaldo, o noivo de Eufrásia, parecia consternado.

– Como se pode ter a estúpida ideia de se fantasiar de escravo? – disse agitado.

– Rei-Sol, por acaso não somos todos escravos diante do Vosso esplendor? – perguntou Pedro, tentando pôr fim à discussão. – Ah, ali vem a amante do Vosso filho; ela saberá como Vos acalmar.

Arnaldo não percebeu a piada, mas notou que ele se referia a Eufrásia e mudou de expressão.

Os outros homens olharam para as três jovens que se aproximavam. Rogério endireitou as costas, Pedro lhes fez um sinal amigável. León não mudou absolutamente nada da sua atitude, tampouco de sua expressão. Só quando Vitória se aproximou dele e lhe estendeu a mão é que esboçou um ligeiro sorriso.

– Senhor Castro, você tem piores maneiras que um escravo do campo. Ou isso também faz parte da sua fantasia?

– Sinhazinha, reconheço que foi uma falta de cortesia de minha parte vir ter com os homens sem tê-la cumprimentado antes. Mas não consegui deixar de evitar esta pequena brincadeira. Estou perdoado?

Vitória demorou alguns segundos para responder.

– Claro que está. Vita, não nos apresenta este magnífico escravo? Onde é que o comprou? – perguntou Eufrásia, colocando-se no meio dos dois. León riu e deu a mão a Eufrásia. Vitória apresentou-os, depois fez o mesmo com Florinda, que assistia a toda a cena em silêncio. Que demônio de homem! E suas duas amigas falavam com ele com toda a naturalidade!

– Precisamos nos recompor desse susto. Vamos comer alguma coisa, se é que o senhor Alves já não acabou com tudo – disse Pedro, animando todo o grupo.

Para chegar à mesa onde se apresentavam os mais deliciosos petiscos, tiveram de passar entre a multidão, fato pelo qual o grupo se dissolveu. Rogério e Pedro iam à frente, um pouco mais atrás seguiam-nos Arnaldo e Florinda, observados com receio por Eufrásia, que não gostava de deixar o noivo sozinho com outras mulheres. Mas dessa vez não tinha escolha, se não quisesse perder o que acontecia entre Vita e León. Avançava no encalço destes, embora não tivesse conseguido entender o que León dissera a Vitória quando se inclinara sobre ela.

* * *

Vitória tinha perdido o apetite. Havia dias que imaginava como iriam apreciar o faisão, as terrinas de carne, os guisados de vaca, as gelatinas de peixe e as fatias de lombo; o aroma das sopas de cogumelos, os risotos de legumes, as tortas de milho e os purês de mandioca; os suflês de framboesa, os bolos de chocolate, os crepes de canela e os cremes de baunilha. Mas, ao ver a mesa cheia de iguarias, sentiu um suor frio. Não conseguiria engolir nada enquanto León estivesse perto dela e seu coração desse tamanhos pulos.

– Vita, vamos sair daqui – sussurrou-lhe ele.

Não podia ter gostado mais da sugestão! Mas como sair dali? Eufrásia estava colada a eles como um carrapato, e, por ser a anfitriã, Vitória não podia desaparecer assim sem mais nem menos. Foi então que apareceu Joana e deu a Vitória e a León um pretexto para abandonarem a tenda.

– Sua mãe está à sua procura por todo lado.

– Oh, a bela dona Alma! Vitória, posso acompanhá-la para cumprimentar enfim a senhora sua mãe? – perguntou León, a voz carregada de hipocrisia.

E foram-se embora, enquanto Eufrásia, a quem Joana introduzira numa conversa sobre a última moda de penteados, os olhava, estupefata.

No corredor coberto pelo toldo que conduzia à casa, León pegou a mão de Vitória e saíram do caminho marcado pelas tochas. De mãos dadas, deslizaram pelo pátio, que naquele momento estava deserto. Vitória achava que seus passos ecoavam no chão de areia de tal forma que podiam ser ouvidos da casa. O coração batia-lhe acelerado. Quando chegaram à horta das ervas aromáticas, ao redor deles havia apenas escuridão. A luz das tochas não chegava até ali, e a lua estava encoberta por negras nuvens de chuva. O ar era abafado e cheirava a chuva iminente e a natureza verdejante.

– Espero que não comece a chover – disse Vitória, e logo depois se sentiu como uma tola.

– Quer realmente falar comigo sobre o tempo? Tenho uma ideia melhor. – Então largou a mão de Vitória e aproximou-se de umas flores. – Ah, ainda bem! – León tirou uma garrafa de champanhe que estava atrás de um vaso. – Não está muito fresco, mas dá para beber.

Vitória o olhou, admirada. Ele havia pensado em tudo! Mostrou-lhe duas taças, como que surgidas por magia, tirou a rolha e lhe ofereceu um pouco da bebida.

147

– À planta mais fascinante do mundo!

– Ao escravo mais surpreendente do mundo!

Brindaram e olharam-se fixamente. Nenhum dos dois se atreveu a quebrar com palavras a magia daquele momento. Vitória foi a primeira a desviar o olhar. Fitou o copo, depois bebeu tudo de uma só vez. León sorriu, indulgente, mas não comentou nada. Ela estendeu o copo para que ele o enchesse. León cumpriu seu desejo em silêncio, sem perder o sorriso de satisfação.

– León...

Ele sacudiu a cabeça como se surpreendesse com o comportamento travesso de uma criança que interrompe uma conversa de adultos, embora sem provocar nenhum tipo de zanga graças à sua atitude inocente. Colocou sua taça no chão, pegou com ambas as mãos a máscara de Vitória e a retirou com cuidado. Durante alguns segundos, pareceu hipnotizado pelos olhos que se fixaram nele um tanto temerosos, outro tanto provocantes.

– León...

– Shh!

Dessa vez colocou o dedo à frente dos lábios para evitar que ela falasse. Depois a atraiu para si e a beijou.

E de que maneira! Vitória sentiu arrepios quando os lábios de ambos se juntaram. Fechou os olhos e se abandonou naquele abraço, na forte pressão das mãos dele em sua cintura e nas suas costas. Abraçou-se a ele como um náufrago e desejou que aquele momento fosse eterno. Nunca nenhum homem a beijara assim; com nenhum sentira a necessidade de se abandonar e de se deixar levar. Vitória tinha as pernas trêmulas. Jamais se sentira tão débil e ao mesmo tempo tão forte.

Sentiu a mão de León subir pelo seu pescoço para lhe acariciar o cabelo. Iria estragar seu penteado, mas não se importava. Sentiu um formigamento no couro cabeludo.

Vitória desvencilhou-se repentinamente do abraço. Tinha ouvido passos.

– O quê...?

Dessa vez foi ela quem lhe fez um gesto para que não falasse. Escutou atentamente, mas não ouviu nada.

– Pareceu-me que vinha alguém nos fazer companhia – disse a León em voz baixa. – É melhor voltarmos.

– Que crueldade! Precisamente agora, que eu queria provar seus delicio-sos frutos.

– Oh, ainda não está na época da colheita!

– Fiquei com a sensação que já estavam maduros.

Felizmente, na escuridão, León não conseguiu ver como Vitória corava.

– Mas permito-lhe dançar comigo daqui a pouco. Vamos!

– Espere! – León segurou a mão de Vitória, que já ia saindo. – Tenho um presente para você. – Enfiou a mão sob a velha camisa e tirou um cordão do qual retirou um pingente. Deu-o a Vitória. Ela o pegou sem dizer nada e ten-tou perceber na escuridão do que se tratava.

– O que é isto?

– Veja depois sob a luz. Quero ver sua expressão quando o reconhecer.

– Então vamos embora. Estou morrendo de curiosidade.

Vitória voltou correndo, tão sigilosamente quanto tinham ido antes. León seguiu-a em silêncio. Quando se aproximavam da casa, ouviram os aplausos. Oh, não: tinham perdido o anúncio oficial do noivado de Pedro!

De volta à festa, custava a Vitória compreender o que tinha acontecido minutos antes. A inesperada intimidade entre León e ela parecia-lhe um so-nho. Ele não a vira durante meses, e de repente aparecia e a beijava como se fosse a coisa mais natural do mundo. E talvez o fosse. Afinal, não eram um casal de apaixonados havia bastante tempo? Quantas vezes não imaginara que ele a agarrava em seus musculosos braços, que as mãos fortes lhe percorriam com suavidade a pele, que o olhar dele a acariciava da cabeça aos pés? Embora, em suas fantasias, os encontros de ambos fossem mais tímidos. Precisavam de muitas carícias roubadas e gestos sutis antes de pensar realmente em outras intimidades, e vários pequenos sinais de amor antes do primeiro beijo.

Mas foi tudo diferente. Embora Vitória não se importasse com isso. Se ele houvesse se portado com ela da maneira habitual, hoje não teriam ido além de uma leve carícia na mão. Viam-se tão pouco, e tinham tão poucas oportuni-dades de estar sozinhos, que León havia feito bem em surpreendê-la.

A música, as inúmeras pessoas com suas vistosas fantasias e a claridade da luz devolveram Vitória à realidade. Pedro e Joana tinham aberto o baile, e outros casais iam se entusiasmando pouco a pouco. Eduardo e dona Alma passavam uma ótima imagem como casal de czares, e dona Alma parecia ter se curado milagrosamente de todos os males nos braços do marido. Dançava como uma jovenzinha e mexia-se com grande desenvoltura. O czar olhava para sua czarina com tal entusiasmo, que Vitória quase sentiu vergonha. Como podiam os pais se mostrar tão enamorados? Não era próprio de pessoas da idade deles.

Aproximou-se de um grupo no qual estava Aaron. Coitado! Ela o havia abandonado imperdoavelmente, enquanto ele a seguia toda a noite com o olhar.

– Aaron, por fim posso me dedicar a você. Quais são as novidades no Império do Centro?

– Mas, Vita, não sabe que eu sou um chinês da Califórnia? Nunca visitei o país natal dos meus antepassados.

– Que tragédia!

– Pois é. O que acha de dançar comigo para me fazer esquecer minha triste sina?

– Com todo o prazer.

Aaron não conseguia acreditar em sua boa sorte. Vitória oferecia-lhe o favor da primeira dança! Pegou-lhe a mão e a conduziu à pista de dança. Faziam um casal muito cômico, o chinês com sua longa trança negra e o brilhante arbusto de café, mas ficavam muito bem juntos. Aaron não era um dançarino nato, embora seguisse o ritmo e se mostrasse seguro.

Vitória olhava continuamente para os pais, que, pelo contrário, não haviam notado sua presença. Meu Deus, pareciam prestes a se beijar!

Quando a orquestra começou a tocar uma nova música, Rogério se aproximou deles.

– Você me daria licença? – disse a Aaron, e ocupou o lugar dele.

Oh, que diferença. Nos braços de Rogério sentiu-se leve como uma pena, e ele deslocava-se à sua volta com tanto entusiasmo que não via mais nada a não ser um interminável borrão de cores misturadas que giravam ao redor.

– Não fazem um par maravilhoso? – Eufrásia perguntou a Arnaldo, esperando que também ele a fizesse deslizar com tamanho entusiasmo pela pista de dança. Mas o Rei-Sol tinha bebido um pouco a mais e mal se aguentava em pé.

– Sim, como se tivessem sido feitos um para o outro – respondeu Florinda de seu lugar. Estava atrás deles e escondia-se dos cavalheiros que pudessem ter a ideia de tirá-la para dançar. Não que fossem muitos, como pôde verificar com certo pesar.

Após aquela dança, Vitória fez uma pausa. Sentia muito calor e estava sedenta. Como que cumprindo as ordens dela, apareceu Edmundo com uma taça de champanhe.

– Vita, tome um gole. Parece estar muito cansada.

Vitória sorriu sem vontade. Não disse ele a mesma coisa na última festa? E na anterior também? Pegou a taça e a bebeu com tanta avidez, que quase engasgou. Meu Deus, tinha de se controlar um pouco mais! Ainda havia tanto para aproveitar na festa, afinal de contas era seu aniversário.

– Vamos! – ouviu León dizer de repente. Como se aproximou outra vez sem que ela percebesse? Aquele homem tinha mesmo alguma coisa de felino. Tirou-lhe a taça da mão, colocou-a na mesa mais próxima e lhe sorriu. – Quero dançar com você enquanto ainda estiver em condições.

Edmundo os olhou magoado. Mas o que viu lhe fez esquecer de certa maneira a recente humilhação. O homem dançava com Vitória tão divinamente que, perante ele, até mesmo Rogério parecia um perna de pau. León aproximava o corpo de Vitória ao seu mais do que se considerava decente, tanto que se mexiam como um só ao ritmo da música. Não se importavam com a imagem que passavam. León, em farrapos e descalço, agarrava Vitória, vestida suntuosamente dos pés à cabeça, com tanta paixão, que não só tirou o fôlego dela, mas também de todas as testemunhas daquela provocadora dança.

As pessoas mais velhas estavam escandalizadas: com as calças andrajosas, que mal lhe cobriam a barriga da perna, e a camisa feita em farrapos, que lhe deixava praticamente todo o peito descoberto, o homem estava praticamente nu. Eufrásia, pelo contrário, olhava excitada para o casal: nunca vira antes uma dança que irradiasse tanta vitalidade animal, tanto desejo. Joana sentia-se maravilhada: enfim ambos reconheciam abertamente o que sentiam um pelo outro, embora tivessem escolhido uma forma ligeiramente inconveniente de fazê-lo. E Aaron estava aturdido pela força com que reconheceu a crua realidade: Vitória e León haviam sido feitos um para o outro.

X

A FESTA FOI UM SUCESSO, pelo menos para os convidados. Até no vale, onde reinavam o luxo e a opulência, se relembraria o evento durante muito tempo. Se a comida e as bebidas, a música, o ambiente, a decoração e as fantasias tinham sido os mais requintados possíveis, o assunto a que deu origem era o mais excitante desde havia muito tempo. Quando se viu uma sinhazinha se mostrar assim diante de todos, e, além disso, nos braços de um homem que nenhum barão do café deixaria voluntariamente entrar em sua casa? Quantas vezes se foi testemunha de uma rivalidade tão apaixonada entre dois homens a favor de uma bela mulher? Rogério Vieira de Souto se pegaria aos socos com León Castro se este tivesse desejado e se os amigos não houvessem intervindo. Grandioso!

Mas também outros deram muito que falar: a noiva de Pedro da Silva, que criatura tão pálida! A filha dos Pleitiers Soares: abandonou a festa na companhia do noivo sem esperar o casal Pereira, com quem tinha ido. Aquele comportamento era absolutamente impensável para uma moça decente! Até a própria anfitriã, dona Alma, flertou tão descaradamente com o senhor Barros quanto com o marido. Claro, a filha tinha de ter herdado aquilo de alguém!

– Meu Deus, nunca me doeu tanto a cabeça!

Vitória estava deitada na cama e observava Joana, que se penteava. Os olhares de ambas se cruzaram no espelho. Joana estava rosada e desperta, enquanto Vitória tinha os olhos inchados e lutava contra o enjoo.

– Vou dizer a Miranda para lhe trazer um saco com gelo – disse Joana, pondo-se de pé para abrir as cortinas.

– Oh, não, feche-as!

A intensa luz do sol feriu os olhos de Vitória. E a fez recordar da noite anterior. Não, o melhor era ficar na cama, escondida na penumbra protetora do que inexoravelmente a aguardava assim que se levantasse. O que foi que fizera?

– Não vai adiantar nada dizer que está doente. Não pode desfazer os acontecimentos, por isso o melhor é enfrentar as consequências quanto antes, assim vai superá-las mais depressa.

– Seja boazinha e me deixe dormir mais um pouquinho, está bem? – Vitória virou-se e cobriu a cabeça com o lençol. Não estava com disposição para ouvir os conselhos de Joana. Só quando escutou a porta se fechar é que pôs a cabeça para fora. Estava transpirando, e não sabia se era só por causa do calor. Sentia-se muito envergonhada. Precisamente agora, quando a casa estava cheia de gente, perante a qual era preciso mostrar a melhor cara, portava-se como a mais frívola das moças? O que pensariam os pais de Joana? E os Esteves, que também tinham dormido na Boavista?

Por outro lado: que dança! Teria dançado assim para todo o sempre, e, se não houvesse gente presente, teria arrancado a roupa e se entregado a León ali mesmo. Seu rosto ficara tão próximo do dele que os outros deviam ter pensado que estavam se beijando. Ou realmente teriam se beijado?

Miranda entrou com o saco de gelo e deu a Vitória um sorriso malicioso. Mas Vitória não estava tão doente assim que não percebesse sua expressão.

– Está rindo do que, sua lerda? E por que trouxe tão pouco gelo? Saia logo; quero um balde inteiro.

Quando chegou o gelo picado, Vitória foi pondo os pedaços no pescoço, esfregou-os nos braços, deixou que se derretessem nas pernas. Não importava que a cama ficasse molhada, afinal de contas os lençóis já estavam encharcados de suor e seria preciso trocá-los. Ah, que sensação tão refrescante! Pouco a pouco, Vitória foi recuperando a disposição. Chamou Miranda novamente.

– Traga-me café e limonada!

Ia mostrar àquela jovem quem ela era, e aos outros também!

Duas horas depois, Vitória já estava preparada para enfrentar a todos. A cabeça ainda estava dolorida, mas de resto sentia-se bem. Havia posto um vestido particularmente bonito, prendido o cabelo e aplicado um pouco de *blush* no rosto pálido. Considerou até pôr os óculos, que lhe davam um ar de sensatez, mas rejeitou a ideia. Tanto fazia! Que vissem todos por que razão os homens perdiam a cabeça por ela!

Colocou num cordão fino o pingente que León havia lhe dado. Era um pequeno ramo de café feito em ouro, com flores de pérolas brancas e frutos de diminutos rubis. Uma joia muito elegante que coincidia plenamente com seus gostos. Que bom que a conhecia apesar de terem passado tão pouco tempo juntos! Vitória estava maravilhada com o presente. Emocionava-a o fato de León, que como jornalista não era particularmente rico, ter gastado tanto dinheiro com ela. Ele não viu a expressão de Vitória quando ela abriu o presente; ela tinha chegado antes à casa, admirado a joia, guardado-a num pequeno bolso do vestido e rapidamente se misturado ao restante dos convidados.

O andar de baixo estava em silêncio. Na sala só se ouvia o tique-taque do relógio. Ela abriu a porta e verificou admirada que toda a desarrumação já havia desaparecido. Era preciso colocar novamente os móveis no lugar, mas não havia vestígio nenhum da festa. Era incrível que apenas doze horas antes tivesse se desenrolado ali a cena pela qual dona Alma provavelmente nunca a perdoaria. Vitória foi à sala de jantar. A mesma imagem, embora a mesa já estivesse no seu lugar de sempre. Com toda a certeza os convidados teriam tomado ali o café da manhã. Mas onde estariam todos?

Na cozinha, Luíza estava ocupada cortando presunto com uma faca gigante.

– Luíza, o que aconteceu? Na casa há um silêncio fantasmagórico. Qualquer pessoa pensaria que não há vida humana por aqui.

– Saíram todos. O senhor Eduardo queria lhes mostrar as terras.

– Todos? Dona Alma também?

– Sim, ela também. Hoje ela tinha muito boa aparência; parecia mais saudável do que nunca. Já da sinhá não se pode dizer o mesmo.

– Bom, deixe-me dizer a você que me sinto linda, sejam quais forem os horríveis boatos que tenha ouvido sobre mim.

– Boatos, é?

– Sim. Diga-me: o que lhe contaram os escravos?

– Oh, nada, eu vi tudo com meus próprios olhos. Quando começou a dançar daquela maneira com o senhor León, Miranda veio me buscar para que eu visse pessoalmente. E sabe o que ela disse? Que a sinhazinha parecia estar tendo relações com aquele homem. Sim. E sabe o que eu pensei quando os vi? Que já tinha tido relações com ele.

– Meu Deus, Luíza, é velha demais para compreender! Hoje em dia é assim que se dança; houve outras pessoas que também dançaram assim juntas, não é nada de mais.

– Nada? Ora...

– Chega! Disseram-lhe quando voltam?

– À hora do jantar, o mais tardar. Você ainda tem um par de horas antes de ficar corada diante deles.

– Não tenho intenção de fazer isso. Vou nadar. Prepare-me qualquer coisa para comer; tenho certeza de que sobrou muita comida de ontem.

Com o cesto que Luíza lhe preparou, Vitória dirigiu-se ao seu local de banho preferido. Ficava a cerca de quinze minutos da casa. O Paraíba do Sul fazia ali uma pequena curva, formando uma espécie de lago. Não havia correntes fortes; a água tinha profundidade suficiente para se conseguir nadar, mas também para se ficar de pé. O fundo era coberto por um lodo escorregadio e algumas plantas esquisitas nas quais preferia não pisar. A área estava rodeada de árvores e arbustos que protegeriam Vitória de olhares curiosos. Embora fosse muito improvável que alguém chegasse até ali, ela se sentia mais segura se ninguém pudesse vê-la de longe.

O irmão e ela tinham aprendido a nadar com um índio. Depois de Pedro quase ter se afogado quando pequeno, o pai encarregou o único homem da Boavista que sabia nadar que instruísse os filhos naquela arte. Eduardo não estava disposto a perder um filho numa área quase deserta onde havia tantas águas perigosas. E também não queria deixar os filhos sob a custódia exclusiva da ama: sabia que eles gostavam de fugir dela. Depois de várias discussões com a mulher, esta havia concordado, por fim, com que recebessem aulas de natação, embora sempre tivesse pensado que uma pessoa educada jamais fosse ter interesse em aprender a nadar.

Vitória despiu-se até ficar só com a roupa íntima. Depois olhou ao redor, mas, com exceção de um par de cavalos pastando, não viu ninguém que a observasse. Em seguida tirou rapidamente a blusa e as calças e saltou para a água. Tomar banho nua era muito mais confortável do que fazê-lo com a roupa íntima, que, dentro da água, a impedia de nadar, porque se formavam bolhas de ar, e, depois ao sair, colava-se ao corpo, causando-lhe irritação. Vitória deu algumas braçadas vigorosas e sentiu como se lhe saísse um grande peso de cima. Para acabar com a ressaca, não havia nada melhor do que tomar um banho de água fria! Soltou a trança e mergulhou a cabeça dentro da água. Gostava de sentir o cabelo pesado e liso nas costas ao voltar à superfície.

Passados alguns minutos, Vitória terminou o banho. O sol a aquecia com força excessiva, e as dolorosas queimaduras do sol no nariz e nas costas já tinham ensinado Vitória de que àquela hora do dia não podia ficar muito tempo no rio. Secou-se com uma toalha e a enrolou em volta do corpo. Começaria a se vestir quando o cabelo estivesse seco. Depois estendeu uma manta na relva, sentou-se e espreitou para ver o que havia no cesto. Estava morrendo de fome! Na noite anterior mal havia comido, e ao acordar também não costumava ter muito apetite. Por isso sentia agora uma fome selvagem. Luíza tinha posto no cesto pão, carne assada fria, um pouco de patê, um pedaço de queijo, fruta e até suco de cereja, e Vitória foi verificando o conteúdo como se fosse o último almoço de sua vida. Depois sentiu-se cansada. Deitou-se na manta com as pernas encolhidas, apreciou o jogo de luz e sombra que o sol lhe fazia no rosto, ao passar através das copas das árvores, e deixou o olhar se perder nas folhas acima da cabeça, até que adormeceu. Semiadormecida, teve sonhos estranhos, como um encontro com León naquela mesma tarde.

Um pouco depois acordou bruscamente com a picada de uma vespa, que tentou afastar do rosto. Vitória pôs-se de pé num salto, deixando cair a toalha que escondia sua nudez, e correu até a água. Quando saiu de novo, olhou ao redor. Devido ao susto, esquecera-se de ter cuidado. E se alguém a tivesse visto? Mas não parecia ser esse o caso. Ao redor estava tudo silencioso e sossegado como sempre. Ouvia-se apenas o rumor do rio e o zumbido dos insetos. Vitória tocou a picada. Já começava a inchar. A abelha tinha picado precisamente no meio do rosto, dois dedos abaixo do olho direito! E logo naquele dia que tinha de se apresentar aos pais, aos convidados, e que tinha um encontro com León.

Espere um momento. Teria sonhado? Vitória não estava em condições de distinguir se havia misturado uma lembrança autêntica com seu estranho sonho, ou se o sonho havia sido muito real. E se efetivamente tivesse um encontro com León? Em breve estaria com pior aparência do que no dia em que Luíza havia sentido tanta dor de dente, que ele teve de ser arrancado pelo veterinário, porque o dentista não conseguira chegar a tempo. Ficaria com a cara tão inchada que León não teria vontade de vê-la, tampouco de beijá-la.

Vitória vestiu-se, arrumou suas coisas e voltou para casa. Apesar da dolorosa picada, sentia-se fresca e preparada para enfrentar as desagradáveis acusações e os olhares repletos de reprovação. Talvez a vespa tivesse lhe picado no momento oportuno, uma vez que o rosto inchado e avermelhado distrairia a atenção de todo o resto.

– Diria que esse inseto acertou na mosca – disse Pedro, zombando da irmã.

– Sim, e não foi só o bicho... – continuou dona Alma em tom incisivo.

Os pais de Joana desviaram o olhar e fitaram o próprio prato. Eram pessoas amáveis, tranquilas, e não queriam ser testemunhas de uma discussão familiar. Em breve fariam parte daquela família, mas ainda demoraria algum tempo para senti-lo de verdade.

Assim que expôs uma versão apropriada aos pais sobre seu encontro com a vespa, Vitória não disse nem mais uma palavra. Observou seus novos parentes e julgou perceber que o pai gostava deles, enquanto dona Alma lhes fazia sentir como se fossem de categoria inferior. Joana e Pedro ignoravam aquela tensão implícita e cochichavam entre si. Vitória os invejou. Por que é que ela não podia se sentar ali com seu amado e trocar olhares carinhosos ou lhe acariciar a mão por baixo da mesa? Por que se via obrigada a manter encontros secretos, e por que León não podia cortejá-la de modo oficial? Ninguém teria achado a dança deles obscena se estivessem noivos. Sim, ele tinha de falar com seus pais e pedir a mão dela em casamento. Mas teria de partir dele; era impossível ser ela a propor esse arranjo. Não estava disposta a ir tão longe a ponto de pedir a um homem que se casasse com ela!

Depois do jantar, Vitória retirou-se com o pretexto de querer se deitar um pouco. Aquilo provocou um olhar furioso de dona Alma, mas ela lhe deu autorização. Já que os demais convidados tinham ido embora, Joana mudou-se para um quarto independente, assim ninguém notaria a ausência de Vitória. Tinha decidido ir ao ponto de encontro, embora ainda não tivesse certeza de se tudo não teria passado de um sonho. Mas não havia nada a perder. Se ele não aparecesse, teria dado um agradável passeio noturno a cavalo, e isso era melhor do que manter uma conversa forçada com sua família.

Pôs um vestido de cor escura e botas resistentes e esperou até que o relógio da sala marcasse oito horas. Depois abriu a porta com cuidado, olhou para a direita e para a esquerda do corredor e, quando teve certeza de que não havia ninguém no andar de cima, dirigiu-se às escadas de serviço. Desceu na ponta dos pés e desapareceu sigilosamente pela porta dos fundos. No estábulo, selou ela própria um cavalo e atravessou o pátio devagar. Aquele era o momento mais difícil: ainda costumava haver escravos perambulando por ali, embora àquela hora já devessem estar na senzala. E bastaria que na casa-grande houvesse alguém olhando pela janela para que estragassem seu passeio. Mas não foi assim. Ninguém viu Vitória e sua doce égua Vitesse, que seguia a dona complacente e tranquila, apesar das pouco habituais circunstâncias. De qualquer modo, ninguém a teria ouvido: um vento forte e cálido sacudia portas e janelas, fazendo desaparecer qualquer ruído que pudesse delatar Vitória.

Ao sair do pátio, Vitória montou o cavalo. Olhou para o céu com preocupação. A ameaçadora tempestade de verão que havia respeitado a festa no dia anterior era quase certo que cairia naquela noite. Torcia para que tivesse a amabilidade de começar quando ela já estivesse regressando, sã e salva, à Boavista. Avançou na direção noroeste e aguçou a vista para reconhecer o caminho à luz da lua e não passar o desvio para Florença, onde tinham combinado... desde que o encontro não fosse fruto de sua imaginação.

Vitória prendeu o cavalo em uma amendoeira. Apesar de a lua ter começado a aparecer, a noite estava muito escura. Grandes nuvens atravessavam o céu. O forte vento fez com que os olhos de Vitória começassem a lacrimejar e que a saia dela se colasse às pernas. A árvore se mexia sob a força do vendaval, dobrando-se e quase chegando a roçar o chão. O ar cheirava a tempestade. Onde estaria León? Com aquele ruído todo não se ouvia nada, sequer o incansável cantar dos grilos. Vitória pensava ver a silhueta de León em toda parte, até que se deu conta de que eram apenas os arbustos de café se agitando ao sabor do vento.

– Vita.

Por acaso teria ouvido vozes devido ao vento? Virou-se e se encontrou novamente nos braços de León.

– León! – O coração de Vitória deu um salto, mas ela tentou disfarçar quanto havia se assustado.

Ele não disse nada. Fitou-a com os olhos vidrados, abraçou-a com força e a beijou. Suavemente a princípio, depois com mais intensidade. Seus lábios tinham gosto de sal e álcool. A respiração de Vitória tornou-se mais acelerada. A maneira como ele brincava com a língua dela, como mordiscava seus lábios e lhe beijava o pescoço estava repleta de desejo, quase de desespero. Nunca vira León assim. Quando lhe mordiscou a orelha, enquanto lhe sussurrava promessas de amor com voz áspera, a barba um pouco crescida arranhou-lhe o pescoço. O corpo de Vitória viu-se inundado por uma onda de excitação. Apesar de tudo aquilo, conseguiu afastá-lo.

– León, vai haver uma tempestade. Temos de procurar refúgio. Imediatamente.

Correu para Vitesse e a soltou da árvore. Notou que o animal estava nervoso. Quando ia montá-la, León aproximou-se e colocou as mãos juntas, como se fosse um estribo, para ajudá-la a subir.

– Não se preocupe, sinhazinha. Seu escravo está aqui para tudo...

Naquele momento, Vitória não estava disposta para nenhum tipo de brincadeira. A tempestade se aproximava cada vez mais, e ela começava a ter medo. Um relâmpago a fez estremecer. Durante um décimo de segundo, tudo ficou iluminado por uma fantasmagórica luz branca, e o rosto de León pareceu-lhe o de um espírito. Não podiam perder tempo com discussões. Colocou o pé nas mãos dele.

Quando já estava sentada na sela, León limpou nas calças as mãos sujas de pó e montou seu cavalo. Tomaram a direção de onde tinham vindo antes. A Boavista ficava a uns vinte minutos a cavalo. Houve um relâmpago, e poucos segundos depois ouviu-se um trovão que pareceu rasgar o ar. O cavalo de Vitória empinou-se, e ela mal conseguia controlá-lo. León a ultrapassou e fez um gesto com a mão para que o seguisse. Enfiou-se por uma pequena trilha que conduzia a uma cabana em ruínas. Ela costumava brincar ali com Pedro quando eram pequenos e conhecia cada metro de suas terras, mas não entendia como León podia ser orientar tão bem ali.

Chegaram à cabana pouco depois de ter começado a chover. Havia muito tempo que Vitória não ia lá, e lembrava-se do lugar como sendo maior e mais bonito. Na realidade era um refúgio, uma construção rudimentar com as quatro paredes formadas por grandes tábuas de madeira e um telhado de folhas de palmeira que mal aguentariam a tempestade. Não havia janelas, e no buraco de entrada apenas duas vigas enferrujadas lembravam que em algum momento houvera ali uma porta.

Os cavalos se agitavam feito loucos e não permitiam que os prendessem, por isso León decidiu levá-los junto. Entretanto, a chuva havia se transformado num autêntico dilúvio. León tentou acalmar os cavalos, enquanto tirava uma manta de seu alforje e a atirava a Vitória. Ela a apanhou e a olhou, perplexa. Para que queria ele uma manta? Estava um calor insuportável, embora o vestido encharcado a refrescasse um pouco.

– É para estendê-la no chão – disse León. – Ou está pensando em ficar de pé esperando a tempestade passar?

Apesar do medo que sentia – conhecia bem a incrível violência das tempestades tropicais –, Vitória recuperou sua energia habitual. Com os pés afastou as palhas que havia no chão de terra e estendeu a manta. Sentou-se com as costas apoiadas na parede e as pernas encolhidas, e observou como León tirava a camisa para secar os cavalos.

– Achava que você fosse um escravo doméstico. Mas parece que é apenas um empregado de estábulo que se preocupa mais com o bem-estar dos animais do que com o de uma dama.

León riu.

– Devia se olhar agora, sinhazinha. Parece uma mocinha arteira e aterrorizada, com a cara inchada por ter acabado de receber uma surra. Não parece propriamente uma dama. Embora, enquanto continuar a falar como uma senhorita, não devo me preocupar com você.

Tirou uma garrafa do alforje e se aproximou de Vitória. Com uma voz um pouco mais doce, disse-lhe:

– Tenho uma coisa que vai afastar seu medo.

Sentou-se na manta ao lado dela, afastou do rosto o cabelo molhado, deixando a cabeça pender para trás, e olhou para o teto de folhas de palmeira, respirando profundamente. Depois virou-se para Vitória. Também ela se voltou para fitá-lo. León abriu a garrafa e a ofereceu a Vitória. Ela pegou a bebida, cheirou-a e franziu a testa.

– Uísque!

– Sim, dê um bom gole.

Ela hesitou por alguns instantes, depois inclinou a garrafa e deu pequenos goles. Respirou rapidamente.

– Nossa, como queima!

Devolveu-lhe a garrafa, e ele bebeu também dois ou três goles. Depois olharam um para o outro e desataram a rir. A situação era ridícula demais. Ali estavam, sujos e encharcados, sentados numa velha cabana no meio de uma fortíssima tempestade e bebendo uísque diretamente da garrafa. Vitória não conseguia parar de rir, descarregando assim toda a tensão, o medo e o nervosismo que acumulara, até que as lágrimas começaram a lhe rolar pelo rosto.

– Vita.

O tom de León fez cessar seu ataque de riso.

– Sim?

Na escuridão não se via bem o rosto dele, mas conseguiu distinguir a expressão séria.

Ele inclinou-se sobre ela, pôs-lhe a mão na nuca e aproximou a cabeça de seu rosto. Ela fechou os olhos. Os lábios de León roçaram suavemente seu rosto, e com a ponta da língua ele foi limpando as lágrimas que ela ainda tinha ao redor dos olhos. Cobriu-lhe todo o rosto de beijos, e, quando as bocas enfim se encontraram, Vitória respirava com a mesma profundidade que ele. Seu alegre estado de espírito foi como um clarão invadindo-lhe o corpo. Abriu os lábios e se entregou ao beijo de León. Ele lambeu-lhe os lábios, cruzou sua língua com a dela, e ela o seguiu, respondendo com o mesmo jogo de lábios e língua.

Através dos olhos semicerrados, Vitória viu que um relâmpago iluminava a cabana. Seguiu-se um trovão tão forte que a fez tremer e olhar para León.

– A tempestade está bem aqui. Vai cair um relâmpago em cima de nós.

– Por acaso já não caiu?

León a fitou com seus penetrantes olhos escuros. Tinha as pálpebras entreabertas, a respiração pesada. Mechas de cabelo molhado grudavam-se em seu rosto, e com o tronco nu parecia um pirata que acabara de sair vitorioso de uma cruel batalha naval. A visão de seu queixo anguloso com a barba por fazer, coberto por uma sombra escura, inundou Vitória de uma ternura que jamais havia sentido. Acariciou seu rosto. A textura dos pelos da barba lhe pareceu deliciosa sob os seus dedos. A mão de Vitória deslizou pelo pescoço dele e por seus largos ombros, até o peito. A pele dele estava quente e úmida, e sob ela sentiu o latejar de seu coração. Os mamilos endureceram sob a suave pressão dos dedos dela, e ouviu que León esboçava um suspiro quase silencioso. Ele observava e seguia o movimento de sua mão. Depois olhou-a fixamente. Em seu olhar havia desejo, mas também uma expressão de dúvida, de súplica, que Vitória não soube interpretar totalmente. Então ele atraiu-a com força para si e começou a desabotoar as costas do vestido dela.

Deslizou-lhe o vestido pelos ombros. Beijou seu pescoço, e de novo o roçar da barba dele despertou em Vitória uma selvagem excitação. Sentiu calor; sua respiração acelerou-se. León beijou de novo seu pescoço, depois a boca dele desceu até ao início de seu colo. Continuou a tirar-lhe o vestido e a ajudou a despir as mangas. Vitória não sentia vergonha de sua nudez; pelo contrário, sentia-se como se sempre tivesse estado diante de León com o colo desnudo. León respirou fortemente ao ver os seios redondos, firmes. Introduziu um dos mamilos na boca, e Vitória pareceu sentir pela primeira vez a vivacidade de seu corpo. Ele apertou o corpo dele contra o dela e a empurrou com suavidade, e ela cedeu, complacente, até ficar sob ele.

Vitória gostou de sentir o peso do corpo de León sobre ela. As mãos dele deslizaram sobre o colo, a cintura, os quadris. Ali detiveram-se, até que Vitória sentiu que ele a agarrava com força e a apertava contra ele. Sentiu a ereção dele, que lhe produziu temor e curiosidade ao mesmo tempo. Então ele lhe levantou a saia e deslizou a mão pela parte interna de suas coxas. Ela conteve a respiração, mas o deixou continuar. Seu corpo ardia de desejo.

Ele mordiscou a orelha dela e lhe sussurrou suavemente:

– Tem certeza de que quer?

Ela não respondeu logo. Claro que queria! Nunca desejara tanto algo quanto o amor dele, ali, naquele momento, com todas as consequências. Por acaso ele não percebia?

– Sim – disse enfim num fio de voz.

León despiu-a com mãos habilidosas, depois tirou também a própria roupa. Vitória contemplou-o da cabeça aos pés. Seu olhar deteve-se brevemente nos quadris. Como funcionaria aquilo, afinal? León, que seguira o olhar dela, sorriu.

– Não precisa se preocupar, sinhazinha. A natureza é sábia.

Vitória sentiu o roçar da manta sobre a qual estavam deitados, e conseguiu ouvir o barulho da tempestade, que sacudia e fazia tremer as tábuas de madeira da cabana. Não reparou que a chuva entrava pela porta no interior da cabana, nem ouviu o ruído dos cavalos, que estavam a apenas uns metros deles. Tudo o que havia ao redor se desvaneceu enquanto León fazia seu corpo vibrar com as mãos e a língua. Beijou-lhe os mamilos, acariciou-lhe a barriga, brincou com o umbigo. Fez-lhe cócegas entre os dedos dos pés e continuou as carícias, subindo pelas pernas, até que lhe separou as coxas para descobrir com a língua seus lugares mais secretos e estimular um ponto que ela até então nem havia imaginado existir. Vitória tremia de desejo e sentiu um agradável ardor no centro de seu corpo. Quando achava que ia explodir, os lábios de León continuaram a subir pelo seu corpo. Os rostos se juntaram, e fitaram-se profundamente. León estava apoiado sobre uma das mãos, e com a outra explorava o mais íntimo dela, como para abrir caminho. Vitória se sentia prestes a derreter. Então ele movimentou sua pélvis e a penetrou.

Inicialmente ela gostou de sentir como ele deslizava devagar em seu interior, até que de repente sentiu uma dor lancinante. Apertou os olhos com força, mas com rapidez voltou a abri-los. León não deixava de olhar para ela. Sabia que doeria. Introduziu seu membro mais um pouco, devagar e com cuidado, mas cada vez mais fundo. Depois pareceu prestes a retirá-lo, mas, quando estava praticamente fora, voltou a investir, dessa vez com mais força. Seus movimentos tornaram-se cada vez mais rápidos, o arfar cada vez mais forte, e Vitória sentiu enfim uma outra coisa para além da dor: prazer. Prazer puramente animal, ardente. Começou a seguir seu ritmo. León arfava, e transmitiu seu êxtase a Vitória, que se agarrava em desespero às costas dele e respirava cada vez mais depressa.

– Amo você – sussurrou ele carinhosamente –; não sabe como eu a amo.

Pronunciou várias vezes o nome dela com voz rouca. As pernas de Vitória começaram a tremer sem nenhum controle. Ondas de fogo percorreram-lhe o corpo, até que sua excitação atingiu o clímax e seus sentidos chegaram a um delírio tal que as lágrimas lhe inundaram os olhos. Mas então León levantou-lhe as pernas, de modo que as panturrilhas ficassem junto às costas dele, e a penetrou com tamanha força que parecia querer rasgá-la. Vitória gritou. Nesse mesmo instante saiu um forte gemido da garganta de León. Ele se retirou de imediato e deixou-se cair ao lado de Vitória na manta.

Os dois permaneceram deitados, alagados em suor e respirando com dificuldade.

– Sabe o que você disse? – perguntou-lhe Vitória.

– Cada sílaba.

– É verdade? Você me ama realmente?

– Mais do que minha própria vida.

León beijou-a efusivamente, e Vitória soube naquele instante que nada do que haviam feito poderia ser pecado.

Continuaram deitados durante algum tempo, observando em silêncio o teto, do qual pendiam algumas folhas de palmeiras secas e através do qual gotejava água em alguns pontos. Ao longe ouviam-se os trovões, e o vento já não soprava com tanta força.

– Sabia que estava me machucando...

– Shh! – León a fez se calar com um beijo. – Sim. E lamento. Venha aqui.

Esticou um braço para que Vitória pudesse se aninhar a seu lado. Ficaram ouvindo o barulho da chuva até adormecerem.

Vitória acordou com o roçar dos dedos de León. Estava às costas dela, muito colado a seu corpo. Percorria-lhe a silhueta com uma das mãos, com a leveza de uma pluma. Deslizou-a pelas suas coxas, quadris, cintura, até os seios. Tirou-lhe o cabelo do pescoço e o beijou.

– Minha querida sinhazinha – murmurou-lhe ao ouvido, e ela lhe deu a entender que estava acordada com um simples *hum*. Não se mexeu, manteve os olhos fechados e estava prestes a adormecer novamente. Mas León parecia ter outros planos para o resto da noite.

– Deixe-me amá-la outra vez, Vita – sussurrou-lhe. Ele interpretou seu outro *hum* como um consentimento. Ela sentiu sua masculinidade entre as coxas. Estaria pensando em possuí-la por trás? Vitória despertou subitamente.

– Não, por favor.

Ela se virou para encará-lo. Sentia-se dolorida e, embora não quisesse descartar nenhuma nova experiência com León, não conseguia imaginar entregando-se a ele novamente naquele momento.

Ele pegou o pingente que Vitória ainda tinha no pescoço e o observou, pensativo.

– É lindo! – disse ela.

– Só espero não lhe ter deixado outro presente.

Vitória não entendeu o que ele quis dizer, mas não perguntou nada. Ele parecia subitamente preocupado com alguma coisa, e ela não queria que nada estragasse aquele momento de prazer.

Já não podiam pensar em dormir mais. Começava a amanhecer, e Vitória levantou-se de um salto. Meu Deus, tinha de voltar para casa antes que os outros começassem a acordar na Boavista. O regresso repentino à realidade a fez ter noção de onde estava com todos os seus sentidos. A cabana tinha um cheiro estranho. Na parede da frente havia uma escada e, perto dela, todo tipo de ferramentas. O descabimento daqueles objetos lhe provocou um acesso de riso. Como podia ter sentido tamanho êxtase num lugar como aquele? León pareceu-lhe subitamente um estranho para ter tido com ele a mais íntima relação que podia haver entre um homem e uma mulher. Ele vestia-se, e Vitória achou que não era apropriado olhar para ele enquanto o fazia. Ela apanhou suas roupas do chão e as sacudiu para tirar o pó e as palhas. Depois vestiu-se. De soslaio, viu que a manta sobre a qual tinham se amado ficara com uma mancha de sangue. Era muito desagradável. Soltou sua égua com rapidez, montou sem a ajuda de León e tentou disfarçar a dor que sentiu ao se sentar na sela.

– Tenho de ir embora.

– Sim.

Sim? Não lhe falaria nenhuma outra palavra de afeto ou de agradecimento; não tentaria roubar um último beijo; não perguntaria quando voltariam a se ver; não diria uma única palavra sobre o futuro de ambos – apenas um simples *sim*? Era horrível.

Vitória se afastou galopando sem se virar para olhar para León.

XI

PELA PRIMEIRA VEZ NA VIDA, Vitória não conseguiu aproveitar o outono. Em maio chegaram enfim outra vez as temperaturas amenas e o ar fresco. Era uma época na qual normalmente ela se antecipava com alegria ao inverno, tirando do armário luvas, echarpes, casacos e chapéus, uma série de acessórios de moda que não podia usar nos outros meses devido ao calor e à umidade. Mas dessa vez não estava entusiasmada. Vitória estava grávida. Certos casais passavam anos tentando ter filhos, alguns sem sucesso, e com ela tinha de acontecer logo na sua primeira noite de amor? Que injustiça! Mas o que mais a enfurecia era que desde aquela noite não voltara a saber nada de León, e, sendo assim, por certo ele não pensava, nem sequer considerava, pedir a mão dela em casamento. Três semanas depois do fatal encontro, quando percebeu a ausência das regras, e temendo o pior, Vitória engoliu todo o seu orgulho e lhe escreveu uma carta.

> *Querido León,*
>
> *Efetivamente você me deixou um presente que, se eu fosse sua esposa, me deixaria cheia de alegria. Não acha que deveria se converter definitivamente em meu escravo, até que a morte nos separe?*
>
> *Espero, temo, acredito. E sonho a cada instante com os seus beijos.*
>
> *Com carinho, Vita.*

Colocou a carta em um envelope com as iniciais de Pedro no Rio, junto com o pedido de que a entregasse a León o mais rápido possível. Mas esperou inutilmente durante dias; passou semanas consumindo-se de impaciência, verificando a correspondência numa busca desesperada pela resposta de León.

Nada. Cada cavaleiro ou cada carruagem que via ao longe lhe faziam o pulso acelerar, pois acreditava que enfim León chegaria e a tiraria de sua miserável situação. Perante as circunstâncias, os pais teriam de consentir que se casassem, e não era assim tão pouco habitual as mulheres terem bebês de seis meses. Ainda dava tempo de ajeitar toda aquela situação sem que ela ou a família ficassem chamuscadas pela vergonha.

Começou um outono maravilhoso, e com ele vieram os enjoos matinais, o sono intranquilo e o remorso. Vitória deparou com a decisão mais difícil de sua vida. Devia casar-se com outro qualquer ou se livrar de uma criança inocente? Ambas as coisas eram impensáveis. Se de repente aceitasse a proposta de Rogério e insistisse em se casar quanto antes, ele teria de saber o motivo, e Vitória duvidava de que estivesse disposto a assumir a paternidade de um bastardo. E se aceitasse Edmundo como marido? Ele concordaria com qualquer coisa, até com um filho de outro, se em troca conseguisse ficar com Vitória. Mas não... Não podia fazer isso com ele, nem com ela mesma. Preferia suportar a vergonha de um filho ilegítimo.

A outra alternativa também era horrível. Sabia que os escravos conheciam meios e formas de interromper gestações indesejadas. Mas Vitória sabia também que muitas dessas mulheres morriam na tentativa, ora porque o veneno utilizado lhes era administrado em doses muito altas e acabava não só com o feto, mas também com a mãe, ora porque se esvaíam em sangue. E que ideia terrível matar o fruto do seu amor, assassinar uma pequena criatura indefesa! Isso sim era pecado. Vitória imaginou como seria a criança. Teria os olhos azuis dela e as sobrancelhas grossas de León? Herdaria as longas pernas do pai e os cachos indomáveis da mãe? Seria uma menina, com o corpo da mãe e a pele bronzeada do pai? Ou um menino, com a figura atlética dele e a pele branca dela? Uma coisa era certa: a criança teria a inteligência e a personalidade forte de ambos, e seria muito bonita.

Meu Deus, tinha de evitar aquilo! Não podia se afeiçoar ao bebê antes de decidir o que faria. Excluiu a terceira alternativa de imediato: podia fazer uma longa viagem, dar à luz no anonimato e entregar a criança para adoção. Mas isso significaria também contar o segredo à família, pelo menos à dona Alma, e aguentar pelo resto da vida as recriminações da mãe sem dizer nada. A mãe iria obrigá-la a viver num convento e haveria de relembrá-la continuamente do pecado que ela havia cometido! Além disso, Vitória nunca mais teria paz pelo resto da vida, sempre se perguntando o que teria acontecido ao bebê. Ou talvez o filho um dia se lembrasse de investigar quem era sua mãe biológica. E aí tudo se esclareceria.

Não, nada disso! Ou León aparecia de uma vez por todas – talvez as cartas de ambos tivessem se cruzado e ele viria correndo para os braços dela assim que a recebesse? – e a tirava daquela vergonhosa situação, ou teria de pôr fim àquela incipiente vida. Contaria seu segredo a Luíza; a velha cozinheira saberia aconselhá-la.

Dois dias depois, quando Vitória só verificava a correspondência por hábito e já não sentia mais a ansiedade da espera, chegou a tão ansiada carta de León. Finalmente! Vitória correu para o quarto e a abriu:

> *Minha querida sinhazinha:*
>
> *Desculpe ter demorado tanto a lhe escrever. Assuntos políticos urgentes mantiveram-me nas últimas semanas tão ocupado que não tive nem tempo nem sossego para coisas mais agradáveis. Meu pensamento esteve sempre com você, cada dia, cada hora, cada segundo da minha vida. E nada mudará enquanto eu estiver na Europa. Sim, ofereceram-me um cargo extremamente vantajoso, no qual se valoriza tanto minha habilidade diplomática quanto minha capacidade como escritor, e a única coisa que perturba minha enorme alegria perante esse desafio é a ideia de que vou ficar dezoito meses sem vê-la. Mas acredite em mim, minha linda Vita, todo o meu coração estará com você, e, quando eu voltar, também todo o meu corpo, ao qual só você fez sentir o que nunca sentira antes. Amo-a como não amo ninguém neste mundo. Não me esqueça nunca. Também não a esquecerei. León.*

Vitória não conseguia acreditar. Leu a carta outra vez, depois foi correndo para a cozinha e a atirou às chamas. Lágrimas encharcaram-lhe o rosto, mas não as sentiu. Ele se eximia de qualquer responsabilidade! Aquele canalha, miserável, egoísta, bêbado, indecente e indigno tinha a ousadia de lavar as mãos e deixá-la abandonada à própria miséria!

Os escravos da cozinha se amedrontaram ao observar a jovem sinhá. O demônio deveria ter se apoderado do corpo dela... Como gesticulava! Luíza expulsou todos da cozinha e fechou a porta assim que saíram. Aproximou-se de Vitória e a abraçou. Vitória afundou-se no peito da negra e soluçou até quase ficar sem ar. Luíza acariciava-lhe as costas e sussurrava-lhe palavras tranquilizadoras, como faria com um bebê histérico por causa dos soluços.

– Ele me abandonou! Oh, meu Deus, Luíza! O que é que eu vou fazer?

– Primeiro sente-se aqui, beba um chocolate quente e se acalme. Depois, conte-me o que aconteceu.

Mas havia muito tempo Luíza já conhecia o problema que preocupava Vitória. O escasso apetite de sua sinhazinha, tal como o rosto pálido, fizeram-na intuir a verdade algumas semanas antes.

Enquanto Luíza preparava o chocolate quente, Vitória sentou-se à mesa, escondendo o rosto nas mãos, e o choro sacudiu seu corpo de tal maneira que a água que estava num jarro perto dela quase transbordou.

– Vou lhe trazer um conhaque da sala – disse Luíza, dirigindo-se à porta depois de servir o chocolate.

– Nem pensar! Até agora, o álcool só me trouxe problemas. Não bebo nunca mais. Não provo nem mais uma gota!

Luíza deu de ombros. Sentou-se numa cadeira de palha perto de Vitória e esperou que ela começasse por si própria a lhe revelar suas mágoas.

– Estou esperando um filho de León – disse Vitória, e levantou o nariz. Na sua voz havia obstinação, como se fosse Luíza a causa de seus males. – Eu lhe escrevi para contar, mas, em vez de se casar comigo, ele vai partir para uma longa viagem além-mar. Simples, não é?

Tornou a soluçar com força. Luíza lhe entregou um grande lenço sujo.

– Não quero esta criança. Sinto repugnância perante a ideia de ter um filho desse libertino irresponsável. Ajude-me a me livrar dela.

Subitamente, Vitória tomara a decisão que havia adiado por tanto tempo: sentia-se aliviada agora que podia agir, que tinha um objetivo. Ao mesmo tempo, sentia-se profundamente alarmada. Teria mesmo acabado de pedir ajuda para abortar?

– Sinhazinha, tem certeza de que é isso que quer?

Não, não tinha certeza. Mas que outra opção havia?

– Sim – respondeu.

– Posso ajudá-la. Mas espero que saiba o perigo que corre. É um procedimento delicado, e a sinhazinha pode morrer. O que é certo é que vai ficar muito doente, e isso não é fácil de esconder. Sua família fará perguntas. Dona Alma vai acabar descobrindo o que fez, e além disso corre o risco de nunca mais poder ter filhos. Quer assumir todos esses riscos?

– Luíza, tudo isso parece horrível. Mas não é nem metade do terrível destino que me espera se tiver este filho.

– De quantos meses está?

– De três.

– Não se pode esperar mais. Quanto mais demorar, mais difícil e perigoso será. De qualquer modo, é melhor deixar passar esta noite. Hoje a sinhazinha recebeu a carta e está muito nervosa para tomar uma decisão. Se amanhã continuar desejando a mesma coisa, eu a levarei à Zélia. Ela saberá o que fazer.

– A Zélia? Mas essa velha é maluca!

Zélia era uma velha negra, de cabelos brancos, que, devido à idade, já não trabalhava mais nos campos, apenas limpava as senzalas. Todos na Boavista a temiam, porque, com sua voz penetrante como um guincho, não parava de dizer coisas obscenas e envergonhava a todos com suas agudas e irrepetíveis observações. Com certeza seria capaz de anunciar o estado de Vitória em pleno pátio, gritando: "Nossa virtuosa sinhazinha é na realidade uma cadela prenha", ou coisa ainda pior.

– Zélia não é maluca – respondeu Luíza. – É muito esperta. E conhece muito sobre plantas e medicina natural. Todos a temem porque é uma mãe de santo, e não porque se comporta dessa maneira esquisita. Ela age assim para estar preparada caso um dia seja descoberta fazendo seus rituais de macumba. Assim ninguém vai pensar que está fazendo algo suspeito, apenas que está louca.

– O que é uma mãe de santo?

– Na macumba, é o mesmo que um sacerdote numa missa católica.

– Mas... então os escravos não são todos católicos? Batizamos todos eles e os educamos na fé de Cristo. Como é que vocês ainda mantêm cultos africanos?

171

– Não tenha medo, Vita. Todos acreditamos no Bom Deus e na Santíssima Trindade. Mas às vezes o nosso Pai do Céu não acredita em nós, então devemos pedir ajuda a outros deuses.

– Luíza!

– Não aja assim, sinhazinha. Nem você mesma pensa agora que o seu Deus pode ajudá-la.

– Não. Mas a Zélia!

– Acredite em mim, filha. Nunca permitiria que lhe acontecesse nada de mal.

Vitória encolheu-se na tosca cadeira de palha. Duvidava de que Luíza pudesse decidir se iria lhe acontecer algum mal ou não. Continuou sorvendo goles do resto do chocolate já frio, sentindo-se amaldiçoada.

No dia seguinte, sua decisão de pôr um fim sangrento a todo aquele assunto não havia mudado. Se tinha de morrer, então morreria: qualquer coisa era melhor do que ser enterrada viva para o resto da vida. Foi procurar Luíza na cozinha e aproveitou um momento em que ninguém as incomodaria.

– Diga a Zélia que quero falar com ela esta tarde, antes que os escravos regressem. A sós. Eu me encontrarei com ela nas senzalas; direi que vou inspecioná-las.

– Oh, mas...

– O quê?

– Normalmente a Zélia só recebe alguém quando ela própria quer.

– Ah, tem de me conceder uma audiência? Não, dessa vez fará o que eu disser. Afinal de contas, ela me pertence.

Como se tivesse recebido uma ordem a distância, Zélia passou cheia de pressa diante da janela da cozinha, sem deixar de murmurar. Vitória a observou. Nunca pensara que a velha merecesse um exame mais detalhado. Apenas se mantivera por ali, como um móvel que está sempre num mesmo cômodo e cuja singularidade se percebe só quando falta. Zélia era baixinha e robusta. Tinha um traseiro muito proeminente e a cintura bem fina, de modo que seu corpo não era muito diferente do de uma formiga. Embora o resultado não fosse muito feminino. Suas musculosas pernas negras podiam ter sido as de um jovem adolescente, e os pés largos e cheios de calos, os de um escravo do campo. O rosto era ainda menos agradável. Tinha os traços típicos dos negros da África Ocidental, com lábios muito grossos, o nariz pequeno e largo, de contorno redondo. No rosto havia algumas cicatrizes – sabe-se lá Deus quem as havia feito, já que, segundo Vitória sabia, Zélia tinha nascido no Brasil.

Embora Zélia não tivesse rugas no rosto, parecia muito velha. Velha e sábia. Sim, olhando melhor para ela, Vitória conseguiu observar no rosto da escrava alguma coisa que antes não notara. Ela irradiava certa dignidade, além de sabedoria e inteligência. Como aquilo poderia lhe ter passado despercebido durante todos aqueles anos? Por certo que, com aquela mulher, estaria em boas mãos.

Quando Vitória ficou diante dela, no entanto, seus receios afloraram com força redobrada. A velha estava doida, e ela própria estaria ainda mais louca se confiasse no talento médico da escrava.

– Ah, nossa sinhazinha deixou-se montar e não pensou nas consequências. Para que lhe mandaram tantos anos à escola, se não conhece as coisas mais simples da vida?

– Em primeiro lugar, tem de manter o respeito ao falar comigo, seja qual for a situação em que eu esteja. Em segundo lugar, não me *deixei montar*, porque não sou um animal. Amei e deixei que me amassem. Em terceiro lugar, na escola aprendi que não se deve adorar a mais ninguém além de Deus Todo-Poderoso. Por isso, me é indiferente sua hierarquia dentro dessa sua estranha religião. Para mim, você é e vai continuar a ser a velha Zélia, e não vou respeitá-la mais agora do que antes. Em quarto lugar, faça o favor de falar mais baixo; não é preciso que na Boavista todos fiquem sabendo do motivo que me traz aqui.

– Então quer se livrar do filho de um louco?

– Tenho outra opção? Luíza me disse que você consegue fazer isso.

– Ah, disse? Pois bem, não tenho tanta certeza assim. Nem sempre corre bem. Primeiro tenho de examiná-la. Se os deuses quiserem, e se o fizermos numa noite de lua cheia, pode ser que dê resultado.

– Não ficou combinado que ia manter mais respeito ao falar comigo?

– Não; você é que queria que eu o fizesse. Mas pode ter certeza, jovem, que, nos meus 66 anos, não vou tratar com respeito uma franguinha como você. Bom, já não é mais uma franguinha; agora é uma galinha poedeira. – Zélia soltou uma estrondosa gargalhada.

– Se não falar comigo como deve ser, juro que farei picadinho de você.

Zélia segurava a barriga de tanto rir.

– Ah, sinhazinha, você tem muita coragem, reconheço! Isso vai ajudá-la quando tirarmos o ovo. – Mais uma vez, desatou a rir devido à piada que lhe ocorrera. – O ovo! Ha, ha, ha! Mas não o da galinha dos ovos de ouro. – Não conseguia parar de rir.

Vitória franziu a testa. Como é que a velha sabia de tudo aquilo?

– Não acho graça nenhuma. Diga-me quando e onde vai acontecer essa horrível intervenção.

– Quanto antes, melhor. Vá ao meu quarto esta tarde. Depois do almoço. Mas não coma nem beba muito; se a bexiga e os intestinos estiverem cheios, não consigo apalpá-la como deve ser.

Credo! Só a ideia de que aquela assombrosa mulher iria tocá-la fez Vitória tremer. Mas, enfim, tinha de suportar. Depois se deu conta de que não sabia onde ficava o quarto de Zélia. Por que razão não vivia com os outros de sua comunidade? Será que os escravos haviam lhe arranjado um lugar especial por ela ser mãe de santo? Será que dividia o quarto com alguém, como faziam José e Félix?

– Onde é seu quarto?

– Vivo onde antes se guardavam as correntes e os grilhões, ao lado do armazém das ferramentas. Ali não aparece ninguém sem que eu perceba. Vai estar segura.

O quarto ainda cheirava ligeiramente a ferrugem e óleo, embora os instrumentos utilizados para castigar os escravos tivessem sido destruídos alguns anos antes por ordem de dona Alma. Mas aquele odor era disfarçado pelo cheiro das ervas, cascas de árvore e raízes que Zélia armazenava.

– Na Idade Média a teriam queimado por ser uma bruxa.

– Hoje em dia também fariam isso se soubessem a que me dedico. Deite-se aí, levante a saia e tire sua roupa íntima.

Que situação desagradável! Vitória estava cheia de vergonha, mas fez o que a velha mandou. Quando se deitou com as pernas encolhidas e nua da cintura para baixo, fechou os olhos. Mas isso não alterou em nada a grotesca situação. Notou que a velha pressionava sua barriga com uma das mãos, enquanto lhe introduzia os dedos da outra no corpo. Que horror! Vitória abriu os olhos e encarou Zélia. A velha parecia estar muito concentrada e decidida: sabia o que estava fazendo. Foi então que Zélia franziu a testa, como se houvesse encontrado algo estranho no corpo de Vitória.

– O que foi? Há alguma coisa de errado?

– Quieta!

Zélia continuou a apalpá-la, até que enfim tirou os dedos e os lavou numa bacia com água.

– O que foi?

– Tem um quadril um pouco estreito, mas de resto está tudo normal. A gravidez não está tão avançada; acho que podemos arriscar.

– O que significa isto? Explique-me melhor o que vai fazer.

– Na próxima noite de lua cheia, daqui a quatro dias, vou pedir indulgência aos deuses. Até lá, tem de beber três vezes ao dia uma infusão de ervas que vou apanhar e entregar a Luíza para que você se prepare. Com isso, seu corpo ficará pronto para o que virá depois.

– Não se faça de difícil. O que acontecerá depois?

– Vou lhe dar uma bebida que a fará sentir menos dores e a ajudará com a expulsão. Se tiver sorte, o feto sairá imediatamente. Se não, teremos de tomar outras medidas.

– Meu Deus, Zélia! Que medidas?

– Com uma ferramenta longa e afiada, despedaçarei o fruto do seu corpo até que saia.

Vitória olhou incrédula para a velha negra.

– Quer escarafunchar dentro de mim com uma faca?

– Não, eu não quero; você é quem quer.

– Não há outro método mais suave?

Vitória sempre havia pensado que, bebendo certos preparados e passando um ou dois dias com dores na barriga, tudo estaria resolvido. Não fazia ideia de que podia ser tudo tão brutal.

– Existem métodos mais suaves. Mas poucas vezes obtêm o efeito desejado. Você é quem decide. Se aprovar meu método, pode beber aqui mesmo a primeira xícara da infusão.

– Que tipo de infusão é essa?

– É feita basicamente de salsa.

– Salsa? – Ora essa! A velha queria lhe ministrar uma erva mais que normal! Acreditava-se mais no seu efeito sugestivo do que em seus poderes medicinais. – Eu como salsa todos os dias, porque a Luíza a usa em todos os pratos. E, apesar disso, fiquei grávida.

– Pois em doses pequenas é inofensiva. Em concentrações muito altas, é abortiva.

– Então pode-se dizer o mesmo do cerefólio, do coentro e da cebolinha?

– Não, só da salsa.

– Por mim, tudo bem. Não pode ser assim tão ruim beber uma infusão de salsa durante alguns dias.

Mas Vitória estava muito enganada. A bebida era nojenta e lhe provocou tamanhas dores na barriga que, nos dias seguintes, esteve praticamente todo o tempo no vaso achando que, além do útero, também perderia os demais órgãos internos. Mas não perdeu nada, exceto alguns quilos e o gosto pela salsa. Jamais conseguiria provar aquela erva de novo!

Sendo assim, não lhe restava outro remédio senão ir na noite de lua cheia ao quarto de Zélia e deixar que desse continuidade ao procedimento. Não podia ser assim tão ruim; afinal de contas, os escravos tinham um gosto infantil pelo exagero. Vitória seria capaz de enfrentar aqueles rituais supersticiosos, bem como a intervenção. Era jovem, saudável e forte.

Hesitou, porém, por breves instantes ao chegar à porta do quarto de Zélia. Sentiu um cheiro adocicado, estranho. O espaço estava iluminado com inúmeras velas. Zélia estava de joelhos, os olhos fechados, diante de algo que deveria ser um altar, e mexia o corpo ritmadamente para a frente e para trás, pronunciando palavras misteriosas num monótono cântico. Vitória bateu à porta, que já abrira previamente, para chamar a atenção de Zélia. A velha não reagiu. Vitória entrou, fechou a porta atrás de si e se sentou na cama. Zélia terminou as orações, ou as palavras de feitiço que entoava.

– Tome, beba isto.

Deu a Vitória uma caneca de barro cheia de um líquido escuro.

Vitória contagiou-se pelo inquietante ambiente do quarto e nem se atreveu a perguntar o que estava na caneca. Bebeu tudo de uma só vez. Pouco tempo depois começou a ver tudo embaçado. As velas, Zélia, as vigas de madeira e as paredes feitas de barro misturaram-se numa só imagem que se mexia cada vez mais depressa diante de seus olhos, até que, enjoada e imersa em uma névoa impenetrável, deixou-se cair em cima da cama. Deitada, parecia-lhe que o carrossel rodava ainda mais depressa, como se fosse atirá-la para longe, cada vez mais longe.

O estado de Vitória se assemelhava ao de um desmaio. Posteriormente não seria capaz de dizer ao certo o que tinha acontecido. Do fundo de seu aturdimento, foi capaz de sentir dor, tanto física como espiritual. Quando Zélia lhe extraiu o feto, Vitória teria gritado com força se estivesse em condições de fazê-lo. A embriaguez em que Zélia a havia submergido não a impedia de perceber com incrível lucidez como aquilo tudo estava errado. Meu Deus, aquilo estava completamente errado! Como podia tê-lo feito? Ela amava León, e ele a amava! Por acaso não eram diante de Deus homem e mulher, e não era essa a única coisa que contava? Por fim, uma profunda inconsciência acabou com seu sofrimento interior.

Vitória não se deu conta de que Luíza se ajoelhava a seu lado, chorando aos gritos, reconhecendo assim sua culpa. Não foi com ela consciente que a abnegada Zélia a tratou e banhou durante toda a noite, e nunca soube como chegou à própria cama. Só notou vagamente que dona Alma se sentou a seu lado, lendo a Bíblia com os olhos vermelhos. Em estado semiconsciente, reconheceu uma vez o pai, que lhe segurava a mão em silêncio, e Pedro, que, com a barba por fazer e o cabelo despenteado, encarava-a como se fosse um espírito. Depois, ouviu ao longe a voz profunda de Joana, que lhe dizia palavras agradáveis. Em certa ocasião julgou ter ouvido Miranda, que lhe levantava a camisola e a trocava; em outra, Luíza, que a fazia engolir pequenos goles de vinho tinto e a alimentava com fígado de vaca.

*   *   *

– A febre está cedendo. Graças a Deus! – disse o doutor Vieira.

Dona Alma se benzeu.

– Há quantos dias estou aqui? – sussurrou Vitória.

Dona Alma e o médico olharam um para o outro como se um morto houvesse acabado de falar com eles.

– Vita, querida, está acordada!

– Sim, estou com fome.

– Doutor, a minha filha está com fome! Não é maravilhoso?

Vitória não percebia o que havia de tão maravilhoso naquilo.

Dona Alma tocou a campainha e pouco depois apareceu Miranda.

– Traga depressa alguma coisa para minha filha comer. Uma canja de galinha, fruta, pão branco. Vitória está com fome!

Dona Alma estava radiante de alegria.

– Nunca vi uma evolução tão má de febre amarela – disse o médico –, e nunca que se curasse totalmente, se me é permitido dizê-lo. Neste caso, foram necessários realmente todos os meus conhecimentos médicos para curar esta jovem.

Febre amarela? O cérebro de Vitória começou novamente a trabalhar, e ela sabia que não tinha sido a febre amarela que a havia prostrado na cama, e sim uma outra doença bem diferente, que ela conhecia. Como o médico poderia ter chegado àquele diagnóstico?

– Há quantos dias estou doente?

– Três semanas, meu querido tesouro, três semanas estivemos temendo por sua vida.

Havia pelo menos quinze anos dona Alma não a tratava por "meu querido tesouro". Três semanas! Vitória tocou instintivamente a barriga. Teria corrido tudo bem? Senão, com certeza já se notaria uma ligeira saliência, ou não?

– Sim, não é de admirar que tenha fome, filha – assim interpretou dona Alma o gesto de Vitória tocando a barriga. – Durante todo esse tempo você só recebeu alimentos líquidos. E emagreceu pelo menos cinco quilos. Agora temos de nos concentrar em que fique forte.

– Sim, proponho dar à menina Vitória um pouco da bebida que a senhora, dona Alma, tanto gosta. Por acaso tenho aqui uma garrafinha.

O médico abriu a referida garrafa e entregou-a a Vitória. Ela bebeu um gole, estremeceu e a devolveu ao doutor Vieira. Aquela bebida tinha um considerável teor alcoólico.

– Não bebo álcool.

O médico olhou para Vitória consternado e guardou novamente o remédio na bolsa.

– Mal acaba de regressar ao mundo dos vivos e já é outra vez a mesma insolente de sempre – tentou brincar.

– Tome cuidado com a boca, doutor – disse dona Alma.

Vitória não conseguia acreditar que em três semanas tudo houvesse mudado tanto.

Dois dias depois, conseguiu se levantar. Inspecionou a Boavista como se nunca tivesse estado ali. Tudo lhe parecia diferente, novo, excitante, embora nada houvesse mudado na fazenda. Tudo continuava com seu percurso habitual. Luíza resmungava com os escravos na cozinha, Miranda trabalhava em seu ritmo bem lento, José limpava a carruagem, mesmo que ela não precisasse ser limpa, e Zélia continuava a resmungar no pátio.

Vitória puxou-a de lado.

– Como foi que você fez? Como o médico não notou nada?

– Não foi difícil. É um tolo e um enganador. Dei-lhe extrato de caroteno para ficar com a pele amarelada. Isso o confundiu. Luíza e Miranda trataram das hemorragias. O médico nem sequer imaginou que a origem da sua doença estivesse em um ponto tão abaixo.

– Eu... sou-lhe muito grata. Tome, isto é para você; acho que assim está mais do que paga.

Depois deu meia-volta e voltou para casa correndo.

Zélia olhou para aquilo, incrédula. Nunca tivera nas mãos uma joia tão bela como aquele pingente em forma de ramo de café.

Livro dois
1886-1888

XI

PEDRO E A MULHER PASSEAVAM PELA AREIA de mãos dadas. Estavam descalços e cada um segurava os sapatos com a mão que tinha livre. Que fresco era o ar em Copacabana! Que maravilha era respirar a fina neblina marinha que cobria a costa! O som do mar era forte, e por vezes tinham de se esquivar de alguma onda que avançava mais que as outras na areia seca. Cada vez que a espuma branca da água roçava seus pés, Joana dava um gritinho e se atirava nos braços de Pedro. Ele ria e se sentia satisfeito em seu papel de protetor, embora soubesse que Joana não tinha medo da água. Mas aquilo fazia parte do ritual dominical, tal como o almoço logo a seguir no platô que um perspicaz taberneiro abrira em meio às pobres cabanas dos pescadores dispersas pela área e que, aos sábados e domingos, estava sempre cheio. Pedro tinha ouvido dizer que algumas famílias estavam construindo casas naquele local para passar o verão, e, se aquilo continuasse assim, Copacabana um dia viria a ser uma verdadeira cidade. Será que deveria comprar um terreno ali? Os preços eram tão baixos, portanto o investimento não seria um grande risco.

– Que pena hoje não podermos tomar banho de mar. Já tinha me habituado a entrar uma vez por semana na água salgada. Faz-me tão bem!

– Sim – respondeu Pedro –, a mim também faz bem. Além de ser agradável, não acha? Mas, mesmo sabendo nadar, a força das ondas e as correntes às vezes me dão medo. Um dia ainda vai acontecer uma desgraça. As pessoas confiam demais; a maioria não sabe nadar e, mesmo assim, enfiam-se mar adentro.

– Ai, por que tem de ver tudo sempre de forma tão negativa? – perguntou ela, ao mesmo tempo que o despenteava e lhe dava um beijo no rosto. – Se eu soubesse que era tão pessimista, não teria me casado com você.

– Com certeza teria casado, pois não havia mais ninguém que lhe quisesse a não ser eu.

– Por favor! Está redondamente enganado. Não lhe contei nada sobre a legião de admiradores que tinha porque não suporto vê-lo sofrer.

Pedro parou de repente e Joana se aproximou dele. Ele a abraçou, beijou-a e rodopiou com ela enquanto Joana gritava de felicidade. Como ele adorava aquela mulher tão elegante, com seu suave corpo curvilíneo e o rosto tão encantador, com aquele nariz grande que não parecia se encaixar muito bem em relação ao restante, mas que o fazia amá-la ainda mais! Quando ela sorria, como naquele momento, e ele via sua língua rosada atrás dos dentes brancos, o corpo dele era invadido por um sentimento de felicidade tal que ele julgava ser capaz de morrer. Às vezes a olhava e pensava que tinha uma esposa muito doce, até que ela dizia algo extremamente sensato com aquela sua voz profunda, e então ele a idolatrava.

Quando a pôs no chão, a expressão dela ficou séria.

– Sabe de uma coisa? Se você não me quisesse, não teria ficado com mais ninguém. Compreendo a Vita. Eu teria feito exatamente a mesma coisa. Ou tenho o homem certo, ou não tenho nenhum.

Pedro fitou fixamente aqueles grandes olhos escuros.

– Não pode continuar a incentivá-la a se portar como uma mula teimosa. Ela não sabe quem é o homem perfeito para ela. Por acaso é León Castro?

– Naturalmente.

– Claro que não. Além disso, parece que você se esqueceu de que ele não está mais no Brasil.

– Não foi você que me disse que ele regressará em breve? Continuo achando que é o homem perfeito para ela. Ele a ama, e ela também o ama. Nunca vi duas pessoas nas quais isso fosse tão evidente.

– Está um pouco confusa. O que você viu, o que todos nós vimos, não era outra coisa senão desejo físico. E talvez Vita, em sua inexperiência, tenha confundido isso com amor verdadeiro. Por mais que tente, não consigo imaginar que exista algo a mais entre León e ela. O episódio, que é melhor esquecer, aconteceu há dois anos; com certeza ela não se lembra mais dele. E ele também deve tê-la esquecido. Mas, mesmo que não fosse assim e você tivesse razão, no longo prazo não iria resultar em nada. Ele não pode lhe oferecer a vida a que ela está habituada.

– Talvez ela não deseje esse tipo de vida. Quem sabe não sonhe em viver na cidade e residir na corte ao lado de um homem influente como León.

– Joana, reconheço que você conhece a mente humana, mas dessa vez está enganada. Eu conheço Vita desde sempre e sei que ela é uma autêntica sinha-zinha. Longe da Boavista iria se sentir como um peixe fora d'água. Iria se con-sumir em tristeza.

– Eu não teria tanta certeza assim.

– De qualquer modo, não vale a pena discutirmos por causa disso. Co-nhecendo minha irmã como a conheço, sei que ela não permitirá que nem você nem eu influenciemos seus planos. Vamos, estou com muita fome.

Puxou Joana em direção à estrada. Tiveram de correr, porque a areia queimava os pés. Sentaram-se num pequeno banco que separava a praia da estrada, sacudiram os pés e calçaram os sapatos. De mãos dadas, caminharam até o platô, onde ocuparam um lugar à sombra.

Pediram casquinha de siri, gratinada com queijo, acompanhada de uma cerveja. Enquanto esperavam, dedicaram-se a observar as pessoas que cor-riam pela areia ardente como se estivessem sendo picadas por tarântulas. Em tais circunstâncias, as senhoras que seguravam a saia mostravam as pernas brancas mais do que era considerado decente.

– Imagine se dona Alma corresse assim pela praia.

Pedro riu.

– Sim, ou dona Paula. – Os dois riram pensando nas mães com as pernas à mostra.

– Você acha que elas têm pernas? – perguntou Joana com ar inocente. – Eu acho que da cintura para baixo não têm muito mais.

– Joana!

Que graça era ele, até quando se zangava! Pedro podia apertar os lábios e encará-la com uma expressão severa durante o tempo que quisesse, mas ela continuaria sempre a vê-lo como o homem mais doce que já tinha conhecido. Isso ela não tinha intenção de lhe contar nunca, já que ele pensava que seu porte e sua atitude incutiam respeito nas outras pessoas. Mas não era verdade.

Todos simpatizavam com ele graças ao seu encanto juvenil, e as pessoas respeitavam-no por sua inteligência, seu acentuado senso de justiça e sua prudência – características que estavam em clara contradição com sua aparência exterior, embora já começassem a se observar alguns fios brancos na cabeleira escura e algumas rugas ao redor dos olhos.

Joana alcançou a mão de Pedro sobre a mesa e a acariciou.

Revirando os olhos, atirou-lhe um beijo pelo ar.

– Não estou mais com fome. Vamos para casa...

Mas naquele momento apareceu o garçom com a comida.

Depois de uma sesta em que quase não dormiram, arrumaram-se para passar a noite na casa dos Moreira. Tinham de sair com antecedência pois ainda teriam de buscar Aaron. Ele vivia num quarto alugado no Catete, na casa de uma senhora idosa. O quarto era sombrio, sufocante, úmido e cheirava a mofo. Tinham-lhe proposto se mudar com eles para São Cristóvão, mas Aaron preferia continuar naquele buraco. Ali sentia-se em casa, e para dormir era suficiente.

– Essa velha é nojenta. Não só deixa a casa imunda, como também não sabe cuidar da sua roupa. Você tem de se mudar – dizia-lhe Joana frequentemente, mas Aaron continuava com a ideia de se manter em um local de acordo com seus escassos recursos econômicos.

– Você paga a ela para que mantenha sua roupa em ordem, e olhe só como você anda: faltam botões, os colarinhos estão encardidos e tem buracos mal costurados. Se quisesse, podia ter uma aparência mais distinta.

– Assim ninguém verá o que eu tenho sob o paletó.

– Nós vemos. Conosco não é preciso usar paletó.

– Mas vocês me conhecem. Vocês são meus amigos – respondia, sorrindo ironicamente.

Sim, era verdade. O melhor amigo do marido conquistara profundamente o coração de Joana porque ele emanava inteligência e perspicácia; porque era desajeitado na vida cotidiana, mas extremamente competente na sala de audiências; porque era tolerante e compassivo quando se tratava dos interesses de pessoas em desgraça, mas duro e intransigente quando se enfrentavam a ambição, a corrupção ou a estupidez. O que não entendia era a questão da sua roupa. Com frequência tentara convencer Pedro a ajudar o amigo a se vestir de forma mais elegante, mas Pedro sempre rejeitara a ideia dizendo: "Absurdo".

Desde que a família de Aaron falecera no verão anterior, vítima de uma epidemia de febre amarela que matara milhares de pessoas em São Paulo, o desleixo de Aaron se acentuara. Se até ali sua maneira de vestir podia ser classificada como boêmia, agora tinha de se falar apenas em desleixo. Joana e Pedro também haviam sentido muito a morte dos familiares de Aaron; mas, passado um ano, um homem jovem deveria superar pouco a pouco a tristeza e voltar a viver.

Joana acreditava que pelo menos naquela tarde Aaron tivesse se vestido apropriadamente, para não embaraçá-los. Os Moreira eram ricos exportadores de café e potenciais clientes de Aaron. Tinham lhe mandado um convite para o receberem porque o advogado da casa falecera recentemente, e Pedro lhes falara de maneira muito elogiosa da capacidade do mestre Nogueira.

Aaron esperava por eles diante da casa. Havia domado o cabelo ruivo com gel e, a um dos lados da cabeça, tinha um chapéu que, segundo se via, já tivera dias melhores. Tinha posto sua melhor roupa, embora isso não significasse grande coisa. Os sapatos, sim, brilhavam, e na lapela tinha uma flor vermelha que, como reparou Joana, era evidente que provinha do canteiro existente em frente à casa.

– Dona Pia o expulsaria de casa aos pontapés se soubesse o que você fez ao hibisco dela.

– Ela já sabe. Passa o dia inteiro e parte da noite na janela. Ei, não olhe agora! Ela observa tudo o que acontece. A mim ela consente esse gesto porque sabe que me relaciono com pessoas ilustres.

Quando a carruagem começou a andar, Joana olhou pela janela e comprovou que era verdade o que Aaron acabara de contar. A velhota, para ficar mais confortável, tinha até uma almofada no parapeito da janela para apoiar os braços.

– Que vida tão triste! – murmurou Joana. – Conformar-se em ver a vida dos outros.

– Ninguém a obriga a isso – replicou Aaron. – Um vizinho idoso, aposentado do transporte ferroviário, a vem cortejando, mas ela o rejeita. Não o considera suficiente para ela.

– Isso é o que vai acontecer a Vita um dia – disse Pedro em tom triste. Aaron e Joana olharam-se, admirados.

– Não está comparando sua linda irmã com esta bruxa cheia de verrugas, está?

– Quem sabe a bruxa cheia de verrugas tenha sido em outros tempos uma bela jovem que se achava fina demais para todos os seus admiradores. Quem sabe ainda hoje ela se ache possuidora de uma irresistível beleza, tanto que pode se dar o luxo de rejeitar os pretendentes. Ainda não tomou consciência de que se tornou velha, gorda e desagradável.

– Nem daqui a cem anos Vitória vai ter uma aparência tão repugnante como a de dona Pia! – protestou Aaron.

– Quem sabe!

– Pedro, não seja tão pessimista. Assim me desanima, e também a Aaron.

– Sim, é melhor me falar sobre os Moreira. Tenho de saber alguma coisa sobre eles se quiser me oferecer como futuro advogado da família.

Pedro contou-lhe brevemente o que sabia, enquanto Aaron olhava pela janela da carruagem.

– O que há de tão interessante aí fora? Está me ouvindo?

– Claro que estou. Concentro-me melhor no que está me contando se não estiver olhando para você.

– Consegue sempre me surpreender, Aaron. Nesse aspecto, logo poderá competir com a minha irmã.

– Bem que eu gostaria de competir com ela...

Pedro suspirou e continuou seu resumo sobre a situação dos Moreira. Não se podia dar muita importância ao fascínio que Aaron nutria pela irmã, senão passariam toda a noite ouvindo os elogios dele a Vitória. Desde que Aaron ficara sozinho no mundo, já não havia motivos para regressar a São Paulo e se casar com Ruth. Mas isso não significava que tivesse de continuar devotado a Vita. Pedro não queria dizer claramente ao amigo, mas a verdade é que Vitória o rejeitaria e que os pais também não o desejariam como genro. Ele próprio pensava que Aaron merecia uma mulher melhor que Vita, alguém que talvez não fosse tão bonita, nem tão inteligente, mas sim menos teimosa e menos indiferente.

Pedro contou a Aaron tudo o que sabia sobre a empresa de Gustavo Moreira. Listava dados e números como se tivesse crescido naquele negócio.

– O homem é muito trabalhador. E é esperto. A filha mais velha vai se casar brevemente com o filho de um prestigiado tostador de café da Alemanha. Dessa maneira, o senhor Gustavo estará a salvo da enorme pressão da concorrência, uma vez que seu melhor cliente será o genro.

– Ele tem mais filhos? – perguntou Aaron.

– Sim, três rapazes. O mais velho deve ter 20 anos. Um boêmio que se mete frequentemente em encrencas, já que gosta de beber e de andar com prostitutas. O segundo tem uns 17 anos. Mal o conheço; só o vi uma ou duas vezes, mas fiquei com boa impressão dele. Pelo que sei, faz estágio na empresa do pai. O caçula não deve ter mais de 14 anos, e dele não sei nada. Mas por que esse interesse por eles agora?

– Nunca se sabe. Talvez em algum momento seja oportuno dizer à mãe algo simpático sobre os filhos. Ou quem sabe possa convencer o pai das minhas capacidades quando, de forma totalmente aleatória, aluda à minha experiência na defesa de jovens bêbados. Veremos.

– Que calculista, Aaron! Não conhecia essa sua faceta – disse Joana a um canto, na penumbra da carruagem, de onde estivera ouvindo os dois homens durante todo aquele tempo.

– Sou advogado. Nesta profissão é imprescindível certa dose de previsão. Ainda mais quando o oponente nos subestima, o que me acontece com frequência, uma vez que as pessoas se deixam enganar pela minha aparência descuidada e pensam que não valho nada.

Então Joana compreendeu.

– É um truque, não é? Suas roupas, sua casa... tudo isso tem um objetivo: convencer as pessoas de que é inofensivo.

– Não por completo. De fato não tenho muito dinheiro e não posso me permitir viver num local melhor. E não me sobra muito para conseguir comprar roupa elegante. Mas, a princípio, você tem razão.

– Mas isso não o prejudica? Quero dizer, com essa atitude, seus clientes também não acabam acreditando nisso, e os honorários, reduzindo-se em relação aos dos outros advogados?

– Sim, Joana, sim. Mas pretendo não perder um único caso. Em breve se comentará que Aaron Nogueira é um advogado muito perspicaz, e as pessoas virão me procurar e me pagarão o que eu pedir.

– Bom, quando isso acontecer, espero que me dê ouvidos e procure uma casa nova. E que também providencie roupas apropriadas.

– E uma esposinha encantadora?

– Exatamente.

Pedro suspirou, resignado. Os dois tinham conseguido: haviam voltado ao tema de sempre.

Durante o jantar, as conversas masculinas se centralizaram essencialmente na maneira de ganhar dinheiro, e as femininas, na maneira de gastá-lo. Joana ia se acostumando pouco a pouco com aquilo. No ambiente dos homens de negócios, que Pedro frequentava devido ao trabalho, era normal falar de dinheiro. Para ela fora difícil no início. Na casa dos pais não era elegante falar desse assunto. No entanto, ali as mulheres revelavam sem pudor quanto tinham pago por um chapéu. Gabavam-se de como haviam conseguido que o lojista lhes fizesse um desconto e de como negociavam cada trocado na compra. Encaravam tudo isso como um desafio saudável, já que nenhuma delas podia ser acusada de avarenta ou comedida. As casas de todas eram extremamente opulentas; suas roupas, requintadíssimas. Aos convidados serviam os pratos mais caros e viajavam em carruagens principescas. No entanto, segundo elas, não gastavam mal o dinheiro, porque, era evidente, eram mais hábeis para os negócios do que os maridos.

Joana não era uma mulher que se deixasse intimidar ou impressionar com facilidade, mas essas conversas não a deixavam propriamente indiferente. Por acaso ela esbanjava o dinheiro do marido porque tinha pago por um vestido o dobro do que dona Rosa tinha pago pelo seu, que era três vezes mais elaborado? Corria ela o perigo de perder de vista a realidade – e os preços reais – só porque o patrimônio dos Silva lhe permitia se despreocupar? Mas não; não podia pensar assim. Durante a última visita à Boavista, dona Alma disse a ela que não fosse tão econômica; que Pedro tinha direito a ter uma bela casa e uma mulher bonita. Fosse qual fosse seu comportamento, agiria sempre mal!

Aproximou-se de um grupo de mulheres jovens, das quais conhecia apenas uma, dona Flora, a esposa de um hoteleiro de origem francesa, que com rapidez a colocara sob sua proteção.

– Deixem-me apresentar-lhes. Joana da Silva... Fernanda Campos, Eufrásia de Guimarães, Vania Jobim, Loreta Whiterford.

Joana cumprimentou todas, tentando memorizar os nomes.

– Senhora Loreta, muito prazer. Posso perguntar-lhe se é inglesa ou americana?

– Meu marido é inglês, mas eu serei sempre brasileira. E diga-me, senhora Joana, tem algum parentesco com o barão Eduardo da Silva?

– É meu sogro.

– Que emoção! – interveio outra senhora de cabelo castanho, cujo penteado tinha o aspecto de um ninho abandonado sobre sua pequena cabeça.

– É verdade o que se diz sobre a lendária riqueza desses cultivadores de café?

– Por favor, Fernanda, não faça perguntas indiscretas – disse Loreta.

No entanto, Joana já tinha a resposta pronta.

– Sim, tudo o que se diz no Rio de Janeiro sobre esses agricultores é verdade. São ruidosos, não têm modos, comem em pratos de ouro e gastam quantias enormes em roupas que não sabem usar com elegância. Basta verem meu marido – disse, apontando na direção de Pedro –; é o melhor exemplo.

Todas as mulheres olharam para Pedro da Silva, que apresentava uma aparência impecável com seu paletó feito sob medida.

Dona Loreta corou, e as outras duas, que até ali não haviam dito nada, olharam para o chão. Apenas dona Loreta sorriu.

– E, pelo visto, essas pessoas horríveis também não têm papas na língua.

– Exatamente – respondeu Joana, rindo também. Já tinha simpatizado com Loreta Whiterford.

– Venha, senhora Joana, vou lhe apresentar outras pessoas que, tenho certeza, você vai gostar de conhecer.

Quando já tinham se afastado do grupo, aproximou sua boca do ouvido de Joana.

– Fico satisfeita que tenha me dado um pretexto para me afastar daquelas tolas.

– E eu fico contente que a senhora tenha me liberado da companhia delas. Ah, por favor, trate-me por Joana!

– Com certeza, desde que a senhora me trate por Loreta.

As duas mulheres tiveram a sensação de ser duas velhas e boas amigas de longa data. Conversaram durante horas e sem nenhum pudor sobre a profissão dos maridos, sobre as próprias obrigações e preocupações, sobre as preferências de ocupação durante o tempo livre, sobre arte contemporânea e os crescentes perigos nas ruas da cidade. Descobriram tantas afinidades que cada uma, por si só, ficou convencida de que aquilo podia ser o início de uma verdadeira amizade, desde que cultivassem a relação com afinco.

Joana conheceu o marido de Loreta, Charles Whiterford, um sujeito que gostava de contar anedotas picantes que quase ninguém compreendia devido ao seu forte sotaque. Provavelmente admirava-se perante aquele povo sem senso de humor, que não ria de suas piadas. A pele suave de suas mãos brancas fazia pensar que podia ter a mesma idade de Pedro, mas o escasso cabelo loiro e a face sempre rosada faziam-no parecer muito mais velho. Era o gerente da sucursal da British Meat Company no Rio.

– Então, por causa dos negócios, tem certamente que ir com frequência ao Sul do país, aos pampas e às regiões fronteiriças – comentou Joana num inglês fluente. – A paisagem deve ser maravilhosa.

– Senhora Joana, que alegria! Onde é que aprendeu a falar tão bem o inglês?

– Nasci na colônia de Goa e viajei muito pela Índia. Isso só se pode fazer conhecendo bem sua língua, e além do mais tive uma ama natural de Yorkshire.

– Maravilhoso! Mas, voltando à sua questão: sim, o Sul do Brasil é muito bonito. Por mim, até nos instalávamos lá. Por certo que à minha mulher e às duas crianças o clima daquela região faria muito melhor do que a vida nesta feroz caldeira de vapor.

– Mas eu adoro esta caldeira de vapor! É a capital, e, se acontece alguma coisa de excitante na América do Sul, é aqui. No Sul morreríamos de tédio, e além disso não é propriamente um local sem perigos. Apesar do tratado de paz, as fronteiras com o Uruguai, Paraguai e Argentina fervilham de rivalidade e ressentimento, e não tenho confiança nenhuma naqueles espanhóis. – Loreta esboçou uma expressão de fúria.

– Sim, mas vocês, portugueses, também não... – objetou Charles Whiterford.

Os três continuaram a discutir animadamente a política externa do Brasil numa mistura de línguas que ninguém conhecia, a não ser eles. Quando Charles Whiterford, com voz firme, exprimiu – em inglês, misturado com palavras em português – seu entusiasmo pelos incentivos econômicos que o país de acolhimento concedia às empresas comerciais inglesas, chamou a atenção dos convidados que estavam ao redor.

Gustavo Moreira, o dono da casa, aproximou-se.

– Estou vendo que estão numa conversa muito animada. No entanto, senhor Whiterford – disse, inclinando a cabeça na direção das senhoras em sinal de pedido de desculpas –, tenho de sequestrá-lo por alguns instantes.

Joana e Loreta não se importaram.

– É ótimo discutir política de vez em quando. Mas os homens rapidamente se entusiasmam, e então as conversas degeneram em debates que mal consigo acompanhar. Também lhe acontece o mesmo, querida Joana?

– Às vezes. Em geral gosto desses debates, mas não por causa do conteúdo, e sim porque os homens se exaltam de um modo maravilhoso. Gosto de observá-los, e aprendo muito sobre a idiossincrasia masculina.

– Acho que podemos estudá-los sempre que quisermos, mas nunca conseguiremos descobrir o que eles pensam. Ou você pode afirmar que conhece perfeitamente seu marido?

Joana riu.

– Não. Mas, se ele não fosse capaz de me surpreender, não gostaria tanto dele.

– Sim, o charme dos homens reside precisamente nisto: nem sempre se sabe o que se passa na cabeça deles.

Joana não podia acreditar que estivesse falando de assuntos tão pessoais com uma mulher que tinha acabado de conhecer. Estava apreciando a conversa, mas queria evitar a troca de mais confidências pessoais. Por enquanto. Chegaria o momento em que teriam tal confiança, que as conversas íntimas lhes pareceriam a coisa mais natural, mas por enquanto era cedo demais para isso.

– Acho que agora sou eu quem vai apresentá-la ao meu marido.

Aproximaram-se do grupo onde estavam Pedro e Aaron com dois senhores mais velhos que pareciam ser funcionários do Estado. Uma vez feitas as apresentações, Loreta e Pedro falaram da alta dos preços das viagens transatlânticas e de suas consequências na exportação do café e da carne para a Europa. Joana virou--se para Aaron. Os dois homens mais velhos tinham ido embora devido à companhia feminina e ao rumo inevitável que, na opinião deles, a conversa seguiria.

— E então, senhor advogado, já conseguiu angariar novos clientes?

— Fale mais baixo, Joana, senão as pessoas a ouvirão. Sim, tenho boas perspectivas. A procura por advogados é grande; só tenho de convencer algumas pessoas de que sou o homem de quem elas precisam.

Entretanto, o cabelo de Aaron ganhara a batalha contra o gel e tinha voltado a se despentear. Ele também havia perdido um botão de punho e estava com um dos cadarços do sapato desamarrado.

— Vejo que esteve trabalhando arduamente. — Joana apertou ironicamente os lábios. — Se não o conhecesse e não gostasse de você, pensaria que estou diante de um incompetente imbecil.

— Mas eu sou um incompetente imbecil! Sou tão incompetente a ponto de parecer um tolo como, por exemplo, aquele idiota ali da frente, o senhor Campos, e sou um imbecil porque você sempre me faz ficar com a consciência pesada.

— Ai, Aaron, você é incorrigível! Venha, vou lhe apresentar um homem que talvez possa lhe ser útil. Ele dirige a BMC no Rio e tenho a impressão de que vocês se darão muito bem. De qualquer modo, já têm uma coisa em comum: ambos estão com uma mancha de vinho na camisa.

Aaron Nogueira e Charles Whiterford simpatizaram de imediato um com o outro, e Joana retirou-se discretamente. Sua presença ali era inútil, já que ambos acabariam por falar de relações comerciais. Mas ela ficou observando os dois homens, que estavam ligeiramente afastados, enquanto, animados pelo álcool, mantinham uma calorosa discussão que de vez em quando era interrompida pelas gargalhadas do senhor Whiterford e pelas risadas de Aaron.

Joana estava orgulhosa. Não havia nada que gostasse mais do que ajudar as pessoas a estabelecer relações, fosse do ponto de vista profissional ou em assuntos do coração. Mas só considerava que sua missão tivesse sido de fato um sucesso quando as partes envolvidas não percebiam sua intervenção – não queria que a vissem como uma alcoviteira! – e achavam que tinha sido o acaso que as juntara. Se Aaron e Charles continuassem a beber tanto, no dia seguinte não se lembrariam de que Joana os apresentara de forma intencional.

Tarefa bem mais difícil era encontrar uma mulher para Aaron. Ele nem se dava conta das várias tentativas de aproximação, que não eram poucas. Embora não fosse um modelo de beleza, seu estilo jovial e sua expressão inteligente agradavam às mulheres. Por que razão não tirava Vitória da cabeça? Logo ela, que era uma das poucas mulheres inatingíveis para ele. Nunca conseguiria tê-la; Joana tinha outros planos para a cunhada. O "encontro casual" no teatro havia sido uma jogada de mestre. Ela bem sabia! Ao ouvir o que Pedro tinha contado sobre o castigo da irmã, a quem Joana na época ainda não conhecia, ela começou a suspeitar de que entre Vita e León começava a se estabelecer um terno romance, e os acontecimentos seguintes demonstraram quanto podia confiar em seu instinto. A única coisa negativa de tudo aquilo era que não podia partilhar com ninguém sobre suas hábeis tramas, nem com Pedro. A situação só correria bem se mais ninguém o soubesse, a não ser ela. Se interviessem outras pessoas que não fingissem tão bem quanto ela, poderiam pôr tudo a perder com olhares ou perguntas indiscretas. Que azar ter de atuar sempre em segundo plano! Embora, por outro lado, fosse uma tranquilidade quando seus planos se concretizavam! Joana suspirou.

– Joana, o que foi? Está aborrecida? – Loreta se aproximou dela sem que ela percebesse.

Joana sobressaltou-se.

– Oh, não, de modo algum. Estava pensando em outras coisas; peço desculpas.

– Quer ir comigo à varanda? Está uma noite tão clara e estrelada, e a vista sobre as montanhas é lindíssima.

As duas jovens atravessaram devagar a sala, cumprimentando sorridentes e educadamente as pessoas de um lado e de outro. Demoraram bastante até conseguirem abandonar a sala, cheia de fumaça de tabaco, e chegar à varanda, onde interromperam os abraços de um jovem casal. Apoiaram-se na balaustrada e contemplaram o espetáculo das esplêndidas montanhas.

– Que paisagem! – disse Loreta maravilhada.

– Sim, é espetacular. Por outro lado, também não podemos esquecer a vista do mar. Se esta casa fosse minha, teria feito outra varanda na fachada oriental.

– Que ideia tão sem pé nem cabeça! O que se vê do outro lado? Apenas água.

– As ondas rompendo na areia com o som da eternidade; o reflexo da lua na superfície ondulante, um horizonte que parece não ter fim; o sol, que de manhã tinge o céu de cor violeta; os barcos que entram e saem, trazendo a pesada carga da esperança.

Joana se calou. De repente envergonhou-se daquela aparição involuntária de sua veia melancólica.

Loreta não disse nada, apenas continuou a olhar fixamente para a agreste paisagem a oeste, sobre cujas montanhas brilhava, luminosa, a lua cheia.

– Vamos para dentro? Estou com sede – disse Joana, numa tentativa de desviar a atenção do seu mundo afetivo. Deu o braço à nova amiga e entrou com ela na sala.

Aaron, Charles e Pedro estavam juntos; tinham todos o nó da gravata tão frouxo quanto a língua. Era óbvio que os três vinham apreciando muito os copos que tinham na mão.

– ... então não lhe resta outro remédio senão apresentá-lo a mim – dizia Charles.

– Por certo. E o farei com todo o gosto.

– Quem, querido? – interveio Loreta, colocando-se ao lado do marido.

– Imagine, o jovem senhor Silva é amigo de León Castro. Quem diria! E nós, uns ingênuos estrangeiros, pensando que os fazendeiros não podiam ver abolicionistas nem pintados de ouro.

– Em muitos casos, é assim mesmo. Mas as pessoas civilizadas têm em conta outras qualidades, e posso lhe garantir que León Castro tem tudo o que um homem pode desejar num bom amigo.

– Muito me admira! Eu no seu lugar teria medo de que clandestinamente ele ajudasse os escravos a fugir. – Charles Whiterford grunhiu de prazer, depois corou. O tema da conversa agradava-lhe bastante. Gostava das histórias em que podia demonstrar seu profundo conhecimento do absurdo da vida diária brasileira. Embora ele, como todos os ingleses que viviam no Rio, se queixasse sempre da situação instável, do espantoso clima e do desleixo dos brasileiros, na empresa havia uma espécie de rivalidade para ver quem se adaptava melhor ao país, quem penetrava melhor na essência brasileira e quem conseguia o melhor contato para ascender mais alto na sociedade do país. Aquela história faria com que ninguém conseguisse superar Charles

Whiterford como profundo conhecedor dos brasileiros: o filho de um negreiro era amigo de um abolicionista! Incrível!

– Acho que temos de nos despedir. Estou tão cansada que mal me aguento em pé. – Loreta acariciou o rosto do marido. – E você, querido, parece estar igual.

O grupo dissolveu-se depois de trocarem todo tipo de cortesias e promessas de um novo encontro.

Joana, Pedro e Aaron deixaram a casa dos Moreira pouco depois dos Whiterford. Enquanto esperavam pela carruagem, Pedro tirou a gravata e desabotoou o colarinho da camisa.

– Está mesmo calor ou fui contagiado por aquele Whiterford, com a cara rosada e seus exasperantes movimentos com o lenço para enxugar o suor? Bem, de qualquer maneira, ele é muito divertido, não acham?

– Sim, e não é tão tolo quanto nos quer fazer parecer – opinou Aaron.

– A mulher também é muito simpática. Como nunca os tínhamos visto antes?

Mas, antes de Pedro poder responder a Joana, um negro chamou-lhe a atenção. Passou mais perto deles do que era aconselhável àquela hora da noite. Não tinha mais ninguém na rua, fato pelo qual não havia o menor motivo para não manter a distância que as regras estabeleciam. Pedro suspeitou de que poderia ser um ladrão. Um ladrão imbecil, porque o que poderia fazer ele contra três pessoas?

Quando o negro já estava bem perto deles, encheu furiosamente a boca com saliva e lhes cuspiu nos pés.

– Ei, o que está fazendo? – gritou Pedro.

O negro olhou para eles com ousadia.

– Eu cuspo onde e quando quiser. Logo vou ser livre como vocês. As coisas vão mudar muito por aqui. León Castro está quase regressando ao país e vai mostrar aos senhorzinhos finos o que é bom pra tosse.

XIII

FÉLIX ESTAVA NO CAIS E TENTAVA, dando pequenos saltos, ver os passageiros. Aproximar-se era impensável, e só utilizaria o apito em caso de extrema necessidade. Como sempre, Fernanda tinha razão: era uma estupidez buscar León sem saber exatamente quando ele chegaria. León havia escrito contando que queria estar de volta em dezembro, o mais tardar, e Félix deduzira que era melhor antes do que depois. Ao viajar sozinho, poderia sempre apanhar um barco anterior ao que correspondia a sua passagem. Havia sempre passageiros que não podiam fazer a viagem por causa de uma doença ou qualquer outro imprevisto.

E, mesmo que León chegasse naquele barco, não esperava que fossem buscá-lo. Sairia quanto antes e tomaria uma das carruagens que aguardavam junto às escadas do barco. E ele, Félix, teria ido ali em vão e se arriscado sem motivo a ser repreendido novamente pelo senhor Nelson. Apesar de tudo aquilo, Félix continuava a dar saltos para tentar enxergar além das cabeças do resto das pessoas que aguardavam no cais. Ali! Não era aquele o inconfundível cabelo liso do seu patrão? Félix continuou a pular e a receber resmungos de quem estava à sua volta. Sim, era ele! Não havia outra solução: teria de utilizar o apito.

León estava no meio de um grupo de passageiros que se encaminhava precipitadamente em direção à saída quando ouviu o apito. Aproximou-se da beirada e instintivamente julgou ver Félix entre a multidão que esperava pelos recém-chegados. Ele próprio havia dado o apito ao rapaz para que pudesse se fazer notar, e provavelmente associava sempre aquele som a Félix. Mas não; ninguém sabia a data exata de seu regresso. Que tolice de sua parte pensar que Félix teria ido até ali buscá-lo!

Um negro com uma peruca loira que se portava como um cão raivoso chamou sua atenção. Fazia claramente sinais em sua direção. "Meu Deus, no

Rio as pessoas já estão tão nervosas quanto em Paris", pensou León. O louco, que já criara um pequeno tumulto ao redor, chamou-lhe a atenção. E então o reconheceu. Retribuiu-lhe o cumprimento e ficou satisfeito por ainda demorar algum tempo para chegar lá embaixo e ficar diante de Félix. Desse modo, o rapaz não perceberia sua admiração. Rapaz? No ano e meio em que estivera fora, Félix havia se transformado num jovem homem. Crescera, e seu rosto havia perdido a expressão de infantil inocência que o caracterizava anteriormente. Se León não o conhecesse tão bem, teria se assustado. Parecia um dos inúmeros arruaceiros que tornavam a cidade tão insegura: negros, grandes, fortes, livres... mas geralmente bêbados e cheios de agressividade. E aquela estúpida peruca! León sabia que aquilo era moda entre os negros. Achavam que o cabelo claro e liso era mais bonito, e uma peruca era um objeto de prestígio. Embora, na realidade, ao tentar copiar os ideais de beleza dos brancos, os negros se humilhassem ainda mais. León sentiu ao mesmo tempo uma mescla de rejeição e compaixão. E viu-se invadido por remorsos: tinha deixado as pessoas sozinhas durante tempo demais.

O rosto de Félix se iluminou quando enfim ficou frente a frente com León. Não podia abraçá-lo, assim como também não podia lhe dizer quanto estava contente em vê-lo. Embora não fosse preciso. León percebeu isso no olhar de Félix.

– Que bom que veio me buscar! Mas faça-me o favor de tirar essa coisa horrível da cabeça. Não lhe fica nem de longe tão bem quanto seu cabelo natural. E com certeza faz transpirar tanto sua cabeça que vai acabar por afetar seu cérebro.

Félix não compreendia muito bem o que havia de errado com a peruca. Ela a colocou de propósito para a ocasião, e com isso só queria demonstrar quanto havia crescido e o sucesso que tinha alcançado durante aquele tempo. León devia sentir orgulho dele em vez de repreendê-lo. Mas a tirou.

– Ah, é maravilhoso poder pisar em terra firme! E sentir de novo este calor brutal. Quando saímos de Southampton a temperatura era de dezenove graus negativos. Faz ideia do que é isso, Félix? Estava tão frio que havia placas de gelo boiando no porto. O frio era tão incrível que a saliva se congelava na boca se a deixássemos aberta por alguns instantes.

Não, Félix não fazia ideia. No inverno mais duro que tinha vivido, as temperaturas mal haviam chegado aos dez graus... positivos, obviamente. Ele sentiu na ocasião tanto frio e teve uma tosse horrível que demorou várias semanas para passar. Não conseguia, nem queria imaginar um frio ainda maior, e não entendia por que razão os brancos ricos viajavam continuamente para países com um clima tão desumano. Pelo visto, na Inglaterra, França, nos Estados Unidos e até em Portugal, quando chovia no inverno não caíam gotas do céu, e sim pequenos pedacinhos de gelo. Neve. Já tinha visto a fotografia de uma paisagem repleta de neve, mas não achou graça nenhuma. Félix só conseguia se lembrar de como tinha ficado com os pés uma vez que pisou em uma poça e teve de ficar o dia inteiro com os sapatos molhados sentado à mesa de trabalho, os pés sobre o chão frio de mosaico do escritório. Não, não achava a neve romântica nem bela; achava-a extremamente desagradável. O inferno muito provavelmente não era um fogo abrasador; no inferno certamente os pecadores ficavam congelados.

León tirou um lenço do bolso da calça e secou as gotas de suor da testa. Na segunda metade da travessia, quando passaram pelas ilhas Canárias e atravessaram o Atlântico, o sol já aquecia com força, embora o vento impedisse que sentissem o calor. Ali, no porto do Rio de Janeiro, não corria nem uma pequena brisa. Fazia pelo menos 38 graus, e depois de um ano e meio em Londres e Paris não estava mais habituado àquelas temperaturas tão sufocantes.

Também não estava preparado para a imagem que a cidade oferecia. Ao entrar na baía de Guanabara, a impressionante beleza do cenário natural o havia deixado atordoado. Agora contemplava admirado o espetáculo do porto. Será que tinha sido sempre assim tão selvagem e caótico, uma explosão divina e simultaneamente infernal de cores, ruídos e odores? O céu teria sido sempre assim tão profundamente azul; teriam as palmeiras das calçadas tido tantos cocos antes da sua partida; será que antes as pessoas já se vestiam com roupas tão coloridas que pareciam papagaios? Como era maravilhoso tudo aquilo! E como havia sentido saudade de tudo! Naquele momento, León percebeu que era completamente sul-americano, que não tinha sido feito para os cinzentos invernos ingleses, por mais agradáveis que fossem as noites com um *brandy* e um cachimbo junto à lareira. Diante daquilo, todo o resto não valia nada. Enfim estava em casa!

Félix e León abriram caminho por entre a multidão, passando perto de um vendedor de mangas, papaias, abacaxis e bananas.

– Félix, você tem dinheiro? Não tenho nem uma moeda; preciso trocar.

Félix revirou os bolsos das calças e tirou uma moeda de cem réis, que deu a León.

León observou a moeda demoradamente.

– Vou ter de me habituar novamente à nossa moeda. Com nossa bela língua já me familiarizei no barco, graças a Deus.

Deu a moeda ao vendedor de frutas e pegou uma manga do cesto, satisfeito enquanto verificava quão madura estava.

Quando fazia menção de ir embora, o fruteiro lhe gritou:

– Com o que me pagou pode levar mais oito frutas.

– Está bem! Dê-me duas de cada.

Félix pegou as frutas e as colocou sobre uma das malas de León. O patrão o surpreendia. Seria possível se esquecer realmente da própria língua? Seria possível se esquecer de como manusear o dinheiro de seu país? E o que é que ele via de tão especial numa manga absolutamente normal? Aqueles frutos cresciam em tudo quanto era lugar, em alguns locais com tanta abundância que ninguém os apanhava, caindo ao chão e apodrecendo, fato que tornava os caminhos extremamente escorregadios.

León, por sua vez, surpreendeu-se com os preços baixos. Com cinco vinténs, na Inglaterra teria comprado apenas duas maçãs. Tirou do bolso uma moeda de seis *pennies* e a ofereceu a Félix.

– Tome, é para você. Vale quinhentos réis; talvez algum dia lhe seja útil. Se não for, eu troco para você.

Félix sabia que nunca usaria aquela moeda, pois a última coisa que queria era fazer uma viagem à Inglaterra. No entanto, iria guardá-la. Uma moeda tão exótica como aquela havia acabado de ganhar um lugar na sua pequena caixa, que era quase idêntica à que tinha antes de fugir. Guardava a nova caixa de charutos também como um grande tesouro e a enchia com todo tipo de bugigangas que achava dignas de serem conservadas. Félix sabia que já era crescido para aquele tipo de coisa, mas ninguém precisava saber.

Com muita sorte, e a feliz intervenção de Félix, conseguiram arranjar uma carruagem. Quando abandonaram a área do porto rumo ao sul, León ficou satisfeito com o fato de Félix não poder falar. Apreciou a visão da cidade em silêncio. Como tudo estava mudado! Na rua da Misericórdia tinham erguido um gigantesco palácio, a rua do Ouvidor tinha um novo pavimento, na praça Tiradentes havia um novo teatro e no passeio marítimo da Glória tinham plantado palmeiras novas. Se o Rio continuasse a crescer naquele ritmo, em breve poderia fazer concorrência a Londres e Paris.

A carruagem avançava tranquilamente pelas ruas.

– Ei, cocheiro! Está dormindo?

O cocheiro olhou para León sem compreender. Ia à mesma velocidade dos outros. Félix também olhou para León sem entender.

León se deu conta de que sua pressa não combinava com aquele lugar.

– Sabe, Félix? Na Europa tudo acontece mais depressa do que aqui. Todos têm sempre pressa. Tenho de me habituar novamente ao fato de no Brasil os relógios andarem mais devagar.

Ainda assim, León pediu ao cocheiro que andasse mais depressa. Queria chegar logo em casa. Tinha a imperiosa necessidade de tomar banho, trocar de roupa e voltar a estar ativo. Durante os 28 dias de travessia havia escrito alguma coisa, mas de resto estivera confinado à inatividade. E tinha muito trabalho a fazer.

O seu empenho em abolir a escravidão dera frutos na Inglaterra. A elite, que se vangloriava de seu altruísmo, recebeu-o de braços abertos, ouviu-o com grande entusiasmo, apoiou-o e concedeu-lhe meios econômicos para continuar sua luta. Chegou como correspondente do *Jornal do Commercio* e partiu como herói de uma causa sagrada. Mas também como um homem extremamente inseguro. Já que o que León viu na Inglaterra era pior do que as condições existentes no seu país: minas onde se matavam de trabalhar crianças cheias de piolhos, cujos rostos cobertos por uma espessa camada de pó preto pareciam tão velhos quanto o próprio mundo; fábricas de tecidos nas quais famílias inteiras trabalhavam sem parar, sem ganhar o suficiente para viver com dignidade uma vida modesta; tipografias, fundições de aço ou marcenarias nas quais uma grande parte dos operários trabalhava com o olhar apático e as extremidades presas a máquinas, cujo funcionamento ininterrupto era mais importante que o bem-estar dos trabalhadores; meninas de pouco mais de 12 anos e mulheres maltratadas que vendiam o corpo, semidespidas pelas ruas de Londres, combatendo o frio e a umidade apenas com a ajuda do álcool. Os ingleses pressionavam o Brasil para que acabasse com a vergonhosa escravatura... enquanto escravizavam o próprio povo. Que hipocrisia nojenta! Apesar de tudo, León lidou com as próprias dúvidas e continuou, embora contrafeito, a convencer ricos e poderosos, que deviam intensificar a pressão sobre o Brasil. Uma potência econômica como a Inglaterra poderia conseguir, por meio de mais duas ou três sanções, que três milhões de negros, que haviam sido privados do pensamento e da vontade, fossem libertos.

Na França não havia grande interesse da classe alta por um país onde ainda existia a escravidão. Ali, no berço das modernas ideias ocidentais dos direitos humanos e civis, não se dava muita atenção a um país tão longínquo como o Brasil, e muito menos aos negros. Ali existia uma enorme paixão pelos prazeres materiais. Adoravam-se os grandes chefes de cozinha como se fossem deuses; seus restaurantes eram frequentados com maior devoção do que uma igreja. León também sucumbira à apreciação das iguarias preparadas por cozinheiros como o lendário Escoffier ou Philéas Gilbert, e também não conseguia resistir a um fígado de ganso trufado servido com um excelente Château d'Yquem. Mas nunca havia esquecido de suas prioridades.

Os parisienses só conseguiam ser vencidos com os próprios meios, isso ele percebeu de imediato. Por isso, quando se reunia com as pessoas nos cafés ou na casa delas, pintava com as cores mais vivas as penas que tinham de suportar os apanhadores de café ou os cortadores de cana-de-açúcar para que os europeus pudessem apreciar em suas luxuosas salas o incomparável prazer daqueles produtos importados. Tudo aquilo não servira muito. Em contrapartida, seus discursos inflamados atraíram a atenção das damas da sociedade, que tinham acrescentado com satisfação à sua coleção de amantes aquele exótico e atraente homem procedente de um país selvagem. Uma ou outra até o conseguira, embora León perdesse rápido o interesse pela mulher em questão.

Ele teve de esperar praticamente até completar 30 anos para experimentar o significado do amor. Estava completamente apaixonado por Vita. Nenhuma outra mulher tinha conseguido enfeitiçá-lo como aquela criatura do seu longínquo país. Sim, na Europa havia grandes beldades que também possuíam cabelos negros e olhos claros, boa aparência e pele branca e suave como a seda, lábios carnudos e rosto rosado. Mas de que serviam aquelas tentações se atrás da bela fachada não havia um traço de inteligência, nenhuma coragem ou a menor dose de orgulho? Como podia ter se interessado por mulheres que eram menos arrogantes e tinham menos coragem do que Vita?

Que mulher seria aquela jovem um dia! Imaginava-a diante dele quando a insegurança juvenil tivesse dado lugar à serenidade de uma mulher adulta; quando a rebeldia infantil fosse substituída pela fria lógica e o recatado gosto pelo desejo ardente. Só em pensar no cabelo dela, que fazia um redemoinho no meio de sua testa, e no pequeno sinal que enfeitava seu queixo, León se enchia de uma dolorosa nostalgia. E a lembrança das duas covinhas, da expressão de admiração e simultaneamente de êxtase de seu rosto, além do som de sua pele suada e morna, roçando na dele, fazia correr uma onda de prazer por todo o corpo de León. Meu Deus, sua sinhazinha havia nascido para o amor, e ele lhe daria o seu!

O fato de ela não ter respondido a nenhuma de suas inúmeras cartas não fez diminuir em nada seu amor, e também não o preocupava além da conta. Sabia que ela estava zangada com ele por ter empreendido aquela viagem repentinamente. Também sabia que, se tivesse ficado, ela o teria incorporado mais cedo ou mais tarde ao conjunto de admiradores cujo único fim era cortejá-la para depois, uma vez satisfeita sua vaidade, serem rejeitados. Se queria dar consistência à relação, se queria assegurar a companhia dela para sempre, primeiro tinha de se afastar dela, paradoxalmente.

Havia pensado que o tempo de ausência faria bem aos dois. Ela amadureceria, se tornaria mais adulta, mais inteligente, mais sensual. Ele, por sua vez, vinha fazendo o possível para poder aparecer como seu marido aos olhos da sociedade conservadora. E tinha conseguido, seu nome tornou-se famoso na Europa, e com isso, no Brasil, transformou-se em sinônimo de uma causa à qual cada vez se juntavam mais conservadores. Confirmara-se de novo que ninguém é profeta na sua terra até que seus méritos sejam reconhecidos no estrangeiro.

A própria princesa Isabel, filha do monarca, que estava encarregada dos assuntos oficiais do pai quando este estava fora, havia pedido a León Castro que regressasse. Se antes ele era uma ave do paraíso que enfeitava as festas, mas a quem nunca se entregaria uma filha, graças àquela distinção, aliada à mudança do clima espiritual do Brasil, ele se converteu num homem cuja amizade se valorizava. Desde que alguns fazendeiros se tornaram a favor da abolição da escravidão, porque se envergonhavam daquela prova de atraso do Brasil – e também porque se arranjava mão de obra barata procedente da Europa –, viam em León Castro apenas as qualidades mais elevadas que se desejavam num país moderno: coragem, inteligência, energia, progresso.

A carruagem parou em frente à casa de quatro andares no Flamengo, onde León ocupava todo o andar térreo. Para suas necessidades, aqueles seis cômodos eram-lhe suficientes, e não valia a pena comprar uma casa própria para ele e para os dois empregados.

– Senhor León! Seja bem-vindo!

– Bia, Carlos! – León estava emocionado com a alegria que revelavam seus subalternos. – Ah, que bom estar novamente aqui!

– Então o rapaz tinha razão! Há vários dias que Félix tem ido ao porto porque estava convencido de que o senhor chegaria em breve. Que bom que ele tem um instinto tão forte!

– Surpreendente! – disse León, e admirou-se que Félix o conhecesse tão bem. – Bom, deixem-me entrar para que possa enfim tomar um banho; há séculos que estou sonhando com isso.

Nos fundos da casa havia um pátio e um pequeno jardim que estavam reservados para seu uso particular. Ali havia uma ducha rudimentar cuja água subia através de uma alavanca. Um dos maiores prazeres de León era ir ao jardim nos dias de calor e ali, em meio ao aroma do jasmim e protegido dos olhares curiosos dos vizinhos dos andares de cima pela espessa camada de folhas das árvores, deixar correr a água morna pela sua pele. León deixou o roupão no parapeito de uma janela e, pegando um sabonete, colocou-se sob a ducha, à espera. Carlos bombeava a água. As primeiras gotas, as que o sol tinha aquecido, eram as melhores!

León banhou-se com calma, esmerando-se na limpeza, já que a higiene no barco infestado de bichos não havia sido grande coisa. Enquanto assoviava a marselhesa, ensaboou-se da cabeça aos pés e ficou ali de pé com os olhos fechados, sob o jato de água. A espuma já havia desaparecido, e Carlos perguntava-se o que o patrão estaria vendo de tão belo naquela ducha. Quem é que desejava ficar mais tempo do que o necessário debaixo da água? Além disso, seu braço já estava doendo de tanto bombear.

León poderia ter ficado horas sob a ducha. Só quando viu Carlos cheio de suor na testa decidiu pôr fim à higiene. Enrolou uma toalha em volta da cintura, entrou em casa pingando, e seu aspecto pouco decente surpreendeu Bia, que saiu correndo pelo corredor assim que o viu. Tinha lhe deixado a roupa limpa preparada em cima da cama. León vestiu as calças, penteou o cabelo molhado para trás e ficou com o tronco nu na frente do espelho. Com um pincel de barbear ensaboou o rosto e fez a barba. Depois pôs água-de-colônia no rosto e no corpo, vestiu uma camisa fina e dirigiu-se, fresco e de bom humor, para a sala de jantar. Sabia que, embora não tivesse pedido, iriam lhe trazer uma refeição leve.

Bastante frugal, é verdade. Havia canja de galinha, pão, queijo e algumas frutas.

– Senhor León, não estávamos efetivamente à espera de que regressasse hoje. Por isso só temos em casa o indispensável.

– Deixe pra lá, Bia, isto está ótimo. Eu gosto. – León ficou em dúvida por alguns instantes e depois continuou: – Certamente que vocês têm feijoada. Sirva-me um prato.

Bia ficou sem fala. Claro que os negros tinham feijão; era o que Carlos e ela comiam todos os dias. Mas que um senhor – e para ela León Castro o era, embora lhe pagasse um salário e não a tratasse como escrava – quisesse comer aquele modesto prato era coisa que jamais teria imaginado. Mas, se ele queria... Foi para a cozinha, pescou no tacho dois ou três pedaços de carne e de toucinho, e levou-lhe o prato. Depois, observou da porta como o patrão devorava a feijoada com extrema satisfação.

– Na Europa não há nada tão delicioso quanto isto, Bia.

A negra tinha certeza de que o patrão estava zombando dela, e fez uma expressão que, embora revelasse seu contentamento, também refletia seu receio. León interpretou aquilo corretamente.

– Não se preocupe, Bia. Não estou louco. No máximo louco de alegria por estar aqui outra vez.

*   *   *

Félix fora para o escritório, que já começava a detestar. Era o único negro que trabalhava ali, e sua mudez era mais um motivo para transformá-lo em alvo da maldade alheia. Passar o dia inteiro naquele gabinete escuro, exposto ao que quer que se lembrassem seus colegas e chefes, não era nada agradável. Além disso, não se podia permitir cometer nenhum erro nem dar mostras de insubordinação. Nas últimas semanas tinha renunciado à pausa do meio-dia para poder ir à tarde ao porto, quando em geral chegavam os barcos provenientes da Europa, esperar por León. Hoje, enfim, León veio com ele, e a alegria de Félix não tinha limites. Só quando voltou para o escritório é que a boa disposição acabou.

– Onde esteve esse tempo todo, preguiçoso? Acha que pode ter essas liberdades porque veio parar aqui graças à proteção do honroso León Castro? – Seu Nelson estava tomado pela cólera. – Por acaso achou que íamos ter pena de você por causa do seu defeito? Acha que porque é diferente pode sempre se portar de maneira especial? Ou pensa que porque o patrão o escolheu uma vez agora pode fazer o que quiser? – A voz de Nelson Garcia era cada vez mais alta e estridente. – Por acaso é isso que pensa, negro inútil?

Os outros empregados fingiam estar extremamente concentrados nos seus papéis, mas riam-se por dentro. Até que enfim aquele diabo arrogante ia ter o que merecia. Desde que ele havia começado a trabalhar nos escritórios do comerciante de tabaco Bosi, a vida dos demais funcionários já não era a mesma de antes. O rapaz era ambicioso, trabalhador e esperto. Trabalhava o dobro dos outros em troca de um modesto salário, e, embora o contabilista-chefe, seu Nelson, escondesse o máximo possível os méritos do jovem diante de Jorge Bosi, o patrão já tinha reparado em Félix. Desde então todos tiveram de passar a trabalhar muito mais; tinham-se acabado as incontáveis pausas para tomar café na Confeitaria Francisco e os horários flexíveis.

Félix olhou para o chão e fez que não com a cabeça. Que perguntas mais estúpidas aquelas que seu Nelson lhe fazia. Como podia alguém pensar que ele se julgava melhor do que os outros quando todos os dias lhe repetiam com insistência que ele não valia nada?

– Hoje você vai ficar até mais tarde, entendeu?

Félix assentiu.

– Vai limpar o piso do escritório, esvaziar o lixo, e assim fará os trabalhos para os quais você nasceu.

Félix se permitiu levantar o olhar.

– E se continuar a olhar para mim com esse descaramento, vai continuar a fazer esse trabalho durante os próximos meses.

Custava a Félix conter as lágrimas de raiva. Por que não o deixavam em paz? Por que não podia fazer tranquilamente seu trabalho, que já era um castigo por si só? Por que razão todos pareciam incomodados com o fato de ele saber escrever e fazer contas? Os brancos não suportavam que um negro demonstrasse ter cérebro, ao passo que os negros o invejavam por realizar um trabalho que supostamente era melhor. Seus vizinhos de Quintino, um conjunto de barracos na zona noroeste da cidade, zombavam dele constantemente dizendo que estava efeminado, que seus músculos iam amolecer, que seus pés já não serviam para andar descalço, que com as roupas de empregado de escritório parecia um palhaço. Nada daquilo era verdade, mas o magoava. Se não fosse Fernanda, que vivia no mesmo morro que ele, o bairro pobre na encosta da montanha, e que tinha de lutar contra os mesmos preconceitos, Félix teria desistido há muito tempo para fazer o que os outros esperavam dele. Teria procurado um trabalho para o qual se precisasse de muita força e pouco cérebro; teria se embriagado todas as tardes e faria filhos com o maior número possível de mulheres.

Felizmente León havia voltado. Para Félix seria mais fácil aguentar, pois, além de Fernanda, não recebia o apoio de mais ninguém. Uma só palavra de reconhecimento ou elogio da parte de León compensaria todas as angústias e humilhações. E, quem sabe, talvez seu ídolo tivesse até a possibilidade de lhe arranjar um trabalho em outra firma, num lugar onde o deixassem em paz, onde talvez não fosse o único negro e onde valorizassem suas aptidões. Afinal de contas, havia outros homens que deviam estar na mesma situação que ele: mulatos ilegítimos de pele castanho-clara, que tinham sido reconhecidos pelos pais brancos e recebido certa educação; velhos que tinham montado um pequeno negócio após a entrada em vigor de uma polêmica lei segundo a qual se tinha de conceder a liberdade a todos os escravos quando houvessem completado 60 anos de idade; negros que tinham aprendido a ler e a escrever nos orfanatos católicos; ou aqueles que, como ele próprio, com muito esforço e alguma sorte, haviam conseguido viver em liberdade. Mas onde estariam eles? Félix sabia que havia poetas, comerciantes, músicos, funcionários, maquinistas de trem, bancários e jornalistas de origem africana, mas não conhecia nenhum.

Sentia-se imensamente só no mundo, mais desamparado do que se sentia em Esperança. Céus! Como pôde algum dia ter desejado sair de lá? Só agora via com lucidez que, apesar das privações e hostilidades, tinha passado tempos maravilhosos na fazenda dos fugitivos, uma época sem as necessidades econômicas que aqui no Rio mostravam sua pior faceta, sem ter de lutar cada dia para sobreviver e na qual tinha se sentido como alguém especial.

Esperança, da qual constavam como proprietários os Azevedo, porque León lhes pagava para isso, oferecia benefícios consideráveis. Também prosperava a fazenda do Sul que León herdou do pai e cuja gestão deixou nas mãos de um administrador. León, com apenas 29 anos de idade, era rico. Além disso, durante sua estada na Europa tornou-se de tal modo famoso, que pelos seus artigos na imprensa pagavam-lhe o dobro de antes, e como protegido da princesa Isabel não lhe faltariam trabalhos.

Estava enfim em condições de deixar de depender do *Jornal do Commercio* para escrever em outras publicações. O chefe de redação rejeitou sempre energicamente os pedidos de León nesse sentido, mas agora teria de aceitar se não quisesse perder de vez o famoso jornalista. Já tinha ofertas da *Gazeta Mercantil*, do *Jornal do Brasil* e da *Folha de S.Paulo.* Mas não queria tomar nenhuma decisão naquele momento. O mais importante agora era planejar o modo de ação em relação a outro assunto bem diferente.

Na sua escrivaninha reinava um caos indescritível após ter passado horas verificando papéis. Mas não se importava. Espreguiçou-se satisfeito na cadeira giratória e passou a mão pelo cabelo. Sim, não sabia muito bem como o faria, mas estava decidido a ir adiante com a ideia. Dessa vez faria enfim aquilo que quase dois anos antes sua posição o impedira de fazer: pediria a mão de Vitória.

XIV

EDUARDO DA SILVA IDOLATRAVA A FILHA. Não era um homem que conseguisse mostrar seus sentimentos, mas tinha certeza de que Vitória sabia interpretar bem seus pequenos sinais de afeto. O cavalo puro-sangue que ele havia lhe dado no Natal; a banheira de mármore pela qual se transformou um dos muitos quartos da Boavista num elegante banheiro para uso exclusivo de Vitória; o valioso bandolim de brilhantes que ganhou no ano anterior pelo aniversário... tudo indicava que não conseguiria negar nada à filha.

E agora isto.

Este desejo ele não podia conceder. Um pagamento adiantado de sua parte na herança. Que jovem normal teria aquelas ideias? E aqueles rumores de um mediador que, dado que Vitória não tinha autoridade legal para fazer negócios, administraria o dinheiro... Por que teria a filha tal ideia? Por que razão devia lhe dar o dinheiro para que o confiasse a um desconhecido? Só isso já demonstrava com clareza que era uma ideia sem pé nem cabeça.

– Vitória, isto é completamente inaceitável. Se Deus quiser, seu pai e eu ainda viveremos muitos anos. Ou por acaso pretende nos levar ao túmulo com suas ideias inadmissíveis? – disse dona Alma, e Eduardo teve de dar razão à mulher. Algum dia, quando Pedro herdasse a Boavista, a irmã teria direito a metade do valor da fazenda, e Pedro teria de pagar à irmã. Mas enquanto ele, Eduardo da Silva, fosse senhor da Boavista, manteria suas terras, seus escravos, o gado, e trabalharia para obter benefícios.

– Então faça-me um empréstimo por conta do meu dote – pediu-lhe Vitória.

– Você vai receber seu dote quando se casar. A essa altura terá um marido que possa cuidar do seu dinheiro – explicou-lhe Eduardo.

– Mas, pai, eu não vou me casar, já lhe disse isso mil vezes.

– Nem que me diga cem mil vezes. Aos 19 anos não está em condições de tomar tal decisão. Assim que aparecer a pessoa ideal, vai pensar de outra maneira. As jovens são volúveis, e essa é mais uma razão por que não posso lhe entregar tanto dinheiro.

– Essa não é a razão. O pai teme que eu tenha razão. Tem medo de ver a realidade. A abolição da escravidão não está muito longe, tanto faz o que nós pensemos a esse respeito. E então, Deus nos livre: os escravos abandonarão tudo, ninguém poderá apanhar nossas colheitas, a Boavista irá à falência. Eu só quero evitar uma desgraça, no interesse de todos nós.

– Filha, como pode falar assim? – recriminou-a dona Alma. – Acredita menos na opinião do seu pai do que na sua? Põe as suas ideias acima das dele?

– Neste assunto, ponho. Estou plenamente convencida de que a abolição é apenas uma questão de meses. O Brasil é o último país do mundo onde a escravidão é legal, e um governante como Dom Pedro, que faz apologia ao progresso, não pode tolerar essa situação durante muito mais tempo.

– Por favor, Vita, não me venha com esses assuntos políticos. Você sabe que o Brasil não é comparável a outros países. Como cristão e soberano moderno, Dom Pedro poderá rejeitar a escravidão. Mas nosso país não avançará sem ela. Mal temos indústria; vivemos da agricultura. Quem irá apanhar a cana, o cacau ou o café, se não forem os negros?

– Mas, pai, não pretendo deixar os escravos em liberdade. Só quero que estejamos preparados para o dia em que alguém o fizer. E acredite em mim: esse dia está mais próximo do que desejaríamos.

– Se tivesse aceitado a proposta de casamento de Rogério, agora seria a senhora de Santa Clara e lá poderia mandar à vontade. Mas, enquanto viver sob o nosso teto, terá de se comportar como uma filha sensata – disse dona Alma muito alterada.

– Se eu tivesse aceitado a proposta de Rogério, ele teria se apoderado do meu dote e o teria esbanjado imediatamente. Eu em Santa Clara não poderia dizer absolutamente nada, já que meu marido e minha sogra teriam me condenado a viver entre bordados e o confessionário. Por favor, mãe, imagine dona Edmunda como sua sogra! Que pesadelo!

– Melhor do que ser uma velha solteirona.

– Ou que ser uma velha solteirona sem dinheiro... Mas, voltando ao assunto: o pai teria entregado meu dote ao Rogério, aquele bajulador que não distingue um franco de ouro de um vintém. E não acredita que eu, sua filha, a quem deram uma boa educação e ensinaram a ter coragem e a pensar por si própria, possa administrar o dinheiro? Acho isso ultrajante.

Eduardo olhou pensativo para a filha. No fundo, ela tinha razão. Haviam dado a Vitória a mesma formação que a Pedro. Quando eram pequenos, os dois tinham professores particulares, haviam estudado juntos matemática, literatura, francês, português e religião. Mais tarde mandaram Vitória para a melhor escola feminina de Valença, para que aperfeiçoasse as habilidades que se esperavam de uma filha de uma família de bem: tocar piano, cantar, bordar. Também se incutiam às alunas do Colégio Santa Gertrudes conhecimentos suficientes sobre belas-artes, história e filosofia, para que no futuro pudessem participar de todo tipo de conversas. Além disso, nos últimos anos a filha havia estado a seu lado na direção da Boavista, e ele sabia melhor que ninguém que Vitória era inteligente, habilidosa para os negócios e prudente. Aliás, era bem possível que a Boavista ficasse melhor nas suas mãos do que nas do filho.

Mas Vitória não era um homem. Era a jovem mais bonita do estado do Rio de Janeiro, e um dia seria uma bela esposa e mãe. Ai, como sentia vontade de ter netos! Se cedesse agora aos pedidos de Vitória e lhe fizesse um empréstimo, ela nunca procuraria um marido; os que dona Alma e ele próprio tinham arranjado, ela havia rejeitado todos. E um dia seria uma velha solteirona da qual todo o vale riria e zombaria. Não, a filha tinha de se casar! E então lhe seria muito útil tudo o que havia aprendido.

A mulher parecia estar pensando exatamente a mesma coisa.

– Vitória, meu amor, claro que acreditamos que saiba administrar o dinheiro. Mas não o dinheiro do seu pai. Disso, ele mesmo trata. Quando se casar, terá mais influência, poderá aumentar sua fortuna e a do seu marido. Nós a educamos para isso, e um homem inteligente saberá dar valor a uma mulher inteligente e a ouvir seus conselhos, embora os homens valorizem mais a beleza e a juventude de uma mulher. Daqui a três meses você fará 20 anos e, se não se casar, em breve será, e nós também seremos, o alvo de chacota de todas as pessoas.

– Seria também alvo de chacotas tanto como dona Vitória Leite Corrêia quanto como a senhora Viera de Souto. Fale sério, mãe: consegue imaginar Edmundo ou Rogério como meus maridos?

– Não preciso imaginar nada, já tenho o meu marido. E o Rogério, você já o rejeitou; com certeza ele não pedirá sua mão. O Edmundo é um pouquinho tímido, mas por certo seria um ótimo marido. Vem de uma boa família, um dia será muito rico, e faria qualquer coisa por você. Uma vez que parece um pouco sonhador, se fosse mulher dele teria oportunidade de demonstrar seu talento para os negócios. Seria perfeito para você.

– Tem sempre saliva seca no canto da boca.

Eduardo da Silva não pôde evitar o riso. Dona Alma lançou-lhe um olhar furioso, mas ainda assim Vitória sentiu-se motivada a continuar apresentando argumentos contra Edmundo.

– Ele se esquece sempre de sacudir a caspa dos ombros. – Ela olhou para o pai, que tentava por todos os meios conter uma gargalhada. – Nunca me olha nos olhos quando fala comigo. Não aperta a mão quando eu a estendo. E dança tão mal que depois de cada dança tenho de tirar os sapatos, de tantos pisões que me deu. É previsível. Preferiria antes o Joaquim Fagundes.

– Não seja atrevida! – Dona Alma estava perdendo a paciência.

– Longe disso, mãe. Estou falando sério. Como homem, o Joaquim é mais atraente do que o Edmundo, embora não sirva muito.

Não estava exagerando. Joaquim Fagundes era boêmio, beberrão e jogador. Esbanjou a herança do pai e não fazia nada para ganhar dinheiro. Em contra-partida, tinha muito boa aparência pelos seus braços fortes, mas agora quase ninguém convidava Joaquim. Pelo menos, ninguém digno de respeito.

– O que quer dizer com "como homem"? Um homem não é mais homem por ter boa aparência e por dançar bem. A seriedade de um homem se mede pela força do seu caráter, pela sua honestidade, e ao senhor Fagundes faltam as duas coisas.

– Bom, está bem, também não me casarei com ele. Na realidade, não que-ro me casar com ninguém. Não sei por que é que voltamos a esse assunto tão entediante. Eu só queria algum dinheiro para fazer um investimento. Não quero os benefícios para mim. Seriam para, em tempos de vacas magras, nos permitir levar a vida a que estamos habituados.

Dona Alma levantou-se da cadeira suspirando. Nos dois últimos anos, seu estado de saúde tinha piorado visivelmente. O médico visitava a Boavista três vezes por semana para vê-la e lhe dar o único remédio que lhe proporcionava alívio passageiro. Eduardo da Silva já tinha pensado em arranjar uma enfermeira que tomasse conta dela dia e noite, mas dona Alma não queria nem ouvir falar do assunto. "Não, Eduardo, não sou uma velha", dizia zangada. Fisicamente, na verdade, parecia uma velha. Tinha o cabelo praticamente branco, a pele acinzentada e cheia de rugas, e as mãos, ossudas e sempre frias, pareciam prestes a se partir com um aperto de mãos normal.

– Esta conversa me cansa. Vou para o quarto descansar.

Dona Alma dirigiu-se lentamente para as escadas. Pôs uma das mãos nos rins, para demonstrar que o simples fato de andar era para ela um grande esforço.

– Miranda, venha cá e ajude dona Alma a subir para o quarto – disse Vitória à empregada.

Miranda transformara-se no braço direito de Vitória na administração da casa. Fora preciso muito tempo para aprender certas coisas, mas a paciência de Vitória para ensinar a escrava acabou dando frutos. Miranda tinha boa aparência, deslocava-se com agilidade e discrição, e realizava a maior parte das tarefas sem que fosse preciso lhe recordar várias vezes. Não que fosse esforçada demais, e também sua inteligência não tinha nada de especial, mas Vitória estava certa de que Miranda estava em um bom caminho para se transformar numa pessoa de confiança e de grande utilidade.

Quando dona Alma saiu da sala, Vitória olhou para o pai fixamente.

– Pai, vou lhe pedir uma última coisa. Por favor, me atenda. Não se trata de um adiantamento nem de um empréstimo. Talvez possa me facilitar algum dinheiro para investir e que me permita levar adiante meus planos. Os benefícios seriam para o senhor, obviamente. Depois de rever os livros de contas deste ano, reparei que temos capital disponível suficiente para que possa me entregar uma parte para os meus investimentos... digamos, duzentos mil-réis.

Vitória reteve a respiração. Se o pai concordasse! Com essa quantia poderia obter grandes benefícios se investisse em certificados do Estado chileno ou em ações das empresas de carne inglesas. Ele não teria nenhum custo, sequer notaria que aquele capital tinha saído provisoriamente da Boavista. Vitória

214

conhecia os negócios da fazenda suficientemente bem para saber que tinha sido um bom ano e que não havia previsão para grandes aquisições, como a compra de novas terras.

Eduardo da Silva ficou pensativo. Pela sua postura, a testa apoiada na mão e brincando com os pelos da barba com a outra, Vitória soube que considerava seriamente sua proposta. Logo a seguir, coçaria a orelha.

– Vita, tenho certeza de que tem jeito para administrar o dinheiro. Além disso, estou convencido de que você não age movida pela ambição, e sim por motivos honestos. Mas não posso. Não posso lhe dar dinheiro, nem emprestado, nem oferecido, nem para investimento, como você diz. Não fica bem uma sinhazinha se interessar por dinheiro com tanto entusiasmo. Uma senhora casada pode fazê-lo, mas uma jovem solteira depende dos pais. – O senhor Eduardo coçou a orelha e pigarreou. – Compreendo que esteja decepcionada. Mas não posso permitir isso; sua mãe não voltaria a me dirigir a palavra.

Vitória estava furiosa.

– É isso? Tem medo da reação da mamãe? Bom, então talvez reconheça agora que nos últimos anos fui eu quem desempenhou nesta casa o papel de senhora, enquanto dona Alma apenas aparentava sê-lo.

– Vita!

– Isso mesmo. Aliás, sou eu quem agora não lhe dirigirá mais a palavra, porque, pelo visto, nesta casa não interessa o que eu digo. Sou apenas uma sinhazinha burra, não é? Na realidade, papaizinho, acontece que já há algum tempo estou farta dos seus negócios e da gestão da casa. Talvez deva fazer uma pausa; subitamente sinto-me muito cansada.

Vitória levantou-se e correu para o seu quarto.

Deitou-se na cama e soltou um soluço. Mas não lhe saíam lágrimas. Sequer podia chorar, como outras jovens, agarrada à almofada, soluçando como se fosse se afogar. Vitória deu um murro na almofada com o punho fechado. Iam ver só o que lhes aconteceria!

A abolição da escravidão, Vitória tinha certeza, acabaria de vez com os barões do café. Ela tinha devorado todos os jornais, falado com vizinhos, comerciantes e artesãos, e sempre lia nas entrelinhas o que agora notava na atitude dos negros: em breve, os escravos seriam livres. Se tivessem de pagar a colheita a trabalhadores assalariados, não lhes restaria a eles, família Silva, nenhum benefício. A fazenda perderia valor de um dia para o outro. Teriam de renunciar ao seu luxuoso modo de vida e vender todos os objetos de valor para manter um mínimo de conforto. As obras de grandes artistas, as valiosas porcelanas, os lustres venezianos, os tapetes persas e chineses... A Boavista seria como a fazenda Florença antes de Eufrásia ter se casado com Arnaldo. Embora também fosse acontecer o mesmo com Florença, tal como às demais fazendas do vale. Todas seriam ameaçadas pelo mesmo destino.

Por que ninguém acreditava nela? Estavam todos cegos? Ela, Vitória, queria apenas evitar que acontecesse o pior. Ainda eram ricos; ainda tinham possibilidade de investir dinheiro de forma a obter benefícios, inclusive depois da abolição. Teria realmente de se casar com Edmundo para salvar a família? Não, não valia a pena. Preferia andar o resto da vida vestida com farrapos e viver num barraco do que se casar com aquele fracassado insuportável. Meu Deus, os pais não podiam desejar ter um genro como aquele! Ou netos que herdassem seus traços, sua debilidade, sua estupidez! Nem pensar!

Então, assistiria impotente à ruína do pai, à desgraça da família, só porque ele tinha medo de dona Alma. Por favor! Quem mais sofreria seria, afinal de contas, a própria dona Alma. Vitória surpreendeu-se ao imaginar com maldade como sobreviveria a mãe sem a ajuda dos escravos, sem o seu "remédio" caro ou numa modesta casinha sem nenhum tipo de conforto... Seria bem feito!

De repente, Vitória teve uma ideia. Se empenhasse parte de suas joias, obteria um capital básico com o qual poderia trabalhar. Ninguém notaria se ela já não estivesse de posse de seu bandolim, do broche de esmeraldas ou do colar de pérolas; as joias eram valiosas e luxuosas demais para serem usadas numa festa normal. E nos meses seguintes não estava prevista nenhuma celebração especial. Vitória calculou mentalmente quanto dinheiro conseguiria obter com as joias. Com certeza, várias centenas de milhares de réis. Se com esse dinheiro comprasse ações da British Meat Company, e se estas subissem com rapidez, como esperava, em pouco tempo poderia duplicar a quantia. A BMC tinha se estabelecido no Sul do país, nos pampas, onde havia grandes rebanhos de gado, fábricas que elaboravam conservas de carne, e, segundo constava, o apetite dos europeus por *corned beef* era insaciável. Um negócio com futuro, pensava Vitória, já que no Velho Mundo as indústrias modernas ocupavam cada vez mais o espaço agrícola.

Vitória levantou-se, lavou o rosto, embora não tivesse derramado uma única lágrima, e sentou-se à escrivaninha. Pegou uma folha de papel e um lápis, e escreveu uma quantia. Trezentos mil-réis. Se num ano as ações subissem vinte por cento, ganharia sessenta mil-réis. Muito pouco para conseguir recuperar as joias, e muito pouco para poder trabalhar com seriedade. Se o ganho fosse de quarenta por cento, seriam 120 mil-réis. Já era melhor. Mas seria realista pensar em quarenta por cento? E se não recuperasse as joias tão cedo? Com 120 mil-réis poderia continuar a investir, aumentar seu capital e, se agisse com inteligência, e com os juros acumulados, em breve estaria muito rica. Vitória permaneceu pelo menos uma hora sentada à escrivaninha, fazendo contas com diferentes quantias iniciais, aplicando diferentes porcentagens, escrevendo colunas e colunas de números, e ficou muito satisfeita com os resultados. Era quase tão bonito quanto contar dinheiro!

Mas havia outro problema para resolver. Como empenharia as joias sem que os pais percebessem? Em Vassouras e Valença, todos a conheciam, e não tinha previsto ir ao Rio tão cedo. Podia pedir a alguém. A quem? Não podia encarregar uma tarefa tão delicada a um negro; qualquer prestador pensaria que ele havia roubado as joias. Os jovens com quem se dava pensariam que tudo aquilo era uma loucura, um delírio de uma sinhazinha histérica por não ter se casado. Vitória achava até que, se pedisse esse favor a Edmundo, ele iria diretamente delatá-la ao pai dela. Não podia revelar a Edmundo o verdadeiro motivo pelo qual queria o dinheiro. E se lhe contasse entre lágrimas que estava em sérias dificuldades? Não; iriam pensar que estava grávida, e tudo seria ainda mais difícil. A Eufrásia também não podia pedir esse favor. Era conhecida nos lugares mais importantes do vale e com certeza entrariam discretamente em contato com o marido para informá-lo do inconveniente comportamento da jovem esposa. Por outro lado, e daí? Eufrásia era uma mulher casada que sabia como lidar com Arnaldo. Ela elaboraria uma explicação plausível. Fosse como fosse, ela já tinha experiência nesses assuntos e, se não pudesse compreender os motivos para arranjar o dinheiro, pelo menos não tentaria impedir Vitória. Sim, era assim que faria.

* * *

– Você está possuída pelo demônio! – gritou Eufrásia. – Até agora suas ideias loucas só me trouxeram problemas. E a você também. Que loucura é esta? – Levantou-se tão depressa que a cadeira balançou.

– Fale baixo, Eufrásia. Todos aqui em casa conseguem ouvir o que está dizendo!

As duas mulheres estavam na sala da Boavista. Vitória tinha fechado as portas, fazendo o ar quente se acumular no aposento e ameaçar asfixiá-las. Mas preferiu renunciar à corrente de ar do que se arriscar a ser ouvida por algum escravo.

– Tente entender – continuou em voz baixa –, preciso do dinheiro para investir em ações. Um dia todos vão me agradecer.

– Por favor, Vita, você está se superestimando. Já pensou no que aconte-cerá se as ações caírem? Ficará sem nada. Além disso, não entendo por que razão não pode esperar. Se realmente acontecer o que está dizendo, se efetiva-mente for abolida a escravidão e todos nós cairmos em ruína, do que duvido muito, então poderá vender as joias. Mas por que agora?

– Em primeiro lugar: porque agora é um bom momento para fazer negó-cios na Bolsa. Em segundo lugar: se os fazendeiros caírem em ruína de repente e todos colocarem seus bens de luxo no mercado, o valor deles baixará. Vão nos dar pelos nossos quadros, nossas joias e nossos móveis apenas uma pe-quena parte do que valem, porque saberão que precisamos do dinheiro. E quem é que vai comprar tudo isso? Os escravos libertos, talvez? Hoje, pelo contrário, posso conseguir uma boa quantia pelas minhas joias.

Eufrásia estava de pé diante de Vitória e brincava, com gestos nervosos, com uma corrente que trazia no pescoço. Virou-se em silêncio e dirigiu-se à janela. Afastou ligeiramente a cortina e olhou para o pátio. José engraxava a capota da carruagem, à qual acabara de dar brilho. Uma dúzia de escravas estava a caminho dos campos com os cestos na cabeça. Um jovem regava os canteiros que havia em frente da casa, enquanto uma jovem lavava as escadas. Balançava seu soberbo traseiro mais do que o necessário, de modo que a am-pla saia esvoaçava de um lado para o outro. Provavelmente a jovem estava de olho no rapaz.

Uma fazenda bem cuidada, escravos bem alimentados e com roupa lavada, uma eficiente rotina de trabalho: não estava tudo normal? Mas Eufrásia sabia muito bem com que rapidez poderia desaparecer aquela aparente normalidade. A horrível época que antecedera seu casamento, quando tiveram de viver em Florença na mais absoluta miséria, havia lhe ensinado a dar maior importância às coisas diárias mais insignificantes. Pior do que a perda das porcelanas tinha sido o silêncio sepulcral que reinava em Florença, porque já não havia escravos.

O que aconteceria se Vitória acertasse em suas terríveis profecias? Viriam para todos eles os mesmos tempos que Eufrásia acabara de viver? Nem pensar!

– Vita, tenho de lhe dizer claramente que sua ideia me parece uma loucura. Mas, como sou sua melhor amiga, vou lhe fazer esse favor. De qualquer modo, acho que deve me compensar, porque também assumirei um grande risco.

– Cinco por cento? – perguntou Vitória em tom incisivo. Ela percebeu imediatamente que Eufrásia não queria mais nenhum favor em troca, apenas dinheiro.

– Dez.

– Você não tem vergonha?!

– Ah, e como chama o que está me pedindo? Por acaso não é uma vergonha? Imagine se o lojista sair correndo para contar a todos que eu empenhei minhas joias. O que pensariam de Arnaldo e de mim?

– Sete por cento, e nem mais um vintém.

Assim que as duas amigas chegaram a um acordo, e que Vitória deixou de se zangar com a ambição de Eufrásia, conversaram sobre um assunto que era ainda menos apropriado para os ouvidos de dona Alma ou dos escravos: as alegrias e obrigações da vida conjugal. Eufrásia contou-lhe todas as coisas que para as mães de ambas seriam impronunciáveis, e Vitória fingiu desconhecê-las. Nunca havia contado a Eufrásia nada sobre sua noite com León, e muito menos sobre as consequências dela. Esse segredo partilhava apenas com Zélia, Luíza e Miranda. Eufrásia achava que Vitória ainda era virgem e, com o objetivo de embaraçar a amiga, contou-lhe todos os íntimos pormenores de suas obrigações matrimoniais. Vitória fingiu surpresa ou espanto, conforme a reação que Eufrásia esperava dela. Tentou corar nos momentos apropriados e em outros colocar envergonhadamente a mão na frente da boca e tossir de modo sutil. Já tinham mantido aquele tipo de conversa em outras ocasiões, já que Eufrásia tinha prazer em apresentar seu novo *status* de mulher casada perante Vitória.

Dessa vez, Vitória achou que o entusiasmo inicial de Eufrásia por aquele assunto tinha diminuído consideravelmente.

– Nem sequer têm dois anos de casados, e o Arnaldo já a está aborrecendo?

– Oh, não, de modo algum! Nosso casamento é extremamente harmonioso. Mas é que pouco a pouco vou me convencendo de que esses dois ou três minutos dos nossos... hum... encontros não são assim tão grande coisa. Não entendo por que as pessoas dão tanta importância ao apetite carnal.

– Antes você não dizia isso.

– Porque encarava o assunto com outros olhos. Tudo era novidade e, de certa maneira, pervertido. Mas agora já sei como é, e é sempre a mesma coisa. É quase um ato banal. O homem põe-se em cima de você, geme e se agita um pouco, esvazia-se e pronto. Depois vira-se para o lado e começa a roncar. Para a mulher não é nem bom nem mau. É monótono.

– Será que não estão fazendo algo errado?

– Que disparate! Fazemos tudo corretamente. Na realidade, só há uma maneira de se fazer isso.

Vitória pensou na única noite de amor de sua vida, que, embora já tivesse acontecido há algum tempo, era inesquecível para ela. Numa única noite percebera que havia mais do que uma possibilidade de satisfação física, e que os apaixonados beijos e carícias de León encerravam a promessa de outras infinitas possibilidades.

– Devem estar fazendo algo errado, senão há muito tempo estaria em outras circunstâncias...

Eufrásia franziu os lábios.

– Não comece você também! Dona Iolanda me martiriza quase todos os dias com a mesma coisa. Se não tiver rapidamente um neto, ela diz que vai me mandar ao médico para que verifique se eu posso ter filhos.

– E o que acontecerá se de fato não puder tê-los?

– Isso não vai acontecer. Sou totalmente saudável. Luciana Telles demorou três anos para ter o primeiro filho, e depois teve cinco seguidos.

– Credo, como uma coelha!

– Vita! – exclamou Eufrásia, mas também acabou rindo.

Duas semanas depois, Vitória voltou a se lembrar daquela conversa. Um mensageiro bateu à porta dos fundos e deixou uma encomenda para ela. Lá dentro estavam as joias juntamente com uma carta de Eufrásia.

Querida Vita:

Nossa pequena transação não vai poder se realizar. Visitei todos os penhoristas do vale, mas nenhum quis me dar mais de cinquenta mil-réis pelas joias. Grandes aproveitadores! Como tinha me dito para não me desfazer das joias por menos de duzentos mil-réis, lamento ter de devolvê-las. Teria ido eu mesma, mas outras circunstâncias obrigam-me a ficar em casa e a ter cuidado comigo: sim, Vita, enfim funcionou. Imagine, serei mãe! E você será a madrinha do meu filho. Venha me visitar em breve, para que possamos pensar num nome apropriado. Até lá, receba muitos beijos. Sua Eufrásia.

Vitória não conseguiu ficar muito contente com a tão desejada gravidez da amiga. Estava furiosa porque não tinham aceitado suas joias por uma quantia justa e os seus planos haviam ido por água abaixo. Adeus Bolsa, adeus ações! E adeus futuro. O que tinha à frente parecia-lhe sombrio e angustiante. Ficariam pobres. Arnaldo e Eufrásia também ficariam pobres. Todos eles, os barões do café do Vale do Paraíba, ficariam no meio do nada. Eufrásia traria ao mundo uma criança atrás da outra e mal conseguiria alimentá-las. Ela própria murcharia, sem marido nem filhos, e tomaria conta da prole de Eufrásia. Vitória visualizou tudo muito bem. Com os últimos vestidos decentes, esburacados pelas traças, cavaria na horta com as mãos ásperas e as unhas negras para tirar a última batata para as crianças famintas. Eufrásia, com rugas profundas e cintura fina, teria um bebê pendurado no seio flácido, cujo leite se esgotava pouco a pouco. Dona Alma, mais morta que viva, se lamentaria do acre odor de seu quarto sem ventilação; e Eduardo, pesaroso e amargurado, estaria sentado a uma escrivaninha poeirenta lendo num velho jornal o percurso das ações que poderiam ter mudado seu destino.

Bastava! Vitória rasgou a carta, levou as joias para o quarto e tentou esquecer aquelas sombrias visões. Não podiam chegar àquele ponto! Tinha de pensar. Com certeza havia uma solução. E ela, Vitória da Silva, iria encontrá-la.

XV

O DIA NÃO PROMETIA NADA DE BOM.

Para começar, Vitória acordou com uma terrível dor de cabeça e, ao olhar pela janela, viu que teria de renunciar ao plano de ir a cavalo até o rio. Chovia a cântaros. Pouco depois, ouviu os insistentes gritos de Zélia no pátio e tapou os ouvidos. Já não aguentava aquela velha – nem sua presença, nem sua voz horrorosa.

Além disso, a carruagem, na qual José deveria buscar um convidado na estação, tinha ficado atolada na lama a alguns quilômetros da Boavista. Dois escravos tiveram de abandonar o trabalho para que a carruagem pudesse prosseguir a viagem. Mas chegaria atrasada para buscar o convidado, um cliente do pai. Vitória pensou que já era hora de o velho cocheiro ser acompanhado por um jovem, a quem ensinaria o ofício e que lhe servisse também de ajuda em situações como aquela. Só então se deu conta de como estava velho e fraco o fiel escravo. Aliás, o jovem Rui era um ajudante apropriado. Os outros escravos chamavam-no "Bolo", porque tinha um caso com a ajudante da cozinha, que sempre lhe dava coisas saborosas. Talvez lhe tivessem colocado aquele apelido também porque era redondo e negro como um bolo de chocolate. Fosse como fosse, era jovem, forte e estava sempre alegre, fato pelo qual seria ideal para a função. Vitória decidiu que tinha de falar quanto antes com José e com Bolo.

Gostaria de ter ficado na cama com um livro e um prato de bolachas. Mas, além do homem de negócios do Rio, vinham também os Pereira, que eram novos no lugar e estavam visitando todos os vizinhos importantes para se apresentarem. Será que a carruagem dos Pereira também ficaria atolada? Vitória o desejou de toda a alma. Eufrásia havia lhe dito que eles eram tremendamente aborrecidos.

Além disso, naquele dia também iria até lá o decorador, para lhes mostrar uma seleção de tecidos e papéis de parede. Vitória tinha decidido que a casa-grande precisava urgentemente de rejuvenescimento. Cores mais frescas, desenhos mais vivos, alegres canteiros de flores, forros de móveis mais claros... Assim se poderia respirar novamente na casa. Mas, ao olhar lá para fora, não achou que a reforma fosse assim tão necessária. Os forros e as cortinas de veludo de cor bordô e verde-garrafa combinavam perfeitamente com o tempo que fazia, bem como com sua disposição. A ideia de um sofá com um tecido de motivos florais em tons pastel provocou-lhe ainda mais dores de cabeça. Ia pedir ao decorador que fosse embora.

Devido a seu estado de ânimo, Vitória pôs um vestido cor de antracito, com o qual parecia um rato cinzento. Cumpria os requisitos mínimos do vestuário com que uma sinhazinha podia aparecer diante dos convidados. Ela prendeu o cabelo numa trança simples, que, naquele momento, dada a elevada umidade do ambiente, parecia já um emaranhado novelo de lã. Também os fiozinhos de cabelo soltos na testa já tinham se encaracolado, embora Vitória os tivesse esticado com grampos. Não pôs joias nem nenhum outro acessório. Em contrapartida, pôs os óculos. Tinha descoberto que uma das causas de suas frequentes dores de cabeça era a miopia. Ah! Os Pereira e os chatos dos outros convidados ficariam com uma bela impressão da famosa Vitória da Silva: achariam que era uma governanta solteirona. Mas não importava. Não tinha vontade de se arrumar para ficar bonita diante de desconhecidos.

Lá fora ouviam-se vozes alteradas. Meu Deus, o que seria agora? Levantou-se pesadamente da cadeira na qual estava sentada, sem vontade de fazer nada, à espera de que a dor de cabeça passasse. No pátio estavam duas carruagens, à volta das quais haviam se reunido vários escravos. Uma era a sua, a outra era desconhecida para Vitória. Não conseguiu ver os passageiros porque as capotas estavam fechadas e os escravos que olhavam curiosos ao redor dos carros tapavam-lhe a visão. Bom, Miranda iria anunciá-los! Vitória se deixou cair de novo na cadeira e apoiou a cabeça nas mãos. Queria aproveitar os dois minutos de trégua que lhe restavam até os convidados entrarem.

223

– Sinhá Vitória, chegaram visitas. – Miranda juntou as mãos nas costas e baixou a cabeça.

– Quem são? Não deram os nomes?

Miranda encolheu os ombros e olhou para o chão.

Que estúpida! Agora voltava a se portar como quando tinha começado a servir? Que haviam chegado visitas ela já sabia!

Vitória fez um esforço e foi até a entrada. Dois homens a aguardavam. Um deles parecia tão entretido na contemplação de um quadro que nem se deu conta de sua chegada. Não lhe prestou muita atenção, porque o outro cavalheiro se aproximou dela sorrindo e quase lhe esmagou a mão.

– A menina deve ser a senhorita Vitória. Muito prazer. Sou Getúlio Amado. Seu pai está à minha espera.

– Bem-vindo, senhor Amado. Sim, estávamos à sua espera, embora não tão cedo, já que nosso cocheiro teve um pequeno percalço e não conseguiu estar a tempo na estação.

– Não faz mal. Tive a sorte de conhecer no trem um cavalheiro que vinha nesta direção e que me trouxe em sua carruagem. No meio do caminho, encontramos a carruagem de vocês. Posso apresentá-lo? – disse, apontando para o acompanhante, que naquele momento se virou. – Senhor León Castro.

Vitória quase tombou para o lado com o susto. Mas com rapidez se recompôs.

– León, que amável de sua parte acompanhar nosso convidado até aqui.

– Foi um prazer enorme.

– Sim, posso imaginar. Você é conhecido pelas surpresas desse gênero.

Vitória convidou as visitas para entrar e desculpou-se dizendo que ia chamar o pai. Deteve-se no espelho da entrada, tirou os óculos e arrumou o cabelo com os dedos. Aquele monstro! Se não soubesse que José havia realmente ficado atolado na lama, teria pensado que León tinha montado toda aquela cena só para aborrecê-la.

Assim que avisou o pai e o acompanhou ao cômodo onde estavam as visitas, Vitória retirou-se para seu quarto a fim de ver se conseguia salvar alguma coisa da sua horrível aparência. Não podia trocar de vestido, pois ficaria muito evidente, mas ao menos podia se pentear, usar algum acessório e pôr um pouco de batom nos lábios. Colocou sobre os ombros uma echarpe de

224

chiffon azul-clara para desviar a atenção do triste vestido cinzento. Pôs algumas gotas de essência de rosa atrás das orelhas e no pescoço, e voltou para baixo sem perder tempo. Tinha esquecido por completo da dor de cabeça.

Os três homens bebiam vinho do Porto e pareciam conversar animadamente. O senhor Getúlio expunha a incrível quantidade de coincidências que lhe tinham permitido não só conhecer o famoso senhor Castro, como também realizar uma perigosa viagem pelos lamacentos caminhos do vale. Nunca antes, e podia jurar perante o túmulo da mãe e perante todos os santos, se metera em tantas poças nem passara por cima de tantos galhos partidos.

Durante a meia hora seguinte, só Getúlio Amado falou. Seu discurso era incontrolável, e Vitória conheceu mais detalhes da vida dele do que aqueles que teria desejado saber. Quando o relógio marcou meio-dia, o pai enfim o interrompeu.

– Devíamos nos dedicar agora aos nossos negócios. Se nos apressarmos, conseguiremos resolver as coisas mais importantes antes do almoço. Com licença. – Pôs-se de pé e, antes de sair, olhou para León. – Almoça conosco, senhor Castro? Vita, até lá eu a deixarei com o senhor Castro para que lhe faça companhia.

Que podia ela fazer? Não tinha outro remédio senão colocar um sorriso no rosto.

– Claro, pai.

A porta fechou-se atrás dos dois homens. De repente, instalou-se um pesado silêncio na sala. Vitória olhou para León, que agitava seu copo e observava, fascinado, os movimentos do vinho do Porto. Ela não teve coragem de quebrar o silêncio. Coçou a orelha e pigarreou.

– Está nervosa, sinhazinha?

– Por que deveria estar?

– Não sei. Talvez minha presença a deixe nervosa.

– Não diga tolices.

– Não ficou contente em me ver depois de todo esse tempo?

– Por favor!

– Então não ficou contente? Que pena! E eu pensando que tinha se arrumado rapidamente para me agradar.

Vitória corou. Não fazia sentido mentir.

– E o agradei? – Mal tinha acabado de pronunciar a frase, Vitória quis engolir a estúpida pergunta, que apenas procurava que ele lhe fizesse um elogio.

– Sinhazinha, que pergunta tão simples!

– Por que veio até aqui?

– Você já ouviu. Ajudei o pobre senhor Amado numa situação delicada, mais nada.

– Ah, sim! E para onde ia realmente?

– Queria fazer uma visita à minha amada.

– Ah, então não tomaremos seu tempo! Já sabe onde é a saída. Acho que durante o almoço teremos muitas coisas para falar, mesmo que não nos faça companhia.

– Mas então não saberia nunca o que me trouxe até aqui. E gostaria de saber, não é verdade?

Claro que gostaria de saber! Estava morrendo de curiosidade para descobrir o que León fazia ali. Mas tinha aprendido a controlar a curiosidade. Tirando a primeira, ela não tinha lido nenhuma de suas cartas; jogou-as todas na lareira, apesar de esperar por elas com ansiedade e de ficar com o coração partido cada vez que via como as chamas devoravam o papel. Ergueu as sobrancelhas com ar de desprezo e se concentrou na manga do seu vestido, da qual sacudiu uma linha imaginária.

– Por que não olha para mim?

– Olhar para você não me emociona tanto como parece julgar.

– Vou satisfazer sua curiosidade, sinhazinha – disse ele. – E qualquer outra coisa que queira.

– A única coisa que tem de satisfazer é o meu desejo de não voltar a vê-lo nunca mais.

– Esse é o único desejo que não vou satisfazer. Vou casar-me com você.

Vitória ficou sem fala. Era o cúmulo! Devia ter ouvido mal. Mas não; ele olhava para ela candidamente e parecia ter dito aquilo a sério.

– Chegou da Europa com um senso de humor muito peculiar. Não acho graça nenhuma nesse tipo de brincadeira.

Ele olhou para ela de cima a baixo com um princípio de sorriso no rosto. Vitória sentia-se péssima. Gostaria de estar mais bem-vestida. Colocou-se de perfil e olhou através da janela. Passado um minuto, ele deixou a taça de vinho em cima da mesa e levantou-se com rapidez do sofá. Aproximou-se dela, pegou sua mão e sussurrou seu nome. Os nervos de Vitória estavam prestes a estalar, mas fez um esforço para mostrar indiferença. Não conseguiu evitar olhá-lo de relance. Tinha o cabelo, preto e liso, mais curto do que antes. A pele estava pálida, mas não parecia doente. Na realidade, tinha um ar tão vibrante e masculino que Vitória ficou com a pele toda arrepiada. A barba estava impecavelmente feita e ele cheirava bem, constituindo-se uma esplêndida figura com roupa da moda, embora discreta.

– Vita, tive tantas saudades suas – sussurrou-lhe ao ouvido, roçando-a com seus lábios.

Vitória virou-se bruscamente e lhe deu uma sonora bofetada.

– Maldito! O que lhe dá o direito de me incomodar com esse tipo de intimidade? Não quero voltar a vê-lo nunca mais, entendeu?

León observou-a, impressionado.

– Vita, você fica maravilhosa quando se zanga!

– Não sou maravilhosa e também não quero seus elogios vergonhosos!

– Oh, não se zangue comigo! Cometi um erro imperdoável. Não devia ter lhe apresentado os fatos consumados; devia ter lhe dado a sensação de que você influenciou minha decisão, não é? Ai, o que estou dizendo? Devia ter lhe feito uma proposta mais formal. – Pôs-se de joelhos diante dela, observou-a suplicante e pegou sua mão. – Querida Vitória, passados estes anos em que não consegui esquecê-la, e nos quais você, tenho certeza, me devotou o mesmo profundo sentimento, aceita ser minha esposa?

Nos olhos dele havia um brilho de ironia.

A situação era ridícula demais, e Vitória queria pôr fim àquela farsa quanto antes.

– Não.

León manteve a mão de Vitória na sua. Aproximou-a de seus lábios e beijou-lhe a palma da mão. Havia tanto carinho naquele beijo, e tanta franqueza, que pelo frio olhar de Vitória passou um raio de indulgência.

– Não aceito não como resposta.

– León, você chegou com dois anos de atraso. À época, talvez tivesse aceitado – disse Vitória, sentindo-se feliz de não lhe ter confessado seus males de amor. – Sim, teria aprendido a lhe dar valor e respeitá-lo, mesmo que não fosse – que ideia tão absurda! – meu marido. Mas hoje em dia não consigo sequer imaginá-lo. Agora sei que é um covarde e um traidor. E não me diga que sua longa viagem o transformou, porque não acredito.

– Por que não respondeu a nenhuma das minhas cartas?

– Como você respondeu à minha? – Na voz de Vitória havia um sarcasmo mordaz.

– Mas... nunca recebi nenhuma carta sua.

– Claro que não. Seu jornal o enviou ao estrangeiro precisamente quando *não* recebeu minha carta.

– Mas eu juro que...

– Guarde seus juramentos para os outros. A mim você não engana mais. E, por favor, levante-se. Vê-lo aí de joelhos me dá a sensação de que tenho diante de mim um escravo que espera temeroso pelo seu castigo.

– E não vai me dar o castigo que mereço?

– Oh, bem que eu gostaria de lhe dar umas chibatadas. Ou outra coisa ainda pior. Você conhece muito bem os métodos que os fazendeiros utilizam para controlar seus escravos. Por azar, ontem mesmo se partiu o chicote de sete pontas, quando estava destruindo a pele negra de um trabalhador rebelde.

León tinha se posto de pé e não parecia ter intenção nenhuma de se afastar dela. Colocou-se de tal modo, que era impossível Vitória fugir. Às suas costas tinha a janela e, à frente, aquele homem que media mais de um palmo o mais do que ela e cuja presença física a irritava. Vitória teve de aceitar que León ainda lhe era irresistível, pelo menos fisicamente.

– Saia da minha frente ou...

– Ou o quê?

– Ou eu gritarei.

– Não teria coragem. Por acaso não sou um convidado, além de ser também o nobre salvador do respeitável senhor Amado, merecendo, portanto, um tratamento educado?

– Oh! E eu não sou a sinhazinha, a amável dona da casa, à qual teria de mostrar certo respeito?

– Eu a respeito. Mais que isso: ofereço a você meu amor, minha fidelidade, meu carinho conjugal, meu dinheiro, meu futuro. Eu lhe darei minha vida.

– Você nunca dominou bem a delicada arte da oferta, e pelo visto os europeus também não souberam lhe ensinar nada. Seus presentes sempre foram de certa forma... inconvenientes. Que arrogante!

A ideia de ele já lhe ter oferecido uma vez uma "vida" a agitou como um relâmpago. Sim, ele sabia, e parecia admitir com toda a naturalidade que ela não tivesse aceitado aquele presente.

León manteve-se em silêncio. Estava à espera de que ela o rejeitasse, mas não que Vitória zombasse tanto dele, que o magoasse. Ela já era assim antes? Teria a idealizado em seus pensamentos? Teria o amor dele crescido com a distância? Não, não era isso. Durante sua ausência deveria ter acontecido alguma coisa que a deixou endurecida. Nunca havia se oferecido tão incondicionalmente a uma mulher, e ela por certo havia percebido que ele falava a sério. Como podia rejeitá-lo de maneira tão brutal?

– O que aconteceu, Vita? Conte-me o que a fez ficar assim.

Ela se virou para a janela, dando-lhe as costas. Ele não se moveu, chegou até a reter a respiração. Conteve o impulso de agarrá-la pela cintura e de atraí-la para si, de beijar seus ombros, de lhe acariciar o pescoço.

– Sabe, León? Não consigo suportar suas perguntas hipócritas. Acho que o melhor é ir embora depois do almoço e nunca mais aparecer por aqui.

Mas León não cumpriu o desejo dela. Dois dias depois de seu fugaz encontro, que havia quebrado a tranquilidade de espírito de Vitória, o pai a chamou ao escritório. Estava sentado à escrivaninha fumando um cigarro, atrás de um monte de papéis, e não levantou o olhar até que Vitória pigarreou depois de esperar algum tempo sentada. Ele coçou a orelha e lhe perguntou se ela queria um *brandy*.

– Já lhe disse mil vezes que não bebo. O que é que tem para me dizer que pensa que vou aceitar melhor sob o efeito do álcool?

– Vita, logo você fará 20 anos.

– É realmente espantoso.

– E, para uma mulher dessa idade, já não é desejável continuar vivendo sob o mesmo teto dos pais.

– Por acaso não gosta da minha companhia?

– Claro que sim. Bom, em sentido estrito, não. – O senhor Eduardo tocou a abundante barba grisalha. – Sua mãe e eu já lhe dissemos várias vezes que queremos vê-la casada em breve. Você rejeitou os pretendentes que considerávamos bons genros, e não gostaria de continuar a incomodá-la com o assunto, se não tivesse surgido uma situação inesperada.

– Ah, é mesmo?

– Sim. O senhor Castro, que encontrei ontem na casa dos Campos, solicitou-me um encontro. Vou falar com ele esta tarde. Ele mostrou interesse por você.

Vitória não podia acreditar. Como León podia ter feito uma coisa daquelas? Como conseguiu que o maior fazendeiro do Vale do Paraíba pudesse aceitar que ele cortejasse sua filha?

– Dona Alma sabe alguma coisa a respeito desse encontro?

– Não. Mas eu tratarei de convencê-la de que León Castro já não é o mesmo de dois anos atrás. Sei que você... hum... que gosta desse homem. E, depois de ter falado com ele, devo lhe dizer que não acho a ideia assim tão má. É muito educado, culto, tem boa presença, e fez uma grande carreira. Estão lhe dando muito valor na corte.

– E não tem onde cair morto!

– De modo algum. Ele possui duas florescentes fazendas e, segundo se diz, ganha muito dinheiro com seus artigos.

Vitória ficou admirada. León estaria rico?

– Pai, o senhor está enganado. Não gosto desse tal León Castro. E mais: eu o odeio. Além disso, tenho certeza de que não tem mais bens do que Afonso Soares. Provavelmente valeu-se de um estratagema qualquer para tentar ficar com o meu dote.

– Lamento, Vita, que encare as coisas assim. Pense um pouco mais. E não lhe demonstre tão obviamente sua aversão. Convidei-o para vir aqui jantar.

– Pai, como foi capaz? Tinha de ter me consultado primeiro!

Vitória saiu do escritório e fechou a porta com força. Era o cúmulo! O próprio pai queria fazer negócio à custa dela com um miserável como aquele, e tudo porque tinha medo de que ela não encontrasse mais nenhum pretendente. E quanto a León, aquele libertino insensível que logo no primeiro encontro dos dois, depois de tanto tempo, tentara envolvê-la com elogios que não lhe importavam mais? Havia pago um preço muito alto por uma noite com ele, e não tinha intenção de voltar a cometer um erro tão grande. Além disso, por que decidira pedir a mão dela agora? Não se envergonhava de aparecer diante dela depois de tudo o que lhe havia causado? Como conseguia olhá-la nos olhos, aquele covarde mentiroso? E que sangue-frio fazer aos pais uma proposta tão atrevida; afinal de contas, a última vez que o tinham visto foi quando havia dançado com ela na festa de Carnaval. Tinha de ter consciência de que naquele momento havia perdido a aprovação de dona Alma, embora agora o pai se deixasse cegar pela sua alegada fortuna.

Já no quarto, Vitória despiu-se, vestiu um roupão e decidiu tomar um banho. Chamou Miranda, pedindo-lhe que preparasse a água e, enquanto esperava que o banho estivesse pronto, sentou-se ao toucador. Escovou o cabelo, que estava novamente ondulado e brilhante. Examinou a pele e o decote para ver se tinha alguma erupção, mas sua pele era delicada, rosada e limpa como a de um pêssego. Deixou cair ligeiramente o roupão para mexer os ombros para cima e para baixo e ver se eram ossudos demais. Não, a carne estava firme em cima das clavículas. Deixou cair mais o roupão e observou seu corpo. Os seios eram brancos e arredondados, tal como deveriam ser, e nem uma única sarda manchava sua pele. A barriga estava lisa e firme, a cintura era fina, e o umbigo, um pequeno e delicado botão. Como mãe de um filho ilegítimo, teria perdido não só a boa reputação, mas também a boa aparência. Pouco tempo antes ela teve oportunidade de comprovar as transformações que a maternidade trazia em uma escrava que tinha adoecido e da qual Vitória tratou até a chegada do médico. No ventre da negra, que estava flácido e enrugado, e onde haviam se formado terríveis estrias, o umbigo sobressaía como um grosso nó. Tinha uma aparência horrorosa, sobretudo porque a mulher ainda era jovem. Meu Deus, no fundo tinha tido sorte de que León houvesse ido embora, senão, naquele momento, seria esposa dele, estaria já na terceira gravidez e teria uma aparência tão repugnante quanto a daquela escrava!

Mas Vitória também demorou bastante para recuperar sua beleza interior. Havia se sentido tão frustrada, tão infeliz, que perdera a vontade de viver. Tinha emagrecido, e o cabelo e os olhos haviam ficado sem brilho. Nem sequer lhe restaram forças para se zangar. Decepcionada, tinha feito o que se esperava dela: cumpria de forma mecânica suas obrigações, agia como que aturdida por fora, mas por dentro sentia que morria aos poucos. Depois do malfadado desaparecimento de León, demorou meses para retomar as rédeas de sua vida, e um pouco mais para voltar a lhe dar valor.

E agora, quando mal tinha recuperado o equilíbrio interior, León Castro aparecia novamente, como se não tivesse acontecido nada, e lhe comunicava que iria se casar com ela, fazendo-a desmoronar com um simples sorriso. Por que tinha de ser tão descaradamente atraente? Por que tinha aquela espécie de indiferença com a qual parecia demonstrar ao mundo que fazia o que queria? Por que razão tentava sempre suavizar a própria perseverança e firmeza com um piscar de olhos, que a fazia sempre se derreter? Por quê, por quê, por quê?

Vitória enfiou-se na banheira. A água morna e a essência de rosas fizeram-na relaxar um pouco, devolvendo-lhe certa serenidade. Fechou os olhos e se abandonou aos pensamentos que tinha evitado desde a partida de León. Esticou os graciosos dedos dos pés, que saíam da água, e observou-os distraidamente. Ele brincara com eles, beijara-os e os acariciara, bem como sua panturrilha, as coxas... e ela se abandonara com prazer às carícias. Nunca poderia esquecer o que as mãos de León tinham provocado nela, e nunca deixaria de desejá-lo.

Vitória perguntava-se com frequência como teria sido sua vida se na infeliz noite da festa não tivesse havido a tempestade; se não tivessem sido obrigados a procurar abrigo na velha cabana. O que teriam feito ali fora, no meio dos campos de café? Teriam trocado palavras e beijos ardentes? Teriam ficado por ali? E teria León conseguido se controlar se não houvesse bebido? Um homem como ele tinha de saber o que podia fazer quando estava deitado ao lado de uma mulher; Zélia contara-lhe que havia maneiras de evitar uma gravidez. Como podiam ter se deixado levar daquela maneira? E por que ficava toda arrepiada sempre que pensava naquilo?

Não! Vitória saiu da banheira com um salto, molhando todo o piso do banheiro, e se secou. Não podia começar outra vez do início só porque desejava um abraço, um beijo. Isso outros homens também poderiam lhe dar. Não daria a León a oportunidade de atormentá-la de novo só porque sua carne era fraca. Tinha sobrevivido um ano e meio sem suas demonstrações de amor, e conseguia continuar a viver sem elas. Vitória pegou o frasco de talco, polvilhou-se com ele da cabeça aos pés, vestiu o roupão e correu para o quarto.

Escolheu o vestido mais decotado que tinha e fez uma trança impecável. Sabia o que deveria fazer.

Dona Alma estava sentada em seu cadeirão. Apesar do calor, tinha uma manta nas pernas.

– Mãe, como se sente? Está outra vez com frio? – Vitória era de novo uma filha carinhosa. Puxou uma cadeira. – Vou lhe fazer uma massagem nos pés para ver se se aquecem.

Vitória pegou um dos pés da mãe, tirou-lhe o chinelo, colocou-o em seu colo e começou a massageá-lo. Era muito pequeno e estava gelado. O que não tinham conseguido os gemidos e as lamentações de dona Alma durante anos, conseguiu-o seu pequeno pé em poucos segundos: Vitória sentiu uma grande compaixão pela mãe.

– Ah, que bom que é! – Dona Alma fechou os olhos, satisfeita. Só os abriu quando a intensidade da massagem diminuiu. – Não veio aqui só para dar um pouco de calor à sua pobre e velha mãe, não é?

– Não.

As duas ficaram em silêncio durante alguns instantes.

– Eu...

– Fale comigo.

– O pai já falou com a senhora sobre o convidado que vem aqui logo mais?

– Não. Quem é?

– León Castro.

– Não!

– Sim. Mas isso não é o pior. Papai vê nele um potencial candidato a se casar comigo.

– Ai, Vitória, não posso acreditar!

– Acredite. Com certeza papai deve estar para chegar e lhe explicar como surgiu essa ideia tão absurda. Queria que a senhora me ajudasse a fazê-lo ver sua... bem... confusão mental em relação a esse assunto.

– Não fale assim do seu pai. Se não me engano, era você quem estava louca por esse homem antes.

– Por favor, mãe, ajude-me a me livrar de León Castro.

Dona Alma olhou pensativa para a filha. Se aquele homem lhe fosse indiferente, não lhe daria tanta importância. Iria rejeitá-lo com frieza total, como havia feito com tantos outros. Para isso não precisava da ajuda da mãe; dominava essa arte como ninguém. Havia alguma coisa a mais. E dona Alma queria averiguar o que era. Seria muito interessante observar León e Vita durante o jantar, embora a ela, dona Alma, desagradasse profundamente a ideia de dividir a mesa com aquele homem.

– Está bem. Receio que já não possamos suspender o jantar. Mas vamos colocá-lo numa situação embaraçosa, o que me diz?

Vitória deu dois beijos na mãe.

– Minha mãe é um amor!

No fim, tudo correu ao contrário do que tinham planejado. Vitória se transformou com grande esforço num ser insignificante: pálida, com óculos, sem joias e com um vestido mais que modesto. Nenhum homem em seu perfeito juízo a acharia atraente. Mas León não pareceu impressionado com suas artimanhas. Quando se cumprimentaram na entrada sob o receoso olhar de dona Alma e Eduardo, portou-se como um verdadeiro cavalheiro.

– Senhorita Vitória, está linda.

– Quanta amabilidade de sua parte! – disse Vitória com voz doce.

León deu a Vitória um pequeno embrulho.

– Espero que meu singelo presente lhe agrade mais do que os meus elogios.

– Oh, assim me deixa envergonhada! Se não se importa, vou abri-lo mais tarde.

Pôs o embrulho de lado e fez sinal a León que a seguisse até a sala. Foi servido um chá com bolachas de água e sal. Falaram sobre temas sem importância, como a condição das estradas depois das chuvas, a lentidão da burocracia no país e o novo brinquedo de um rico excêntrico da capital, um aparelho que se chamava telefone.

– Alguma vez já utilizou um aparelho desses? – perguntou dona Alma, verdadeiramente interessada.

– Já, e é surpreendente. Ouve-se a voz de uma pessoa que está a centenas de metros de distância como se estivesse do nosso lado. Acho que esse aparelho algum dia ainda será indispensável.

Só então Vitória se dignou a participar da conversa.

– Talvez tenha razão. Ninguém poderá se queixar então da lentidão do correio ou de se perderem as cartas. Todos os assuntos urgentes poderão ser falados através desse aparelho.

Miranda entrou para avisá-los de que o jantar estava pronto. Quando os pais de Vitória foram para a sala de jantar, León dirigiu a Vitória um olhar zombeteiro, piscou-lhe um olho e roçou sua mão como que por acidente. Ela se sobressaltou e se afastou ligeiramente dele. Mas não conseguiu fugir às suas desconfortáveis atenções. Quando ele lhe puxou a cadeira para que se sentasse, acariciou-a quase imperceptivelmente na nuca. Quando pegou o guardanapo que – e disso Vitória tinha certeza absoluta – tinha deixado cair de modo intencional, roçou-lhe com suavidade o tornozelo. Quando ela lhe passou uma travessa, ele lhe tocou a mão por mais tempo do que o necessário, e ainda por cima na frente dos pais. Que atrevimento!

León considerava tudo um jogo, e Vitória não tinha a menor dúvida da falsidade de seus supostos planos de casamento. Só queria confundi-la, humilhar seus pais e se divertir, mais nada além disso. E, acima de tudo, não tinha escrúpulos. Introduziu dona Alma numa conversa sobre a corte e referiu habilmente a sua alegada amizade com a princesa Isabel. Soube convencer Eduardo de sua habilidade nos negócios, e saiu-se bem ao se mostrar como um homem que na realidade não era.

Só perdeu a serenidade quando dona Alma lhe perguntou sobre suas origens.

– Os meus pais, José Castro e Lenha e dona Doralice, tinham uma fazenda no Sul do país, numa vila chamada Chuí, junto à fronteira com o Uruguai. Atualmente sou eu o proprietário legítimo dessas terras, mas são geridas por uma administrador, já que não posso tratar delas devido a meus múltiplos compromissos.

– Oh, quer dizer que seus pais já não são vivos?

– Não. Morreram há alguns anos... de sarampo.

León pediu perdão à mãe em silêncio por aquela mentira. Mas como podia apresentar-se diante da família Silva como possível marido da filha se não cumprisse todos os requisitos? Estava na melhor idade para formar uma família. Era rico. Havia se tornado famoso e se apresentara na sociedade já fazia algum tempo. Tinha boa presença, era saudável, inteligente, e o homem adequado para Vita. A própria dona Alma já estava do lado dele. A mulher tinha passado a comer em sua mão desde que os contatos com a família imperial lhe haviam outorgado uma espécie de nobreza moral.

Pelas suas veias corria, embora já diluído, sangue indígena. Se Vita ou os pais soubessem disso, não voltariam a recebê-lo em casa. Custava-lhe horrores, mas era inevitável: dona Doralice tinha de sofrer aquela suposta penosa morte para lhe abrir caminho na direção de um futuro com Vita.

XVI

São Luiz, a fazenda da família Peixoto, ficava a meio dia de viagem da Boavista de carruagem. Para chegar lá era preciso atravessar intrínsecas estradas cheias de lama que em alguns trechos era quase impraticável, com pedregosas correntes de rios e uma vasta área de bosque no qual a natureza demorava menos a fechar os caminhos do que os trabalhadores a abri-los. A vegetação suavizava o barulho da carruagem de tal maneira que fez Vitória estremecer. Ou será que se sentia tão perdida por causa do entardecer, da neblina e do cheiro de podridão?

– Tem certeza de que é este o caminho certo? – Vitória tinha a sensação de que Bolo estava mais perdido que ela própria.

– Tenho, claro – disse o rapaz num tom de arrogância que não coincidia com a expressão de seus olhos.

"Está bem", pensou Vitória. Em algum momento teriam de sair do bosque, e então conseguiriam se orientar melhor. Se soubesse como seria incômoda a viagem até a nova casa de Eufrásia, não a teria empreendido. Mas já viajavam havia três horas e tinham de chegar ao destino.

Por cima deles, um pássaro grasnou tão alto e estridentemente que Bolo soltou as rédeas e se benzeu.

– Quer que eu conduza a carruagem para poder rezar com tranquilidade?

Bolo abanou a cabeça, esticou as costas e colocou naquela pose todo o orgulho que tinha. Se a situação não fosse tão inquietante, Vitória teria rido da reação do rapaz. Mas não estava achando a menor graça em estar no meio de um bosque sozinha com um escravo adolescente, supersticioso e que, em caso de haver algum problema, não seria de grande ajuda. Resignada, fechou os olhos. Como ali não podia fazer muito mais do que Bolo, só lhe restava esperar que saíssem rapidamente daquele maldito bosque infestado de mosquitos.

Tinham se passado várias semanas desde a última vez que estivera com Eufrásia. Desde então só haviam se comunicado por escrito. Mas naquela ocasião tinha de falar pessoalmente com ela, e, embora Vitória soubesse que a amiga não era muito boa conselheira, sentia a necessidade urgente de lhe falar. Senão, com quem falaria? Os pais tinham se deixado influenciar tanto por León que era impossível conversar com eles de maneira objetiva. Pedro era amigo de León, pelo que também não era imparcial. E havia muito tempo Joana estava plenamente convencida de que León e Vitória tinham sido feitos um para o outro, portanto seria inútil falar com ela sobre esse assunto. De todas as pessoas que rodeavam Vitória, Eufrásia era a única que podia ajudá-la em seu dilema. Por mais desajeitada e superficial que fosse, Eufrásia tinha uma notável perspicácia quando se tratava de fechar um negócio vantajoso. E era precisamente isso que seu casamento com León seria. Ou não?

Através das pálpebras fechadas, Vitória notou de repente que havia mais claridade. Naquele momento, Bolo exclamou aliviado:

– Conseguimos!

Na realidade, ainda não tinham chegado, mas pelo menos não estavam perdidos. O caminho que tinham pela frente era mais transitável. Graças à descrição que lhes enviara Eufrásia, conseguiriam se orientar com facilidade. Avançaram sem problemas por riachos e colinas, e uma hora depois estavam enfim em São Luiz.

A fazenda ficava numa bela colina da qual se tinha uma vista maravilhosa sobre a paisagem verde e suavemente ondulante. A mansão era menor do que a casa-grande da Boavista, mas sua cor rosada e as saliências pintadas de branco davam-lhe um aspecto mais elegante. Pelo que Vitória pôde perceber à primeira vista, estava tudo impecável. O caminho de cascalho não tinha ervas daninhas, as palmeiras-reais estavam podadas, os vasos de flores, muito bem arrumados. A única coisa que parecia desleixada era a sua carruagem, pensou Vitória quando desceu e viu as marcas de lama na porta. Mas ali deviam estar acostumados àquilo, afinal de contas todas as visitas chegavam pela mesma estrada infernal.

– Vita! Que bom que você veio! Foi muito ruim a viagem?

– Nem me fale nisso! Por que não me avisou?

– E você teria vindo, se eu o tivesse feito? – Eufrásia deu uma leve gargalhada com a qual queria demonstrar seu ar travesso e parecer, ao mesmo tempo, inocente. O resultado não agradou nada a Vitória. Afinal, talvez não tivesse sido tão boa a ideia ir até lá.

– Ai, Vita, tive tantas saudades suas! Tem de me contar tudo nos menores detalhes. Soube alguma coisa de Florinda? Já caçou algum homem? E o seu querido Rogério, o que anda fazendo? Já desistiu de você? E que novidades há da prolífica Isabel e de seu infiel Rubem? Não se esqueça de nenhum pormenor; quero saber tudo, até as coisas mais insignificantes.

– Eufrásia, não vai me convidar para entrar? Não vai me oferecer nada para beber? Não vai me deixar mudar de roupa?

– Oh, meu Deus, Vita, desculpe! Mas é que aqui estou tão afastada do mundo, que minha ânsia em saber de tudo o que acontece lá fora me fez esquecer minha boa educação.

Assim que Vitória se refrescou, sentiu-se mais bem preparada para se submeter ao interrogatório de Eufrásia. Mas não contava com a presença da nova família da amiga.

– Vitória, que agradável tê-la conosco – disse dona Iolanda. Vitória só tinha visto a sogra de Eufrásia uma vez, numa das festas que os Teixeira organizavam todos os anos em maio. Lembrava-se de a mulher ser mais alta e mais bonita. Agora estava diante de uma senhora baixa e pouco atraente.

– Sim, também estou contente de enfim ter vindo visitá-los. – Vitória deu dois beijos em dona Iolanda. – Na Boavista há tanto para fazer, que mal tenho tempo para estas saídas tão agradáveis.

– Quer um café?

– Sim, obrigada.

– Zuca, traga dois cafés, e para a sinhá Eufrásia, como sempre, chá – ordenou dona Iolanda à negra que estava em silêncio à porta da sala.

Eufrásia a olhou com uma expressão de protesto, mas não se atreveu a se opor à sogra. Desde que ficara grávida, já não mandava mais em seu corpo. O plano imposto pelo médico em relação à sua alimentação tinha feito com que Eufrásia perdesse o gosto pela comida. Estava proibida de comer muito açúcar, assim como carnes vermelhas, legumes crus ou especiarias muito fortes; café e álcool, nem pensar. Uma vez por semana era visitada pelo médico, mas não se comunicavam os resultados primeiro a ela, e sim a dona Iolanda e Arnaldo.

– O meu filho e o meu marido – disse dona Iolanda, dirigindo-se novamente a Vitória – chegam esta noite. Tiveram de fazer uma viagem de negócios urgente.

– Oh, que pena! – Vitória não conseguiu conferir à voz o tom de decepção adequado.

– Sim. Mas, por outro lado, teremos tempo para falar a sós – disse Eufrásia, lançando um pérfido olhar à sogra.

Mas dona Iolanda não tinha nenhuma intenção de deixá-las sozinhas. Talvez também ela quisesse saber de todas as novidades, pensou Vitória. Afinal de contas, com certeza não iam muitas visitas a São Luiz. Ou será que queria apenas se assegurar de que ela não exerceria nenhuma influência negativa sobre a mãe de seu futuro neto? Meu Deus, que castigo! Eufrásia não merecia que a tratassem como uma incapaz daquela maneira!

Vitória assumiu seu papel e contou às duas mulheres todas as novidades que elas queriam ouvir. Mas não conseguiu evitar de começar pelas histórias mais aborrecidas e menos importantes. Falou sobre a epidemia que reduzira pela metade o número de porcos dos Barbosa, e da bolsa que tinha sido atribuída ao irmão de Florinda no Conservatório. Descreveu longamente a ampliação do hospital de Vassouras e o que as senhoras tinham feito para arrecadar dinheiro, alegrando-se com as expressões de Eufrásia e de dona Iolanda.

– Não nos torture mais, Vita. Fale-nos de Rubem Araújo. O boato de que ele é cliente de um bordel de Valença já chegou até aqui.

Dona Iolanda lançou um olhar de reprovação à nora, mas não a interrompeu. Provavelmente estava contente com o fato de Eufrásia levar a conversa para temas tão delicados quanto atraentes, e que as damas só tratavam com pudor em seu círculo de amizades.

– Oh, não sei nada sobre isso! Mas, tendo em conta que Rubem é um conquistador incorrigível e que a Isabel está grávida do segundo filho, pode-se deduzir que...

– Isabel está grávida outra vez?

– Sim, coitada. Aliás, talvez até mande o marido a essas casas para que ele...

240

– Meu Deus, Vitória, Eufrásia! Isto já foi longe demais. Não vamos entrar nesse tipo de especulação suja.

Mas elas queriam fazê-lo; os olhares que as duas amigas trocaram eram inequívocos. Eufrásia e Vitória desataram a rir ao mesmo tempo.

– Tem toda a razão, dona Iolanda – disse Vitória. – As necessidades específicas dos homens não são assunto para uma conversa de senhoras. Não que eu entenda muito do assunto... – Vitória piscou o olho para Eufrásia. – Provavelmente menos que a pobre Florinda, que, se forem mesmo verdadeiros os boatos, vai ter de se casar em breve.

– Não! – exclamaram Eufrásia e a sogra ao mesmo tempo. – E quem é o sortudo?

– Chama-se Miguel Coelho. É o professor de piano de Florinda, paupérrimo e tão feio que Florinda ao lado dele é uma verdadeira beleza.

– Meu Deus! – Notava-se perfeitamente que Eufrásia ficava contente com o mal alheio. Não estava à espera de uma novidade tão escandalosa.

– Talvez – acrescentou dona Iolanda, depois de ter arrancado de Vitória todo tipo de detalhes com suas penetrantes perguntas –, talvez não seja tudo assim tão mau. Apesar da fortuna da família, não havia nenhum admirador à vista, se não me engano. Daqui a dez anos... Mas o que é que estou dizendo... daqui a apenas três anos, tudo já estará esquecido. O professor de piano vai aprender a se portar como um senhor, eles terão filhos e Florinda será uma mãe maravilhosa. Sim, observando assim as coisas, até que é o melhor que poderia acontecer à moça. Não há nada pior para uma mulher do que acabar por ser uma velha solteirona.

Ao pronunciar as últimas palavras, dona Iolanda olhou para Vitória com compaixão.

– Sim, um fim trágico. Embora eu pessoalmente ache pior para uma jovem passar a fazer parte de uma família que lhe rouba todos os direitos, privilégios e liberdades de uma mulher casada. Mas sei – acrescentou Vitória, conciliadora, depois de ver a expressão de horror de Eufrásia – que esses são casos isolados.

Dona Iolanda não mostrou quanto tinha ficado indignada com aquela afronta atrevida, mas pouco tempo depois retirou-se.

– Infelizmente, agora tenho de me dedicar a ocupações menos agradáveis. Mas esta noite teremos oportunidade de continuar a conversar.

Quando dona Iolanda saiu da sala, Vitória olhou para a amiga sem compreender.

– Não diga nada. Não vai mudar nada. – Eufrásia bebeu um gole de chá e virou-se para a criada. – Zuca, o que está ouvindo aí? Deixe-nos sozinhas.

Zuca devolveu um olhar ofendido, fez uma pequena reverência e fechou a porta com força atrás de si.

– Meu Deus! Como é que aguenta isto? Como deixa que a tratem assim?

– Todos os negros se uniram contra mim. São preguiçosos e atrevidos, e estão me espionando.

– Não estou falando da negra. Refiro-me à dona Iolanda. Como aguenta que ela decida as coisas por você?

– Não se pode fazer nada contra essa mulher. Acredite em mim, Vita, já experimentei ser insolente, ser meiga, revoltei-me abertamente, tramei pequenas intrigas. Mas dona Iolanda está muito acima de mim. Conhece todos os meios possíveis para humilhar uma pessoa, e sinto-me impotente. Desde que me submeti à sua vontade, minha vida em São Luiz tornou-se muito mais agradável do que a princípio.

– Mas o Arnaldo não diz nada?

– O Arnaldo? Ah! Pensa que a mãe é uma santa. Quando lhe conto como ela me trata mal, simplesmente não acredita em mim. Acha que sou uma mentirosa e que dona Iolanda é vítima de minhas maldades. Sabe, Vita? A certa altura, eu me dei conta de que não me serve de nada queixar-me dessa víbora; pelo contrário, só me prejudica. Desde então mantenho a boca fechada, e isso beneficiou nosso casamento. O Arnaldo agora come na minha mão.

– O Arnaldo come na mão de qualquer um.

Vitória deixou escapar a observação antes de ter tempo para pensar em suas consequências. Mas Eufrásia a olhou, resignada.

– Talvez. Sim, talvez tenha razão; ele não é propriamente um prodígio de personalidade e força de vontade. Mas é rico. Oferece-me todo o conforto de que senti tanta falta nos últimos meses que passei em Florença, e digo-lhe honestamente: só por isso já vale a pena aguentar dona Iolanda. Um dia, e não há de demorar muito, uma vez que Otávio Peixoto já tem certa idade e seu coração é muito fraco, Arnaldo vai ser o senhor de São Luiz. E, nesse momento, querida, eu assumirei o comando disso tudo, pode ter certeza.

Vitória tinha certeza. Conseguiu visualizar mentalmente como Eufrásia encarnaria o papel, como dirigiria os escravos, como humilharia dona Iolanda e como cometeria com os filhos os mesmos erros que dona Iolanda cometera com Arnaldo. Viu também uma mulher de meia-idade com os cantos dos lábios caídos, rugas profundas na testa e cujo rosto só deixava entrever tristeza e uma mente limitada.

– Tirando isso – continuou Eufrásia –, tenho de concordar com dona Iolanda pelo menos num aspecto: qualquer coisa é melhor do que ser uma velha solteirona.

Vibrou ao lançar seu único trunfo. Podia não ser tão bonita, tão inteligente e tão rica como Vitória, mas tinha um marido.

– Não sei o que é que vocês todos pensam. Tenho 20 anos e dez admiradores para cada dedo da mão. Não é uma situação ruim. Mas para que desejaria me casar neste momento?

– Para poder fazer o que quiser.

– Como você?

– Meu Deus, outra vez! Vita, tem de continuar colocando lenha na fogueira? Mas, se é assim que você prefere: sim, como eu. Um dia terei todas as liberdades com que sonho. – Eufrásia inclinou-se para a frente pesadamente, como se já tivesse a barriga muito volumosa, embora sequer se notasse que estava grávida. Pegou o bule sobre um aquecedor no centro da mesinha auxiliar e serviu-se de café na xícara vazia de chá. Colocou duas colheres de açúcar. Enquanto mexia a bebida, continuou a enumerar as vantagens de seu casamento.

– Além disso, se você se casar, conhecerá os prazeres do amor físico.

– Para isso não é preciso um marido.

– Vita! Onde arranja essas ideias? Claro que é preciso um marido. Ou por acaso quer ter filhos ilegítimos?

– Não quero ter filhos.

– Será que está se sentindo bem? Mal a reconheço. Antes queria ter um marido e filhos como qualquer mulher.

– Não se preocupe comigo, Eufrásia. Estou bem. Apenas estou zombando da ideia de me casar.

– Mas acabou de me dizer que você...

– Esqueça isso. Apenas perguntei por que razão deveria me casar. Só queria que me desse uma resposta razoável.

– Mas por quê? Rogério pediu sua mão?

– Não. Mas León Castro pediu.

Eufrásia quase se engasgou com o café.

– Se os seus pais souberem disso...

– Tem mais. Meus pais o acham maravilhoso.

– Vita, está zombando de mim?

– Não. Bem que gostaria de estar, mas não estou.

– Mas dona Alma deve odiar esse homem. Suas ideias, sua atitude, sua profissão... exatamente o oposto do que uma senhora da alta sociedade deseja para a filha.

Dessa vez foi Vitória quem se serviu de mais café antes de continuar a falar. Eufrásia tinha se esquecido de lhe encher a xícara.

– Desde que o León voltou da Europa, algumas coisas mudaram. Ele obteve fama e prestígio, e é convidado assíduo da princesa Isabel. Isso impressionou profundamente minha mãe. Além disso, não parece ter assim tão poucos recursos como nós pensávamos. Tem duas fazendas. Não – disse Vitória com ênfase ao ver o cínico sorriso de Eufrásia –; não são meros sítios de galinhas. Meu pai andou indagando a respeito na região do Chuí e em Três Corações, e verificou que se trata de fazendas importantes e lucrativas. Desde então, ele acha que León é o marido ideal para mim.

– Mas nós duas sabemos que você não dá grande importância a esses argumentos, e ainda menos aos desejos dos seus pais. O que a leva a considerar essa surpreendente proposta?

– Talvez a necessidade do amor físico?

– Esqueça! Não vale a pena se entregar a um homem como León Castro por causa disso.

Vitória soltou uma sonora gargalhada. Eufrásia a fitou, indignada.

– Está bem. Por favor, pare de rir de mim e me conte a verdadeira razão.

Vitória deu a mão à amiga e a ajudou a se levantar.

– Vamos passear um pouco. Está um dia ótimo, e não conheço São Luiz. Durante o passeio eu lhe conto tudo.

– Não acredito que dona Iolanda me deixe sair. No meu estado, qualquer excesso físico representa um perigo.

– Que bobagem! O ar puro só vai lhe fazer bem. Além disso, não vamos correr; apenas passearemos calmamente.

Eufrásia não estava lá muito convencida de que um passeio fosse o mais aconselhável. Mas a ideia de mostrar a fazenda a Vitória animou-a. Quando cruzaram com dona Iolanda à entrada, Eufrásia não lhe pediu autorização; comunicou-lhe apenas que ia esticar um pouco as pernas. Antes de a sogra poder apresentar qualquer obstáculo, Vitória empurrou suavemente a amiga para a porta e, da escada exterior, exclamou:

– Eu tomo conta dela!

Vitória não se concentrou muito na beleza da fazenda nem na paisagem em que estava inserida. Todo o seu interesse estava centrado na conversa que havia tido com León e que agora contava resumidamente a Eufrásia. Sentaram-se à beira de um lago artificial do qual mal se via a casa. Na relva havia pedras colocadas sob os eucaliptos, de modo que as pessoas pudessem se sentar confortavelmente à sombra e contemplar o lago sobre o qual havia uma ponte suspensa.

O olhar de Vitória se perdeu num ponto indeterminado da ondulante superfície da água.

– Você já sabe que estou convencida de que este mundo, tal como o conhecemos, tem os dias contados. Quando for abolida a escravidão, ficaremos sem nada. Tudo isto – e apontou para o pitoresco e envolvente ambiente ao redor – vai ficar arruinado, abandonado, tomado pelo mato, quando já não houver escravos para cuidar de tudo.

– Já sei, já sei, você já me contou. E continuo achando que é uma tolice. Mas o que é que isso tem a ver com a proposta de León Castro?

– León garantiu-me que, sendo mulher dele, não só poderei dispor livremente do meu dote como também poderei administrar o dinheiro dele.

– Sim, e então?

– Não percebeu ainda, Eufrásia? Nenhum dos homens que eu conheço me daria tanta liberdade em relação a esse assunto.

– Não está querendo me convencer de que, se se casar com ele, é só porque dessa maneira conseguirá salvar sua fortuna, está? Uma medida, aliás, que só você, com esse seu inexplicável pessimismo, considera necessária.

– Sim, era precisamente isso o que eu queria dizer.

– Então aceitou a proposta dele?

– Não.

– Ah, e por que não? Ainda lhe resta algum bom senso?

– Pelo contrário. Resta-me um pouco de romantismo. León não me ama, e eu não o amo.

– Isto está cada vez mais complicado. Então por que ele quer se casar com você?

– Por questões igualmente práticas. Garante que com a idade e a posição que tem, não quer continuar a aparecer em público solteiro. Precisa de uma mulher ao lado dele. Uma mulher de respeito com a qual possa ir à corte sem levantar comentários.

Quando ouviu aquela afirmação da boca de León, Vitória tinha ficado muito magoada. Gostaria de ter ouvido que ele a amava, que a adorava, que precisava dela como de nenhuma outra mulher. Só alguns dias depois é que se deu conta de que havia ferido a vaidade dele. E, se falavam do casamento como se fosse apenas um negócio em que ambas as partes podiam sair beneficiadas, então se portaria como era de esperar numa mulher de negócios: serena, objetiva, colocando o orgulho de lado.

– Não sei, Vita – disse Eufrásia, devolvendo-a à realidade. – Receio que ele se engane com você. Para mim, está completamente doida.

O resto da família Peixoto deve ter ficado com a mesma impressão naquela noite. Quando Vitória se sentou à mesa, parecia ausente e não parou de revirar a comida. Às perguntas do senhor Otávio, relacionadas exclusivamente à colheita do café, respondeu com monossílabos, comentando as observações de dona Iolanda sobre o tempo sem entusiasmo, e as afirmações de Arnaldo a irritaram. O marido de Eufrásia não tinha inteligência nem interesse, e isso era de tal forma evidente que Vitória não conseguia suportá-lo. Como Eufrásia aguentava? A amiga podia ser altiva e ter uma ideia do mundo muito limitada, mas não era burra.

Assim que serviram o café e o conhaque, Eufrásia recebeu um copo de leite quente. Vitória aproveitou então para se despedir apressadamente. Não ia passar com aquelas pessoas nem mais um segundo do que a boa educação exigisse. Desculpou-se dizendo estar muito cansada por causa da viagem e se retirou para o quarto.

Precisava de ar! Vitória abriu as cortinas e a janela. O ar da noite que entrou no quarto era suave e cálido. Cheirava a relva recém-cortada, a eucalipto, a terra molhada e, muito sutilmente, a lareira. No céu brilhava a lua, uma fina meia-lua que no ar nevoento parecia ter um fino véu à frente. As estrelas não eram visíveis devido à névoa, mas Vitória permaneceu alguns instantes à janela observando o céu e respirando aquele ar carregado de aromas. Que insignificantes, que pequenos eram todos diante das incomensuráveis dimensões do universo! Os problemas dos Peixoto, os seus próprios problemas... tudo lhe pareceu de repente tão sem sentido, tão trivial. A Terra continuaria a girar independentemente de Otávio Peixoto plantar milho ou não, de dona Iolanda açoitar a escrava rebelde, de Arnaldo comprar ou não um cavalo de corridas, de Eufrásia ter um menino ou uma menina, de ela própria se casar ou não com León. Era tudo tão simples. E tão tranquilizador.

Acordou com os sons que anunciavam o começo de um novo dia. O barulho metálico de leiteiras e do trote dos cavalos no pátio, as vozes dos escravos, o ranger das madeiras do corredor pelo qual andava alguém que não queria incomodar. Vitória precisou de alguns segundos para se orientar e se lembrar de que não estava na Boavista. Levantou-se e olhou pela janela. O sol ainda não havia nascido, mas, pela cor violeta do céu, calculou que deviam ser cinco da manhã. Gostava das primeiras horas do dia... quando estava em casa. Mas o que faria ali, em São Luiz, antes de se servir o café da manhã – coisa que não aconteceria antes das sete? Não podia descer de roupão até a cozinha para que a cozinheira lhe preparasse um café, nem instalar-se no escritório para rever a documentação, aproveitando assim a boa disposição com que havia acordado. Por outro lado, que mal tinha se se levantasse, se se vestisse e se descesse para tomar um café? Afinal de contas, não era uma prisioneira. Certamente já haveria alguém na cozinha, e, se as coisas ali funcionassem da mesma maneira que na Boavista, o fogo estaria aceso toda a noite. Vitória arrumou-se com rapidez e saiu do quarto. Deslizou em silêncio pelo corredor, sentindo-se como uma criminosa. Desceu as escadas sem fazer barulho, com cuidado para não tropeçar na escuridão e não acordar os outros.

Mas, pelo visto, seus receios não tinham razão de ser. Quando chegou lá embaixo, viu luz por baixo da porta da sala de jantar e ouviu um burburinho de vozes. Indecisa, bateu à porta.

– Sim? – respondeu uma voz feminina.

– Bom dia – disse Vitória, entrando na sala de jantar onde as criadas colocavam a mesa.

– Sinhá Vitória, mas que madrugadora!

– Pois é, Zuca. Ainda não quero tomar o café da manhã. Mas seria ótimo se pudesse me trazer um café.

– Claro que sim, é pra já.

A moça saiu correndo da sala, provavelmente pensando não tanto em cumprir o desejo de Vitória quanto antes, mas em avisar o restante dos escravos da casa sobre o estranho comportamento da senhorita branca. Tirando o senhor Otávio, nenhum membro da família Peixoto se levantava antes das nove.

A outra criada pigarreou.

– Deseja mais alguma coisa, sinhá?

– Não, muito obrigada. Como se chama?

– Eu sou a Verinha.

– Ah! – Eufrásia tinha lhe falado de Verinha em suas cartas, descrevendo-a como uma escrava insolente, desajeitada e mentirosa que tornava sua vida um inferno em São Luiz. – Eu sou a Vitória da Silva.

– Eu sei. É muito amiga da sinhá Eufrásia. E muito diferente dela também.

– Sou. Duas pessoas não precisam ser parecidas para serem amigas.

Verinha deu de ombros perante uma afirmação tão ingênua.

Vitória gostaria de saber a quais diferenças ela se referia exatamente, mas não perguntou. Não estava com vontade de dar início a uma conversa, e ainda menos a uma conversa com uma escrava sobre os defeitos de Eufrásia. Pois era sobre ela, e disso Vitória tinha certeza, que Verinha queria falar.

– Finja que eu não estou aqui, está bem? Não deixe que minha presença afete o seu trabalho. Vou só tomar um café e depois vou embora.

– Onde vai tão cedo?

– Acho que não é da sua conta. Mas, enfim, vou dar uma volta pela casa, ver a horta das ervas aromáticas...

– Quer ver os cachorros?

– Vocês têm cães? Eufrásia não me disse nada. Sim, gostaria de vê-los.

– Mas não vá dizer à sinhá dona Iolanda nem à sinhá Eufrásia que a levei lá, está bem? É que, se elas descobrirem, tomo uma grande sova.

– Por quê? O que há de errado no fato de me mostrar os cachorros?

– Nada. Mas elas não querem que eu vá tanto ao estábulo. Dizem que depois fico cheirando a estrume de cavalo.

– Bom, se as duas senhoras da casa não gostam, não deve fazê-lo.

Vitória estava aborrecida. Ela gostava de cães. Na Boavista, havia muitos anos que não os tinham. A velha cadela tinha morrido havia pouco tempo, e agora só tinham um triste cão de guarda que não servia para nada. Teriam arranjado novos cães se dona Alma não estivesse convencida de que na Boavista, onde não eram necessários cães de guarda, tampouco cães de caça, se vivia melhor sem latidos e sem cachorros por todo lado.

– Entretanto – prosseguiu Vitória, esboçando um sorriso travesso –, ninguém precisa saber.

Assim que acabou o café, virou-se para Zuca:

– Pedi à Verinha que me acompanhasse ao estábulo. Já volto.

Zuca olhou para elas estupefata enquanto deixavam a sala de jantar.

No estábulo foram tomadas pelo intenso cheiro de feno e dos cavalos. Em outras circunstâncias, Vitória teria se entretido mais tempo admirando cada cavalo. Mas naquele momento não olhou para a direita nem para a esquerda, seguindo quase sem fôlego a moça até o fim do estábulo. Na última divisória estava uma bela cadela dálmata amamentando cinco filhotes. O animal levantou a cabeça num gesto que podia significar apatia, mas também exaustão, e abanou as orelhas. Depois deixou cair a cabeça, olhando aborrecida para a parede. Os cachorros pareciam dispostos a devorar a mãe. Eram já relativamente grandes, crescidos demais para estar mamando. Saltavam uns por cima dos outros à procura do melhor lugar.

– Meu Deus, são lindos!

– Sim, é verdade. Mas, como são cruzados, os patrões não podem vendê-los. Provavelmente serão abatidos em breve.

– Não! – deixou escapar Vitória.

Vitória se apaixonou pelos cachorros, sobretudo pelo menor. Era completamente branco, com as patas e uma orelha preta. Vitória ajoelhou-se e pegou a pequena criatura. O cachorro pareceu gostar da atenção que estava recebendo. Abanou a cauda, revirou-se inquieto e lambeu o rosto de Vitória. Quando ela o deixou de novo no chão, ele soltou um gemido e ficou diante de Vitória.

– Ele gosta da sinhá – disse Verinha.

– Pois é, e eu gosto dele. Vou perguntar aos seus patrões se posso ficar com ele.

– Assim, sem saber que tipo de cão será?

– Sim. Estou vendo que será grande. Certamente o pai tem bom tamanho.

Vitória olhou para Verinha, e rapidamente percebeu como tinha sido ridícula sua observação. Engoliu em seco e concentrou a atenção novamente no cachorro, que se deitara de costas a seus pés. Vitória acariciou-lhe a barriga, que era ainda muito macia e rosada.

– Sim – sussurrou –, seu pai é muito grande e sua mãe, muito bonita. E você também será um belo cão!

Pôs o cachorro no colo e deixou-o brincar com seus dedos. Quando ele saltou e quis lhe lamber o rosto, Vitória o pôs no chão, perto dos irmãos.

– Já sabe que nome vai lhe dar?

– Hum, talvez Sábado, porque hoje é Sábado. Sim, acho que sábado é um bom nome.

– Sábado é o mais esperto de todos. Eu venho aqui todos os dias para vê-los e os conheço bem. Fez uma boa escolha.

O pensamento de Vitória já estava em outro lugar.

– Pode me arranjar tudo de que preciso para o transporte do cão? Um cesto, uma manta, uma garrafa com leite, algumas bolachas ou qualquer coisa do gênero. Vou-me embora hoje ao meio-dia, e a viagem dura algumas horas. Não queremos que falte nada ao pequeno Sábado durante a viagem, não é mesmo?

Na porta da divisória voltou a dar uma última olhada na cadela com seus cachorros. Sábado vinha atrás dela e dava pulinhos junto a seus pés. Vitória ficou com o coração partido. Gostaria de poder ficar ali brincando com os cãezinhos. Mas logo mais, na carruagem, teria tempo suficiente para tratar do animal. Agora tinha de tomar o café da manhã e esquecer o destino que esperava os demais cães. Não tinha nem o direito, nem a possibilidade de fazer nada pelas indefesas criaturas. E não podia levar mais que um.

Vitória tomou o café da manhã com o senhor Otávio. Os outros continuavam dormindo. Pediu-lhe se podia levar um dos cães e ele deu de ombros sem perceber.

– Claro, se na Boavista têm utilidade como cão de guarda...

Já no fim da manhã, Eufrásia chegou para lhe fazer companhia. Vitória tentou não deixar muito evidente o desgosto que sentia. Se uma amiga dela tivesse feito uma viagem tão longa para vê-la, e se fosse ficar tão pouco tempo, ela teria lhe dedicado todos os segundos. Contou-lhe rapidamente que levaria um dos cachorros, o que fez com que Eufrásia explodisse.

– Foi a Verinha que a levou lá? Essa negra estúpida tem ordens rigorosas para não se aproximar mais dos cães. Ela vai se ver comigo!

E saiu correndo para a cozinha.

Vitória também saiu da sala. Eufrásia e ela já não tinham mais nada que conversar, isso era óbvio. Assim que Bolo tivesse preparado os cavalos e a jovem houvesse arrumado suas malas, iria embora. De qualquer maneira, não tinha feito a viagem em vão. Vitória não só levava um cão amoroso para casa, como também uma decisão que Eufrásia, sem saber nem querer, a tinha ajudado a tomar. Antes de ficar ao lado de um homem como Arnaldo, sem nenhum tipo de liberdade, prazer sensual ou estímulo intelectual, preferia ficar só para o resto da vida. Mas havia uma alternativa que, após a deprimente observação das condições de vida de Eufrásia, lhe pareceu aceitável, e até desejável: iria se casar com León.

XVII

PEDRO OLHAVA PELA JANELA DO TREM sem reparar na paisagem que passava voando diante de seus olhos. Ainda não se refizera do sobressalto produzido pela notícia do casamento de Vita com León. Como ele não se dera conta de que o romance era sério? Achava que não passava de um flerte. A irmã sempre gostou que homens atraentes a admirassem, e León, era evidente, gostava de uma provocação. E agora isto! Com certeza o safado tinha engravidado Vitória. Que outro motivo poderia haver para se realizar aquele casamento tão às pressas?

— Por favor, Pedro, não faça essa cara de desgosto. Não deve considerar esse casamento de uma forma tão negativa. — Joana já havia discutido muitas vezes aquele assunto com Pedro, mas continuava sem perceber por que razão o marido via com tão maus olhos o casamento de Vita e León. — León é o homem perfeito para a sua irmã. É inteligente, tem dinheiro, é atraente. E a ama. Aliás, ele a idolatra.

— Tem ideias políticas erradas.

— Meu Deus, Pedro, chega! Se os casamentos se regessem apenas pela afinidade de ideias políticas, a humanidade já teria desaparecido há muito tempo. Além disso, León não é um anarquista nem nada do gênero. Defende ideias liberais que são bastante razoáveis e aceitas pela sociedade. Você mesmo, antes, estava fascinado com ele. Se bem me lembro, foi você que os apresentou.

— Sim, sim. Não me lembre disso outra vez. Foi um dos maiores erros que cometi nos últimos anos.

— Tente, pelo menos, ficar feliz por Vita. Como mulher casada ela terá mais direitos do que até agora. Vai se mudar com o León para o Rio, e nós poderemos nos ver com mais frequência. Ai, eu acho isso fantástico! E você também, não é, Aaron?

Aaron sorriu contrafeito. Quantas vezes desejara que Vita fosse morar no Rio, onde poderia vê-la sempre que quisesse! Mas não como mulher de León Castro! Está bem: deveria concordar que o homem não era uma má escolha. Tinha grande prestígio como político e jornalista, e sua carreira prometia continuar em ascensão. Além disso, a atração física que existia entre León e Vita era quase palpável; qualquer pessoa que tivesse testemunhado a dança de ambos dois anos antes teria percebido aquele magnetismo. De resto, Aaron partilhava algumas das reflexões de Pedro. Para que aquela pressa toda? Vita estaria realmente grávida de León? Terem de se casar às pressas não era um bom ponto de partida para um casamento feliz. Outro motivo ainda pior seria o desejo de provocação. Aaron conhecia León o suficiente para saber que ele estaria disposto a fazer o que fosse para se sobressair ou conseguir um bom efeito surpresa. Seria capaz de se casar com uma sinhazinha, com a filha de um negreiro, só para chamar a atenção, para provocar uma polêmica, um escândalo? Entre os seguidores de León já surgia um acalorado debate sobre se um homem com as ideias de Castro continuaria a ser aceitável unindo-se daquela forma ao "inimigo". E quanto a Vita? Ela se casaria com um abolicionista só para desafiar os pais ou por um simples desejo de aventura? Tudo isso era possível. Mas o que aconteceria depois, quando cessasse o desejo sexual, quando as gestações tivessem estragado o belo corpo de Vita e León fugisse de casa por causa da gritaria das crianças? E quando a sociedade acabasse por aceitar aquele casamento desigual e desaparecesse a atração pelo proibido? Não, Vita e León não combinavam um com o outro. Pelo menos no longo prazo. E ele, Aaron, esperaria com paciência que sua vez chegasse.

Na estação de Vassouras encontraram outros conhecidos do Rio que tinham viajado no mesmo trem e haviam sido convidados para o casamento.

– Olha, Pedro – disse Joana, apontando na direção de um senhor mais velho –, até o Pacheco veio.

– Sim – respondeu Pedro num tom seco. – Ninguém quer perder este casamento inconcebível.

– Ouvi dizer que a imprensa também vem – disse Aaron, provocando um zangado grunhido de Pedro.

– É evidente que León tenha convidado alguns colegas... uma vez que não pode contar com sua família.

Essa era uma das características que Pedro censurava no seu futuro cunhado. Que homem formal não tinha uma tia respeitável ou, pelo menos, um primo distante? Assim só se podia pensar que León tinha uma origem extremamente humilde.

– Não seja injusto, Pedro. Se Aaron se casasse, também não teria parentes que pudessem vir ao casamento. Nem todos têm a mesma sorte que você.

– Isso é outra coisa. Aaron perdeu os pais, e o resto da família dele vive na Europa, sem possibilidades de visitá-lo. Mas León... ele é brasileiro, pelo menos em parte, se acreditarmos nas escassas explicações sobre seus antecedentes familiares. Tem de haver alguém!

– Com certeza deve haver; ele próprio já nos disse. Mas não tem boas relações com os parentes. O que há de estranho nisso?

– Ai, deixe isso pra lá! Só acho estranho. Vejam, ali está nossa carruagem.

Os três dirigiram-se à carruagem, onde estava um rapaz que Pedro não conhecia, mas que também não lhe era completamente estranho. O jovem desceu com um salto, apresentou-se como Bolo, o sucessor de José, e cumprimentou o pequeno grupo.

– O que aconteceu ao velho José?

– Nada. Está velho e fraco, por isso só faz viagens curtas. Mas amanhã ele vem a Vassouras. Não quer perder o casamento da nossa sinhazinha por nada neste mundo.

– Sim, imagino. E os outros escravos, também vêm?

– Claro, a sinhá Vitória convidou todos os escravos. Atrás do hotel vão montar uma tenda especial para nós, na qual vai haver feijoada e cachaça para todos. Nenhuma outra sinhazinha do vale é tão boa com sua gente!

Pedro não disse nada. Suspeitava de que a ideia devia ser de León, que tentaria, dessa maneira, corrigir sua "traição" para com os escravos. Como havia conseguido a autorização de dona Alma e de Vita para essa medida era algo que escapava à imaginação de Pedro.

Bolo conduziu-os ao Hotel Imperial, que já estava enfeitado para a festa do dia seguinte. Nas janelas havia vasos pendurados com orquídeas brancas, e duas jovens negras colocavam ao redor das portas grinaldas com rosas brancas e de cor salmão feitas em papel. Um homenzinho com trejeitos efeminados andava de um lado para o outro dando instruções em voz alta, o que não coincidia em nada com seu aspecto, sobre como os enfeites deviam ser fixados. Em frente à entrada do hotel estava um tapete vermelho enrolado que, conforme imaginou Pedro, se desenrolaria no dia seguinte para que os noivos caminhassem sobre ele. Os noivos! Meu Deus, preferia nem pensar nisso! E por que não se casavam na Boavista, como dona Alma e Vita sempre tinham desejado? Seria outra das ideias "progressistas" de León?

Joana observou as expressões do marido. Só esperava que ele conseguisse se controlar no dia seguinte. Certamente nada daquilo devia ser fácil para Vita. Tivera com certeza violentas discussões com os pais para convencê-los do casamento, e, além disso, Vita, como todas as noivas, e tal como ela própria antes do grande dia, devia estar se sentindo insegura e nervosa. Não lhe faria falta nenhuma a cara de desgosto do irmão.

Naquele momento, Vitória não estava preocupada com o que as pessoas pensavam do seu casamento. Sabia perfeitamente que a união com um abolicionista provocava rejeição entre os ricos barões do café do Vale do Paraíba, mas não se importava nem um pouco. Tinha a bênção dos pais, e isso era suficiente. Estava mais preocupada com a questão de se o tempo ia virar ou não. Não queria fazer o percurso até a igreja sob um céu cheio de nuvens e chuvoso, nem cumprimentar os convidados sob um guarda-chuva preto ensopado. Se o motivo que a levara a se casar com León era tão pouco romântico, ao menos que a cerimônia e a festa fossem perfeitas, e para isso era preciso que houvesse sol. Olhou desconfiada pela janela, observando as nuvens negras que se acumulavam no horizonte.

– Não se preocupe, sinhá Vitória – disse-lhe Miranda, que interpretara corretamente o olhar da patroa. – O vento está cada vez mais forte; vai levar embora as nuvens de chuva.

– Ah! Como você sabe? – grunhiu Vitória, e logo depois se envergonhou da brusca reação. Que culpa tinha Miranda que estivesse tão irritada e nervosa? A moça foi embora sem fazer barulho. Vitória viu pelo canto do olho que ela fechava a porta e suspirou profundamente. "Só faltam vinte e quatro horas", pensou. No dia seguinte, àquela hora, já seria a senhora Castro da Silva, e um dia depois, bem cedo, ela e Léon viajariam para a capital. Meu Deus, até lá ainda teriam de acontecer tantas coisas! Vitória parou de olhar para as ameaçadoras nuvens e se concentrou novamente nas malas. Pela primeira vez na vida ia deixar a casa dos pais por um período superior a quatro semanas. Férias na Bahia, as férias de verão todos os anos em Petrópolis, uma visita a alguns amigos dos pais em Porto Alegre, as ocasionais escapadelas ao Rio de Janeiro... Aquelas tinham sido realmente as únicas ocasiões em que Vitória tinha se ausentado da Boavista. Uma longa viagem pela Europa como as que faziam algumas das suas amigas, para aprender os requintados modos de vida do Velho Mundo e encontrar um marido, tinha sido até então apenas um sonho para ela.

Mas tudo isso ia mudar. León prometera levá-la a Paris, Londres, Viena e Florença; iria com ele também aos Estados Unidos, ao Norte de África e à Índia. Ele lhe mostraria paisagens cobertas de neve, extensos desertos e cerejeiras em flor, tomariam banho juntos no Mediterrâneo e patinariam em lagos gelados, andariam pelos misteriosos mercados orientais e visitariam os museus mais famosos do mundo. Poderia ver com os próprios olhos – enfim! – todas as maravilhas do mundo que conhecia apenas pelos livros. Poderia experimentar o sabor dos morangos, tocar a neve, sentir o cheiro dos bosques de sobreiros. Tudo isso já era motivo mais que suficiente para se casar com León. Sim, ficava até ligeiramente contente com o dia seguinte, que daria um novo rumo à sua vida. Torcia para que o tempo não virasse!

O vento sacudia as grinaldas de flores de papel, ameaçava arrancar a tenda do lugar e envergava as palmeiras na praça da igreja. Quando Vitória saiu da carruagem, a mão apoiada na do pai, teve dificuldade em manter o véu preso à cabeça. Em contrapartida, o céu tinha um azul intenso, mais belo do que poderia ter imaginado. O ar estava ameno e seco, por isso o suor não mancharia o caro vestido de seda. O assovio do vento quebrava o singular silêncio instalado na praça: todos os convidados estavam no interior da igreja e ali esperavam pela noiva. Vitória olhou para o pai, que tinha o orgulho estampado no rosto.

– Bom, então... – disse, e sua voz tremeu ligeiramente.

Eduardo da Silva inclinou a cabeça, animando a filha, e a conduziu para dentro da igreja, onde naquele momento o órgão começou a tocar.

Os bancos estavam enfeitados com grinaldas de folhas e rosas brancas. Todas as cabeças se viraram para Vitória, que entrava pelo braço do pai e era, disso nenhum dos presentes tinha a menor dúvida, a noiva mais bonita que já se vira no vale. Para Vitória, toda aquela cena era tão irreal que quase sofreu um ataque de riso histérico. Os membros célebres da região com seus melhores trajes, as mulheres com as roupas de domingo, a vibração musical do órgão, o sorriso compassivo do sacerdote – tudo lhe parecia fazer parte de uma peça de teatro perfeitamente ensaiada. O mais irreal de tudo era a imagem de León, que estava diante do altar com a admiração nos olhos e um sorriso impaciente nos lábios. Parecia ter menos de 31 anos, apesar do traje elegante, a postura ereta e o cabelo impecavelmente penteado para trás. Parecia um rapazinho feliz por receber os presentes de Natal ou um prêmio importante. Sim, pensou Vitória, naturalmente. Hoje León receberia um troféu pela sua tenacidade. No momento em que o pegasse nas mãos, desapareceria todo o entusiasmo. Não era isso o que acontecia sempre com os objetos ou acontecimentos esperados com impaciência? Assim que se obtinha o que era desejável, deixava de sê-lo.

Apesar dos seus pensamentos, que sem dúvida não eram os mais adequados para o momento, Vitória conseguiu cumprimentar alguns dos presentes com uma solene inclinação de cabeça. À esquerda, a senhora Lima Duarte; à direita, o jovem Palmeiras; à esquerda, Joana, que acenava com a mão; à direita, um colega de León cujo nome não recordava. O sorriso de Vitória parecia esculpido, inalterado fosse quem cumprimentasse. Só quando chegaram junto ao sacerdote e ficaram de costas para os convidados é que seu rosto adquiriu uma expressão de seriedade.

Vitória apreendeu toda a cerimônia como se através de um véu, e sabia que não se tratava do véu de tule que lhe cobria o rosto. Repetiu de forma mecânica as fórmulas que o padre lhe dizia; agia sem pensar. Só se mostrou nervosa no momento da troca das alianças. Sua mão tremia quando León lhe colocou o anel, e, quando ia pôr nele a aliança, quase a deixou cair no chão. Só a firmeza da mão de León segurando a dela garantiu que o ritual fosse celebrado sem incidentes.

– Pode beijar a noiva – disse enfim o sacerdote com voz solene.

León levantou o véu de Vitória e olhou-a fixamente nos olhos. A noiva não parecia estar apreciando o momento; pelo contrário, parecia estar intranquila, quase atemorizada.

– Vita! – sussurrou ele ao aproximar sua boca à dela, colocando-lhe um braço na cintura e atraindo-a para si.

Vitória deixou-se abraçar passivamente. Só encolheu os ombros para sentir um pouco de força. Mas os convidados viram naquele gesto a apaixonada resposta ao beijo de León.

Dona Alma limpou pequenas lágrimas dos olhos e esqueceu por um instante a própria emoção para se envergonhar da filha por tão indecente exibição. Eduardo da Silva relembrava o próprio casamento, os primeiros anos de vida em conjunto, e sentiu certa inveja daquele casal para quem começava uma bela época. Pedro virou-se confuso para Joana, que lhe retribuiu com um olhar que refletia tanto emoção quanto desejo. João Henrique, que chegara a Vassouras na última hora e que, por causa da viagem ainda tinha uma aparência um pouco desalinhada, o que não correspondia de maneira alguma à sua maneira de ser habitual, observava o casal com a curiosidade de um cientista que estuda os insetos e vê todas as suas teorias refutadas pela prática. Jamais pensou que a irmã de Pedro pudesse dar o sim a um homem como León, um zé-ninguém abolicionista. Aaron, que estava sentado ao lado de João Henrique, parecia indiferente. Sua expressão não deixava transparecer o sofrimento que lhe partia o coração.

Perto da porta, encostada na parede e escondida na penumbra, estava a Viúva Negra. Também seu rosto parecia uma máscara inescrutável. Sempre conseguia o que queria, aquele grande hipócrita! Quando se propôs a "caçar a jovem mais requisitada da província", como ele dizia, ela tinha achado que era uma brincadeira, um jogo, uma aventura. Mas nunca um caso sério. E agora ali estava ele, diante do altar, dando à noiva um beijo tão longo e intenso que nenhum dos convidados conseguiu deixar de pensar como seria apaixonada aquela noite de núpcias. A Viúva Negra fechou o punho instintivamente e amaldiçoou tamanha felicidade.

Vitória e León receberam na entrada da igreja os cumprimentos dos convidados. Muitos deles fizeram comentários sobre os olhos úmidos de Vitória.

– Oh, sim! – suspirou a viúva Fonseca. – Que cerimônia emocionante! Meus melhores votos, queridos!

– Que bem que lhe ficam as lágrimas de alegria, Vitória! – disse a mulher do pasteleiro, dona Evelina. Depois virou-se para León. – Você tem muita sorte, jovem.

E assim foi durante pelo menos uma hora. Aos convidados da celebração religiosa juntaram-se todos aqueles que não tinham conseguido entrar na igreja, além dos escravos e dos inúmeros cidadãos de Vassouras, que nem haviam sido convidados. Queriam apertar a mão dos noivos, dar-lhes um beijo, fazer-lhes recomendações bem-intencionadas. Mas, sobretudo, não queriam perder um único detalhe do casamento que mais expectativa gerara nos últimos anos.

Nem a própria Vitória conhecia muito bem a origem de suas lágrimas, embora de uma coisa tivesse certeza: não eram lágrimas de alegria, pelo menos não no sentido habitual. Só estava contente de aquela farsa estar perto do fim. E sentia-se feliz por não ter se casado na Boavista.

Tinha sido ideia dela, e León a aceitara com entusiasmo.

– Não vão caber tantos convidados na capela. E onde vamos alojar todos os que vêm de longe? É mais prático casarmos em Vassouras, que, com a bela e grande igreja, o jardim em frente, constitui o local ideal. E o Hotel Imperial e outros hotéis da cidade têm quartos suficientes para alojar as pessoas – argumentou ela. Na realidade, não queria fazer a cerimônia na casa dos pais. Tendo em conta os motivos do seu casamento, achava que era uma espécie de profanação da Boavista. Além disso, assim não seria o padre Paulo a casá-los, de quem Vitória não gostava mais desde a época em que fora obrigada a lhe confessar seus pecados e havia sido castigada, sem poder sair de casa.

– Sim, talvez seja melhor assim – concordou León, que não queria deixar seu alívio tão evidente. Um casamento em terreno neutro seria cem vezes melhor do que na Boavista.

Mas não se podia falar realmente em terreno neutro. Metade de Vassouras tinha relações comerciais ou de amizade com Eduardo da Silva e sua família, e como tal não era de admirar que naquele ensolarado sábado de maio as pessoas se juntassem nas ruas ao redor da praça para ver o casal que provocara tal escândalo.

Vitória e León posaram para os fotógrafos junto à fonte que havia em frente da igreja, tanto a sós como na companhia dos familiares mais próximos. Em segundo plano, emoldurada pelos vasos de flores e pelas palmeiras do jardim, sobressaía a igreja de Nossa Senhora da Conceição. As fotografias teriam ficado ótimas, não fosse o estado de espírito de Vitória. Sua expressão era séria, como se tivesse assistido a um enterro e não ao próprio casamento.

Só se animou algumas horas mais tarde, depois de ter cortado o bolo, quando acabaram o banquete e as exaustivas conversas, tendo início o baile. Como todos insistiam em brindar com ela, mas também para afugentar os rumores de uma possível gravidez, bebeu uma taça de champanhe. Isso a animou, fazendo-a sentir o entusiasmo que devia experimentar sem a ajuda do álcool. Depois de abrir o baile com León, dançou com o pai, com Pedro, com Aaron, com o senhor Álvarez, com o doutor Nunes, com João Henrique. Houve um momento em que tudo começou a rodar à sua volta, e, se León não estivesse ali para segurá-la, provavelmente teria caído.

– Venha, meu amor. Já é muito tarde.

Pegou-a no colo e, em meio a risos e exclamações dos últimos convidados, levou-a escada acima.

León fechou a porta com o pé. Colocou Vitória na cama e sentou-se ao lado dela. Carinhosamente, afastou-lhe do rosto uma mecha de cabelo. Depois inclinou-se para beijá-la, mas Vitória desviou o rosto. Não queria que ele visse que seus olhos haviam se enchido de lágrimas. A tensão e o nervosismo das últimas semanas transbordaram. De repente, viu com assombrosa lucidez que tinha cometido um erro gravíssimo. Como podia ter se casado com um homem que não amava? Como podia ter permitido que as circunstâncias externas pesassem mais do que sua voz interior? A insistência de León, a anuência dos pais e, pior que tudo, a própria ambição tinham-na empurrado para um casamento que não desejava realmente. A agitação que havia se apoderado dela durante os preparativos do evento tinham enevoado completamente sua mente. Tinha estado tão ocupada com toda a organização que deixara de lado o essencial. Só agora, quando já era tarde demais, é que Vitória percebia a dimensão do que havia acabado de fazer. Não se tratava de uma aventura, de uma travessura que poderia esquecer com rapidez; não era um deslize do qual pudesse rir mais tarde. Estava casada. Prometera diante de Deus e de centenas de testemunhas que honraria e amaria León para sempre, o desconhecido que agora estava sentado na beirada da cama, que se inclinava sobre ela e que escondia a cabeça em seus cabelos.

– León, eu... não estou me sentindo bem.

– Shh, sinhazinha! Eu sei. Vire-se para que eu possa desabotoar seu vestido.

– León, por favor! É um bruto sem nenhuma consideração!

León riu-se. Virou Vitória ligeiramente e começou a desabotoar seu vestido.

– Sente-se mal porque não comeu nada o dia todo, porque bebeu champanhe com o estômago vazio, porque está calor e, sobretudo, porque apertou muito o espartilho. Meu Deus, deviam proibir estas coisas!

Soltou com certa rudeza os laços do espartilho e alargou-o até que Vitória conseguisse respirar livremente.

– Bom, agora vou mandar vir alguma coisa para comermos.

Quando a porta se fechou atrás de León, Vitória ouviu risinhos maldosos do lado de fora. Provavelmente, os convidados que ainda não tinham se retirado, sobretudo homens jovens, estariam rindo de León se preocupar em dar à mulher comida normal em vez de outro tipo de delícias. Vitória sentiu-se péssima. Não bastava ter mentido para as pessoas e para si própria com o juramento no altar. Não! Agora León também detinha todos os direitos como marido. Meu Deus! Por que não conseguia ser feliz na sua noite de núpcias e se entregar às carícias do seu apaixonado esposo, como faziam todas as mulheres? E tinha de se sentir mal precisamente naquela hora, justamente ela, que quase ficava doente?

Vitória levantou-se da cama. León tinha razão. Com o espartilho solto, sentia-se muito melhor. Quando colocava algumas almofadas atrás das costas, León entrou trazendo uma bandeja com grande dificuldade.

– ... e vai ficar sem forças – vinha dizendo León pelo corredor, e depois soltou uma gargalhada obscena que provocou grande algazarra no exterior do quarto. Mas, assim que fechou a porta, sua expressão mudou. Olhou para Vitória com inquietude.

– Ah, já está melhor! Espere só até comer alguma coisa. Pegue, arranjei alguns bombons, pão e patê, umas coxas de frango, rodelas de abacaxi e uma tigela com peixe.

Estendeu sobre a cama um guardanapo, em cima do qual colocou a comida. Vitória não conseguiu conter o riso.

– Acho que, se comer tudo isto, aí sim é que vou mesmo ficar doente.

– Ah, mas não é preciso comer tudo! Eu também estou com fome, sabia? Dona Alma quis dançar comigo tantas vezes que me deixou exausto.

Vitória olhou para a comida, hesitante. Não lhe apetecia nada daquilo. Pelo contrário: a ideia de ter de comer alguma coisa provocava-lhe náuseas.

– Sinhazinha, meu amor, não se comporte como uma criança. Feche os olhos – disse León – e abra a boca.

Vitória fez o que ele pedia. Quando sentiu na língua a cremosa consistência e o sabor doce do bombom, sorriu e abriu os olhos. Saboreou-o, maravilhando-se com o gosto. Hum, que delícia! Como podia ter pensado instantes antes que não tinha apetite?

León observou-a satisfeito. Sim, aos poucos ia havendo novamente vida em Vita, a sua confusa, linda, pálida e rebelde esposa. Que imagem aquela de Vita ali, reclinada nas almofadas, os cabelos em desalinho, o vestido de noiva semidesabotoado, os brilhantes olhos azuis fixos na comida e os sensuais lábios esboçando um sorriso!

Vitória levantou os olhos e viu que León a fitava fixamente.

– Por favor, León. Já sei que estou horrorosa. Mas tem de me fazer notar isso dessa maneira, com esse olhar tão crítico? – Engoliu em seco. – Lamento se não sou a noiva fabulosa com a qual tinha sonhado.

– Pssst! – disse León, e colocou-lhe um dedo sobre os lábios. – É mais fabulosa do que algum dia eu poderia esperar. E agora feche novamente os olhos e deixe-me mimá-la, meu amor.

O coração de Vitória começou a bater com força. Não estaria ele pensando em...? Não; ficou aliviada quando sentiu o sumo do abacaxi nos lábios. Não; pretendia apenas continuar a lhe dar de comer. Deixou escorrer o sumo do abacaxi pela boca e teve a sensação de nunca ter provado uma fruta tão deliciosa. Seria o abacaxi? Talvez fosse a fome, ou o sabor mais intenso que sentia ao comer com os olhos fechados, ou a entrega com que León se ocupava dela, que fazia aquele sabor lhe parecer tão maravilhoso? Impaciente pela surpresa seguinte, manteve os olhos fechados e abriu ligeiramente os lábios.

León não conseguiu resistir àquela imagem, mesmo tendo decidido firmemente que naquela noite não faria nada que Vitória não quisesse. Só cumpriria os desejos que seus lábios expressassem, e naquele momento só viu um desejo: o de ser beijada.

Vitória sentiu o hálito de León nos seus lábios úmidos. Não se mexeu, mesmo sabendo o que viria a seguir. De certa maneira, já estava à espera, e de certo modo de repente pareceu-lhe algo muito natural. Quem sabe até tivesse desejado, lá bem no fundo, seus beijos, embora sem reconhecê-lo? Quando suas bocas se juntaram, quando sentiu o sabor de tabaco e uísque, quando a língua dele começou a brincar com a dela, Vitória sentiu necessidade de se afastar. As coisas estavam bem assim. Com os olhos semicerrados, olhou para León, que a observava e parecia estar à espera da reação dela. Vitória afastou-se dele por um instante.

– É... me fez muito bem – murmurou com voz apagada.

– Não se iniba. Ainda há muito mais – respondeu León num sussurro. Pegou o rosto de Vitória entre as mãos e a beijou com mais intensidade, com mais paixão.

Vitória soltou um suspiro silencioso. Seu corpo viu-se invadido por um agradável calor, e ao mesmo tempo a pele toda se arrepiou. León afastou-lhe os cabelos para explorar com os lábios seu pescoço, os ombros e o colo. Depois voltou a subir de novo pelo seu corpo. Beijou-a no queixo, até chegar aos lábios. Com os dedos, ia brincando com o colar de pérolas que se interpusera no caminho. O olhar de ambos se encontrou. As pupilas estavam dilatadas e, quando Vitória viu o desejo no rosto de León, sorriu.

León afastou-se dela e se pôs em pé com um salto. Colocou a bandeja, que ainda estava em cima da cama, na cômoda e contornou a cama até chegar ao lado de Vitória, estendendo-lhe a mão para ajudá-la a se levantar.

– Venha!

Vitória não fazia a mínima ideia do que ele pretendia, mas deixou que León a levantasse. Quando ficou em pé diante dele, León rodeou-a com os dois braços, apertou-a com força contra o seu corpo e beijou-a com tal ímpeto, que quase a deixou sem fôlego. Fez então que o vestido dela lhe escorregasse pelos ombros, e este caiu ao chão. Depois abriu o colar que rodeava o pescoço de Vitória e deixou cair as valiosas pérolas sobre a nuvem de seda branca que tinha a seus pés. Respirando pesadamente, observou a imagem de Vitória, que estava, diante dele, em roupa íntima, ainda com os sapatos brancos do traje de noiva. Impaciente, desabotoou o fraque e atirou-o ao chão com o restante da roupa. Tirou a gravata e começou a desabotoar a camisa, quando a frágil mão de Vitória se apoiou na dele.

– Espere.

Afastou a mão dele e continuou a tirar a roupa com uma lentidão desesperadora mas ao mesmo tempo excitante. Quando o viu com o tronco nu à sua frente, acariciou-lhe o peito e se aproximou dele. Que aspecto divino! Por baixo de seu peito firme viam-se os músculos abdominais perfeitamente definidos, e entre a cintura e os quadris havia de cada lado uma linha de músculos rígidos. Vitória seguiu essa linha com os dedos, até chegar ao botão das calças. Notou que ele retinha a respiração, e viu claramente que estava muito excitado. Começou a desabotoar suas calças, mas o fazia tão devagar que León não conseguiu se conter.

– Isto é uma tortura, Vita!

Em apenas um segundo, arrancou do corpo a roupa que lhe restava. Impaciente e com certa rudeza, despiu Vitória, pegou-a no colo e a colocou sobre a cama.

Rapidamente ele se deitou com uma perna entre as coxas dela; as mãos envolviam seus seios, os lábios acariciavam-lhe o rosto. Deslizou sobre ela e beijou-lhe a nuca, sussurrando-lhe ao ouvido palavras das quais ela só entendeu metade. Parecia que lhe tinha perguntado alguma coisa. O que poderia perguntar naquele momento? Não era mais que evidente que ela o desejava ardentemente? A respiração de Vitória se acelerou, suas pálpebras tremiam, os lábios se abriam, a pele lhe ardia. E tudo isso não era nada comparado à sensação de seu corpo se abrindo ao meio, de ser invadida por um ardor que só ele conseguia provocar. Explorou a pele de León com a mesma curiosidade com que ele acariciava a sua, maravilhando-se com sua suavidade e a vitalidade que dava a seu corpo inteiro. Provou o sabor da pele dele e surpreendeu-se ao descobrir o poder que, com suas mãos e seus lábios, tinha sobre León. E do que ele tinha sobre ela. Cada um dos seus beijos despertava nela o desejo de mais um; cada carícia fazia-lhe desejar outra.

León não precisou de resposta. As reações de Vitória eram mais do que evidentes. As mãos dele se introduziram por sob seu corpo e agarraram com força seus quadris, puxando Vitória para cima. Colocou-se entre suas pernas, que ela separou, complacente. Com suavidade introduziu-se nela, e, quanto mais a penetrava, mais forte era o desejo de Vitória. León mexia seu corpo para cima e para baixo com movimentos delicados e muito cuidado, como se ainda temesse ser rejeitado. Mas os gemidos de prazer de Vitória estimularam-no, e, quando enfim a pressão das mãos dela sobre seus quadris lhe deu a entender que ela queria mais, acelerou o ritmo de seus movimentos.

Vitória gemia e transpirava sob o peso de León, que com seus movimentos cada vez mais rápidos e impetuosos quase a deixavam sem respiração. Mas de repente León parou, abraçou-a com ambos os braços e a girou para o lado, de modo que já não estava mais em cima dela. Seus corpos continuavam unidos, os dois ainda respirando pesadamente. No entanto, Vitória teve a sensação de ter sido interrompida num momento decisivo.

– Sente-se sobre mim – disse León com uma voz que era pouco mais que um gemido.

Vitória olhou-o, desconcertada, mas fez o que ele lhe dizia. Ele devia saber o que lhe pedia. Levantou seu corpo e abriu as pernas até que ficou sentada sobre ele. Ah, finalmente compreendia! Naquela postura ele sentia-se tão dentro dela que da sua garganta saiu sem querer um som que era uma espécie de gemido, uma espécie de soluço. León agarrou seus quadris e iniciou novamente o jogo amoroso. O ritmo de seus movimentos voltou a se acelerar. Era espantoso, pensou Vitória, embora mal conseguisse pensar no que quer que fosse. Não notou que as mãos de León tinham agarrado com força seus seios e que era ela quem marcava o ritmo, que era cada vez mais rápido, mais selvagem, até que ela empurrou os quadris contra o corpo dele, deixou a cabeça pender para trás e, num frenesi, soltou-se num único grito, que foi acompanhado pelo forte gemido de León.

Ele puxou Vitória para junto de si e beijou-lhe o rosto úmido pelo suor.

Do outro lado da porta ouviram-se risinhos, pontapés e aplausos.

– Oh, meu Deus, aqueles bêbados estavam nos escutando!

– E daí? Por acaso não somos marido e mulher? Não temos de nos envergonhar de nada.

– Não?

– Não.

– Mas... tem certeza de que esta é a maneira como se comportam um marido e uma mulher? Meus pais nunca fizeram tanto barulho como nós.

León desatou a rir.

– Bom, para ser sincero: acho que nem todos os casais conseguem aproveitar noites tão apaixonadas como as nossas. Qualquer homem me invejaria por ter uma mulher como você

– Uma mulher como eu? Alguém que se deixa levar, que não tem inibições?

– Mas, Vita, de onde tira essas ideias? Você é minha esposa, e eu a amo tal como você é. Sem inibições.

– Fala sério?

– Sim.

Vitória apoiou a cabeça no ombro de León e sentiu-se maravilhosamente confortável entre seus braços. Ele beijou-a na testa, apertou-a contra seu corpo e percorreu com a mão direita o contorno de sua cintura.

– Não acha que cometemos um erro?

– Com o nosso amor?

– Não estou falando do... ato. Refiro-me ao nosso casamento.

– Eu também.

Vitória engoliu em seco. O que é que ele queria dizer? León colocava-a sempre diante de novos enigmas. Afastou-se um pouco dele para fitá-lo intensamente.

– Isso quer dizer que me ama?

Mal tinha formulado a pergunta, quis morder a língua. Não era um comportamento digno. Vitória não precisava arrancar uma declaração de amor com perguntas como aquela.

– Claro que sim. Se não, acha que teria prometido na igreja amá-la para sempre?

León acariciou-lhe o colo em provocação, como se, ao ter feito aquela promessa, tivesse tido em mente coisas das quais o sacerdote não fazia a mínima ideia.

– Quem, além de você, teria me concedido tanto respeito?

Vitória fugiu de seu abraço e se afastou dele. Será que ele percebia quanto a ofendia? Que mulher, que noiva queria ouvir que haviam se casado com ela por causa de seu corpo e de seu bom nome? Pensou por alguns instantes como poderia lhe devolver a ofensa, mas apenas um minuto depois seus olhos se fecharam. Vitória caiu num sono profundo, enquanto León observava incrédulo, durante horas, o maravilhoso ser que jazia a seu lado e cujo peito se movia regularmente devido à respiração. Sua mulher. Vitória Castro da Silva. Para sempre.

XVIII

A FEIRA TINHA ACABADO. Félix pegou um maracujá podre no meio do lixo que tomava a rua e o atirou contra uma casa. Ali ele se estatelou, e a visão da polpa gelatinosa com as sementes pretas escorrendo pela parede pintada de branco inundou Félix de uma confusa sensação de satisfação. O que se passava com ele? O que fazia de errado para que todas as pessoas se aliassem contra ele? Já não bastava o fato de o massacrarem no escritório? Também os amigos tinham de se virar contra ele?

Compreendia que não pudesse ir ao casamento de León, embora isso fosse para ele extremamente doloroso. Mas que a Fernanda permitisse que Zeca a cortejasse e que ignorasse a ele, Félix, era demais. Desde que haviam estado juntos em Esperança, Félix tinha certeza de que ele e Fernanda haviam sido feitos um para o outro. Nos seus planos para o futuro, Fernanda ocupava um lugar permanente a seu lado. A certa altura, deixara de sentir medo dos seus enormes seios para passar a imaginar como seria tocá-los. Desde então pensava que Fernanda, embora não tivesse falado com ele sobre esse assunto, considerava-o como seu futuro marido. Ele estava à espera de lhe fazer uma declaração quando fosse suficientemente adulto e tivesse condições de sustentar uma família. Por isso vivia naquele horrível bairro, onde estava sempre cinco graus acima do que lá embaixo, junto ao mar! Por isso ele guardava cada trocado que ganhava trabalhando arduamente! Para um dia poder construir uma casa razoável, uma construção de pedra com um jardim rodeado por uma cerca. Nos olhares de Fernanda, em sua forma de agir, tinha lido a aprovação dela. Não podia estar mais errado! Agora ela via com bons olhos esse tal de Zeca, um mulato que, graças a um empréstimo do pai branco, tinha comprado a liberdade e se estabelecera como sapateiro. Mas isso não era o pior: Zeca não só tinha muito sucesso – seus sapatos eram baratos e de boa qualidade, tendo grande aceitação entre as pessoas simples do centro da cidade – como também ótima aparência. Sim, precisava concordar, sua Fernanda tinha bom gosto. Mas Zeca não podia ter arranjado outra namorada? Podia ter quem quisesse; todas as jovens do bairro eram doidas por ele.

Félix perambulava com uma expressão de mau humor pela rua de terra batida. Ia dando pontapés em tudo o que aparecia à frente. Um cão surgiu, latindo a seu redor, e recebeu também um pontapé. Afastou-se uivando e com o rabo entre as pernas. Dois meninos esfarrapados jogavam bola de gude, uma das quais rolou diretamente para seus pés. Também saiu disparada pelo ar, e os insultos dos dois garotos ecoaram por todo o bairro. "Filho da puta! Canalha!", ouviu gritarem. Onde será que tinham aprendido aquelas palavras? Félix estava consciente de que quando tinha a idade deles não conhecia expressões tão fortes. "Gente piolhenta!", pensou, e irritou-se de não conseguir gritar nem repreender os jovens na única linguagem que entendiam. Podiam se dar por satisfeitos por ele não lhes tomar as bolas de gude, que, por outro lado, com certeza tinham roubado de alguém.

Todos no bairro sabiam que os garotos, sobretudo os menores, entre 7 e 14 anos, se uniam em grupos para roubar no centro da cidade tudo o que conseguissem. A polícia ia de vez em quando ao bairro e encontrava sempre algum objeto roubado. Mas era difícil encontrar provas, já que os garotos costumavam roubar, além de comida, objetos que eram de pouco valor para seus proprietários. Como se podia provar que tinham conseguido de forma ilegal um brilhante tacho novo, uma corda particularmente forte ou uma roupa de certa qualidade? Os jovens saíam da situação quase sempre impunes, mas para o resto da população do miserável bairro a presença constante da polícia era uma sobrecarga adicional. Regularmente eram submetidos a interrogatório, reviravam seus barracos, eram tratados como delinquentes. E, para Félix, Fernanda e outros antigos escravos que tinham conseguido fugir, essas visitas significavam uma tortura ainda maior. Embora a probabilidade de que continuassem à procura deles passado tanto tempo fosse pouca, continuavam a recear ser capturados. Em tais situações, a única que não se escondia era Fernanda, que, com uma estatura média e um rosto sem características especiais, quase não corria o risco de ser reconhecida. Quando um dos agentes da lei a interrogava, ela mantinha-se muito calma. "Não, senhor guarda, não conheço ninguém que corresponda a essa descrição." Ou então: "Não, capitão, acho que aqui não mora nenhum escravo fugitivo. Mas, se souber de alguma coisa, comunico ao senhor imediatamente, fique descansado".

Não era o sangue-frio que lhe conferia aquela calma. Fernanda parecia acreditar na história que já havia dois anos contava às pessoas, até mesmo a Zeca: era filha de um modesto artesão e de uma mulher de pele escura, e ainda pequena tinha feito amizade com um jovem branco da vizinhança que a ensinara a ler e a escrever. Mudou-se para o Rio de Janeiro porque julgava ter ali mais oportunidades na sua profissão de professora. Todos pareciam acreditar naquela versão, e só Félix conhecia a verdade.

Félix subiu o morro respirando com dificuldade. Não se admirava de que Fernanda preferisse Zeca em vez dele. Já não estava em forma. O trabalho no escritório não requeria nenhum esforço físico. O único exercício que fazia era subir até o barraco. As pernas de Félix eram fortes, mas seus braços não tinham nem metade do vigor dos de Zeca. E as mulheres gostam de homens robustos. Talvez devesse aplicar parte de seu tempo livre treinando os músculos em vez de lendo os livros que León lhe dava. Ou podia pedir emprestado o barco a remo de Olavo com mais frequência. Ou, então, também podia aprender a arte da capoeira.

Já tinha visto algumas vezes Feijão e dois ou três negros vindos da Bahia exercitando aquela dança-luta, e o impressionava muito o controle que os homens tinham do próprio corpo. Era fascinante ver com que agilidade realizavam contorções acrobáticas, saltos e cambalhotas, apoiados numa das mãos e abrindo as pernas no ar. Quando dois homens dançavam juntos, pareciam dois rivais que lutavam entre si. Davam a sensação de que iam se socar e trocar pontapés, mas não chegavam a se tocar. As extremidades do corpo deles pareciam girar, voar, dançar ao redor. O ritmo era imposto pelo berimbau, um instrumento de corda tocado por um dos capoeiristas que rodeavam em semicírculo os dançarinos. Era um espetáculo de graça extraordinária no qual, quando os protagonistas dominavam a arte, não se notava a força implícita nele. Dizia-se que a capoeira tinha surgido nas senzalas, nos barracões onde viviam os escravos nas plantações de cana-de-açúcar e cacau da Bahia. Como aos escravos era proibido tudo o que pudesse levá-los a lutar ou a se defender, até mesmo o aperfeiçoamento do domínio do próprio corpo, tinham camuflado as refinadas técnicas de luta em uma dança. Em tempos de liberdade já não era mais necessária essa camuflagem, mas a capoeira havia sobrevivido. E Félix queria aprendê-la.

Horas mais tarde, quando já não estava mais de mau humor, Félix se encheu de coragem e foi se encontrar com Feijão.

– Estava precisamente à espera de um tampinha como você! – disse Feijão.

Ele era muito mais alto que Félix, apesar de este achar injusto ser tratado por "tampinha". Félix media um metro e oitenta e na realidade só se podia dizer que era baixo quando comparado com aquele gigante bem treinado. Félix deu de ombros e tentou não deixar evidente sua decepção. Mas, quando fazia menção de ir embora, Feijão tocou-lhe o braço.

– Espere. Não queria dizer isso. Está em perfeitas condições. Ensino-lhe capoeira se me fizer um favor.

Félix ergueu as sobrancelhas, surpreso. O que poderia ele fazer por um homem que tinha melhor presença do que ele e que era alguns anos mais velho?

– Pode ser? Você me fará um favor? – perguntou Feijão, percebendo a perplexidade de Félix.

Félix não esperou para saber o que ele queria. Fez uma expressão de concordância e só depois o convidou a dizer em que consistia exatamente o favor.

– Todos aqui no bairro sabem que você não só é capaz de ler e escrever corretamente, como também tem um bom emprego. As pessoas zombam de você, mas na realidade têm é inveja. Dizem que conhece León Castro. Talvez você pudesse falar com ele. Talvez ele esteja precisando de alguém como eu, forte e de confiança, entende? Hoje em dia é difícil encontrar um bom emprego, um trabalho honesto e bem pago. E, se continuar assim, vou ficar maluco.

Félix assentiu. Não queria dar a entender a Feijão como se sentia orgulhoso. Mas também não queria que notasse que não seria fácil ajudá-lo. Via León pouquíssimas vezes e sabia que havia filas enormes de gente à espera de um favor dele. Nem sequer um homem tão influente quanto León Castro podia dar conta de todos os negros que precisavam de ajuda. Mas, enfim, pensou Félix, iria tentar.

Sorriu para Feijão, estendendo-lhe a mão para fechar o acordo.

* * *

Uma semana depois, Félix teve oportunidade de pedir a León um emprego para Feijão.

– É seu amigo? – perguntou León.

Félix assentiu.

– E é um bom trabalhador? Honesto, esforçado, responsável?

"Claro que sim", Félix deu a entender. Na realidade não conhecia Feijão o suficiente para recomendá-lo daquela maneira, mas acreditava que ele conseguiria cumprir os requisitos que León exigia.

– Está bem, eu falo com ele. Diga ao seu amigo que venha aqui amanhã pouco antes das oito.

León não sabia que ocupação dar ao rapaz. Mas, uma vez que era recomendação de Félix e que ele nunca pedira favores para outras pessoas, atenderia seu pedido.

Quando naquela tarde Félix subiu o morro, sentia-se tão aliviado que a subida não lhe custou tanto como das outras vezes. Vinha dando esperanças a Feijão, mas temia se encontrar com seu mestre de capoeira. Ele sempre lhe perguntava sobre a possível entrevista com León Castro, e Félix sempre tinha de arranjar novas desculpas. Mas nesse dia havia boas notícias para lhe dar!

Feijão ficou contente como uma criança quando soube que León Castro teria tempo para recebê-lo. Félix tentou conter um pouco a alegria dele. Afinal de contas, era apenas uma primeira entrevista; não significava que León tivesse um emprego para ele. Mas Feijão não conseguia deixar de pensar que sua miséria tinha enfim acabado. Um emprego simples, um bom ordenado e tempo para aproveitar a vida! Convidou todos os amigos para ir ao bar no fim da rua e pediu três garrafas de aguardente, das quais ele próprio bebeu quase uma inteira. Com a alegria da comemoração, Félix não teve coragem de explicar a Feijão que León não conseguia fazer mágica. Se lhe arranjasse um emprego, seria um trabalho duro e não muito bem remunerado.

No dia seguinte, Félix não teve aula de capoeira: Feijão estava com uma fortíssima ressaca. Mas Félix não se importou muito. Depois de cada aula seus músculos doíam e, além disso, tinha a sensação de que não aprenderia aquela dança nunca. Sentia-se um fracassado. Começou a odiar a capoeira. Mas Feijão afirmava que isso acontecia com todos os principiantes. Elogiou a flexibilidade de Félix, reconheceu que tinha certo talento e disse que um dia seria um bom capoeirista. Félix não acreditava nele. Continuava a ir às aulas única e exclusivamente para que Fernanda não pensasse que era um covarde sem força de vontade, alguém que desistia diante da menor dificuldade.

Fernanda acompanhava os progressos de Félix a certa distância. Se ele soubesse que ela o observava, teria agido ainda mais desajeitadamente. Achava que ele estava ficando maluco. Por que fazia amizade com aqueles sujeitos quando estava muito acima deles? Aquele homem com quem Félix andava não a convencia. Tinha um corpo muito atlético, era verdade, e na capoeira mexia-se com perfeita elegância. Mas dava importância demais a seu bom aspecto. Não perdia nenhuma oportunidade para perseguir as moças, e mais de uma havia caído em desgraça por culpa dele. Sabia-se que Feijão era o pai de três crianças do bairro, mas nenhuma das mães tinha recebido nenhum tostão dele. Duas das jovens estavam completamente sós no mundo e não tinham outra alternativa a não ser deixar os bebês com uma vizinha, enquanto se matavam de trabalhar, uma como lavadeira, outra como costureira. Além disso, tinham de suportar ser chamadas de porcas, prostitutas e rameiras, enquanto o safado do pai das crianças ficava imune a tais insultos. A família da mãe do terceiro bebê havia tentado pedir satisfações a Feijão, obrigando-o a se casar com a jovem. Mas não tinha conseguido. Feijão riu deles e lhes disse na cara que a filha tinha dormido com metade dos homens com menos de 80 anos e que qualquer um podia tê-la engravidado. Era uma grande mentira e todos sabiam disso, mas o nome da jovem ficou manchado para sempre.

Fernanda tinha previsto chamar Félix a um canto durante a festa daquela noite para lhe dizer o que pensava da amizade dele com Feijão. No descontraído ambiente da festa, que se celebrava em honra de São Pedro ou Xangô, este último uma divindade africana à qual se rendia homenagem no mesmo dia do santo cristão, poderia expressar melhor sua opinião do que se aparecesse de repente no barraco de Félix e lhe passasse um sermão. Conhecia Félix o suficiente para saber que ele reagia a críticas abertas com teimosia e as rejeitava, mas, que se lhe fizesse uma observação sutil, meditava sobre ela. Por outro lado, seria necessário aborrecê-lo agora com aquele assunto? Fernanda estava havia semanas à espera daquela festa; estava havia dias pensando no que iria vestir, em como deveria se pentear e se devia ou não usar maquiagem. Algumas vezes achava que o vestido azul lhe caía melhor; outras, preferia o amarelo. A princípio, pensou em se arrumar com esmero, mas depois achou melhor ter um ar mais natural. Naquela tarde decidira-se enfim por uma saia vermelha com uma blusa branca; além disso, colocaria uma fita vermelha no cabelo e um pouco de batom, que a vizinha Ana tinha recebido como presente da patroa.

Mas, no fim da tarde, pouco antes da festa, Fernanda já não tinha tanta certeza assim em relação à sua escolha. Lábios vermelhos, ela? Ficaria ridícula! Além disso, era vistoso demais, parecia estar dizendo: "Beije-me!". Não, iria mais decente; o vestido azul era o apropriado.

Fernanda chegou tarde à festa. Félix achou estranho e até se perguntou se ela realmente iria. Só Deus sabe quanto as mulheres demoram para se arrumar! Félix achou que Fernanda estava como sempre. Que pena, porque, se tivesse escolhido alguma coisa diferente na roupa, poderia lhe ter feito um elogio. Mas assim não sabia o que deveria dizer. Não podia se aproximar dela e lhe dizer que ficava bem com o vestido que usava todos os dias ou com o mesmo penteado de costume.

Os arredores da capela estavam repletos de gente, animados pelos inúmeros casais que se moviam desenfreadamente pela rudimentar pista de dança e pelos espectadores que estavam ao redor e marcavam o ritmo com palmas e os pés. Fernanda tentou encontrar Félix. Era sem dúvida o homem mais atraente da festa. Sabia que Félix agradava a outras mulheres, mas para a maioria delas a mudez do jovem constituía um problema. Só havia uma jovem que não se importava com a deficiência dele. Bel, uma negra corpulenta, vesga, que naquele momento se aproximava de Félix.

Félix fingiu não percebê-la e olhou para Fernanda. O olhar de ambos se encontrou. Sorriram. Fernanda mexeu os quadris, como se quisesse dançar. Com ele? Félix virou-se. Talvez os insinuantes movimentos dela não fossem dirigidos a ele, mas a algum sujeito que se encontrasse atrás dele. Mas às suas costas só estava Bel, que se lançou sobre ele.

Fernanda ficou furiosa. Como podia ser tão tolo? Félix não só era mudo, como também parecia ser cego! Não podia ser mais objetiva sem correr o risco de lhe chamarem de ninfomaníaca. Era bem feito para Félix agora! Teria de aguentar a conversa chata de Bel. E quanto a ela? Dançaria com Zeca assim que ele chegasse, o que deveria estar para acontecer a qualquer momento. Ele precisou fazer um serviço urgente, mas em seguida iria para a festa. Mas, ainda assim, ia beber aguardente e flertar com qualquer um que cruzasse com ela no bar. Estava pouco se importando com sua reputação.

Quando Félix finalmente se desenvencilhou da aborrecida sombra que o perseguia, já era tarde demais. Viu Fernanda e Zeca na pista de dança, e observou como ele a segurava em seus braços, a proximidade do rosto de ambos, como Fernanda jogava a cabeça para trás e ria. Não lhe escaparam os olhares apaixonados de Zeca, nem o brilho nos olhos de Fernanda. Ela lançava de vez em quando olhares furtivos a Félix, que começou a pensar que ela o provocava.

Félix foi um dos primeiros a deixar a festa. Com as mãos nos bolsos, caminhou devagar pela rua, que parecia morta sob a prateada luz da lua cheia. Os velhos e as crianças já estavam dormindo havia muito tempo; os outros estavam todos na festa. Ouvia-se ao longe a música do acordeão e do violino, e Félix foi invadido por certa melancolia. Não era uma sensação desagradável, mas sim uma mistura de tristeza e romantismo. Além disso, apreciava a solidão. Era uma experiência totalmente nova andar pelo bairro vazio quando normalmente ali não dispunha de um minuto que fosse só para si. Seus sentidos estavam muito despertos, e captou sons e movimentos que habitualmente não sentia. Um gato correu ligeiro pela rua poeirenta. Nas figueiras havia um estranho sussurro. De um barraco vinha o choro de um bebê; de outro, o cheiro de feijão queimado. Provavelmente tia Nélida tinha se esquecido de retirar o tacho do fogo antes de sair com o marido para festa, onde, apesar da idade, dançariam desenfreadamente. Félix entrou no barraco sem hesitar, tirou o tacho do fogo e o apagou. Da janela que dava para o pátio dos fundos viu a roupa estendida ondulando ao vento, como fantasmas brancos na noite de lua clara. Pareceu-lhe ver a sombra de alguém que desaparecia rapidamente por trás do barraco vizinho. Ou teria sido um animal? Mas não encontrou ninguém, por mais que olhasse para todos os lados. Saiu do pobre barraco com a angustiante sensação de que algo muito estranho estava acontecendo.

Sentia-se muito desperto, sem nenhuma vontade de dormir. Decidiu se aproximar do riacho que corria junto à colina. Durante o dia estavam sempre ali mulheres lavando roupa, crianças enchendo latas de água e, depois, apoiando-as na cabeça, subindo pelas íngremes ruas, e homens pescando. O riacho era uma artéria que dava vida ao bairro, e, embora a água fosse barrenta e amarelada, e cheirasse mal nos dias de muito calor, algumas áreas da margem pareciam feitas para que as pessoas se sentassem perto e se entregassem a seus pensamentos. Mas, justamente quando Félix ia se sentar numa rocha para enfiar os pés dentro da água, percebeu que não estava sozinho. Em meio ao mato estava um casal de amantes cujos gemidos irritaram Félix. Foi embora fazendo tão pouco barulho quanto quando chegara. O estado de espírito que o invadia antes deu lugar a uma fulminante autocompaixão. Nenhuma mulher queria beijá-lo, pelo menos nenhuma que considerasse apropriada. Ninguém queria ser amigo dele – nem os colegas, para os quais era negro demais, nem os vizinhos, para os quais, devido ao seu emprego, era branco demais. Não tinha pais, nem irmãos, nem nada que se parecesse de longe com um lar. Seu passado havia se apagado no dia em que fugiu, e o futuro abria-se à frente como um dia interminável no escritório, sombrio, aborrecido, monótono. Félix nunca tinha se sentido tão só em toda a sua vida.

Acordou no dia seguinte com os gritos da rua. Saltou rapidamente da cama, um estrado rudimentar de madeira com um colchão de palha, para ver o que estava acontecendo. O sol tinha acabado de nascer, e sua brilhante luz alaranjada conferia um enganoso charme a tudo ali ao redor: ao gasto tecido vermelho que os vizinhos, os Pereira, utilizavam como cortina e ao caminho poeirento e cheio de lixo que levava a seu barraco. As nuvens pareciam bolas de algodão cor-de-rosa no céu. Uma boneca, das que os filhos dos escravos costumavam ter, feitas de restos de tecido e recheadas de grãos de café, arroz ou milho, estava caída numa poça que emitia reflexos dourados. Félix viu tudo isso enquanto se espreguiçava e bocejava junto à janela. Mas não conseguiu ver de onde provinham as vozes. O que significava tudo aquilo, sobretudo num domingo e depois de uma festa? Naqueles dias normalmente não se via nada nem ninguém antes da hora de ir à missa. Félix vestiu às pressas as modestas calças de algodão e as fechou enquanto saía correndo para fora. Na esquina de seu barraco, de onde conseguia ver toda a rua, ficou parado. Esfregou os olhos para espantar o sono e passou a mão pela curta cabeleira crespa, na qual tinha algumas palhas do colchão esburacado.

– Cambada de canalhas! Deviam mandá-los para a cadeia; lá é que vocês deviam estar!

Tia Nélida agarrava pela orelha um garoto que, com a cara retorcida pela dor, gritava:

– Mas não fui eu, Tita! Juro por Deus que sou inocente!

– Não se atreva a mencionar o nome de Deus com sua boca imunda, piolhenta cria do diabo!

Outros dois meninos se aproximaram sem que Nélida se desse conta. Com certeza queriam libertar o parceiro das garras da velha. Mas Félix foi mais rápido. Correu na direção deles, deu um salto e, ao contrário do que aprendeu na capoeira, bateu com força na barriga do mais velho, enquanto o outro recebia um golpe na cabeça. Nélida ficou tão surpresa que se descuidou um instante, e o pequeno ladrão saiu correndo em disparada. Os outros dois o imitaram, contorcendo-se de dor. A velha abanou a cabeça.

– Vou pegar vocês! – gritou aos meninos. Depois virou-se para Félix com um amplo sorriso na sua boca desdentada. – Félix, filho! Desde quando sabe fazer essas coisas?

Ele não entendeu bem o que ela dizia, mas aquela não era a causa da expressão de perplexidade no rosto de Félix. Estaria sonhando? Ou teria executado um golpe de mestre que nas suas horas com Feijão nunca conseguira fazer? E por que não havia mais testemunhas além daquela velha, com quem ninguém se importava porque não se entendia o que ela dizia? Félix estava extremamente orgulhoso do sucesso de sua atuação, mas também um pouco assustado. Para ele, era novidade que os movimentos que Feijão tinha lhe ensinado a realizar de maneira a não machucar ninguém pudessem ter semelhante eficácia.

Quando a admiração passou, Félix perguntou à velha mulher o que tinha acontecido realmente.

– Enquanto estávamos todos na festa, esses pequenos criminosos puseram-se a roubar. De nós tiraram um saco de milho. Assim que me dei conta esta manhã, fui logo ao cortiço, onde, como todos sabem, vivem esses moleques, e os flagrei escondendo um espelho igual ao que vi recentemente na casa dos Santos. Para que esses imbecis querem um espelho? Eles nem têm barba para fazer! Vou dizer o que eu acho, Félix: estou convencida de que o diabo se apoderou deles.

Félix ouviu só em parte as confusas explicações de Nélida sobre como podiam livrar aqueles jovens do demônio. Deu-lhe a entender a tia Nélida se não seria melhor informar o Sérgio e os outros homens que formavam o conselho municipal. Eram consultados tanto em caso de conflito entre vizinhos como nas acusações de fraude contra os comerciantes, ou ainda nas discussões entre o taberneiro e os clientes que iam embora sem pagar, uma vez que naquele país nenhum habitante dos bairros pobres podia confiar na justiça. Podia-se consentir que os rapazes cometessem seus malfeitos na cidade. Mas, se roubassem o próprio povo, então era preciso fazer alguma coisa rapidamente.

Fernanda também tinha ouvido a confusão na rua. Foi à janela e testemunhou tudo. Quase aplaudiu a impressionante exibição de Félix. Como ele golpeou os malfeitores com apenas um único salto! Seu Félix! Antes que ele pudesse vê-la, fechou a janela. Queria dormir mais um pouco; na noite anterior tinha voltado muito tarde. Mas uma das madeiras rangeu e, através de uma pequena fenda, conseguiu ver que Félix olhava em sua direção.

Quando acabou a missa, o sol já estava bem alto. Félix procurou Fernanda em meio às pessoas que saíam da igreja e subiam devagar o morro. Tinha ouvido a janela, cujo rangido lhe era inconfundível. Tinha certeza de que ela o tinha visto! Durante toda a missa não pensou em outra coisa; até mesmo durante o sermão importunou o Bom Deus com o seu pedido pouco cristão: "Por favor, Senhor que está no céu, faça com que ela tenha me visto!".

Félix afastou uma menina que fazia a Fernanda uma pergunta boba sobre o sermão. Flávia, assim se chamava a menina, perseguia sempre Fernanda; não deixava de importuná-la com suas perguntas e fazia observações impertinentes que incomodavam a todos, menos a própria Fernanda. Félix não teve o menor constrangimento em mandá-la embora.

– Ah, hoje está decidido a ser malcriado, não é verdade? – disse-lhe Fernanda, olhando-o com expressão zombeteira.

– Isso não está certo, não é, professora? – choramingou a menina, esperando que Fernanda a defendesse.

– Não, Flávia, isso é falta de educação da parte dele. Mas você também não deve ouvir as conversas dos adultos, não é? – perguntou Fernanda com a sua mais severa voz de professora.

A criança continuou a andar ao lado dela, cabisbaixa e com lágrimas nos olhos. Félix mexeu impacientemente a mão, como se espantasse moscas, até que Flávia o compreendeu, desatou a chorar e foi embora.

Félix olhou para Fernanda. Ela *o tinha* visto! Acelerou o passo e fez um sinal a Fernanda para que o seguisse. Não queria repetir sua proeza ali, na frente de tanta gente, para que depois gozassem dele. Tinha pressa para chegar em casa e pegar seu quadro. Nunca o levava à igreja ou quando andava pelo bairro, onde não lhe servia de nada porque quase ninguém sabia ler nem escrever. Mas o quadro era de um valor inestimável para se comunicar com Fernanda. Permitia-lhe explicar coisas para as quais não havia gestos.

– Por favor, Félix, você devia ter se visto! Parecia um pavão – Fernanda franziu os lábios num sorriso forçado que, à medida que continuava a falar, se tornou mais amplo e aberto sem que ela o pretendesse. – Bom, está bem, eu admito. Seu espetáculo de circo não foi nada mau.

Que pena, pensou, que na noite anterior não tivesse tido a mesma coragem para convidá-la para dançar! Para Fernanda não fazia sentido nenhum que um jovem precisasse de mais coragem para isso do que para confrontar aqueles desordeiros.

Chegaram ao barraco de Félix quase sem fôlego. Ele entrou correndo e pegou a lousa, e também uma caixa de castanhas de caju, que sabia que Fernanda gostava. Comeram as castanhas no caminho para a casa de Fernanda. Ela tinha investido seu salário para dar à casa um telhado sólido, janelas, uma porta em boas condições, com fechadura, e um pequeno jardim, fato pelo qual já não podia receber o nome de "barraco". Félix comeu quase todas as castanhas, mas decidiu que lhe levaria mais da próxima vez.

Já em sua casa, Fernanda ferveu água para o café. Pegou uma frigideira que estava pendurada num dos pregos da parede e a colocou sobre o fogão – outra de suas aquisições.

— Esta manhã não comi nem bebi nada. Estou com as pernas bambas por causa da fome. Quer ovos mexidos?

Virou-se por instantes para ele, captou-lhe a expressão de assentimento e dedicou-se novamente às suas tarefas sem deixar de fazer grandes ruídos metálicos.

Félix irritava-se com o fato de Fernanda estar quase sempre de costas para ele, e que estivesse tão ocupada. Certamente que o fazia de forma intencional, com o intuito de deixá-lo impaciente antes de lhe contar os detalhes de sua ação.

— Pelo amor de Deus, Félix, não fique ofendido. É melhor que faça alguma coisa de útil. Abra as janelas e a porta; pode ser que a corrente de ar afaste os mosquitos. Daqui a pouco, durante o café da manhã, vai poder me contar calmamente sua história.

Félix foi até a janela, esmagando um mosquito pelo caminho com o braço. Abriu a janela e o forte rangido o fez se sobressaltar. Colocou a cabeça para fora da janela, e naquele momento viu dois policiais na rua. Os dois transpiravam dentro das fardas e tinham o rosto avermelhado. Dirigiam-se para a casa de Fernanda.

O coração de Félix começou a bater com força. Atravessou o pequeno cômodo, tocou o ombro de Fernanda, olhou-a com os olhos cheios de pânico e fez um sinal de despedida. Não tinha tempo para explicações. Antes que Fernanda pudesse perguntar o que quer que fosse, Félix já havia desaparecido pela estreita janela lateral.

— Espere! O que aconteceu? – exclamou.

Naquele momento bateram à porta. Os homens não esperaram que os convidassem a entrar.

— Polícia – disse o mais corpulento dos dois. – Há aqui um tal de Félix?

Fernanda teve de fazer esforço para dar à voz um tom neutro.

— Não. Não conheço nenhum Félix. Mas, se quiser, pode verificar que não há ninguém mais aqui além de mim. – Fez uma pausa bem calculada, e continuou a falar com um fingido tom de admiração: – O que fez esse tal de Félix?

Nenhum dos policiais respondeu. Enquanto o mais alto se colocava de joelhos para espreitar sob a cama, o mais baixo revirava com o cacetete os objetos que Fernanda tinha a um canto da casa, atrás dos quais poderia se esconder uma pessoa. De repente tudo veio ao chão com um grande estrondo: a vassoura e dois paus de bambu que tinham servido de armação para segurar os brotos de feijão que cresciam com dificuldade em seu jardim. Só a escada continuou de pé.

Satisfeito com a desarrumação que tinha provocado, o homem mais baixo respondeu enfim com ar de desprezo:

– É um escravo fugitivo, tem 17 anos e é mudo. Não está no barraco onde, pelo visto, se esconde. Informaram-nos que era bem possível que estivesse aqui.

– Fale sério, senhor guarda; sou uma moça decente. Por acaso tenho cara de quem se dá com negros fugitivos?

– Nós ouvimos uma voz. Com quem estava falando?

Fernanda se esforçou para parecer uma jovem simples e ignorante.

– Ai, senhor guarda, é um costume tolo que eu tenho. Costumo dizer em voz alta as lições que tenho de dar no dia seguinte. Porque sou professora. E fique sabendo que essa maneira de preparar aulas é muito eficaz. Chego a me fazer as perguntas que as crianças podem me fazer, e, acredite-me, às vezes são tão disparatadas que não têm resposta. Ainda há pouco o pequeno Kaíque me perguntava...

Félix não ouviu o resto. Apesar do perigo que corria e embora soubesse que Fernanda dizia tudo aquilo para ajudá-lo, ficou ligeiramente decepcionado por não ouvir o que teria perguntado o pequeno Kaíque. Sentia-se como quando tinha de parar de ler um livro extremamente emocionante porque bem naquele momento alguém batia à porta. Tinha se agachado sob a janela por onde escapara. Ficou ali para que ninguém o visse correndo. Estava na ponta dos pés, paralisado devido ao medo, respirando pesadamente e com as mãos úmidas; ao contrário das funções corporais, porém, sobre as quais mal tinha controle, sua mente estava desperta e funcionava a toda a velocidade. Enquanto prestava atenção ao que acontecia no interior, não só pensava nas possibilidades para escapar, como também se perguntava para que Fernanda desejava o barril que estava junto à parede da casa, a seu lado. Reparou com extraordinária precisão na madeira por pintar, nos aros de metal enferrujados, nos besouros que se mexiam por sob a superfície podre. Ao mesmo tempo quebrava a cabeça pensando em quem poderia tê-lo delatado. Poderia ter sido um dos meninos que naquela manhã ele tinha afugentado com seu salto ousado. A vingança sempre era um motivo importante. Mas teriam os jovens ido voluntariamente à polícia? E se tivesse sido um dos seus colegas? Mas estes não sabiam onde ele morava. Como poderiam tê-lo denunciado?

– ... ainda há pouco o pequeno Kaíque me perguntava... – ouviu Félix antes do esforço final. Na rua aproximava-se uma carroça puxada por um burro e carregada até em cima com folhas de palmeira secas. Se atravessasse a rua depressa, teria oportunidade de ficar a salvo, escondido atrás da carroça.

Félix disparou a correr. Corria para salvar a vida, e continuou correndo mesmo quando viu que os policiais já não o perseguiam.

XIX

VITÓRIA NÃO DEMOROU MUITO PARA ENCONTRAR NO RIO DE Janeiro uma casa pela qual se apaixonasse à primeira vista. Ficava numa rua relativamente calma da Glória, um bairro cuja localização correspondia exatamente às suas exigências. Localizava-se a poucos minutos de coche da cidade, com suas elegantes ruas de lojas e imponentes edifícios públicos, teatros e cafés, bancos e mercados coloridos; a sul da Glória, igualmente perto, de tal forma que até se podia ir a pé em caso de necessidade, ficavam os elegantes bairros do Catete e do Flamengo, nos quais cada vez mais membros da alta sociedade construíam suntuosas moradias para ali passarem mais tempo.

Vitória descobriu a casa por acaso, quando a carruagem passou por ela a caminho da casa de León. "Vende-se", dizia um cartaz que estava pendurado na única janela cujas faces apodrecidas não estavam fechadas. Vitória mandou o cocheiro parar. Da rua observou a casa, embevecida, e na expressão de seu rosto refletiu-se a alegria antecipada pela disposição dos cômodos que ainda nem sequer tinha visto.

Naquele momento, León achou Vitória irresistível. Não estava habituado àquela forma de comportamento, tão juvenil, tão romântica. E tão irracional.

– Vita, esta casa está num estado lastimável. É melhor continuarmos procurando; em breve encontraremos algo apropriado para nós.

Mas Vitória estava cansada de morar na minúscula casa de León. Seis cômodos eram insuficientes. Para manter, de certa maneira, o anterior nível de vida, precisava de uma casa em boas condições, com pelo menos quatro quartos, uma sala ampla, uma pequena sala de estar, uma sala de jantar e dois escritórios, além de uma biblioteca, vários banheiros e, naturalmente, uma ala inteira para a cozinha, as divisões de serviço e os quartos da criadagem. Queria mandar vir o seu pessoal da Boavista; além disso, os escravos que ela tinha recebido como presente de casamento precisavam se alojar em algum lugar.

– Esta casa é perfeita! Fica num lugar fantástico e, olhe, León, dessa colina temos uma vista linda para a praia do Flamengo e para o Pão de Açúcar.

– Vita, querida, acho que se deixou levar pelo charme deste jardim abandonado. É melhor vermos a casa por dentro antes de tomar qualquer decisão.

León tinha razão: a casa estava num estado lastimável. Apesar de tudo, Vitória gostou dela; quanto mais via, melhor a achava. Não só ficava num ótimo lugar, como também tinha o tamanho certo, estava bem construída, tinha uma vista fabulosa das janelas do primeiro andar e… era barata. A proprietária, uma senhora já com certa idade que, devido a problemas nos quadris, ocupava apenas dois cômodos do andar térreo, estava havia muito tempo procurando um comprador.

– É uma bela casa. A construção está em ótimo estado. As paredes são mais grossas do que as das casas que se constroem atualmente; no verão, mantêm o ar fresco do interior e no inverno conservam o calor. O piso – disse a mulher, batendo suavemente sua muleta nele – é da melhor qualidade. Foi instalado pessoalmente por Augusto Perrotin e ainda dura mais cem anos. Mas todos os interessados reparam, espantados, em coisas sem importância.

– Como, por exemplo, a escada, as portas e as janelas podres. A cozinha abandonada? Ou as antiquadas instalações sanitárias? – perguntou León, interrompendo os elogios que a senhora fazia à casa.

Como se quisesse corroborar as palavras de León, Sábado começou a latir para uma grande fenda do chão. Provavelmente teria farejado um rato. Vitória colocou a mão à frente do rosto para esconder um divertido sorriso.

– Mas, querido senhor Castro – disse dona Almira com uma atitude admirável –, essas são coisas secundárias. Tudo isso pode ser arranjado com um investimento não muito grande.

León não pensava daquela maneira. Mas não foi capaz de pôr fim às pouco habituais – e cativantes – fantasias de Vitória com seus argumentos lógicos. Como brilhavam os olhos dela! Não via uma explosão semelhante de iniciativa, de entusiasmo desde… desde quando? Desde a época em que haviam se conhecido, teve de reconhecer León, admirado. Depois da viagem dele à Europa, Vitória já não era a mesma, embora ele não quisesse reconhecer essa transformação.

Só agora, quando parecia aquela jovem de 18 anos, é que León notou quanto tinha sentido falta daquela época.

– Acho que meu marido tem razão, cara dona Almira. Talvez a casa não seja tão boa assim para os nossos objetivos, como eu tinha pensado a princípio. Mas vamos pensar, não é, querido?

Vitória piscou o olho para León, que reagiu com uma discreta expressão de assentimento.

– Sim, entraremos em contato com a senhora no fim desta semana para lhe comunicar nossa decisão.

– ... na qual provavelmente possa influenciar de forma positiva uma queda do preço. – Vitória deu o braço a León e ofereceu à proprietária da casa um sorriso que exprimia pesar e decepção.

Que bela atriz era Vitória! León sabia que ela havia gostado da casa e que o convenceria a comprá-la.

Agradeceram à mulher com exagerada delicadeza, despediram-se dela e seguiram viagem. Já ao virar a esquina, Vitória exclamou:

– Eu a quero!

– O quê?

– León, aquela casa é uma joia. Reparou nas paredes e nos tetos trabalhados? Prestou atenção no piso de mármore que se esconde sob os velhos tapetes e as grossas camadas de pó? Viu os belos motivos dos vitrais?

Não, teve de admitir León; todos aqueles detalhes tinham lhe escapado. Mas gostou do entusiasmo com que Vitória tentava fazer que a casa lhe agradasse. Ela apoiou sua mão no antebraço dele, como se o contato da pele pudesse dar mais força aos seus argumentos. Que maravilha ver a delicada e branca mão dela sobre seu antebraço bronzeado! E era tão macia! Custava a acreditar que um roçar assim tão leve conseguisse eletrizá-lo daquela maneira.

Como se tivesse lido seus pensamentos, Vitória retirou a mão e se afastou ligeiramente de León.

– Devia ter adivinhado que você não tem faro para essas coisas.

– Vita, se quiser a casa, podemos comprá-la. Eu viveria com você em qualquer palácio, mas também em qualquer barraco deste mundo, desde que você se sentisse bem.

Vitória estava tão admirada com aquela inesperada declaração de amor que abraçou León e lhe deu um sonoro beijo no rosto. Mas, quando ia se afastar, ele a agarrou pelos ombros e a observou fixamente nos olhos. Seus lábios se aproximaram dos dela, que esperaram impacientes pelos beijos dele.

Vitória não se compreendia. Depois de León ter adiado a lua de mel pela terceira vez, tinha decidido mostrar-se fria com ele. E agora demonstrava-lhe quanto desejava seus beijos! Bom, que mal fazia ser incoerente uma vez ou outra? Estava um dia ensolarado, e a perspectiva de possuir em breve uma casa própria fazia-a sentir-se ainda melhor. Por que não se deixar levar pela sua boa disposição e permitir ser beijada pelo belo homem que estava a seu lado? Era um miserável, mas também era seu marido, e hoje o achava mais atraente que nunca. Será que sempre teve aquele brilho âmbar nos olhos castanhos que a observavam por sob as longas sobrancelhas? Teve sempre aquele tendão na curva que unia o pescoço aos ombros, que parecia feito para apoiar nele sua cabeça? E teria tido sempre aquelas covinhas no rosto bem barbeado?

León sentiu que Vitória ficou rígida em seus braços durante alguns instantes, mas logo se deixou abraçar. A boca dele roçou os lábios dela, que eram suaves e cálidos, e responderam ao beijo. A mão dele avançou pelas costas dela, que se curvavam na direção dele à medida que o beijo se tornava mais terno e mais intenso.

Quando um buraco na rua sacudiu a carruagem, eles se separaram. Mas León não estava disposto a que as condições da rua quebrassem a magia daquele momento. Continuou a segurar Vitória com força em seus braços, embora deitasse a cabeça para trás a fim de observar melhor seu rosto. O que viu encheu-o de tanta ternura que quase lhe foi doloroso.

– Então moraria comigo em qualquer barraco? – disse Vitória, retomando o fio da conversa. Sua voz soou como o ronronar de um gato.

– Sim, até naquela ruína que acabamos de ver – ele lhe sussurrou ao ouvido, fazendo-lhe cócegas com sua respiração. – Pelo menos ali haverá espaço para Sábado. E tem cômodos suficientes para os enchermos de crianças lindas.

– Se você pensa assim...

A magia desapareceu, e ela já não ansiava mais pelos beijos dele. Não queria falar de crianças; não queria sequer pensar nisso. Não poderia ter filhos, tinha-lhe dito Zélia alguns anos antes.

– O que foi?

A brusca mudança de humor irritou León.

– Ah, nada! Estava pensando... nas negociações com a proprietária da casa. Dona Almira parece ser um osso duro de roer. Embora a façamos esperar até o fim da semana, não acredito que ela baixe muito o preço.

– Tem de admitir que adora negociar. Quem sabe dona Almira não encontre uma sócia à sua altura?

León olhou para a esposa com carinho. Estava tudo bem. Se havia alguma coisa no mundo que afastasse Vitória de seus beijos sem que ele ficasse cheio de ciúme, era o talento dela para os negócios.

Agora, três meses mais tarde, a casa estava pronta para ser habitada. Vitória tinha supervisionado pessoalmente as obras da reforma e, com isso, havia acelerado o ritmo de trabalho. Ia à obra sempre acompanhada de seu cão, que impunha grande respeito aos homens, embora não tanto quanto o que tinham por ela. Vitória tinha dado instruções aos encanadores, criticado os carpinteiros, censurado os pintores, despedido o vidraceiro, contratado o novo vidraceiro, insultado o pedreiro e acabado com os nervos do encarregado dos mosaicos e dos azulejos. León suspeitava de que os trabalhadores tinham terminado sua tarefa em tempo recorde para não terem de aguentar mais tempo o perfeccionismo e a insistência de Vitória. Ele próprio pensava que a mulher teria dado um excelente capataz, mas não comentou nada com ela. A única vez que havia brincado com Vitória a respeito de seu pouco feminino trabalho na obra, ela quase o agarrara pelo pescoço.

– Mas, León, aqueles homens são uns estúpidos e molengas. Alguém precisa lhes dizer o que têm de fazer, porque eles por si sós não sabem. São como Sábado: precisam de uma mão firme. Caso contrário, fariam tudo malfeito. Tudo! Assim que se deixa de supervisionar durante algumas horas, fazem uma asneira. Colocam os mosaicos tortos, quebram os belos vitrais, tiram o estuque do teto precisamente onde está impecável, sujam de tinta o valioso assoalho e não o limpam a tempo. Uma cambada de preguiçosos, inúteis e bêbados! Só sabem passar faturas abusivas, esses aproveitadores! O que arranjou o telhado queria me cobrar trezentas telhas em vez das trinta de que efetivamente precisou...

León sabia que em sua casa trabalhavam apenas os melhores, e mais bem remunerados operários, mas apesar disso compreendia as queixas de Vitória. Ele também se irritava com os trabalhadores preguiçosos e ineptos, e questionara-se várias vezes sobre como haviam conseguido construir as grandiosas pontes, palácios ou torres deste mundo se naquele tipo de obra tinham trabalhado como na que conhecia. Provavelmente com uma supervisão tão rigorosa e intransigente quanto a de Vita.

Quando chegou o momento de decorar a casa, Vitória agiu com igual determinação. Escolheu tecidos e papéis de parede com um entusiasmo que beirava o fanatismo. Mandou estofar novamente cadeiras e sofás, restaurou mesas e armários, encomendou tapetes com os próprios desenhos. Visitou galerias de arte em busca dos quadros certos, completou a prataria e a porcelana com peças de novas cores e aturdiu os empregados, fazendo-os levar móveis e objetos decorativos de um lado a outro da casa para verificar que o novo baú ficava melhor na entrada do que na sala de jantar. Com todo esse rebuliço, Vitória manteve sempre a cabeça fria, embora visto de fora não fosse essa a impressão que transmitia. Além disso, tratou de organizar a festa de inauguração da nova casa: escreveu os convites, escolheu os pratos, fez o pedido dos vinhos e dos bolos, marcou a distribuição dos convidados à mesa, encomendou um sofisticado vestido da costureira mais famosa do Rio. Enquanto León, Pedro, Joana, todos os amigos e os empregados estavam convencidos de que a casa não estaria pronta a tempo para a festa, e muito menos em condições de receber os convidados, Vitória não perdeu nunca a confiança em si própria. Atrás do pânico que contagiava tanto os empregados quanto os homens da obra, escondia-se uma grande serenidade.

– É muito simples, León. Se tivéssemos escolhido o dia dezesseis de dezembro como data da festa, iríamos precisar esperar até o dia dezesseis para que tudo estivesse pronto. Mas, como optamos pelo dia dezesseis de outubro, teremos tudo pronto até dezesseis de outubro. E acredite em mim: vai estar tudo como sempre sonhamos. Nossa casa e nossa festa serão um sucesso.

E assim foi. O decorador deixou a casa na tarde do dia quinze de outubro de 1887. Naquela mesma noite, os empregados foram submetidos a uma dura prova ao ter de limpar com esmero os quartos dos convidados, que tinham acabado de ficar prontos, fazer as camas e preparar as toalhas. No dia seguinte não haveria tempo para aquilo, pois iriam ter de preparar a sala para a festa, deslocar novamente os móveis, preparar as mesas, desembrulhar as pratas e os cristais recém-trazidos e poli-los. O jardineiro também teria de trabalhar durante a noite para que as folhas das árvores brilhassem outra vez. Nelas havia uma grossa camada de pó das obras, depois de terem sido derrubadas tantas paredes, remodeladas tantas janelas e não chover há muitas semanas. Além disso, as plantas novas com as quais se supunha enfeitar a entrada da casa tinham chegado no dia anterior. O coitado do homem quase chorou quando viu todo o trabalho que tinha a fazer em tão pouco tempo. Qualquer pessoa razoável lhe teria dado três semanas, mas sinhá Vitória – aquela insana! – achava que 36 horas eram suficientes. Aquela mulher era inacreditável!

O mesmo pensou León quando, na tarde do dia dezesseis de outubro, chegou à casa nova com suas malas. Dar uma festa em casa, chegando a convidar as pessoas para dormirem lá, quando não tinham sequer se mudado, era o cúmulo da presunção. Não era nada supersticioso, mas, na sua opinião, Vita forçava um pouco demais o destino. O que aconteceria se durante o baile o chão afundasse porque a cola das áreas novas do assoalho não tivessem secado como deveriam? E se o papel de parede do "gabinete", como Vitória chamava, com certa presunção, a pequena sala, começasse a ondular e se desprendesse devido à densa fumaça dos charutos? E se alguém lhe perguntasse onde era o banheiro, e ele não soubesse responder porque ainda não conhecia a própria casa? Embora, por outro lado, tudo aquilo valesse a pena. O pior que podia acontecer era terem de se transferir com todos os convidados para o Hotel de France, que dispunha de uma excelente cozinha e inúmeros quartos em boas condições. Que outro homem do Rio de Janeiro, até mesmo de todo o Brasil, podia ter a seu lado uma mulher tão incrível como Vitória? Vita, que tinha apreciado o rebuliço das semanas anteriores, estava resplandecente. Seu rosto estava rosado, os olhos brilhavam, e não parecia de forma alguma cansada ou debilitada com todo o esforço realizado. Pelo contrário: a fadiga parecia lhe assentar bem. Embora não tivesse chegado a tempo o impressionante vestido encomendado para a grande noite, Vita seria a mulher mais bela num raio de quilômetros.

* * *

A própria Vitória estava admirada com a segurança e calma com que aguardava a chegada da festa. Tinha valido a pena cada segundo investido na casa. Cada vez que chegava à obra de manhã, pensava no dia em que todos os seus planos, visões e ideias tivessem ganhado forma e eles pudessem enfim se mudar. E tinha chegado esse dia. Quando a carruagem parou em frente à casa, ela quase ficou sem fôlego. Que lugar maravilhoso! A fachada estava pintada de azul-claro; as molduras das janelas, as balaustradas e os ornamentos, de cor bege. O caminho de entrada, que antes era de terra, estava coberto por casca-lho branco; e o jardim, que apenas semanas antes encontrava-se em estado selvagem, era agora um elegante oásis com três impressionantes palmeiras--imperiais e uma pequena fonte da qual jorrava água alegremente. À direita e à esquerda da escada de mármore que conduzia à porta principal faziam guar-da dois soldados árabes de bronze. Eram de tamanho natural e tinham lâmpa-das de gás finamente lavradas que, por indicação de Vitória, deviam ficar acesas a noite toda. Seu novo lar era a casa mais elegante da Glória, e Vitória era sem dúvida a dona de uma casa mais orgulhosa que já existira no Rio. Era uma sensação incomparável entrar na própria casa, e não na dos pais, do ma-rido ou do irmão. Aquela casa era dela, tinha sua assinatura, estava sob sua responsabilidade, mesmo tendo sido León a assumir a maior parte do astro-nômico valor da compra.

Os escravos da Boavista tinham chegado no dia anterior e haviam se ins-talado em seus aposentos, que ainda tinham as paredes úmidas. No entanto, estavam gratos por lhes terem dado um alojamento tão bom.

– Não se entusiasmem muito – tinha avisado Vitória aos negros, ligeira-mente aflita por ter de lhes estragar a alegria –; nos próximos dias não vão ter muito tempo para ficar no quarto.

Os preparativos da festa, sua celebração e os posteriores trabalhos de lim-peza iam exigir o máximo da criadagem. Tal como dela própria. Pois do novo pessoal não conhecia ninguém bem o suficiente para lhes entregar tarefas de certa responsabilidade. Teria de estar permanentemente atrás deles para con-trolar cada movimento. Por falta de tempo, encarregou Taís, a melhor criada de León, de instruir os novos escravos.

290

Naquele momento, quando olhava com admiração para a própria casa, questionava-se quantos dos trabalhos que lhes tinha encomendado teriam os negros realmente realizado. Não esperava muito. Como se tivesse lido o pensamento da sua senhora e quisesse lhe demonstrar que estava enganada, Taís abriu naquele instante a porta principal e foi receber Vitória. Toda a dignidade que revelava seu uniforme e sua atitude formal foi eclipsada pelo enorme sorriso. Seu rosto refletia quão orgulhosa estava.

– Sinhá Vitória, bem-vinda! Vai ficar espantada com o que fizemos desde ontem... Dedé, Luíz, o que estão fazendo aqui? Tragam as malas da dona Vitória.

Os dois jovens correram até a carruagem e tiraram a bagagem com tão pouca habilidade que Vitória tremeu ao pensar que aqueles rapazes podiam fazer os convidados perderem o chapéu ou a sombrinha. No entanto, aquela desajeitada dupla tinha certa graça quando, assim como Sábado fazia até bem pouco tempo atrás, andava tropeçando nas grandes pernas.

Vita subiu cerimoniosamente a escada. Era a primeira vez que entraria na própria casa sem pisar nas esteiras que tinham colocado para proteger o piso. Já estariam colocados os tapetes que antes estavam enrolados junto à parede; os candelabros, as molduras e os vasos estariam sobre as cômodas e mesinhas; os livros estariam postos nas estantes que chegavam ao teto. Vitória não tinha grandes ilusões: provavelmente os livros estariam todos ao contrário, já que nenhum dos negros sabia ler; e por certo algum inútil teria colocado os vasos valiosos no canto mais escondido da casa, deixando o lugar de destaque para algum objeto medíocre. Mas para isso ela estava ali. Até que chegassem os primeiros convidados ainda faltavam quatro horas, uma das quais precisava para se arrumar. Dispunha, portanto, de três horas para se ocupar de todos aqueles detalhes. Era pouquíssimo tempo, embora fosse realmente o mínimo para conseguir ter as coisas a seu gosto.

Mas, quando Vitória entrou no vestíbulo, a pele toda se arrepiou. Tudo estava exatamente como ela havia imaginado. A fruteira descansava sobre o aparador com uma mistura decorativa de frutos tropicais que ela não teria disposto de melhor maneira. O ramo de flores da jarra de porcelana chinesa correspondia exatamente a seu gosto, nem um ramo a menos, nem uma flor a mais. As molduras com as fotografias da família estavam distribuídas como ela própria as teria disposto. Meu Deus, era incrível! Alguém devia ter lido seu pensamento.

– Quem foi? – perguntou em voz baixa.

– Mas sinhá Vitória, eu pensei...

A voz de Taís tremia. Tinha obrigado os novos empregados a trabalharem até a exaustão, e ela própria só tinha dormido três horas para poder surpreender sua senhora com uma casa perfeitamente arranjada. E agora, aquilo. Uma grossa lágrima brilhou em seus olhos antes de começar a rolar pelo rosto.

Vitória aproximou-se de Taís, que recuou, à espera de receber uma bofetada. Vitória nem sequer notou a estranha reação da moça. Seguindo um impulso, abraçou-a e lhe deu um beijo no rosto.

– Então... gostou? – perguntou Taís timidamente.

– Não só gostei, Taís, como achei fascinante. Você fez isso tudo sozinha?

– Claro que não. Foi com a ajuda do Jorginho, da Isaura, da Lisa...

– Não me refiro aos escravos – interrompeu-a Vitória. – Quero dizer, a sinhá Joana lhe deu algum conselho, ou meu marido?

A jovem abanou a cabeça sem compreender.

Vitória achou vergonhoso que uma negra, uma criada, fosse tão parecida com ela, e não tinha vontade de lhe explicar por que razão estava tão surpresa com a perfeita decoração da casa. Em silêncio atravessou o vestíbulo até a sala grande, onde tudo estava colocado como ela própria o teria feito. No ar pairava um cheiro de gesso, tinta fresca e lírios. Faltavam alguns quadros na parede, mas de resto estava tudo perfeito. Os três sofás grandes estavam no centro do cômodo, ao redor de uma mesa de madeira redonda, sobre a qual chamava a atenção um opulento arranjo floral. Abaixo de uma das janelas havia dois cadeirões ao redor de uma mesinha auxiliar; sob outra, uma mesa de xadrez com duas cadeiras lavradas. O piano novo ficava lindamente a um canto escuro da sala, onde fora colocado em diagonal. Na parede onde estava previsto se pendurar o retrato de Vitória e León havia uma tela. O quadro seria pintado pelo famoso Rodolfo Amoedo, que tinha pensado em representar como fundo a nova casa do casal. Nas próximas semanas deveriam posar para ele como modelos.

O olhar de Vitória recaiu sobre a mesinha que estava junto à tela. Sobre uma toalha de renda estava uma série de enfeites agrupados: um cinzeiro de prata delicado demais para que alguém tivesse coragem de usá-lo; um vaso estreito de vidro com uma única rosa branca; e uma diminuta caixa de porcelana azul-turquesa que Vitória identificou como sendo a que León lhe tinha dado no dia em que lhe fez a proposta de casamento. Na época ela ficou tão zangada que a deixou num lugar qualquer e se esqueceu por completo dela. Provavelmente tinha chegado ali numa das caixas com coisas da Boavista. Pegou com suavidade a delicada caixa, com cuidado para que a tampa não caísse.

– Uma caixa linda – disse Taís, que seguira Vitória.

– Sim.

Vitória observou bem a caixa. Na tampa tinha uma árvore com flores cor-de-rosa, atrás da qual se elevava uma montanha coberta de neve. O desenho era muito bonito, embora Vitória não soubesse o que representava exatamente. Era provável que fosse a paisagem de um dos países que León pensava visitar com ela. Vitória não quis relembrar todas as promessas com que León a arrastara para o casamento e que não havia cumprido. Não era o momento adequado para fazer aquele tipo de consideração.

Colocou a caixa de porcelana em seu lugar e endireitou as costas. Ainda havia muitas coisas a fazer.

A maioria dos convidados chegou com surpreendente pontualidade. Vitória calculou que não haviam conseguido aguentar a curiosidade. Imaginou que correriam muitos boatos sobre ela, León e a casa, aguçados pelo fato de não terem deixado que ninguém visitasse a obra antes de ela estar pronta.

Todos ficaram sem fala. Quem tinha esperado encontrar uma decoração arrogante e sem gosto ficou decepcionado perante o ambiente discreto e requintado. Quem havia pensado que a festa teria lugar numa casa em obras e, por isso, não tinha colocado os melhores sapatos, envergonhou-se dos trajes. Quem em seu íntimo desejava cumprimentar uma anfitriã nervosa e exausta empalideceu perante a grandiosa presença de Vitória. Quem tivesse acreditado nos rumores sobre a fera selvagem que não se afastava de Vitória da Silva reagiu com surpresa perante o educado e alegre cão que comia tudo o que se dava a ele com mais delicadeza do que a que muitos dos convidados demonstravam ao comer os *petit fours*. Quem tinha criticado León Castro por sua alegada traição percebeu naquela noite que todos os negros recebiam um salário pelo seu trabalho. Os únicos que não ficaram decepcionados foram os que vieram única e exclusivamente para se divertir e passar algumas horas com os anfitriões: nesse sentido, a festa de inauguração foi perfeita.

A mistura de convidados era arriscada, mas funcionou bem. Aaron discutia com o chefe de redação de León sobre os efeitos da onda de imigração na economia nacional; João Henrique enchia de elogios a "divina Márquez" e recebia em troca um ou outro sorriso benévolo da atriz; Joana não se separava do general Assis e da mulher, que também tinham vivido em Goa e estavam satisfeitos por poder partilhar com alguém suas lembranças de uma época tão gloriosa. Artistas e banqueiros, políticos e matronas, fazendeiros e professores universitários: Vitória verificou com satisfação que seus convidados tinham se misturado da maneira mais variada possível e que pareciam conversar animadamente – jovens com gente mais velha, republicanos com monarquistas.

Os escravos, que graças ao salário que León lhes pagava, já não o eram oficialmente, embora continuassem a se considerar propriedade de Vitória, cumpriam sua missão surpreendentemente bem. Apesar de na Boavista ordenharem vacas, selecionarem grãos de café ou passarem a roupa, dentro de casa, e lidando com os convidados, desenvolviam-se com grande habilidade. Era evidente, porém, que o escravo que havia trabalhado anteriormente nos estábulos não teria agora de servir taças de champanhe; para isso havia empregados profissionais. Taís encarregara-o de apanhar flores e de colocá-las nas jarras. A tarefa era totalmente nova para ele, mas realizou-a com perfeição, apesar das bolhas que os novos sapatos lhe tinham feito nos pés. "Taís é realmente uma joia", pensou Vitória pela enésima vez naquela noite. Seu conhecimento das pessoas e sua autoridade natural tinham possibilitado que os escravos se integrassem com perfeição. Tudo ia às mil maravilhas.

Isaura também estava incomodada com os sapatos, mas achava-os tão fascinantes que não se importava com a dor. Só depois de várias horas esvaziando cinzeiros, recolhendo copos vazios e limpando mesas é que teve sérias dificuldades para andar. Os dedos dos pés ardiam, os calcanhares estavam cheios de bolhas e as pernas pesavam. Mal conseguia levantar os pés do chão, mas por nada deste mundo teria desistido do trabalho, não naquela noite. Com os dentes cerrados, continuou a andar para lá e para cá. Levou bandejas de prata vazias para a cozinha, secou uma mancha que um copo de vinho deixara no tapete ao cair sobre ele e trouxe da cozinha uma garrafa de vinagre para uma senhora, só Deus sabe para quê. Perdeu a paciência apenas quando um homem de lábios finos, que anteriormente lhe chamara a atenção devido às exaltadas palavras a favor da abolição da escravidão, gritou-lhe perguntando onde estava o conhaque que lhe tinha pedido horas antes. Não tinha forças nem para responder pela distração do empregado, nem para continuar mais um segundo que fosse na sala com aquela gente assombrosa. Saiu dali mancando.

León encontrou-a pouco depois em frente à cozinha, num mar de lágrimas, sentada no chão com as costas apoiadas na parede e as pernas encolhidas. Mandou embora a outra jovem que a consolava.

– Vá! Ali fora há muito trabalho à sua espera.

Depois passou a mão suavemente pela cabeça de Isaura.

– Já conversei com aquele homem. Ele foi embora. Portanto, pode continuar a trabalhar assim que estiver mais calma. Como você se chama?

– Isaura – disse ela, soluçando convulsivamente.

– Como no livro? – León teve de sorrir, mas rapidamente colocou uma expressão séria no rosto ao ver o ar de perplexidade da jovem. – Venha – disse, dando-lhe a mão para ajudá-la a se levantar –, descanse um pouco e depois continue o que estava fazendo. Sem sua ajuda estaríamos perdidos; você fez um belo trabalho esta noite. E falta pouco; os primeiros convidados já estão indo embora.

Quando a jovem se pôs de pé em frente a ele e esticou o vestido, o olhar de León fixou-se num objeto.

– O que é esse objeto que tem pendurado na corrente?

Isaura ficou irritada. Desde quando os senhores se interessavam pela sua aparência, sem ser o uniforme bem-arrumado e o avental bem passado?

– Eu o herdei – disse com uma voz cada vez mais fraca.

– Sei... Mas posso afirmar de fonte segura que a proprietária desse pingente ainda não morreu; pelo contrário, goza de excelente saúde.

– Mas não, senhor León, está enganado – disse Isaura levantando o nariz. – Zélia está morta e bem morta no seu túmulo. Eu própria joguei um punhado de terra em cima do caixão dela há um ano, no enterro.

E então benzeu-se.

– Que Zélia? Está falando de quem?

– O pingente era da Zélia, e ela o ofereceu a mim quando sentiu que se aproximava a hora de sua morte. Zélia era uma escrava na Boavista.

– Ah, sim! E você nunca se questionou sobre como uma peça como esta chegou às mãos de Zélia? Talvez ela a tenha encontrado. – A voz de León era cada vez mais baixa e sarcástica. – Um belo dia, na porta da senzala, onde alguém a deixou para que Zélia a achasse, não é? Acha que foi isso que aconteceu?

Isaura começou a ficar com medo. Quando saíram da Boavista, os outros seis escravos que viajaram com ela para a casa da sinhá Vitória não falavam de outra coisa a não ser da grande sorte que tinham em poder trabalhar para León Castro, que era conhecido por ser amigo dos negros. E, até há poucos segundos atrás, Isaura pensava a mesma coisa: seu novo patrão parecia ter realmente um bom coração. Mas agora não conseguia evitar a sensação de que talvez tivesse se enganado. Aquela brusca mudança de atitude não pressagiava nada de bom. Tentou manter a calma; era o melhor que podia fazer perante um doido como ele. Era melhor que não percebesse que ela o considerava um louco.

– Ofereceram o pingente à Zélia como recompensa aos seus fiéis serviços – disse, gaguejando e olhando para o chão.

– Ah, um presente! E por que não olha para mim enquanto conta essa mentira insolente? Vou lhe dizer como esse pingente chegou às mãos de Zélia: ela o roubou.

– Não, juro-lhe pela Virgem Maria que lhe foi oferecido. Pergunte à sua mulher!

Isaura zangou-se com ela mesma. Devia ter pensado antes que o pingente pertencera a certa altura à sinhá Vitória!

León soltou-a com a mesma brusquidão com que a tinha agarrado. Deu meia-volta e, aparentemente calmo, dirigiu-se à porta atrás da qual se ouviam os risos dos convidados, a melodia do piano e o tilintar dos copos.

Encontrou Vitória no "gabinete", onde conversava com um grupo de cinco cavalheiros maravilhados com suas aventuras na Bolsa.

– Senhores – disse León, pedindo desculpa aos cavalheiros –, podem prescindir desta encantadora dama por um instante? Tenho de falar com ela sobre um assunto urgente. – Disse *dama* com um tom de reprovação que só Vitória notou. – Venha, querida.

León pegou a mão de Vitória e saiu da sala com ela, ambos seguidos pelos olhares de inveja dos cavalheiros, que o consideravam um homem de sorte, mas também um imbecil. Que homem deixaria uma esposa tão bela e delicada especular na Bolsa?

León arrastou Vitória até a sala onde deveria ser o escritório e, portanto, na qual não havia nenhum convidado.

– Por que não está usando o pingente que lhe dei? Ficaria muito bem com este vestido.

– Meu Deus, León! Não tem outra coisa em que pensar neste momento?

– Não, infelizmente não. Diga-me: onde está o pingente?

– Não é de bom-tom perguntar pelas coisas que se dão de presente.

– Não fuja da pergunta.

– Eu o perdi. Pronto, está satisfeito? Agora já posso ir embora.

Vitória deu meia-volta e se dirigiu à porta. Mas não conseguiu avançar mais. León agarrou-a pelo braço.

– Está me machucando.

– Oh, minha querida sinhazinha, você também está me machucando!

– Largue-me! Vou ficar com uma mancha preta, e todos esses bisbilhoteiros da cidade vão dizer que é um canalha que maltrata a mulher.

– E você está muito preocupada com isso, não é verdade? Não mude de assunto.

– Não estou fazendo isso.

Vitória tinha conseguido desconcertar León. Mas ele continuou:

– Talvez fique satisfeita em saber que encontrei o pingente.

– Oh, que bom! Onde?

– No pescoço de uma das novas aias. Então, diga-me: como ele chegou até essa pessoa?

– Não faço a menor ideia. – Pelo menos isso era verdade. – Por que não pergunta a ela?

– Já o fiz, meu amor. Ela diz que herdou a joia. De uma escrava chamada Zélia. – León olhou fixamente para Vitória, mas esta sustentou o olhar.

– Bom... e daí?

– Quero saber como o pingente chegou às mãos dessa tal Zélia.

– Muito simples: ela deve tê-lo encontrado.

Vitória olhou friamente para León. Por que ele fazia aquele alarido todo por causa de um pingente? Se não o tivesse visto naquela noite por acaso, provavelmente nem teria percebido que ela não o tinha mais.

– León, estamos dando uma festa em nossa casa. Somos os anfitriões, tanto eu quanto você. Seja razoável e escolha outro dia para discutir. E largue meu braço. Ele está ficando dormente; está me agarrando com muita força.

León deixou a mão cair. Estava ali, imóvel diante de Vitória, sem que o menor traço de seu rosto revelasse a agitação interna que havia se apoderado dele.

– Não vão lhe servir de nada essas suas manobras de distração infantis. Vou descobrir o que aconteceu com esse pingente; pode ter certeza disso.

– Por favor, se não tem mais nada em que pensar a não ser num penduricalho sem valor que uma escrava está usando...

León teve de conter com todas as suas forças o impulso de dar uma bofetada em Vitória. Forçou um sorriso, fez uma ligeira reverência e foi para a sala. Na porta, deteve-se e virou-se lentamente.

– Esse penduricalho teria ficado muito bem em você, porque valor é, de fato, algo que você não tem.

Depois desapareceu no interior da casa e gozou o amargo sabor da triste vitória que alcançara. Havia dado a última palavra.

XX

ARON NOGUEIRA ESTAVA IRRECONHECÍVEL. Agora andava sempre impecavelmente vestido, tanto nas reuniões com os clientes como nos encontros privados. Tinha comprado vários ternos, camisas, sapatos e chapéus novos, que tratava com esmero. Engraxavam-lhe os sapatos pelo menos uma vez por dia, geralmente ao meio-dia, quando ia ao seu restaurante preferido. O pequeno engraxate, um menino de 10 anos, considerava Aaron um de seus clientes favoritos, o que em parte se devia às generosas gorjetas que ele lhe dava. Os ternos recebiam o mesmo tratamento dos sapatos. Tentava não amassá-los, e regularmente escovava os ombros e as mangas para eliminar possíveis pelos, fios indesejáveis ou poeira. Quem não conhecesse Aaron há muito tempo pensaria que era um homem muito vaidoso. Só seu cabelo resistia a todos os esforços para se manter como deveria ser. Embora Aaron o usasse muito mais curto do que ditava a moda, seus cachos ruivos eram difíceis de domar. Havia sempre uma mecha que escapava ao gel que ele aplicava em toda a cabeleira, o que dava um toque juvenil a seu aspecto respeitável.

A mudança tinha-lhe feito bem. Desde que se mudou para a antiga casa de León, que foi alugada por um preço especial, era outra pessoa. Usava como escritório os três cômodos mais representativos da casa: um como gabinete de trabalho, outro como "sala de reuniões", consistindo as reuniões geralmente em conversas com clientes que não desejava receber em seu gabinete, e a terceira como sala de espera e secretaria. Um jovem colega muito capaz, que ele conhecia desde a época da faculdade, e que tivera de abandonar os estudos devido a problemas econômicos, ajudava-o quatro dias por semana e tratava da correspondência, das atas, de agendar os encontros, de procurar precedentes na bibliografia especializada e de tudo aquilo que não era necessário Aaron fazer pessoalmente.

Aaron utilizava os outros três cômodos como residência. Na realidade, achava aquilo quase uma ostentação. Para ele, um cômodo seria mais que suficiente. Comia quase sempre fora e, quando o fazia em casa, gostava de comer na cozinha, que era ampla e confortável, e onde Mariazinha o colocava a par dos últimos boatos. Para que precisaria de uma sala de jantar só para ele? Também não precisava de uma sala privada. Para isso tinha a sala de conferências, cujas paredes estavam cobertas até o teto com estantes repletas de livros e onde tinha confortáveis cadeirões. À noite, depois do trabalho, gostava de se fechar ali, pôr os pés para o alto e ficar lendo. Para ele, o cômodo era sala e biblioteca ao mesmo tempo; além disso, era também muito apropriada para receber visitas pessoais. Era um dos maiores e mais bonitos aposentos de toda a casa, com requintados estuques no teto e janelas altas que davam para a varanda.

Mas Joana, que tinha ajudado na organização da casa, mantivera-se firme.

– Tem de separar o profissional do pessoal, Aaron. E, além disso, tem de adaptar seu novo estilo de vida às novas circunstâncias. Já não é um estudante pobre, portanto, não deve se comportar como tal. Comer na cozinha! O que é isso? Coma como uma pessoa civilizada, num cômodo bonito, e não olhando para a louça suja ou o fogão gordurento, pois isso chega a tirar o apetite de qualquer pessoa. Além disso, pode ser que um dia tenha convidados. Gostaria de receber Vita na cozinha?

Isso foi determinante. Aaron reconheceu que tinha de adquirir móveis para a sala de jantar, em cuja escolha também foi ajudado por Joana. Comprou uma mesa oval de madeira de jacarandá para seis pessoas, cadeiras forradas e um aparador que combinava com o conjunto, além de um pequeno sofá e dois cadeirões, de modo que agora tinha uma sala de estar que era também sala de refeições. Joana lhe assegurara que a nova decoração era muito moderna e elegante. Ele não tinha nenhuma opinião especial a respeito daquilo. O principal era que as cadeiras e os sofás fossem confortáveis. Joana também aconselhou Aaron na escolha das cortinas e do papel de parede, empenho que ele agradeceu. Aprovava qualquer coisa, menos que a cor dominante da sala fosse o rosa. Mas Joana escolheu uma combinação de tons de azul que foi do agrado de Aaron. Só não pôde ajudá-lo numa coisa: ele tinha de organizar sozinho os móveis e as caixas com as coisas dos pais que tinha trazido da modesta casa em São Paulo.

Estava tudo guardado no terceiro cômodo da casa, que Joana queria transformar em quarto de hóspedes depois que ele arrumasse tudo.

Mas, assim que abriu a primeira caixa, Aaron teve a desagradável sensação de que nunca conseguiria organizar tudo aquilo. O candelabro de sete braços, sim, esse podia colocá-lo na sala. A jarra de porcelana, que em outros tempos havia sido o orgulho da mãe, podia dá-la sem grandes ressentimentos. Mas o que iria fazer com a filactera, o pergaminho com passagens da Escritura que os judeus levam atado ao braço esquerdo ou ao peito? Era uma pena se livrar dela, embora também não quisesse mantê-la. Não precisava de utensílios religiosos de nenhum gênero. Aaron tinha perdido a fé havia muito tempo, e os rituais judaicos lhe eram estranhos ali, na diáspora, muito antes de os pais terem morrido. Lamentava ter decepcionado os progenitores nesse sentido. Eles mostraram certa compreensão quando mudou o sobrenome – Nogueira era a tradução de Nuszbaum –, mas o ateísmo do filho foi inesgotável fonte de tristeza para eles. Hoje talvez lhes tivesse explicado sua postura de maneira mais diplomática, mas, aos 17 anos, confrontara-os com a realidade de um modo brutal, pois acreditava ter o direito de fazê-lo.

Continuou a revirar a primeira caixa. Duas toalhas de linho? Lixo. O serviço "bom" da mãe, que afinal não era assim tão bom e composto por pouquíssimas peças. Hum, que tal separar as peças? A mãe se reviraria no túmulo se soubesse que nele se servia comida que não tinha sido preparada conforme o ritual judeu. Aaron comia tudo menos carne de porco, algo que a empregada que León lhe deixou ainda não havia compreendido muito bem. Mariazinha, uma negra robusta que falava pelos cotovelos, continuava a se aborrecer com ele quando deixava intocadas as costelinhas, os lombos de porco assados ou os pedacinhos de presunto.

– Não é de admirar que esteja tão magro; nunca come nada que é bom!

Aaron desconfiava de que Mariazinha se fazia de boba para comer o que o patrão deixava, os "restos", ou para levá-los para casa a fim de dá-los aos cinco filhos quase adultos. Não se importava. Gostava daquela mulher, que ia lá todos os dias, exceto aos domingos, e cuidava dele e da casa. Era governanta, faxineira e cozinheira numa só pessoa, e além disso era competente e amável. Ao contrário da maioria das criadas, que, embora não fossem escravas, viviam na casa de seus senhores, Mariazinha havia insistido em regressar todas as noites à sua casa. "Meu Deus, não posso partilhar a casa com um homem solteiro!" Aaron achou absurdo que alguém pudesse pensar que ele tivesse um caso com Mariazinha, mas concordou em que não vivessem sob o mesmo teto.

Quando Aaron estava olhando para uma pequena moldura sem se decidir sobre o que fazer com ela, bateram à porta. Quem seria? Talvez Vita? Ela tinha o inquietante hábito de aparecer sem avisar. Devolveu a moldura à caixa, passou a mão pelo cabelo, sacudiu o pó dos joelhos e esperou não estar desarrumado demais.

À porta estavam os Whitherford, que o olhavam com uma expressão de reprovação.

– Não me diga que vai sair com essa aparência – disse Charles Whitherford, com uma expressão entre zangado e divertido.

– Esqueceu-se do nosso compromisso, não foi? – perguntou a mulher.

– Não, de modo algum. Não calculei bem o tempo. Mas entrem e tomem alguma coisa enquanto eu me arrumo.

Se havia uma coisa que Aaron tinha aprendido no exercício da sua profissão, era a arte de disfarçar o espanto ou qualquer outro tipo de reação. De fato, havia se esquecido de que tinha um compromisso com o casal, ao qual lhe unia algo mais que uma mera relação profissional. Aaron os considerava pessoas muito agradáveis, e, se continuasse a sair tanto com eles para experimentar novos restaurantes enquanto falavam de assuntos jurídicos ou conhecidos em comum, em breve seriam bons amigos.

Arrumou-se em tempo recorde. Quando entrou na sala de conferências, Loreta Whitherford observou-o da cabeça aos pés e disse ao marido:

– Charles, será verdade o que se diz: terá sido efetivamente o amor que transformou nosso querido Aaron em um homem tão bem-arrumado?

Aaron não gostava daquelas gracinhas, mas manteve o tom jocoso:

– Isso significaria que "nosso querido Charles" não está apaixonado, levando em conta o aspecto que tem, e isso, cara Loreta, não consigo nem imaginar. Qualquer pessoa vê que seu marido a adora.

Loreta e Charles desataram a rir antes de trocar um breve beijo.

Animados, puseram-se a caminho do Chez Louis, um restaurante que tinha aberto as portas recentemente e no qual o famoso *chef* francês punha em prática sua arte. Mas a maioria dos clientes não frequentava o estabelecimento por causa das delicadas iguarias que eram servidas, às quais quase ninguém sabia valorizar, mas sim para serem vistos e mostrar o supostamente elevado nível de vida que tinham a todos os que frequentavam o local.

– *Foie gras de canard* – leu Charles no cardápio com seu forte sotaque inglês. – Meu Deus! Os franceses estão realmente doidos. E não é só com a comida. Já contei que querem financiar a construção do canal do Panamá com a emissão de ações? Foram longe demais, aposto toda a minha fortuna nisso.

– Olhe que não é má ideia – disse Aaron. – Um canal que unisse o Atlântico ao Pacífico representaria grandes vantagens também para o Brasil. Nossos produtos, sobretudo o café, chegariam mais depressa e a melhor preço à costa oeste dos Estados Unidos, que é um mercado florescente.

– Mas a construção de um canal demora muito tempo e custa uma fortuna. Para os barcos, ficaria muito caro atravessá-lo; provavelmente teriam de pagar uma tarifa exorbitante. Não; é melhor apostar na ampliação da rede ferroviária americana. Se quiser investir bem seu dinheiro, compre ações das grandes companhias ferroviárias e de aço.

– Qual dinheiro, Charles? Com os meus modestos honorários...

Charles Whitherford riu tão alto que algumas pessoas das mesas mais próximas se viraram e o olharam. Os três sabiam que Aaron ganhava bem com os novos clientes que arranjara graças aos Whitherford.

Assim que foram servidos os aperitivos, decidiram o que iam comer e escolheram o vinho. Aaron perguntou então pelos filhos dos Whitherford, sobretudo pela pequena Bárbara.

– Já está melhor, graças a Deus. Mas, se eu não soubesse que é muito difícil fingir que se tem sarampo, teria jurado que Bárbara só queria que nos zangássemos e que não fôssemos à grande festa. Aquela menina é uma pestinha.

Notava-se o orgulho de Charles em sua voz. Era completamente maluco pela filha mais nova que, segundo ele dizia, em essência era igual a ele. Vibrante, alegre e decidida. Felizmente havia herdado as características físicas da mãe.

– Que bobagem está dizendo, querido! Como se uma jovem de 18 anos pudesse ser tão má!

Aaron refletiu que uma jovem de 18 anos poderia ser extremamente maldosa, e qualquer pessoa que conhecesse Bárbara sabia que a jovem utilizava todos os truques possíveis para impedir os pais de saírem.

– Bom, mas conseguiu que não fôssemos à festa de inauguração da nova casa dos Castro, e essa era uma das poucas festas a que eu gostaria de ter ido. Dizem que estava lá o "Rio em peso" para ver de perto os anfitriões. – Charles provou o vinho que o garçom lhe trouxe naquele momento e continuou a falar. – É verdade que a irmã de Pedro é incrivelmente bonita e ainda por cima inteligente?

– Tal como a pequena Bárbara – respondeu Aaron com toda a franqueza, sem pretender bajular o homem que tinha à frente. – Mas ainda não a conhecem? Achei que já a tivessem conhecido há muito tempo através de Pedro e Joana.

– Não, houve sempre algum imprevisto – Loreta bebeu um pouco de vinho. – Dizem que León Castro também não tem má presença. E que, desde o casamento com a filha de um negreiro, adquiriu as maneiras de um senhor...

– Isso é só inveja. León sempre teve classe, embora a influência de Vita lhe tenha feito bem. Porta-se e veste-se melhor desde que está casado com ela.

– Parece-me que o mesmo aconteceu a você, embora não esteja casado com essa mulher – deixou escorregar Charles, que já esvaziava o segundo copo de vinho.

Aaron ignorou a observação, correu o olhar pelo restaurante e descobriu, para grande alívio, algumas pessoas conhecidas.

– Oh, ali estão os Figueiredo! Se me derem licença um instante, gostaria de cumprimentá-los.

Aaron levantou-se e se afastou da mesa.

Charles olhou para a mulher pensativo. Não tinha bebido tanto que não se desse conta do quanto Aaron admirava Vita. Aquele homem estava apaixonado por ela, era evidente. O que não era nada bom, pensou Charles. A mulher estava casada, e além disso com um homem muito conhecido. Não se podia permitir nenhum passo em falso.

– Vejam só... – murmurou. – O Aaron perde o juízo quando se fala dessa pessoa.

– Você nota tudo – observou Loreta. – Há meses que ele anda assim. Mais especificamente, desde que Vitória Castro da Silva vive no Rio. Por que acha que Aaron tem tanto cuidado com a aparência agora? Por que arranjou uma casa? E por que razão sai tanto?

– Meu Deus, coitado!

Quando Aaron voltou a se sentar, serviram a comida, que não apenas era excelente, mas também lhes serviu de pretexto para mudar de assunto. O resto da noite Aaron esteve extremamente calado. Aconselhou com poucas palavras os Whitherford a agir contra uma descuidada transportadora que havia danificado seriamente uma harpa que tinham importado da Inglaterra e ouviu em silêncio as detalhadas explicações de Charles sobre a compra, por parte da BMC, de uma empresa pecuária cotada na Bolsa.

– Perdão? – disse Aaron, sobressaltando-se quando Loreta pôs a mão no braço dele e o observou com uma expressão de interrogação. – Desculpe, estava pensando em outra coisa.

– Vai no sábado à feira do hospital? – repetiu Loreta.

– Não, acho que não. – Aaron estava disposto a dar dinheiro para uma boa causa. Mas, neste caso, quem sairia beneficiado seria João Henrique, e não devia ser assim. Quanto mais conhecia aquele homem, menos gostava dele, por melhor fama que tivesse como médico. – Mas tenho certeza de que sem mim também conseguirão uma boa quantia... e passarão uma agradável tarde.

Charles Whitherford lembrou-se daquelas palavras alguns dias depois, mas duvidava de que a tarde fosse agradável.

– Loreta, *darling*, temos mesmo de ir a essa festa? É que saímos todas as noites desta semana...

Não disse mais nada.

– Ora, ora. Também gostaria de ficar uma noite em casa. Mas não posso esquecer minhas responsabilidades. Infelizmente, essa feira beneficente foi ideia minha, por isso temos mesmo de ser vistos por lá. Mas ficaremos pouco tempo, está bem assim?

Charles assentiu. Na sua vida de negócios, conhecia uma série de truques para calar a boca dos adversários. Mas não podia fazer nada contra a mulher. Teriam de ir àquela aborrecida feira, e, só de pensar no ponche doce e nas viúvas beatas, estremeceu.

Quando algumas horas mais tarde o casal chegou ao hospital, Charles perdeu qualquer esperança de passar uma tarde agradável. No pátio interior do hospital havia uma série de bancas nas quais estavam à venda bolachas caseiras, toalhas e sacos para roupa suja, feitos pelas próprias senhoras que os vendiam. A decoração da feira superava o limite do razoável. Grinaldas de papel que pareciam ter sido recortadas por crianças estendiam-se por todas as bancas, que estavam enfeitadas com simples rosas de papel.

– Loreta, *darling*, se continuar a dizer que isto foi ideia sua, terei de pedir o divórcio.

Loreta riu.

– *Isto* – disse, imitando seu tom depreciativo – é precisamente o que eu tinha sonhado... nos meus piores pesadelos. – Deu de ombros. – O que é que posso fazer? Deixei a organização nas mãos de dona Carla, que não tem nada melhor para fazer e que arranjou tudo o que era preciso. Só tratei de garantir que viessem pessoas de posses.

– Dispostas a investir sua fortuna em tapetes de crochê? E que no futuro riscarão seu nome da lista de convidados?

– Não, querido, espere um pouco. Faremos um leilão que será muito divertido.

Naquele momento aproximou-se deles uma senhora já com certa idade.

– Senhora Loreta, senhor Charles, é um prazer vê-los. O que acham da decoração? Não acham que as crianças a fizeram lindamente? Venham comigo, com certeza querem beber alguma coisa.

Dona Carla conduziu-os, sem deixar de falar alegremente, até o local onde se servia o "mundialmente famoso ponche de rum de dona Magda". A bebida era ainda mais doce do que Charles receava, mas pelo menos continha uma boa dose de rum. Enquanto as duas mulheres contavam a Loreta como eram comoventes e valentes aquelas crianças doentes, e o bom trabalho que tinham feito, Charles bebia ponche com serenidade. Assim, não só demonstrava a dona Magda como estava "deliciosa" sua criação, como também abstinha-se com elegância da obrigação de participar da conversa.

Entretanto, haviam chegado inúmeros novos visitantes que queriam participar, como bons cristãos que eram, da construção de uma nova ala do hospital. Charles viu que a maioria dos homens parecia estar ali tão contrafeitos quanto ele. "Por que permitimos que nossas esposas nos façam visitar lugares indignos e pouco masculinos como este?"

Pedro pensou o mesmo quando entrou com a mulher no pátio do hospital.

– Joana, é a última vez que vou com você a uma das suas obras de caridade.

– O quê? Parece ter se esquecido de que, dessa vez, foi você quem nos meteu nessa confusão. Melhor dizendo, foi seu ambicioso amigo João Henrique. Nós não estaríamos aqui se ele não fosse promovido a médico-chefe, graças à sua colaboração com esta feira.

– Eu também não estaria. É horrível, não é? – João Henrique aproximou-se sem que Pedro nem Joana houvessem percebido. – Não me olhe assim, Joana. Não tenho culpa que estas velhas beatas tenham feito bolachas e marmelada. Esperamos que o leilão seja mais edificante que o resto. E que se angarie muito dinheiro... Se conseguirmos construir a ala sul, com certeza me indicarão para comandá-la.

– Não esperaria muito deste leilão – disse Pedro. – Duvido de que alguém dê dinheiro suficiente para satisfazer sua vaidade.

– Oh, engana-se! – Joana respondeu ao marido. – As pessoas mais avarentas conseguem ser muito generosas quando se trata do próprio ego. Aposto que o dinheiro arrecadado dará não só para construir a nova ala, como também para dotá-la dos últimos avanços tecnológicos.

– Não consigo imaginar isso. Mas está bem: o que apostaremos?

Pedro olhou para a mulher com uma expressão desafiadora.

– Quem ganhar decide onde penduramos o Renoir?

Havia semanas que andavam discutindo sobre se o quadro ficava melhor na sala ou na sala de jantar.

– Posso interrompê-los por um instante? – perguntou João Henrique. – Ali estão seus novos amigos, os Witherford. Não parecem lá muito contentes. Ah, e ali estão também os Veloso! Dão-me licença?

O médico deu meia-volta e se dirigiu àqueles que achava serem os mais promissores participantes do leilão.

Pedro, Joana, Charles e Loreta cumprimentaram-se cordialmente, satisfeitos de encontrarem enfim alguém com quem tivessem coisas em comum. Depois de criticar um pouco todo aquele evento, foram para as cadeiras que estavam alinhadas a um canto do pátio. Sentaram-se na última fila, olharam ao redor e se sentiram como alunos numa aula que não lhes agradava. Mas a lição daquele dia seria inesperadamente interessante.

* * *

O leiloeiro, ninguém menos que o professor Leandro Paiva de Assis, subiu no pequeno estrado de madeira, colocou-se atrás da mesa e solicitou a atenção do público, dando pequenas marteladas. Quando todos ficaram em silêncio e o observaram atentamente, pigarreou e começou seu discurso.

– Senhoras e senhores: a medicina moderna não descansa. Quase todos os dias se descobrem novos medicamentos. A pesquisa avança tão depressa que muitas das doenças contra as quais até agora não podíamos fazer nada nos parecerão em breve um inofensivo resfriado. Mas a ciência não pode substituir em caso algum aquilo de que tanto médicos quanto doentes precisam com urgência: a confiança em Deus e a ajuda dos nossos semelhantes. Será possível curar uma doença sem misericórdia, sem o amor cristão ao próximo?

– Amém – sussurrou João Henrique a Pedro, que lhe respondeu com um ligeiro piscar de olho.

O professor lançou-lhes um duro olhar antes de prosseguir:

– Se queremos assegurar a perfeita atenção aos doentes no futuro, temos de contar com vocês, senhoras e senhores. Só a contribuição que nos derem permitirá construir as novas instalações, indispensáveis para fazer frente a um crescente número de doentes. E, como nem todos são tão abnegados como as senhoras de bom coração que organizaram esta feira – ao dizer isto, olhou para as mulheres e aplaudiu, convidando o público a fazê-lo também –, pensamos em algo que por certo vai animá-los a dar um bom donativo.

O professor fez uma pausa bem calculada para aumentar o suspense, mas continuou a falar quando sentiu que os espectadores estavam ficando impacientes.

– A construção prevista precisa de um nome. E pode ser o de vocês! Sim, senhoras e senhores, neste leilão poderão obter a honra de o próprio nome se transformar no da mais moderna ala hospitalar de todo o país.

As pessoas aplaudiram com entusiasmo.

– A oferta mais baixa é de cinco mil-réis. Quem oferece cinco mil-réis?

Um senhor calvo da primeira fileira levantou a mão.

– Ah, senhor Luís Aranha, muito louvável. Que nome tão bonito: Ala Luís Aranha! Quem dá mais?

Ninguém fez outra oferta.

– *Talvez* tenha me esquecido de dizer que também vai haver uma placa que homenageará o nome do vencedor do leilão. Por favor, senhores, não sejam tímidos. A generosidade de vocês pode decidir entre a vida e a morte.

– Dez – gritou um homem jovem.

– Bravo, dez mil-réis é a oferta do jovem senhor pelo privilégio de ter seu nome imortalizado. Diga-nos como se chamaria a nova ala se o senhor conseguisse ganhar o leilão.

– Joaquim Leme Viana.

Um burburinho invadiu todo o pátio. Os Leme Viana eram uma das famílias mais influentes do Brasil.

– Quinze! – ouviu-se alguém na fileira do meio. – Quinze mil-réis, e a construção se chamaria Ala Charles Witherford.

Loreta olhou incrédula para o marido. Também Pedro, Joana e João Henrique ficaram surpresos.

– Por que me olham assim? Isto é muito divertido, e além do mais é por uma boa causa. Por que não faz uma oferta também, Pedro?

Sim, por que não? Pedro achou muito atraente a ideia de uma ala do hospital se chamar Pedro da Silva e ter uma placa comemorativa com seu nome.

– Está bem – disse olhando para Charles. – Vinte!

– Vinte mil oferecidos pelo amável senhor Silva. Quem dá mais?

Pedro achou horrível seu antigo professor chamá-lo de "amável senhor Silva". Isso só tinha acontecido por ter se deixado vencer pela vaidade.

– Tenha cuidado; não vá conseguir que seja aceita sua proposta! – sussurrou-lhe Joana.

– Cinquenta! – gritou o jovem Leme Viana.

– Sessenta! – disse um homem já mais velho, que até aquela altura não dissera nada.

– Setenta!

– Oitenta!

O leiloeiro mal tinha tempo de dizer o nome dos licitadores. As ofertas se sucediam agora que alguns homens se tinham deixado levar pela febre do leilão e queriam se livrar dos rivais a qualquer preço.

Quando as ofertas passaram dos cem mil-réis, ficaram apenas dois homens em ação. Tanto Pedro quanto Charles deixaram-se convencer pelas esposas que bastava terem demonstrado boa intenção e compromisso com a construção do hospital. Mas continuaram assistindo ao espetáculo cheios de interesse, abanando a cabeça ao sentir que pouco antes eles haviam se deixado arrastar pelo mesmo delírio que envolvia as duas pessoas que ainda negociavam, prosseguindo com as ofertas.

— Olhem, ali está o Aaron!

Joana acenou com a mão para o amigo, de quem não estavam à espera.

— Ah, a simpática senhora Joana da Silva oferece cento e vinte mil-réis! — ouviu o leiloeiro dizer. Na tentativa de esclarecer o mal-entendido, perdeu Aaron de vista.

— Pense bem, Joana. Não acha um pouco exagerado investir tanto dinheiro para decidir onde vamos colocar um quadro? — disse Pedro, aborrecido. Não recuperou o bom humor até haver uma oferta superior à da mulher e o susto lhe passar.

Os dois homens que continuavam a fazer ofertas acrescentavam agora quantias menores. Tanto o público quanto o leiloeiro começaram a se cansar. As pessoas passaram a falar e de vez em quando ouviam-se risos contidos.

— Um conto! — gritou subitamente Aaron, que tinha se sentado à frente. Todos emudeceram. Até o professor esqueceu por alguns instantes de que se esperava uma reação dele. Rapidamente voltou a assumir seu papel:

— É fantástico, senhor...?

— Aaron Nogueira.

— Um milhão de réis! Quem dá mais? Ninguém? E o senhor Leme Viana, não continua? E o senhor Ávila? Está bem. Um conto de réis dou-lhe uma, um conto de réis dou-lhe duas e... — respirou fundo, e os espectadores fizeram o mesmo. — Um conto de réis dou-lhe três. — Colocou o martelo em cima da mesa. — A nova ala do hospital terá o nome de Aaron Nogueira.

Os aplausos foram ensurdecedores. Quando se fez silêncio, Aaron disse com voz potente e bem alta, para que todos o ouvissem:

— A nova ala terá o nome da licitadora que represento, Vitória Castro da Silva.

Pedro e Joana tinham a surpresa estampada no rosto enquanto João Henrique expressava o que ambos pensavam:

– Não sabia que sua irmã possuía uma veia tão caridosa. Sabe que com isto está me fazendo um grande favor, não? Sinceramente, achava que ela nem sequer simpatizava muito comigo.

Loreta Witherford estava entusiasmada com o fabuloso sucesso do leilão, que tinha sido ideia sua.

– O que está sussurrando, querido doutor de Barros? Anime-se! Beba um copo deste horrível ponche e vamos brindar... à Vitória Castro da Silva!

Entretanto, Aaron recebia os cumprimentos das pessoas e teve de responder mil vezes às mesmas perguntas: "Sim, é minha cliente"; "Não, não pôde vir"; "Sim, seu comprometimento social é notável".

Quando conseguiu se juntar ao grupo de amigos, tinha já gotas de suor sobre o lábio superior.

– Aaron, você deu um espetáculo! – disse Charles Witherford, dando-lhe tapinhas nas costas. – Com esta aparição, triunfou definitivamente.

– Por certo – disse João Henrique secamente. – Deve ter lhe custado muito cumprir uma tarefa que me beneficie tanto.

– Vita não conseguiu tirar esta estúpida ideia da cabeça, por mais que quisesse. Mas acho que para ela foi muito tentador pensar que, sendo a grande mecenas, poderia participar da construção do edifício e até dar uma passada de olhos nas contas.

– Vocês dois são terríveis! Então Vita agiu motivada exclusivamente por caridade... Mas diga-me, Aaron, por que ela não veio? – quis saber Joana.

– Provavelmente pensou que isto tudo seria terrivelmente aborrecido – opinou Charles. – Quanto mais ouço sobre essa jovem, mais vontade tenho de conhecê-la. Pedro, por que não convida um dia destes sua irmã e o famoso marido para um de seus almoços?

Pedro não respondeu de imediato. Continuava muito surpreso. Acabava de descobrir que a irmã era extremamente rica. Jamais tinha imaginado tal coisa. Achava até que ela havia gasto todo o dote na casa nova e que estivesse à beira da ruína. Ou seria León quem tinha tanto dinheiro? Não, impossível, senão teria sabido antes, quando eram amigos.

– Pois estávamos pensando nisso – ouviu Joana dizer a Charles e a Loreta. – Mas não é fácil conciliar nossos encontros e obrigações de modo a encontrarmos uma noite que dê certo para todos.

311

Mas Joana, na verdade, não pensava assim. A cunhada era um pouco esquisita. Vita dava muito o que falar, mas aparecia pouquíssimas vezes em público, fosse qual fosse o objetivo que motivasse aquela atitude.

– Vitória só concede audiência ao bondoso Aaron – disse João Henrique em tom malicioso. – Provavelmente sente-se culpada por lhe ter partido o coração.

Dona Magda e dona Carla olharam-se indignadas. Seria verdade o que tinham acabado de ouvir ali? Não simpatizavam muito com o jovem médico, mas tinham certeza de que não era mentiroso.

– Meu Deus, Magda! Será que é uma... adúltera a mecenas do nosso novo edifício?

As duas senhoras juntaram as cabeças para falar sobre aquele escandaloso tema. Talvez devessem consultar dona Ana Luíza, que costumava se encontrar com a mãe da cunhada de Vitória da Silva num clube de *bridge*. Muito provavelmente quem poderia lhes contar mais alguma coisa era dona Cândida, que era vizinha daquele advogado que, evidentemente, beneficiava-se de mais vantagens do que parecia à primeira vista. Se até uma pessoa tão conhecida como Vitória se dava assim com ele...

XXI

UM ANO! NAQUELE DIA FAZIA UM ANO que tinha se casado com León, e para Vitória o marido continuava a ser o mesmo estranho do primeiro encontro. Agora conhecia detalhes de sua vida diária, sabia que gostava de dormir até tarde, que comia pouco no café da manhã, que não gostava de alcaparras, mas em contrapartida adorava azeitonas e chocolate, que tomava vários banhos por dia e que se refrescava com a água-de-colônia Gentleman's Only que tinha trazido de Inglaterra. Conhecia cada centímetro de seu corpo, desde o remoinho na cabeça que o fazia, todas as manhãs, aparecer com o cabelo levantado, até o segundo dedo do pé, que era mais longo que o primeiro. Sabia onde tinha cócegas, que sabor tinha, que carícias o excitavam. E, apesar de tudo, muitas vezes via León como um perfeito desconhecido.

Havia dias em que era uma pessoa fria, calculista e arrogante, em que a tratava com certa superioridade, dando-lhe a sensação de que não era sua mulher, e sim uma subordinada. Em outros, menos frequentes, revelava-se impaciente, intranquilo e impulsivo, batia portas, rasgava papéis ou repreendia a criadagem quase sem motivo. Quando esse nervosismo se apoderava dele, ninguém podia fazer nada, e muito menos ela. Mas, se Vitória o evitava, ficava ainda com pior disposição.

– Sinhazinha, agora que tem sua casa e que obteve independência econômica, está me evitando? – havia perguntado ele recentemente, com uma voz sussurrante que soava até um pouco ameaçadora.

– Que bobagem, León! Só o evito quando fica tão mal-humorado – respondera-lhe ela, envergonhando-se de imediato pela falta de sinceridade. Na realidade, ela o evitava de propósito. Na presença dele sentia-se como alguém a quem se acusa de roubo e, apesar de inocente, tem um comportamento suspeito devido a essa acusação.

Não passava um único dia sem que Vitória se surpreendesse com alguma coisa do comportamento de León. Como era possível que um homem que em sociedade se portava com a maior espontaneidade diante das mais importantes personalidades tivesse pudor em falar livremente quando os criados estavam em casa? Como podia deslocar-se com seus ternos feitos sob medida em Londres com a indolente elegância de um homem que não tem mais nada para vestir, e dar ao mesmo tempo a cada uma de suas expressões a irônica ideia de alguém que se fantasiou? Como podia comer voluntariamente os pratos típicos dos escravos – ele, que na Europa havia provado os pratos mais requintados? Dias antes León, estando à mesa com os convidados, pediu que lhe trouxessem feijão-preto e ofereceu aquela "iguaria" aos demais presentes. Vitória ficou envergonhadíssima e, só de ver o rosto de León, deu-se conta de que era precisamente isso que ele queria.

Desde o infeliz episódio do pingente, León a tratava com uma fria indiferença. Mas não era como aquela distância dos primeiros meses de casamento, quando ainda tentavam se conhecer melhor. Sim, ele era amável e complacente, mas havia sempre uma certa ironia na maneira como a olhava e no modo como falava com ela. Seus elogios eram frases feitas. No seu riso não havia alegria, mas sim desilusão. Quando lhe punha o braço nos ombros não era porque tivesse vontade de abraçá-la, mas sim para mostrar em público que existia certa harmonia. Embora isso acontecesse muito raramente. Mal saíam juntos; só quando era mesmo inevitável.

Apesar disso tudo, Vitória levava ao lado de León uma vida agradável. Ele tinha mantido sua promessa e a deixava fazer o que quisesse. Durante aquele ano, Vitória tinha multiplicado sua fortuna, e o dinheiro a ajudou a encarar outras carências. Sua última cartada havia sido genial. Ela comprou por um preço irrisório as ações de uma fábrica de preparados de carne à beira da falência; um mês depois, quando se soube que a BMC queria adquirir a empresa, vendeu as ações com lucros superiores a trezentos por cento. Vitória achava que não devia envolver Aaron – ele era um homem adulto e podia ter investido o próprio dinheiro nessas mesmas ações –, mas, como ele lhe dera os conselhos decisivos, tinha saído com ele. Primeiro ele a levou ao teatro, depois jantaram no Louis e acabaram tomando café no Café das Flores. Desde que Aaron tinha superado sua infantil paixão e não sentia necessidade de flertar com ela, a relação dos dois era mais cordial e aberta; eram mais cúmplices. Vitória preferia a companhia de Aaron à do marido.

Mas à noite tudo era diferente. Parecia que os corpos de León e Vitória tinham vida própria, independentemente daquilo que acontecia dentro da mente, tanto se tivessem discutido como se não tivessem se falado. A incapacidade para se aproximarem e se abrirem um com o outro, que durante o dia carregava o ambiente com uma tensão insuportável, ficava esquecida assim que se encontravam no quarto. O desejo de ambos era mais forte do que a razão. O amor físico compensava tudo o que falhava na relação. Bastava que León roçasse levemente o braço de Vitória para que o corpo dela estremecesse. Um inocente beijo de boa-noite dela era suficiente para despertar em León o mais selvagem dos desejos. Quando se despiam, era como se com a roupa se despojassem também de todos os mal-entendidos e desenganos que tornavam a vida em comum tão difícil. Na cama eram tudo o que não conseguiam ser durante o dia; davam ao outro o que se negavam durante o dia: carinho, confiança, sinceridade. E sem precisar trocar uma única frase.

Algumas noites, quando León estava fora e Vitória suspeitava de que se encontrava com a Viúva Negra, ia cedo para a cama e jurava a si mesma não voltar a permitir a León nenhum tipo de intimidade. Mas, quando ele voltava para casa, quando o ouvia se despir em silêncio, quando sentia como se enfiava na cama com cuidado para não acordá-la, nesse momento tinha vontade de gritar de desejo. Um único beijo, um pequeno gesto de carinho! Fingindo dormir, punha a mão como por acaso na barriga de León ou roçava suavemente sua perna, como se não quisesse o contato da pele dele, como se fosse o gesto involuntário de uma pessoa adormecida. O efeito era sempre o mesmo. León, fingindo também desinteresse ou cansaço, aproximava-se dela, soltava sons guturais de prazer, acariciava-a, até que os dois se abraçavam apaixonadamente e se deixavam levar sem inibições. Que farsa tão indigna de duas pessoas adultas, como se precisassem de um pretexto para se desejar!

Mas havia também ocasiões em que caíam um sobre o outro como dois possessos, sem fingir que se tratava de um descuido. Eram como dois viciados que perdiam a dignidade e todos os valores no momento em que a satisfação do vício prometia fazê-los esquecer por algum tempo os sofrimentos da vida diária. O dia anterior tinha sido um desses. Enquanto esperavam que lhes servissem o jantar, Vitória e León comportavam-se como dois rivais antes de um duelo. A tensão estava no ar, mas nenhum deles confessava o que o irritava. Quando Taís serviu a comida, os dois ficaram sozinhos, um diante do outro. A única coisa que se ouvia era o barulho dos talheres nos pratos, até que León os pousou no prato e disse:

– Insisto que venha comigo à recepção. Espero que não me obrigue a levá-la à força.

Vitória arqueou as sobrancelhas numa expressão de desprezo.

– Eu não o obrigo a nada, León. Peço-lhe que seja amável e faça o mesmo comigo.

Depois dobrou o guardanapo com exagerado cuidado, levantou-se e foi-se embora. Como se quisesse cumprir sua ameaça, León subiu as escadas atrás dela e a seguiu até o quarto. Mas, mal se fechou a porta atrás deles, León apertou Vitória contra a parede com o próprio corpo e a beijou, deixando-a quase sem fôlego. Então lhe levantou a saia, ardendo de desejo, tirou-lhe a roupa íntima e ali, de pé, possuiu-a com força, com um quê de desejo animal. E ela? Tinha enroscado as pernas ao redor de seus quadris, gemendo de prazer e se deleitando com o aspecto selvagem do ato.

Depois ela se sentou na beirada da cama e observou León enquanto ele se vestia para sair naquela noite. Odiava a si própria por sua fraqueza, por se deixar levar pelos impulsos, e odiava León por parecer tão calmo e indiferente, enquanto ela lutava para conter as lágrimas.

– E então? Não vai se arrumar? – perguntou-lhe León. Seus olhares encontraram-se no espelho.

Vitória negou com a cabeça.

– Como preferir. Sair de casa sem a esposa também tem suas vantagens. Durma bem, meu amor.

León voltou para casa quando já estava amanhecendo, embriagado e cheirando a tabaco. Deixou-se cair na cama sem tirar a roupa e adormeceu imediatamente. Assim começou o dia. O aniversário de seu casamento. Vitória olhou para o homem que roncava a seu lado e perdeu qualquer esperança de, pelo menos naquele dia, se portarem como um jovem casal normal.

Mas, ao contrário do que seria de esperar, León mostrou estar de muito bom humor quando se encontrou com ela para tomar o café da manhã. Ao que tudo indica, não estava de ressaca, e a falta de sono não parecia afetá-lo nem um pouco.

– Bom dia, meu amor. Que dia maravilhoso! Não gostaria de dar um pequeno passeio comigo?

A alegria dele deixou-a ainda mais nervosa. Só faltava começar a assoviar alguma alegre canção.

– Não.

– Vamos lá, coração, não seja tão cruel.

– Há algum motivo especial para estar tão bem-disposto?

León olhou para ela impaciente.

– Não. Por quê, preciso de motivo?

– Não sei. Sim, talvez. Essa alegria não é normal em você.

– Se for deixá-la mais tranquila saber que há um motivo para o meu bom humor, podemos imaginar um. Vamos imaginar que hoje é, por exemplo, nosso aniversário de casamento.

Vitória engoliu em seco. Ele não tinha esquecido! Fez um esforço para parecer indiferente.

– Sim, mas neste caso o dia teria começado de outra maneira. E você teria me dado um presente.

– Ah, é? Estava convencido de que não queria mais presentes meus.

– Bem se vê que não me conhece... depois de um ano de casados?

– Vita... – León não encontrava as palavras. Como podia expressar seus sentimentos se Vitória sabotava qualquer tentativa de aproximação, amigável ou amorosa?

– Sim?

– Tinha pensado que seria agradável fazermos novamente alguma coisa juntos... simplesmente assim, sem nos obrigar a nada.

Meu Deus, havia várias semanas que não lhe dizia uma frase tão carinhosa como aquela! Gostaria de ter se atirado ao pescoço dele, mas se conteve e respondeu num tom aborrecido:

– Por mim, pode ser. E em que tipo de passeio você tinha pensado?

– Você nunca foi ao Corcovado, não é? Então podemos ir até lá e dar um pequeno empurrão no nosso fracassado casamento.

Aquele homem era realmente o cúmulo! Como podia, num segundo, um irrepreensível cavalheiro transformar-se em semelhante monstro? A impossibilidade de calcular suas reações podia aterrorizar qualquer um. Mas, enfim, era só o aniversário de casamento deles, e, mais do que passá-lo pensando aflita em seu "fracassado casamento", preferia ir com León às montanhas, e que tudo parecesse muito feliz.

– Está bem. E a que horas você quer sair?

– A carruagem está à espera – respondeu ele com um sorriso triunfal nos lábios.

No topo do Corcovado, a 711 metros de altitude, havia um pavilhão de ferro e cristal. Já antes de sua construção, até mesmo antes da inauguração do trenzinho elétrico que conduzia as pessoas quase até o cume da montanha, era frequente fazer passeios até ali. A vista sobre a baía de Guanabara, o Pão de Açúcar, as praias do sul da cidade e a lagoa aos pés da montanha era tão extraordinária que não importava nem um pouco ter de se fazer o cansativo caminho a pé. Mas, desde que o trenzinho tinha começado a subir várias vezes por dia pela corcunda do Corcovado até aquele excepcional mirante, o número de visitantes havia aumentado consideravelmente. As excursões eram frequentes, sobretudo nos fins de semana, quando se organizavam piqueniques no pavilhão, que no inverno era uma proteção ao vento frio que soprava naquela altura e, no verão, resguardava os visitantes dos implacáveis raios de sol.

No trenzinho que os levou aos solavancos até lá em cima, Vitória sentiu-se invadida por uma alegria própria de um dia de festa, que nem as barulhentas crianças que corriam pelo veículo conseguiram dissipar. O trenzinho serpenteava pelo denso mato. O som dos pássaros, o aroma das árvores, os raios de sol por entre as folhas... tudo isso a transportou para um mundo completamente diferente, que nada tinha em comum com a grande cidade onde viviam. Viajar pela natureza era um prazer único, enevoado apenas pela excessiva inclinação que o trenzinho parecia não ser capaz de escalar. Vitória receou que a certa altura ele pudesse despencar para trás. Na última parte da viagem ia tão inclinado, que Vitória, sentada diante de León, teve de se agarrar com força para não escorregar do assento e cair diretamente nos braços dele. E ele ria, o atrevido! Sabia de antemão em que lado deveria se sentar para que a força da gravidade o deixasse ancorado ao assento.

– Quer trocar de lugar? – perguntou-lhe ironicamente.

– Para ser você quem cairá em cima de mim? Não, obrigada.

Quando chegaram ao destino, tiveram de andar durante dez minutos para chegar ao topo. Era um domingo de muito calor, e, apesar da brisa fresca que corria lá em cima, depois da caminhada estavam acalorados e quase sem fôlego. Mas a vista compensou em muito a fadiga. O panorama era grandioso! Vitória deteve-se no corrimão do mirante Sul, abriu os braços e ficou extasiada. Por baixo dela estavam a Lagoa e o Jardim Botânico, à esquerda brilhava o mar, e a uma certa distância elevavam-se os Dois Irmãos e a Pedra da Gávea, imponentes formações montanhosas que a neblina impedia de ver claramente.

León foi cativado por outra vista. Não conseguia afastar seu olhar de Vitória, que estava ali, junto ao corrimão, observando sorridente o panorama e segurando o chapéu que o vento ameaçava levar. Aproximou-se dela, colocou-lhe os braços ao redor da cintura, abraçou-a e inclinou a cabeça em sua direção.

– Sabe que você é mais impressionante do que esta paisagem? – sussurrou-lhe ao ouvido.

Vitória duvidou de que fosse o efeito da subida que fez suas pernas tremerem e seu corpo começar a transpirar. No entanto, tentou se desvencilhar do abraço de León e se afastar dele.

Mas León a reteve com mais força. Beijou-a na nuca e sentiu como se eriçavam os pelos de seus braços.

– Se alguém nos vir...

– Ninguém nos verá, meu amor. Quem não está no pavilhão, está admirando a vista no mirante Norte, a cidade e a baía. Para cá não vem muita gente. Além disso, tanto faz. As pessoas vão pensar que somos um casal de namorados. Vão ter inveja de nós.

Vitória não disse nada. Ambos o sabiam. Eram um casal, mas não de namorados. Em último caso, de amantes. E extremamente inseguros. Aqueles beijos em plena luz do dia e em público não quebravam as regras do jogo que eles próprios tinham estabelecido? Por que León a assediava ali e agora com suas demonstrações de carinho? Ele sabia como ela reagiria. Não podiam passar, pelo menos uma vez, um dia agradável e tranquilo?

Numa vã tentativa de dar à situação uma sensação de normalidade, Vitória deu a mão a León.

– Venha, León, vamos ao outro lado. Será que se vê nossa casa daqui?

A tensão que existia entre eles desapareceu quando chegaram ao mirante Norte. Dois meninos vestidos de marinheiros brincavam de pega-pega, enquanto um casal mais velho, que deviam ser os avós, repreendia-os de vez em quando. Um grupo de jovens homens ria e falava alto. Um fotógrafo montava cuidadosamente a máquina e, olhando orgulhoso ao redor, certificava-se de que todos o observavam. Cenas da vida cotidiana, pensou Vitória, a normalidade de um domingo. Que bem lhe fazia ver gente bem-disposta e não pensar em seu casamento em crise! Vitória inclinou-se no corrimão e admirou o grandioso panorama que se estendia à frente deles.

– Olhe, León, nossa casa está ali! Parece tão pequena aqui de cima! Que pequeno e tranquilo parece o Rio! É maravilhoso!

– Sim, é verdade. – León beijou o rosto de Vitória e se afastou dela. – Vou buscar alguma coisa para que possamos fazer um brinde.

"Ao nosso fracassado casamento", acrescentou Vitória em silêncio.

– A este dia e às promessas que ele encerra – disse León. – Pela perspectiva e pelas perspectivas...

Seus misteriosos olhos escuros brilharam sob as espessas sobrancelhas negras. Vitória viu em seu olhar esperança, mas também uma expressão atormentada. Vulnerabilidade? Dor? Antes de conseguir decifrar aquela expressão, León deu meia-volta e dirigiu-se ao balcão do pavilhão. Vitória apoiou-se de novo no corrimão e meditou, o olhar perdido ao longe, sobre as palavras de León. Seria sua imaginação ou ele havia lhe pedido que fizessem as pazes? Conseguiriam voltar a ter um comportamento normal entre eles? Em todo caso, valia a pena tentar.

Mas, quando León voltou com as bebidas, uma taça de champanhe para ele e um copo de limonada para ela, não vinha só. A seu lado estava João Henrique.

– Oh, minha protetora! Que dia maravilhoso, querida Vitória!

Fantástico! De todas as pessoas no mundo, João Henrique era a última que ela queria ver naquele momento.

– Bom dia, João Henrique. Estou vendo que seu trabalho no hospital não o prende muito...

Vitória sabia que aquele comentário irônico era completamente inapropriado. Podia não simpatizar com João Henrique; ele podia ser uma pessoa superficial e egoísta, mas como médico era exemplar. Era tão trabalhador e cheio de entusiasmo que era frequente encontrá-lo também aos domingos e feriados no hospital. Bom, algum motivo deveria existir para que seu irmão fosse amigo daquela criatura.

– Por favor, por favor! Hoje é o dia do Senhor, não é verdade? Até um homem tão ocupado como eu tem direito a descansar de vez em quando. E que local mais apropriado para nos afastarmos das preocupações do dia a dia do que o topo desta montanha?

– Sim, aproveite este dia divino. A partir de amanhã vou estar outra vez no hospital e farei sua vida impossível.

Vitória não conseguiu deixar de fazer aquela pequena e maldosa observação. Como fundadora da nova ala do hospital, assumira um direito de intervenção que ia muito além de suas competências. Mas ninguém se atrevia a se opor à rica senhora Vitória Castro da Silva, que exercia seu poder com uma satisfação sádica e aproveitava qualquer oportunidade para impor limites a João Henrique.

– Sim, aproveite o dia e nos deixe a sós. Temos de conversar sobre um assunto.

– Meu Deus, desculpem! Quem iria imaginar que estão aqui numa conversa só entre os dois? Poderia apostar que Aaron e a Viúva Negra, perdão, refiro-me à dona Cordélia, não estão muito longe. Bom, sendo assim, eu os deixarei tranquilos. Tenham um bom dia!

Partiu pisando sem querer num animal de pano que estava no chão. Pouco depois, ouviram-se os gritos de uma criança, mas João Henrique já tinha desaparecido.

León ofereceu a Vitória o copo e deu de ombros com uma expressão de tristeza.

– Sempre acontece alguma coisa.

– Sim, infelizmente.

León estudou atentamente o rosto de Vitória. Teria aceitado os românticos planos se João Henrique não tivesse aparecido de repente?

– A nós – disse em voz baixa, brindando com ela.

– A nós – disse ela numa voz quase imperceptível, e tomou um gole. Logo depois fez uma careta. – Credo, que limonada tão ácida!

– Dizem que o sabor ácido é muito sensual.

– Bom, nesse caso... – Vitória largou o copo e se arrepiou.

– Venha, vamos sair daqui. Conheço um lugar onde ninguém vai nos incomodar.

– Nossa cama – disse Vitória em tom depreciativo.

León riu.

– Não, não estava pensando nisso. Mas não é má ideia...

– É, sim. Muito má ideia.

– Não tenha receio, sinhazinha. Não tenho a intenção de acabar com a magia deste dia.

Tarde demais, pensou ela. João Henrique já o tinha feito. Mas concordou, deu o braço a León e juntos foram andando até a estação. Sentaram-se em silêncio num banco de madeira, à espera de que chegassem os demais passageiros. Um estridente assovio anunciou a partida.

Na estação aos pés do Corcovado, o cocheiro os esperava. León deu-lhe instruções para que os levasse à Floresta da Tijuca, pedido ao qual o homem reagiu franzindo a testa. A estrada da floresta tinha grandes inclinações e profundas gargantas. Por vezes estava intransitável devido a árvores caídas ou à lama que escorria ladeira abaixo devido à chuva. Mas, enfim, ia tentar. Como já havia várias semanas não chovia, havia grandes possibilidades de conseguir passar sem muitas dificuldades.

Vitória não fez nenhum comentário. Não queria dar a impressão de que estava sempre contra ele, embora julgasse ter razão. Mas custou-lhe muito ficar de boca fechada. A viagem foi espantosa. A carruagem dava solavancos por causa dos profundos sulcos que a água da chuva havia formado no caminho. De vez em quando dava um salto tão grande, que Vitória receava ter partido a coluna, sem mencionar quanto devia sofrer o eixo da carruagem. Mas ambos aguentaram as sacudidelas. O percurso tinha, além disso, inúmeras curvas, fato pelo qual de vez em quando Vitória era lançada na direção de León ou esmagada contra a porta por ele. Tudo isso impediu que conseguisse admirar a paisagem. Só quando a carruagem parou, e Vitória pôde enfim esticar o corpo dolorido, que reparou na extraordinária beleza da floresta. O cheiro da terra e das folhas, o suave murmúrio das árvores e o canto dos sabiás e dos azulões a enfeitiçaram. Era uma floresta mágica!

Por um caminho cheio de pedras com musgo, pequenos riachos e grandes raízes, chegaram a uma clareira onde Vitória aproveitou para descansar um pouco. Nem seus sapatos nem seu vestido comprido eram apropriados para uma escalada como aquela, e em mais ocasiões do que teria desejado teve de segurar a saia com uma das mãos e dar a outra a León para conseguir continuar avançando. Sem fôlego, deixou-se cair em cima de um tronco possivelmente tombado durante a última tempestade.

– Falta pouco, Vita. E, quando chegarmos, vai se sentir recompensada pela agitada viagem e pela fatigante caminhada, eu prometo.

Vitória olhou, hesitante, para León. Ele sempre conseguia dar duplo sentido às suas palavras, por mais amáveis e inocentes que fossem.

– E, se não conseguir continuar, eu a levo no colo.

Vitória fez um esforço para continuar a andar.

Pouco tempo depois, chegaram a um pequeno lago alimentado por uma cascata. A água fazia um barulho ensurdecedor ao cair e formava uma ligeira neblina que cobria toda a superfície. Ah, era aquilo mesmo que precisava naquele momento! Vitória tirou os sapatos, observou as bolhas dos tornozelos e sentou-se numa pedra à beira do lago para refrescar os pés doloridos. León sentou-se ao lado dela. Tirou também os sapatos, arregaçou as calças e pôs as pernas dentro da água. Vitória olhou cativada para as pernas dele, observando os músculos bem marcados sob a pele morena e os pelos negros e encaracolados. Que magníficas pernas León tinha, fortes e masculinas!

León manteve os pés junto aos de Vitória sob a água. Ao ver os pés grandes e fortes dele junto aos seus, pequenos e brancos, Vitória sentiu uma grande ternura. Secou a testa com a manga.

– Está sentindo calor, sinhazinha? Sei como pode se refrescar.

– Acho que quem precisa se refrescar é você.

– Sim, provavelmente. Você vem comigo? – Levantou-se com um salto, despiu-se totalmente e mergulhou na água. Vitória estava tão fascinada com o corpo dele, que deslizava elegantemente na água, que não conseguiu sair do lugar. Ele veio à tona para tomar fôlego já no centro do lago. – Venha, querida sinhá, a água está ótima!

Vitória permaneceu sentada, sem se mexer. Querida sinhá? Seria mais uma de suas piadas? Achava graça fazê-la recordar justamente no dia de aniversário de casamento que não era propriamente amor aquilo que caracterizava a união deles?

León submergiu novamente e avançou com fortes braçadas na direção dela. Agarrou-lhe os pés e pôs a cabeça para fora da água. Tinha o cabelo liso e preto escorrendo-lhe pelas costas, no rosto milhares de diminutas gotas brilhando. Olhou para Vitória com um amplo sorriso, e pela primeira vez em muito tempo seu sorriso não era nem amargo, nem cínico. Era de felicidade. E aqueles dentes brancos tão lindos! Que pena que não sorrisse daquela maneira mais vezes.

– Venha, Vita. Tire a roupa! Ou quer que eu a atire na água com roupa e tudo?

A mãos dele, frescas e úmidas, avançaram pelas pernas de Vitória, como se procurassem o melhor ponto para agarrá-las. O toque era refrescante e extremamente erótico. Vitória sentiu a pele toda se arrepiar.

Encolheu as pernas, levantou-se, virou-se e se afastou alguns passos. León pensou por instantes que ela ia embora, que o deixaria sozinho, nu e humilhado. Por acaso não percebia o que o levava a se apresentar assim diante dela?

Mas Vitória não foi embora. Estava apenas à procura de um local à beira da água onde o chão estivesse seco. Quando tirou a parte superior do vestido, estava de costas para ele. León conteve a respiração. Ela se livrou do resto da roupa com movimentos deliberadamente lentos, sempre de costas para ele. Sabia que ele a observava. Hesitou por um instante, como se não quisesse se virar nua para o marido, mas num gesto rápido se voltou para ele, detendo-se por alguns instantes na mesma posição, e León teve a oportunidade de observá-la da cabeça aos pés. Obviamente, não viu nada de novo. Mas ela nunca tinha se despido na frente dele ao ar livre, iluminada pelos raios de sol. Para ela também foi uma sensação nova. E muito agradável. O olhar de ambos se cruzou, e nas pálpebras reviradas dela León pensou ter visto apenas puro desejo.

Depois começou a correr e se atirou de cabeça na água. Emergiu a poucos metros de León, respirando sofregamente.

– Está gelada!

– Só a princípio. Logo você se acostuma.

Vitória nadou o mais depressa que conseguiu para se aquecer. Rapidamente achou que a temperatura da água estava melhor e esticou-se, imóvel, boiando na superfície. Contemplou o céu, viu as copas das árvores por cima do lago, observou as borboletas e as libélulas que voavam perto de seu rosto. Como tinha saudades de tudo aquilo! Era como antes, quando ia nadar no Paraíba do Sul. Exatamente igual. Sentiu as mãos de León em sua cintura. Ele puxou o corpo de Vitória para junto do dele e a levantou da água, de forma que pôde lhe beijar primeiro o pescoço, depois os ombros e os seios. Os beijos eram suaves e ternos, e podia ter ficado assim durante horas se não tivesse ouvido uma voz.

– Ouviu aquilo?

– Não. Só ouço o bater do meu coração.

– Ouça, outra vez.

Dessa vez, León também ouviu.

– Sinhô León! Sinhá Vitória! – gritava o cocheiro. Pouco depois apareceu o homem junto ao lago. Olhou ao redor, até que viu as roupas e por fim descobriu, incrédulo, o casal que estava na água, não muito longe da margem, ambos nus e fundidos num forte abraço. Vitória tentou se esconder dos olhares curiosos do negro.

– Oh, lamento! Queria apenas dizer que devemos partir depressa. Não vai tardar para o sol se pôr.

Depois virou-se e foi embora.

Vitória e León olharam um para o outro e desataram a rir.

À beira do lago, secaram-se um ao outro com a combinação de Vitória.

– Hoje não vou precisar disto – disse –, e também não vou vestir a roupa íntima. Veja, há milhares de formigas em cima dela!

Apesar do estado de espírito que os invadia, conseguiram separar-se e se vestir. Não queriam que a noite caísse enquanto ainda estivessem ali na floresta. Mas, quando Vitória quis se calçar, soltou um grito de dor.

– Não consigo pôr os sapatos; meus pés estão cheios de bolhas.

– Eu a levarei. Como sempre, eu a levarei comigo, meu amor.

Vitória julgou ter ouvido mal. Que coisas estranhas ele vinha lhe dizendo a toda hora naquele dia! Ele agia como se tivesse acabado de se apaixonar.

León pegou Vitória no colo como se pegasse um gato ensopado e levou-a assim o caminho todo. Ela se agarrou a seu pescoço com força e aproveitou a ocasião para lhe estudar o rosto em detalhes, sem que ele pudesse observá-la com a mesma atenção. Tinha de se concentrar no caminho.

Durante a viagem de volta, León não pensou em outra coisa a não ser no corpo suave e branco de Vita por baixo do vestido. Só de pensar que ela não usava roupa íntima, ficava extraordinariamente excitado, e não parou de acariciar a coxa dela até que a carruagem chegou a uma área habitada.

Vitória sentia-se da mesma maneira. Estava apreciando não ter nada sob o vestido, e decidiu que no futuro faria aquilo mais vezes, não por León, mas por ela própria. Mas isso era secundário agora. Era mais excitante o que León havia lhe dito. Será que ele pensava realmente assim? Ou teria se expressado daquela maneira devido ao entusiasmo da situação, para se arrepender mais tarde, como um bêbado que diz coisas das quais depois se envergonha?

Quando a carruagem parou em frente à casa, León saiu primeiro e pegou Vitória, que ainda estava descalça, no colo. Subiu as escadas sob o olhar atônito dos criados. Desde que trabalhavam ali, nunca tinham visto o sinhô com a mulher no colo! Na entrada, León disse a Taís que jantariam no quarto, e continuou avançando sem parar. Subiu os degraus de dois em dois para chegar lá em cima quanto antes. Vitória achava o marido irresistível quando agia com tamanha decisão e agilidade.

León pousou-a devagar na cama e lhe afastou do rosto uma mecha de cabelo ainda úmida. Inclinou-se sobre ela, e naquele momento bateram à porta.

– Deixe a bandeja aí fora! – disse León aborrecido.

– Lá embaixo há uma pessoa que quer falar com o senhor – ouviu Taís dizer, preocupada. – Diz que é urgente.

– Há sempre alguma coisa se metendo entre nós, não é? – disse León com uma voz sensual, e olhou para Vitória cheio de pena. Levantou-se, ajeitou a roupa e se afastou. – Não demoro.

Vitória o fitou, surpresa e decepcionada ao mesmo tempo. "É nosso aniversário de casamento", teve vontade de gritar, mas não o fez. Quando a porta se fechou atrás dele, deixou-se cair sobre os almofadões e chorou até adormecer.

XXII

ÉLIX NÃO OBEDECEU À SEVERA RECOMENDAÇÃO de León em não se aproximar de sua casa. Naquele momento tanto fazia o que o chefe pensava dele, e também não lhe importava se a sinhá Vitória o visse. Ela não era agora esposa de León Castro e, como tal, não tinha de obedecer ao marido? Se León havia lhe oferecido a liberdade, a sinhá não podia tirá-la dele. E que mal ela poderia lhe fazer? O que poderia ser pior do que o que vivia naquele momento?

Ele precisou largar o emprego no escritório, o que a princípio até não lhe pareceu muito dramático. Mas naquele momento não sabia como seria difícil encontrar outro emprego. Era negro e mudo, o que para todos equivalia a ser um idiota. No Rio, ninguém acreditava que fosse capaz de ler, escrever e fazer contas. Exceto León Castro, obviamente. Mas, se se aproximasse dele, corria o risco de ser capturado; com certeza quem o havia denunciado também tinha revelado às autoridades sua relação com León. A certa altura, no entanto, o instinto de sobrevivência foi mais forte que o orgulho: Félix aceitou um trabalho estúpido como carregador que quase o deixou louco.

Mas o pior era pensar em Fernanda e Zeca. Fazia já um ano, quando teve de procurar um novo lugar para morar, que via Fernanda muito raramente. Ela sabia onde ele vivia, mas, devido aos horários de ambos e à distância que havia entre os bairros, geralmente só se visitavam uma vez por mês. Félix pensava com amargura que, se a situação fosse ao contrário, ele visitaria Fernanda com mais frequência. Provavelmente estaria muito ocupada passeando de braços dados com seu ridículo admirador para causar inveja às outras moças. E por certo Zeca não perdia nenhuma oportunidade para cortejar Fernanda, para idolatrá-la ou levá-la para passear... até enfim conquistá-la. Se é que isso já não tinha acontecido. Félix fervilhava de ciúme. Mas, se Fernanda tinha se envolvido com alguém, ele também o faria!

Quanto mais se aproximava da casa do casal Castro, mais nervoso ficava. Deteve-se e espreitou com cuidado numa esquina da rua. A casa, cuja fachada azul brilhava sob o sol do meio-dia, parecia estar vazia. Não se ouvia barulho algum; nenhum jardineiro trabalhava no jardim bem cuidado. O único detalhe que revelava haver alguém na casa era uma janela aberta no primeiro andar, na qual uma cortina branca ondulava ao vento. Félix esperava que Adelaide estivesse na porta dos fundos no horário combinado. Embora provavelmente só recebesse um sermão como castigo, era preferível que León não o visse. Ouviu os sinos de Nossa Senhora da Glória dando quatro horas. Adelaide apareceria a qualquer instante. Félix aproximou-se da cancela de madeira que separava o pátio posterior da rua. Ajeitou a peruca e o casaco, e lustrou os sapatos nas calças. Depois sacudiu o pó. Como um rapaz apaixonado, pensou Félix, criticando a si próprio. Adelaide, uma das ajudantes de cozinha que ele tinha conhecido nas frequentes visitas à anterior casa de León, não era senão uma medida de emergência. Um homem como ele devia ter uma companheira, certo? E se Fernanda o rejeitava, tinha de arranjar outra mulher, alguém que correspondesse às suas tentativas de aproximação, que aos sábados fosse dançar com ele na gafieira, perto do aqueduto da Lapa, e se deixasse abraçar e beijar, além de outras coisas que ele gostaria de fazer. Mas enfim as mulheres decentes tinham de colocar sempre alguns entraves; era normal.

Adelaide não era a pior escolha. Era uma jovem simpática. Um ano mais nova que ele, com o mesmo tom de pele castanho-claro e bastante alta, parecia perfeita para Félix, pelo menos fisicamente. Também ela tinha escapado com a ajuda de León de uma fazenda onde a esperava um futuro tão cruel quanto o de Félix. Adelaide não gostava de falar dos seus tempos como escrava, mas León havia contado a Félix certas coisas da história dela, para que Félix visse do que eram capazes muitos de seus compatriotas. Adelaide tinha sido selecionada pelo patrão para um perverso programa de procriação, cujo objetivo era reunir os escravos mais fortes e saudáveis com o intuito de conseguir uma nova geração de negros robustos. Adelaide teria de gerar crianças que lhe seriam tomadas logo depois de dar à luz, e ela própria, assim que tivesse produzido um número suficiente de descendentes, seria rejeitada pelo programa e deveria empregar o resto das forças trabalhando nos campos de café. Adelaide, na época com 13 anos, tinha conseguido escapar na última hora, graças à ajuda de León, e lhe era tão grata que daria a vida por ele se fosse preciso.

Ao libertar os jovens da escravidão, León jamais atuou fora da lei. Fazia vinte anos que estava vigente a Lei do Ventre Livre, que declarava serem os filhos dos escravos pessoas livres. Mas sua aplicação parecia estar ainda a anos-luz de distância. Que filho iria expor os pais às represálias que seu senhor adotaria se ele reclamasse a liberdade? E que negro conseguiria fazer frente às astutas manobras dos fazendeiros, que exigiam absurdas quantias em dinheiro? "Claro que você é uma pessoa livre, Luisinho, pode ir embora quando quiser. Mas antes tem de me pagar o que eu investi em você: quinze anos de comida e alojamento fazem a belíssima soma de..." Com argumentos como esses, os senhores mantinham os escravos "livres" numa situação de dependência econômica que não era muito diferente da escravidão.

– Está sonhando com quê?

Félix sobressaltou-se. Estava tão absorto em seus pensamentos que não percebeu a chegada de Adelaide. Sacudiu a cabeça, pegou a mão dela e se inclinou, fingindo beijá-la.

– Oh, mas que modos tão refinados, quem diria! Arranjei um homem muito elegante. – Adelaide sorriu para Félix em provocação, revelando dentes brancos, embora tortos. – E aonde pensa me levar, senhor? Ao Hotel Inglaterra, talvez, ou ao Café das Flores?

Félix riu e sacudiu novamente a cabeça. Nunca havia desperdiçado um único vintém naqueles estabelecimentos tão caros, além de neles não ser permitida a entrada a pessoas como Adelaide e ele. Ainda por cima, para aquele dia havia pensado em algo muito especial, que não conseguia explicar a Adelaide por gestos. E, como a moça não sabia ler, teria de se deixar surpreender.

Vitória estava havia horas em frente ao espelho, mas continuava insatisfeita com sua aparência. O cabelo estava mais rebelde do que nunca e, apesar da ajuda de Eleonor, o penteado não havia ficado como queria. Além disso, tinha emagrecido, e o vestido estava largo na cintura e parecia mal cortado. Meu Deus, logo agora que queria mostrar sua melhor – e mais bonita – aparência a León! Depois do passeio do domingo anterior, Vitória tinha decidido se dar uma nova oportunidade. Pela primeira vez desde que se casara, tinha tido a sensação de que entre eles havia a química que caracterizara os primeiros encontros. Como ansiava pelas carícias do marido, e como desejava entregar-se a ele, não só com seu corpo, mas também com a alma! Não seria melhor esquecer o passado, perdoar León pelos seus erros e começar de novo do princípio? Que sentido fazia continuar zangada com o marido até o fim dos seus dias? Não tinha vontade de continuar assim. Além disso, Vitória andava cansada de sempre acabar discutindo com León. Na última semana, durante a qual León havia estado fora de casa, Vitória não tinha pensado em outra coisa a não ser nas carícias dele, na pele suave das coxas robustas, no cheiro tão masculino que ele emanava.

Quando León voltou ao meio-dia da viagem de negócios, seu olhar perguntava se poderiam retomar do ponto em que tinham deixado as coisas na semana anterior. E, embora Vitória tivesse certeza de que nos seus olhos se lia a resposta com a mesma clareza, León deu-lhe apenas um beijo no rosto e se retirou para o escritório. Mas, a partir daquele dia, Vitória seria uma boa esposa... não apenas uma mulher desejável que respondesse com paixão às atenções do marido, mas também uma mulher que estaria todos os dias ao lado dele.

– Está fascinante, sinhá Vitória – disse novamente a aia. Mas o que sabia Eleonor, uma negra que até havia pouco tempo não tinha visto nada além de escravos e um ou outro agricultor? Vitória achava-se horrorosa. Mas não havia nada a fazer. Era claramente um daqueles dias em que falhavam todas as tentativas para se arrumar. Serviriam de ajuda as joias? Claro! Bastava comprar o pingente de Isaura. Assim que León a visse, saberia interpretar suas intenções. Vitória levantou-se, empurrou a moça e correu à área de serviço, onde ficavam os quartos dos empregados. Subiu os degraus de dois em dois. Quando chegou enfim ao sótão, respirava com dificuldade e transpirava.

Não sabia exatamente qual era o quarto de Isaura, por isso foi abrindo as portas e espreitando todos os quartos. Com a pressa, esqueceu-se de bater primeiro, apesar de ter prometido a León que trataria os negros como empregados com direito à vida particular. O primeiro quarto era ocupado por homens, pois viu calças e utensílios de barbear. Que escuro e sufocante era aquele ambiente! Fechou a porta apressadamente e dirigiu-se ao quarto seguinte.

– Oh, ah...! – Vitória encontrou a cozinheira, que se preparava para trocar de roupa.

– Sinhá Vitória! – exclamou a mulher, cobrindo o busto com a blusa. – Aconteceu alguma coisa?

Pelo visto, a mulher interpretara mal a expressão no rosto de Vitória.

– Eh... não! Estou à procura de Isaura com urgência. Onde posso encontrá-la?

– Na segunda porta à esquerda. Mas acho que não...

A cozinheira calou-se e deu de ombros. Vitória já tinha saído do quarto, tão depressa quanto entrara, e a mulher não tinha certeza de se a cena teria realmente acontecido.

Vitória avançou depressa e abriu com impaciência a porta do quarto de Isaura. Não tinha ninguém lá. Havia apenas duas camas, à direita e à esquerda da porta, as duas muito arrumadas. Em frente à janela havia duas cadeiras e uma velha mesa de madeira. Um copo de vinho quebrado – do qual Vitória se desfizera recentemente porque tinha se partido durante a mudança para o Rio – servia de jarra para alguns ramos e algumas ervas. Não se viam vestidos nem nenhum outro objeto em lugar nenhum; Isaura e a colega de quarto deviam guardar seus pertences no armário localizado junto à porta. Deveria espreitar para ver se o pingente estaria lá? Não; seria ir longe demais.

A simplicidade e a arrumação do quarto a comoveram. Vitória aproximou--se da janela, abriu-a e olhou para o pátio. Desconhecia aquela vista da sua casa. A maioria dos quartos dava para a rua, e o seu ficava do lado esquerdo, voltado para o pequeno jardim dos vizinhos. Na parte posterior ficavam apenas a cozinha e outros quartos de serviço, os aposentos dos criados e os banheiros, um dos quais se ligava diretamente ao quarto de Vitória. Mas, como sempre que estava no banheiro fechava as cortinas, nunca tinha visto o pátio dos fundos. Não tinha perdido nada, conforme pôde observar: o pátio ficava à sombra, estava cheio de utensílios e ferramentas e, devido à proximidade da casa vizinha, era estreito e claustrofóbico. Não tinha absolutamente nada da sutil elegância da casa. No entanto, parecia que os criados o utilizavam no tempo livre. Um banco toscamente lavrado e uma planta murcha num velho vaso eram a prova da tentativa fracassada de dar ao local uma atmosfera mais agradável.

Uma moça com a blusa recém-passada e uma saia comprida atravessou o pátio correndo. Embora Vitória só conseguisse ver sua touca branca, tinha certeza de que não era Isaura. Esteve prestes a chamá-la e a lhe perguntar por Isaura. Mas então reparou no jovem que a esperava na rua, junto à cancela. Ele fez uma reverência à negra, que a essa altura Vitória identificou como sendo a ajudante da cozinheira. Vitória estava fascinada com aquela cena. Os risos da jovem chegaram lá cima e, embora não conseguisse ver seu rosto, pôde imaginar perfeitamente as faces rosadas e os dentes tortos. Quando a jovem, de cujo nome Vitória não se lembrava, ria ou simplesmente sorria, irradiava uma alegria que contagiava a todos. Não era de admirar que o jovem também mostrasse um amplo sorriso. Um jovem que lhe pareceu familiar, mas que ela não conseguiu definir com quem se parecia. Além disso, sem os óculos não conseguia ver bem seu rosto.

Que belo casal formavam os dois jovens negros! Quando o rapaz colocou o braço na cintura da jovem, ela o retirou, sem deixar de sorrir. Depois disse-lhe alguma coisa ao ouvido, puxando-o pela manga com tal carinho que Vitória sentiu uma grande emoção. Conseguiria ela algum dia ter com León uma relação tão cheia de cumplicidade, intimidade e carinho como aqueles dois jovens tinham?

Os dois negros foram-se embora andando calmamente. Vitória viu como se afastavam, observando-os com uma mistura de inveja e afeto. Mas, quando o jovem de repente passou a gesticular, Vitória ficou desconcertada. Era... não, não podia ser!

– Félix? – gritou da janela.

O jovem deteve-se, virou-se e olhou em sua direção. Quando o olhar de ambos se encontrou, Vitória soube, apesar da distância, que suas suspeitas tinham fundamento. Tinha crescido, e com aquela estúpida cabeleira não era fácil reconhecê-lo. Mas seu sorriso e a linguagem corporal tinham-no delatado. Ele se virou com rapidez, pegou a mão da acompanhante e desataram a correr.

Vitória deixou-se cair na cadeira com tal impacto que as flores da improvisada jarra cambalearam. Não acreditava em coincidências; não era provável que a moça tivesse conhecido Félix no mercado ou numa festa – isso não era possível numa cidade tão grande como o Rio de Janeiro, e menos ainda quando ambos tinham pelo menos um conhecido em comum: León. A jovem estava havia uns três anos a serviço de León, e Félix conhecera León na Boavista. Assim, se Félix saía com uma empregada de León, só podia significar que tinha contato com ele. E isso conduzia a uma conclusão inequívoca: León estava a par da fuga de Félix e havia protegido o rapaz. Que grande canalha!

Vitória segurou a saia e saiu correndo do quarto, decidida a ir falar com o marido. Mas, pouco antes de chegar ao escritório, teve outra ideia. E se León não tivesse sido apenas um cúmplice passivo da fuga de Félix, e sim o organizador? Será que o teria ajudado a fugir? Claro! Todas as peças que pareciam não se encaixar formavam de repente um conjunto repleto de sentido. O fato de Félix, apesar de sua juventude e mudez, nunca ter sido encontrado; as contínuas viagens de negócios de León, que o levavam sempre ao campo, onde mantinha supostos encontros e reuniões com importantes personalidades; a inexplicável devoção que o pessoal da casa sentia pelo patrão... tudo aquilo tinha uma horrível explicação. León era um libertador de escravos! E dos grandes. Que o marido defendesse os escravos com palavras era uma coisa, mas que pusesse suas ideias em prática, cometendo atos criminosos, era outra muito diferente. Estava tão impressionada com sua descoberta que o coração parecia prestes a lhe saltar pela boca.

– Ladrão! Miserável, mentiroso, canalha!

Vitória soltou toda a sua raiva enquanto abria de rompante a porta do escritório. Então viu que León não estava sozinho. Diante dele estava uma mulher mais velha com inconfundíveis traços indígenas. León deu à mulher um lenço, com o qual ela secou os olhos avermelhados.

– Seja lá quem for, sejam lá quais forem seus problemas, boa mulher, deixe-nos a sós um instante. Tenho de falar com meu marido.

Vitória tratara a mulher, de forma instintiva, como fazia com todas as pessoas negras. Mas, quando a mulher se levantou e esticou o vestido, Vitória reparou que não se tratava de uma escrava comum. Tinha sapatos, sua roupa era de boa qualidade, e sua atitude, a de uma senhora. Seria antiga amante do senhor? Apesar da idade, a mulher era muito bonita.

– Fico muito feliz que enfim possamos nos conhecer, filha – disse ela, oferecendo a mão a Vitória para cumprimentá-la.

– Já disse que tenho de falar com meu marido. As apresentações, se é que são imprescindíveis – Vitória lançou um olhar venenoso a León –, vão ter de esperar. E não se atreva a me chamar de "filha" outra vez.

A mulher recolheu a mão e se dirigiu a León.

– Pensei que escolheria melhor. Não vai nos apresentar?

León levantou-se, contornou a mesa e se aproximou das duas mulheres.

– Dona Doralice, esta é, como pôde verificar, Vitória, minha terna e carinhosa mulher. E Vita, esta é dona Doralice – engoliu em seco antes de continuar –, minha mãe.

A mãe dele? Vitória olhou incrédula para a mulher.

– Sim, filha, é verdade... embora meu filho não me trate propriamente da forma que eu mereço por ser mãe dele.

– Bom, então pelo menos temos uma coisa em comum. León também não me trata como mereço, por ser mulher dele.

León sentia-se visivelmente incomodado. Sempre receou que um dia tudo fosse descoberto. Mas tinha de ser tão cedo? Sempre teve a certeza de que, quando conquistasse o carinho de Vitória, seria capaz de conseguir que ela aceitasse também suas origens. Havia pensado ainda que, quando enfim chegasse o momento, dona Doralice e Vita se dariam bem, que poderiam ser amigas. Mas naquelas circunstâncias desvaneceram-se todas as suas esperanças. Bastou-lhe ver os olhos de Vitória para observar neles todo o ódio que encerravam. No entanto, apesar do choque, Vitória não perdeu a capacidade de reação. A resposta que deu a dona Doralice o magoou, mas também o encheu de orgulho. Aquela era a sua Vita, que ele conhecia e amava!

– Que pena que não tenha podido ir ao nosso casamento, dona Doralice! Meus pais teriam gostado muito de conhecê-la. E eu também, obviamente.

Dona Doralice captou a indireta, que era dirigida mais ao filho do que a ela própria.

– Sim, filha, eu também lamento. Meu único filho se casa e não acha necessário informar a mãe.

– Talvez tenha querido lhe poupar do desgosto de conhecer a horrível família que ele arranjou.

– Sim, não consigo imaginar outro motivo... – Dona Doralice olhou fixamente para Vitória. – Sua família, querida Vita... uma vez que sou sua sogra, posso tratá-la por Vita, não é?, deve ser horrível se for parecida com você.

Vitória esteve prestes a dar uma bofetada na mulher. Mas, quando viu o ridículo da situação e a zombaria nos olhos de dona Doralice, desatou a rir. Riu até lhe aparecerem lágrimas.

– Gosto da senhora, dona Doralice. Enfim vejo onde seu filho arranjou o atrevimento, a insolência e a arrogância que o caracterizam. E, obviamente, sua beleza. A cor da pele deve tê-la herdado do pai, pelo visto... Ele ainda está vivo? Se estiver, gostaria de conhecê-lo.

– Não, o senhor Castro já faleceu. Nesse aspecto, não terá mais surpresas, filha.

– Ah, sim? Que pena! Estava começando a me divertir. A senhora é hoje a segunda pessoa que eu dava como morta e que apareceu viva e com boa saúde. – Vitória dirigiu-se a León. – León, querido, lembra-se do rapaz mudo que tínhamos na Boavista, de quem ninguém soube mais depois de ter fugido? Imagine você que acabo de vê-lo, aqui mesmo, em nosso quintal, com a ajudante da cozinheira. É incrível, não é?

– Acho que está fazendo alguma confusão, Vita. Certamente que não é Félix, e sim outro negro.

– Ah, então se lembra do nome dele?

Dona Doralice pegou o braço do filho e olhou seriamente para ele.

– É melhor irmos até a sala. Tomaremos um conhaque e contaremos toda a verdade a Vita.

León assentiu.

– Oh, acho que já descobri verdades demais por hoje! Não quero saber de mais revelações.

– Vita, não há mais revelações. Mas nos dê, a León e a mim, a oportunidade de lhe explicar tudo. Quando ouvir toda a verdade, saberá nos perdoar.

Vitória mordeu os lábios numa expressão de assentimento aceito sem vontade. Ouviria a história de León, mas por certo não conseguiria acreditar nele e muito menos perdoá-lo. Nunca! Acompanharia dona Doralice, que pelo visto estava envolvida nas intrigas de León, mas que não parecia ser tão hipócrita quanto o filho e que, afinal de contas, era também vítima das mentiras de León. Que tipo de homem era aquele que dizia que a mãe estava morta e a mantinha afastada de seu casamento? Vitória sentiu tal repugnância que sua pele se arrepiou. E pensar que, meia hora antes, desejava abraçá-lo!

Félix e Adelaide mal conseguiam respirar depois de terem corrido como se fossem perseguidos pelo diabo. Félix gesticulava como um louco para explicar a Adelaide o que tinha acontecido. Ela já sabia o que ele temia.

– Félix, acalme-se. A sinhá o viu, mas e daí? O que ela poderá fazer?

Podia fazer com que fosse açoitado, podia mandá-lo para a Boavista tomar conta dos porcos, podia proibir-lhe os pequenos prazeres que se permitiam aos escravos ou podia fechá-lo – só, faminto, ferido e aterrorizado – no buraco negro que tinha sido especialmente construído para castigar os piores comportamentos, embora ele não soubesse de ninguém que tivesse sido fechado lá. Podia tornar a vida dele um inferno, era isso o que podia fazer! Mas Adelaide o tratava como se só tivesse visto um fantasma, quando até as crianças sabem que fantasmas não existem. Oh, mas os fantasmas existem sim...! Vitória da Silva era um deles!

– Félix, não vai acontecer nada com você. O senhor León vai ajudá-lo. Vai proibir que a mulher lhe faça mal.

No momento em que Adelaide pronunciou aquelas palavras, percebeu que eram uma tolice. Ao contrário de Félix, que só conhecia a Vitória de antes, ela sabia como era a Vitória adulta, que não permitia que ninguém lhe dissesse o que fazer, muito menos o marido.

Félix não acreditou em Adelaide. O que sabia ela? Por acaso era ela que sentia sua liberdade ameaçada? Existia, era evidente, uma remota possibilidade de sinhá Vitória aceitar os fatos. Mas devia acreditar nisso? Gostaria de ter visto a cara de Adelaide caso fosse ela quem tivesse encontrado o antigo patrão em plena luz do dia! Teria sido um verdadeiro espectáculo, ela gritando como uma histérica enquanto a levavam. Com ele não aconteceria nada disso. Tinha de abandonar tudo outra vez, o novo emprego, o novo barraco, os novos conhecidos, tudo. Se Vitória interrogasse Adelaide, rapidamente descobriria onde ele vivia. E não podia correr esse risco.

Félix deu a entender a Adelaide que não poderiam se ver mais durante algum tempo.

– Mas, Félix, está exagerando! Espere para ver o que acontece. E, além disso, o senhor León não lhe explicou que, como você nasceu depois de 1864, é uma pessoa livre? Não pode lhe acontecer nada de mal.

Ah, não? Ele tinha ouvido o bastante sobre negros que tinham sido capturados novamente, por isso sabia que os fazendeiros arranjavam sempre algum motivo para segurar suas valiosas feras humanas nas sedes das fazendas e nos campos. O mais habitual e promissor para os senhores era acusar os escravos rebeldes de falsos delitos. Afinal de contas, quase todos preferiam a vida nos campos de café do que a vida "livre" na prisão. Em todo o Brasil, não havia um único policial ou juiz que desse mais credibilidade às palavras de um negro do que às de um senhor branco.

Félix não deixou que Adelaide influenciasse sua decisão. Iria se esconder em algum lugar que nem mesmo León pudesse imaginar. Talvez até não muito longe dali, mas num mundo completamente diferente.

O tique-taque do relógio da sala tornava mais evidente o silêncio que reinava no ambiente. Vitória foi a primeira a se dar por vencida, não mais suportando a espera. Pousou seu copo na mesa de vidro e tomou a palavra.

– Bom, e então? Estou impaciente. León, proponho que deixe sua mãe falar. Da sua boca, ultimamente, não ouvi outra coisa a não ser mentiras.

León já esperava aquilo. Estava de costas para as duas mulheres, tomando um uísque enquanto olhava, pensativo, pela janela.

Dona Doralice olhou preocupada para o filho, mas logo se virou para Vitória. Ajeitou a saia e respirou fundo.

– O pai de León era um homem muito rico. E muito só. – Deu um gole no conhaque, como se precisasse que o álcool lhe desse coragem para continuar seu relato.

Vitória não entendeu por que razão dona Doralice se reportava a tempos tão longínquos, mas não disse nada. Enfim conheceria o passado de León; finalmente obteria respostas às perguntas que ele sempre evitava.

– José Castro e Lenha era um próspero fazendeiro. Sua fazenda era, e ainda hoje é, a maior da região do Chuí, junto à fronteira com o Uruguai. Foi um dos poucos fazendeiros que saíram imunes das guerras fronteiriças entre o Brasil e o Uruguai, já que era de ascendência espanhola e portuguesa, além de gozar de enorme habilidade diplomática. Casou-se com uma brasileira, mas seu casamento não foi feliz. Depois de dona Juliana dar ao marido três filhas e assim ter cumprido as obrigações matrimoniais, entregou sua vida à igreja. O senhor José procurou consolo em mim. Acho que ele não se sentia apenas atraído fisicamente; sentia algo mais profundo, assim como eu. Mas eu era uma escrava, e as circunstâncias não nos permitiam levar a vida que teríamos gostado. Quando fiquei grávida, todos sabiam na fazenda, inclusive a própria dona Juliana, quem era o pai. Sofri humilhações terríveis, e tudo se tornou ainda pior quando trouxe um filho ao mundo: o único filho homem de José! León era uma criança tão bonita, com a pele tão clara, que José não conseguiu fazer outra coisa senão amá-lo. Reconheceu a paternidade, deu a León seu sobrenome e educou-o como seu herdeiro. Eu só podia ver meu filho às escondidas.

Dona Doralice fez uma pequena pausa no relato. Vitória estudou-lhe atentamente o rosto, mas não viu nele ódio nem amargura, apenas tristeza. Não podia fazer outra coisa senão admirar aquela mulher. Que destino incrível se escondia nas palavras que omitia em seu relato! Que personalidade! Por amor ao filho, tinha renunciado ao amor de José Castro, sofrido as humilhações de dona Juliana e das filhas desta, aceitado que lhe tirassem o filho... para que ele tivesse um futuro melhor que o dela.

– Quando León tinha 20 anos – ela prosseguiu –, o pai morreu e deixou-lhe a fazenda. Dona Juliana havia falecido alguns anos antes, e as irmãs de León tinham recebido um magnífico dote, haviam se casado e ido embora. A primeira coisa que León fez como senhor da fazenda foi me oferecer oficialmente a liberdade.

Era o tema daquele artigo do qual Pedro e os amigos tinham rido anos antes! Vitória também pensou na época que o artigo era produto de uma imaginação fértil, e agora se envergonhava disso.

– E aos outros escravos também. Ofereceu a todos a possibilidade de ficarem na fazenda e trabalhar em troca de um modesto salário e de uma pequena participação nos lucros. Quase todos ficaram. Naturalmente, a adaptação não foi isenta de problemas, mas no geral o projeto foi um sucesso: as pessoas estavam mais motivadas, trabalhavam melhor e produziam mais lucros do que se trabalhassem como escravos. Sabe, Vita? O dinheiro é um estímulo muito melhor do que o medo de castigo físico.

Vitória concordou, pensativa.

– Talvez. E, além disso, León podia fazer com os próprios escravos o que achasse apropriado. Mas isso não lhe dá o direito de dispor dos escravos dos outros. Você ajudou Félix a fugir, não foi, León? – Não esperou pela resposta. – Isso se chama roubo. Não é mais do que um vulgar e miserável roubo.

León, que havia estado o tempo todo olhando pela janela, virou-se finalmente para elas. Seu olhar estava carregado de fúria.

– Vita, não sei exatamente como se sentiria se tivesse visto dona Alma durante vinte anos apenas às escondidas; se tivesse conhecido a miséria, o desespero das senzalas; se metade de sua família lhe tivesse dado a entender constantemente que sua mãe biológica valia menos que um cão; ou se tivesse herdado sua mãe como se fosse um bem, um objeto que aparece no inventário da herança final, tal como um armário de nogueira. Não, Vita, não sei, mas imagino que isso a teria consumido, como consumiu a mim. E calculo que você também teria retirado dessa experiência as mesmas lições que eu.

Vitória olhou para León, inquieta, e se absteve de fazer qualquer comentário. Era evidente que a experiência de León havia sido horrível. Mas devia conhecê-la já o suficiente para saber que ela não tinha nada em comum com aqueles Castro. Ela tratava bem os negros e valorizava alguns deles mais do que um armário.

León deve ter interpretado mal o olhar dela, porque de repente explodiu:

– Não tenha pena de mim!

– Não tenho, León. Só estou me perguntando como é possível que alguém com um passado como o seu possa ter tido a louca ideia de se casar com uma sinhazinha branca, com a filha de um negreiro, do "inimigo". É alguma espécie de vingança? Represento os senhores que o humilharam e devo pagar por isso?

– Mas Vita – disse dona Doralice, intervindo na discussão –, que pergunta tão tola! Quando alguém faz uma coisa tão inexplicável, e tão imperdoável, só pode existir um motivo: o amor.

339

– Tolice! – gritou León, a quem Vitória nunca tinha visto tão alterado. – Vita acertou em cheio com sua extraordinária perspicácia. E não acha, meu amor, que minha vingança foi bastante eficaz? Só foi pena ter tido que sacrificar outras vítimas. – León olhou com tristeza para a mãe. – Dói-me profundamente, mãe, ter lhe ocultado meu casamento. Talvez lhe sirva de consolo saber que os motivos que me levaram a este matrimônio não são de caráter romântico. Mas acha que Vita teria me aceitado como marido se soubesse das minhas origens?

– Claro que o teria feito! O meu maior desejo sempre foi trazer ao mundo filhos que se parecessem o mais possível com a avó paterna. Com licença, dona Doralice: mulatos com pele clara. Mas, graças a Deus, não cheguei tão longe. León, receio que não vá poder realizar esse pérfido aspecto de sua vingança.

– Veremos!

Dona Doralice ouvia incomodada a terrível discussão entre o filho e a nora. Meu Deus, como podiam se falar assim! Será que não viam o evidente?

– Bom, é melhor eu ir embora. Vita, talvez possamos nos encontrar um dia destes e conversar as duas a sós. Acho que temos muito que falar. E tenho certeza de que você ainda terá muitas perguntas às quais eu poderei responder.

Estendeu a mão para Vitória, que dessa vez a aceitou.

– Dona Doralice, foi uma honra conhecê-la. Mas penso que seja melhor não voltarmos a nos ver. Não acredito que meu casamento com León dure muito mais tempo, uma vez que está assentado unicamente sobre mentiras.

Dona Doralice não tinha a mesma opinião, mas não disse nada. Assim que Vitória tivesse assimilado as novas descobertas, estaria disposta a ter com ela a conversa que deviam ter tido há muito tempo. Dona Doralice aproximou-se de León, abraçou-o, deu-lhe dois beijos e saiu da sala sem dizer nada.

Deixou atrás dela um vazio no qual se extinguiu a ira de Vitória e León. Só restou tristeza, dor, resignação.

– Vita...

– Tudo já foi dito, não acha?

– Não vá embora.

Vitória abanou imperceptivelmente a cabeça antes de dar meia-volta e sair da sala. Não queria que León visse as lágrimas em seus olhos; não ia lhe dar a oportunidade de se deleitar com aquele triunfo. Quando fechou a porta atrás de si, desatou a correr o mais depressa que pôde até o quarto, onde poderia dar vazão aos seus sentimentos. Mas, quando lá chegou, já não sentia necessidade de se deitar na cama e chorar sem parar. Foi como se a última meia hora tivesse consumido todas as suas energias. Vitória só sentia desalento. Abateu-se sobre ela um enorme cansaço, mas, antes de se deitar, queria escrever uma carta a Pedro e Joana. Era melhor o irmão e a cunhada não terem uma ideia errada de seu repentino desaparecimento.

No dia seguinte ia voltar para a Boavista. Lá, sob a proteção da família, da natureza e das lembranças de sua infância feliz, conseguiria esquecer o fracasso do casamento. Só em pensar numa caneca de chocolate quente na cozinha de Luíza já se sentiu melhor. À tarde, se sentaria na varanda com o pai, envoltos na fumaça do charuto dele, para comentar os acontecimentos do dia. Leria para dona Alma durante todo o tempo que ela quisesse, e quem sabe não encontraria consolo em algumas partes da Bíblia que antes lia de maneira monótona. Supervisionaria os trabalhos de colheita, e seu Fernando ficaria maluco com a presença dela. Voltaria a aproveitar o aroma adocicado do café posto para secar, e deixaria que José e Bolo a levassem na carruagem para visitar os vizinhos e os antigos amigos, a fim de recuperar os contatos perdidos.

Uma vez acabada a carta, Vitória chamou a aia e pediu-lhe que lhe servisse o jantar no quarto. Com grande apetite – a perspectiva da viagem teve um efeito incrivelmente revitalizante sobre ela –, comeu tudo o que a cozinheira havia preparado, uma quantidade que normalmente teria dado para duas pessoas. Depois deixou que Eleonor a ajudasse a tirar o vestido, ignorando expressamente os olhares curiosos da moça. Era evidente que o pessoal já estava a par do que havia acontecido na sala; os criados tinham sempre os olhos e os ouvidos bem abertos. Vitória ficou satisfeita de enfim se livrar do elegante vestido e, com ele, da vergonhosa sensação de ter ficado louca. Como poderia ter pensado que poderia impressionar León com alguma doçura e boa imagem? Onde as outras pessoas tinham um coração batendo, ele tinha um enorme nó de ódio, crueldade e firme decisão de atormentá-la.

Quando Vitória se deitou na cama, sua cabeça não parava de trabalhar. Que dia! Não conseguia tirar os acontecimentos da mente; naquela noite seria impossível dormir. Mas, enfim, em breve começaria um novo dia, e só podia ser melhor do que o anterior.

341

XXIII

AO CONTRÁRIO DO QUE VITÓRIA TINHA IMAGINADO, o dia seguinte foi desolador.

Começou com boas perspectivas. Vitória foi acordada por um raio de sol que entrou por uma fenda entre as cortinas e lhe bateu diretamente no rosto. Ela achou que era um bom presságio. Desperta e com vontade de realizar coisas, foi, como em todas as manhãs, fazer sua higiene e se arrumar antes de descer para tomar o café da manhã. León já estava sentado à mesa, mas levantou-se assim que Vitória entrou. Dobrou o jornal e a olhou com tristeza.

— Não quero estragar seu café da manhã com minha presença.

— Ah, não se preocupe! Afinal de contas, este será nosso último café da manhã juntos. Vou embora hoje ao meio-dia.

— Que coincidência; também tenho planos de ir embora hoje!

— Mais uma de suas rondas de ladrão? Faça-me um favor: não se aproxime nem da Boavista, nem de seus moradores.

León arqueou as sobrancelhas numa aborrecida expressão de desprezo, colocou o jornal sob o braço, deu um último gole no café e saiu. Na porta, virou-se e olhou para Vitória.

— Boa viagem, querida.

— Obrigada, e igualmente.

Vitória ofereceu a León um fingido sorriso, mas rapidamente desviou o olhar e centrou toda a sua atenção no *croissant*. Surpreendeu-se por conseguir se mostrar tão fria. Por dentro estava tremendo.

León tinha previsto ir naquele dia a Bananal, centro de uma vasta área de plantação de café, para ali dar uma conferência e atrair à sua causa as personalidades da cidade. Não era uma tarefa fácil, já que, além dos fazendeiros, quase não havia brasileiros defendendo a escravidão. Muitos apoiavam-na porque dependiam dos fazendeiros. Açougueiros, defensores da lei, diretores de museus, construtores de violinos ou chefes de estação... sem as encomendas, os subornos ou a proteção dos barões do café, as coisas não correriam como desejavam. Só quando atuassem todos unidos contra a escravidão é que estariam protegidos contra as inevitáveis vinganças dos senhores feudais. Isso era o que León tentava explicar com seus artigos e nas conferências. Se o carteiro compreendia que o taberneiro ou o tabelião estavam com ele no mesmo barco e estivesse de acordo com eles, então não faltaria muito para reconhecer que era abolicionista. León sabia que em outras cidades pequenas suas conferências tinham ajudado a derrubar barreiras; que seus argumentos haviam sido para as pessoas uma válvula de escape da crítica contra os fazendeiros, embora também talvez da sua inveja. Bananal não seria uma exceção, e na realidade León estava aborrecido com a ideia da viagem.

Tinha acabado de chegar à estação quando um mensageiro da corte, a quem não era difícil reconhecer graças ao uniforme, se aproximou dele correndo.

– León Castro? Sua Alteza Imperial, a princesa Isabel, deseja que vá imediatamente ao palácio imperial.

– Ah, sim? Deseja?

O mensageiro olhou para ele ofendido. Naturalmente a princesa, ou melhor dizendo, seu assessor pessoal, tinha expressado o desejo de ver León Castro. Não se tratava de uma detenção, nem de um encontro. No entanto, o mensageiro não conhecia ninguém que colocasse em dúvida os desejos da princesa.

– Sim, está bem, claro... – balbuciou.

No fundo, León até ficou contente em ter um pretexto para adiar a viagem a Bananal. Naquele dia, sua cabeça estava em outro lugar. E sentia-se muito cansado. Não havia dormido a noite toda. As acusações e a fria rejeição de Vitória tinham-no afetado profundamente. O que ele tinha feito de errado além de libertar algumas pessoas com direito a serem livres? Não era um crime; pelo contrário. Os delinquentes eram os fazendeiros, que roubavam a liberdade das pessoas. E a razão que alegavam era a cor escura da pele... Meu Deus, que maneira de mentir! Afinal de contas, os portugueses não eram outra coisa senão mestiços: romanos, gauleses, árabes e sabe-se lá mais quem tinham se misturado durante séculos em Portugal. O que aconteceria se, de repente, chegassem os chineses à Europa e começassem a capturar gente para utilizar como mão de obra nos campos de arroz? Como podia defender a escravidão uma pessoa inteligente como Vita, e como podia assumir cegamente os preconceitos dos pais? Deveria ter percebido que nos negros existiam os mesmos traços e as mesmas características que nos brancos: pessoas espertas e pessoas burras, trabalhadoras e preguiçosas, bonitas e feias, astutas e ingênuas, boas e más havia em todos os povos da Terra. Como podia Vita admirar a variedade da natureza no que dizia respeito a plantas ou pássaros, mas interpretar essa diversidade entre os homens da forma que melhor servia à sua ambição?

O mensageiro continuava em pé diante de León e pigarreou.

– Sim, Sua Alteza, a princesa Isabel...

León livrou o mensageiro da situação embaraçosa.

– Está bem. Eu vou com você.

Estava curioso para saber o que seria tão importante a ponto de terem ido buscá-lo na estação.

Após o café da manhã, Vitória requisitou todos os criados para que a ajudassem a preparar a viagem e as malas. Taís estava de folga, por isso foi a própria Vitória quem teve de distribuir as tarefas. Isaura se encarregaria de limpar os sapatos e costurar um ou outro botão; Eleonor ficaria responsável pelos objetos do toucador; Adelaide ajudaria a cozinheira a preparar um cesto com comida; Roberto deveria ir à lavanderia buscar uma blusa; e Reynaldo ficaria encarregado de preparar a carruagem. Vitória queria estar pronta às quatro da tarde, para tomar o último trem para Vassouras. Mas pouco depois das três instalou-se entre os empregados uma agitação que ameaçava travar o ritmo de trabalho e atrasar a partida de Vitória.

– Ei, rapaz! O que se passa com você? – disse ao ajudante do jardineiro, quando ele entrou na casa com os pés sujos de lama, atravessou o vestíbulo correndo e quase deixou cair uma antiga jarra chinesa.

– Mas sinhá Vitória! Ainda não sabe? Somos livres! Acabou a escravidão!

– Que eu saiba, você já é livre. Nós o pagamos pelo seu miserável trabalho, ou não? E agora vá lá pra fora e faça por merecer seu dinheiro.

344

Quando o rapaz desapareceu, ela recapitulou as palavras dele. Se era verdade o que dizia, e a euforia que reinava na casa a fazia acreditar que sim, então aproximavam-se tempos catastróficos para ela e a família.

Vitória colocou um xale leve nos ombros e foi para a rua. Talvez os vizinhos tivessem mais informações. Mas dona Anamaria estava tão desconcertada quanto ela. Juntas foram ao largo da Glória, pensando que em breve chegaria o menino dos jornais com uma edição especial. Senão, na praça de Paris, a alguns minutos a pé, por certo saberiam alguma coisa. Quando se dirigiam para lá, Vitória viu logo que teria de adiar a viagem para a Boavista. Se no Rio os negros revelavam já tal entusiasmo que até dançavam nas ruas, abraçavam-se e mostravam sua agressividade reprimida contra os senhores, o que estaria por acontecer no Vale do Paraíba?

A notícia chegou às 15h15 ao posto de telégrafos de Vassouras. Pouco depois já havia se espalhado por toda a cidade, e uma hora depois era conhecida em todo o vale. Nos campos de café, os negros deixaram de trabalhar e uniram-se aos que iam embora para a cidade, a fim de tentar sua sorte. A colheita apodreceria nas plantas. As obras da igreja de São José das Três, cujas duas torres sobressaíam por cima da nave central, ficaram abandonadas. Vários senhores não tiveram o almoço servido nas fazendas, já que nem na cozinha, nem no resto da casa restava um único negro disposto a trabalhar. Os senhores que haviam tratado particularmente mal os escravos podiam dizer que tinham tido sorte pelas hordas, havia tanto tempo submissas, não terem caído sobre eles e suas famílias para lhes pagar na mesma moeda pelo que tinham sofrido. Nas senzalas reinava um grande rebuliço, já que os negros pegavam seus escassos pertences – roupa, colchões de palha, tachos amassados, cachimbos, instrumentos musicais primitivos, algumas flores de seda, botões de prata ou outros presentes inúteis que os patrões lhes tinham oferecido – e se punham em busca de uma vida nova. Um ou outro chegaram a visitar a casa dos senhores para roubar tudo o que achavam que depois poderiam vender. Os senhores tentaram por todos os meios manter a disciplina, mas, tendo em conta o número de negros, foi-lhes completamente impossível. Agora que tinham a lei a seu lado, o que os conduzia à desobediência, os negros se deram conta de como teria sido fácil resistir antes aos senhores... se tivessem agido unidos.

Na mansão da Boavista disseminou-se o pânico. Dona Alma trancou todas as portas por dentro e depois se fechou no quarto, cheia de medo. Ouviu como quebravam os vidros das janelas. Dois garotos entraram enfurecidos pela sala, mas foram afugentados por Luíza, que encontrou num tacho de óleo fervente uma arma eficaz contra os intrusos. Na parte da frente da casa, José tentava afugentar com o chicote dois homens que pretendiam lhe roubar a carruagem, mas seus valentes esforços fracassaram. Os homens tomaram a carruagem com grande algazarra, mas alguns metros à frente o veículo desmoronou com o peso da multidão que o tinha ocupado.

Eduardo da Silva estava naquela tarde com o administrador da fazenda numa área afastada dos seus campos, verificando os danos causados pelo mau tempo. Não percebeu que outra tempestade, naquele momento, invadia o vale. Só quando pouco antes de anoitecer tomaram o caminho de volta e um grupo de negros se aproximou deles é que se deram conta do que havia acontecido. Subitamente descobriu Miranda no meio do grupo, cujo vestido limpo se destacava entre os farrapos dos demais.

– Sim, senhor Eduardo, agora chegou a nossa vez.

– Mas, Miranda, para onde você vai? Acha que esta gente – e apontou com evidente desprezo para o resto do grupo – vai conseguir lhe oferecer o mesmo que nós?

Um escravo muito alto colocou-se à frente de Miranda, protegendo-a, e olhou Eduardo com ódio, cuspindo perto de seus pés.

– Isso e muito mais, senhor – disse com tanto sarcasmo que Eduardo chegou a sentir medo. Notava-se no rosto a vontade que aquele homem tinha de matar. O melhor era se afastar dos negros o mais rápido possível.

– Boa sorte, jovem! – gritou, e esporeou seu cavalo.

Quando Eduardo e o administrador chegaram à Boavista, sentiram um grande horror. A fazenda estava em silêncio e, embora já fosse quase noite, não se via luz nenhuma na casa.

– Oh, meu Deus! – exclamou Eduardo.

O administrador também estava horrorizado.

– Senhor Eduardo, se não se incomoda, vou ver como está a minha casa.

Eduardo despachou Fernando com uma expressão impaciente. Nada lhe era mais indiferente naquele momento do que a casa do administrador e seus habitantes. Eduardo desmontou do cavalo, prendeu-o a um dos varões da escada e subiu lentamente os degraus, cansado e como se subitamente tivesse envelhecido. Pisou num pedaço de vidro que, ao ranger, o assustou. Não conseguia abrir a porta principal.

– Alma! – gritou através de uma abertura que havia na porta. – Alma! Abra, sou eu!

Passados alguns segundos, que lhe pareceram uma eternidade, ouviu passos no vestíbulo.

– Sinhô Eduardo, que alegria ver que chegou são e salvo. Dona Alma não se sente nada bem. Que vergonha, que vergonha...!

Luíza abriu a porta, que estava escorada com um móvel por dentro.

– Boa mulher, corra e busque uma lamparina. A escuridão não facilita em nada as coisas.

Quando Luíza voltou com a lamparina, Eduardo viu que ela tinha um revólver no cós da saia. Eduardo não conseguiu evitar; desatou a rir.

– Ai, Luíza! Você realmente teria tido coragem de disparar contra a sua própria gente?

– Minha gente? Negros sujos do campo, safados mal-agradecidos e porcos depravados? Essa não é a minha gente. O senhor e dona Alma, a sinhazinha Vita e o nhonhô Pedro, os senhores é que são minha gente.

José também chegou ao vestíbulo. Desatou a chorar quando contou ao patrão a perda da carruagem. Também haviam roubado dele os outros cavalos, e o preguiçoso do Bolo, a quem tratara como filho, havia sido um dos líderes.

– Aquele vagabundo inútil apoderou-se da minha preciosa carruagem, embora sem cavalos também não lhe servirá de grande coisa.

Não conseguiu evitar soluços dignos de compaixão.

Eduardo, no entanto, ouvia os lamentos do velho cocheiro sem grande interesse.

– Onde está dona Alma? – interrompeu-o.

– Lá em cima, no quarto dela.

Luíza subiu as escadas à frente de Eduardo com a lamparina, iluminando-lhe o caminho. Quando chegaram ao quarto de dona Alma, Eduardo disse-lhe que acendesse todas as lamparinas da casa, que apanhasse os vidros quebrados da sala de jantar, bem como limpasse os outros vestígios do ataque, e que preparasse o jantar. Os danos não pareciam ser assim tão grandes.

– Não vamos permitir que os acontecimentos do dia nos tirem o apetite, não é?

Outros fazendeiros, pelo contrário, perderam realmente o apetite. Eufrásia e Arnaldo estavam felizes por ter escapado com vida depois de terem sido atacados pelos negros. Só a pequena Ifigênia mamava sofregamente no peito da mãe, uma imagem que dona Iolanda, apesar das circunstâncias extraordinárias, achou escandalosa. Não havia motivos para não manter a compostura, só porque a ama de leite tinha ido embora ou porque dois ou três negros haviam quebrado o nariz do filho, esmurrado o olho do marido, rasgado seu vestido e arranhado o rosto de Eufrásia.

Rogério e a família olhavam, esgotados, para as ruínas de sua casa, que tinha queimado totalmente, apesar das longas horas que haviam passado lutando contra o fogo. Dois escravos do campo tinham entrado na cozinha para se abastecer de mantimentos e, num acesso de raiva, tinham dado uma pancada no fogão, soltando-o de suas ligações e provocando, com isso, o incêndio.

Na casa dos Leite Correia, o dia tinha transcorrido um pouco melhor, em parte porque, tal como os Silva, sempre haviam tratado bem os escravos. No entanto, Edmundo também não pensava no jantar. Sentia uma pena enorme e não conseguia compreender que escravos, que ele considerava como membros da família e aos quais sempre havia tratado bem, tivessem ido embora. Até a bela Laila, que ele cortejou, encheu de presentes e tratou como uma princesa – Laila, a primeira rapariga por quem sentiu alguma coisa depois de Vita –, até ela tinha se deixado enganar pela equívoca ideia de liberdade e havia ido embora. Teria imaginado que ela respondia com desejo aos seus tímidos beijos e às suas carinhosas carícias? E como, então, deveria interpretar o sarcasmo de seu olhar quando se despediu?

*   *   *

Dona Doralice sentiu uma enorme alegria com o fim da escravidão, embora soubesse que muitos negros se portariam de forma irresponsável. Alguns roubariam, se meteriam em confusões e matariam. Acreditariam que agora seriam os patrões do país, e em poucos dias se dariam conta de que não era assim, fato pelo qual a alegria transbordante daria lugar ao desalento, uma disposição que dona Doralice sabia por experiência que era muito mais perigosa do que a sensação momentânea de ser invencível. Mas quem poderia recriminá-los? Depois de séculos sendo humilhados, de não poderem pensar e agir por si próprios, a reação dos escravos era natural. Porém, dona Doralice estava decidida a cuidar dos interesses dos escravos livres, fazendo com que reinasse a serenidade. Talvez conseguisse, pelo menos com alguns, refrear o entusiasmo transbordante. Quando a razão houvesse sido imposta, todos teriam diante de si um futuro promissor. Dona Doralice sorriu, entretida com esses pensamentos, e isso fez com que uma mulher que não conhecia, e que estava a seu lado, lhe pegasse no braço e desse uns passos de dança com ela.

A menos de cem metros de dona Doralice estava Aaron Nogueira na sua varanda. Observava surpreso a confusão que havia se formado na rua. Afinal de contas, o fim da escravidão não os apanhava de surpresa. Havia anos que se anunciava. Começou com a aprovação de leis que protegiam os negros e manifestou-se na política de imigração do Brasil, que permitia a entrada de mão de obra europeia para que esta fosse assumindo aos poucos o trabalho dos escravos negros. Os abolicionistas festejaram outro êxito, em 1871, com a aprovação da Lei do Ventre Livre, e, quando em 1885 se deu a liberdade por lei a todos os escravos com mais de 65 anos de idade, a defesa da escravidão já estava condenada a desaparecer. Aaron estava admirado de ter passado tanto tempo até a princesa Isabel pronunciar as históricas palavras: "Declaro abolida a escravidão no Brasil".

Aaron se deu conta de que aquele domingo, dia 13 de maio de 1888, entraria na história como uma data realmente importante, embora na realidade não fosse mais que a consequência lógica, coerente e bastante tardia daquilo que se discutia havia mais de oitenta anos. E Aaron também não via motivos para tanto festejo. Achava que era uma pena o Brasil ter demorado tanto tempo para chegar àquela lei e que ela surgisse, além disso, num momento em que a liberdade traria para os negros mais inconvenientes do que vantagens. Agora, quando no país havia muita mão de obra procedente da Europa, os negros ficariam relegados aos piores empregos e receberiam por eles salários irrisórios. Os escravos seriam livres... livres para vender a alma por um prato de feijão.

Aaron deixou de se interessar pelo espetáculo da rua, entrou em casa e concentrou-se novamente nos documentos que tinha para analisar durante o fim de semana. E, embora tentasse evitar, não conseguia deixar de pensar em Vita. Ela tinha razão. Com uma habilidosa visão do futuro, ela incrementou sua fortuna e havia garantido para si uma vida independente das plantações de café e da escravidão. Mas por certo naquele dia ela também não tinha motivos para se sentir feliz. Aaron fechou os olhos e se permitiu por alguns instantes um toque de compaixão, coisa que normalmente não sentia pelos clientes.

Félix continuava com dor de cabeça. Quando na noite anterior tinha aparecido sem avisar na casa de Lili, sem nada a não ser a roupa do corpo, tremendo de medo, sua antiga conhecida dos tempos de Esperança não o reconheceu. Mas, quando tirou a peruca e respondeu com gestos às suas ásperas perguntas, ela se lembrou.

– Félix, o feliz! Parece-me que não teve lá grande sorte, não? Mas vamos resolver isso. Escolha uma moça, em memória dos velhos tempos e como sinal da minha hospitalidade.

Félix estava desconcertado. Sabia que Lili tocava um bordel, mas ele não tinha ido lá com a intenção de se divertir! Deu a entender a Lili que não estava à procura do tipo de distração que o bordel oferecia.

– Continua tímido, hein? Ou será que viveu tanto tempo com pessoas refinadas que esta casa e as pessoas que nela habitam não são suficientemente boas para você?

Félix realmente sentia repulsa pelas prostitutas, que eram velhas, gordas e desleixadas. Ele se enojava ao pensar no divã de franjas da "sala" e, sobretudo, no cheiro de pecado, vômito e cerveja. Mas tinha outra escolha? Só no submundo do Rio é que conseguiria ficar invisível; só ali conseguiria sobreviver protegido pela penumbra – pelo pudor e senso peculiar de honra provenientes daquilo tudo. Explicou a Lili, através de gestos, que estava apaixonado.

Lili soltou uma sonora gargalhada.

– Como se isso alguma vez tivesse impedido um homem de aproveitar nossa companhia! Bom, rapaz, quando estiver alguns dias sem ver sua amada, pode vir para cá; minha oferta continua de pé.

De repente ela ficou muito séria.

– Félix, você é um garoto esperto, não é? Em Esperança, foi o primeiro a aprender a ler e a escrever. Lembra-se de alguma coisa? Eu só sei contar bem, mas isso eu já fazia antes. Para mim o pior são as letras.

Félix assentiu e lhe deu a entender que nos últimos tempos tinha aprendido ainda mais.

– Ouça: se quiser, eu lhe dou um quarto e toda a comida e bebida que desejar, além de um pequeno salário. Em troca, só tem de me ajudar com os meus papéis. Responder às minhas cartas, mandar convites e coisas assim. O que você acha?

Félix gostou da proposta. Quando Lili lhe disse a quantia que estava disposta a lhe pagar, achou-a muito generosa. Que sorte tinha tido! Estava num lugar seguro e ao mesmo tempo tinha arranjado um emprego muito mais lucrativo, e com certeza mais interessante do que o do escritório. Sua nova chefe tirou de uma bandeja dois copos visivelmente sujos, encheu-os de aguardente e entregou um a Félix, para brindarem ao acordo que haviam acabado de fazer.

E agora, apenas 24 horas depois e ainda sob os efeitos da aguardente, tinha de beber outra vez. No bordel de Lili, as prostitutas, que haviam acabado de acordar, brindavam ao fim da escravidão, e Félix tinha de beber com elas, gostasse ou não, para não ficar mal perante as mulheres em seu primeiro dia de trabalho. Agora que era livre e não receava ser apanhado, tinha certeza de que queria conservar seu trabalho no bordel.

O médico-chefe, doutor João Henrique, praguejou tão alto que todos foram capazes de ouvi-lo. Aos domingos tinham sempre pouco pessoal, mas naquele dia, quando algumas das enfermeiras haviam abandonado a clínica e ido para a rua saber das novidades, não conseguiam lidar com todo o trabalho.

Os poucos funcionários que tinham ficado na clínica mal conseguiam ajudá-lo. Tinha de lhes chamar continuamente a atenção. Sim, a nova lei e os festejos nas ruas eram mais emocionantes do que cuidar dos doentes. Mas seriam também mais importantes? Era preciso trocar as ataduras do senhor Ribeiro de Assis com urgência, era preciso controlar a febre da pequena Kátia, renovando constantemente os panos frios que se lhe punham entre as pernas, e não se podia adiar outra vez a cirurgia no intestino da idosa dona Úrsula. Como podia fazer bem seu trabalho se nem seu braço direito, a enfermeira-chefe Roberta, estava no seu posto?

– Enfermeira, mande fechar todas as janelas. Depois, cuide para que as enfermeiras atendam os doentes e não percam tempo com o indigno espetáculo do lado de fora. – Em seguida, esboçou um sorriso maldoso. – Todos esses que estão se portando como malucos não tardarão a estar aqui na nossa clínica.

João Henrique tinha razão. No meio da tarde começaram a chegar os primeiros feridos à Ala Vitória Castro da Silva, que todos no hospital chamavam de Ala Sul. A maioria dos doentes estava praticamente inconsciente devido ao consumo excessivo de cachaça, por isso mal sentiram dor quando lhes costuraram as feridas. Havia várias mulheres que tinham desmaiado, provavelmente de tanto dançar sob o sol, e ao cair haviam se ferido ou batido a cabeça. Chegaram negros e brancos, velhos e novos, ricos e pobres. Era preciso tratar tornozelos deslocados, arrumar narizes quebrados, limpar feridas e endireitar costas. A todo aquele caos era preciso acrescentar, naturalmente, os doentes habituais do hospital. João Henrique trouxe crianças ao mundo, diagnosticou úlceras gástricas e aplicou grandes doses de morfina aos doentes em fase terminal. Engessou pernas, abriu furúnculos, tratou hérnias inguinais. Fazia tudo com a máxima concentração de que era capaz e sem se alterar. Seu aborrecimento inicial foi desaparecendo devido à calma associada à rotina. Trabalhava como uma máquina, sem se permitir uma pausa nem dar atenção aos sinais do próprio corpo.

Por volta das oito da noite, mandou abrir novamente as janelas. O cheiro era insuportável nos quartos. Além disso, João Henrique estava convencido dos benefícios do ar livre. Apenas as circunstâncias extraordinárias o tinham obrigado a suprimir provisoriamente a ventilação natural. Pouco a pouco foi se apoderando dele a agitação que reinava entre os outros. No exato momento que o jovem médico se preparava para se sentar à mesa de trabalho e tomar o café que a enfermeira Úrsula havia lhe levado, apareceu um mensageiro na porta.

– O senhor é o doutor João Henrique de Barros? A senhora Joana da Silva o está chamando. É muito urgente.

Pedro tinha apostado no cavalo certo e tinha ganhado cinco vezes o que apostou. Foi festejar o feito na cidade com um amigo que tinha encontrado no Jóquei Clube. Os negros também tinham um motivo para festejar, pensou Pedro, e ficou contente por eles. Mas sua disposição mudou quando soube o que se festejava nas ruas. No curto trajeto do café para a carruagem, bateu a testa na grade enferrujada de uma janela quando a multidão que enchia as ruas da cidade o arrastou e empurrou. Quando conseguiu se pôr a salvo na entrada de uma casa – já tinha perdido o amigo de vista –, passou a manga pela testa e reparou que sangrava. Por que teria usado naquele dia o lenço que Joana lhe colocava sempre no paletó para limpar o pó dos sapatos e o havia esquecido na carruagem? Não interessava. Havia coisas mais urgentes em que pensar. O que estaria acontecendo na Boavista? O pai estaria em condições de continuar a lucrar com a fazenda sem o trabalho dos escravos? Talvez fosse melhor ir até lá e lhe oferecer ajuda. Talvez juntos o conseguissem. Mas não, não se podia pensar em viajar para o Vale do Paraíba nos próximos dias. Se os negros estavam assim agitados no Rio, dava para se ter uma ideia de como estaria a situação no campo!

Quando Pedro chegou em casa, foi ao andar de cima para se lavar e mudar de roupa antes que a mulher o visse e lhe desse o beijo de cumprimento habitual. Não queria preocupar Joana. Por certo já estaria bastante atemorizada.

Mas, quando entrou na sala de jantar, esperavam-no uma Joana resplandecente, com um vestido muito elegante, e um jantar especial.

– Há algum motivo para comemorar?

– Ora, e não há?

– Acho que não. Embora saiba que você sempre defendeu a abolição da escravidão e que paga aos negros.

Joana olhou para Pedro admirada.

– Bom, nunca disse nada porque considero que a casa e os empregados são assuntos seus. Nunca quis me intrometer.

Joana fez menção de responder, mas Pedro a deteve com um gesto de mão.

– Não é isso o que me preocupa. Pelo contrário: agradeço sua forma de agir, pois só a ela se deve o fato de os escravos não terem ido embora, de que possamos nos sentar agora a esta fantástica mesa e de que nos sirvam este delicioso jantar. Mas, Joana, já pensou no que vai acontecer com a Boavista? E como mais cedo ou mais tarde isso vai acabar por nos afetar? O poder dos barões do café acabou, Joana.

Mas aquilo não parecia afetar muito sua esposa. Ela afastou uma mecha de cabelo da testa dele e se assustou ao ver o ferimento.

Pedro contou-lhe de modo breve, e sem se alterar minimamente, como tinha se machucado.

– Pedro, você não precisa nem do dinheiro nem dos conhecimentos do seu pai para ser alguém na vida. É esperto, trabalhador, e reúne todas as condições para seguir o próprio caminho. Só lhe falta por vezes certo bom senso. Meu Deus, como pôde ignorar um ferimento com tão mau aspecto? É preciso ser examinado com urgência. Vou mandar buscar o João Henrique; provavelmente ainda está na clínica e não deve ter encerrado o dia de trabalho.

E, antes que Pedro pudesse dizer alguma coisa, Joana já tinha tocado a campainha para encarregar Humberto daquele importante recado.

A Viúva Negra estava sentada sozinha, pensando, no pequeno quarto cujo aluguel continuava a ser pago por León. Toda a sua aura, sua aparência, sua extravagância... tudo chegou ao fim naquele dia. Como negra livre já não teria nada de especial, e sem os trajes pretos – cujo alegado motivo, a pena pelo seu povo, já não fazia sentido – não chamaria mais a atenção de ninguém. Haveria mais negros indo ao teatro, a restaurantes, jantares e recepções. Outras mulatas de boa aparência andariam ao lado de homens brancos. A luta pela abolição da escravidão tinha chegado ao fim, e com isso desapareciam os pretextos para ver León. A Viúva Negra amaldiçoou o dia 13 de maio de 1888 – sim, amaldiçoou o dia em que tinha acabado com a imagem de si própria, na qual tanto investira nos últimos anos.

Mas não teria chegado tão longe se deixasse se levar por um pequeno golpe como aquele. Era guerreira por natureza, e continuaria a lutar. Acabaria com a convencida esposa de León e transformaria numa vitória os inconvenientes que a libertação dos escravos representavam para ela. Mas como? A Viúva Negra serviu-se de mais um copo de xerez, prendeu o cabelo e passou a elaborar seu plano de ação.

Fernanda enchia o velho barril com pedras, areia e terra para plantar algumas flores, quando Zeca chegou correndo.

– O que você faz aqui sozinha? Todos estão comemorando. Venha!

– Meu Deus, Zeca! Já lhe disse que não vou à festa de aniversário do Feijão. Quero ficar sossegada em casa. Há muitas coisas que durante a semana não consigo fazer e às quais prefiro dedicar minha atenção do que a esse convencido que, na realidade, não suporto. Além disso, pergunto-me onde ele arranjou o dinheiro para convidar tanta gente; com certeza não o ganhou de forma honesta.

– Mas, Fernanda! Quem é que está falando do aniversário do Feijão? Estamos comemorando o fim da escravidão!

– Não!

Porém, um olhar ao corado e radiante rosto de Zeca confirmou-lhe que era verdade.

– É... É... Oh, Zeca! – gritou, e abraçou-se ao pescoço dele.

Foram andando de mãos dadas até o bar, onde transcorria a festa. Na rua havia se reunido uma multidão. Alguns homens contavam uma e outra vez como, quando e onde tinha tido lugar o histórico momento, gabando-se como se tivessem estado ao lado da princesa e fossem responsáveis pelo glorioso feito.

Um dos mentirosos mais escandalosos era Feijão, embriagado pela passageira fortuna e pelo excesso de bebida. Pelas placas de mármore que ele tinha roubado numa obra haviam lhe oferecido apenas uma parte do que valiam, mas ainda assim havia conseguido uma bela quantia.

Fernanda e Zeca juntaram-se a alguns vizinhos que estavam longe de Feijão e conversaram com eles sobre a magnífica notícia. Zeca apertava a mão de Fernanda, animado pelo bom humor geral, mas ela não lhe respondeu com a mesma reação.

Fernanda só pensava que Félix podia, enfim, sair de seu esconderijo. E que podiam começar uma vida nova como pessoas livres.

Livro três
1889-1891

XXIV

— VITÓRIA, QUERIDA, VOCÊ PERMITE MUITAS LIBERDADES aos escravos. Deve ser severa com eles, senão farão com você o que quiserem.

Dona Alma sentou-se na cama e pôs, sem vontade, algumas almofadas nas costas.

— Mãe, a escravidão já desapareceu há um ano.

Dona Alma deu uma risada lacônica e sacudiu a cabeça com tristeza.

— Um ano já? Meu Deus...! — Depois, como se se arrependesse daquele breve ataque de nostalgia, adotou um tom mais neutro. — Apesar de tudo, continua a ter escravos, ou não? Para aquela atrevida... quanto você paga? O suficiente para sobreviver. Em troca, ela trabalha seis dias por semana, catorze horas por dia. Se isso não é escravidão...

— É bom que León não a ouça.

— Não leve a mal, Vitória, mas seu marido é um sonhador. Pensa que com duas ou três leis pode-se converter os negros em brancos.

— Está enganada, mãe. León tem uma visão bem realista da situação. Apenas pretende criar uma base jurídica para proteger os negros de ataques racistas, da arbitrariedade da polícia e da exploração econômica.

Vitória admirou-se com seu impulso na defesa do marido diante da mãe. Ela própria havia criticado León, recriminando seu excessivo idealismo e escasso senso de realidade. Na opinião dela, teriam de se passar pelo menos cem anos para que brancos e negros tivessem os mesmos direitos, se é que isso aconteceria algum dia. Mas o fato de que a mãe, que sempre valorizara a hospitalidade do genro, se permitisse falar mal de León fez Vitória ver que ela só demonstrava ingratidão e mau gosto.

— Não se pode obrigar ninguém por lei a tratar os negros como brancos, e pronto.

O tom de dona Alma não admitia réplica. Vitória fez um esforço para aparentar serenidade. A mãe conseguia acabar com seus nervos.

— Não, e hoje já não se pode obrigar os negros a tratar os brancos como senhores. Exceto os senhores para quem trabalham, obviamente...

— Então você acha que essa atrevida pode se dar o luxo de ser tão insolente com sua mãe, uma senhora distinta, só porque não é minha escrava?

— Mãe, Taís não foi atrevida; limitou-se a seguir as instruções do médico. Trouxe-lhe uma refeição leve e seu remédio, e teria se retirado com sua amabilidade habitual se a senhora não tivesse se enfurecido e atirado a bandeja no chão... embora, por outro lado, eu fique satisfeita de ver que, subitamente, recuperou sua energia.

— Por favor, filha! Deixei a bandeja cair sem querer, e essa arrogante foi embora em vez de arrumar tudo imediatamente. Você precisa vendê-la, quero dizer, despedi-la.

Vitória não tinha intenção de fazer isso. Taís era a criada mais inteligente, trabalhadora e amável que ela tinha. Além disso, quase nunca perdia a paciência, razão pela qual era ela quem cuidava da dona Alma. Os demais empregados tinham medo da senhora prostrada na cama, que desesperava todos eles com seu mau humor. Se Taís tivesse sido insolente com dona Alma, Vitória teria sido a primeira a pôr a jovem na rua. Mas Vitória sabia o que havia acontecido. Ouviu os gritos da mãe e viu Taís sair correndo do quarto chorando.

— Acho que, se a senhora ficar aqui por mais tempo, não vou ter de despedir ninguém. Os criados vão embora sozinhos.

Dona Alma olhou para a filha indignada. Mas, agora que Vitória tinha começado a descarregar seu mau humor, era impossível detê-la.

— Desculpe, mãe, mas é nossa hóspede, e seria melhor para todos os que vivem aqui em casa, eu inclusive, que se portasse como uma senhora distinta.

— Vitória! Eu sou sua mãe, não sua hóspede! É sua obrigação ajudar os pais quando se encontram numa situação difícil.

— Nisso estamos de acordo. Já lhe ofereci várias vezes dinheiro e empregados suficientes para que possa ter na Boavista uma vida confortável. Não entendo por que rejeita essa oferta como se fosse imoral.

– É imoral! Você viu com os próprios olhos o que aconteceu no Vale do Paraíba. Quer que seu pai fique cavalgando pelos campos e que os pés de café abandonados lhe lembrem de sua ruína? Quer que sejamos tratados em Valença como agricultores empobrecidos, que os negros insolentes que antes nos pertenciam zombem de nós? Como pode ser tão insensível e nos mandar para lá?

Infelizmente, a mãe tinha razão. Quando Vitória foi até a Boavista, pouco depois da abolição da escravidão, esperando conseguir esquecer por lá seu deprimente casamento, ficou profundamente impressionada. Nos campos proliferavam as ervas daninhas nas plantações; as mansões, antes espetaculares, revelavam os primeiros sinais de decadência; as avenidas ladeadas de palmeiras estavam praticamente intransitáveis devido à enorme quantidade de folhas caídas. E, embora a paisagem do vale continuasse a ser de grande beleza, com suas suaves colinas, a vegetação exuberante e os pitorescos rios e riachos, pairava sobre tudo aquilo um ar de desespero.

– Os Vieira foram embora – continuou dona Alma –; a fazenda dos Leite Correia está em completa ruína. Todos os nossos vizinhos e amigos abandonaram o vale como os ratos abandonam o barco que está afundando. O que você acha que faremos na Boavista?

– Se não me engano, aqui no Rio também não têm muitos contatos sociais. Na Boavista, a senhora poderia estar na cama, tal como está aqui. Qual seria a diferença?

– Não sabia que você era tão má. Ou ficou assim devido ao seu casamento infeliz e sem filhos?

Aquilo, pensou Vitória, era típico da mãe. Sempre que ficava sem argumentos, mudava de assunto. Desde que os pais estavam no Rio, a mãe não havia parado de criticá-la, sobretudo porque León e ela não tinham filhos. Atirava-lhe aquilo na cara várias vezes por dia e dava sempre a entender a Vitória que era culpa dela, porque não sabia fazer o marido feliz.

– Se se refere ao fato de León não passar muito tempo em casa, devia procurar o motivo em si própria. Eu, se fosse ele, também faria de tudo para evitar esta casa. Eu, como sua filha, não tenho outro remédio senão tomar conta da senhora; caso contrário, já teria ido embora há muito tempo, disso pode ter certeza. E, já que estamos falando do seu assunto preferido, por que não vai viver com Pedro e Joana, e os filhos deles?

O irmão e a esposa também não tinham filhos. Mas, enquanto Vitória tinha de ouvir continuamente sobre o desejo dos pais em serem avós, o irmão Pedro era deixado em paz por completo. Pelo visto, Vitória não só tinha a obrigação de sustentar a família, como também de assegurar sua continuidade.

– Você sabe perfeitamente que Pedro não tem espaço para nós.

– E por que não foram para a bela casa em Botafogo que eu quis alugar para vocês?

– Também sabe perfeitamente. Primeiro porque seu pai não quer que tenha tantas despesas por nossa causa. Segundo, porque nossa família não ficaria muito bem-vista. Quer que as pessoas pensem que não aguenta seus pais?

– Deixe as pessoas pensarem o que quiserem.

– Você não se importa com sua reputação. Depois de tudo o que eu ouvi as senhoras da igreja dizerem, não lhe resta grande coisa para salvar. Mas seu pai e eu não queremos ficar malvistos.

– Por favor, mãe! Ninguém vai pensar mal da senhora se for viver na própria casa. Pelo contrário, as senhoras da igreja achariam muito bom que não dividisse a casa com a filha degenerada.

Vitória sabia que as mulheres que a mãe tinha conhecido na igreja, onde ia diariamente, tinham difundido o rumor de que ela, Vitória, tinha um caso com Aaron Nogueira. Que loucura! Aaron era seu advogado e procurador em todas as transações comerciais. Os homens preferiam negociar com um homem em vez de fazê-lo com uma mulher, e, em lugar de lutar contra isso, Vitória tinha decidido que o melhor a fazer era Aaron representá-la.

– Você deturpa as minhas palavras. Que espécie de filha é você, que tenta se livrar de nós a qualquer custo?

Vitória perguntava-se isso com frequência. Sua independência a tornara dura e egoísta? Era tão injusta assim com as pessoas a quem tanto devia e com as que amava do fundo do coração? Como podia olhar para a mãe doente e sentir tanto ódio? Quando teria perdido seu senso de compaixão, a generosidade e a paciência? Mas, por outro lado, não tinha ela feito um sacrifício enorme ao se casar com León e, assim, salvar uma parte da fortuna familiar? Sua conduta era assim tão reprovável quanto a mãe queria fazê-la acreditar? Era assim tão recriminável proporcionar aos pais dinheiro, empregados e qualquer ajuda possível para que tivessem uma vida tranquila? Não era mais recriminável a insistência de dona Alma em permanecer no Rio? Ou as mentiras de Eduardo da Silva? O pai andava por aí dizendo que estavam no Rio de visita, para não ter de reconhecer que era a necessidade econômica que os obrigava a fazer essa "visita". E, quanto mais contava aquela história, mais parecia ele próprio acreditar nela. Dizia sempre que na Boavista estava tudo ótimo e, agradecendo o interesse, acrescentava que dona Alma e ele estavam muito bem.

Ninguém acreditava em Eduardo da Silva. Até mesmo seu aspecto desmentia qualquer tentativa de manter as aparências. Sua pele estava pálida, o cabelo e a barba haviam se tornado grisalhos em pouco tempo, tinha bolsas embaixo dos olhos. Andava tão encolhido que parecia medir vinte centímetros a menos, e estava tão magro que aparentava dez anos a mais. Aquele que tinha sido um elegante e respeitável fazendeiro havia se transformado num homem velho, esgotado, que inspirava compaixão. Conservava a maneira elegante de falar, mas suas palavras já não impunham respeito – provocavam, sim, olhares curiosos.

– Somos e haveremos de continuar a ser uma monarquia. Nem você, nem eu, nem nossos netos, meu querido jovem – gostava de se dirigir assim a León –, viveremos numa república brasileira.

León sabia que as coisas eram muito diferentes, e Vitória também. Com a abolição da escravidão, a princesa Isabel tinha cavado um fosso para a monarquia, já que a escravidão sempre havia sido um dos motivos principais pelos quais se guardava fidelidade ao imperador. E o marido da sucessora do trono, o impopular Conde d'Eu, tinha conseguido que até mesmo os conservadores mais fervorosos passassem para a ala republicana. Quem queria ser governado por um francês? Era apenas uma questão de tempo para o Brasil se transformar numa república, e Vitória tinha certeza de que isso aconteceria muito em breve.

No entanto, ela não contradizia o pai. Afinal de contas, ele não a ouvia, e ela não queria aborrecê-lo recordando-lhe que, na questão da abolição, ela sempre teve razão. Aquele era um dos assuntos sobre os quais não se falava na presença de Eduardo da Silva. Em certa ocasião em que Pedro e a mulher tinham ido almoçar com eles, Joana cometeu o equívoco de parabenizar Vitória por sua capacidade de previsão.

– Vita, se não tivesse sido mais esperta que todos nós juntos, agora estaríamos bem pior.

Vitória ficou satisfeita em ver que alguém enfim reconhecia sua habilidade para os negócios, mas disse a Joana:

– Ah! Qualquer pessoa no meu lugar teria feito o mesmo, e possivelmente teria ganho mais dinheiro.

Provavelmente Pedro tinha dado à mulher um pontapé por baixo da mesa para que ficasse calada, já que ela nunca mais voltou a falar daquele assunto.

Dona Alma reclinou-se nas suas almofadas, respirando com dificuldade, e fechou os olhos, como se não tivesse forças para continuar a falar com a filha. Vitória observou o quarto que apenas dois anos antes ela tinha decorado com tanto entusiasmo, e que agora tanto lhe desagradava. O papel de parede com listras rosa e brancas, as almofadas de renda branca em cima da cama, as cortinas cor-de-rosa, os delicados móveis de madeira brasileira avermelhada... tudo aquilo lhe parecia na época delicado e feminino. Mas no futuro associaria sempre à dona Alma e à sua falta de disposição.

Alguns arranhões na porta tiraram dona Alma de seu suposto estado de esgotamento total.

– Este cão horrível! Nesta casa há lugar para ele, mas não para os seus pais.

– Sábado gosta dos negros.

– A que ponto chegamos! Agora, cães e negros valem mais que a própria família.

– Não quer entender o que estou lhe dizendo, não é, mãe? Só quer saber de discutir. Mas pode dirigir suas provocações para outro lado. Hoje decidi fazer algo melhor do que permitir que me insultem. Tenha um bom dia!

Vitória teve de fazer um esforço para não bater a porta ao sair do quarto. Mas, no corredor, Sábado ficou tão contente em vê-la, que isso a fez ficar bem-humorada.

– Sim, já sei que está na hora do nosso passeio, meu pequeno.

O "pequeno" chegava à cintura de Vita. Sábado havia se tornado um belo animal que, embora não sendo de raça identificável, tinha um aspecto nobre.

Ao ter as patas pretas, parecia usar sapatos, e a mancha negra da orelha era como um acessório que combinava com o calçado. Vitória imaginava que um dos antepassados paternos de Sábado devia ter sido um dogue, embora seu cão não tivesse os olhos com secreção nem o focinho cheio de baba, como é próprio dessa raça, mas sim uma típica cara de cão, com o focinho pontiagudo, o nariz rosado, grandes olhos castanhos, que em caso de necessidade podiam parecer tristes para amolecer o coração de quem o olhasse.

Vitória seguiu o cão até o andar térreo da casa, e Sábado parou ansioso, sem deixar de abanar a cauda, junto ao cabide onde estava pendurada sua coleira.

– Isaura! – gritou Vitória à jovem, que via, pela porta aberta, na sala de jantar. – Hoje tem de me fazer companhia. O pó da cristaleira pode esperar.

Isaura largou o pano de tirar pó sem vontade e foi ao vestíbulo. Outra vez ela! Dois dias antes já tinha precisado fazer companhia à sinhazinha!

Os negros, com seu acentuado senso de *status* social, estavam muito orgulhosos de trabalhar numa das casas mais bonitas e para uma das mulheres mais ricas do Rio, mas envergonhavam-se de qualquer detalhe que não correspondesse ao espírito dos tempos. Não podia ter a sinhá um cãozinho, como as outras senhoras da alta sociedade? Por que razão tinha de passear com aquele monstro, e ainda por cima àquela hora, quando todos a veriam? Não podia ir para a rua com o cão pela manhã, ou quando já tivesse anoitecido? Todos, até os negros que trabalhavam para os Ferreira, na rua Mata-Cavalos, apesar de estarem falidos, riam deles, do pessoal da sinhá Vitória.

Assim que deixou o avental na área de serviço, pegou a sombrinha da sua senhora e a seguiu para a rua. Estava um belo dia, próprio de julho, com o céu azul brilhante e a temperatura em torno dos 25 graus. Isaura pensou nos invernos do Vale do Paraíba, que, embora só ficasse a meio dia de viagem do Rio, eram muito mais frescos.

Vitória dirigiu-se à rua do Catete e, intimamente, teve pena do azar de Isaura. Tinham mesmo de ir pelas ruas mais movimentadas, onde as pessoas as olhariam, admiradas?

– Vamos ver como está a residência do barão de Nova Friburgo – disse Vitória. – Dizem que a casa e toda a mobília pertencem agora ao banco.

Mas tenho certeza de que a família vai levar as coisas de maior valor quando for embora.

A casa do barão, um palácio de estilo neoclássico de dimensões gigantescas, era a maior e mais exclusiva residência privada do Rio, e ainda por cima era uma espécie de casa de verão, onde a família só passava de duas a três semanas por ano, para escapar da monotonia da vida no campo. Mas o barão de Nova Friburgo chegou à mesma conclusão que quase todos os barões do café: sem seus dois mil escravos, não era ninguém. Vitória pensou se devia falar com Inácio Duarte Viana, que era o perito em hipotecas do seu banco, e com certeza conhecia mais detalhes da dívida do barão. Talvez ela conseguisse o palácio a um bom preço. Tratava-se não só de um magnífico edifício, mas também de um terreno fantástico, que dava, por um dos lados, para a elegante rua do Catete e, por outro, para a praia do Flamengo. Atrás do palácio havia um jardim enorme que possibilitava aos moradores da casa gozar do sossego de um parque inglês em meio ao barulho do Rio. Mas não, pensou Vitória, com a despesa que tinha representado a aquisição da Boavista, a compra daquele imóvel seria uma loucura. E para que precisavam de tetos de estuque dourado, um salão árabe e outras extravagâncias? Ao contrário daquele luxuoso palácio, sua casa tinha água canalizada, vasos sanitários e banheiras.

Uma conhecida que também estava em frente ao palácio, para ver o que acontecia, arrancou Vitória de seus pensamentos.

– Senhora Castro, não é uma vergonha? – disse a mulher em um tom de voz bem alto. – Coitado do barão!

Grande bruxa, pensou Vitória. Ao morrer, o marido de dona Rita só lhe deixou dívidas, apesar de a viúva continuar vivendo numa casa enorme que se deteriorava lentamente devido à falta de empregados e dinheiro para mantê-la. No entanto a senhora, que andava sempre com vestidos velhos, incluía a si própria no melhor da sociedade do Rio, dando-se o luxo de julgar os demais.

– Ai, querida dona Rita – respondeu Vitória –, eu não tenho muita pena deste homem. Quem cai na ruína tendo esta fortuna imensa é o único responsável pela própria falência.

366

– Sim, é verdade. Por aqui se vê até onde pode levar o esbanjamento. Isso me faz lembrar que vi há pouco seu simpático pai, no largo do Machado, jogando com outros cavalheiros.

– Pois é, ele está aproveitando bem a estadia no Rio.

Vitória teve grande dificuldade em se manter serena. O pai dela jogando num lugar público, como se fosse um comerciante qualquer ou um funcionário aposentado? Felizmente, Sábado distraiu sua atenção com um tímido latido.

– Ah, temos de ir andando. Adeus, dona Rita.

– Adeus. E dê meus cumprimentos à senhora sua mãe.

Enquanto partia, Vitória sentiu o olhar de dona Rita cravado em suas costas. A quem mais aquela velha bisbilhoteira teria contado como o seu pai ocupava o tempo dele? Bom, a verdade é que quase ninguém ligava mais para dona Rita.

Vitória e Isaura voltaram para casa depois de ficarem mais de uma hora andando, quando o cão já parecia estar cansado, pois já não puxava tanto a coleira. Faltavam poucos minutos para as cinco, o que naquela época do ano significava que logo anoiteceria. León tinha contado a Vitória que no Norte da Europa, durante o inverno, mal havia luz durante o dia, enquanto no verão o sol brilhava em plena noite. Como gostaria de ter visto aquele maravilhoso capricho da natureza com os próprios olhos! Mas a viagem à Europa era uma das promessas com que León a seduzira, mas que depois não cumpriu. Vitória desistiu de lembrá-lo, da mesma maneira que tinha desistido de trocar com ele mais palavras do que as estritamente necessárias.

Seu casamento nunca esteve muito bem, mas, desde que três meses antes os pais de Vitória tinham ido viver com eles, havia se tornado um inferno. Todos os dias León saía de casa assim que se levantava e não voltava até a hora do jantar, para depois voltar a sair. Reuniões políticas, atos de caridade, encontros no clube com importantes personalidades, convites da corte ou estreias teatrais... León arranjava sempre um motivo para estar afastado de casa. Geralmente chegava tão tarde à noite que Vitória nem percebia, uma vez que já estava dormindo havia muito tempo. Os dias em que esperava, inquieta, por León eram, desde que dormiam em quartos separados, coisa do passado.

Nunca esqueceria o infeliz dia em que tinha conhecido a mãe de León. Vitória ficou tão desconcertada ao saber da existência dela, que castigou León da única forma que sabia que o afetaria verdadeiramente: negando-se a passar a noite com ele. Foi difícil para Vitória a princípio quase tanto como para León, mas logo ela deixou de necessitar ardentemente das carícias dele. Foi como se se libertasse de um vício: os primeiros dias foram insuportáveis, as semanas seguintes difíceis, até que enfim o desejo foi cedendo, e o vício – sem a alegria de viver que acreditava existir na droga – foi se transformando em certa paz interior, e ela, resignando-se a levar uma vida triste.

Tudo isso podia ter sido mais fácil para ela se não tivesse de enfrentar continuamente a inquietante presença de León. Às vezes o flagrava olhando-a pelo canto do olho, e julgava ver nesses olhares algo mais que a aborrecida atenção com que normalmente a olhava. Certas vezes, interpretava isso como ódio, outras como desejo, e ambas as coisas eram horríveis para Vitória. Se não tivesse de ver León com regularidade, conseguiria levar uma vida normal, sem aquela inquietude irracional que sentia em sua presença. Vitória tinha considerado mais de uma vez a ideia de se separar de León. Mas as separações eram tão malvistas que rapidamente rejeitou essa possibilidade. O pai, que já tinha problemas suficientes, ficaria com o coração destroçado. E, no fundo, não era assim tão importante se estava ou não casada com León: cada um vivia a própria vida, tomava conta dos próprios interesses, convivendo como estranhos. Compartilhavam apenas a casa, que, felizmente, era tão grande que podiam se esquivar um do outro com facilidade.

Dona Doralice ia de vez em quando visitar o filho, e nem dona Alma nem Eduardo se admiravam mais com o fato de León receber com dois beijos e abraços uma mestiça. Naquela casa entrava toda espécie de pessoas: estrangeiros, homens negros, qualquer um. O excêntrico genro não tinha o tipo de relações que correspondia à sua posição social, embora lhe desculpassem o esnobismo, comportamento que sem dúvida ele tinha trazido da Inglaterra.

Meu Deus, se os pais soubessem que dona Doralice, uma ex-escrava, era a mãe de León! Vitória não sabia muito bem por que razão lhes ocultava aquela informação. Parecia ser uma pecadora que deveria confessar uma mentira terrível e adiava essa confissão, quando na realidade era León o único responsável por tudo. Mas, como um aluno que é aterrorizado por alunos mais velhos e se envergonha da própria fraqueza, Vitória não conseguia dar uma explicação aos pais. O resultado era León usufruir perante eles de mais respeito do que ela própria, embora, diante de Vitória, devido à sua covardia, ele havia perdido o pouco respeito que ela ainda lhe tinha.

Na hora do jantar, León apareceu em trajes de gala. Tinha colocado a melhor roupa, a barba era recém-feita e, perfumado, mostrava-se muito satisfeito com a reunião que teria após o jantar. Fosse qual fosse a ocasião, pensou Vitória, certamente haveria mulheres, e com toda a certeza também tentariam flertar com ele, uma vez que naquela noite estava realmente arrebatador.

– Que amabilidade da sua parte se arrumar tanto para nós! Se soubesse que havia alguma comemoração, também teria providenciado para que nosso modesto jantar estivesse no mesmo nível de seus trajes.

– É verdade – replicou dona Alma antes que León pudesse responder –; nossas refeições deveriam ter sempre um certo nível.

– Tem razão, dona Alma – disse León. – Numa casa como esta o apropriado é servir sempre as melhores iguarias.

Dona Alma assentiu em sinal de conformidade, e depois lançou para a filha um olhar de desaprovação.

Vitória gostaria de ter berrado com ela, tal a raiva que sentia. Será que a mãe não notava a ironia nas palavras de León? Não havia percebido ainda que o marido zombava delas? Não; pelo visto, não. Dona Alma olhava fascinada para o elegante genro, que lhe deu uma piscadela cúmplice.

Vitória teve grande dificuldade para manter o controle.

– Nem todos têm um paladar tão refinado como o seu, León. E a algumas pessoas não cairiam bem seus pratos preferidos.

E não apenas eles, gostaria de ter acrescentado. Mais insuportável era a maneira falsa com que León agradava os pais dela, só pelo prazer de irritá-la.

Naquele momento o telefone tocou, e Eduardo da Silva, que tinha estado o tempo todo um tanto distraído, seguindo a conversa com uma expressão impassível, deu um salto e dirigiu-se com juvenil energia para o aparelho, que estava pendurado na parede da sala. Falar ao telefone era, tal como escrever cartas aos jornais, uma das atividades preferidas de Eduardo. No Rio ainda havia pouquíssimas casas que dispunham daquele famoso aparelho, mas a redação dos jornais, as quais Eduardo bombardeava com inúmeras cartas de protesto e comentários supérfluos sobre a atualidade, contavam já com aquela maravilha da tecnologia, de modo que Eduardo da Silva podia expressar agora sua opinião também através daquele meio. Era altamente improvável que os jornalistas lhe telefonassem, no entanto, e muito menos àquela hora. Talvez fosse Pedro, em cuja casa Vitória tinha mandado instalar um aparelho para que o pai tivesse outra pessoa com quem falar.

Ouviram que ele ria e continuaram a jantar em silêncio. Vitória estava contente em ver que ainda havia algo no mundo que arrancasse o pai de sua apatia, embora fosse apenas seu gosto pela tecnologia. Talvez devesse lhe oferecer em seu aniversário algum outro brinquedo tecnológico; afinal de contas, estavam sempre inventando novos aparelhos. Tinha lido no jornal que na Alemanha haviam fabricado um veículo que andava sozinho, como uma carruagem sem cavalos. Seria perfeito para o pai. Poderia andar o dia todo pela cidade, assustando os peões com o seu "automóvel patenteado". Além disso, poderia se entreter com o motor do carro, desmontá-lo e voltar a montá-lo, para ver como funcionava, como ele tinha feito com o telefone. No dia seguinte ia averiguar se já se conseguia comprar um veículo daquele tipo, quanto custaria e se poderiam mandá-lo para o Brasil. Aaron, que tinha parentes no mundo inteiro, com certeza conhecia alguém na Alemanha a quem poderiam fazer a encomenda.

– Era o Pedro – disse Eduardo quando voltou para a mesa. – Quer que o visitemos após o jantar. Tem uma visita. Adivinha quem é?

– Um parasita qualquer – deixou escapar Vitória. O irmão era muito generoso, e muitos "antigos amigos" iam visitá-lo porque sua bela casa lhes fazia pensar que tinha dinheiro, o que era um engano. A casa e o elevado nível de vida de Pedro e Joana eram financiados por Vitória.

León riu ligeiramente.

– Não consegue imaginar que existam pessoas que gostem do Pedro pelo que ele é.

Vitória ignorou aquela maldosa observação arqueando uma das sobrancelhas, para depois se dirigir ao pai.

– Diga, papai, quem é?

– Rogério Vieira de Souto!

– Estão vendo: um parasita, tal como lhes disse.

– Vitória, como pode falar assim de um homem que esteve prestes a ser seu noivo? – disse dona Alma indignada. – Rogério é um velho colega de escola do seu irmão e antigo vizinho nosso. Como tal, tem direito a ser recebido amavelmente, apesar de sua família estar na falência.

– Podem ir tranquilos à casa de Pedro e conversar com Rogério sobre os velhos tempos. Eu prefiro ficar aqui, ir para a cama cedo e amanhã começar a trabalhar com a cabeça bem fresca. Alguém tem de ganhar o dinheiro que Pedro empresta aos amigos. Por outro lado, gostaria de saber por que é que Rogério não vem aqui diretamente. Terá perdido a coragem, além da fortuna?

– Talvez – disse León – descobriu no que você se transformou.

O que significava aquilo? Ela havia se transformado na esposa de um político de renome, uma próspera mulher de negócios e uma elegante dama da cidade. Não, a jovem do campo que Rogério um dia cortejou já não existia, nem a jovem de olhos azuis com a qual tanto gostava de dançar. Com o passar do tempo, as crianças transformaram-se em adultos, a despreocupação deu origem à responsabilidade e a inconsciência, ao conhecimento da realidade. Além disso, esse processo foi acelerado pela abolição da escravidão e a dramática transformação das condições de vida. Por vezes, Vitória sentia-se como uma mulher de meia-idade, embora tivesse apenas 22 anos. Meu Deus, como podia ter se tornado adulta tão depressa?

Mas ela, apesar de todas as dificuldades, tivera muita sorte. Para Rogério as coisas não tinham corrido tão bem. Vitória conseguia imaginar perfeitamente como isso se refletiria na aparência dele.

– Talvez ele não queira que eu veja no que ele se transformou.

– Bom, eu gostaria de ver Rogério – disse dona Alma. – Não consigo imaginar companhia melhor para a noite de hoje. Além disso, certamente que nos colocará a par das novidades do vale.

O vale! Vitória já estava cansada de falar do Vale do Paraíba, que os pais relembravam cada vez mais como um jardim do Éden. Quando acordariam para a realidade? O vale que eles conheciam já não existia, e não fazia sentido cultivar uma nostalgia para a qual não havia cura. Só aceitando as novas circunstâncias se podia fazer alguma coisa para salvá-lo. Mas os pais preferiam ficar no Rio em vez de cuidar da Boavista.

– Ai, papai, agora é que me lembrei: hoje falei com um conhecido, um armador de Santos, que pode estar interessado em comprar a Boavista. O senhor não quer mesmo vendê-la, ou posso dar alguma esperança a esse homem?

– Se esse armador me oferecer o mesmo que me ofereceram o banqueiro ou o engenheiro, pode dizer que a Boavista não está à venda. Quero no mínimo sete contos de réis pela casa e pelas terras.

– Mas, pai, esse preço é uma loucura! No Rio não se paga mais de cinco milhões de réis por uma casa bonita num terreno grande.

– Querida Vita, até parece que está empenhada em obter algum lucro da casa onde nasceu. Assim você me ofende.

Vitória olhou para León à procura de ajuda. Ele também devia ter interesse em que os pais dela fossem embora, e só fariam isso quando tivessem dinheiro, que por sua vez só arranjariam se vendessem a Boavista. Mas León devolveu-lhe um sorriso irônico.

– Sim, querida Vita, por que tem tanto interesse em vender a Boavista?

– Porque a amo, só por isso! Vocês preferem abandoná-la às pragas e ao mofo, em vez de vendê-la a alguém que trate dela e a mantenha em bom estado.

– Vitória, não diga tolices! – disse dona Alma. – Nós a mantemos em bom estado, em todo o seu esplendor.

– Com o meu dinheiro. Faz ideia do dinheirão que custa? E para quê? Para nada! Para manter a casa desabitada e alguns campos sem utilidade. Estou pagando cinco antigos escravos para limpar os móveis, arejar os quartos e tratar das flores do jardim. E aposto o que quiserem que à noite esses cinco escravos se sentam na nossa sala e fazem de conta que são senhores. Talvez até durmam nas nossas camas.

– Não teriam coragem! – Dona Alma não conseguia imaginar que um negro tivesse a ousadia de profanar sua cama. – Além disso, um dos cinco é Luíz, e ele deve ter o cuidado de garantir que não aconteça nada de estranho.

– Se a mãe acha... – Vitória olhou cansada para León, que seguia a conversa com um sorriso de satisfação. – Está achando graça?

– Sim, claro. Não acha uma coisa boa que os pobres dos negros se sentem na sua sala e se divirtam um pouco? Não devem ter muitos motivos de alegria numa casa tão solitária como a Boavista.

– Não, não acho uma coisa boa. Na verdade, acho repugnante que um escravo se sente no sofá de veludo verde, beba nos nossos copos de cristal e infeste o ar com o cheiro do seu cachimbo. Tão repugnante quanto o seu sorriso.

– Disso, pelo menos, posso poupá-la. Já estava de saída. – León pousou os talheres no prato ainda quase cheio, deu um último gole no vinho e se levantou. Despediu-se dos sogros com uma ligeira reverência. – Desejo-lhes uma agradável noite. E, por favor, mandem meus cumprimentos a Pedro e Joana. – Depois inclinou-se para dar um beijo aparentemente casual em Vitória. – Devia ir com seus pais – sussurrou-lhe. – Talvez o elegante Rogério possa... ahn... deixá-la mais relaxada com suas habilidades.

Assim que León saiu e enquanto os pais discutiam amavelmente sobre qual das três carruagens deviam utilizar para ir à casa de Pedro, Vitória meditou, magoada, sobre as cruéis palavras de León. Se a aconselhava a procurar consolo em outros homens, isso era fácil de obter.

– Acho que vou com vocês – disse Vitória de repente aos pais, que a olhavam surpresos.

XXV

LILI MAL PODIA ACREDITAR EM TANTA SORTE. Félix era um verdadeiro tesouro. Ele não só pôs em ordem toda a sua papelada como também a convenceu da necessidade de fazer certos investimentos, que tinham contribuído de forma decisiva para os excelentes resultados do ano anterior. A aquisição de móveis novos e um grandioso lustre de cristal, os elegantes vestidos das moças, a qualidade das bebidas que se ofereciam na Borboleta Dourada, tal como o agradável acompanhamento musical, sob responsabilidade de um pianista, tinham elevado consideravelmente a clientela... e o preço. Até o nome do bordel foi ideia de Félix. "Nenhum branco com um mínimo de bom gosto e respeito por si próprio vai a um bordel que se chama O Buraco de Lili. Tem de dar ao seu estabelecimento um nome apropriado, um nome que possa colocar num belo cartaz que soe distinto, elegante e caro. Caso contrário, só terá pobres-diabos como clientes", tinha escrito Félix na sua lousa, utilizando mais palavras que o habitual.

– Sim, mas como é que as pessoas vão saber que é uma casa de putas?

– O que acha de Mel Dourado?

– Que estupidez. As donas de casa vão aparecer achando que vendemos doces. Seria melhor Égua de Ouro.

– Isso é muito comum. Que tal Borboleta Dourada?

Félix lembrou-se do nome de modo espontâneo, mas, quanto mais pensava e mais observava as expressões de Lili, mais gostava dele. Era terno, delicado e exótico, mas ao mesmo tempo era inconfundível: na linguagem coloquial, "borboleta" fazia referência ao sexo feminino.

– É fabuloso! – exclamou Lili. – Vamos brindar a isso!

Um enorme cartaz em forma de borboleta enfeitava a entrada do estabelecimento de Lili havia um ano. No interior repetia-se o mesmo motivo: nos cabides de pendurar casacos, nos almofadões de seda bordada. Félix recebeu por tão brilhante ideia uma recompensa que, comparada com os lucros que tinha proporcionado a Lili, não era muito alta.

Mas o jovem conformava-se. Desde que Lili havia substituído as velhas prostitutas por moças jovens e bonitas, Félix aproveitava o fato de ser o único homem que acompanhava as mulheres durante o dia. Quando estavam sem maquiagem, vestidas com roupas simples e contando piadas inocentes, mal se distinguiam das jovens decentes. Além disso, podia sempre deitar-se um pouco no meio da manhã se estivesse cansado ou tomar um copo de aguardente se precisasse. Essas liberdades eram impensáveis em outros empregos, e ainda mais no escritório. Mas o melhor do seu novo trabalho era que ali ninguém zombava dele, nem devido à cor de sua pele nem à mudez. Todos o respeitavam e valorizavam suas capacidades. As moças tinham grande simpatia por ele, e não era pouco frequente jogarem cartas em sua companhia, até mesmo durante o horário de trabalho. Félix tinha um pequeno escritório, mas, desde que Lili percebeu que a presença dele tinha um efeito "tranquilizador" nos clientes, pedia que permanecesse na sala o máximo possível de tempo. Desde então havia diminuído tanto o número de homens que não queriam pagar ou que perdiam a educação devido ao efeito do álcool quanto os custos com limpeza dos carpetes e a reparação de móveis. Lili se beneficiava da abolição da escravidão mais do que os outros negros. Todos os dias vinham até a sua casa novas mulheres, desesperadas e exaustas, em busca de uma ocupação que lhes permitisse sobreviver, bem como seus filhos. Mas Lili era muito rigorosa na seleção das moças. Só trabalhavam com ela as mais bonitas, jovens e saudáveis, e de fato não eram poucas. Lili preferia as negras que tinham sido escravas nas casas. Eram educadas e tinham bom gosto, sabiam vestir-se bem e manter uma conversa com os clientes. Algumas delas usavam orgulhosas nos seus balangandãs um enorme número de amuletos de prata, que refletiam o afeto devotado a elas pelos antigos senhores. Embora jovens como Laila, que possuía uma graça especial, além de um dom natural para todas as variedades do amor físico, não fossem frequentes, as outras aprendiam depressa o que Lili lhes ensinava. Algumas revelavam-se magoadas e teimosas a princípio, algo que Lili não conseguia compreender. Estavam ali voluntariamente, e além disso tinham uma boa vida na Borboleta Dourada, ou não? Que outro bordel oferecia às moças tanto conforto, comida daquela qualidade, vestidos tão bonitos ou clientes tão seletos? Em que outro emprego ganhariam tanto dinheiro? Mesmo depois de descontar os cinquenta por cento que as jovens tinham de entregar a Lili, ficavam com dinheiro suficiente para se garantirem no futuro. Além disso, para cada uma que não estava satisfeita com o trabalho, havia dez à espera, dispostas a tudo. Por isso, Lili despedia com rapidez as que estavam contrariadas, a não ser que tivessem alguma coisa especial que exigisse um pouco mais de paciência no ensino do ofício.

Esse parecia ser o caso da moça que estava à frente de Lili naquele momento. Era uma negra lindíssima, com o corpo de uma deusa africana: pernas intermináveis, um traseiro redondo perfeito e uma pele imaculada que parecia madeira de goiabeira polida. Lili examinou com os olhos revirados aquela criatura divina diante dela. Pediu à jovem que se virasse para poder observá-la de todos os ângulos, e, como se fosse um fruto que se prova na praça, apalpou-lhe o traseiro e os peitos. A moça deu um passo para trás.

– O que foi? Se é delicada demais para trabalhar aqui, então a porta é serventia da casa.

Para Lili era normal examinar bem as aspirantes ao emprego, uma vez que não queria moças com estrias, cicatrizes, varizes ou outras imperfeições que pudessem estar escondidas sob o vestido. E, se as jovens tinham vergonha de se despir na frente dela, como seria então para realizar seu trabalho?

A deusa africana levantou o queixo, apertou os lábios e deixou que Lili a examinasse.

– Nada mal, nada mal – murmurou Lili. – Sabe fazer algo especial, alguma razão pela qual eu deva lhe dar o emprego?

– Fui escrava na casa de senhores muito ricos. Sei falar como as pessoas educadas, andar, pentear e me vestir como elas; sei o que gostam de comer e beber e que música ouvem.

– Ahá! Então sabe o que os senhores ricos gostam de fazer quando as mulheres não estão vendo.

A moça assentiu.

– De qualquer maneira, aqui vai ter de fazer algo além de ficar quieta e calada, entende?

A moça assentiu novamente.

376

– Os cavalheiros vêm aqui para se divertir. Tem de fazê-los se sentir elegantes, inteligentes e irresistíveis, embora sejam uns idiotas de uns anões desdentados. Mas devem sentir que fazem seu sangue ferver, mesmo quando os atributos físicos deles são insignificantes. E, sobretudo, tem de apagar essa expressão do seu rosto, senão só vai conseguir que fujam daqui correndo.

– Quanto é que vou ganhar?

– Ótimo! – gritou Lili. – Muito bem! É assim mesmo, pense apenas no que você vai ganhar. Assim irá longe. Quanto mais simpática for com os homens, mais vai ganhar.

– Quanto? Quero dizer, estamos falando de quinhentos ou cinco mil-réis a hora? Ou os meus serviços não são cobrados por hora?

Lili explicou à moça detalhadamente quanto podia ganhar com cada tipo de serviço, quanto tinha de descontar e que despesas extras teria, por exemplo, com cosméticos. A jovem entendeu; ao que tudo indicava, estava de acordo com as condições.

– Bom, vai me contratar ou não? Estou ficando com frio.

Lili não estava propriamente entusiasmada com os modos da jovem. Mas, por outro lado, ela era realmente um espanto de beleza.

– Está bem, vamos tentar. Como se chama?

– Miranda.

Maravilhoso, pensou Lili. Não existia nome melhor para uma puta. Pelo menos na escolha do nome artístico ela tinha demonstrado bom instinto para os negócios. Talvez fosse mesmo longe, essa Miranda.

A rua da Alfândega, uma das principais artérias comerciais onde se podiam comprar artigos para casa a bom preço, ficava apenas a dois quarteirões da Borboleta Dourada. Era lá que Félix ia sempre que precisavam de grandes quantidades de copos, lençóis ou produtos de limpeza. Os comerciantes já conheciam o jovem mudo, e nenhum cometia o erro de subestimá-lo. Félix fazia contas tão depressa e negociava de forma tão astuta que até os libaneses e os judeus ali estabelecidos ficavam surpresos. E, como a Borboleta Dourada era um cliente importante, Félix era recebido em todas as lojas como se fosse o próprio imperador.

Naquele dia, Félix estava na rua da Alfândega para comprar grinaldas, serpentinas e confetes para uma festa que celebraria o terceiro aniversário do bordel de Lili. Tinha tentado inutilmente fazer Lili desistir daqueles festejos carnavalescos; queria convencê-la a fazer uma festa mais elegante. Mas ela, que tinha sido escrava de um criador de porcos pobre, achava que o colorido era a chave para se obter uma boa festa, e ninguém conseguia convencê-la do contrário. E, uma vez que Lili era a chefe e ele, o mandatário – tratava-o assim, pomposamente –, faria o que ela quisesse.

Félix foi à papelaria do seu Gustavo. Naquele momento, quando o Natal e o Carnaval já tinham ficado para trás, não havia muita procura por artigos daquele gênero, mas o velho Gustavo tinha de tudo no armazém. Depois de negociar, Félix conseguiu um desconto de trinta por cento e uma oferta para trabalhar no comércio do seu Gustavo.

– Gosto de você, meu jovem. Queria ter aqui um rapaz esperto como você. Se for tão bom como eu penso que é, poderia até vir a ser meu sucessor, desde que possa investir o capital necessário, obviamente. Mas com certeza na Borboleta Dourada lhe pagam bem, e você deve ter alguma poupança. Sabe, Félix, minhas filhas e os maridos não querem saber deste negócio para nada, e farei 60 anos neste ano. Venha se encontrar comigo aqui na hora de fechar, e falaremos com calma enquanto tomamos alguma coisa.

Félix sentiu-se muito orgulhoso e prometeu ao velho que falaria com ele durante a semana. No caminho para a Borboleta Dourada, não pensou em outra coisa a não ser nas perspectivas para o futuro. Um negócio próprio, uma empresa respeitável, e não um estabelecimento de segunda categoria! Fernanda deixaria enfim de chamá-lo de grosseiro, e talvez até quisesse ser sua mulher. Com uma papelaria ficaria numa posição cem vezes melhor do que Zeca com sua sapataria!

Um grito trouxe Félix à realidade. Em sua euforia, não havia reparado nas pessoas que andavam na calçada estreita, e um homem que teve de desviar dele tropeçou e caiu numa poça. Félix ajudou o homem a se levantar. Reconheceu-o imediatamente, apesar de não se verem há muitos anos: João Henrique de Barros, um dos amigos que Pedro da Silva tinha convidado para ir à Boavista. João Henrique não pareceu reconhecer Félix. Continuou a praguejar, gritando-lhe:

– Qual é o seu problema? É mudo? Podia ao menos pedir desculpas, imbecil!

Félix gesticulava como um louco, precisamente para se desculpar. Lamentava profundamente que o homem tivesse tido tanto azar, mas ao mesmo tempo tentava se esforçar para não desatar a rir numa altura que irritava muito as pessoas – afinal, João Henrique tinha caído na única poça grande que existia naquela área.

– Conheço você de algum lugar – disse João Henrique, olhando para Félix com atenção. – É mudo mesmo, não é?

Félix assentiu. Pegou sua lousa e escreveu: "Félix. Antigo escravo da Boavista". A única coisa boa das pessoas da mesma categoria do senhor Barros era que podia se entender com elas por escrito.

– Oh, a ralé livre sabe escrever, mas não tem modos! Bom, no futuro, tente ter mais cuidado. Já chega ser mudo. Com certeza não quer que as pessoas pensem que também é cego.

Félix fez uma profunda reverência antes de desatar a correr. Os encontros com pessoas que o conheciam do passado provocavam nele um terrível sentimento de culpa. Quando as via, continuava a se sentir um escravo, embora já havia muitos anos vivesse em liberdade. O medo de ser descoberto que o tinha acompanhado durante três anos estava enraizado demais para ele conseguir se sentir realmente livre. Mas isso logo mudaria, quando tivesse o próprio negócio. Animado com essa ideia, pôs-se a caminho sem pensar por um minuto sequer no que João Henrique estaria fazendo numa rua onde não se costumavam ver senhores.

Entrou na Borboleta Dourada pela porta dos fundos, assoviando uma canção popular.

– Está apaixonado, ou o quê? – Lili, que naquele momento descia as escadas, admirou-se ao ver a expressão de felicidade de Félix. Normalmente ele andava muito sério, razão pela qual, apesar de sua pouca idade, considerava-o um bom mandatário. Félix abanou a cabeça, o que fez com que Lili interpretasse a resposta como "mais ou menos".

– Espere até ver a nova. Contratei hoje uma moça que deixa qualquer um sem fôlego. Vá à sala vê-la; ela está se vestindo e logo estará aqui embaixo.

Félix estava convencido de que a nova moça não o deixaria sem fôlego. Depois de um ano na Borboleta Dourada, estava imune à beleza física das jovens. Já tinha visto tantas mulheres com pouca roupa que ficava impassível ao ver seios bonitos ou uma *lingerie* provocante. A única mulher que desejava era Fernanda, cujo corpo, era preciso ser objetivo, não conseguia competir com o das mulheres da Borboleta Dourada. Seus grandes seios, o nariz largo e as orelhas ligeiramente baixas eram para ele tão doces que não reparava nas beldades que via todos os dias.

Félix pegou um copo d'água e se acomodou no sofá perto de Lili. Escreveu na lousa quanto lhe tinha poupado naquele dia, mas Lili pensava em outra coisa. De dois em dois segundos, ela olhava para as escadas a fim de ver como ficaria a nova moça com a roupa que ela tinha lhe dado. Além disso, pedira a Laila que a ajudasse a se pentear e a se maquiar, e Lili esperava impaciente pelos resultados.

Félix deixou a lousa de lado. Era inútil. Lili não revelava o menor interesse por suas explicações, fato pelo qual não podia esperar dela nenhuma espécie de incentivo. Reclinou-se, deu um gole na água e fez o mesmo que Lili: olhou para as escadas.

Pouco depois surgiu Laila, precedendo a nova jovem e tapando-a para que não a vissem. Laila sorriu, abriu os braços e fez uma reverência, como se apresentasse a rainha de Sabá...

– E agora, atenção: a nova!

E afastou-se para o lado.

Félix quase morreu de susto. Em momentos como aquele era uma grande vantagem ser mudo, para não chamar a atenção com seus gritos de surpresa. Meu Deus, era Miranda! E que transformação incrível! Em nada lembrava a jovem de expressão abobalhada que estava sempre de boca aberta. Aquela mulher parecia... a rainha de Sabá! Muito alta e magra, com as pernas longas e musculosas cobertas por um vestido ligeiramente transparente, o corpo de Miranda era uma verdadeira obra de arte. Tinha a cabeça erguida, os lábios revelando um sorriso arrogante. Aquela expressão contribuía para seu aspecto majestoso, bem como a grande quantidade de adornos que Laila havia colocado na colega e com os quais podia fazer concorrência à própria viscondessa de Rio Seco, da qual se dizia que suas joias pesavam tanto que tinham de levá-la no colo, pois mal conseguia andar. Félix perguntou-se se eram apenas os enfeites que faziam com que Miranda estivesse tão diferente de como recordava. A idade não podia ser: em cinco anos não se muda tanto. Ou será que antes nunca tinha reparado no corpo perfeito de Miranda devido aos vestidos simples que ela usava na Boavista?

– Não é uma beleza a nossa Miranda? – perguntou Lili aos presentes, para depois se dirigir a ela. – Dê uma volta para que possamos observá-la de todos os ângulos. Olhem para este rabo fabuloso!

Em outras circunstâncias, Félix talvez tivesse recriminado Lili pelo seu vocabulário ordinário. Ela podia usar os vestidos mais caros e perfumar-se com Eau de Giverny, mas sua maneira de falar a faria parecer sempre uma madame de bordel, e isso era precisamente o que ela não queria. Mas naquele momento Félix não pensava em outra coisa a não ser em Miranda e no seu triste destino. Não simpatizava com ela, mas custava-lhe acreditar que tivesse descido tão baixo a ponto de prestar serviço num bordel e ter de mostrar seu "rabo fabuloso". Uma coisa era ver aquela profissão ser exercida por jovens cujo passado ele desconhecia, e outra muito diferente era encontrar ali uma conhecida. Miranda, que sempre zombava da beatice de dona Alma; Miranda, que cuspia na panela de sopa quando estava sozinha na cozinha; Miranda, em cuja cabeça Luíza andava sempre à procura de piolhos...

Aquela Miranda ia agora se transformar em prostituta? Que ideia horrorosa! Também achou horrível a ideia de que Miranda não o levaria a sério como mandatário e braço direito da chefe, pois sabia coisas sobre a juventude dele que o fariam perder autoridade. Quem iria valorizar um homem que antes teve de esfregar as costas do seu senhor e lhe cortar os pelos do ouvido?

Mas Miranda não pareceu perceber que ele estava ali. Deixou que Lili e as moças a admirassem e se deleitou com o burburinho que seu aparecimento tinha provocado. O melhor era desaparecer, pensou Félix. Mas naquele momento ela o olhou.

Miranda ficou gelada. Félix viu nos olhos dela primeiro incredulidade, depois hesitação, por fim raiva. Ela se virou para Lili, que estava atrás dela arrumando, deliciada, seu penteado.

– Se eu soubesse que esse monstro estava aqui, nunca teria vindo.

– Que monstro?

– Aquele ali – disse Miranda, apontando para o sofá. Mas o lugar antes ocupado por Félix agora estava vazio.

Quando Félix voltou para casa naquela noite, viu luz na casa de Fernanda. Depois da abolição, ele tinha voltado para o seu antigo bairro, ao antigo barraco, cuja principal vantagem era estar perto de Fernanda. Embora ela não correspondesse ao seu amor, continuava a ser a melhor amiga dele e a pessoa em quem mais confiava. E, depois de um dia tão repleto de acontecimentos, era bom poder passar algum tempo com alguém que soubesse ler e que, além disso, fosse inteligente, razoável e compreensivo.

– Encontrou duas pessoas que conhecia antigamente? Que coincidência! Mas, se isso o fez se sentir tão mal, devia refletir um pouco a respeito.

Fernanda cortou a linha com os dentes, deixou de lado a blusa na qual costurou um botão e dirigiu a Félix um olhar penetrante.

– Se não gosta de que essa prostituta o veja na Borboleta Dourada, talvez seja o momento certo para deixar de trabalhar lá.

Félix tentou explicar a Fernanda seu complicado estado de espírito; tentou fazê-la ver que não era vergonha o que sentia, mas sim uma desconfortável sensação que invade uma pessoa quando desempenha um papel diferente daquele que os outros conhecem. Tal como o teria horrorizado esfregar as costas de alguém na frente de Lili, também achava inquietante aparecer diante de Miranda como empregado de um bordel. Mas Fernanda não o compreendia. Sempre que mencionavam o local de trabalho de Félix, ela se mantinha firme na ideia de que ele era bom demais para Lili e seu estabelecimento.

– A Lili é, e sempre será, uma porca. Em Esperança eu a conheci o suficiente para saber que é corrupta, avarenta e mentirosa. E, mesmo que lhe pagasse o dobro, ainda assim ela aproveita da situação desesperadora das moças em seu próprio benefício, e não quero que você tire proveito da miséria naquele negócio sujo.

Será que Fernanda não entendia? Félix só queria ganhar um bom salário por causa dela. E o fato de ele trabalhar ou não na Borboleta Dourada não mudaria em nada, absolutamente nada, a prostituição no Rio de Janeiro, que aumentava a cada dia. Provavelmente até tivesse ajudado muitas jovens. Graças à sua intervenção, a Borboleta Dourada se transformou num estabelecimento onde se podia estar sem nenhum problema, onde não havia brigas, as camas não eram infestadas de percevejos e onde não se enganavam as moças.

– Está bem. Agora me explique melhor isso do seu Gustavo – disse Fernanda, mudando drasticamente de assunto quando viu a expressão de Félix e receou que a conversa acabasse numa discussão, como acontecia sempre que falavam do vergonhoso trabalho dele.

No breve resumo daquele dia carregado de acontecimentos, Félix só mencionou por cima que o velho comerciante tinha lhe proposto um negócio. Após o encontro com Miranda, Félix estava de tal modo alterado que se esqueceu do assunto e até desapareceu a euforia que o havia tomado na metade do dia. Provavelmente com sua promessa de lhe passar o negócio, Gustavo só quis seduzi-lo para arranjar um empregado eficiente e barato. Por certo o velho avarento o faria se matar de trabalhar e o encarregaria das tarefas mais indignas. Já podia ouvi-lo dizer: "Os anos de aprendizagem não são anos fáceis". E era possível que lhe pedisse um preço absurdamente elevado pela loja quando a reformasse, o que podia levar anos para acontecer. Cinco, dez? Tempo demais; a essa altura, Félix já seria velho.

– Por que está com essa cara? Parece muito promissor! – opinou Fernanda, depois de Félix lhe contar detalhadamente o que o velho tinha dito. – É melhor ir amanhã falar com Gustavo e ver o que ele tem para lhe oferecer. Talvez até lhe pague o suficiente para que possa, enfim, largar o trabalho de Lili.

Félix deu de ombros resignado. Que outra opção tinha? Afinal de contas, a aparição de Miranda havia estragado seu trabalho na Borboleta Dourada.

– Mas antes – acrescentou Fernanda – tem de falar com essa tal Miranda. Quem sabe não podemos ajudá-la. Talvez eu lhe arranje um trabalho na escola. O porteiro queixou-se há pouco tempo de que não consegue fazer as atividades todas sozinho. Como a maioria das pessoas não sabe, por exemplo, encerar um chão, podíamos contratar uma mulher que soubesse fazer esse tipo de serviço.

De repente, Félix sentiu-se envergonhado. Era um irresponsável. Fernanda lhe mostrou como devia ter se portado com Miranda. Por que razão ela se lembrou de ajudar Miranda, quando ele mesmo não tinha pensado nisso? Por que fugiu como um ladrão, em vez de falar com ela? Ele sabia melhor do que ninguém que por vezes é impossível andar para a frente sem a ajuda dos outros. Onde estaria ele agora se León não tivesse lhe facilitado a fuga e se dona Doralice não tivesse lhe dado aulas? Provavelmente na prisão, como Feijão, ou quebrando pedra, como Carlinhos, ou trabalhando como estivador no porto, como Sal, com um salário que não dava sequer para o imprescindível.

Fernanda percebeu que ele sentia remorso.

– Você nem pensou em ajudá-la, não é? Vocês homens são todos iguais: só pensam em si mesmos.

Não era verdade. Félix também pensava em Fernanda, no futuro de ambos, na casa que construiria com o dinheiro economizado, nos filhos que educariam juntos, a quem as coisas dariam mais certo do que haviam dado para ele. E para obter tudo isso era indispensável certa dose de egoísmo.

Olhou tristemente através de seus luminosos olhos, passou a mão pelos cabelos quase raspados e escreveu: "Também penso nos meus amigos".

– Sim, claro. Mas só acolheu o José porque ele lhe é útil. Se ele não lhe fizesse compras ou não limpasse sua casa, há muito tempo você teria morrido de fome ou então teria se afogado no próprio lixo.

Félix não pensou em José ao fazer aquela observação. O velho era para ele um pai, mais do que um amigo. Achou a coisa mais natural do mundo acolher o velho cocheiro quando ele perdeu o lar. Agora achava muito injusto que Fernanda o acusasse de deixar José viver em sua casa por uma questão de conveniência. Sim, José fazia compras e varria o chão. Mas, de modo geral, dava mais trabalho a Félix do que qualquer outra coisa. Ele não só ganhava o dinheiro, como também cuidava de José. Levava-o ao médico, trazia-lhe bolos da cidade de vez em quando, comprou para ele um bom colchão para aliviar as dores das costas. E quantas vezes não havia saído no meio da noite para procurar o velho? José, que estava cada vez pior, por vezes esquecia as coisas mais rotineiras, até mesmo o lugar onde morava. Quando não conseguia dormir, saía de casa, perambulava pelas ruas, frequentemente sem ter se vestido de modo adequado, e, ao chegar à primeira esquina, já não sabia mais como tinha chegado ali, tampouco como fazer para encontrar o caminho de volta. No dia seguinte José estava ótimo; jogava dominó com Félix, fazia com esmero as compras e outras tarefas da casa e contava histórias de sua juventude na Bahia, onde transportava cana-de-açúcar num carro de bois.

– O homem está sendo consumido lentamente pela esclerose – era o diagnóstico de uma vizinha que tinha vivido o mesmo com a mãe. – Em breve, nem sequer vai reconhecê-lo.

E, ainda assim, Fernanda achava que Félix explorava aquele velho de quem ele gostava e com o qual tanto se preocupava? Como podia pensar tão mal dele, quando sabia perfeitamente como ele tomava conta de José e todo o trabalho que o velhote representava para ele? Ela própria pôde verificar dias antes, enquanto Félix praticava no pátio dos fundos golpes difíceis de capoeira, até onde tinha avançado a esclerose de José.

– Marta! – gritou José muito contente ao ver Fernanda entrar. – Marta, meu amor, onde esteve durante todo esse tempo?

Fernanda virou-se para ver se havia outra mulher atrás dela. Mas não; José se referia a ela. Pensava que ela era a tal Marta, fosse ela quem fosse.

Félix estava de barriga para baixo, apoiado nas mãos e com as pernas abertas no ar, observando a cena, bastante grotesca por si só: José, que desatou a correr na direção de Fernanda e a abraçou efusivamente; Fernanda, que lhe garantia não ser Marta; José, que providenciava um copo d'água e uma cadeira para a inesperada visita; Fernanda, que enfim desistiu e deixou que José lhe acariciasse a mão. Félix interrompeu a acrobacia e juntou-se a José e "Marta". Pelas perguntas que José fazia, Félix deduziu que Marta devia ter sido a esposa do velho. Como é que José nunca falou dela antes? Na Boavista, Félix dividiu o quarto com o velho cocheiro durante anos e ouviu intermináveis histórias de gente desconhecida, mas José nunca disse nada, nem uma única palavra, sobre essa tal Marta.

"Por que está tão antipática hoje, Marta?", escreveu Félix na sua lousa. Fernanda olhou para ele aborrecida, mas não respondeu. Levantou-se em silêncio, pendurou num cabide a blusa que acabara de costurar e desapareceu rumo ao quarto. Félix cruzou as mãos atrás da cabeça, espreguiçou-se e bocejou. Estava cansado, e provavelmente Fernanda também. Não tinha sido boa ideia aparecer ali tão tarde e incomodar Fernanda com coisas que ela não podia, ou não queria, compreender.

Félix afastou a cadeira com grande estrondo, para que ela ouvisse que ia embora.

– Sim, vá embora, pois tenho de procurar umas coisas – gritou Fernanda do cômodo ao lado. Sua voz parecia diferente do habitual.

Félix não queria sair sem se despedir, sobretudo depois de sua visita ter sido tão pouco satisfatória e tão tensa. Atravessou a sala, observou seu reflexo nos tachos de cobre reluzentes que estavam no fogão e inspecionou os dentes para se certificar de que não tinha restos de comida que prejudicassem a dentição perfeita. Verificou que estava tudo em ordem. Virou-se, apoiou-se na beirada da mesa, cruzou os braços e admirou a acolhedora casa de Fernanda. Por que razão a casa dele, ao lado daquela, parecia tão pobre, quando devia ser a mais bonita das duas? Sua casa era maior, mais nova e melhor, mas a de Fernanda era muito mais confortável. As paredes de madeira estavam pintadas de cores vistosas; nas cadeiras havia almofadas bordadas por ela própria e tinha sempre flores ou ramos frescos na velha leiteira que ela usava como jarra. Realmente, as mulheres tinham mais jeito para a casa. Ai, se pelo menos estivesse casado com Fernanda!

Infelizmente, teve de admitir Félix, ainda estava longe de consegui-lo. Nem sequer a tinha beijado. No seu desejo de se apresentar diante dela como candidato perfeito, esperava ter a idade certa; tinha aceitado um trabalho bem pago, mas de má reputação; fortaleceu o corpo com a capoeira, e agora já podia se comparar a Zeca. Mas também tinha adiado o mais importante: nunca havia se declarado a Fernanda. Mas, meu Deus, por quê? Ela sabia que ele a amava, que havia anos a considerava sua namorada, ou não? A ideia de que talvez devesse ter sido mais explícito, de que devia ter se aproximado de Fernanda com algum gesto romântico, pairava em sua cabeça, chata e incômoda como uma pequena pedra no sapato difícil de localizar. Ai, as mulheres e suas ideias!

Félix pegou um garfo e limpou as unhas com impaciência. Meu Deus, será que Fernanda ainda ia demorar para procurar as tais coisas?

No quarto, Fernanda estava sentada na beirada da cama e tentava conter os soluços. Sentia vontade de chorar sem parar. Se Félix achava que tinha tido um dia intenso, o dela então podia ser considerado uma verdadeira loucura. Na escola tinha havido um incêndio depois de dois alunos terem se escondido num canto para fumar e terem atirado o cigarro para o lado ao verem um professor se aproximar. O fogo foi rapidamente controlado e não houve grandes danos, mas ela ainda estava impressionada com o susto. Fernanda castigou os dois culpados, Pedrinho e Helena, mandando-lhes escrever uma redação sobre os bombeiros, e agora estava arrependida. Sabia que, quando ambos falassem com os pais, levariam uma surra e não conseguiriam escrever uma única frase como devia ser. E no dia seguinte ela teria de ler os garranchos deles!

Depois, no caminho de volta para casa, quando parou no mercado para comprar batatas, viu que o porta-moedas havia desaparecido. Mantinha-o sempre num bolso da saia e era muito improvável que houvesse caído. Um dos rapazes do grupo de Tomás devia tê-lo roubado. O grupo havia passado correndo pelo mercado, provocando um pequeno tumulto com seus empurrões. Fernanda, que por ser professora possuía certa autoridade, aproximou-se para repreender os rapazes. Três escaparam, mas dois, os mais novos, receberam uma reprimenda e dois tapas. O fato de em tais circunstâncias terem tido sangue-frio suficiente para lhe roubarem afetou-a mais do que a perda do porta-moedas, no qual, por outro lado, só tinha alguns trocados e o cartão da biblioteca.

Ainda por cima, o dia inteiro tinha sentido dor num dente do siso, que havia pouco tinha rompido sua gengiva, provocando-lhe dores fortíssimas. E, quando à noite ia se sentar para acabar de costurar algumas roupas que tinha pendentes já havia algum tempo, Zeca apareceu.

– Fernanda, está uma noite tão bonita. Venha cá; sente-se aqui fora comigo. Eu trouxe uma garrafa de vinho.

Vinho? Desde quando Zeca bebia outra coisa que não fosse cerveja ou cachaça? Mas Fernanda ficou tão contente em ter um pretexto para deixar a costura para outra hora e que o vinho lhe aliviasse a dor de dente, que só se deu conta do que era mais que evidente quando Zeca pegou sua mão e lhe entregou uma pequena caixa.

– Há dois anos que somos amigos. Passamos bons momentos juntos, divertimo-nos e dançamos muito. E tenho certeza de que como marido e mulher descobriremos muitas outras coisas. Fernanda, quer se casar comigo?

Fernanda não conseguia pensar em nada mais exceto no tempo que ele devia ter gastado ensaiando o pedido na frente do espelho. E, embora já calculasse que mais cedo ou mais tarde ele a pedisse em casamento, naquele momento não soube o que dizer. Olhou seriamente para Zeca, bebeu um gole de vinho, observou o céu luminoso, no qual brilhava uma lua quase cheia, e seu silêncio fez Zeca pensar que ela estaria refletindo em sua proposta, o que não correspondia de forma nenhuma ao vazio total que havia na cabeça dela.

— Pode ser que tenha sido pega de surpresa... – disse Zeca, que, como muitas outras pessoas, não gostava do silêncio.

— Hum, bom. Sabe que eu gosto de você, Zeca. Mas seu pedido chegou assim meio de repente. Dê-me um tempo para pensar, pode ser? Gostaria de refletir sobre o assunto com calma. Uma decisão como esta tem de ser bem pensada; não pode ser tomada sob os efeitos do álcool, embora me sinta muito lisonjeada.

O cheiro das plantas e da terra de que Fernanda tanto gostava subitamente pareceu-lhe tão intenso naquele abafado ambiente tropical, que sentiu um desagradável nó no estômago. A lua, grande e branca, parecia estar rindo dela; os rangidos e os sussurros das árvores, que normalmente a acalmavam, pareceram-lhe de repente inquietantes. Fernanda não se sentia bem, e seu dente continuava doendo.

Usando as poucas forças que lhe restavam, tinha conseguido se livrar de Zeca sem ferir demais o amor-próprio do rapaz. Ele levou de volta a caixinha e a promessa dela de tomar uma decisão antes do fim de semana. Quando Zeca partiu, Fernanda vomitou. E então, apenas duas horas depois, apareceu Félix, que nem se deu conta de suas olheiras, do seu silêncio e da sua expressão triste; só queria saber de lhe contar sobre seus tolos probleminhas. E ela ainda não havia consertado a bainha de sua saia preferida.

Quando Félix afastou a cortina que separava a sala do quarto de Fernanda, assustou-se. Fernanda estava sentada na beirada da cama, aos prantos, ao lado de monte de roupa. Quando reparou que Félix havia entrado, ela cobriu o rosto com as mãos e rompeu em soluços. Félix sentiu-se totalmente impotente perante aquela pobre moça que limpava o nariz com as costas da mão e o fitava com olhos inchados e avermelhados. Sentou-se perto de Fernanda e a abraçou. Mas, pelo visto, foi a reação errada, uma vez que ela começou novamente a chorar e ainda com mais intensidade.

– Sabe, Félix? Não foi só você que teve um dia intenso – disse enfim. – O meu também foi.

Ele a olhou sem entender.

– Não é preciso fingir interesse. Pode ir embora ver se José está deitado em vez de andar por aí, dando voltas pelo bairro com seu uniforme de cocheiro.

Mas Félix estava tão alarmado com a situação de Fernanda que não queria ir embora sem uma explicação. Olhou para ela com carinho, limpou-lhe uma lágrima do rosto e esperou. Passados alguns instantes, atreveu-se a abraçá-la de novo. E, quando pouco depois pegou seu rosto com ambas as mãos para tentar beijá-la, ela se afastou, levantando-se.

– Não vá embora sem que eu lhe diga o que me aconteceu hoje. Bom, isto é o mais importante: vou me casar.

Dessa vez foi Félix quem teve de lutar contra as lágrimas. Aquilo, pensou, era demais para um dia só!

XXVI

JOÃO HENRIQUE DE BARROS DESSA VEZ ESCOLHEU um caminho diferente para ir até o Campo de Santana. A rua da Alfândega era muito concorrida. Não queria que ninguém o visse naquele lugar, sequer os antigos escravos de seus amigos. Durante o dia, o Campo de Santana era um pequeno parque muito agradável no qual os políticos do edifício vizinho do Senado esticavam as pernas na hora de almoço, ou jovens mães davam comida aos patos do lago juntamente com seus filhos e as babás, e as matronas se sentavam à sombra das árvores com seus grandes agasalhos, admirando a gruta artificial. Mas os frequentadores mudavam no fim da tarde. Nessa hora, pessoas decentes não punham os pés no parque, a não ser que estivessem à procura de uma aventura proibida: o quartel-general ficava em frente ao Campo de Santana, e tanto homens como mulheres, brancos ou negros, satisfaziam todas as necessidades imagináveis dos soldados no parque.

Quando João Henrique chegou com uma hora de atraso ao seu encontro no Café Francisco, estava de muito bom humor. Sua aparência era impecável, como sempre. Nem uma única prega na roupa, tampouco um fio de cabelo fora de lugar na cabeleira perfeitamente penteada revelavam que tinha acabado de ceder à sua fraqueza. Se seus amigos descobrissem, o excluiriam imediatamente do círculo de amizades.

– Então, João Henrique, o que lhe aconteceu de tão agradável para estar com essa cara de felicidade?

Pedro aproximava-se da mesa onde o amigo estava sentado com um copo de xerez. Pôs a carteira na mesa de mármore, desabotoou o casaco e deixou-se cair na cadeira, soltando um enorme suspiro.

– Meu Deus, está calor demais para essa época do ano! – continuou, sem esperar pela resposta. – Rapaz traga-me um copo grande de limonada, por favor!

Pedro tirou um lenço do bolso e enxugou o suor da testa.

– Não está assim tanto calor. Você tem essa sensação porque trabalha num lugar horrível, onde não abrem as janelas e ficam todos prestes a morrer asfixiados.

– Você está enganado, João Henrique. Morreríamos asfixiados se abríssemos as janelas. Não faz ideia do cheiro que entra de fora. Aquele mercado cheira tão mal que acho que nunca mais voltarei a comer peixe na vida. Fico horrorizado só de pensar que talvez possa vir de lá, o que é bastante provável. É difícil até comer o bacalhau cozido na Quaresma, e, se como, é para não ofender dona Alma e Luíza, que se orgulham muito da sua receita.

– Não compreendo. Sua irmã é imensamente rica, e você trabalha como um escravo? Eu próprio me beneficio da generosidade de Vitória; até mesmo esse tal Rogério não tem nenhum pudor em aceitar o dinheiro de sua irmã. Só você, o próprio irmão dela, trabalha numa pocilga imunda e permite que o explorem em troca de um salário miserável.

– Deixe isso pra lá, faça-me o favor. Já lhe expliquei um milhão de vezes por que não quero o dinheiro de Vita. Ela mantém a Boavista por minha causa, que haverei de herdá-la um dia. Acolheu nossos pais, um sacrifício que eu não teria feito. Paga os meus empregados para que Joana e eu possamos continuar vivendo como antes. Sou muito grato a ela por tudo isso. Mas ainda tenho algum orgulho, e, enquanto tiver duas mãos para trabalhar e uma cabeça para pensar, não vou ficar de braços cruzados e deixar que me sustentem. Estou satisfeito de ter encontrado este emprego depois de o Ferreira ter falido. A única alternativa seria ir para Santos, onde se embarca o café da região de São Paulo. Mas, sinceramente, prefiro ficar no Rio, onde vivem todos os meus amigos e minha família.

– Não entendo onde arranjou essa ideia de trabalho tão inglesa, um homem como você, de clara ascendência portuguesa. Não parece bem desempenhar determinados trabalhos. Tenho certeza de que sua irmã acharia melhor que se dedicasse a tarefas mais apropriadas à sua categoria.

– Refere-se a administrar meus bens, subornar políticos ou ser proprietário de uma quadra de cavalos de corrida? Ai, querido amigo, esses tempos já eram!

– Que tempos? – perguntou Aaron, que chegou naquele momento com o casaco manchado e o cabelo desalinhado.

– Os velhos tempos; quais haveriam de ser? – respondeu João Henrique. – Você é o único que não mudou. – Olhou para Aaron da cabeça aos pés com uma expressão de desprezo. – Continua a ser o rapaz maltrapilho do gueto russo.

– E você continua a ser o mesmo vigarista de antigamente. Como está sua amiga íntima, a princesa Isabel?

Pedro revirou os olhos. Não, aqueles dois não haviam mudado. Tinha sido uma tolice de sua parte voltar a marcar algo com eles depois de tanto tempo. Pensou que estariam mais maduros, adultos e razoáveis; que seus dois melhores amigos talvez tivessem reconhecido enfim as qualidades um do outro. Que ideia tão absurda: os dois seriam sempre como cão e gato!

Admirou-se com a aparência de Aaron. Nos dois últimos anos, o amigo andava sempre perfeitamente vestido e penteado. Hoje, em contrapartida, parecia que um caminhão havia passado por cima dele.

Aaron interpretou corretamente os olhares de Pedro.

– É aquele cão, o Sábado! Ele me deixa maluco! Não para de saltar em cima de mim e de me lamber o rosto.

– Isso acontece porque você tem cara de cachorro – disse João Henrique. – Ele acha que é um deles.

Aaron não lhe respondeu; em vez disso, continuou falando com Pedro, que não conseguiu evitar um piscar de olhos divertido.

– Eu o prendi lá fora, mas não sei se a coleira aguenta com aquela fera.

– Agora Vita também lhe pede que tome conta do Sábado, além dos negócios? Pode se dar por satisfeito, Aaron. O animal é tudo para ela.

– Vita tinha hoje uma reunião importante no banco, e não podia levar o cão. Como queria ir direto do meu escritório, sem perder tempo de levar o cão para casa, ela o deixou comigo.

Em parte, era verdade. Aaron havia insistido para que Vita deixasse o cão com ele, pois precisava de um pretexto para vê-la naquele mesmo dia à tarde. Quando tratavam de negócios durante o horário de trabalho, Vita sempre falava pouco, normalmente tinha pressa e eram observados por muitos olhos. Em contrapartida, à tarde, quando sua ajudante e os criados já tinham ido embora, e Vita e ele dispunham de mais tempo, Aaron aproveitava para se sentar com ela e comentar com calma as transações comerciais, calcular os lucros, beber um café e até mesmo jogar xadrez. Aaron tinha conseguido que ela relembrasse os conhecimentos esquecidos do jogo em seu próprio interesse, uma vez que não encontrava adversário à altura. Tal como calculava, foi tão boa aluna e tinha uma capacidade tão extraordinária para o jogo, que por vezes chegava a ganhar dele. E Aaron, que habitualmente era um péssimo perdedor – ele só jogava para ganhar –, ficava muito satisfeito quando Vita ganhava. Ele se mostrava muito orgulhoso, e os brilhantes e inteligentes olhos azuis enchiam-se de amor. Sim, só para ver a decidida e fria expressão do rosto dela antes de dar o golpe mortal em seu rei, valia a pena receber um xeque-mate.

– Só falta o nosso nobre libertador de negros, e assim o velho grupo ficaria completo – disse João Henrique, e espantou uma mosca com um gesto elegante.

– Não fale dele nesse tom – repreendeu Pedro. – León é meu cunhado.

– Oh, tinha me esquecido. Estava praticamente convencido de que o marido de sua irmã estava aqui conosco. – Olhou para Aaron com desprezo. – Embora sempre achei que a querida Vitória tivesse mais bom gosto.

– Dizem que você é bom médico, mas eu tenho sérias dúvidas. Se não sabe distinguir entre um estúpido boato que pessoas invejosas fizeram circular e a realidade, então é bem provável que não esteja em condições de distinguir entre uma senhora que finge e um doente real.

Aaron estava disposto a não se deixar provocar por João Henrique. Mas a maldade da parte dele era cada vez maior, e sua paciência, cada vez mais escassa. Seu tempo era valioso demais para ser desperdiçado com charlatães idiotas.

– Reconheço quem é falso já no primeiro olhar. Mas às vezes ouço essas pessoas, tal como faço com os boatos. Eles costumam ser muito interessantes e divertidos.

– Se não tem outra coisa com que se entreter...

– Já chega! – Pedro deu um murro na mesa, que balançou. – Dois homens educados portando-se como dois galos que brigam em frente à cabana dos escravos!

Aaron e João Henrique se entreolharam sem saber o que dizer, desconcertados com a reação do amigo. Ambos sabiam que Pedro era uma pessoa equilibrada e amável, um homem que falava sempre num tom moderado. Nunca o tinham visto exprimir seus sentimentos aos gritos, e muito menos num local público, onde podia ser ouvido por algum conhecido. Quando Pedro se zangava, falava num tom categórico, mas sem gritar. Quando estava magoado ou triste, fechava-se em si mesmo, sem provocar nem se enfurecer com o causador do mal-estar. E, quando outras pessoas discutiam em sua presença, normalmente Pedro tentava mediar a discussão, para que ambas as partes se entendessem. Aaron e João Henrique por vezes achavam sua necessidade de harmonia um pouco exagerada, e ambos pensavam que suas ideias morais estavam um tanto desatualizadas, embora isso desse a Pedro um charme especial. Era muito honesto, absolutamente decente, com personalidade forte, conservador não por convicção política, mas porque era seu modo de ser. Que Pedro se exaltasse tanto por causa de uma pequena disputa entre os amigos, cuja desavença ele já conhecia havia muito tempo, surpreendeu os dois.

João Henrique foi o primeiro a falar.

– Talvez devesse pensar em mudar de local de trabalho. O clima dali parece ter lhe afetado. Além disso, vou lhe dar um conselho médico: tome um uísque depois da limonada.

– É a primeira frase acertada que ouço este médico vigarista dizer – falou Aaron. – Eu também vou tomar um copo. Junta-se a nós, João Henrique?

Passaram a hora seguinte conversando sobre coisas sem importância e contando piadas, obrigados pela disposição do amigo a manter uma paz aparente. Quando já estavam no quarto uísque e os três já começavam a contar anedotas picantes, chamou-lhes a atenção um pequeno rebuliço na entrada do estabelecimento. Então ouviram latidos furiosos e viram como um garçom deu um passo atrás assustado e estava prestes a cair no chão. Ouviram-se copos se quebrando, uma mulher gritando, e uma cadeira tombou para trás. Sábado se aproximou deles com apenas dois ou três saltos, arrastando a coleira com uma argola enferrujada na ponta. O cão estava entusiasmado por ter encontrado Aaron. Saltou para cima dele, pôs as patas da frente em cima de seus joelhos e lambeu-lhe o rosto.

– Oh, não! – Aaron se afastou. Já era suficientemente ruim ter aquela criatura o perseguindo, mas encostar-lhe o focinho no rosto de maneira tão abrupta era demais. – Sentado!

O cão não lhe deu a mínima. João Henrique contemplava a cena sorrindo, enquanto Pedro agarrava a coleira e tentava fazer o cão deixar Aaron em paz.

O garçom aproximou-se da mesa deles e, com a pouca dignidade que lhe restava após o ataque da criatura, explicou-lhes que não se admitiam cães naquele estabelecimento.

– Não é um cão – disse João Henrique, gaguejando ligeiramente. – É um touro.

– Por favor, senhor! Também não se admitem touros.

– Exceto no cardápio – deixou escapar Aaron, disfarçando o riso.

Pedro, Aaron e João Henrique trocaram olhares e desataram a rir. O garçom fez um esforço para manter o controle. Não podia mandar os três homens embora – dois dos quais eram clientes habituais e, além disso, pertenciam à alta sociedade do Rio – como se fossem desordeiros quaisquer.

Entretanto, Sábado tinha abandonado Aaron ao descobrir uma coisa mais interessante: estava em cima da mesa lambendo gotas de limonada que tinham caído do copo.

– Este touro é nosso convidado. E, como o senhor está vendo, está com sede. Traga-lhe um uísque, por favor.

Pedro observou a cara de consternação do garçom e desatou a rir novamente. Os amigos fizeram o mesmo. Sábado continuou lambendo a mesa e abanando a cauda sem parar, esquecendo sua boa educação.

Ninguém percebeu que Rogério havia entrado no café. Como sempre, estava à procura de pessoas importantes, com as quais gostava de ser visto para assim fortalecer sua posição. Que sorte!, pensou ao ver Pedro e os amigos num canto. Um médico conhecido, um homem de negócios nobre... não era como a companhia de eminentes milionários ou artistas famosos, mas era perfeita para manifestar seu patriotismo. Animado, dirigiu-se ao encontro do grupo, quando um cão que ele identificou como sendo Sábado, o cão de Vitória, passou por ele como um relâmpago. Em sua coleira estava pendurado um objeto metálico que fazia um enorme barulho ao bater nos azulejos artisticamente decorados. Rogério ficou parado no meio do café observando o penoso espetáculo que o cão e os três homens davam. Deu meia-volta antes que o vissem. Era melhor que não o relacionassem nunca a tais sujeitos.

– Rogério! – ouviu Pedro gritar, mas o ignorou.

Pedro, Aaron e João Henrique viram como se ele afastava apressadamente do café.

– Era ele, ou será que já estou vendo fantasmas? – perguntou Pedro aos amigos.

– Claro que era ele. Aquele casaco horrível que ele pensa ser moderno é inconfundível – disse João Henrique, erguendo o copo. – Ao feliz incidente que nos livrou daquele sujeito!

Pedro brindou com ele.

– Talvez não queira ser visto com bêbados como nós.

– Azar o dele – opinou João Henrique. – Com este tumulto, o Rio inteiro o teria visto em nossa companhia e pensaria que é nosso amigo. Seria o melhor que podia lhe acontecer.

Também Aaron ergueu o copo e brindou com João Henrique e Pedro.

– À saúde do touro! A Sábado!

O cão deu um salto ao ouvir seu nome, voltando a se lançar sobre Aaron, e não houve quem o impedisse de demonstrar seu carinho. Só quando os três amigos foram embora, seguidos pelo olhar de alívio do garçom e dos outros clientes, é que o cachorro voltou a se portar como um animal educado e saiu preso pela coleira. Aaron podia ter jurado que na cara dele se podia ver um sorriso maldoso.

Pedro levou os amigos na sua carruagem, apesar dos vários protestos e de lhe dizerem que assim ia dar uma volta enorme. Não era movido por altruísmo, e sim pelo mais puro egoísmo: Pedro aproveitou o pequeno luxo de viajar sozinho do sul da cidade até São Cristóvão. Depois de deixar Aaron e Sábado no Flamengo e João Henrique no Catete, olhou pela janela e inspirou o ar fresco da tarde. Havia começado a chuviscar. O cheiro dos paralelepípedos molhados misturou-se ao das árvores e à brisa do mar. Pedro fechou os olhos. Que agradável sentir o ar no rosto! E que bom ter alguns minutos só para ele! Mas aquela deliciosa sensação não durou muito. A consciência do dever impôs-se de novo acima de tudo. Joana ficaria preocupada se chegasse em casa cheirando a álcool e com o cabelo molhado. Enfiou a cabeça para dentro, secou o rosto com um lenço e procurou no porta-moedas os comprimidos aos quais sempre recorria em ocasiões como aquela.

Joana não se deixou iludir, mas preferiu não fazer qualquer comentário. Havia vários meses que vinha observando em Pedro uma transformação que não lhe agradava nada. Estava cada vez mais irritadiço e volta e meia se zangava até com os criados. Aborrecia-se com qualquer coisa insignificante em que antigamente nunca teria reparado, como a carne estar ligeiramente passada demais ou Maria do Céu não ter o avental bem-arrumado. Nesses momentos, não era nem injusto nem ofensivo, e, comparado com outros homens, Pedro continuava a ser um exemplo de serenidade. Mas Joana notava os pequenos sinais de mudança. Pensou, tal como João Henrique, que a causa era o emprego do marido, uma vez que sabia que ele o odiava.

– Hoje tenho vontade de comer algo mais forte – disse para Joana quando Maria do Céu serviu o almoço, que consistia em consomê e legumes. – Já não aguento mais esta "comida leve de verão", como você diz. Gostaria de salsichas com batata frita, purê de mandioca, presunto. Afinal de contas, não estamos no verão.

– É pra já. O senhor é quem manda.

Joana olhou para Pedro com certo desprezo. Ele começava a ficar com uma ligeira barriga e, se continuasse a comer e a beber tanto – era evidente que ingeria cada vez mais álcool –, em breve teria o mesmo aspecto do senhor Alves.

– Ai, Joana, não olhe assim para mim. Este emprego está acabando comigo; meus nervos precisam de alguma gordura. Quando passar esta fase, voltarei a apreciar sua "comida leve de verão".

Mas, no íntimo, Pedro sabia que não era uma fase difícil que em breve seria superada. Enquanto achou que no futuro seria um poderoso barão do café, não se importou de trabalhar arduamente com o comissionista Ferreira. Tinha sido uma distração excêntrica, um *spleen*, como dizia Charles Whiterford. Era fácil aguentar escritórios asfixiantes quando se sabia que era um trabalho provisório; quando no futuro estaria em amplos salões bem arejados e montado em um puro-sangue. Tinha sido uma experiência extremamente enriquecedora fazer amizade com colegas que possuíam menos formação e dinheiro do que ele, mas era desanimador pensar em passar o resto da vida, dez horas por dia, com homens que não viam diferença entre um Sauternes e um Sancerre. Tinha achado divertido demonstrar seu talento para os negócios, mas não era um trabalho que quisesse continuar a desenvolver durante os trinta anos seguintes, sobretudo quando os lucros acabavam no bolso do patrão.

– Venha – disse, pegando a mão de Joana –, vamos procurar alguma coisa apetitosa na cozinha. Luíza vai ficar contente em ter um motivo para nos repreender. E também vai ficar satisfeita de ver que alguém aprecia seus bolinhos gordurosos de mandioca.

Luíza, a velha cozinheira da Boavista, admirou-se em ver seus senhores entrando pela cozinha quando ela já ia preparar o cachimbo que fumava sempre no pátio ao acabar o trabalho.

– Sinhô Pedro, sinhá Joana, por que me pregam estes sustos, meninos?

Os "meninos" olharam um para o outro e riram como se tivessem aprontado alguma arte. Conheciam-na tão bem! Como Pedro havia dito, ela ficou muito satisfeita em poder preparar seus bolinhos de mandioca recheados com uma saborosa pasta de carne. Pedro e Joana a observaram enquanto cozinhava, e Joana apertava a mão de Pedro, como querendo lhe dizer que tudo daria certo.

Comeram os pequenos e gordurosos bolinhos de pé, na cozinha; depois lamberam os dedos e tiveram de ouvir o sermão de Luíza sobre a perda dos bons costumes em geral e a falta de respeito dos jovens em particular. Sabiam que Luíza estava feliz de tê-los na cozinha, e também sabiam que, uma vez que tivessem acabado de comer, ela lhes prepararia uma caneca de chocolate cremoso. O chocolate quente era o remédio milagroso de Luíza para todo tipo de males, tanto físicos quanto espirituais, e, na verdade, a bebida quente atuou como um bálsamo no estado de espírito desanimado de Pedro.

Quando Pedro acabou de raspar com uma colher o chocolate doce e espesso do fundo da caneca, deu em Luíza um abraço e um beijo no rosto.

– Se não fosse você...!

– Ah, Pedro, não diga bobagens! Vocês só ficaram comigo por compaixão. E me fazem trabalhar, eu, uma velha inútil, mais arduamente do que se estivesse no campo.

Luíza costumava ser muito brusca quando se emocionava. O bom Deus tinha tratado dela melhor do que merecia.

Quando Eduardo e Alma da Silva se mudaram para o Rio para viver com Vitória, Luíza e José foram com eles. Naquela época, algumas pessoas se desfizeram de seus velhos escravos, aliviados porque a nova organização da sociedade os havia libertado da responsabilidade de tratarem dos negros velhos, fracos e doentes. Mas Luíza sabia que seus patrões haviam se portado realmente bem com eles. A José, de quem por mais que gostassem não conseguiram arranjar lugar na casa de Vitória, pagaram uma generosa renda vitalícia que lhe permitia levar uma vida sem preocupações. Ele vivia com Félix, que tinham encontrado com a ajuda de León, mas de vez em quando visitava Luíza e lhe fazia a corte, o velho conquistador. A ela, que apesar da idade continuava a ser uma pessoa robusta e ativa, arranjaram-lhe trabalho na casa de Pedro. Luíza achou que era uma grande sorte, uma vez que renda nenhuma do mundo podia lhe dar mais satisfação do que a expressão do seu querido Pedro quando provava seus pratos.

– Esta mulher é realmente uma bênção – disse Joana enquanto tomavam um licor no sofá da sala. – Embora eu ache seu chocolate doce demais.

– O quê? Pode é se dar por satisfeita por ela não pôr pimenta. Antes costumava fazer isso, quando eu era pequeno, pois achava que a pimenta era uma especiaria muito saudável e requintada. Também dizia o mesmo do cravo, da canela, do coentro, da baunilha e do louro. Todos os pratos que ela fazia, até as sobremesas, tinham o mesmo sabor.

Joana sorriu carinhosamente para Pedro. Era por isso que ele gostava tanto das misturas fortes de especiarias!

– Até o dia em que minha mãe contratou um cozinheiro francês e deixou Luíza outra vez como ajudante. Foi demais para ela. Luíza observou o homem atentamente, conseguiu incomodá-lo com sua simplicidade na cozinha e imitou a arte dele tão bem que pôde voltar a trabalhar novamente como cozinheira. Mas eu acho que ela ainda hoje acredita que suas criações daquela época eram melhores. Sei que ela põe pimenta no próprio chocolate.

Joana riu e contou-lhe dos tempos das comidas que lhes preparava o cozinheiro indiano em Goa. Então Pedro contou-lhe o episódio engraçado de sua visita a um acampamento indígena, onde teve de comer com as mãos uma pasta indescritível servida em folhas de bananeira. Passaram assim pelo menos uma hora. Trocaram lembranças de infância numa atmosfera relaxada, recordações de uma época em que eram amigos de crianças negras ou mestiças, cujas cabanas eram bem mais interessantes do que suas belas casas; anos em que estudavam as baratas gigantes ou os peixes mortos à beira de um lago e voltavam dos passeios com pássaros feridos; tempos que Joana relacionaria para sempre com o cheiro de podridão das redes de pesca e Pedro, com o odor adocicado dos frutos do café postos para secar.

– Aquelas fileiras perfeitas que se dispunham no pátio sempre nos incitavam, a Vita e a mim, a correr entre elas para estragar sua simetria. Nem imagina a quantidade de moscas que espantávamos assim! E como éramos perseguidos pelo escravo encarregado daquilo, o Carlos, quando nos apanhava! – Pedro olhou tristemente para Joana. – Mas tudo isso acabou. Para sempre. Se algum dia tivermos descendência, nossos filhos não vão saber nunca o que é brincar às escondidas num cafezal.

– É isso que o preocupa tanto ultimamente? O fato de não termos filhos?

Joana viu imediatamente que era o momento oportuno para falar com o marido sobre suas preocupações. Já tinha lhe perguntado várias vezes o que o atormentava, mas ele sempre dava respostas evasivas. Agora que a melancolia se apoderava dele, que o álcool lhe soltava a língua e que seu estado de espírito estava um pouco mais tranquilo graças ao chocolate, ele seria capaz de falar.

– Claro que eu gostaria de ter filhos, talvez até mais do que você. Mas isso pode esperar. É melhor não os termos já. Temos preocupações suficientes.

– Temos?

– Meu emprego horrível. Meu salário ridículo. Nossa dependência de Vita. A depressão dos meus pais. Esta casa com os móveis deles, que me provocam pesadelos, e o fato de não podermos vendê-los porque não são nossos. Frustrações como as que vimos no caso do Rogério. A crescente violência nas ruas do Rio, onde já não se está em segurança devido aos escravos livres. E, para finalizar, as atividades indecentes de Vita, que provocam olhares tortos das pessoas. É demais!

– Está cansado de tanto trabalhar. Quando for promovido e ganhar mais dinheiro trabalhando menos, vai voltar a ver as coisas de maneira mais positiva.

– Não, acho que não.

– E por que esse pessimismo? Somos saudáveis, temos um teto que nos abriga e comida que nos baste. Mais do que suficiente... – Joana deu palmadinhas na barriga de Pedro. – Temos um ao outro. O resto não importa.

Pedro sacudiu a cabeça. Ela nunca o compreenderia. Por vezes suspeitava de que Joana até estivesse satisfeita de levar agora uma vida mais modesta do que antes. Ela não se familiarizava com a sutil linguagem secreta da alta sociedade, com suas intrigas e refinamentos, e assim não tinha necessidade de aprendê-los. Joana, com aquele espírito livre que no início do casamento ele tanto admirava, era incapaz de se pôr no lugar dos outros, e como tal não conseguia valorizar nunca os danos que causavam os boatos mal-intencionados.

– Claro que o resto importa! Eu pelo menos não quero perder meu bom nome, além da herança. Os boatos sobre Vita nos afetam. E não acho que a fortuna dela lhe dê o direito de influenciar desta maneira a vida dos outros. Temos de aguentar tudo isso só porque somos pobres? Sabe, Joana, tudo isso é nojento.

– Vocês todos parecem se esquecer de como Vita ainda é jovem. Ela devia sair mais, dançar, divertir-se. Em vez disso, carrega a responsabilidade por toda a família, aguenta resignada a falta de disposição de dona Alma e o senil desejo de jogar do seu pai. Tem de suportar as maldades de León e, além disso, as recriminações da própria família. Acho admirável que ela ainda não tenha feito as malas e viajado para a Europa... sozinha, claro. Merece que todos nós lhe concedamos férias.

– Dessa maneira sua reputação ficaria completamente arruinada. Todos iriam pensar que estaria se divertindo com um conde polaco na Riviera, gastando alegremente seu dinheiro no cassino.

– E daí? O marido dela diverte-se em pleno Rio de Janeiro com modistas francesas, se é que é verdade o que a Loreta diz. E ela pode fazer o que quiser com sua fortuna. Além disso, com o jeito que tem para dinheiro, com certeza ganharia na roleta.

Pedro não compreendia a mulher. O que aconteceu com a Joana que o admirava, o apoiava e incentivava? De onde surgiam subitamente aquelas ideias libertinas, tão opostas à sua maneira de pensar? Esse era outro problema que tinha de acrescentar à sua lista de preocupações, pensou Pedro. Como podia explicar que todo aquele discurso de igualdade dos direitos da mulher, por muito razoável que fosse em alguns aspectos, o irritava? Havia coisas mais urgentes do que o direito das mulheres ao voto, que Joana acreditava ser possível de se conseguir com a proclamação da República, e isso aconteceria logo. Mas para quê?, questionava-se Pedro. O único objetivo das mulheres modernas parecia ser uma vida sem espartilho, e não havia político nenhum que defendesse isso, embora, em particular, gostassem das mulheres liberadas. Pedro pensou então no que tinha acabado de ouvir sobre León. Ora! Que ele tivesse um ou outro caso, ninguém tinha nada a ver com isso, desde que as mulheres estivessem casadas e o caso se mantivesse secreto. Uma amante até que ficava bem a um cavalheiro da alta sociedade. Mas, se aparecia em público com outras mulheres, além disso solteiras, tinha ido longe demais. Um cavalheiro não submetia a esposa a tal humilhação... nem se expunha ao perigo de ter filhos ilegítimos.

— O que Loreta lhe contou exatamente? — perguntou a Joana, franzindo as sobrancelhas.

— Ah, provavelmente são bobagens, uma realidade falsa e deformada.

— Não fuja do assunto. Fale.

— A Loreta só me disse o que Charles ouviu dizer no clube, por um amigo que não conhece León pessoalmente, mas que o viu no teatro em companhia de uma bela francesa.

— E essa mulher se diz "modista"...?

— Isso mesmo. Mas nós dois conhecemos León. Sabemos que ele gosta de se dar com pessoas extravagantes e que se diverte provocando os outros. Ele só quer zombar dos nossos preconceitos, Pedro.

— E você ainda por cima o defende. Você, que acaba de me contar que ele é infiel a Vita e que isso dá a ela carta branca para se comportar da mesma maneira.

— Mas ela não o faz! A ânsia das pessoas em bisbilhotar a vida dela transformou-a numa pessoa maldosa, algo que ela não é. Acha mesmo que ela tem alguma coisa com Aaron? Ou com o fracassado do Rogério? Não. E por certo lhe faria muito bem voltar a ser beijada.

Pedro olhou para a mulher estupefato. Dessa vez tinha ido longe demais na defesa dos erros de outras pessoas. Podia compreender que Joana tomasse o partido de pessoas das quais qualquer um ria: o irmão com suas ridículas tentativas de voar; o velho amigo Álvaro, que era fotógrafo e trabalhava com "imagens em movimento"; ou aquela tal Chiquinha Gonzaga, uma mulher que alegadamente tinha abandonado o marido para se dedicar à carreira musical. Também se mostrava compreensivo com os atos de caridade dela, como o trabalho para melhorar as condições de vida dos loucos numa instituição nos arredores da cidade ou as aulas de violino que dava gratuitamente numa escola para crianças carentes. Havia aceitado o inexplicável fascínio dela pelo folclore indiano e tinha de aguentar diariamente a visão de uma horrível estátua de Ganesha na varanda. Mas a excentricidade de Joana tomava proporções que ele não conseguiria aguentar por muito mais tempo.

Aonde iria parar tudo aquilo? Além de todos os seus problemas, tinha também de se preocupar com o estado mental da mulher?

Joana pensava naquele momento algo muito semelhante. Deveria se preocupar com a saúde mental de Pedro? Seriam seus medos e tristezas sintomas de um mal incurável?

Olhou para o relógio. Já passava das onze. Estava na hora de ir para a cama... e fazer com que Pedro pensasse em outras coisas.

XXVII

SEU ENCONTRO COM ROGÉRIO TINHA DURADO MEIA HORA, mas ainda agora, três meses depois, continuava a dar o que falar na cidade. Alguns mencionavam um romance frustrado, outros diziam ter ouvido falar de um amor proibido, e fontes bem informadas sabiam de pais que eram inimigos e de um escandaloso sequestro da noiva no altar, de onde teria ido direto para a cama do tristemente célebre abolicionista León Castro. Era o argumento dos romances baratos que as velhas liam às escondidas, guardando os finos caderninhos em seus grandes livros de orações. Nem Rogério, que surgia nas fantásticas especulações, nem Vitória, que não se dava o trabalho de comentar esses boatos, fizeram nada a respeito. A verdade era muito vulgar e bastante embaraçosa para ambos, a ponto de preferir se abster de qualquer comentário.

Quando foi com os pais à casa de Pedro, Rogério dedicou-lhe exatamente trinta minutos antes de lhe pedir um empréstimo sem juros de quinhentos mil-réis. Trinta minutos nos quais lhe lançou olhares ardentes, lhe fez elogios e a iludiu, seguindo todas as regras da arte da sedução. E ela tinha caído na conversa dele! Voltou a se sentir desejada, despreocupada e bonita, e deixou-se levar pelo charme de Rogério e pela sua "trágica aura". Meu Deus, ela sabia melhor do que ninguém que bastava acender a vaidade de uma pessoa para conseguir o que quer que fosse dela! Vitória fazia isso com banqueiros, burocratas e investidores da Bolsa, e dominava a arte como ninguém. Mas, apesar de tudo, deixou-se enredar pelos truques de Rogério, que comparados aos seus eram bastante simples.

Emprestou-lhe o dinheiro, frustrada pelo fato de, aparentemente, já não atrair os homens pelo seu charme, e sim pela grande conta bancária. Sabia que não voltaria a ver aquele dinheiro, mas não imaginava que todos demorariam tão pouco tempo para ficar a par daquela questão. Rogério mandou fazer roupas novas, comprou uma bela carruagem, mudou-se para uma enorme casa na melhor área de Botafogo. O resto investiu de forma imprudente em papéis de risco e sociedades ferroviárias inexistentes... e perdeu tudo. Mas não pareceu se importar. Continuou a viver com abundância, e arranjava sempre quem lhe emprestasse dinheiro ou quem o colocasse nas suas mãos para que, como "perito da Bolsa", lhe conseguisse grandes lucros.

O homem obtinha dinheiro em todas as casas respeitáveis do Rio dizendo que era "bom amigo" de Vitória, insinuando que era amante dela. Era visto em todas as recepções, em todas as festas, em todos os bailes, e nunca pagava sequer um almoço. Era incrível como as pessoas acreditavam em tudo. Uma boa apresentação – casa no lugar apropriado e uma aparência bem cuidada – foi motivo suficiente para considerarem Rogério um jovem discreto que tinha perdido a fazenda, mas abriu caminho de forma admirável na capital. O fato de Rogério ser tão atraente e de dançar extraordinariamente bem facilitou-lhe as coisas. Partiu o coração de muitas moças inocentes, e das mães dessas moças também.

Mas a ambição das pessoas, o desejo de conseguir lucros rápidos com pouco investimento, era mais forte que a razão. Muitos disseram que Vitória tinha sido ferida em seu orgulho, que sentia ciúme ou que tinha o coração partido, sem lhe dar ouvidos. Rogério reforçou essas suposições e apelou para a solidariedade masculina. "Por favor, senhor Ribeiro, ambos sabemos que meios pode utilizar uma mulher infeliz..." Bom, pensou Vitória, se todos entregassem seu dinheiro àquele farsante, já teriam o que mereciam.

– Esse homem é um vigarista. Você tem de detê-lo – dizia-lhe León alguns dias antes, depois de um conhecido seu ter perdido uma quantia considerável por culpa de Rogério.

– Penso que essa deveria ter sido uma tarefa sua. Você não dá a mínima para a honra de sua mulher, que Rogério suja com mentiras, mas o faz agir o fato de um amigo ingênuo perder dinheiro.

– Nunca luto por uma causa que já está perdida.

Enquanto o casamento de Vitória tinha ficado apenas levemente danificado, mesmo sem ser por sua culpa, a monarquia estava irremediavelmente perdida. À exceção de Eduardo e Alma da Silva, ninguém mais acreditava na continuidade da dinastia imperial no Brasil, o que não invalidava que se fizesse tudo quanto era possível para ser convidado ao grande baile na ilha Fiscal.

Na pequena ilha, que ficava na baía de Guanabara, diante do pontão Pharoux, havia um pequeno palacete de estilo neogótico que, com suas pequenas torres, seus pináculos e as janelas ogivais, tinha tudo o que um brasileiro imaginava num castelo dos contos de fadas europeu. Esse castelo de cor verde-clara era para muitos a expressão máxima da elegância e a prova de que, arquitetonicamente, o Rio conseguia competir com Paris, embora para outros fosse um exemplo de mau gosto.

Entre esses últimos estavam Vitória e León. Tinham acompanhado de longe os trabalhos de construção e achavam que a criação infantil que surgia aos poucos na ilha representava um imenso desperdício do dinheiro que pagavam na forma de impostos. Mas, naquele momento, na tarde de 9 de novembro de 1889, tinham de admitir, apesar das críticas, que era um cenário grandioso para um baile. O palacete resplandecia à luz de sessenta mil velas e dez mil lâmpadas venezianas, e quem não se deixasse impressionar pelos salões decorados para a festa ficaria enfeitiçado com a vista sobre o Pão de Açúcar, a Igreja da Candelária e a cidade vizinha de Niterói, do outro lado da baía. Noventa cozinheiros e 150 garçons encarregavam-se de servir os mais de dois mil convidados, que mal cabiam na ilha. No interior do palacete havia mais pessoas do que às sextas-feiras na rua do Ouvidor, de modo que uma grande parte dos convidados ficou na parte externa, sob os arcos da entrada, no pátio e no embarcadouro. Os militares veteranos da guerra do Paraguai tinham posto o uniforme de gala; os civis estavam de fraque, colete, chapéu-coco e gravata branca. As mulheres tinham vantagem sobre os homens no que dizia respeito ao vestuário: os vestidos de gala, decotados e sem mangas, eram mais apropriados para as temperaturas de verão do que os trajes apertados masculinos. Uma ou outra senhora tinha inclusive renunciado às luvas compridas, embora todas tivessem um leque na mão, sendo essa outra vantagem em comparação aos homens, que também precisavam de ar, mas não podiam se permitir um acessório tão feminino.

Dado que oficialmente o baile era uma homenagem aos oficiais do barco chileno *Almirante Cochrane*, que havia atracado no porto do Rio duas semanas antes – o motivo extraoficial eram as bodas de prata da princesa

Isabel e do conde d'Eu –, Vitória Castro da Silva era uma das poucas convidadas que tinham acesso aos salões do primeiro andar: ela tinha tantas ações do Estado chileno que, se as vendesse, afundaria o país numa crise profunda. Mas, como mulher de León Castro, também poderia visitar as áreas reservadas à família imperial.

Vitória subiu com dificuldade a estreita escada em caracol que parecia conduzir ao topo de uma torre, mais do que a um suntuoso salão. Uma pequena graça do arquiteto, pensou. Era tão estreita que, com um vestido mais volumoso, não teria conseguido subir. Graças a Deus, a moda procurava naquele momento figuras magras, e o vestido cinturado de seda azul-claro de Vitória era compatível com aquela escada. Era tão ousado que teria acabado por ser indecente se o tecido e a cor não fossem de uma requintada inocência. A parte superior deixava os ombros praticamente nus, e uma faixa de seda bege formava sobre o peito e as costas duas meias-luas que tornavam sua cintura ainda mais estreita. A saia estava presa em um dos lados e deixava entrever outra camada de seda bege. Os sapatos de cetim azul-claro, as luvas também azul-claras, que lhe chegavam até a metade do braço, uma fita em crepe da mesma cor artisticamente inserida no penteado, um colar de água-marinha e um leque de filigrana de marfim completavam o vestuário, que assentava muito bem em Vitória. Os tons pastel da maquiagem davam transparência à sua pele, proporcionando-lhe um aspecto muito feminino. Além disso, o azul ressaltava-lhe os olhos.

León, que subia as escadas atrás dela, estava surpreso com a aparência da esposa. Fazia muito tempo que não via Vitória tão bonita. Ela quase não saía à noite e durante o dia costumava usar sempre saias de tons escuros e blusas brancas fechadas até em cima, como se tivesse de demonstrar às pessoas que renunciava a qualquer frivolidade e que havia conquistado um lugar no mundo das finanças. Ele, pessoalmente, achava aquilo uma estupidez, e além disso o incomodava, já que não queria ser visto como o marido de uma bruxa. Mas, enfim, todos já sabiam que o casamento deles era apenas de fachada.

Por instantes, ficou tentado a abraçar Vitória e enfiar a mão por baixo de sua saia. O vestido roçava nele tentadoramente, e cada degrau que ela subia lhe permitia ver seus delicados pés e tornozelos. Mas era melhor ficar quieto.

Podia fazê-la despencar escada abaixo, e isso o prejudicaria, tanto quanto às pessoas que vinham atrás.

Vitória achou a situação inadmissível. Dom Pedro II dava um baile num local onde não se podia andar de braço dado com o par, e tinha de se seguir um atrás do outro, como se fosse a escada dos fundos de um antro qualquer! Vitória sabia que a cabeça de León estava à altura da sua cintura, e também sabia perfeitamente o que se passava naquele momento nessa cabeça. Num impulso de mera sedução que ela própria não conseguiu explicar muito bem, levantou a saia um pouco mais do que o necessário e deu um movimento sensual aos quadris.

Já lá em cima, juntou-se rapidamente a um oficial chileno, enquanto a mulher de um ministro se inclinava sobre León. Vitória e o elegante oficial conversaram numa linguagem infantil pouco apropriada ao tema da conversa – os direitos de importação dos produtos chilenos –, uma vez que ele não falava português e ela mal sabia espanhol. Embora ambas as línguas fossem parecidas, era necessária muita fantasia e gestos para se fazerem entender. Quando pouco depois León se juntou a eles e cumprimentou o oficial num espanhol fluente, Vitória ficou francamente admirada. Sabia que León provinha de uma região na fronteira com o Uruguai, mas ouvi-lo falar assim era surpreendente. O espanhol era mais duro que o português, tinha outra cadência, não havia sons nasais, falava-se mais depressa, como que aos saltos. Os gestos e a voz de León alteraram-se de modo perceptível. Seus lábios tornaram-se mais finos, seu queixo parecia mais anguloso, e nos olhos escuros havia uma inquietante determinação. León parecia mais sério, mais impiedoso, mais cruel. Com seu brilhante cabelo preto, que, desafiando qualquer moda, ele usava comprido e preso num rabo de cavalo do qual se desprendiam algumas mechas que lhe caíam pelo rosto, León parecia um conquistador espanhol. Sim, uma língua diferente havia transformado León em outro homem.

Interessante. Como seria quando falava francês? Ou inglês? Será que se transformava num *gentleman*? Antes de Vitória conseguir encontrar uma resposta para essas perguntas, viram-se arrastados pela multidão até o imperador. Dom Pedro II, que governara o Brasil durante quase meio século, um homem engenhoso, interessado pela ciência, lembrou-lhe o pai. O imperador era velho, parecia fraco, e por trás da barba espessa julgou adivinhar uma profunda amargura pela ingratidão de seu povo, que não queria um monarca fragilizado. Vitória mal trocou três palavras com o imperador antes de ser novamente arrastada pela massa de gente.

– Está morrendo – disse León –, e todos aguardam impacientes. Depois de sua morte, a república será inevitável... poderá ser instaurada sem dificuldades.

– Que mesquinhez! Se eu fosse um republicano convicto, lutaria para alcançar meu objetivo; não ficaria de braços cruzados à espera da morte de um velho debilitado.

– Sim, você. Mas a maioria das pessoas não tem seu... espírito de luta. – Aquelas palavras soaram em sua boca como uma ofensa. – Mas o pior – continuou – é que os militares não esperam ansiosos a república por acreditarem nas ideias republicanas, e sim porque com ela pretendem conseguir um aumento de salário

– O que o leva, naturalmente, a esquecer suas ideias filantrópicas e a simpatizar com eles.

– Eles são úteis.

Meu Deus! Como pôde ter se esquecido de que ele era oportunista, interesseiro e egoísta? Uma pessoa que havia se casado por puro interesse não faria coisas muito diferentes pela sua carreira.

– Olhe, ali vem o senhor Mattos. Certamente ele também deve lhe ser útil.

Vitória deu meia-volta e deixou León com o terrível homem que, como presidente do conselho de administração de uma empresa de seguros, era bastante influente, podendo sua amizade ser muito vantajosa. Para Vitória, era indiferente o que o senhor Mattos pensava do fato de ela ir embora de modo tão pouco educado. Uns meses antes ele tinha insistido para que o marido assinasse um documento, porque ela, por ser "mulherzinha", não conseguiria compreendê-lo devidamente. Vitória decidiu não voltar a trabalhar nunca mais com o senhor Mattos.

Ela andou pelo pátio, cumprimentando alguns conhecidos, dando pequenos goles no ponche sem álcool e procurando alguém com quem valesse a pena conversar. Finalmente encontrou alguém que correspondia às suas expectativas e que, tal como ela, parecia estar sozinho.

– Senhor Rebouças, que surpresa tão agradável encontrá-lo aqui! Está sozinho?

– Não, vim com uma amiga. Mas ela gosta desta confusão e está por aí misturada com as outras pessoas.

– Enquanto isso, o senhor se mantém isolado e está aqui admirando a baía? Que prejuízo para a festa!

O homem sorriu-lhe amavelmente antes de voltar a olhar para o horizonte.

– Imagine que um dia uma ponte vai unir os dois lados da baía. Que não se demorará mais que meio dia para ir do Rio a Niterói margeando esta gigantesca baía. A distância entre os dois pontos mais próximos não é assim tão grande...

– Não, mas apesar de tudo, não acha ligeiramente exagerada a ideia de construir uma ponte desse tamanho?

– De acordo com o novo sistema métrico, a distância deve ser de uns quatro mil metros. Um dia, querida senhora Castro, haverá uma ponte assim, aposto o que quiser. Atualmente já se constroem pontes suspensas de quase quatrocentos metros; lembre-se da ponte do Brooklyn, em Nova York. E, tendo em conta a rapidez com que a tecnologia se desenvolve, não é absurdo pensar numa ponte Rio-Niterói.

Vitória continuava achando que o engenheiro devia estar maluco. Embora também soubesse que as pessoas pouco criativas achavam ideias inovadoras sempre uma loucura. Ela é que devia prestar atenção às visões de Rebouças, pois sabia o que era não ser levada a sério. E, no caso dela, não foi necessária uma grande visão do futuro para prever a ruína dos barões do café. Pensou na arrogância dos amigos e da família, e questionou-se sobre que outros obstáculos Antônio Rebouças teria tido que superar. O homem não só era extremamente inteligente, como também era mulato. O fato de, apesar dessas circunstâncias agravantes e dos enormes preconceitos que existiam contra os homens negros, ter se transformado num dos engenheiros mais prestigiados de seu tempo, ganhando com isso o respeito da princesa Isabel, dizia muito a seu favor. Por certo teve de trabalhar três vezes mais e era dez vezes mais inteligente do que seus colegas brancos. Vitória gostava de homens desse tipo, fosse qual fosse a cor da pele.

Naquele momento chegou a amiga do engenheiro, e Vitória quase ficou em estado de choque. A Viúva Negra! Aquela assombrosa mulher tinha conseguido um convite para o baile, enquanto seus pais ficaram em casa.

– Oh, a famosa sinhá Vita! – a Viúva Negra interrompeu o amigo, que queria apresentar as duas mulheres.

– Senhora Vitória Castro da Silva, se não se importa. Apenas meus amigos me chamam de Vita.

A Viúva Negra deixou a cabeça pender para trás e riu. Era uma mulher realmente bela, isso Vitória tinha de admitir. Seu cabelo havia sido cuidadosamente alisado, de modo que mal se notava sua origem africana. Podia ser uma beleza dos mares do sul ou de uma mulher oriental. Vitória perguntou-se qual seria o nome verdadeiro dela. Falava-se sempre da Viúva Negra, e já tinham passado vários anos desde que tinham se encontrado pela primeira e única vez. A melhor maneira de não cometer nenhuma gafe era ficar calada.

A solução não demorou a chegar.

– Claro! A querida Cordélia é uma velha amiga de seu marido.

Vitória não sabia muito bem a que ele se referia, mas quando ouviu o nome Cordélia não se conteve.

– Sim, claro, a querida Cordélia. Uma velha amiga. Agora ele prefere as mais novas.

Antônio Rebouças havia dado a deixa para aquela inesperada insolência contra a Viúva Negra. Mas bastou um segundo para lamentar que a ocasião a tivesse levado a sujar também o nome de León. Embora seu casamento fosse uma catástrofe e ela desprezasse o marido, certos problemas se resolviam no plano particular. Em público acabavam por se transformar em lixo.

No semblante da Viúva Negra refletia-se o triunfo que tinha acabado de obter com a resposta de Vitória, quando se aproximou um casal conhecido que reclamou toda a sua atenção.

Vitória retirou-se discretamente.

León estava admirado com a atitude de Vitória, que tinha se aproximado dele quando estava com um grupo de dignitários e suas mulheres e, a pedido destes, lhes contava uma história de seus anos de libertador de escravos na qual mencionava, com certo exagero, detalhes desagradáveis e aspectos moralmente edificantes. Em outra ocasião qualquer, Vitória teria ficado vermelha de raiva, como acontecia sempre que o ouvia falar de suas "histórias de herói". Mas naquela tarde aproximou-se dele como um gatinho. Pegou seu braço, tirou-lhe com carinho um pelo da manga, escutou-o como se nunca tivesse ouvido nada tão interessante, e lhe sorria sem nenhum indício de ironia. Teria comido alguma coisa que a deixara naquele estado?

– Deve ter muito orgulho de seu marido – disse uma senhora corpulenta de rosto amável e rechonchudo.

– Oh, sim, muito!

"Sobretudo por ter me roubado Félix, cujo desaparecimento me produziu pesadelos horríveis", acrescentou Vitória interiormente. Mas seus pensamentos não se refletiram em seu semblante.

– Essas pobres criaturas... sabe-se lá quanto não teriam sofrido nas senzalas se não fosse a coragem e a força de vontade do seu marido.

Quer fosse pelo brilho no olhar de Vitória, ou porque a senhora se lembrou subitamente da origem de Vita, o certo é que a mulher levou a mão à boca, corou e engoliu em seco.

– Oh, eu... oh, meu Deus, desculpe-me!

Vitória manteve a compostura. Não estava aborrecida com a mulher. Pessoas como ela não sabiam toda a verdade se ouviam apenas as histórias aterrorizantes que lhes contavam seus maridos e León.

– Ah, não tem importância! – disse Vita amavelmente, como se falasse com uma criança. – Eu também não gosto da imagem dos escravos mortos de fome e algemados uns aos outros. Mas fique a senhora sabendo que aqueles selvagens só entendiam a linguagem do chicote.

Vitória sentiu como León estremecia. Meu Deus! O que é que tinha dado nela agora? Sempre que tentava ser amável com León, sua língua venenosa e sua impetuosidade frustravam a tentativa. Sim, ali, diante da nata da sociedade do Rio, dava uma imagem de si própria que confirmava as piores ideias sobre os proprietários de escravos, algo que não favorecia nem León, nem a própria família.

– Mas então – acrescentou Vitória – chegou este herói e nos libertou, patrões e escravos, daquela vergonhosa situação. Ai, querido, onde estaríamos hoje sem você?

Deu um inocente beijo no rosto de León e lhe lançou uma piscadela, como se fossem um casal de namorados. León, pelo contrário, fulminou-a com o olhar.

Vitória decidiu não dizer nem mais uma palavra. Quanto mais falava, pior a situação ficava. O melhor seria se afastar o máximo possível de León e passar o resto da noite na companhia de conhecidos com os quais pudesse conversar tranquilamente.

León não voltou a lhe dirigir a palavra até as quatro da manhã, quando regressavam à terra firme num pequeno barco.

– Eu a vi com o Rebouças e Cordélia. Desde quando fala com mestiços?

Parecia indagar movido pela curiosidade, e não pelo desejo de magoá-la. No entanto, Vitória achou a pergunta estúpida e impertinente.

– Desde que me casei com um, naturalmente.

Vitória não compreendeu por que razão León a olhou tão admirado. Não estaria orgulhoso de ser índio em quarto grau?

Uma semana depois do baile na ilha, a monarquia chegou ao fim no Brasil. Deodoro da Fonseca e Benjamin Constant, dois militares de alta patente desapontados com a política do primeiro-ministro, destituíram o visconde de Ouro Preto do seu cargo na manhã do dia 15 de novembro de 1889. O golpe de estado era dirigido contra Ouro Preto e não contra Dom Pedro II. Mas os acontecimentos precipitaram-se ao longo desse dia, até que à tarde já se falava em uma "república provisória", que ainda precisava da aprovação do povo. Mas a população, na sua maioria ignorante e indiferente, contemplava os acontecimentos impávida e serena. Deodoro da Fonseca, amigo do imperador, converteu-se no primeiro presidente da jovem república sem ter tido intenção de acabar com a monarquia. Benjamin Constant foi seu ministro da Guerra e da Educação.

Dois dias depois, em 17 de novembro de 1889, a família imperial abandonava o Brasil. A bordo do barco que os levaria ao exílio português ia um André Rebouças profundamente impressionado. Ele, um abolicionista comprometido e grande amigo da princesa Isabel, sentia-se responsável por ter contribuído para a queda da monarquia e fugia de uma república que nunca havia desejado.

O novo governo foi formado por algumas das melhores mentes da época. Entre elas estavam a de alguns civis, como León Castro, que, como braço direito do ministro dos Negócios Estrangeiros, se encarregou da política de imigração dos Estados Unidos do Brasil. Aprovaram-se tantas leis novas que Aaron Nogueira e outros juristas do país tiveram de fazer um esforço para se atualizar. Rui Barbosa, o novo ministro das Finanças, promulgou um decreto que autorizava a impressão de notas de banco que não estavam apoiadas por reservas de ouro. Imprimiu-se mais do que o dobro do dinheiro que havia até então em circulação.

Vitória Castro da Silva tirou proveito dessa situação, pelo menos do ponto de vista financeiro. Tinha previsto um lucro a curto prazo na Bolsa e uma inflação devastadora. Depois de obter lucros vantajosos com a especulação, colocou seu dinheiro em segurança nos Estados Unidos da América, um país cuja ascensão até se transformar em potência mundial era, na sua opinião, impossível de deter.

Dona Alma recriminava a filha por obter lucros especulando com a guerra, embora o golpe de estado não tivesse muito a ver com uma guerra, já que a mudança de regime se processou de forma pacífica e sem que a maioria das pessoas notasse o que quer que fosse. Mas, paradoxalmente, ela também se beneficiou com o novo regime. Junto com outras senhoras que também lamentavam o fim da monarquia, fundou uma associação na qual se debatiam em detalhes questões relacionadas à nobreza. Essa sociedade fez com que dona Alma renascesse de uma forma que nem o marido nem nenhum tônico haviam conseguido até então. Analisou-se a árvore genealógica dos Bragança, projetaram-se enlaces entre membros de outras casas reais, censuraram-se casamentos desiguais e lamentaram-se falecimentos. Interpretaram como bom presságio o nascimento de Manuel II, terceiro filho do rei português Carlos I, no dia 15 de novembro de 1889, o mesmo dia da proclamação da República no Brasil. Deram maior importância à visita do *kaiser* alemão Guilherme II à sua avó, a rainha Vitória, em Londres, do que às tendências socialistas que se estendiam pela Europa. E o suicídio do príncipe herdeiro Rodolfo, filho único da imperatriz Elisabeth – Sissi –, deixou-as em profunda depressão.

Eduardo dedicou toda a sua atenção à tecnologia, à engenharia e à física. Manteve uma intensa correspondência com Gustave Eiffel, cuja polêmica torre seria a atração principal da Exposição Universal que haveria naquele ano em Paris. Deixou que o irmão de Joana o iniciasse nos segredos da aerodinâmica, e seu entusiasmo pela aviação foi tão longe que importou, a um preço absurdamente alto, o livro *O voo do pássaro como base da aviação*, de Otto Lilienthal, que nem sequer conseguia ler por desconhecer a língua em que estava escrito. Entrou em contato com Thomas Alva Edison, desmontou todos os aparelhos possíveis, entre os quais um gramofone novo que Vitória tinha lhe dado no aniversário, e acompanhava com entusiasmo todos os avanços que ocorriam no âmbito da fotografia, da medicina, da química. Seu ídolo era o físico Heinrich Hertz, que produziu ondas electromagnéticas de forma experimental e com isso não só demonstrou a teoria de Maxwell, como também assentou as bases para a telegrafia sem fios. Revelou seu entusiasmo pelas rodas cheias de ar que um inglês chamado Dunlop colocou no mercado, e sonhava ter uma máquina de calcular como a que Burroughs tinha inventado.

Vitória perguntava-se para que servia na realidade uma máquina de fazer contas, a não ser para os idiotas terem de se esforçar menos para fazer cálculos mentais, mas estava feliz com o fato de os pais terem encontrado coisas que os mantivessem ocupados. Havia muito tempo já não os considerava mais uma visita na sua casa do Rio; a casa da Glória era o lar de dona Alma e Eduardo. No cômodo que antigamente servia de depósito, onde se guardavam enxadas, regadores e outros utensílios de jardim, Eduardo montou uma espécie de oficina onde desmontava aparelhos, fazia desenhos técnicos ou experiências sonoras com microfones. Isso provocava sempre o aborrecimento de León, cujo escritório ficava precisamente em cima da oficina. Quando conseguiu que o sogro realizasse as experiências mais barulhentas nas ocasiões em que ele não estivesse em casa, ficou contente com a mudança sofrida por Eduardo. Dona Alma transformou um dos quartos de criança sem uso num templo de adoração da nobreza, cujas paredes estavam repletas de árvores genealógicas que só ela estudava, e as estantes, cheias de livros sobre o assunto. Vitória estava feliz: os dois tinham renascido, tinham os próprios interesses e a deixavam em paz.

Nos primeiros dias de janeiro de 1890, a cidade sofreu uma terrível onda de calor. Temperaturas de mais de quarenta graus que ninguém conhecia nos últimos anos paralisaram os habitantes, deixando-os sem energia no corpo, obrigando-os a ficar em casa sentados na sombra. Nem ventilando o máximo possível, tentando provocar corrente de ar, nem na varanda, nem na carruagem se conseguia que o ar tivesse um efeito refrescante; pelo contrário, envolvia as pessoas como uma manta de lã quente que fazia comichão devido à transpiração. As tempestades de verão que caíam todas as tardes sobre o Rio eram tão fortes que aterrorizavam e assustavam a população. As grandes massas de água evaporavam sobre a terra quente tão depressa como tinham caído, e o vapor cobria tudo com uma capa úmida e pegajosa. Os espelhos, as janelas e as jarras de vidro pareciam não ser limpos há meses. Apesar da alta temperatura, a roupa demorava o dobro do tempo para secar do que no inverno, e ainda assim continuava úmida. Os penteados da moda transformavam-se em poucos segundos em informais cabeleiras encaracoladas. Nas chapeleiras, guarda-roupas, baús e outros lugares que não eram arejados regularmente, crescia mofo. Só a natureza se beneficiou daquela combinação de calor e umidade tão insuportável para o homem civilizado: nos parques e jardins cresciam plantas de modo espetacular.

Quem tinha possibilidade, fugia para as áreas montanhosas. O local de férias preferido continuava a ser Petrópolis, sede da antiga residência de verão do imperador. Também Itaipava, Teresópolis e outros locais ao redor das caprichosas montanhas da serra dos Órgãos despertavam o interesse de um número crescente de visitantes. Mas Vitória ficou no Rio, satisfeita por não ter de ouvir falar mais de ondas de rádio ou casamentos da nobreza. Os pais ficariam o mês de janeiro inteiro nas montanhas, e León tinha viajado para o Sul do país, a fim de dar uma olhada em sua fazenda. Foi até as praias mais afastadas, a Copacabana ou até a lugares desconhecidos situados mais ao sul, onde sabia que estaria sozinha e teria coragem para dar passeios pela areia, descalça e com a saia arregaçada até os joelhos, atirando gravetos para que Sábado fosse buscá-los. Subiu ao topo do Corcovado e sentiu no rosto o ar ligeiramente mais fresco, embora ainda muito quente. E nos dias em que, por causa do calor insuportável não tinha vontade de fazer nada, dava um pequeno passeio até a Igreja de Nossa Senhora da Glória, cujas grossas paredes de pedra conservavam o interior na mesma temperatura durante todo o ano.

Foi isso que fez no dia 20 de janeiro, dia do padroeiro do Rio de Janeiro, São Sebastião. Vitória foi com Isaura e Sábado até a igreja quando a missa acabou e só restavam alguns fiéis sentados nos bancos. A criada ficou lá fora, à sombra, embaixo da cobertura da entrada, lamentando-se pois, precisamente naquele dia, o dia de Oxóssi, teria de ficar ali com aquele cão, que no momento perseguia furioso um inseto pela praça. Enquanto isso, Vitória, sentada num banco e com uma expressão no rosto que os outros fiéis interpretaram como devoção, começou a ler atentamente a carta que havia recebido naquela manhã.

São Luiz, 5 de janeiro de 1890

Querida Vita:
Espero que tenha passado belas festas de Natal e Ano-Novo na companhia de seus entes queridos. Infelizmente, não posso dizer o mesmo de mim. Os dias de festa não foram nem bonitos, nem felizes, e "meus entes queridos" não foram lá muito bons comigo. Dona Iolanda, a velha bruxa, me obriga a apanhar mangas, maracujás e goiabas para depois colocá-los para secar ou cozinhá-los. Além disso, tenho de lavar a roupa e fazer as camas. Consegue imaginar isso, Vita? Eu, Eufrásia Soares Peixoto, com um rústico avental, dando duro na cozinha ou destruindo as mãos com sabão e lixívia? À velha não interessa que eu tenha de cuidar da minha filha e por isso não possa realizar essas tarefas próprias dos negros. Não tem desculpa. Desde que os escravos foram embora, nós é que temos de fazer todo o trabalho, e todos colaboram. É horrível, Vita! O Arnaldo cuida da terra como um escravo para termos milho, mandioca, batatas e feijão. Dona Iolanda alimenta as galinhas, cuida das colmeias e tira o pó da casa, e meu sogro, Otávio, ordenha as vacas e mata os porcos. Minha filha também não me facilita as coisas. É igual a Arnaldo e já se comporta de forma tão tirânica quanto dona Iolanda, uma combinação fatal.
Vita, minha amiga mais querida, desculpe lhe escrever esta carta tão cheia de lamentações. Estou entre pilhas de roupa, gritos de crianças, tachos fervendo, botas cheias de lama seca que tenho de limpar (isso ainda vamos ver!), por isso não me ocorrem muitas palavras

bonitas. Em breve lhe contarei tudo pessoalmente. Tenho de sair daqui, senão eu morro. E há muito tempo que lhe devo uma visita. Chego no dia 22 de janeiro e estou muito feliz de voltar a vê-la.

Receba um abraço e mil beijos.

Sua Eufrásia.

Depois de amanhã, pensou Vitória horrorizada. Depois de amanhã Eufrásia estaria ali com ela!

XXVIII

EUFRÁSIA SÓ TINHA MUDADO EXTERIORMENTE. Sua maneira de ser continuava a mesma. Vitória pensou que a aparência da amiga tinha agora mais a ver com sua personalidade do que antes. Aquele rosto doce emoldurado por cabelos loiros não combinava bem com a falta de sentimentos de Eufrásia. Seus olhos cor de âmbar tinham transmitido sempre uma impressão de desamparo, e a pequena boquinha vermelha dava-lhe um ar infantil. Mas agora sua expressão revelava todos os defeitos de sua personalidade, tanto a curta visão quanto o egoísmo. A maternidade, a pobreza e a amargura a tinham feito envelhecer prematuramente. A pele estava bronzeada, fato pelo qual se realçavam as feias rugas que haviam se formado ao redor dos olhos e da boca. O trabalho ao ar livre havia transformado seu cabelo, antes sedoso e brilhante, em palha, com algumas mechas mais claras e espigadas, e seus dentes tinham sofrido com a gravidez tanto quanto sua figura. Vitória estava impressionada.

Embora estivesse decidida a reduzir a duração da visita ao mínimo, o aspecto de Eufrásia lhe inspirou compaixão.

– Vamos ajeitar isso – disse-lhe. – A Taís faz uma mistura de gema de ovo, cerveja, sumo de limão e mel que, deixando atuar por quinze minutos, torna novamente o cabelo macio e sedoso. Os banhos em leite vão melhorar sua pele, e nas unhas partidas vamos aplicar azeite todos os dias.

– Vita, não sou um croquete que é preciso temperar. Cerveja no cabelo, valha-me Deus!

– Espere até ver. Logo você estará novamente com ótima aparência.

Eufrásia conformou-se, embora tivesse preferido tomar banho em água de rosas e aplicar um creme de camomila nas unhas. Mas os pouco ortodoxos tratamentos de cosmética tiveram enorme resultado, tal como as horas de leitura à sombra, a estimulante companhia de Vitória e os elegantes vestidos que ela lhe emprestou. Também o fato de os criados tomarem conta da filha bebê, e de esta não estar perto da mãe o tempo todo, contribuiu para a melhoria de Eufrásia. Duas semanas depois, sentia-se novamente uma pessoa, e todas as privações e os maus-tratos que pelo visto havia sofrido em São Luiz estariam esquecidos se Vitória não os relembrasse continuamente.

– Eufrásia, não pode esquecer suas responsabilidades para sempre. Você é necessária lá.

– Necessária para quê? Para terem alguém para chatear?

Depois de tudo o que Eufrásia lhe contara, Vitória tinha chegado a uma conclusão diferente. A família Peixoto lutava com todos os meios pela preservação da sua fazenda, e dona Iolanda, a sogra de Eufrásia, era a força principal responsável pela família ainda estar de pé. Aquela velha cabra, quem diria! Com mão de ferro, obrigava sua inútil família a trabalhar, conseguindo que a fazenda alimentasse a todos. Tinham frutas, legumes e cereais, plantavam cana-de-açúcar e café, e tinham carne, peixe, leite, ovos e mel suficientes. Destilavam os próprios licores, produziam sabão, lã, queijo e manteiga. Realmente, havia coisas piores do que se autoabastecer num enorme território tão bem tratado pelo clima que nele tudo crescia e ninguém passava frio.

– Mas produzimos muito pouco e quase não vendemos nada. Praticamente não temos dinheiro, e cada vez que é preciso comprar papel ou sapatos, discute-se durante horas. Obviamente, impõem-se sempre as rústicas ideias de dona Iolanda. Ela pensa que adquirir sementes é mais urgente do que comprar um bonito vestido de batizado para a Ifigênia, coisa pela qual jamais poderei perdoá-la. Tivemos de batizar a menina com uma roupa feita por mim, e ainda por cima com um padre quase analfabeto que nos visita de quinze em quinze dias.

– Acho que a Ifigênia nem deve ter notado a diferença.

– Não, mas se continuarmos assim nunca vai ver a diferença. Para ela será natural que as mulheres tenham os braços robustos de tanto ordenhar as vacas, a pele bronzeada cheia de manchas, o cabelo descorado, levantar-se ao amanhecer e deitar-se antes das nove, o que, graças ao esgotamento físico, não é assim tão difícil. Terá de se vestir e se pentear sozinha. Nunca vai poder brincar com uma bela boneca com rosto de porcelana, e sim com brinquedos toscos esculpidos ou costurados em casa.

– Você também não brincou com sua boneca de porcelana... depois de ter cortado o cabelo dela logo no terceiro dia.

Eufrásia riu ao se lembrar da boneca mutilada.

– Não quero essa vida nem para Ifigênia, nem para mim. Não a aguento mais. Nunca mais volto para lá!

– Ah! E onde é que a madame pensa em ficar? Com sua própria família, que, como todos sabem, leva uma vida errante?

Vitória sabia por Rogério que o pai de Eufrásia tinha fugido com uma escrava e que, segundo se pensava, havia feito fortuna com borracha na região do Amazonas, enquanto a mãe tinha sido acolhida por uma prima distante em Belo Horizonte.

Eufrásia olhou para Vitória, consternada.

– Vou ficar no Rio, claro.

– E onde?

– Com você. Por enquanto, obviamente. Nesta casa há espaço de sobra. E, além disso, você tem muitos empregados, de modo que Ifigênia também não vai incomodar.

– Bom, querida amiga, receio ter de colocar seus pés no chão. Em primeiro lugar, não lhe passou pela cabeça me perguntar o que eu acho da ideia? Não aprovo, se é que quer saber. Acho que seu lugar é em São Luiz. Depois, você pode achar que a casa está vazia, mas, assim que meus pais voltarem e León regressar de sua viagem, isto aqui vai parecer um galinheiro. Em terceiro lugar, acho que León vai mandá-la, e também a Ifigênia, embora em três tempos. Ele detesta crianças.

Mas Vitória enganou-se a esse respeito. Quando León voltou do Chuí, queimado pelo sol, a barba por fazer e com certo ar selvagem, apaixonou-se pela pequena filha de Eufrásia assim que a viu. Consolava-a quando ela acordava no meio da noite e perambulava pela casa chorando. Dava-lhe de comer quando Eufrásia e os empregados já tinham perdido a paciência e não queriam que ela continuasse a cuspir a papa. Trazia-lhe da cidade brinquedos, lindos vestidos e guloseimas.

Vitória observava os gestos paternais de León com um duplo sentimento. Enternecia-se quando ele sentava Ifigênia nos joelhos e, com voz suave e enorme ternura nos olhos, contava-lhe histórias que ele próprio inventava e que eram quase sempre sobre índios, florestas e animais selvagens. Mas ao mesmo tempo irritava-lhe a infinita paciência que ele tinha com uma criatura tão insuportável, que não era nem muito esperta, nem muito bonita. É verdade que na presença de León Ifigênia se transformava num ser angelical. Mas isso indignava Vitória. Era tão falsa quanto a mãe. Se León soubesse como ela se portava quando ele não estava! Outras vezes ficava com muita pena e inveja de ver como León tratava da criança. Ele não poderia nunca ter os próprios filhos, a quem dar tanto amor... pelo menos, não com ela.

Vitória conseguiu acompanhar os acontecimentos durante uma semana sem dizer nada. Mas sua fúria aumentava dia a dia, e, se não quisesse estrangular Eufrásia e a filha, tinha de fazer alguma coisa.

— León, essa criança tem quase 2 anos. Há muito tempo já devia dormir a noite toda em vez de nos incomodar com seus passeios noturnos.

— A criança não tem culpa de a mãe ser incapaz de educá-la. Não quero que nenhuma criança tenha medo ou chore sob o meu teto.

— E eu não quero que se deseduque nenhuma sob o meu. Se continuar a mimá-la assim, vai ser uma terrorista quando voltar para São Luiz.

Mas León recebeu ajuda de onde menos esperava. Quando os pais de Vitória regressaram das férias, León encontrou em dona Alma uma aliada. Estava maravilhada com a menina, à qual dedicava toda a atenção que não podia dar aos próprios netos, e estava radiante com o interesse que Eufrásia manifestava pelas casas reais europeias. Insistiu para que suas hóspedes ficassem mais tempo. León continuava a ser o preferido de Ifigênia, embora desde o regresso de dona Alma ele dedicasse cada vez menos tempo à criança e mais ao trabalho. Ele mal parava em casa, e Eduardo vivia em seu mundo de invenções modernas que não serviam para nada. Nem sequer Sábado se manteve fiel a Vitória. Permitiu que o utilizassem como cavalgadura para Ifigênia e perseguia a pequena como se fosse um cachorro a quem tivesse de proteger. Vitória começou a se sentir uma estranha na própria casa.

Passava cada vez mais tempo com Aaron. Ele era a única pessoa no mundo que a compreendia, que ouvia suas queixas sem criticá-la. Na sala de jantar azul sentia-se mais confortável do que na própria sala, embora esta fosse mais elegante. Na casa de Aaron não encontrava em cada canto impressões dos seus hostis moradores, não tropeçava nas bonecas de Ifigênia, não se sentia incomodada com as inúmeras toalhinhas de crochê que Eufrásia fazia durante as longas conversas com dona Alma e depois distribuía pela casa. Ela podia contar suas tristezas para Aaron sem ter de morder a língua. Ela, que alimentava toda a família e metade de suas amizades, não recebia em troca nada além de ingratidão e hostilidade. Todos a criticavam, recriminavam a sua arrogância e sua escassa capacidade de sacrifício. E quanto menos os outros a compreendiam, menos precisavam de sua companhia e menos conheciam os motivos de seus ataques de fúria, mais Vitória se entregava a Aaron. A intimidade entre os dois cresceu tanto naquelas semanas que ela chegou a lhe revelar alguns segredos de seu casamento: contou-lhe as ofensas propositais de León, falou-lhe das suas noites de solidão, de suas carências afetivas. E Aaron a ouvia. Sabia que o martírio de Vita devia despertar nele apenas compaixão, embora abrigasse sempre a esperança de que a relação deles fosse mais além da amizade. Se continuassem a se portar tão mal com Vitória, ela procuraria consolo nele... e ele lhe daria tudo que lhe negavam em sua casa.

— Acho que é uma falta de consideração da parte de Vitória que nem sequer venha jantar. O que vão pensar de nós se nossa filha passa mais tempo com aquele advogado ruivo do que com a própria família?

Dona Alma olhou incomodada ao redor.

— Mas, querida Alma, no que está pensando? Será que ela sofreu um acidente e por isso não conseguiu chegar a tempo? Talvez esteja caída sem sentidos em alguma calçada – ultimamente anda muito pálida e tem ar de quem está doente – e ninguém saiba quem ela é. Estou preocupado com ela.

Eduardo tocou a barba e olhou indeciso para a comida que estava à mesa. Tinha perdido o apetite.

— Mas é evidente, todos estamos preocupados – disse Eufrásia. – Sobretudo com a saúde moral dela. Passa tempo demais com esse tal Aaron Nogueira...

– Silêncio! – interrompeu-a León. – Não tolero que se fale mal de Vitória na sua ausência. Se alguém quiser criticá-la, que o faça quando ela estiver aqui e puder se defender.

– Mas todos sabemos que o comportamento dela...

– Mais uma palavra, e pode começar a fazer as malas!

Eufrásia sentiu-se tão ofendida quanto dona Alma. Todos, incluindo o próprio León, estavam a par das inúmeras visitas que Vita fazia a Aaron, dos passeios que davam juntos, nos quais uniam as cabeças com confiança demais, dos encontros no café, durante os quais Aaron pegava a mão de Vita. Não escondiam a amizade especial que os unia, e León sabia disso melhor que ninguém.

Mas Eufrásia percebeu que era melhor não insistir mais.

– De qualquer modo, é uma pena que a Vitória hoje não venha jantar.

– Sim, é verdade. Precisamente hoje que queríamos lhe pedir que fosse um pouco mais generosa com nossa igreja. A irmandade de Nossa Senhora da Glória precisa com urgência de verba para consertar o telhado. – Dona Alma lançou a León um olhar eloquente antes de continuar. – Mas Vitória só dá dinheiro quando com isso imortaliza seu nome ou quando se trata de projetos espetaculares dos quais se fala nos jornais. A vaidade não é um bom atributo.

Eufrásia preparava-se para opinar. Havia outras coisas em Vitória que não eram bons atributos: seu penteado simples, sua magreza, o triste guarda-roupa, seu rosto sempre sério, os óculos, que agora usava permanentemente. Mas a pequena Ifigênia impediu que Eufrásia fizesse uma observação que com certeza teria indignado León.

A criança entrou correndo pela sala de jantar, atirou-se ao pescoço de León e soltou frases ininteligíveis que só ele conseguiu interpretar, embora não totalmente.

– Está bem, meu amor. Vamos os dois ao seu quarto ver onde se escondeu esse fantasma. Quando o encontrarmos, ele vai ter que se ver comigo.

Pegou a menina no colo e abandonou a sala de jantar falando-lhe em voz baixa.

– O que se passa com ele hoje? – perguntou Eufrásia.

Dona Alma também estava desconcertada.

– Também não sei. Com Vitória é sempre mal-educado e indiferente. Nunca pensei que defendesse com tanta veemência seu casamento, do qual, aqui entre nós duas, já não resta quase nada.

– Eu também não pensei. Jamais achei que ele fosse um homem que desse muita importância ao casamento ou à boa reputação. Ele próprio...

– Sim, querida, não é preciso que você diga. Estou perfeitamente informada dos passos em falso do meu genro.

Eufrásia e dona Alma se entreolharam, encontrando uma na outra indignação... e um secreto fascínio pela perversa vida de León, sobre a qual nenhuma das duas sabia qualquer coisa.

– Era melhor que ficassem de boca fechada. Qualquer pessoa que as ouvisse não acharia que Vita é sua filha, Alma, e sua melhor e mais antiga amiga, Eufrásia. Deviam ter vergonha as duas!

Mas nenhuma das duas se envergonhava. Tinham mantido aquela mesma conversa com tantas variantes novas e em tantas ocasiões, inclusive na presença de Eduardo, que a reprimenda dele agora soava-lhes como um mero eco das palavras de León. Apenas ignoraram o idoso. Enquanto León não voltasse, continuariam a se aprofundar no assunto, sobretudo hoje, que Vitória não viera jantar e, pela primeira vez, não dera nenhuma desculpa.

– Eu bem que fiquei admirada de ela hoje estar usando um vestido tão bonito – disse dona Alma num tom que revelava simultaneamente tristeza e desejo de criticar.

– Bonito? – exclamou Eufrásia. – Aquele vestido é da coleção passada! Mas o que interessa é que a roupa íntima é nova...

Nenhuma das duas se dera conta de que León estava na porta. Com as últimas palavras de Eufrásia, dirigiu-se a ela sem dizer nada, como um animal de caça que se aproxima sigilosamente da vítima, dizendo em voz baixa, mas de maneira contundente:

– Senhora, saia desta casa imediatamente.

Eufrásia olhou para Eduardo e dona Alma em busca de ajuda, mas os dois estavam mais admirados do que ela e observavam a cena boquiabertos.

– Mas, León, eu nem acabei de jantar!

– Em São Luiz poderá comer tudo o que lhe apetecer. À minha mesa já não é bem-vinda.

Dizendo isto, afastou-lhe a cadeira, tirou-lhe o guardanapo e a ajudou a se levantar.

– Não preciso de ajuda – disse Eufrásia, muito alterada.

– Talvez precise. E de algumas palmadas também. Mas não tenha medo, estou disposto a perdoar seu traseiro gordo se for imediatamente fazer as malas.

– Mas a esta hora já não há nenhum trem – lamentou-se Eufrásia, dando-se conta de repente da gravidade da situação.

– Pode ir para um hotel.

– Está indo longe demais, León – tentou intervir dona Alma. – Está ignorando todas as regras da hospitalidade.

– E lá terá a companhia de dona Alma durante o resto da noite – disse León, sem se alterar, dirigindo-se a Eufrásia. – Por certo ainda têm muito para conversar. E além disso podem refletir com calma sobre as regras da hospitalidade.

Arrastou Eufrásia com ele para fora da sala de jantar e fechou a porta atrás de si.

No vestíbulo, tirou a carteira do bolso do paletó, pegou dez francos de ouro e os deu para Eufrásia.

– Isto basta para pagar uma noite de hotel, o bilhete de trem e uma folha de papel e um selo para que possa agradecer a Vita pela ajuda, generosidade e paciência que teve com você.

Eufrásia pegou o dinheiro, que daria para muito mais coisas, e subiu as escadas correndo.

León voltou para a sala de jantar como se não tivesse acontecido nada. Mas, pela maneira como atacou a carne assada, que já tinha esfriado no prato, os sogros notaram que estava extremamente alterado. Eduardo, familiarizado com a agressividade masculina, sabia por experiência com outros jovens que León se acalmaria com rapidez. Mas dona Alma, que havia muito tempo não presenciava ataques daquele gênero, percebeu pela primeira vez a paixão e a violência que León podia desenvolver, e sentiu medo.

Vitória não entendeu muito bem a que feliz circunstância se devia a partida repentina da amiga, e ninguém lhe disse nada. Também não compreendeu por que razão Eufrásia tinha saído sem dizer nada, nem uma só palavra de agradecimento, nem uma despedida entre lágrimas, mas sim com uma escova de prata, um broche de ametista e vários vestidos de Vitória na mala.

Isaura, que fez as malas com Eufrásia, informou Vitória daquele roubo, que Eufrásia não considerava como tal.

– Safada! – tinha dito Eufrásia. – Claro que estas coisas me pertencem. Sinhá Vitória as ofereceu para mim.

Sim, pensou Vitória, de fato as tinha emprestado, mas sem imaginar que a amiga considerasse aquilo um presente. Bom, não importava. Teria oferecido a Eufrásia dez escovas de prata só para não voltar a vê-la.

Nos dias seguintes à partida de Eufrásia, o ambiente estava tão tenso em sua casa que Vitória mal pôde apreciar o sossego que se instalara. Dona Alma passava o dia todo no quarto, que não abandonava nem para comer. Taís e os demais criados tiveram de enfrentar as mesmas tarefas da época em que os pais de Vitória haviam se mudado. E León não costumava jantar, de modo que normalmente Vitória e o pai sentavam-se sozinhos à grande mesa da sala de jantar e – por consideração ao outro – comiam em silêncio. Ela não queria lhe falar dos seus lucrativos negócios para não ferir seu orgulho, e ele não queria contar à filha as novas conquistas modernas para que não tivesse de juntar às suas inúmeras preocupações o problema adicional de ter um pai velho e louco. Mas, embora nenhum dos dois se incomodasse com o silêncio à mesa, comiam o mais depressa que podiam. Já não era um ato social onde se tomava um copo de vinho e se conversava sobre os acontecimentos do dia, e sim uma simples ingestão de alimentos. Vitória teria preferido passar as noites com Aaron, mas a triste ideia de que, se ela não estivesse em casa, o pai teria de se sentar sozinho à mesa a fazia ficar.

Durante o dia, pelo contrário, Vitória estava mais ativa do que nunca. Tratava dos seus investimentos no estrangeiro e dos direitos de prospecção no Brasil, encontrava-se com homens de negócios e funcionários das Finanças, ia à administração das alfândegas e à Câmara Municipal, analisava os estudos de mercado e as estatísticas. Seu desejo de ganhar dinheiro não conhecia limites. Cada mudança nas vitrines das lojas, cada produto inovador e cada tendência de moda despertava nela a ideia de empreender novos negócios. Se Joana lhe contasse seu sonho de vir a ter um dia um piano Herz, Vitória ia um passo à frente: seria lucrativo importar pianos daquela marca? Se o casal Witherford falava na presença dela em apostas, Vitória calculava naquele momento quanto poderia ela própria apostar em cavalos. Se León chegava em casa com uma gravata extravagante, Vitória sabia que aquelas gravatas estariam na moda um ano depois e investia seu capital em função disso. O dinheiro transformou-se no seu elixir de vida. Ao contrário de outras pessoas muito ricas, ela não ficava feliz com a mera possibilidade de uma imensa fortuna, e sim apenas com o valor simbólico do dinheiro: era uma prova de seu sucesso e capacidade.

Gastar dinheiro não lhe agradava tanto quanto ganhá-lo, pelo menos não nas suas necessidades pessoais. Investia quantias enormes com fins assistenciais. Ao contrário do que a mãe pensava, a maior parte do dinheiro estava destinada a projetos que pouco interessavam à opinião pública. O telhado de Nossa Senhora da Glória foi restaurado graças a um doador anônimo, inúmeras bibliotecas e salas de leitura de bairros modestos obtiveram verba para comprar livros novos, na parte ocidental da cidade construiu-se com o dinheiro de Vita uma residência de idosos para antigos escravos. Financiou os bombeiros, a academia de arte, a escola de música, vários hospitais. Revelou-se particularmente generosa com uma pequena escola primária onde se alfabetizavam negros e à frente da qual estava dona Doralice. Vitória encontrava-se várias vezes com a sogra – sem nunca fazer referência ao parentesco que as unia e tratando-a como uma conhecida – e tinha um enorme respeito pelo trabalho incansável de dona Doralice em educar os menos favorecidos.

Como seus negócios não lhe deixavam muito tempo livre para procurar os receptores de seus donativos, Vitória costumava deixar se aconselhar por Joana. A cunhada era, com Aaron, a única pessoa que conhecia a dimensão de suas doações. E Vitória lhe era grata por não contar a Pedro uma coisa que o teria enfurecido: Vitória era a acionista majoritária da empresa onde ele trabalhava e havia tratado de melhorar substancialmente as condições de trabalho do irmão. Mas disso ele não podia saber nunca.

No fim de fevereiro de 1890, pouco antes do Carnaval, quase ninguém pensava em trabalho. A maioria se preparava para a desenfreada festa com tanto entusiasmo que alguns dias antes já não conseguiam pensar direito. Vitória, cujo vigésimo terceiro aniversário caía justamente na segunda-feira de Carnaval, pensava em coisas muito diferentes de bailes de máscaras ou fantasias. Tinha investido muito dinheiro em ações de diversas empresas mineiras que exploravam diamantes no Estado federal de Mato Grosso. Com o desenvolvimento de novo explosivo, do qual o pai já lhe tinha falado, iria conseguir aumentar a produtividade... e o valor das ações subiria com rapidez. Naqueles dias se realizariam os primeiros testes com o material cujo resultado teria influência decisiva na fortuna de Vitória. Andava tão ansiosa que ela, que sempre se gabara de seu sono profundo, acordava no meio da noite e não conseguia voltar a adormecer porque ficava pensando no arriscado investimento.

No dia 25 de fevereiro, Aaron, que estava em contato telegráfico com o diretor das minas, apareceu finalmente com a boa notícia: os testes tinham sido satisfatórios; os resultados eram até melhores do que se esperava.

– Aaron, não é fantástico?

Vitória pôs-se de pé tão bruscamente que derrubou a cadeira, dando-lhe um efusivo abraço. Quase caíram os dois no chão.

– Sim, Vita, claro que é!

A alegria com o desenlace da operação arriscada que tinham realizado juntos entusiasmou-o de tal maneira que ele agarrou Vitória com ambos os braços, apertou-a contra seu corpo e rodopiou com ela, até que sua saia esvoaçasse pelo ar. Sábado, que estava muito calmo em seu velho tapete, contagiou-se com aquele entusiasmo e saltou e ladrou ao redor do casal.

Naquele dia, excepcionalmente, León estava em casa. Quando ouviu que do escritório de Vitória, que ficava ao lado do seu, chegava um grande estrondo, e depois escutou os latidos do cão, pensou que tinha havido um acidente e foi para lá correndo. Mas o que viu o horrorizou mais do que qualquer acidente. Vitória e Aaron abraçados! Vita estava de costas para ele, mas ver o rosto de Aaron, que estava de frente para a porta e naquele momento o encarava, incrédulo, foi revelador para León. Havia nele tanto carinho que sentiu uma fortíssima dor. E logo ele, León Castro, o maior cínico do Hemisfério Sul, que não havia dado credibilidade aos rumores! Como podia ter sido tão cego?

Aaron deixou os braços penderem.

– León, não é o que...

– Para mim é indiferente o que é, desde que não me incomodem com o barulho.

Vitória, que havia se virado para a porta e viu o ódio nos olhos de León, ficou em silêncio. Se León pensava que aquele abraço era algo além de uma mera explosão de alegria e amizade, então aquela era sua oportunidade. Não se desculparia por aquilo.

O aniversário de Vitória foi o mais aborrecido de que ela se lembrava. Os temporais se sucediam um atrás do outro, e, quando não estava chovendo a cântaros, os raios de sol que atravessavam as ameaçadoras nuvens faziam com que a temperatura subisse aos 35 graus na cidade. Tudo estava encharcado, transpirante, úmido. Vitória tinha conseguido bilhetes para o grande baile do Hotel de France para toda a família, mas, com aquele tempo, e levando em conta seu estado de espírito, decidiu ficar em casa.

O pai tentou convencê-la a ir com eles.

– Mas, filha, tem de sair conosco. É seu aniversário, e um baile tão espetacular é exatamente do que está precisando. Além disso, vai deixar sua magnífica fantasia no armário?

– Sim, por que não? Servirá para o ano que vem.

Mas não serviria. Ignorando os protestos de dona Alma, Vitória havia desejado se fantasiar de "república", com uma roupa de seda verde, amarela e azul – as cores da nova bandeira brasileira. No ano seguinte, o tema república já não seria tão original.

No meio do dia, deram-lhe os presentes. Recebeu uma touca feita pela mãe, um livro de fotografias de monumentos da Europa do pai e um simples frasco de perfume dos criados, que o tinham comprado entre todos e que a emocionou mais do que o teria feito a joia mais valiosa. León, que quatro dias depois do "incidente" voltara a ser o mesmo de antes, ofereceu-lhe um frívolo chapéu rosa-choque.

– Oh, que bonito! – exclamou dona Alma. – Com certeza lhe ficará bem. Experimente-o.

Mas Vitória compreendera a mensagem: aquele tipo de chapéu era para mulheres do tipo mais comum.

– León, muito obrigada, é de fato lindo. A convivência com as mais famosas personalidades da cidade teve uma influência incrivelmente... libertadora em relação ao seu gosto. – Guardou o chapéu novamente na caixa e o entregou a Taís. – Tome, leve-o para o armário, para junto das outras fantasias.

Dona Alma e Eduardo ficaram sem fala e não entenderam por que León sorria ironicamente depois do imperdoável comportamento da filha. Muito admirados, retiraram-se para fazer uma sesta e estarem descansados para a festa daquela noite.

– Querida sinhazinha, você também devia se deitar um pouco e descansar antes do baile.

– Eu não vou. Será que me esqueci de lhe dizer?

– Oh, não me faça isso! Gostaria tanto de acompanhá-la como "monarquia", com uma roupa de enterro e uma barba postiça à Dom Pedro.

– Então tire a barba e poderá ir de marido triste e traído. Talvez até encontremos alguns chifres para você no armário. Acho que Pedro se mascarou de touro há dois anos.

León deu uma gargalhada.

– Sua maldade, sinhazinha, é o mais admirável em você.

– Você, ao contrário, nada tem de admirável.

– Em oposição a Aaron.

– Precisamente. – Vitória levantou o queixo e dirigiu a León um olhar penetrante. – Acho que vou me deitar um pouco. Quando todos vocês estiverem no baile, poderei me entregar sem recriminações aos meus perversos prazeres.

– Por favor, sinhá, não se reprima. É seu aniversário.

Vitória passou depressa à frente de León, subiu as escadas correndo e já no quarto se atirou na cama para chorar. A tensão acumulada nas últimas semanas, com sentimentos tão contraditórios, fê-la chorar como não o fazia desde que era pequena. A raiva contida durante a visita de Eufrásia e o posterior regresso de dona Alma à sua doença imaginária, a alegria sem festejos pelo enorme sucesso econômico, a vergonha de um adultério que não cometera... tudo isso conseguia suportar. Mas a crueldade de León, que diante dos pais e, além disso, em seu próprio aniversário a tratava como qualquer uma, era demais. Quando se esgotaram as lágrimas, Vitória adormeceu.

*　*　*

No meio da tarde, foi acordada por Taís.

– O sinhô Eduardo disse para eu acordá-la e ajudá-la a vestir sua fantasia.

– Não, Taís, eu não vou me fantasiar. Não vou ao baile.

A criada saiu para informar os pais de Vitória. Na sala discutia-se se deviam ir ou não à festa sem Vitória. Dona Alma estava firmemente decidida a não perder a festa por nada deste mundo, nem sequer devido às "tristezas femininas" da filha. Eduardo, pelo contrário, achava que não podiam deixar a filha sozinha em casa no dia do seu aniversário. Acabou por ser León a acalmar os ânimos e a convencer os sogros para que chegassem a um acordo. Poderiam ir descansados que ele, o causador de tudo, falaria com Vita, pediria desculpas e depois iriam à festa.

Duas horas mais tarde, Eduardo e Alma da Silva saíam para o baile fantasiados de Lobo Mau e Chapeuzinho Vermelho. Mal ouviu a carruagem se afastar, León deu folga a todos os empregados. Também eles estavam desejosos de ir às próprias festas e participar dos desfiles que as pessoas menos favorecidas organizavam nas ruas. Quando reinou um silêncio sepulcral na casa, tomou um uísque, o terceiro do dia. Mas o álcool não fez efeito. Não o deixou alegre; só serviu para aumentar seu mau humor. Se Vitória fosse um homem, se pegaria com ela para assim libertar toda a sua fúria. Mas não lhe restava outro remédio senão engolir toda a sua frustração, sua indignação, seu ódio, e afogar as mágoas no uísque. Serviu-se de mais uma dose.

Então, ouviu os passos inquietos de Vitória no andar de cima. Andava de um lado para o outro no quarto, como um animal enjaulado à procura de um lugar por onde escapar. Azar o dela, pensou. Vita tinha se trancado voluntariamente no quarto. Pouco depois a ouviu tocar a campainha, chamando pela criada. Depois, impaciente, mais uma chamada. León sorriu. "Não, sinhazinha, desta vez vai ter de se virar sozinha."

Vitória chamou Taís das escadas. Ninguém respondeu. A casa estava mergulhada no silêncio. Olhou na sala, na sala de jantar, na oficina do pai e na cozinha, mas pelo visto não havia ninguém ali a não ser ela. Melhor; assim ninguém a veria com aquela aparência: uma rápida passada de olhos pelo espelho de moldura dourada do vestíbulo a fez se assustar com ela mesma. O cabelo tinha se soltado da trança e os cachos rebeldes caíam-lhe pelo rosto; o vestido, com o qual tinha adormecido, estava muito amarrotado; estava com os olhos inchados, e o rosto estava vincado com as marcas da almofada. Entrou no escritório, abriu a janela e observou tristemente as luzes da cidade, onde naquela noite todos festejavam... menos ela.

– Bela fantasia de Carnaval essa que colocou. – Vitória sobressaltou-se ao ouvir de repente a voz de León. – O que pretende retratar? Uma sinhazinha amargurada?

– Não, chama-se "mulher incompreendida após ter sido moralmente maltratada por um sádico mestiço".

– Tem razão, Vita. Deixe-me reparar meus erros e animá-la um pouco; hoje é seu aniversário. Tome, dê um gole.

Vitória pegou o copo e o esvaziou de uma só vez. Por que não procurar alívio no álcool? Não tinha outro consolo. Aaron tinha viajado repentinamente e estaria fora durante os dias de Carnaval, fato que a desgostou e que Vitória achou uma covardia.

– Venha, vamos dar um passeio.

– Assim, com esta aparência? León, devo me preocupar com seu senso estético cada vez mais debilitado?

– Não vamos encontrar nenhum conhecido.

Vitória, que já estava um pouco sob a influência do uísque, ao qual não estava acostumada, deixou-se arrastar por León rua abaixo, até o primeiro cruzamento. Ali ele chamou uma carruagem.

O ar, quente e pegajoso, cheirava a maresia. Vitória fechou os olhos e tentou aproveitar a viagem, pensando que iriam ao passeio marítimo. Sim, ouvir e ver as ondas surtia sempre um efeito reconfortante. Pelo menos nesse aspecto concordava com León. Talvez ele não fosse assim tão cruel.

Mas os sons que ouviu ao redor a fizeram abrir os olhos. O barulho dos tambores ao longe, os cascos dos cavalos na superfície de pedra, os risos distantes... aquilo não parecia ser um passeio marítimo e solitário à noite.

– Aonde vamos?

– À Lapa, aos desfiles dos negros.

– Que você se sinta bem com eles, até entendo. Mas o que eu farei lá?

– Vai simplesmente ver. Talvez a ajude a pensar em outras coisas.

– Por mim, está bem – disse Vitória, cansada de discutir e relaxada pelo álcool. – Mas nem sequer estou fantasiada.

– Cuidaremos disso já.

León tirou-lhe os grampos do cabelo. Seus grandes cachos negros soltaram-se e caíram, chegando-lhe quase até a cintura. Desabotoou-lhe a parte de cima do vestido até ficar quase indecente, e depois inclinou-se e rasgou-lhe a saia em alguns lugares. Fez tudo isto impassível e sereno, com um olhar frio e gestos decididos. Vitória estava paralisada com o susto.

– Pronto, agora pode se portar como de costume, assim ninguém vai saber que não está fantasiada.

A bofetada que Vitória lhe deu foi tão forte que deixou uma marca vermelha no rosto de León. Nos poucos segundos que ele precisou para reagir, Vitória pegou as rédeas e parou a carruagem. Desceu com um salto e desatou a correr.

Sem rumo definido e com lágrimas nos olhos, correu até ficar sem fôlego. O tornozelo doía; devia ter se machucado ao saltar da carruagem. Continuou a correr, embora mais devagar, tentando ignorar a dor no pé, mas as ruas eram cada vez mais estreitas, o cheiro das tabernas baratas era cada vez pior. Uma negra exageradamente maquiada e com o vestido em farrapos lhe gritou, encolerizada:

– Aqui não, rameira branca! Esta área é minha!

Um mulato bêbado lançou-se sobre ela e lhe apalpou os seios. Com um golpe bem direcionado entre as pernas dele, Vitória se desvencilhou. Um *limão de cheiro*, uma bola de cera cheia de água perfumada, que no Carnaval era tradição lançar às pessoas, roçou-lhe a cabeça. Vitória praguejou.

Nas ruas adjacentes, a situação não era melhor. As casas pareciam não ter mau aspecto, mas a massa de pessoas que haviam se juntado ali para festejar o Carnaval parecia-lhe extremamente ameaçadora. A multidão mexia-se ao ritmo de uma estridente bateria, e um grupo de homens tocava tambor. A maioria tinha tirado a camisa, e os troncos suados brilhavam sob a luz de tochas, os músculos bem marcados sob a pele negra.

Algumas mulheres com os seios nus dançavam com os olhos fechados e uma expressão distante, como se estivessem em êxtase. O espetáculo era de um erotismo tão evidente que Vitória se detive, fascinada. Naquele momento, um mulato agarrou-a pela cintura, segurou-a com força contra seu corpo e mexeu os quadris com força ao ritmo do tambor. Dando um grito, Vitória conseguiu soltar-se do homem, que a olhou sem compreender: só queria dançar lundu com ela.

León encontrou Vitória na entrada escura de uma casa, onde estava agachada como uma criança que pedisse esmolas, chorando como um bebê. Aproximou-se com cuidado, mas, quando ela sentiu que alguém estava por perto, começou a espernear como se estivesse no meio de um enxame de abelhas.

– Shh, sinhazinha! Está tudo bem. Vamos para casa.

Por causa do profundo sentimento de culpa que o assolava, León sentia-se tão mal quanto Vitória, embora não deixasse transparecer. Continuou falando-lhe docemente, como fazia com a filha de Eufrásia, em voz baixa, suave e reconfortante. Quando Vitória parecia ter superado o pânico, pegou-a no colo. Vitória agarrou-se ao pescoço dele, escondeu a cabeça em seu peito e continuou a chorar. Não conseguia parar. Sua cabeça estava novamente em condições de pensar objetivamente, mas as lágrimas continuavam a lhe brotar dos olhos. E, quanto mais carinhosamente León lhe falava e mais delicadamente lhe beijava o cabelo e o rosto úmido, com mais desespero ela chorava.

– Vita – sussurrou ele –, Vita, lamento muito! Oh, meu amor, meu tesouro, me perdoe!

O choro de Vitória não parou até que não deixaram para trás hordas enlouquecidas, as danças obscenas e o retumbar dos tambores. Estavam perto do largo de São Francisco, onde a qualquer hora do dia ou da noite havia inúmeras carruagens à espera de possíveis clientes.

– Não é preciso que continue a me levar no colo – disse Vitória. – Posso parar uma carruagem que me leve de volta à civilização.

León colocou-a no chão, mas, quando ela se pôs de pé, fez uma expressão de dor. Maldito tornozelo; com certeza o havia torcido! León não disse nada. Voltou a pegá-la no colo e a levou até a praça.

Um negro desalinhado indicou-lhes a primeira carruagem da fila, mas León, ao ver o coche, decidiu não entrar. O negro e o cocheiro gritaram, insultando-o, mas León deixou Vitória numa carruagem que lhe pareceu mais digna de confiança.

– Muito obrigada por este aniversário inesquecível – disse Vitória. – Não se preocupe comigo. Volte para o desfile de Carnaval e se divirta com a sua gente.

– E quem a levará para casa? O cocheiro? Tem dinheiro para pagá-lo?

Vitória se deu por vencida. Com um tornozelo dolorido e sem um trocado no bolso, não tinha outro remédio senão continuar a aguentar León. Este deu instruções ao cocheiro pela janela e entregou-lhe uma nota. A carruagem começou a andar.

León sentou-se diante de Vitória, tirou-lhe a bota de verniz e a meia, e colocou seu maltratado pé em cima dos joelhos para examiná-lo.

– Não está assim tão mal. Como consegue dar aqueles pulos com sapatos de salto alto, sinhá?

Esperou sem êxito uma resposta ofensiva. Emocionada com a imagem da forte e escura mão dele em seu pé inchado, pelos delicados círculos que os dedos dele traçavam e pela sua doce voz, Vitória voltou a chorar.

XXIX

FERNANDA CUMPRIU SEU OBJETIVO: CASOU-SE. O casamento foi uma das festas mais bonitas já celebradas no Quintino. O noivo, com sua roupa nova, e a noiva, com um vestido branco simples e algumas flores de jasmim no cabelo, faziam um belo casal. Um jovem do bairro que estava aprendendo o ofício de fotógrafo pediu a máquina ao chefe e imortalizou o radiante casal sob a mangueira centenária. Mais tarde viria a se comprovar que a fotografia era tão boa que o chefe do rapaz a publicou como sendo sua e ganhou com ela o primeiro prêmio de um concurso. No jardim dos fundos da casa de Fernanda colocaram uma mesa comprida na qual se dispuseram todos os pratos quentes e frios trazidos por vizinhos e amigos. Numa chapa rústica, o encarregado da taberna, que naquele dia esteve fechada, assou salsichas, costeletas de porco e camarões gigantes que um amigo que trabalhava no porto havia ganho de um pescador. Uma orquestra improvisada de acordeão, tambor e violão convidava para a dança, os jovens peritos em capoeira deram mostras de sua habilidade acrobática, as moças, em coro, cantaram duas ou três canções ousadas que não tinham aprendido na igreja. José, com seu velho e gasto uniforme de cocheiro, mas muito bem-arrumado, estava sentado a um canto do jardim, flertando descaradamente com Luíza, que tinha tirado o dia de folga para poder ir à festa. Não era todos os dias que se casava um antigo escravo da Boavista.

Félix era o homem mais feliz do mundo. Não perdeu de vista nem por um segundo a noiva, que emocionada ia de convidado em convidado, rindo alegremente com eles, permitindo ser beijada pelos homens e admirada pelas mulheres, sem parar de lançar a Félix insinuantes olhares de cumplicidade. Tinha tanta vontade quanto ele de que chegasse a noite de núpcias.

Quando já começava a cair a noite, nos pratos só havia mosquitos mortos e muitos dos convidados estavam sentados nos bancos de madeira que Fernanda tinha espalhado pelo jardim, chegaram dois convidados cuja presença deu muita alegria a Félix e a Fernanda. León e dona Doralice abraçaram carinhosamente o casal e transmitiram-lhe seus melhores desejos e algum ou outro conselho mais picante. Mas Félix e Fernanda já tinham ouvido tantos, que nem sequer olharam envergonhados para o chão. León e dona Doralice entregaram-lhes um presente embrulhado com cuidado, e Félix deu a Fernanda o privilégio de ser ela a abri-lo.

Fernanda desfez com cautela o laço de veludo, tirou a fita da caixa e levantou a tampa. Félix, na ponta dos pés, observava nervoso.

– Oh! É... é... oh, muito obrigada!

Fernanda abraçou primeiro dona Doralice, depois deu dois beijos em León.

Félix teve de afastar a noiva com o cotovelo para ver o que estava dentro da caixa. Não entendia o que tinham de especial simples talheres, mas notou que a alegria de Fernanda era sincera, e também ele ficou feliz. Esticou os lábios num amplo sorriso que deixou à vista sua língua de cor negro-rosada: tinha comido muitos jambos da árvore do jardim. Estendeu a mão para dona Doralice e deu palmadinhas nas costas de León.

– Meus Deus, estes talheres de prata devem valer uma fortuna! Não vamos conseguir dormir com medo que os ladrões entrem no nosso barraco.

– Mas Félix... – León ia dizer, mas o olhar do jovem o deteve. Pelo visto, Fernanda não sabia de nada a respeito da casa que Félix havia comprado em Novo Engenho, um bairro modesto para a classe média baixa, mas que comparada ao barraco de madeira de Félix era como um palácio.

– Com certeza, logo vocês mudarão para um bairro melhor – disse dona Doralice –; dizem que o comércio dá ótimos lucros.

– Ah, ainda vai levar algum tempo! Temos de pagar a loja antes de pensar em nos mudar. E pagar as dívidas aos nossos amigos. Mas hoje não falaremos disso. Venham; ainda há um pouco de bolo, e também temos ponche.

Os talheres de prata aceleraram os acontecimentos. Félix, que tinha poupado muito mais dinheiro do que deu a entender a Fernanda, realmente havia comprado uma casa como presente de casamento para ela, mas não havia acabado as obras a tempo. Tinha ouvido falar tanto de Novo Engenho, onde morava um conhecido seu, que foi até lá à procura de um lugar apropriado para eles. A casa pela qual acabou por se decidir era sólida, mas não estava em bom estado, e Félix queria reformá-la antes que a mulher a visse. Mas os talheres de prata aumentaram a vontade de Fernanda em ter um lar e ajeitar a casa que tinham, fato pelo qual Félix se viu obrigado a lhe revelar o segredo antes do previsto. Para que gastaria tempo e dinheiro arrumando sua casa se muito em breve morariam em outro lugar? Três semanas depois do casamento foi com ela até Novo Engenho, abriu a porta da casa de um só andar e escreveu na sua lousa: "Bem-vinda ao lar!".

– O que significa isto? – perguntou Fernanda à porta, que não tinha coragem de transpor.

"É sua. Nossa."

Então Félix pegou Fernanda no colo, atravessou a soleira, colocou-a no cômodo mais bonito e, sorrindo, beijou-a orgulhoso.

– Mas... como é que conseguiu? – exclamou Fernanda quando finalmente se deu conta. Depois atirou-se nos braços de Félix e acariciou-lhe o pescoço, o peito, as costas, e ele reagiu precisamente como ela pretendia. Meu Deus, se o desejo dele continuasse a aumentar daquela maneira, logo não fariam mais nada... Teriam até de dar rédea solta a seus impulsos na loja, atrás do balcão!

– Que maneira tão bonita de estrear a casa! – sussurrou Fernanda, ainda arfando e transpirando. – Ai, Félix, é linda! Tem até um telhado com telhas, o chão com mosaicos e boas grades nas janelas, como a casa das pessoas elegantes. E quando tivermos pintado as paredes de azul-claro e as portas de branco...

Félix ficou satisfeito em ter mostrado a casa a Fernanda antes de as obras acabarem, porque ele teria pintado as paredes de branco e as portas de verde-escuro.

Mudaram-se uma semana depois. Fernanda entregou-se com enorme entusiasmo aos trabalhos de melhoria da casa. Enquanto ele trabalhava na loja todos os dias das oito às oito, Fernanda pintou as paredes, arrumou os modestos móveis, plantou flores no jardim, fez capas para as almofadas, encerou o chão, limpou as janelas, raspou a ferrugem e a sujeira do fogão até parecer novo, e além disso fazia os pratos preferidos do marido.

Félix tinha saudade dela na loja, já que Fernanda tinha uma maneira de lidar com os clientes que não se aprendia com facilidade. Por outro lado, era para ele um prazer enorme chegar ao fim da tarde à sua casa limpíssima e apreciar uma boa comida e o sedutor corpo da mulher. Félix sentia-se no paraíso. E Fernanda também.

A felicidade pareceu estar completa quando Fernanda, dois meses depois do casamento, lhe disse por entre lágrimas de felicidade que estava à espera de um bebê. Mas a gravidez não a favoreceu. Tinha enjoos e mudanças bruscas de humor. Às vezes desatava a chorar desconsoladamente só porque Félix se atrevia a lhe dizer que havia caído um botão de sua camisa. Outras vezes o repreendia porque ele fazia muito barulho para tomar sopa. E quase todos os dias o recriminava por sua suposta traição. Cada vez estava mais convencida de que Félix devia tê-la consultado a propósito da compra da casa. Acusou-o de ter agido pelas suas costas, de ter empregado mal o dinheiro que haviam ganho juntos.

"Mas era uma surpresa", escreveu ele.

– Surpresa! Talvez eu gostasse mais de ter ido viver em outro lugar. Também tinha direito de opinar, ou não?

Félix não sabia o que fazer. Tanto fazia ser amável com ela ou que lhe trouxesse coisas bonitas da cidade: ela arranjava sempre um motivo para se zangar com ele. Algumas vezes era o preço de uma mesa de costura – "por esse preço podíamos ter comprado uma nova" –, outras vezes era a cor de um lenço de que ela não gostava. Se pelo menos o satisfizesse fisicamente! Mas ela se negava sempre, aludindo ao bem-estar da criança ainda não nascida.

Félix contou seus males a José. O velho cocheiro, que agora vivia sozinho no barraco de Félix, onde uma vizinha cuidava dele de vez em quando, compreendia melhor que ninguém a mímica e as expressões de Félix. E seus problemas também.

– Mulheres! Quando ficam grávidas são insuportáveis. Mas isso passa depressa. Continue a ser amável com ela e não dê importância a isso. Não há nada que ela possa fazer, faz parte da natureza feminina.

Félix torceu a boca insatisfeito. Belo conselho... Fazer de conta que não tinha acontecido nada? Isso não combinava com seu jeito de ser. Tinha de arranjar outra solução.

– Pode falar com Luíza. Ela conhece métodos e recursos para aplacar os deuses, e sua Fernanda também.

Os deuses, que ideia mais tola! Bom, talvez valesse a pena tentar. Os conselhos de José sempre tinham funcionado bem e, afinal de contas, em seus momentos de lucidez José revelava mais razão, sabedoria e experiência que muitos dos homens letrados que frequentavam sua loja.

Tinha sido José quem havia convencido Félix a não abandonar o Rio, deixando o caminho livre para Zeca.

– Tem de ir à luta, rapaz! Ela ainda não se casou com esse sapateiro, e não acredito que se case. Só quer provocá-lo, ferir seu orgulho, obrigá-lo a agir. Se for embora agora, perderá toda a consideração que ela tem por você, e a que eu tenho também. A moça gosta de você; isso é evidente.

Embora Félix não acreditasse que o velho pudesse compreender tão bem o que se passava na cabeça confusa de uma mulher jovem, seguiu seu conselho. Não tinha nada a perder. Das duas uma: ou teria sucesso, e nesse caso teria valido a pena qualquer humilhação, qualquer desonra, ou não teria êxito, e então sempre podia desaparecer e nunca mais voltar a ver as testemunhas de seu fracasso.

Teve sorte. Após a proposta que Félix lhe fez por escrito, Fernanda olhou para ele com um olhar travesso e disse:

– Eu não falei que ia me casar? Agora você entende por quê!

Depois atirou-se no pescoço de Félix, o que ele, com o estômago ainda contraído devido ao nervosismo, interpretou como um "sim". Que esperta a sua pequena Fernanda! Armou uma armadilha, e o apanhou com ela. E ele só podia estar grato. Deu a Fernanda um anel de prata simples, beijou-a e a observou com uma mescla de desconfiança e desejo. Que outros truques ela teria na manga?

Pouco depois, Fernanda convenceu-o a deixar de trabalhar com Lili.

– Quando você arranjar um emprego digno de respeito, nós nos casamos.

Para alcançar seu objetivo, privou Félix de todas as liberdades a que já tinha se acostumado. Nada de beijos nem de carícias delicadas, tampouco de abraços apertados! Apesar da tortura também afetá-la, Fernanda manteve-se firme... até que pouco antes do Carnaval ele deixou o emprego na casa de Lili.

– Félix – gritou-lhe ela –, não pode fazer isso comigo. Espere pelo menos até a Quarta-Feira de Cinzas; a partir daí teremos menos trabalho.

Mas sua decisão era firme, reforçada pelo empréstimo de León e que lhe facilitaria o acesso à papelaria de Gustavo.

Depois do Carnaval, Félix começou a fazer a administração das contas da loja. Um mudo dificilmente poderia se dedicar à venda. Passava doze horas por dia sentado num escritório pequeno e pouco arejado e gostaria de ter mandado tudo pelos ares. Mas o velho Gustavo estava tão entusiasmado com seus conhecimentos nem sempre legais de evasão de impostos, que foi lhe dando cada vez maior responsabilidade e começou a lhe pagar mais. Que sorte ter encontrado aquele rapaz! Félix, que não perdia de vista a possibilidade de vir a ser o proprietário da loja no futuro, aceitou ajudá-lo algumas horas por dia, a princípio no cargo mais baixo, como um faz-tudo. Subia as escadas para buscar pacotes de papel pesados a quase cinco metros de altura; ia ao armazém pegar as tintas que os clientes pediam e que às vezes tinham secado devido ao calor e às más condições de armazenamento; desempoeirava centenas de pastas que estavam havia anos à espera de um comprador; teve de aguentar os idiotas que passavam os dias de mãos abanando, mas que se colocavam em movimento assim que havia um cliente à vista. E observava. Félix rapidamente percebeu o que podia ser melhorado, onde se podia economizar e como seria possível atrair mais clientes.

E eis que, num belo dia de abril, Gustavo sofreu um derrame, morrendo pouco depois. A família de Gustavo, que não queria ter nada a ver com a loja, ficou muito satisfeita com a ideia de Félix desejar comprá-la. Félix adquiriu o negócio arruinado por um preço justo, e tinha certeza de que, com algumas inovações e muito trabalho, recuperaria com rapidez o investimento. Fernanda o apoiou, e, como logo seria sua esposa, rebatizaram a loja com um nome originário das primeiras letras dos nomes de ambos: Fé, em sinal da confiança que depositavam no futuro.

Não teria desafiado demais o destino? Da sua sólida crença na sorte já quase não sobrava nada depois de Fernanda tê-lo tratado tão mal nas últimas semanas. Em muito pouco tempo tinha reerguido a loja, comprado uma casa, casado e gerado um filho, e apesar disso tudo não sentia nem metade da felicidade que deveria sentir. Aplacar os deuses! Primeiro tinha de aplacar a ele próprio, porque, caso contrário, a pressão a que o submetiam o trabalho, as dívidas, a responsabilidade e a lamurienta esposa o faria perder o controle e – Deus quisesse que não! – levantar a mão contra Fernanda. Félix olhou desconsolado para José, e no olhar ausente do velho conseguiu ver que havia fugido de novo da realidade. Em que estado mental estaria ele ao dizer aquilo sobre os deuses? Bom, pensou Félix, tanto fazia, não tinha nada a perder em fazer uma visita a Luíza.

Luíza riu abertamente na cara dele.

– Nisso não pode ajudá-lo nenhuma mãe de santo. Elas não praticam sua magia com grávidas.

Ela deu a Félix uma caneca grande de chocolate, depois tirou do fogo um tacho que emanava um saboroso aroma de cebola, alho e carne, e virou-se para Félix. Para conversar com o rapaz não bastavam os ouvidos; eram necessários os dois olhos e muita concentração.

– Quando uma moça foge com outro, aí sim pode-se fazer alguma coisa. Se olhar para outros homens, se for vaidosa, se for indiferente com você... para tudo isso existem remédios. Mas, com uma grávida, é preciso aceitá-la como tal. Rapidamente passa. – Olhou para Félix com compaixão. – E como está o José, aquele velho conquistador?

Félix explicou-lhe por gestos que o velho não andava bem, que estava cada vez mais ausente, que falava cada vez mais de uma tal Marta. Félix escreveu na lousa: "Marta?". Mas Luíza, que não conhecia outra letra senão o L, não entendeu nada.

– Espere um instante. Já, já resolvemos isso. O sinhô Pedro está em casa, ele pode traduzir os seus garranchos.

Quando pouco depois voltou à cozinha, seu rosto tinha uma expressão grave.

– Ele falou da Marta? Isso não é nada bom. Pensei que ele já tivesse apagado esse capítulo da memória.

Félix deu-lhe a entender, batendo inquieto os dedos na mesa, que queria saber quem era essa tal Marta.

– Marta era a mulher de José. Seu antigo senhor a vendeu a um barão de borracha de Manaus, e vendeu José ao senhor Eduardo. O senhor não se importou que ela estivesse grávida. Ai, Félix, ele se sentiu tão infeliz! Naquela época, José nunca ria, também não chorava, estava sempre muito sério. Mas as coisas são assim, e o tempo cura todas as feridas. E tudo corria tão bem para nós na Boavista...

Félix olhou com tristeza para os pequenos e inteligentes olhos de Luíza. O que teria acontecido a Marta na agreste selva do Amazonas, onde nenhum escravo aguentava mais de dois anos extraindo borracha, porque a malária ou a febre amarela davam fim à vida deles? Mesmo quando Félix estava na Boavista, os escravos tinham pânico de ser vendidos e levados para esse inferno verde. Era o maior castigo possível, embora nunca se impusesse na Boavista, onde se castigavam com benevolência os escravos preguiçosos, rebeldes ou desleais. E a criança? Será que Marta chegou a tê-la? Teria sobrevivido? Estaria agora ali por perto? Que martírio para o velho José imaginar o que teria acontecido com o fruto do seu amor por Marta!

Impressionado, Félix voltou para casa. A visita a Luíza pelo menos teve uma coisa positiva: a história do velho o fez ver como as coisas corriam bem para ele. Era livre, jovem e saudável. E, se Fernanda voltasse a ser como antes, seria imensamente feliz.

Os enjoos e o mau humor de Fernanda logo desapareceram. E quanto mais engordava, mais Félix a amava. Quando sentiu os primeiros chutes na barriga, ela pegou sua mão, colocou-a sobre o volumoso corpo e disse:

– Sinta. Ele já faz capoeira.

Félix gostaria de ter gritado de felicidade. Passava cada segundo do seu tempo livre com Fernanda, fazia o serviço da casa por ela, trazia comida para que ela não tivesse de ficar muito tempo junto ao fogão, e até pagou uma mulher para que lavasse a roupa, embora Fernanda se zangasse com ele por ter essa despesa tão supérflua. Fazia-lhe massagens nos pés inchados e colocava rodelas de limão em sua testa quando lhe doía a cabeça.

A loja e Fernanda não deixavam para Félix tempo suficiente para tratar de José como teria sido necessário. Félix ia no máximo uma vez por semana ao antigo bairro, e às vezes passavam-se até quinze dias antes de, com a consciência pesada, dar uma passada por lá a fim de verificar se o velho estava bem. Em

444

novembro, o calor sufocante e diversos problemas surgidos na loja fizeram com que Félix tivesse de adiar a visita, a qual já considerava uma obrigação aborrecida, até que, no dia em que apareceu, encontrou a casa vazia. Félix foi à casa ao lado buscar José. Mas a vizinha cobriu o rosto com as mãos e disse entre soluços:

— Santa Maria mãe de Deus! Então não sabe? José morreu anteontem.

Félix quis saber por que razão ninguém o tinha avisado.

— O Zé disse que ia passar pela sua loja.

Mas o Zé afirmava que tinha mandado Zambo, que por sua vez dizia que havia dado a triste notícia a um careca com um avental verde. Pela descrição, Félix soube de imediato que se tratava de um dos empregados, Sebastião, a quem despediria assim que pudesse.

Os antigos vizinhos contaram-lhe diversas versões de como José tinha morrido. Zambo dizia ter visto José cair no meio da rua, enquanto dona Juliana sabia "com certeza absoluta" que José estava em perfeitas condições e que tudo podia ser considerado um trágico acidente. Feijão dizia ter reparado que José escovou muito bem seu uniforme, como se fosse ao próprio enterro, enquanto a pequena Joana dizia ter ouvido naquela noite José cantar uma alegre canção. Félix tirou as próprias conclusões de todas as observações: José havia se levantado de noite, se perdeu e acabou por chegar à rua principal, onde uma carruagem o atropelou. Que terrível morte teve o velho cocheiro!

O enterro de José foi simples mas cheio de dignidade. Estavam presentes quase todos os vizinhos do Quintino, tal como a família Silva e todos os seus criados, que conheciam José dos tempos da Boavista. Luíza estava junto ao túmulo de tal maneira desfeita pela dor, como se fosse a própria viúva. Eduardo, que José acompanhou em todas as tristezas e alegrias da vida adulta, chorava sem lágrimas; só o delatavam os movimentos convulsivos do corpo e o terno preto. Félix e Fernanda mantiveram-se de mãos dadas, tal como Pedro e Joana. Só Vitória e León estavam meio metro separados um do outro, olhando com tristeza para o túmulo aberto. Félix, que ali via muitos dos seus conhecidos da Boavista pela primeira vez desde sua fuga, não pensou nem uma única vez na aparência, na atitude nem na presença de ninguém: a dor o impedia de ver o que acontecia à sua volta.

Quando acabou o enterro, Jorge aproximou-se de Félix.

– Ele me pediu que esperasse até estar debaixo da terra.

Dizendo isto, tirou do bolso interior do casaco um papel com manchas de gordura, desdobrou-o e o entregou a Félix para que o lesse. Era o testamento que José havia ditado ao amigo Jorge, que era membro do conselho do bairro, como era designado agora o antigo conselho de idosos.

> *Querido Félix:*
>
> *Quando ler isto, já terei morrido. Mas não fique triste, porque agora estou no céu com minha Marta. Como não sei onde vive meu próprio filho, se é que está vivo, e como você sempre foi para mim um filho querido, quero que herde tudo o que eu tenho, exceto o violino, que é para Luíza. E o baú com as munições de prata também.*
>
> *Fui escravo a vida toda, trabalhei cinquenta anos como cocheiro. Os senhores davam-me sempre uma moeda, os convidados também, ou os artesãos, os comerciantes e os doutores, quando levava ou ia buscar alguma coisa, e, quando se poupa, junta-se uma boa quantia. Há anos que podia ter comprado minha própria liberdade, mas para quê? Na Boavista a vida era boa para mim, e para que eu desejaria pagar pela comida, pela roupa ou por um quarto quando tinha tudo de graça? Sendo assim, não gastei um único vintém, e agora você herda uma pequena fortuna. Além disso, merece, porque sempre foi um bom rapaz e se preocupou comigo sem pedir nada em troca. O dinheiro está no Banco do Brasil, é verdade – acredita? O velho José tem uma conta bancária própria! Só tem de ir lá buscá-lo, mas o aconselho a deixar lá, uma vez que se multiplica cada vez mais.*
>
> *Bom, rapaz, seja bom para Fernanda, cuide de Luíza se ela ficar doente e leve uma vida que agrade a Deus. Adeus.*
>
> *Assinado: José da Silva – +++*

As três cruzes que representavam a assinatura de José emocionaram Félix. O velho não sabia ler nem escrever, mas que nobreza de coração que ele tinha! Félix guardou o testamento com as mãos tremendo. Colocou o braço nos ombros de Fernanda, que havia se aproximado, e deixou cabisbaixo o cemitério de São João Batista. No fim do dia, quando Fernanda já tinha lido o testamento,

Félix lhe disse que tinham de procurar os descendentes de José. Mas Fernanda o fez repensar a decisão.

– Não sabemos nada. Nem onde Marta foi parar, nem que nome deu ao filho. Sequer sabemos se é homem ou mulher. Tudo aconteceu há quase cinquenta anos, acho que não podemos fazer nada. – Mas, como continuou a ver um brilho de esperança no olhar de Félix, acrescentou: – E já não se podem consultar as atas. Não ouviu? Aquele ministro, o Rui Barbosa, quer destruir todos os papéis dos arquivos que registram a compra, a venda, o nascimento e a morte dos escravos. E é supostamente para nosso bem: assim os senhores não poderão pedir indenizações por danos e prejuízos ao governo.

Não foi fácil convencer o banco de que ele era o herdeiro legítimo de José. Requisitaram tantos certificados, documentos e testemunhos, que tudo aquilo foi uma enorme dor de cabeça para Félix. Depois de andar de um lado para o outro sem parar, conseguiu todos os papéis necessários, desenvolveu uma grande antipatia pelos burocratas e conseguiu, enfim, dar uma passada de olhos nas contas. A quantia que José tinha conseguido juntar depois de toda uma vida a subsistir da caridade fez Félix estremecer. Cento e oitenta mil-réis! Era suficiente para pagar todas as dívidas, comprar prateleiras novas para a loja e uma cama grande de casal para a casa, um berço e um sofá! Meu Deus! Por que José teria ocultado sua fortuna? Com aquele dinheiro, o velho podia ter vivido confortavelmente, ter comprado roupa nova e até mesmo um cavalo! E Félix podia ter pago um caixão melhor e uma lápide de mármore. Sim, isso seria a primeira coisa a fazer: substituir a modesta cruz de madeira por uma elegante lápide com um medalhão com a imagem de José e algumas palavras bonitas, qualquer coisa distinta como: "Aqui jaz José da Silva, fiel escravo dos seus senhores, humilde servidor do seu criador". Mas Fernanda o convenceu de que seria mais apropriado outro epitáfio. E, quando Félix viu enfim as palavras "Boa sorte na sua viagem de carruagem para o céu" gravadas na lápide, teve de limpar furtivamente pequenas lágrimas dos olhos.

Sua tristeza pela morte de José foi substituída pela imensa alegria do nascimento de seu primogênito. Na manhã do dia 1º de janeiro de 1891, Fernanda, num parto rápido, sem complicações, mas muito doloroso, e com a única ajuda de uma parteira que ainda não tinha se recuperado muito bem da passagem de ano, deu à luz um menino. Era uma criatura forte com uma vigorosa e potente voz, o que alegrou especialmente Félix: durante os nove meses de gravidez havia temido que a mudez fosse hereditária. Em relação ao nome, fazia muito tempo que Fernanda e ele haviam chegado a um acordo: se fosse menina, se chamaria Felicidade; se fosse menino, seria batizado como Felipe. Afinal de contas, Fé, que já era um negócio florescente, passaria um dia para o filho.

XXX

— O BRILHO DAS CORES É FASCINANTE.
– Ligeiramente intenso, muito colorido, como a natureza desta terra, não é verdade?

– O céu é de um azul quase divino; a vegetação, de um verde que só se encontra nos trópicos.

– Tal e qual.

– E na brilhante cor rosácea dos vestidos o artista captou o calor dos habitantes desta magnífica terra e de seu ambiente.

– Seria melhor se tivesse utilizado um tom laranja-escuro para refletir o calor ardente.

Mario Gianecchini olhou para León, piscando os olhos.

– Parece-me que não está levando a sério os meus elogios.

– Para mim é óbvio que só quis ser educado. Este quadro é horroroso, e ambos sabemos disso.

– Não; eu gosto. Só a perspectiva é que me parece ligeiramente deformada.

O comentário era muito benevolente. A casa, diante da qual estavam Vitória e León Castro, era ladeada no quadro pelo Pão de Açúcar, à direita, e pela igreja da Glória, à esquerda, e atrás dela viam-se, ligeiramente difusos, uma praia e o topo do Corcovado. Na sua tentativa de captar a aura especial do local, o artista modificou a geografia do Rio. E essa não era a única coisa que tinha transformado. Vitória, com um vestido de noite cor-de-rosa com vários babados, olhava com um sorriso doce para o observador e se parecia surpreendentemente com a Virgem Maria que costumava aparecer nos postais. León, no quadro dois palmos mais alto que ela, quando na realidade era só pouco mais que um, tinha um tom de pele mais claro, os cabelos castanhos e um fantástico uniforme de gala, parecendo um bondoso patriarca.

449

Havia muito tempo que Vitória não observava calmamente o quadro, que, com os seus dois metros de largura por três de altura, dominava toda a sala de jantar. Era como um tapete valioso, um móvel herdado ou uma elegante xícara de porcelana, que a princípio é maravilhosa e se usa com enorme cuidado, até que depois o hábito a torna sem valor nenhum. Para Vitória, o quadro não era mais interessante do que o papel de parede com motivos florais... até que seu convidado reparara nele. Ela o achava excessivamente pretensioso. Como podia ter apreciado em algum momento aquela representação tão enaltecedora de León e dela? E como continuava pendurada ali aquela monstruosidade que ridicularizava seu casamento desfeito?

– Caro senhor Gianellini – disse, tentando desviar a atenção do horrível quadro –, conte-nos...

– Gianecchini.

– Oh, sim, imperdoável de minha parte! Bom, senhor Gianecchini, fale-nos melhor das suas impressões a respeito do Brasil. É a primeira vez que visita o país, não é? Gostou do Rio de Janeiro?

– Ah, *cara signora* Castro! Mal consigo exprimir minha admiração com palavras. Que cidade! Que povo! Tudo tão cheio de cor, tão barulhento, tão caótico... tão vital. Hoje seu excelentíssimo marido levou-me a um mercado, onde encontrei centenas de motivos para meus quadros: as bancas de cocos e mandiocas; as pilhas bem-arrumadas de frutas que na Europa custam uma fortuna: mangas, abacaxis, maracujás e muitas outras que eu não conhecia e cujos nomes tive de tomar nota; as vendedoras negras com seus turbantes brancos; os criados das pessoas ricas que vão às compras e levam a arrogância estampada no rosto; o organista desdentado com um pequeno macaco sentado no ombro; as gaiolas dos pássaros das casas ao redor, nas quais exóticas aves limpavam as penas; e... ai, tantos detalhes pitorescos, além de sons e cheiros desconhecidos, e o calor... uma festa para os sentidos!

– León – interveio dona Alma –, por que não mostra a seu amigo as partes bonitas da cidade, o palácio imperial ou as belas igrejas barrocas? Ele deve achar que vivemos longe de qualquer cultura e civilização.

– Caríssima *signora* dona Alma – respondeu Gianecchini em vez de León –, seu genro foi muito amável ao cumprir meus desejos. Eu queria ver os mercados, os bairros pobres, os pontões do porto, mas também os parques e o *giardino* Botânico. Na Itália, o que não nos falta são igrejas, além de palácios, monumentos e museus. Mas não temos nem negros, nem indígenas, tampouco conhecemos esta variedade de plantas e animais, embora a Itália seja o país mais alegre e produtivo da Europa, como por certo seu genro já lhe terá contado.

Sim, tinha contado, pensou Vitória. Havia muito, muito tempo, quando ele ainda era um ousado empreendedor e ela uma sinhazinha, e quando se deixara impressionar tanto pelos hábitos mundanos de León que até se casou com ele. Nunca falava das pessoas que havia conhecido pelo mundo, dos amigos que tinha feito, nem das pessoas famosas com quem havia se encontrado. Por isso ficaram tão admirados quando algumas semanas antes ele lhes comunicou a visita de um velho amigo, um pintor de Milão.

Não era habitual León convidar pessoas para irem a sua casa, provavelmente porque ele próprio já não se sentia confortável em seu lar. Nos últimos meses havia passado mais noites no Hotel Bristol do que no próprio quarto. Vitória calculou que ele queria que o amigo de outros tempos visse como viviam os brasileiros ricos. A maneira como o italiano olhava para ela, os pais, os criados, a casa e a comida confirmou essa suspeita. Para o artista, todos eles não eram mais do que objetos de estudo, material para seus quadros. Cem anos depois, qualquer visitante de qualquer museu de terceira categoria na Itália observaria divertido um quadro no qual eles estariam representados em um jantar: uma jovem elegante para a qual a criada negra olha com expressão recriminatória; uma arrogante senhora vestida de preto; um senhor mais velho, ausente, contemplando a "exótica" comida no prato; o dono da casa com as pernas indolentemente esticadas e chinelos bordados nos pés; sob a mesa, um cão gigantesco roendo um osso. Sim, Vitória via nitidamente a obra de arte já acabada, e esperava que o artista, no seu entusiasmo, não pintasse o quadro com muito realismo. Os primeiros cabelos grisalhos de León e as marquinhas avermelhadas no queixo não eram um adorno agradável. Seria melhor que a posteridade a visse como no horroroso quadro da sala de jantar.

– E o que pensa o senhor dos brasileiros? Não acha que são uma raça muito peculiar? – perguntou dona Alma, como se ela própria não fosse brasileira e tendo a nítida intenção de que o convidado criticasse seus compatriotas. Mas ele não lhe fez esse favor.

– Sim, com certeza, uma raça muito peculiar. Até agora os achei muito educados e extremamente amáveis. Aqui, com os senhores, que falam todos um belíssimo francês, é mais fácil me fazer entender com os meus escassos conhecimentos desta bela língua. Mas lá fora, no meio do povo simples, dependo da ajuda e da boa vontade das pessoas. E acredite, cara *signora* dona Alma, em nenhum outro lugar do mundo a comunicação funciona tão bem como aqui. É surpreendente tudo o que as pessoas conseguem compreender quando se querem fazer entender.

Dona Alma não estava muito satisfeita com a resposta de Gianecchini, mas achou amável o elogio que ele fez a seu francês, que decaíra bastante desde os tempos de escola.

– E esta mistura de raças! – continuou ele. – É única no mundo! Nos Estados Unidos da América, onde a população é composta por brancos e negros numa proporção semelhante à do Brasil, veem-se muito poucos mulatos. Aqui, em contrapartida...

– Sim, é uma vergonha.

Dona Alma abanou a cabeça tristemente. Vitória viu que León se divertia, como se ficasse satisfeito com a tempestade que aquele mal-entendido ia provocar.

– Uma vergonha? Não, pelo contrário. É uma bênção! Em nenhum outro lugar vi tantos tons de pele como aqui, tantas cores de olhos, tantas alturas diferentes, tantos tipos de cabelo. É um milagre da natureza! Numa papelaria onde fui comprar material de pintura vi hoje um mulato que tinha os olhos quase da mesma cor da do seu estimado marido. Falo sério! Não é incrível? Um homem de pele escura, com os traços de um branco e os olhos claros, de cor castanho-acinzentada com pintas verdes, o que para um artista representa um desafio único.

– Em outros tempos essa criatura teria baixado a vista em sua presença. Não teria conseguido observar os olhos dele com tantos detalhes.

O entusiasmo fazia com que o homem fosse totalmente insensível às mordazes observações de dona Alma. Vitória suspirou para si quando ele prosseguiu com suas explicações, sereno.

– Ainda bem que hoje é tudo diferente. Sim, e depois vi uma moça de pele muito escura, quase negra, com o cabelo de índia, comprido, liso, muito preto, preso em duas tranças. E um...

– Deixe pra lá, Mario – interrompeu León. – Meus sogros e minha mulher não dão valor à mistura de raças, por mais espetacular que seja o resultado.

Vitória se remexeu na cadeira antes de notar que León a observava fixamente. O que desejava ele? Tinha de falar do "espectacular resultado da mistura de raças", da qual ele se considerava, sem dúvida, a culminação máxima?

– Exceto no caso do meu cão, claro – disse ela, dando umas palmadinhas na barriga de Sábado, que estava sob a mesa. – Mas diga-me, senhor Giannini...

– Gianecchini.

– Desculpe, senhor Gianecchini. Em que outras coisas acha que nos diferenciamos dos europeus?

– Em muitas, demais. Não quero aborrecê-los, pois com certeza os senhores também sabem.

– Não, diga, diga. Nunca estive na Europa – disse Vitória, olhando para León propositalmente. – Gostaria de saber que aparência tem um europeu.

Não mencionou que conhecia inúmeros franceses, ingleses, italianos, holandeses e alemães no Rio, e a opinião que estes tinham dos brasileiros.

– Bom, uma delas é o ritmo de vida diferente deste povo, que sem dúvida se deve à temperatura. As pessoas andam mais devagar, quase se arrastam. Quem anda depressa ou correndo quase parece suspeito.

– Claro – interveio dona Alma –, só os ladrões e os judeus é que correm.

Mario Gianecchini pigarreou, incomodado.

– Também acho que o brasileiro branco de origem portuguesa tem mais tempo livre que os endinheirados burgueses da Europa. Não o vejo trabalhar.

– Que amabilidade de sua parte exprimir-se num vocabulário tão rebuscado, senhor Giovannini. Mas...

– Gianecchini.

– Meu Deus! Desculpe-me, por favor, mas por que o senhor tem um sobrenome tão difícil de pronunciar? Permite-me que o trate por Mario? Não gostaria de voltar a ofendê-lo trocando seu sobrenome novamente. Trate-me por Vita, por favor.

– Com certeza, *signora* Vita.

– O que eu queria dizer é que não tenha medo de afirmar, Mario: meus compatriotas são preguiçosos.

– Vitória! – exclamou o pai, tomando a palavra pela primeira vez.

Vitória o ignorou. A aversão ao trabalho de Eufrásia, Rogério e tantos outros velhos e novos conhecidos que consideravam sua cor de pele como licença para viver sem trabalhar havia sido sempre para ela motivo de aborrecimento... e um dos seus assuntos de conversa preferidos. Ficou satisfeita com o fato de o amigo de León ter detectado com tanta rapidez um dos pontos fracos da república. As pessoas com formação continuavam a explorar os negros analfabetos, que, tal como nos tempos da escravidão, continuavam a desempenhar as piores tarefas. Os mulatos com formação escolar rudimentar ou os brancos das classes modestas dominavam o artesanato e o pequeno comércio. Os "senhores", pelo contrário, só se esforçavam ligeiramente para conseguir viver trabalhando o menos possível: o protecionismo e a corrupção davam frutos fantásticos.

Sim, a classe alta "portuguesa" era preguiçosa, e Vitória era uma das pessoas que mais lamentavam essa infeliz atitude. Mal havia funcionários que fizessem qualquer coisa sem a correspondente comissão, e já não havia policiais honestos, nem inspetores de finança decentes. Nas faculdades pagava-se aos professores para que conferissem o grau de licenciatura ou até de doutor aos estúpidos filhos de famílias com um sobrenome ainda influente. Nas obras públicas já não se dava valor ao sentido ou à necessidade de cada projeto, mas sim se aprovava qualquer plano absurdo se em troca se desembolsasse uma boa quantia. Os pedidos de fontes ou estátuas para as praças públicas não recaíam nos artistas mais capazes, mas em quem conseguia provar ser primo de um amigo do filho do funcionário correspondente.

Vitória não entendia como as outras pessoas podiam se conformar. Era ela a única a lamentar aquelas circunstâncias? Será que naquele país ninguém tinha consciência? O que sentia o funcionário quando passava por uma fonte horrorosa que ele próprio concedera a um artista sem talento? Será que as pessoas gostavam de ir a um médico e ter a angustiante e frequentemente justificável suspeita de que o "doutor" era um farsante inútil? Ou viver numa rua que de repente mudava de nome, substituído geralmente pelo de um político que sobressaíra pela enorme incompetência e ainda maior ambição, que lhe proporcionara fama e distinção? Havia tantos políticos, que no Rio era fácil uma pessoa se perder com tantos nomes novos de ruas.

– Não concorda, *signora* Vita?

Vitória voltou de sua abstração.

– A grande religiosidade, mas também a beatice, fazem-me recordar o meu país. Embora aqui seja mais notória. Com tão poucos casamentos mistos e tantos mulatos, tenho a impressão de que a maioria das pessoas não leva a sério os ensinamentos da igreja católica.

León desatou a rir.

– Mais concretamente os homens, Mario, os homens. Mas, tirando isso, você tem razão. É exatamente assim.

Vitória ficou satisfeita com aquela crítica à beatice que estava por todo canto, que a irritava imensamente.

– Acho que é de muito baixo nível sujar dessa forma nossas crenças.

Dona Alma já estava farta daquela conversa. Tinham acabado de tirar os pratos da sobremesa, e as regras de educação não a obrigavam a esperar pelo café. Preguiça, promiscuidade... que outros defeitos aqueles jovens iam atribuir aos portugueses?

– Vou me retirar. Foi um prazer conhecê-lo, senhor Gianelloni.

Todos na sala notaram que havia trocado propositalmente o sobrenome do italiano, incluindo o próprio artista, que dessa vez se poupou da correção. Fez uma profunda reverência à dona Alma, desejou-lhe boa-noite e, quando esta saiu da sala, mostrou-se tão aliviado quanto os demais.

Isaura ajudou dona Alma a se despir, penteou-lhe a longa cabeleira grisalha e prendeu seu cabelo numa trança para a noite. Desde que a antiga escrava demonstrara compaixão pela família imperial expulsa do país – admirava a princesa Isabel por considerá-la a pessoa que libertou os negros da opressão da escravidão –, dona Alma mostrava-se muito mais amável com ela e a convertera em sua aia pessoal. Isaura desfez a cama, fez uma ligeira reverência e deixou sua senhora sozinha. Dona Alma colocou um xale nos ombros, puxou uma cadeira para a janela, deu um gole no seu novo tônico medicinal e olhou para o céu. Tudo estava do avesso naquele país, tudo! Nem sequer a lua crescente estava no firmamento como devia ser; em vez disso, estava torta e parecia uma caneca vazia.

Em poucas semanas, em maio de 1891, faria trinta anos que ela tinha chegado ao Brasil, mas dona Alma ainda se sentia mais ligada a seu país natal,

Portugal, do que àquele inferno tropical. Os campos de cor parda do Alentejo, fustigados pelo árido calor do verão, pareciam-lhe a Arcádia mais pura, enquanto a exuberante vegetação do Brasil lhe parecia francamente obscena. O cheiro dos tijolos secos e poeirentos que se queimavam ao sol transformou-se na sua lembrança em um aroma embriagante, enquanto as intensas fragrâncias das plantas tropicais lhe pareciam ordinárias e o aroma do café secando, repugnante. As melodias do fado despertavam nela mais saudades, mais nostalgia, que o triste chorinho que os brasileiros ouviam ultimamente. As suaves colinas de Lisboa agradavam-lhe mil vezes mais do que a melodramática silhueta do Rio. O gutural dialeto do seu povo soava-lhe incomparavelmente mais belo do que o suave e melodioso sotaque dos brasileiros. Que tinha feito ela de errado para que o Senhor a castigasse daquela forma?

Em toda a sua vida só havia cometido um pecado. Tinha 17 anos e fora resultado da ingenuidade e do amor. Como podia o Todo-Poderoso fazer que tivesse de continuar a pagar por aquilo? Ela, filha de uma boa família, apaixonou-se pelo elegante Júlio, cedeu a seus desejos, e aquilo não ficou sem consequências. O Bom Deus não podia lhe dar uma penitência para a vida inteira devido a um episódio que não durara mais de dois meses! O elegante Júlio rejeitou qualquer responsabilidade quando ela lhe contou que estava grávida. Desapareceu para sempre da região, perante o temor de ser obrigado a se casar. Eduardo da Silva, um homem que, apesar de ser agricultor, era inteligente, generoso e correto, embora ligeiramente mais entediante que Júlio, tomou conta dela. Casou-se com a jovem Alma apesar de saber que esperava um filho de outro. Nunca esqueceria a viagem de barco ao Brasil, que naquela época durava quase dois meses, nem o dia em que seu filho veio ao mundo e morreu poucas horas depois. Ali estava ela, com um homem que não amava e num país que odiava! Mas superou a saudade, a solidão e a tristeza pelo pequeno Carlos, trabalhou como uma mula para fazer da Boavista um lar agradável; aprendeu a gostar e a respeitar o marido e levou uma vida que agradasse a Deus.

Mas não foi suficiente para o vingativo Todo-Poderoso. Outros dois filhos, Joana e Manoel, morreram no primeiro ano de vida. Sua doce e pequena Isabel, uma delicada criatura de cabelos claros e rosto angelical, só chegou a completar 11 anos; o impertinente Guilherme, que com sua pele cor de azeitona e seus traços aristocráticos era o mais parecido com ela, não passou dos 8. Tinha parido sete filhos e perdeu cinco. Que castigo maior se pode infringir a uma mãe?

Dona Alma procurou consolo e apoio na oração. Veio então uma época de crescimento, paz e tranquilidade. Pedro e Vitória cresciam, Eduardo e ela não tinham preocupações, a Boavista prosperava. Dona Alma estava convencida de que o Criador havia escutado suas preces. Mas era apenas uma pausa em seu desmedido desejo de vingança.

O reumatismo e a artrose, ela conseguia aceitar com resignação. Mas a abolição da escravidão e a consequente perda de prestígio, fortuna e amigos era simplesmente demais. Tudo aquilo que ela e Eduardo haviam construído durante trinta anos desvanecia-se diante de seus olhos. Não era justo. Nunca amou a Boavista tanto quanto a própria terra, mas, apesar de tudo, era o seu lar, o local onde tinham nascido os seus filhos, o grande amor de Eduardo. Era horrível ter de ver como o marido, que sempre tinha sido um homem forte, otimista e que olhava para o futuro, estava agora abatido e desmoralizado. Mas era ainda pior a transformação sofrida por Vitória.

O que aconteceu com a menina que seguia os passos do pai, que o imitava com uma expressão séria e uma estridente voz infantil? Que se sentava no colo da mãe e confessava arrependida seus pecados: como tinha riscado os livros escolares de Pedro, escondido o cachimbo de Luíza ou cuspido pela janela em José? Hoje em dia Vitória tratava os pais como estranhos, como parentes longínquos a quem se tem de acolher por obrigação, fazendo-os sentir que não são bem-vindos. Sim, já quando pequena era bastante altiva, e com 10 anos dominava o irmão de 16, chantageando-o sob a ameaça de mostrar aos pais os poemas de amor de Pedro. Uma moça brilhante que a cada ano ficava mais bonita. O que aconteceu com a jovem pela qual suspiravam todos os rapazes elegantes do vale e que fazia com que as demais sinhazinhas parecessem flores murchas ao lado de uma rosa florescente? Na verdade, agora ela era mesmo uma rosa, cheia de espinhos. Continuava a ser muito bela, mas era extremamente difícil descobrir suas qualidades. Por que se permitia ficar feia daquela maneira, com os óculos, os vestidos sem atrativos e os penteados sem graça? Negava aos pais o prazer de se sentirem orgulhosos da filha e ao marido, o de olhar para uma esposa bonita? E isso não era tudo o que ela lhe negava.

Dona Alma tinha pena de León. Por certo o passado dele não era glorioso; sua origem continuava assombrada por estranhas suspeitas e suas relações eram escandalosas. Mas era educado, tratava os sogros sempre com respeito, e era muito bonito e elegante. Por vezes, quando León ria, ele a fazia se lembrar de Júlio. Tinha a mesma virilidade, os mesmos olhos escuros cuja expressão oscilava entre a tristeza e o desejo. Mas além disso tinha outras qualidades que faltavam a seu amor da juventude: responsabilidade, honestidade, coragem. E amava a filha profunda e ardentemente. Por que razão Vitória tinha de torturar todos os que podiam fazê-la feliz? Uma separação! Aquilo era o cúmulo!

Dias antes, dona Alma testemunhou sem querer uma grande discussão entre Vitória e León que levou a filha a gritar na cara do marido que queria se separar. A culpa era dos malditos republicanos! Não respeitavam os senhores, limitavam os direitos da Igreja ao máximo e corrompiam os cidadãos com suas ideias "progressistas". Dizia-se que no futuro os casamentos só seriam válidos se se celebrassem com registro civil. Casar num escritório? Poderia haver algo mais constrangedor?

Talvez, pensou dona Alma, devesse fazer uma longa viagem pela Europa com Eduardo. Ficaria com o coração partido se a filha se separasse, mas, se pelo menos o fizesse na sua ausência, a dor seria mais fácil de suportar. Além disso, ali eles não eram bem-vindos nem serviam para nada. Para que esperar mais para ver de novo seu querido Portugal ou apresentar seus cumprimentos ao velho imperador doente em Paris? Eles tinham tempo, e Vitória tinha dinheiro. E ela lhes daria o suficiente se assim pudesse se livrar dos velhos e inúteis pais. Com certeza para Vitória seria um "investimento apropriado". Ai, a filha e o dinheiro! Como era possível que Vitória adorasse daquela forma o deus dinheiro, que lhe desse mais importância do que às pessoas que verdadeiramente gostavam dela? Quando se tornara tão calculista, desumana e fria? Dona Alma ajeitou o xale que tinha nos ombros. Estava tremendo de frio.

Na porta, Taís entregou ao visitante o chapéu, o casaco e a bengala.

– Não entendo por que razão as pessoas aqui se vestem como em Londres ou Paris só porque é "outono". Usar casaco com vinte e cinco graus à noite! León, será que eu transgrediria muito as regras de educação se não o vestisse?

– Meu marido não tem regras de educação. Não se sinta obrigado a nada – respondeu Vitória no lugar de León, dirigindo ao convidado um doce sorriso com o qual apoiou suas palavras. – Embora esteja frio. É melhor levar o casaco.

– Sim, talvez seja melhor mesmo. Oh, querida Vita, foi uma noite maravilhosa! – Mario Gianecchini pegou a mão de Vitória. – Muito obrigado pelo ótimo jantar e pela maravilhosa companhia. Tem certeza de que não quer vir conosco?

– Oh, claro! Por nada no mundo desejaria estragar o plano de vocês, o que seria inevitável com uma acompanhante feminina, não é verdade? Teriam de se portar como cavalheiros, o que seria uma grande chatice!

Vitória riu, e o italiano também desatou a rir.

– León tem muita sorte. Não merece uma mulher tão bela e inteligente como você.

Vitória evitou responder. Para que explicar ao amável Mario coisas que ele provavelmente não compreenderia? O homem era inteligente, tranquilo, simpático, e esperava que passasse uma noite agradável entre homens depois de ter suportado a deprimente companhia de dona Alma, de Eduardo e dela própria. Nas tabernas e nos cassinos encontraria, sem dúvida, novos motivos de inspiração para seus quadros. E a Pedro, que se interessava bastante por arte, faria muito bem conversar com Mario e sair um pouco à noite. Ultimamente o irmão andava tão fechado nele próprio, tão sem entusiasmo, que uma noite alegre com outros homens lhe faria muito bem.

– Adeus, querida! Mal posso esperar para lhe contar nossas aventuras logo mais. – León pegou a mão de Vitória, beijou-a de leve, deixou-a cair de novo e se inclinou sobre ela para lhe dar um beijo nos lábios. Mario Gianecchini sentiu-se desconfortável pela evidente sensualidade daquele gesto, e virou-se para não ser testemunha de tais intimidades matrimoniais. Não viu que pouco faltou para Vitória dar um tapa no seu ainda marido.

Duas horas depois, Pedro e León conversavam animadamente com Mario, ajudados pelo consumo de álcool, pela espontânea afinidade que julgaram encontrar entre eles, pelo fácil discurso de León e pelo relaxante ambiente. Numa mistura de português, italiano e francês, acompanhados de algum latim, que todos conheciam da igreja, contaram uns aos outros as façanhas e pecados da juventude.

Quando Mario e Pedro perguntaram a León pelos seus anos como libertador de escravos, ele falou-lhes das pessoas que havia conhecido, dos negros que ao se tornarem livres puderam descobrir e desenvolver suas capacidades. Deu o exemplo do jovem Ronaldo, que atualmente ganhava muito dinheiro como comandante da marinha mercante, e de Lili.

– Tomava conta dos porcos, era feia, mas tinha um enorme talento para os negócios. Hoje administra um dos bordéis mais famosos do Rio. Ela diz que lá também toma conta de porcos.

León, Pedro e Mario riram.

– Vamos fazer uma visita a Lili – propôs Mario. – Certamente constituirá um excelente objeto de investigação.

Mas Pedro, que ainda não havia afogado toda a sua moral na aguardente, opôs-se.

– Nunca vou a esse tipo de estabelecimento. Não preciso; tenho em casa a melhor das mulheres.

– Meu Deus, Pedro! Por que é sempre tão antiquado? – protestou León. – Só vamos cumprimentar Lili, dar uma passada de olhos no lugar, tomar um *brandy*. Mais nada. Meia hora no máximo, e iremos para outro lugar.

– Promete?

– Dou-lhe minha palavra.

– E nem uma palavra a Joana ou a Vita?

– Nem uma sílaba.

– Está bem.

Na Borboleta Dourada receberam León como cliente habitual, o que escandalizou Pedro. Este viu-se obrigado a dar a mão à tal Lili, uma pessoa sem escrúpulos, com um aspecto tão comum que ele ficou sem fala. Na Boavista nunca teriam entregado a tarefa de cuidar dos porcos a uma pessoa assim. Sentou-se num cadeirão no canto mais escondido e enfiou o nariz no copo de *brandy* para não ter de ver aquelas mulherzinhas vestidas de modo tão indecente. Mas Mario, que tinha puxado uma cadeira para se sentar ao lado dele, parecia não se importar com o fato de uma jovem ter se sentado confortavelmente em seu colo e o acariciar. Falava no mesmo tom que utilizaria num café acompanhado de distintas matronas.

– Foi um dia cheio de emoções; conheci várias coisas novas. Se León continuar me levando de um lado para o outro, mais um dia ou dois e estarei acabado. Não sei onde ele arranja tanta energia.

– Seria melhor usar parte dela em casa.

– Sem dúvida. Há pouco tive a sensação de que... – Mario calou-se a tempo. Irmãos de mulheres bonitas não gostam de ouvir determinadas coisas. Por certo no Brasil era igual na Itália.

Pedro olhou para Mario com ceticismo. Como artista, devia ter mais espírito de observação.

Passados alguns segundos, Mario quebrou o desconfortável silêncio.

– Sabe, Pedro, é bom termos saído hoje. Amanhã vai chover.

– Como você sabe?

– Pela cicatriz do peito. Ela me incomoda sempre que o tempo muda.

– Não acredito que sua cicatriz funcione como sempre no Brasil. As condições térmicas e meteorológicas aqui são muito diferentes das da Europa.

– Não, não. Na África do Sul acertava sempre minhas previsões do tempo.

– É engraçado. Minha cicatriz do braço não é tão útil. Só me incomoda quando faço algum esforço físico.

A jovem sentada no colo de Mario parecia aborrecida com a conversa. Levantou-se, mas com tão pouca habilidade que derrubou um copo. Um jarro de líquido marrom caiu na camisa de Pedro.

– Tenha cuidado, desajeitada! – gritou, enquanto tirava um lenço do bolso das calças. A moça pegou o lenço para lhe limpar a camisa. – Tire suas mãos imundas de cima de mim! – berrou, empurrando a mulher.

Mario olhou para o novo amigo como se este estivesse possuído pelo diabo.

– Foi só um pequeno acidente. Não há razão para se alterar tanto.

– Já estou cansado disto. Vamos embora!

No corredor, passaram por uma sala cuja porta estava entreaberta e na qual havia vários homens e mulheres deitados sobre esteiras como se estivessem à espera da morte. O cheiro que saía da sala era desconhecido para Pedro, mas calculou se tratar de ópio. Meu Deus, o melhor era ir embora o mais depressa possível! Quando saíram, o ar frio e úmido lhes atingiu o rosto. Chovia.

XXXI

ÉLIX QUASE PREFERIA TER TIDO UM FILHO MUDO. O bebê não parava de chorar e de gritar. Chorava quando tinha fome e chorava quando estava saciado. Chorava durante todo o dia e metade da noite. Félix não sabia o que Fernanda fazia de errado, e também não sabia por que razão ela lhe respondia asperamente quando ele lhe perguntava. Só tinha certeza de uma coisa: não podiam continuar assim. Iam ficar malucos, se transformariam em duas feras, como a criança. Tinham de fazer alguma coisa. Não podiam contratar uma ama, por exemplo? Fernanda teria mais tempo para outras coisas, poderia ir à loja, onde a ajuda dela era sempre necessária, conseguiria voltar a pensar objetivamente. Sim, uma ama seria a solução.

Félix escreveu sua ideia no bloco de notas que, desde que havia começado a trabalhar na papelaria, substituía a volumosa lousa.

– Você está completamente louco – disse Fernanda. – Por acaso acha que é algum senhor branco?

Não, mas sim um homem que estava disposto a ter uma despesa extra se dessa maneira a mulher ficasse mais contente.

– Ótimo, está igual aos vizinhos! Agora diga-me que não valho nada como mãe.

Não era uma mãe ruim, apenas uma mãe sobrecarregada, respondeu Félix, embora não estivesse sendo totalmente sincero. Fernanda era muito inteligente, mas como mãe era um desastre.

– Não podemos nos dar o luxo, Félix. Neste bairro ninguém tomaria conta dele. Todos sabem que Felipe é um chorão. E se procurarmos em outro lugar, vai nos custar mais tempo e dinheiro.

Bom, e daí? Félix achava que valia a pena.

462

Fernanda limpou uma lágrima furtiva. Quantas vezes não sonhara em poder deixar Felipe nas mãos de alguém e ter duas horas de sossego, poder dormir e voltar a pensar direito! Nunca teria tido coragem de dizer isso a Félix. Uma família como a que eles agora formavam tinha de ter uma mãe sacrificada. Só os brancos muito ricos permitiam que outras pessoas tomassem conta de seus filhos... ou as pessoas muito pobres ou mães solteiras, que tinham de voltar a trabalhar poucos dias depois do parto para não perder o emprego. Mas uma mulher saudável como ela, que tinha leite suficiente, um marido que tomava conta dela e uma casa própria, não podia deixar o filho em mãos alheias por puro egoísmo.

Félix beijou Fernanda suavemente nos lábios. Além disso, explicou-lhe, ele precisava dela na loja. Os empregados não serviam para nada, eram desagradáveis, pouco honestos, ou ambas as coisas ao mesmo tempo. Ela devia tomar conta daquela gente, já que ele sozinho não dava conta de tudo.

Fernanda sorriu.

– Quer dizer que devo me encarregar dessa gente em vez de tomar conta do meu próprio filho? Você tem uma lógica muito estranha. Mas sabe do que mais? Neste momento, acho que é mais fácil dominar esse grupo de selvagens do que o Felipe. Acha que vou conseguir?

Fernanda havia passado muito tempo com uma criatura que requeria toda a sua atenção, mas em troca só recebia ingratidão. Sentia-se inútil, estúpida e incapaz de realizar qualquer trabalho sem ser o da casa. Tinha perdido a confiança na própria capacidade. Os tempos em que trabalhou como professora, reconhecida tanto pelos alunos como pelos colegas, pertenciam a uma época diferente. Parecia que tinham se passado anos desde que tinha trabalhado na loja, onde demonstrara grande interesse e habilidade. Aquela era outra Fernanda, uma mulher jovem, forte, decidida, e não a pilha de nervos em que se transformara.

Félix escreveu no bloco: "Se você não conseguir, então ninguém consegue".

Fernanda não acreditou nele, mas mostrou-se agradecida pela tentativa de animá-la.

Félix coçou a orelha nervoso. Era o momento de lhe contar as graves dificuldades que tinha na loja. Nem tudo corria tão bem como parecia. E os empregados, pouco motivados, não eram o problema. O mais difícil era fazer frente à concorrência. Dois quarteirões mais abaixo, haviam aberto uma nova papelaria.

– Como é que alguém pode ser tão estúpido? – gritou Fernanda. – Essa gente não faz questão de ajudar a si própria.

Julgavam, escreveu Félix, que conseguiriam sobreviver com os clientes habituais de Fé. Talvez não devesse ter ostentado tanto o seu sucesso, com o novo cartaz de metal, a bela porta nova e a vitrine elegante.

Fernanda esboçou um sorriso maldoso.

– Podemos pôr Felipe no carrinho em frente da outra loja. Isso vai afugentar os clientes.

Félix juntou-se ao riso libertador de Fernanda. Quando ria tão abertamente, era outra vez a Fernanda de antes, a Fernanda com quem ele havia se casado. Foi invadido por uma onda de ternura, e aconteceu o mesmo a ela, pois respondeu ao seu beijo com uma paixão pouco habitual. Só o choro que chegou do quarto ao lado é que os trouxe de novo à amarga realidade.

Uma semana depois já tinham encontrado uma mulher disposta a tomar conta de Felipe todas as manhãs. Juliana, uma já não tão jovem mãe de oito filhos, que meses antes tivera o último bebê, pareceu-lhes a pessoa apropriada. Era limpa e asseada, sabia lidar com crianças e, com seu corpo arredondado, dava a sensação de não ser alguém que perde a calma com facilidade. Sua casa era modesta, mas limpa, um local onde se podia deixar um bebê sem ficar com peso na consciência.

No primeiro dia de trabalho de Fernanda, levaram Felipe às oito da manhã para a casa de Juliana, para depois irem de lá ao centro da cidade no bonde puxado a cavalos. Fernanda não se sentia tão nervosa assim desde o dia em que havia fugido. Pela primeira vez desde o batizado de Felipe, usava um vestido bonito em vez da bata que costumava pôr em casa, botas com cadarço em vez de grossas sandálias. Mordeu o lábio inferior até que descobriu uma pequena pele e tentou arrancá-la com os dentes. Ao fazê-lo, fez uma expressão muito estranha. Félix olhava pela janela e não reparou no nervosismo da mulher. Também não teria percebido a razão de seu nervosismo. Afinal de contas, Fernanda já tinha trabalhado na loja antes de se casar; sabia o que devia fazer e era habilidosa.

464

Encontraria algumas caras novas. Félix tinha substituído praticamente todo o antigo pessoal por pessoas supostamente mais competentes. Mas que motivo podia ter ela, a mulher do patrão, para sentir receio deles? Félix não fazia a mínima ideia do quanto a autoestima de Fernanda havia diminuído.

Na praça Tiradentes desceram do bonde e percorreram o trecho restante a pé. Fernanda deu o braço a Félix. Seus pés doíam porque não estava acostumada a andar com sapatos. Ia com os sentidos bem despertos, o que lhe permitiu notar todas as alterações, por menor que fossem, que haviam se produzido nos últimos meses. Na rua da Constituição tinham plantado árvores que chegavam quase até as varandas do primeiro andar. Na rua Luiz de Camões existia um palacete novo quando na primavera ainda estava em obras. E a calçada da rua da Alfândega estava completamente coberta pelos vistosos toldos das lojas, de modo que se podia andar e ver vitrines mesmo que estivesse chovendo.

Também sobre as vitrines da loja deles existia um toldo listrado de verde e branco, combinando com a cor verde-escura da porta, que naquele momento ainda estava com o fecho metálico. Félix aborreceu-se porque Bernardo, que devia ter sido o último a ir embora na tarde anterior, não tinha enrolado o toldo. Abriu o fecho metálico, subiu-o ruidosamente e o encaixou como devia ser. Depois abriu as três fechaduras da porta, deixou Fernanda entrar e se inclinou diante dela como se ele fosse um lacaio e ela, uma elegante senhora que entrava na loja para fazer compras.

A loja ainda estava às escuras. O ar cheirava ligeiramente a papel, cola e tinta. Fernanda inspirou com força. Achou o cheiro extremamente agradável, e ele lhe trouxe muitas lembranças! Como se o cheiro conhecido lhe tivesse subitamente despertado os conhecimentos que ela julgava esquecidos, Fernanda acendeu, entusiasmada, as lâmpadas de gás, enquanto Félix abria os outros fechos das vitrines. Era assim que ele costumava fazer antes do nascimento de Felipe. Fernanda achou que ele havia retrocedido no tempo. No pequeno quarto dos fundos que Félix usava como escritório, e onde havia um pequeno fogão, fez café enquanto Félix contava os trocos do caixa. Colocou cartões de boas-vindas e flores recortadas para os álbuns de poesia nas mesas que havia no meio da loja, enquanto Félix punha o cartaz dobrável na calçada. Funcionavam como uma dupla perfeitamente sincronizada. Fernanda perguntava-se como pôde alguma vez ter receado não conseguir fazer aquele trabalho.

Pouco depois das nove chegaram os empregados. O primeiro que apareceu, três minutos atrasado, foi um homem de meia-idade, um mulato de pele clara com um imponente bigode que se apresentou como Alberto. Cumprimentou a mulher do chefe com uma depreciativa inclinação de cabeça e foi para trás do balcão, onde se agachou e começou a abrir todas as gavetas com enorme estrondo, como se estivesse à procura de algo importante. Fernanda ficou com a sensação de que ele não queria ser visto. Depois, com sete minutos de atraso, apareceu um jovem de pele muito escura e aspecto estúpido chamado Paulinho, que era o encarregado da distribuição e das encomendas do armazém. Atrás dele entrou correndo na loja uma mulher que manteve a cabeça baixa e não olhou para Fernanda quando foram apresentadas. "Sim, senhora", sussurrou a mulher, uma branca de olhos verdes, com a aparência cansada. Chamava-se Leopoldina e pedia-lhe humildemente desculpas pelo atraso. O marido estava doente. Fernanda teve impressão de que quem estava doente era ela, depois de ter levado uma sova tremenda do marido, provavelmente bêbado. Por último, com mais de meia hora de atraso, chegou o responsável pelo caixa, Bernardo, que Fernanda já conhecia. Uma de suas obrigações era colocar na porta o cartaz que dizia "Aberto", às nove e meia.

Fernanda pediu a atenção de todo o pessoal. Também Félix a olhava, curioso.

– Não estou nem há meia hora aqui, e neste curto espaço de tempo reparei em determinadas atitudes, por isso acredito ser melhor esclarecer já algumas coisas antes de começarem a chegar os clientes. Em primeiro lugar, o horário de trabalho de vocês é das nove às sete, e não das nove e dez ou nove e meia até antes das sete. Todos vocês vão compensar esta tarde o tempo não trabalhado. O senhor Alberto não vai embora da loja antes das sete horas e três minutos, o Paulinho e a dona Leopoldina não vão antes das sete e sete, e o caro senhor Bernardo às sete e meia. Fui clara?

Paulinho, Leopoldina e Bernardo assentiram, mas Alberto disse aborrecido:

– Então vou perder o trem para a Tijuca.

– Fala sério? Por sair três minutos mais tarde da loja? Corrija-me se estiver errada, mas seu trem não sai quinze para as sete? Ou é antes? Bom, nesse caso vai ter de ver que horário de trens existe um pouco mais tarde.

Alberto lhe lançou um olhar rebelde.

– Além disso, insisto que vocês têm de sorrir mesmo quando não gostarem de alguma coisa. Isso também serve para os outros.

Os três empregados que tinham ficado satisfeitos com a bronca dada ao odioso vendedor ficaram perplexos.

– Se não estão em condições de cumprimentar amavelmente a mulher do chefe, como vão atender os clientes? Se vir algum comportamento pouco educado, se vir alguém tratar um cliente, por insignificantes que sejam suas compras, de forma arrogante, pouco educada ou humilhante, vou já avisando que pode procurar emprego em outro lugar. E agora, Bernardo, coloque o cartaz na porta, por favor.

Félix estava embevecido. Como não podia deixar de ser, à vista do novo desafio, Fernanda transformara-se novamente numa fera cujo tom de professora não admitia réplicas. Ele não possuía a mesma autoridade que ela, que além disso vinha reforçada pela experiência como professora. Ele evitava falar tão diretamente, e o fato de ter de escrever suas amáveis críticas em vez de exprimi-las em voz alta retirava ainda mais força de suas palavras. Félix sabia que as pessoas zombavam dele, bem como sabia que aqueles três empregados eram bem melhores do que os que tinha antes. Torcia para que Fernanda não fosse severa demais com eles, já que não era fácil encontrar pessoas capazes.

Por volta das onze, depois de Fernanda ter se certificado com olhos de lince que os empregados atendiam amavelmente todos os clientes, saiu da loja.

– Félix, posso deixá-lo durante uma hora? Vou dar uma passada de olhos pela vizinhança... e pela concorrência. Eles ainda não me conhecem.

Curioso, pensou Félix. Durante meses administrara a loja sozinho, mas nas poucas horas que Fernanda ficou ali já tinha se tornado imprescindível. Tinha todas as qualidades que faltavam a ele. Se ele era melhor negociando com os fornecedores os preços mais baixos ou prevendo os produtos para venda em função da procura, ela o superava, tinha de admiti-lo sem nenhuma inveja, nas relações com as pessoas. Até os empregados já não estavam tão aborrecidos com ela como pela manhã; ela colocou um curativo no olho de Leopoldina, admirou os músculos de Paulinho como se fossem os do próprio Hércules, elogiou as contas de Bernardo e a roupa elegante de Alberto. Descobriu imediatamente quais os pontos fracos e fortes de cada pessoa, o que incomodava cada um, como podia incentivá-los, como conseguir que trabalhassem melhor.

Ao sair da loja, Fernanda reparou que seus pés doíam. Com certeza estariam cheios de bolhas; tinha de comprar algum remédio na farmácia mais próxima. Mas primeiro queria cumprimentar os velhos conhecidos das lojas ali ao redor. Será que Norma continuava a trabalhar na lavanderia? E Cristina, na loja de artigos domésticos? Faria-lhe bem poder conversar um pouco com elas ao meio-dia, antes de buscar Felipe.

Seus conhecidos ficaram muito felizes em vê-la, e, entre beijos e abraços, decidiram não voltar a perder contato no futuro. Estimulada pela falta de tempo e pela dor nos pés, Fernanda não ficou muito tempo com eles. Quando entrou na Papelaria da Alfândega, transpirava e tinha uma expressão de dor no rosto. Uma jovem vendedora aproximou-se de imediato e lhe perguntou:

– A senhora está bem? Quer sentar-se um pouquinho?

Fernanda agarrou o braço que a simpática jovem lhe oferecia, deixou-se guiar por ela até um banco muito decorativo que havia num espaço entre as estantes e aceitou, agradecida, o copo de água que a moça lhe ofereceu. Na loja dela também entravam por vezes transeuntes praticamente a ponto de desfalecer, devido ao sol e ao calor, e tinham de se sentar um pouco. Mas duvidava de que qualquer um dos seus empregados fosse tão amável com as pobres pessoas, sobretudo se fossem negros. Consideravam-nos mais um incômodo do que como prováveis clientes. "Que engano!", pensou Fernanda, agora que a tratavam como uma mulher fraca. Enquanto uma pessoa estava sentada no banco tinha tempo para observar os produtos, e, embora não precisasse de nada da loja, com certeza compraria algo em sinal de agradecimento. E, mais tarde, quando precisasse de um caderno ou de uma caneta, a pessoa se lembraria da loja.

Fernanda permaneceu dez minutos sentada, observando a vendedora e a forma como lidava com os clientes. O espaço da loja não era tão amplo nem tão bom como o da sua, e a disposição dos artigos não era tão bonita, tampouco as vitrines tão luminosas. Mas os empregados eram muito cuidadosos com as coisas e extremamente amáveis com os clientes, tratando-os com todo o respeito. Como aquela jovem funcionária, que, num momento livre, aproximou-se de Fernanda e lhe perguntou se durante aquela pequena pausa não queria ver um par de modernos porta-canetas. Tinham acabado de receber modelos novos maravilhosos.

– Sim, com todo o prazer, senhorita...

– Rosa.

– Diga-me, senhorita Rosa, gostaria de ganhar mais?

Rosa começou a trabalhar em Fé na quarta-feira seguinte. Foi uma ótima contratação. Rapidamente se integrou com os novos colegas e parecia satisfeita com a mudança de emprego, apesar de Alberto, em seu novo cargo de vendedor-chefe, exigir dela mais do que seria necessário. Mas ela não se importava. Na papelaria da Alfândega também tinham um chefe chato. O patrão e a mulher eram sempre muito simpáticos com ela, e isso é que era importante.

Fernanda prosseguiu com suas investigações pelas redondezas. As vitrines artisticamente decoradas da loja de tabaco inspiraram-lhe novas decorações para as suas; os aventais dos vendedores com o nome da loja bordado que viu na adega levaram-na a introduzir um uniforme parecido em Fé; e os vasos com flores em frente à mercearia entusiasmaram-na a fazer a mesma extravagância. Parava sempre para conversar um pouco com Norma e Cristina quando à uma hora se dirigia para a casa de Juliana a fim de buscar Felipe.

Cada vez que o via, sentia-se aliviada por encontrá-lo ainda com vida. Não que Juliana não tomasse conta dele bem. Nem que faltasse alguma coisa à criança. Pelo contrário. Era a imaginação de Fernanda que lhe pregava peças. Imaginava que, enquanto lhe trocavam a fralda, Felipe caía da mesa e rachava a cabeça. Via como um dos revoltados filhos de Juliana empurrava um tacho de água fervente, que caía diretamente sobre a delicada barriguinha de seu tesouro. Visualizava todo tipo de cenários horríveis, e seu medo era tanto que até lhe vinham lágrimas aos olhos. Enquanto estava distraída trabalhando, controlava a situação; mas, assim que se sentava no bonde e tinha quinze minutos para pensar, assaltavam-na aquelas horríveis visões, seguidas sempre de uma assombrosa ideia: era uma mãe má! Será que devia trabalhar na loja apenas três dias por semana? Seria suficiente para continuar a manter o pessoal sob controle, e teria mais tempo para se dedicar a Felipe. Mas depois pensava nos intermináveis dias ouvindo apenas os gritos de Felipe e nas queixas dos vizinhos, e rejeitava novamente a ideia. Já lhe chegava ouvir seu choro todas as tardes. Sentiu-se péssima com aqueles pensamentos tão pouco maternais.

Nos seus passeios pelo centro da cidade, que tinham se tornado um agradável hábito, Fernanda encontrou um rosto conhecido na Guitarra de Prata, uma loja de instrumentos musicais. Mas, quando ia se aproximar da mulher para cumprimentá-la, deu-se conta de algo: não se lembrava do nome dela e, além disso, só a tinha visto uma vez na vida, no enterro de José. Estava conversando com um homem ruivo que ela não conhecia. Fernanda já estava de saída quando ouviu o nome de Vita. Deixou-se ficar junto ao balcão, a uma distância discreta, analisando cuidadosamente uma flauta... e ouvindo.

– Em vez de se preocupar com as questões formais dessa infeliz separação, que na realidade Vita não deseja, devia dar mais atenção a Pedro. Ele é seu amigo mais antigo, Aaron. Seu melhor amigo. E não está bem. Já não sei mais o que fazer. Está com má aparência, bebe cada vez mais e está muito inchado. Perde rapidamente a paciência ou se fecha em si mesmo e passa horas seguidas olhando para a parede em silêncio. Já não é o mesmo. Por favor, Aaron, talvez a você ele conte o que sente na alma. A mim ele já não dá mais ouvidos.

Joana agarrou-se de forma suplicante ao braço de Aaron. Este passou o outro braço por cima dos ombros dela, apertou-a contra seu peito e a acariciou, na tentativa de animá-la.

Fernanda sentia-se péssima. Não era correto ouvir a conversa dos outros nem espreitar pelo canto do olho as expressões daquelas pessoas. Seria aquele homem tão elegantemente vestido, com rosto juvenil e cheio de sardas, um parente próximo, o irmão, quem sabe? Não, pensou Fernanda, nem no Brasil podia haver tamanha diferença fisionômica entre dois irmãos.

– Calma, Joana! Isso vai passar. Talvez lhe fizesse bem uma mudança de ares. Vita poderia arranjar para ele um trabalho na mina ou...

– Vita é parte do problema, não percebe, Aaron? Ele se sente ferido em seu orgulho por ter de depender tanto da irmã. E nem sabe quanto depende dela.

– E daí? Eu próprio ganho um belíssimo salário trabalhando para ela.

– Não; você teria atingido um ótimo nível de vida mesmo que não tivesse se encarregado dos assuntos de Vita. Não precisa dela, pelo menos não como cliente.

– O que quer dizer com isso? Por acaso também acredita nesses malditos boatos?

– Não, só acredito no que vejo. E no seu rosto vejo claramente a admiração sem limites por Vita. Vai pedir a mão dela quando ela se separar?

Fernanda não esperou pela resposta do homem e fez um esforço para ir embora. O coração batia-lhe com força. Só conhecia aquela tal Vita de vista, mas, por intermédio de Félix, sabia muitas coisas sobre ela. Era a sinhazinha da Boavista, até se casar com León Castro. Que estranho, pensou Fernanda, que nem dona Doralice nem León, aos quais via de vez em quando, não dissessem uma só palavra sobre aquela mulher. Que casal tão especial seria aquele que nem o marido nem a sogra apareciam nunca acompanhados por Vita, tampouco falavam dela? Fernanda gostaria que León tivesse uma esposa melhor, já que ela própria o adorava desde os 17 anos, em Esperança. Mas, enfim, pelo visto estaria livre em breve.

Fernanda estava desejosa de contar as novidades a Félix. Quando ele chegou em casa à noite, sentou-se à mesa e esperou que ela lhe trouxesse a sopa, Fernanda disse-lhe quase de passagem, enquanto mexia a comida:

– Imagine só: León Castro vai se separar!

Tirou o tacho do fogo, colocou-o na mesa e se deu conta de que Félix nem sequer a tinha ouvido.

Estava entretido com o bebê. Tinha lhe sorrido pela primeira vez. Seu Felipe. Seu filho. Seu grande orgulho.

XXXII

PEDRO ESTAVA SOZINHO EM CASA SÁBADO DE MANHÃ. Como havia desejado que chegasse aquele momento! Mas, agora que não se ouviam barulhos na cozinha, nem passos no andar de cima, nem portas, nem vozes, o silêncio o inquietava. Joana tinha ido almoçar com Loreta, Luíza estava de folga, que certamente passaria outra vez com a família de Félix, e Maria do Céu tinha ido às compras com a mãe.

O que deveria ele fazer agora com aquele inesperado presente? Ler? Na mesinha auxiliar da sala havia pelo menos dez livros que ele havia folheado ou lido por alto e depois pusera de lado, sem vontade. Mas naquele dia tinha vontade de ler. Talvez pudesse retomar a correspondência interrompida com o *marchand* de Nice? Sempre gostou de receber cartas da França, nas quais o *marchand* o informava das novas tendências da arte, dava-lhe conselhos para realizar uma ou outra compra, ou lhe enviava ilustrações de algum quadro de que sabia que Pedro poderia gostar. Não, melhor não. Para que ficar com água na boca se depois não podia adquirir nenhuma obra de arte? Seu salário dava para as despesas da casa, a roupa e até algumas noites fora de casa, mas a compra de quadros impressionistas, cujos preços haviam subido muito nos últimos anos, ficava fora de suas possibilidades.

A campainha da porta libertou Pedro de sua indecisão. Não gostou que alguém viesse incomodá-lo precisamente naquele momento, mas ao mesmo tempo ficou contente de poder esquecer seus tristes pensamentos. Talvez fosse Aaron, ou João Henrique. Podiam ir ao circo que tinha se instalado ali perto e ver a atração principal, a suposta "mulher mais gorda do mundo". Não tinha coragem de fazer aquela proposta a Joana.

Mas à porta estava uma jovem negra.

– Sim?

– Gostaria de falar com o senhor.

– Quem é você? O que quer?

Pedro pensou nas lojas em que não tinha pago as compras e que haviam posto suas despesas em sua conta. Mas achou muito improvável que mandassem uma mulher para cobrar as dívidas.

– Sinhô Pedro? Não está me reconhecendo? Sou Miranda. Da Boavista.

Pedro lembrava-se vagamente de uma moça que se chamava assim. Ela chegou à Boavista quando ele já havia ido embora e vivia no Rio. Só tinha visto a tal Miranda nas suas raras visitas ao vale mas nem sequer tinha reparado nela. Com certeza ela não desejava falar com ele, e sim com Vita.

– Minha irmã não mora aqui. Pode encontrá-la em...

– Não, não quero falar com ela. É um assunto de negócios.

Pedro franziu a testa, mas deixou a mulher entrar. Sentaram-se na sala. Pedro não lhe ofereceu nenhuma bebida. Um mau pressentimento se apoderava dele.

Miranda foi direto ao assunto. Tirou um lenço com as iniciais de Pedro e o colocou em cima da mesa que havia em frente ao sofá.

– O senhor perdeu isto. Na Borboleta Dourada.

Pedro ficou em silêncio. Pensou febrilmente como seu lenço poderia ter chegado às mãos daquela pessoa, e de repente sua mente se iluminou. Miranda era a moça que se sentara nos joelhos de Mario! Devia ter deixado cair a bebida em cima dele propositalmente.

– Lamento, jovem, que tenha caído tão baixo e queira fazer um... ahn... negócio tão sujo. Posso ajudá-la de alguma maneira?

– Eu gosto do meu trabalho. Mas sim, claro que pode me ajudar: com cem mil-réis... em troca do meu silêncio. Com certeza sinhá Joana não iria gostar de saber onde o marido vai à noite.

– Poderia muito bem ter perdido o lenço na rua, onde qualquer pessoa poderia tê-lo apanhado. Isso não prova nada.

– Uma estranha coincidência que tenha sido precisamente uma antiga escrava da Boavista que encontrou o lenço, não é verdade?

– Sim, a vida é assim. Por vezes acontecem as mais incríveis coincidências. Além disso, o tempo passado na Boavista poderia explicar como o lenço chegou às suas mãos: poderia tê-lo roubado nessa época.

– Está praticamente novo. E as iniciais parecem ter sido bordadas por uma esposa prendada.

E era mesmo. Joana gostava de costura, fazia meias e outras coisas para os filhos de outras pessoas, bordava motivos florais nas blusas dela. No último Natal, havia lhe dado de presente meia dúzia de lenços bordados por ela.

– Não pode arranjar outra vítima para as suas chantagens?

– Quem disse que o senhor é o único?

– Mas sou com certeza o mais pobre. Não vai conseguir arrancar grande coisa de mim. Talvez não tenha se dado conta, mas, desde que se aboliu a escravidão e vocês, os negros, abandonaram apressadamente as fazendas do vale, acabou-se a riqueza dos barões do café.

– A sinhazinha é rica.

– Vá falar diretamente com ela. Por certo minha irmã não se importaria em lhe dar um corretivo com o chicote. – Pedro pôs-se de pé, dirigiu-se para a porta e a abriu antes de continuar. – Esqueça isso, jovem. Saia já desta casa, antes que eu chame a polícia.

Miranda permaneceu sentada.

– Talvez a sinhá Joana se interesse pela sua cicatriz do braço, que o incomoda quando se abandona ao prazer nas minhas coxas.

A cicatriz? Então aquela moça tinha ouvido a conversa entre Mario e ele. Pedro lançou-se sobre Miranda, agarrou-a com força e lhe deu uma enfurecida bofetada no rosto.

Miranda não se mexeu.

– Com isto, o preço sobe para cento e cinquenta mil-réis.

Na semana seguinte, Pedro andava desconcertado, inquieto e de mau humor. No trabalho cometeu alguns pequenos erros que não passaram despercebidos ao chefe. Se continuasse assim, perderia não só a mulher, como também o emprego. Em casa não falava mais do que o estritamente necessário. Evitava os olhares de Joana e os encontros com os amigos. Não pensava em outra coisa a não ser na maneira de juntar o dinheiro para pagar à chantagista e se livrar dela para sempre. A solução ocorreu-lhe domingo, durante a missa. Iria falar com León. No caso de ser necessário – Deus quisesse que não! –,

León poderia testemunhar que na Borboleta Dourada ele, Pedro, só tinha ficado sentado num canto, bebendo. Mas, sobretudo, León poderia falar com a proprietária do bordel, que era quem podia despedir Miranda. Por certo ela não aprovaria que uma das suas jovens chantageasse os clientes. Como não havia pensado naquilo antes? Seria realmente bom demais para este mundo, como afirmava Joana às vezes? Por acaso seus bons sentimentos, sua moderação e seu respeito por Joana o tinham tornado um cego? Que espécie de idiota era ele para ter precisado de oito dias para encontrar a solução mais fácil?

Pedro não ouviu absolutamente nada do sermão, mas, quando na igreja todos se levantaram e disseram "Amém", ele uniu-se ao coro com alegria.

Um pouco mais tarde surpreendeu Joana tanto pelo seu bom humor como pela proposta de fazer uma visita a Vita e León.

– Pedro, estava com tanta vontade de ir ao circo com você! Na semana que vem já não estará mais aqui, e assim não conseguiremos ver a mulher mais gorda do mundo.

– Mas veremos a mulher mais rica do Rio. Há muito tempo que não vamos à Glória.

Na casa da irmã havia grande movimentação. Dona Alma recebia a visita de várias senhoras que, assim como ela, estavam de luto pela morte da ex-imperatriz Teresa Cristina, embora parecessem bem alegres. Eduardo também tinha um convidado, com o qual se tinha retirado para a oficina. Apresentou o homem como sendo o professor Pacheco e frisou que não queriam ser incomodados.

– Viu só como meus pais ficaram contentes com nossa visita? – Pedro piscou o olho para Joana, e não era a primeira vez que ela se admirava naquele dia. Pedro parecia outra vez o mesmo homem de antes.

Pedro e Joana juntaram-se a Vitória, que estava em seu escritório lendo o jornal do dia anterior. Ao abrir a porta logo depois de terem batido, tirou apressadamente os pés de cima da mesa.

– Para nós não precisa disfarçar, como se fosse uma senhora de sociedade.

Pedro abraçou a irmã como havia muitos meses não fazia. Sábado, que estava deitado no tapete, levantou-se de repente e saltou ao redor deles, abanando a cauda.

– Por que não telefonaram avisando da visita? Teria mandado alguém comprar bolinhos. – Vitória olhou para o irmão diretamente. – Parece que têm alguma coisa importante para nos dizer que não podem falar por telefone.

Pensou que talvez Joana estivesse grávida. Que outra razão poderiam ter para aparecer sem avisar e com semblantes tão alegres?

– Não, não aconteceu nada de especial. Só achamos que nos vemos muito pouco. Onde está León?

Vitória olhou para o relógio da parede.

– Deve chegar daqui a duas horas, no máximo. Disse que vinha jantar. Têm assim tanto tempo? Querem jogar *rommé*?

– Oh, sim, e se arranjar os tais bolinhos...!

Jogando cartas, o tempo passou voando. Vitória ganhava jogo atrás de jogo. Pedro comeu três bolinhos, enquanto, com a boca cheia, zombava da própria gulodice, e Joana não parava de pensar em qual seria a razão do súbito bom humor do marido.

– Podia ter deixado pelo menos um bolinho!

Ninguém reparou que León estava à porta. Entregou o casaco e o chapéu à criada antes de as mulheres o cumprimentarem com um beijo e Pedro com um aperto de mão. Depois sentou-se com eles.

– Deve ter sido o cão que os comeu! – Pedro soltou uma estridente gargalhada, embora só ele tivesse achado a observação divertida. Depois conteve-se e dirigiu-se a León. – León, posso falar a sós com você?

León ficou tão admirado quanto Vitória e Joana, que lhe lançaram um olhar de indecisão. Mas a expressão dele não se alterou. Conduziu o cunhado até o escritório, onde lhe ofereceu uma bebida, e depois olhou fixamente para Pedro.

– Muito bem, pode falar.

Pedro deu rédea solta à língua. Contou-lhe da desesperadora monotonia de seu trabalho, da vergonha que sentia com os rumores que corriam sobre Vitória, dos seus sentimentos em relação a Joana, do seu estado de espírito e, por fim, da visita de Miranda.

– Aquela mulher horrorosa não queria ir embora. Tive de agarrá-la, eu, que nunca na minha vida toquei em ninguém. Para me livrar dela, entreguei-lhe o franco de ouro que sabia que Joana tinha guardado em sua caixinha de costura.

– Meu Deus, Pedro! A Vitória lhe paga assim tão pouco na empresa para ter de roubar a poupança que sua mulher guarda numa meia?

León arrependeu-se imediatamente da observação. Pedro não estava ali para ser julgado, e sim à procura de conselhos e de ajuda.

– O que significa isso? O que tem Vita a ver com a empresa?

– É propriedade dela. É a principal acionista da Embrabarc, da qual sua empresa é uma filial. Não sabia?

Pedro abanou a cabeça em negativa. Tinha perdido a cor do rosto. Deu a conversa por acabada e foi, cambaleante, à sala de jantar.

– Vamos, Joana, já estamos de saída.

Eduardo ficou satisfeito ao ouvir o toque do telefone. Havia dias estava à espera de um telefonema do engenheiro sueco que estava naquele momento no Rio, e àquela hora só podia ser ele. Mas, quando Eduardo regressou à sala, onde dona Alma, Vitória e ele estavam juntos numa pouco habitual harmonia, ouvindo a música cheia de sons metálicos do gramofone, era a imagem viva da aflição.

– O Pedro... sofreu um grave acidente.

O pai não conseguiu dizer mais nada. Só quando já estavam na carruagem, a caminho de São Cristóvão, é que lhes contou o que Luíza tinha dito ao telefone: haviam encontrado Pedro mais morto que vivo na praia do Diabo, haviam-no levado ao hospital, onde João Henrique passara a noite fazendo tudo o que era humanamente possível e de onde Joana o levara duas horas antes.

– Para que possa morrer em casa.

Vitória e dona Alma agarravam com força a mão uma da outra, unidas pela grande dor que sentiam por Pedro.

A casa estava calma como sempre. Nada nela indicava a tragédia que decorria no interior. No jardim havia flores de cor lilás, amarela e branca, as cortinas balançavam com o vento nas janelas abertas do andar térreo, e a fachada cor-de-rosa, iluminada pelo sol, tinha um aspecto alegre e acolhedor.

Maria do Céu abriu-lhes a porta. A moça estava com os olhos vermelhos. Não disse nada; apenas conduziu-os à "enfermaria", o quarto de Joana e Pedro. Bateu suavemente à porta, mas do lado de dentro ouviu-se a brusca resposta de Joana:

– Não perderam nada aqui dentro. Vão para baixo e façam o trabalho de vocês.

– Não nos deixa entrar para ver o pobre sinhô Pedro – disse Maria do Céu aos soluços. – É como se tivesse perdido o juízo!

Vitória e os pais abriram a porta com cuidado. Quando Joana os viu, correu para eles e os abraçou. Primeiro Vitória, depois os sogros.

– Até que enfim!

Joana não estava com aspecto de quem havia perdido o juízo. Se não fosse o fato de estar tão pálida, nada revelaria o desespero que devia invadi-la por dentro. Tinha o aspecto de uma pessoa que assumiu o comando numa situação difícil. Provavelmente não queria choramingos a seu redor. Perfeitamente aceitável.

Aproximaram-se da cama. Ao ver Pedro, assustaram-se. Estava horrivelmente deformado devido às contusões, às feridas e às enormes manchas pretas. A cabeça estava enfaixada. Mal se reconhecia seu rosto com os olhos inchados, uma das sobrancelhas costuradas e manchas lilases no lado esquerdo do rosto. Mas respirava e mexia as pálpebras, como se quisesse abrir os olhos. Ninguém disse nada. Dona Alma sentou-se na beirada da cama e pegou a mão do filho, também esta cheia de arranhões e pequenos ferimentos. Eduardo e Vitória, assustados, ficaram de pé atrás dela.

A um canto, ouviu-se um ligeiro ressonar. Vitória virou-se e viu João Henrique num cadeirão, as pernas esticadas, a cabeça pendendo e a boca meio aberta.

– Pst! – disse Joana a Vitória em voz baixa. – Deixe-o dormir. Foi ele quem o operou, deu-lhe a medicação e o tratou; vamos lhe conceder um pequeno descanso.

João Henrique voltou a ressonar. Vitória pensou que aquele insuportável homem, com sua repugnante testa de macaco, não teria utilidade nenhuma ali no quarto do irmão se não estivesse se dedicando às suas tarefas médicas. Poderia dormir em qualquer outro lugar. Mas não disse nada. Era o quarto de Joana; era ela quem devia expulsar amavelmente aquele sujeito. Mas Joana limpava a testa de Pedro com panos úmidos, e era a eficiência em pessoa. Não se deixava distrair com nada.

Quando se ouviu novo ronco no canto, Eduardo aproximou-se enfim do médico e lhe deu algumas palmadinhas no ombro. João Henrique abriu os olhos e se levantou com um salto.

– Diga-nos se é muito grave.

Eduardo não parecia um pai preocupado, e sim um cientista que pede a um colega que lhe faça um breve resumo do caso.

João Henrique fez sua vontade, satisfeito em não ter de acalmar familiares banhados em lágrimas. Jamais o tinha feito em seus anos de dedicação à medicina.

– Fratura na base do crânio. Diversas fraturas ósseas: algumas costelas, o fêmur, a tíbia. Perda de sangue. Hipotermia. Fiz tudo o que era possível. Receio que só nos reste rezar.

– Ele gostava tanto de se sentar no Arpoador... – disse Joana com voz apagada.

– Sim.

Vitória compreendia muito bem a atração que representavam para o irmão as rochas do extremo sul da praia de Copacabana. Ela também já as tinha escalado, conhecia o efeito hipnótico das ondas ao bater nelas. Teria acontecido mesmo isso? Teria sido uma imprudência de Pedro, fascinado pelo mortífero ondular? Teria se aproximado demais da água? Teria sido atingido por uma onda alta demais, escorregado e afundado na espuma? Como teria se sentido ao cair na fúria do mar, tentando respirar, tentando se orientar? Teria visto a água azulada que se fechava sobre ele e a areia à sua volta antes de bater a cabeça nas rochas? Vitória e Joana olharam uma para a outra. Cada uma viu no olhar da outra que ambas pensavam o mesmo. Soluçando, fundiram-se num abraço.

Vitória deixou o quarto quando ouviu a campainha tocar. Desceu com Maria do Céu, recebeu León e ordenou que a criada levasse pãezinhos e café ao andar de cima. Como Joana estava tratando do marido, seria ela, Vitória, quem teria de dizer aos empregados o que deveriam fazer. Estava agradecida por poder fazer alguma coisa de útil; de poder se entreter com questões práticas que a afastassem da luta contra a morte travada pelo irmão. Pelo menos por alguns minutos.

Vitória acompanhou León até lá em cima. O pequeno quarto estava cheio de gente; o ar estava viciado. Vitória aproximou-se da janela e a abriu.

– Devemos manter o calor aqui dentro, devido à hipotermia dele – disse dona Alma com voz embargada.

– Mãe, lá fora deve estar trinta graus. Além disso, não sei se é melhor Pedro morrer de hipotermia ou de falta de oxigênio – disse Vitória insolente, e logo a seguir notou que corava. Credo, uma coisa daquelas se dizia brincando, não na frente de um ser querido que está efetivamente à beira da morte! Aproximou-se de León, que pegou a mão dela, e, pela forma como a segurava, Vitória reparou que também ele estava com dificuldade em controlar seus sentimentos. León levou Vitória lá para fora e chamou João Henrique para que também ele viesse ao corredor.

– Quanto tempo lhe resta? – perguntou ao médico.

– Desta noite não passa.

Luíza e outros criados que estavam junto à porta começaram a chorar.

– Então eu proponho que nos despeçamos dele um após o outro e que depois chamemos o padre.

Joana concordou com a ideia, e todos esperaram junto à porta que chegasse sua vez. Luíza entrou com os outros negros no quarto, do qual saíram chorando passados cinco minutos. Depois entrou Aaron, que chegara havia pouco, e foi seguido por João Henrique. Enfim, entraram Vitória e León.

Vitória pegou a mão do irmão, que reparou estar fria e débil, e a colocou entre as suas. As pálpebras de Pedro estremeceram, e Vitória teria jurado que com isso ele queria lhe dizer alguma coisa. Teve de reunir todas as suas forças para não desatar a chorar aos gritos, como os negros que estavam à porta.

– Vou ter saudades suas, Pedro da Silva – sussurrou León. Afagou a mão de Pedro carinhosamente, antes de deixá-la novamente em cima da colcha. Depois levantou-se para deixar Joana e os pais sozinhos nos últimos minutos que ainda podiam estar com Pedro. Sem dizer nada, apenas com o olhar, indicou a Vitória que o acompanhasse. Ela beijou a face de Pedro, e saiu apressadamente do quarto para desabafar, chorando do lado de fora.

Dona Alma, Eduardo e Joana entraram no quarto assustados, já que a pouco habitual explosão de sentimentos de Vitória lhes fez pensar que Pedro dera o último suspiro. Mas, quando Joana se sentou ao lado dele, ainda continuava a respirar.

– Cada minuto da minha vida vou pensar em você. Continuarei a amá-lo como sempre o amei. Vá com Deus, meu querido Pedro. Haveremos de nos encontrar no além.

Como se as palavras da mulher fossem uma autorização para se render à desesperada luta pela sobrevivência, da garganta de Pedro saiu um silencioso gemido. Seus olhos se fecharam, sua respiração cessou.

– Oh, Pedro!

Joana deixou correr enfim as lágrimas havia tanto tempo retidas. Deixou-se cair sobre o corpo sem vida de Pedro, acariciou-lhe os braços e o rosto, como se assim pudesse lhe dar novamente a vida.

León e Vitória acompanharam a comovente cena por uma fresta da porta. O rosto de León estava úmido pelas lágrimas quando deu a mão a Vitória.

– Venha, vamos deixar Joana sozinha com Pedro.

Foram para a sala, onde Vitória se atirou sobre León, bateu-lhe no peito com os punhos e gritou:

– Por quê? Por quê?

Acalmou-se quando tocaram à porta e o padre apareceu.

As horas seguintes se passaram com os seis adultos sentados em silêncio, imobilizados pelo horror, mudos pela dor. João Henrique foi embora, motivado não pela proximidade da morte, à qual estava acostumado, mas pelo ambiente claustrofóbico. Dona Alma e Eduardo estavam sentados um ao lado do outro no sofá, olhando para o mesmo ponto na parede. Aaron estava perto de Joana num cadeirão e lhe afagava a mão. Vitória e León ocupavam outro sofá. Quando o relógio deu nove horas, León levantou-se.

– É melhor irmos andando.

– Não! – Joana parecia muito assustada. – Por favor, por favor! Maria do Céu vai preparar o quarto de hóspedes. Não consigo suportar a ideia de ficar sozinha com...

Joana começou a soluçar de forma comovente.

Ficar sozinha com um cadáver sob o mesmo teto, era isso que ela queria dizer, não? Vitória a encarou com ódio. Continuava a ser Pedro, seu adorado irmão, o marido de Joana, amigo de León. Como podia ela reduzir Pedro à categoria de um cadáver?

– Claro, Joana, ficaremos, se é o que prefere.

León olhou para Joana como se ela fosse uma garotinha à qual se tem de consolar, para depois dirigir a Vitória um olhar de recriminação, como se quisesse lhe pedir que se contivesse. Ela, que conhecia Pedro desde que tinha nascido, que tinha lhe exigido tanto, que tinha ajudado, passado com ele bons e maus momentos, não teria ela mais direito que os outros a não se conter? Por que razão León esperava que ela fizesse esse enorme esforço?

Então se deu conta de que na manhã seguinte teriam de estar ali bem cedo para velar o corpo e rezar. Realmente, poderiam ficar.

Não queria dormir com León no mesmo quarto, mas, como a casa estava cheia – Joana queria que Dona Alma e Eduardo também passassem a noite lá, tal como Aaron –, não havia outra escolha. León dormiria no sofá que havia em frente à cama. Vitória sentou-se, esgotada, na beirada da cama, cobriu o rosto com as mãos e desatou a chorar. Enfim! Ali podia ser frágil; não tinha de transmitir coragem a toda a família com sua fortaleza. As costas curvadas de Vitória tremiam em descontrole; mal lhe entrava ar pelo nariz entupido.

– Por quê?! – soluçava Vitória, e León passou o braço por cima dos seus ombros e a abraçou. Havia uma dor de tal forma descomunal na voz dela que naquele momento León teria feito qualquer coisa para atenuar seu sofrimento.

– Durma um pouquinho, sinhazinha. Está esgotada.

– Sim – disse ela, cansada. – Poderia me trazer um copo d'água, por favor?

Só queria que ele saísse para não vê-la se arrumar para a noite. Já não estava habituada a se despir diante dele.

Quando León voltou, Vitória já estava na cama. Ele colocou o copo de água na mesinha de cabeceira, deu a Vitória um inocente beijo de boa-noite na testa, foi para o sofá, tirou a camisa e os sapatos, e, sem tirar as calças, deitou-se no que seria seu leito naquela noite.

– Por mim, já pode apagar a luz.

– Certo. Durma bem.

Vitória apagou a lâmpada de gás e fechou os olhos.

– Você também, meu coração.

Mas Vitória não dormiu bem. Mexeu-se intranquila na cama de um lado para o outro, tirou a colcha, voltou a colocá-la, afofou o travesseiro em diferentes posições, mas nada lhe serviu de ajuda. Por fim deu-se por vencida e deitou-se de barriga para cima. Seus olhos estavam já tão habituados à escuridão que, pelas pálpebras semiabertas, viu a silhueta de León, que era grande demais para o sofá.

– Venha para a cama, León. – Ele estava dormitando, e assustou-se. Estaria sonhando? – Venha. Por favor.

Ele tirou as longas pernas do braço do sofá e ficou sentado durante alguns instantes.

– Eu estou bem, Vita. Já dormi em sofás muito mais desconfortáveis.

– Por favor – sussurrou ela.

León aproximou-se da cama, inclinou-se sobre Vitória e deu-lhe um beijo no rosto.

– Durma, meu amor. Vou para a saleta de estar. Lá há um sofá maior.

– Não! – exclamou ela. – Fique. Abrace-me. Eu... preciso de você.

León arqueou uma das sobrancelhas, admirado, mas Vitória não viu a expressão do rosto dele, que refletia dúvida, diversão, preocupação e admiração em partes proporcionais. Ela olhava fixamente para seu peito despido, que se movia ao ritmo do coração, de modo rápido e irregular. Os mamilos dela estavam rijos, a pele arrepiada.

Ele estava indeciso junto à cama, hesitando entre o desejo de abraçar Vitória e uma voz interior que lhe dizia que o melhor para os dois seria ir embora. Hesitou mais um segundo.

Vitória havia esticado o braço e lhe acariciava a perna com suavidade. León estremeceu.

– Oh, Vitória! Por que está fazendo isso? – sussurrou, deixando-se cair na beirada da cama. Inclinou-se sobre ela, agarrou-a pelos braços com força e a sacudiu, como se pudesse afastar dela sua falta de juízo.

– Por favor!

Vitória conseguiu que deixasse de sacudi-la, cruzou os braços atrás do pescoço dele e lhe cobriu a testa, os lábios, o queixo e o pescoço de beijos famintos que o deixaram sem fôlego. León se rendeu. Deixou-se cair, apertou seu peito contra o dela e respondeu a seus beijos. Deixou seus lábios passearem pelos cabelos dela, pelo rosto, pelas orelhas, e suas mãos exploraram-lhe as costelas, a cintura, os quadris.

– Vita – disse com voz rouca –, você não sabe o que quer.

– Claro que sei – sussurrou-lhe ela ao ouvido –, e, quanto mais depressa, melhor.

Quando as bocas de ambos se encontraram e as línguas se uniram no jogo úmido e morno que antecede o desejo do ato amoroso, ele apertou-se, possessivo, contra ela e deixou que Vitória sentisse sua potente ereção. Ela abraçou-se a ele, cravando-lhe os dedos na pele, e lhe mordiscou o pescoço com a mesma desesperada excitação com que ele lhe tocava os seios, lambia-lhe as orelhas e lhe separava as pernas. Levados pela ideia furiosa de se provocarem dor e prazer ao mesmo tempo, tinham tanta pressa que León, numa série de rápidos movimentos, levantou a camisola de Vita e abriu suas calças. De um só impulso, penetrou-a.

Vitória soltou um profundo gemido. Mostrava-se mais do que disposta. Todo o seu corpo ansiava por ele, quente, úmido, trêmulo. León levantou as pernas de Vitória para poder penetrá-la com movimentos cada vez mais rápidos e fortes, como se dessa maneira pudesse obrigá-la a lhe abrir o coração. Machucou-a, e ela gostou. Vitória colocou os pés na cabeceira metálica da cama e levantou os quadris, de modo a abrir-se totalmente para ele. A fusão dos dois era cada vez mais intensa, e Vitória achou a dor uma doce revelação. Gemeu, sussurrou o nome de León, ouviu o próprio nome em uma voz entrecortada, até que enfim ele soltou um fortíssimo gemido com aquela voz rouca que a excitava tanto.

Vitória estava deitada de barriga para cima. Tinha o pulso acelerado, o cabelo colado à testa e milhares de gotinhas de suor entre os seios. León estava sentado ao lado dela, as costas e a cabeça apoiadas na cabeceira da cama. Quando sua respiração voltou ao normal, olhou para Vitória e sorriu.

– Ainda está com a camisola.

Vitória tocou com uma mão o delicado tecido enrolado em seu pescoço. Tirou a camisola, atirou-a ao chão e sorriu maliciosamente para León.

– E você, com as calças.

Ele as tirou e as empurrou com o pé para fora da cama.

– Está vendo os resultados pouco eróticos que a pressa provoca?

Olhou para ela com ironia.

– Pouco eróticos?

Vitória deixou a mão deslizar pelo corpo úmido de León, passando o dedo indicador por uma linha no abdômen dele na qual havia se acumulado o suor. Beijou a lateral de sua coxa, onde começavam os pelos da perna. León não se mexeu. Continuava sentado, o coração batendo acelerado e os olhos fechados, deleitando-se com as carícias de Vitória. Ela passou-lhe os dedos pela parte posterior dos joelhos, pela parte interna das coxas, beijou-lhe o umbigo, roçou os quadris nele. León sentiu que se excitava muito antes de ela atingir o centro de sua atenção. Quando Vitória lhe acariciou enfim sua parte mais sensível, o delicado toque eletrizou-o de tal forma que León inspirou profundamente. Ela aumentou a pressão das mãos, mexendo a pele sedosa para a frente e para trás, e sentiu sob seus dedos uma rigidez cada vez maior. Depois rodeou o vigoroso membro com seus lábios, e León suspirou com força. A língua de Vitória percorria cada poro, cada veia, cada saliência. Sua delicada exploração tornou-se cada vez mais enérgica, estimulada pelas mãos de León, que se entrelaçavam em seu cabelo, e pelos seus gemidos, até que Vitória o introduziu na boca ao compasso do amor, lambeu-o, chupou-o. Quando León mal conseguia se conter, ela retirou os lábios.

Vitória levantou-se ligeiramente, sentou-se com cuidado sobre ele, até que se sentiu plena. Levantava e descia o corpo a um ritmo excitantemente lento. Olharam-se nos olhos, cheios de desejo. León captou perfeitamente o sinal que ela lhe enviava. E cumpriu sua súplica expressa sem palavras. Agarrou-lhe as nádegas com suas grandes mãos e deslocou Vitória com força para a frente e para trás, até atingir um ritmo vertiginoso. León agarrou-a pelo cabelo, puxou-lhe a cabeça para trás e a beijou no pescoço. Um tremor incontrolável apoderou-se dos corpos de ambos, logo seguido por uma sufocante onda de calor. Lágrimas de prazer caíram pelo rosto de Vitória. Soluçando, deixou-se cair no peito de León.

Vitória ficou alguns minutos deitada sobre ele. Quando enfim separaram os corpos suados, fizeram-no com o som suave de um beijo. León secou as costas de Vitória com a ponta do lençol. Acariciou-lhe os cabelos, penteou-os com os dedos e os prendeu na nuca para lhe proporcionar um pouco de frescor. Naquele gesto havia mil vezes mais ternura do que na união à qual tinham acabado de entregar os corpos trêmulos. Vitória deitou-se, esgotada, de bruços, e deleitou-se com os beijos sutis que León lhe dava na nuca. A respiração dele fazia-lhe cócegas, a barba espetava-lhe: as duas coisas juntas constituíam uma mistura muito sensual. Vitória sentiu uma profunda calma.

– León...

– Não diga nada, sinhazinha.

Seguiu com os lábios a curva do pescoço dela.

– Hum! – gemeu ela, antes de apoiar a cabeça nos braços e adormecer.

León acordou-a com a suave pressão das mãos nas coxas dela. Espalhou os pegajosos vestígios de seus fluidos na pele dela, movimentou suavemente seus dedos em círculos e a estimulou nos delicados contornos de sua feminilidade. Massageou suavemente sua parte mais secreta, e Vitória, que antes julgava estar satisfeita para todo o sempre, sentiu novamente uma onda de prazer dentro de si. Ficou deitada de bruços, à espera, passivamente, e abandonou-se ao gozo da massagem íntima.

– Você é um animal – sussurrou com a boca quase oculta entre os braços.

– E você não?

– Claro que sim.

Sim, era mesmo isso que ela era, um animal... e era isso que queria ser. Queria que cada fibra de seu corpo pertencesse a ele, queria encontrar o esquecimento absoluto no ato animal e a paz na desinibição. Queria sentir-se possuída e se entregar a León. Queria ser frágil e que ele fosse forte; queria sentir o poder do corpo dele em cima do seu; queria seguir seus impulsos até desfalecer, durante horas, toda noite, para sempre.

Lascivamente, abriu um pouco mais as pernas. León beijou-a nas costas, mordiscou-lhe o lóbulo da orelha, passou-lhe as mãos por toda a silhueta, pela cintura, pelo contorno dos seios, até que ela sentiu o peso do corpo dele em cima dela e a excitação dele entre suas coxas. Ergueu ligeiramente os quadris e se ofereceu a ele, que a possuiu lentamente por trás.

Vitória tinha a sensação de que naquela posição ele não conseguiria possuí-la nunca. Mas, sob a prudente pressão dele, ela se abriu, até que ele penetrou lentamente no corpo dela e aumentou o ritmo de seus movimentos. Dentro dela ele se sentia ardente, grande, confortável. Vitória sentiu pequenas ondas de arrepios nas costas. Tinha a sensação de estar derretendo. Escondeu o rosto no travesseiro e o incitou com a parte posterior do corpo. León cumpriu ansiosamente o inequívoco pedido de Vitória.

Levantou-a pela cintura, até que ela ficou apoiada nos joelhos e nas mãos. Aproximou-a da beirada da cama, pôs-se de pé e a apertou com força contra seus quadris. Depois retirou-se para imediatamente a seguir voltar a penetrá-la cada vez mais depressa, uma e outra vez. Vitória esticava as costas e gemia. Ele nunca a possuíra com tanta força, e ela jamais se sentira tão desprotegida. Através dos zunidos nos ouvidos ouviu o som da pele de León sobre a dela, ouviu seus suspiros como que a distância. Ele a possuía tão impiedosamente, sentia-se tão forte, que por instantes ela pensou que se rasgaria. E, apesar de tudo, não queria que acabasse. Seu êxtase cego a fazia sentir cada vez mais desejo.

Quando enfim seu insaciável prazer atingiu o auge, Vitória deixou-se cair praticamente desmaiada. León deitou-se ao lado dela na cama, esgotado, sem forças, completamente exausto. Ali estavam os dois, deitados como dois guerreiros cansados após a caçada noturna. Felizes e rendidos. Vitória tinha o rosto virado para ele. Observou seu elegante perfil, o queixo bem marcado sob o brilho azulado da pele por barbear. Ele era realmente lindo! León engoliu saliva, e ela achou o movimento do seu pomo de adão irresistível. Como se ele tivesse notado, mesmo de olhos fechados, que ela o observava, levantou-se ligeiramente, apoiou a cabeça na mão e a encarou.

– Era isto que queria?

– Era. – Vitória rolou para o lado e apoiou a cabeça no braço. – Estou com muita sede. Pode buscar alguma coisa para eu beber? Não consigo me mexer.

Quando Vitória acordou na manhã seguinte, inicialmente não sabia onde estava. As cortinas amarelas, os enfeites do teto de madeira e o papel de parede com flores verdes e amarelas pareciam-lhe completamente desconhecidos. Depois viu a cabeceira metálica da cama e com um agradável estremecimento relembrou os orgasmos que León a fizera atingir na noite anterior. De repente assustou-se. Que ideia foi aquela? Como podiam ter feito uma coisa assim? Durante horas, tinham se amado numa selvagem paixão, se é que se podia falar efetivamente em "amar"; haviam se deixado dominar pelos seus instintos mais baixos; tinham se entregado um ao outro com ardor, conhecido o raivoso desenfrear de sentimentos; tinham tremido, gritado, esquecido tudo o que acontecia ao redor deles. Tudo. Mas, com a luz do dia, ela recuperou a memória.

No segundo quarto ao lado estava seu irmão morto.

XXXIII

A CHUVA, O MONÓTONO SOM DAS GOTAS NA SOMBRINHA, a longa comitiva de gente vestida de preto, o caixão carregado por seis homens e sobre o qual descansava uma coroa de flores... conseguiu aguentar tudo aquilo. Mas os tristes cânticos que o coro de negros entoou foram demais. Vitória não conseguiu conter as lágrimas.

O sacerdote mal conhecia Pedro. Embora o irmão fosse todos os domingos à igreja, não costumava conversar com o padre. Apesar de tudo, este falou dele como se fosse um velho e bom amigo. Deu tantos exemplos da vida irrepreensível de Pedro que Vitória calculou que devia ter interrogado Joana e dona Alma durante horas. Falou da honestidade de Pedro, da sua dedicação ao trabalho, da sua integridade, da sua fidelidade, o amor à mulher e à família, e documentava cada uma dessas virtudes com um exemplo. No caso da louvável disposição de Pedro para ajudar os mais fracos, contou a velha história de como, colocando em risco a própria vida, salvou a irmã mais nova de um touro extremamente agressivo. Na realidade, o episódio não aconteceu como contou o padre. Os dois estavam colocando à prova sua coragem, e Vitória foi a primeira a entrar no pasto. Quando Pedro entrou, foram chamados pelo velho Babá, e ele disse que tinha ido salvar Vita. Ela nunca havia revelado nada, permitindo que ele gozasse dos elogios dos pais. Já naquela época ela era mais forte. Com 7 anos dominava Pedro, que tinha 13. Tinha conseguido que ele deixasse de se queixar e de chorar sem motivo; demonstrara-lhe o que era o orgulho. Também havia lhe ensinado que uma pessoa não devia se apresentar como vencedora quando na realidade era perdedora, sobretudo quando não se chamava Vitória.

Se tivesse tratado de Pedro naqueles últimos anos metade do que fizera naqueles tempos; se o tivesse observado com mais atenção e se tivesse se dado conta dos segredos dele; se o tivesse ajudado com sua força e não apenas com seu dinheiro, será que ele ainda estaria vivo? Por que não o fizera sentir que ela o amava e o admirava? Quando foi a última vez que lhe disse algo amável, um cumprimento, um elogio? Havia muito tempo, com certeza. "Tenha cuidado; veja lá se com a pressa não vomita os bolos." Se não se enganava, essa tinha sido a última frase que havia dito a Pedro. Já não tinha a possibilidade de ele levar para o túmulo outra coisa senão aquela frase horrível. Mas talvez, consolou-se Vitória, no leito de morte ele tenha percebido um pouco do que acontecia à sua volta. Talvez naquele corpo ferido de morte ainda houvesse uma mente lúcida – ou uma alma imortal? – que lhe tivesse permitido ouvir as belas palavras de despedida. Um fortíssimo grito arrancou-a de seus pensamentos. Credo, aquela criança era insuportável! De quem ela havia herdado uma voz tão potente? Do pai com certeza não foi. No olhar que deu a Félix e à criança que ele tinha no colo havia uma cansada irritação.

Félix não reparou. Não se deu conta de nada que acontecia naquele enterro. Felipe exigia toda a sua atenção. O menino berrava como um demônio desde que a água do guarda-chuva tinha caído diretamente em seu rosto. Félix não conseguia acalmá-lo por mais que o embalasse, o beijasse, lhe sorrisse ou lhe fizesse cócegas com o nariz, um método que sempre era infalível. Se aquele chato daquele padre não parasse rapidamente de falar, teriam de ir embora antes de a cerimônia acabar. Não que ele se importasse. Mas seria desagradável para com a família do morto.

Félix era ainda uma criança quando Pedro saiu da casa dos pais, e sua morte não o afetava muito. Estava ali porque a família Silva tinha ido ao enterro de José e porque Fernanda era de opinião de que deviam acompanhar Luíza. E ali estavam, junto ao túmulo de um homem mais ou menos desconhecido, com os pés molhados e expondo o filho ao risco de apanhar uma pneumonia. Fernanda pensava como ele, apesar de se manter firme ao lado de Luíza, que, cabisbaixa e com os olhos úmidos, agarrava-se a seu braço. Mas Félix sabia que Fernanda mordia o lábio inferior quando estava nervosa ou impaciente, e agora parecia uma vaca ruminando. Se o padre continuasse contando histórias da vida de Pedro da Silva, Fernanda logo estaria com os lábios em carne viva.

* * *

Dona Alma pensava nos netos que já não ia ter. Pedro e Joana não tinham tido descendência. Vitória não queria ter filhos. Sua família se extinguiria. Seu sobrenome cairia no esquecimento. Ninguém choraria junto ao túmulo deles. Desapareceriam da face da Terra como se nunca tivessem existido. A ideia fez com que seus joelhos bambeassem. Era pior que as imagens que a perseguiam noite após noite, imagens de um corpo sem vida que boiava nas ondas como um pedaço de madeira arrastado pela corrente contra as rochas, visões do corpo pálido e inocente do seu filho sendo agarrado pelos tentáculos da morte, para ser arrastado ao escuro fundo do mar. Dona Alma sempre odiou a água. E, naquele momento, quando a chuva ameaçava amolecer as paredes do túmulo aberto no chão, odiava-a ainda mais.

León olhou para seu relógio de bolso, dando a entender ao padre que devia pôr fim às suas intermináveis palavras. As flores do caixão tinham se estragado, a faixa estava tão ensopada que mal se liam as palavras escritas nela. A terra amontoada junto ao túmulo estava se transformando em lama, e as pessoas começavam a perder a paciência. Que espetáculo indigno! Como podia aquele padre ter a coragem de assumir o protagonismo de mestre de cerimônias naquela encenação do fim do mundo? Parecia estar gostando de falar com sua voz profunda e tenebrosa, em meio à chuva e aos berros da criança.

E as besteiras que estava dizendo? Morreu um homem, não um santo. Um homem frágil a quem antes León admirava pela sua franqueza, sua alegria de viver, sua integridade, mas que nos últimos anos revelava cada vez mais seus defeitos e debilidades. Pedro havia se tornado inflexível, intolerante e mal-humorado. Seu velho amigo converteu-se num homem que fugia da realidade em vez de encará-la de frente; que se refugiava em antigas tradições e ideias desgastadas. Ou será que com isso Pedro procurava apenas uma carapaça para proteger sua natureza extremamente sensível? Teria sido sempre tão vulnerável, e ele, León, não havia percebido? Teria lhe roubado o pouco orgulho que lhe restava o fato de rir abertamente de seu receio infantil diante de uma chantagista que não tinha mais nada para fazer?

* * *

Joana estava contente por estar chovendo. Tinha tudo a ver com a ocasião, e além disso dissimulava as lágrimas dos rostos. Ela própria já não tinha nenhuma. Havia chorado o dia inteiro, derramado autênticos rios de lágrimas no seu travesseiro e no ombro de Aaron, fato pelo qual agora seus olhos estavam tão secos quanto seu coração estava despedaçado. Ela era a única culpada da morte de Pedro! Nunca devia ter permitido que Vita protegesse o irmão de modo tão asfixiante; não devia ter se tornado cúmplice de uma traição que sabia que Pedro não conseguiria aguentar. Por que não tinham ido embora do Rio? Por que não tinham tentado a sorte em outro lugar, onde Pedro não se sentisse o filho de um barão de café arruinado, onde pudesse construir a própria identidade, onde não estivesse exposto à destrutiva influência da família, onde pudesse voltar a rir? Agora era tarde demais. Agora Pedro pertencia às minhocas, enquanto ela própria era devorada pelo remorso, o que não era melhor. O mundo havia perdido a graça; a vida, seu esplendor. Sem Pedro tudo estava morto, vazio.

Joana poderia ter ficado horas sob a chuva ouvindo o absurdo sermão do padre, que estava entusiasmado com o próprio discurso. Sua voz estridente até que era agradável para Joana; fazia-a entrar numa espécie de transe. Mas, de repente, Aaron, que a segurava, estremeceu, fazendo-a voltar de sua abstração. Levantou os olhos. Vitória tinha se aproximado da beirada do túmulo. E, embora Joana houvesse perdido todo o interesse pelo que acontecia ao redor, notou que todas as pessoas retinham o fôlego, assustados. O padre também.

Vitória ficou alguns instantes junto ao túmulo, depois hesitou e se virou para Joana. Pegou o braço da cunhada, aproximou-a do túmulo, deixou que atirasse uma rosa em cima do caixão, depois ela própria atirou outra. A seguir, virou-se e disse num tom que só o padre e os que estavam muito próximos podiam ouvir:

– Não é preciso mandar todos nós para o túmulo com suas palavras. Acabou o espetáculo.

O homem benzeu-se, tal como dona Alma. León estava orgulhoso de Vitória porque ela teve coragem de fazer o que todos os presentes pensavam havia muito tempo.

Dona Alma e Eduardo aproximaram-se então do túmulo do filho. Dona Alma deixou cair um ramo de miosótis sobre o caixão; Eduardo, seu sabre preferido, o objeto mais valioso que lhe restava, e que já nenhum filho podia herdar. O sabre fez um forte barulho metálico ao cair sobre as ferragens da tampa do caixão.

Naquele momento, o bebê deixou de chorar. O súbito silêncio foi tão inquietante que todos os presentes o consideraram um sinal divino, como se houvesse mesmo chegado a hora de se despedirem.

Assim que os familiares e os amigos tinham dito o último adeus ao falecido, as demais pessoas aproximaram-se do túmulo. Félix não tinha pensado em jogar terra no caixão. Mas um clarão do sabre que via praticamente de relance chamou-lhe a atenção. Aproximou-se do túmulo com o bebê ao colo, deixou cair um punhado de terra molhada sobre o caixão, que fez um terrível som lamacento. Inclinou-se ligeiramente para a frente a fim de conseguir ver melhor o sabre. Sentiu falta de ar.

João Henrique não podia acreditar que aquele escravo mudo aproveitasse o enterro para entreter o filho malcriado. Tinha de mostrar àquele bebê chorão o que tinha feito tanto barulho? Aquilo não era uma feira! Embora as palavras de Vitória Castro alguns minutos antes pudessem ter tido certo tom divertido. Ele não simpatizava com a irmã de Pedro, mas aquela atuação havia sido absolutamente genial. A mulher era corajosa, isso era preciso reconhecer. Por instantes conseguira distraí-lo das dúvidas que o atormentavam desde a morte de Pedro. Uma bênção, uma vez que não queria se transformar num louco como Aaron Nogueira.

Aaron não parava de chorar. Tinha se afastado de Pedro porque não conseguia aguentar as recriminações expressas sem palavras. Aaron sabia que Pedro tinha sofrido muito com os boatos que corriam sobre Vita e ele, mas nunca fez nada a respeito; pelo contrário, sentia-se lisonjeado de lhe ser atribuído um caso com aquela magnífica mulher. Sua paixão cegara-o tanto que tinha abandonado o melhor amigo. Agora Pedro estava morto, e Vita se afastava dele. Após a morte de Pedro, passou a noite em casa deste porque Joana assim lhe pediu. Mas não conseguiu pregar o olho a noite inteira, já que o quarto onde ficou era ao lado do de León e Vita. Ainda naquele dia conseguiu ouvir os sons que lhe demonstravam claramente o que ele não desejava aceitar: Vita e León ainda se amavam. Sem sombra de dúvida. E ele tinha abandonado o melhor amigo por causa de um amor sem nenhuma chance de sucesso!

Félix estudara tantas vezes os retratos do medalhão onde apareciam os pais, que tinha cada detalhe gravado na memória. O rosto do homem da fotografia não estava reconhecível, mas estava, sim, a empunhadura de pedras valiosas finamente decorada: aquele sabre que agora estava sobre as flores e sob camadas de terra era o mesmo da fotografia. E isso significava... Oh, meu Deus, não podia ser!

Por que nunca tinha visto o sabre antes? Conhecia cada canto da mansão da Boavista, tinha acesso a todos os quartos. Onde sinhô Eduardo havia escondido o sabre? Se ao menos o tivesse descoberto antes! Que diferente seria sua vida se tivesse tido um pai!

Não, pensou Félix de repente, ele tinha tido um pai; ainda o tinha. E ele não o reconhecera. José foi um pai muito melhor para ele. Sim, sua vida teria transcorrido de maneira bem diferente se soubesse que o abastado senhor Eduardo da Silva era seu pai. Teria se sentido mais humilhado com sua rejeição do que com os horríveis trabalhos que lhe tinham mandado fazer. Teria querido que ele lhe desse atenção, teria criado expectativas em relação à herança, teria olhado com inveja para Pedro e Vitória, seus meios-irmãos. Jesus, seu meio-irmão estava no túmulo!

Félix benzeu-se. A vida teria sido pior – sim, sem dúvida! Talvez já estivesse morto, desolado pelas falsas esperanças e expectativas impossíveis. Sua vida sem pai correu-lhe bem, e cada dia seria melhor. Tinha um filho lindo, uma mulher fantástica, um negócio próspero, uma casa própria. Era mais do que Pedro tinha. Por que haveria de desejar ser filho de um velho arruinado? Um homem que fizera dele, do próprio filho, um escravo? Félix sentiu de repente uma raiva incontrolável. Como se pode fazer uma coisa daquelas a um filho? Ele era pai, e não conseguia sequer imaginar que algum dia pudesse tratar seu Felipe com tamanha crueldade.

Félix voltou a se misturar com as pessoas e se aproximou de Eduardo. Olhou-o nos olhos – como não percebeu antes que tinham os olhos da mesma cor? – e colocou Felipe à frente do antigo barão. Quando Eduardo ia fazer uma graça para a criança, Félix deu meia-volta e foi embora.

Eduardo da Silva teve de abandonar o cemitério apoiado em dois jovens robustos. Agora tinha de carregar sua culpa? Iria receber o castigo merecido? Tinha perdido o amor da mulher quando aquela escrava – como se chamava? – ficou grávida, o que não teria acontecido se, após o nascimento de Vitória, Alma não tivesse se instalado num quarto separado. Tinha enterrado seis filhos: cinco haviam morrido, e ele contribuiu para a morte do sexto. Pedro podia estar levando agora a vida despreocupada de um fazendeiro com um bom nível de vida se ele, Eduardo, não tivesse sido tão inútil ou houvesse escutado Vita. Mas que homem leva a sério seu pequeno anjo quando se trata de negócios? E renegara o próprio sangue pelo fato de a criança ser negra e muda. Félix era seu último filho vivo, e perdera-o, tal como perdera seu único neto.

Uma semana depois, Eduardo da Silva estava novamente de pé. Superou a crise, o que surpreendeu familiares e amigos, graças aos cuidados de João Henrique. Na missa de sétimo dia, que se celebrou pela alma de Pedro na igreja da Glória, sentou-se entre dona Alma e Vitória com um aspecto ligeiramente desconcertado, mas no restante estava como sempre. No entanto, a sensação era enganosa. Eduardo fazia um verdadeiro esforço para se controlar. No dia do enterro, quando Félix o olhou com desprezo e lhe colocou o filho à frente, dentro dele rompeu-se algo que nunca mais seria o mesmo. Talvez uma viagem pela Europa lhe aliviasse a tristeza, como dizia Alma já havia algum tempo. Teria de aceitar o dinheiro de Vita, embora aquilo o magoasse profundamente.

Vitória estava numa das extremidades do banco de madeira, diante da imagem de São Gonçalo. Olhava entretida para os desenhos azuis e brancos dos azulejos que cobriam as paredes da igreja havia quase duzentos anos, quando foram fabricados em Portugal e levados para a colônia num barco a vela. Vitória pensou que o luxo com que a igreja católica decorava seus templos era fascinante e repugnante ao mesmo tempo. Procurou nos seus incompletos conhecimentos bíblicos alguma passagem na qual aparecessem mulheres tocando harpa e anjos nus como os que via à sua volta. Seria o paraíso? Não era propriamente atraente.

Quando acabou a missa, Joana e Vitória esperaram na porta por Eduardo e dona Alma, que falavam com o padre. Provavelmente estariam dando dinheiro ao religioso – dinheiro demais, pensou Vitória.

– Não há quem aguente este padre, que fala pelos cotovelos – disse Joana.

Vitória assentiu.

– Pedro não teria gostado disso tudo, que viéssemos tanto à igreja por causa dele.

Vitória ficou curiosa. Será que Joana queria lhe dizer alguma coisa? Iria finalmente romper seu silêncio? Desde a morte de Pedro, Joana só falava o imprescindível, fugindo de qualquer tipo de conversa.

– Não, não acho que ele tivesse gostado mesmo. Não era suficientemente maldoso para desejar coisas más a ninguém. Pelo contrário – disse Joana –; parecia achar que, com sua morte, estaria nos fazendo um favor.

– O que quer dizer com isso? – Vitória tinha um terrível pressentimento.

– Anteontem foi um homem da companhia de seguros lá em casa. Fiquei gelada, Vita! Acredite ou não, Pedro tinha feito um bom seguro de vida e agora eu sou a beneficiária.

– Você acha que ele se suicidou?

– Acho – sussurrou Joana.

– E acha que só não deixou uma carta de despedida para que parecesse um acidente?

– Exatamente.

Vita tinha de falar sempre assim, de modo tão objetivo? Já não era suficientemente ruim pensar naquilo?

– Sim – disse Joana –, acho que o orgulho dele lhe custou a vida.

– O que significa isso?

– Desde que soube por León que você estava por trás da empresa na qual ele trabalhava, ficou irreconhecível. Você mesma o viu quando fomos visitá-la. Na semana anterior à morte andou tão estranho – disse Joana entre soluços –, e eu interpretei mal os sinais dele! Achei que se acalmaria, que só precisaria de uma mudança, que o trabalho naquela empresa lhe acabava com os nervos. E ele só estava pensando na melhor forma de fazer isso!

Joana desatou a chorar.

Então, era isso! O motivo da repentina mudança de humor não tinha sido a chantagem de que León havia lhe falado, e que ela achou tão incompreensível quanto ele, e sim a descoberta do pequeno complô entre Joana e ela própria. Não, não a descoberta... mas a traição de León ao revelar o segredo!

– Acalme-se, Joana. Acho que você está enganada. O suicídio é um pecado muito grave. Pedro nunca faria uma coisa tão pouco cristã.

Depois de acompanhar Joana de carruagem até São Cristóvão, Vitória chegou em casa cansada e encharcada de suor. Os pais tinham se retirado para fazer a sesta habitual, e pelo visto León não perdeu nem um segundo para sair de casa. Vitória tomou um banho rápido, vestiu uma roupa leve e dirigiu-se à sala de jantar para tomar um café enquanto refletia sobre tudo o que tinha acontecido naquele dia. Mas, mal tinha se sentado, León entrou com um jornal sob o braço que parecia ter acabado de comprar.

– Saia da minha frente, assassino!

Ele deixou o jornal em cima da mesa e se aproximou de Vitória com uma expressão ameaçadora.

– Está louca? O que significa isso?

– Como se não soubesse!

León agarrou-a pelo braço com força.

– Não, conte-me você.

– Faça o favor de me largar.

– Assim que me disser qual é, na sua opinião, o crime que cometi.

– Pedro pesa-lhe na consciência. Se não lhe tivesse contado que eu o protegia em segredo, ainda estaria com vida.

– Pensei que tinha sido um acidente.

– Sim, um acidente que você provocou e que fez Joana receber uma bela quantia do seguro.

– Acha que ele se suicidou?

— León, por que não me ouve com atenção? Não, não acho que tenha se suicidado. Acho que você o matou.

— Por ter lhe revelado sem querer um "segredo" que eu pensava que ele conhecia? Por favor, Vita. Não pode estar falando sério.

— Mas estou.

— Então acha que foi seu apoio secreto que o matou, não? Porque, se é assim, então você é que é a culpada pela morte dele.

Vitória se livrou de repente das garras do marido.

— Se agora você me culpa pela morte do meu irmão, não entendo por que razão demora tanto para assinar os papéis da separação. Estão há várias semanas na sua escrivaninha.

León pegou o jornal.

— Porque não tinha razões suficientes — ele disse, e depois saiu da sala.

Vitória estava furiosa. Não tinha razões suficientes! Que mentiroso, que covarde! Aquilo era o cúmulo! Aquela pequena observação a magoou mais do que pensava. Vitória perdeu a vontade de tomar café. Não aguentava nem mais um segundo naquela casa! Iria para um hotel, ou melhor, para a casa de Aaron! Com certeza isso também não seria razão suficiente para León. Seria ela *suficientemente* importante para alguém?

Foi então que reparou no quadro e desatou a rir como uma histérica. Ah, só ela se sentia importante! Com que vaidade posou para o pintor apenas quatro anos antes, e como tinha orgulho daquele retrato! Meu Deus, como pôde achar alguma vez aquelas pinceladas bonitas o bastante para pendurá-las na sala de jantar, onde tiravam o apetite de qualquer pessoa?

Fora de si, Vitória puxou uma cadeira do aparador que ficava sob o horrível quadro. Tirou uma tesoura da gaveta dos talheres, subiu no aparador e a cravou na tela. Com movimentos febris, rasgou os babados do vestido que nunca teve, as faixas e as condecorações do fantasioso uniforme de León, sua expressão de virgem e o rosto de herói de León. Só alcançava até o nariz de León, mas pôs-se na ponta dos pés para conseguir furar seus olhos. A tela ficou destruída, e sobre seu vestido e cabelo caíram alguns pedaços de tinta. Um grito a fez se deter.

Taís, que acabara de entrar com uma bandeja nas mãos, olhava incrédula para a sinhá. Segundos depois entrou León, pensando que havia acontecido algum acidente. Sábado tinha se escondido num canto da sala com a cauda entre as pernas e uivava. Vitória continuava em cima do aparador. Sua fúria desapareceu tal como tinha surgido. Com expressão divertida, olhou para os rostos admirados de León e Taís.

– Não estou louca. Coloque o café na mesa, Taís, e mostre a este homem – apontou para León – a porta da rua, por favor. Acho que hoje ele está ligeiramente confuso. – Desceu do móvel, aproximou-se de Sábado e o acariciou. – Coitadinho! Ficou assustado? Não vou fazer mais isso, prometo. Daqui a uns dias, vamos para a Boavista.

León observava a cena com um sorriso arrogante nos lábios. Aproximou-se de Vitória, tocou seu cabelo e retirou dele um pedaço de tinta.

– Não me admira que o cão tenha se assustado. Cor-de-rosa nunca lhe assentou bem.

León foi embora na quarta-feira. Explicou aos sogros amavelmente que tinham lhe oferecido de novo o cargo de cônsul na Inglaterra e que dessa vez aceitaria. Lamentava profundamente não poder apreciar a agradável companhia deles durante algum tempo, mas tinha certeza de que em breve voltariam a se ver.

– Talvez possam ir me visitar. Se forem ao continente, a ilha não fica assim tão longe. Para mim seria uma enorme alegria poder explicar-lhes os peculiares costumes dos ingleses, enquanto tomamos um chá com leite, é claro.

– É um clima tão frio e úmido; acho que minha saúde não aguentaria – protestou dona Alma, mas Eduardo acrescentou:

– Oh, sim, jovem, haveremos de ver como podemos tratar disso.

Vitória parecia aturdida. Seguia a conversa sem compreender nada. Só pensava no acordo de separação que León deixara meia hora antes na mesa do escritório... assinado. Tinham ido longe demais. León havia concedido plenos poderes a um advogado para que pudesse cuidar da separação na sua ausência. Mostrou-se de acordo com os arranjos financeiros que Vitória e Aaron haviam proposto. O documento tinha cinco páginas, quatro e meia das quais detalhando a divisão dos bens materiais. Vitória sempre achou que teria uma sensação de triunfo, mas ao ter o fracasso do casamento diante dos olhos, preto no branco, com a enérgica assinatura de León, viu-se invadida por uma estranha tristeza. Era só isso, um simples processo burocrático, e seu casamento chegaria ao fim?

Vitória não acompanhou León ao barco que o levaria à Inglaterra. Para que manter as aparências? Em breve todo o Rio ficaria sabendo que eles haviam se separado. Não era preciso que se despedissem na frente de todos, como faria um cônsul e sua esposa. Além disso, Vitória tinha coisas melhores para fazer do que perder tempo com aquela farsa. Queria ir com Joana à Boavista, e tinha de fazer as malas, resolver e organizar alguns assuntos. Mas durante todo o dia não conseguiu tirar da cabeça a imagem de León quando o viu pela última vez, de manhã, nas escadas do jardim.

– Seu último escravo vai embora, sinhazinha – disse-lhe com um sorriso irônico, para depois acrescentar em voz baixa: – Boa sorte, meu amor.

Ela reagiu com um áspero "Adeus, León", e entrou rapidamente em casa.

E agora estava ali, junto às suas malas, pensando no que estaria acontecendo no pontão. Os pais, Joana e todos os amigos de León queriam se despedir dele no porto. No caso dos pais, estava convencida de que não era a partida de León, mas sim o emocionante ambiente do porto, que os levava até lá, sobretudo porque o genro apanharia o maior e mais luxuoso vapor do mundo. Vitória imaginou que todos estariam bebendo champanhe, abraçando León, dizendo-lhe adeus com lenços brancos, e ele acenando em resposta, sorridente. Imaginou o barco partindo sob o vibrante som dos apitos, León acenando com seu chapéu e depois, quando as pessoas do pontão já estivessem pequenas demais para conseguir reconhecê-las, ele contemplaria o panorama do Rio. Se alguém lhe tivesse contado que León evitara propositalmente olhar pela última vez o magnífico cenário do Rio, Vitória o teria achado um louco.

Quando o barco abandonou a baía, deixando o Pão de Açúcar à direita e a ponta de Niterói à esquerda, León já estava no bar, disposto a se embriagar.

XXXIV

NÃO DISSERAM UMA SÓ PALAVRA DURANTE TODA A VIAGEM. As duas mulheres olhavam pela janela do trem, cada uma imersa nos próprios pensamentos, observando indiferentes a devastação que o "progresso" havia trazido com ele. A única diferença era que Vitória via a paisagem avançar velozmente em direção a ela, enquanto Joana, que ia sentada de costas, tinha a sensação de fugir dessa mesma paisagem. Não tinha importância. Os extensos bairros pobres dos negros, as florestas devastadas, as pedreiras, a nova central elétrica, a fábrica de conservas e a serralheria, a lixeira e o depósito de sucata, tudo tinha uma aparência horrível, fosse qual fosse a perspectiva pela qual se observasse. As coisas não melhoraram quando se afastaram do Rio. As mansões com os telhados destruídos, os terrenos baldios, as vacas esquálidas e as vilas tristes passavam diante dos olhos delas suficientemente depressa para não permitir ver detalhes mais desoladores. Vitória não sentiu alegria ao voltar a ver sua querida terra, o local onde havia nascido. O barro avermelhado fazia-lhe lembrar sangue seco; o verde das árvores, o veneno das serpentes... o rastro infinito da decadência as perseguia, e nele ressoava um eco de ironia.

Não! Vitória queria recuperar a razão. Será que a partir de agora só ia ver o lado ruim das coisas? Não bastava um suicida na família? Talvez tivesse sido um erro procurar consolo no Vale do Paraíba. Mas isso não era razão suficiente para desanimar. No pior dos cenários, voltariam para o Rio. Vitória procurou na valise as maçãs chilenas que num impulso tinha comprado para a viagem a um preço exagerado. Enfim encontrou uma, limpou-a no vestido e mordeu a crocante casca vermelha. Joana continuava indiferente. Estava como que petrificada no banco de veludo gasto, olhando pela janela, e sua imagem vestida de luto era digna de compaixão.

Joana estava com um vestido de algodão preto, fechado até em cima, e um pequeno chapéu com um véu negro que lhe cobria quase todo o rosto. Vitória só tinha um pequeno véu preso no coque; o mundo já era suficientemente triste para, ainda por cima, ter de vê-lo através de um tule preto. Ela também trajava um vestido preto, mas tinha colocado um xale azul nos ombros. Cada vez que o trem atravessava uma área de floresta escura, Vitória observava-se furtivamente no vidro da janela, e achou que aquela combinação de azul e preto não lhe ficava mal, e a fazia parecer mais velha que os 24 anos que tinha, mais séria, mais madura, mais formal. Quando o trem entrou de repente num túnel, Vitória desviou imediatamente o olhar de sua imagem refletida no vidro. Credo! Não tinha mais nada com que se preocupar? O irmão tinha morrido havia pouco tempo, o marido a tinha abandonado, os pais tinham fugido... e ela se entretinha olhando o próprio rosto no vidro! Para quem queria estar bonita? Para Joana? Ah! Ao lado da cunhada, que era a imagem viva da desolação, ela parecia uma deusa. Joana perdera tanto peso em tão pouco tempo que suas mãos, agora apoiadas no colo, estavam ossudas e com a pele enrugada, e o busto tinha desaparecido. Por que razão ela se negava a colocar o espartilho, que lenvataria ligeiramente seus seios? Felizmente o véu impedia que Vitória examinasse com atenção o rosto de Joana. Seus grandes olhos fundos nas órbitas escuras eram para ela como que uma acusação.

Como ninguém estava à espera delas na estação e como, depois da longa viagem de trem, Vitória não tinha vontade de se enfiar numa carruagem para continuar a viagem, propôs darem um pequeno passeio em Vassouras. Joana concordou. Vitória pediu ao criado que havia viajado com elas no trem, embora na terceira classe, que tomasse conta das malas, cestos e caixas e que não se movesse dali até elas voltarem.

Vitória e Joana perambularam lentamente pelas ruas que tão bem conheciam. Vassouras continuava, como sempre, cheia de cor e barulho. Só quando se olhava uma segunda vez é que se conseguia descobrir também as consequências da decadência dos barões do café. Já não existia a loja de produtos selecionados; o local era agora ocupado por um alfaiate. A chapeleira, que tinha sua oficina no primeiro andar de um prédio da rua das Rosas, tinha ido embora, tal como o joalheiro. O hotel apresentava uma aparência descuidada, as janelas estavam sujas e os toldos, desbotados. Apesar de tudo, Vitória propôs que entrassem para tomar um café. Parecia continuar a ser o melhor hotel da cidade.

Elas eram as únicas clientes. Um funcionário com o cabelo oleoso as atendeu de má vontade.

– Você se lembra de...? – começou Joana a dizer, mas Vitória a interrompeu.

– Pelo amor de Deus. Faça um favor para nós duas e não fale nada sobre isso.

Claro que se lembrava! Embora a maioria das lembranças do seu casamento tivesse se dissipado, Vitória lembrava-se perfeitamente do mal-estar que sentiu quando León a tirou daquela mesma sala para levá-la à suíte nupcial.

– Vamos tomar o nosso café e depois arranjamos uma carruagem que nos leve até a Boavista. Esta cidade não nos anima muito.

Mas a viagem pelos campos de cultivo abandonados, as estradas cheias de buracos e as pontes de madeira podres também não a animaram muito. A pedra onde ela e Rogério se beijaram pela primeira vez quando tinham 13 anos, um episódio inocente mas simultaneamente o mais excitante de suas jovens vidas, aquela pedra... tinha sido sempre tão pequena? Lembrava-se dela muito mais impressionante. A curva do Paraíba do Sul, onde ela tanto gostava de se banhar e nadar, teria na época a água tão suja como agora; boiariam tantas folhas podres na sua superfície? A ladeira onde Eufrásia e ela escorregavam quando eram pequenas não era mais alta, mais íngreme, mais perigosa? E a árvore onde León e ela se encontraram naquela maldita noite de tempestade... Como podiam ter escolhido uma árvore quase morta e disforme como ponto de encontro romântico? Não era de admirar que a relação deles tivesse acabado tão mal.

É incrível como a percepção das coisas muda quando as pessoas se tornam adultas. Que pena que a paisagem tivesse perdido sua grandiosidade, seus cheiros e sua intensidade. Que pena não poder se apaixonar com a mesma facilidade, não esperar cada aniversário com o mesmo entusiasmo, não poder desejar a morte imediata da melhor amiga. Em comparação com aqueles anos, agora as sensações eram menos nítidas; os sentimentos, menos profundos; as vivências, menos intensas.

A carruagem aproximou-se de uma colina da qual se conseguia ver a Boavista. "Ganha quem chegar primeiro", costumava brincar com Pedro, e ganhava sempre, porque antes de chegarem à parte mais alta começava a gritar: "Está ali, está ali!".

– Está ali – disse Joana quase sem forças.

Vitória teve vontade de chorar.

Ajeitou os óculos, revirou os olhos e... sim, ali estava realmente! A primeira coisa que se via era sempre o telhado, aquelas telhas vermelhas a que os escravos tinham dado forma curva apoiando-as em suas coxas. Depois a casa, as senzalas, a fonte da entrada. Oh, era maravilhoso! Daquela distância, a Boavista tinha o mesmo aspecto de sempre, e, embora Vitória calculasse o que a esperava, por um instante imaginou que tudo continuava como antes.

Tudo estava pior do que receava. A fachada branca antes impecável exibia agora manchas de cor acinzentada provocadas pela água da chuva. A tinta das portas e das janelas estava descascada. A fonte não tinha água; em vez disso, estava coberta de musgo, e uma camada de folhas podres cobria o fundo de mosaico. Os enfeites de cerâmica das escadas estavam quebrados.

Cinco pessoas não tinham outra coisa a fazer durante o dia todo senão manter aquilo tudo em bom estado. O que faziam para merecer o dinheiro que lhes pagava? E sobretudo: o que faziam com o dinheiro que Vitória lhes mandava para a conservação da Boavista? Não devia ser assim tão difícil arranjar baldes de tinta para pintar a fachada ou pegar uma vassoura e varrer a entrada.

A porta principal rangeu quando Vitória a empurrou. Fantástico, pensou Vitória, ninguém a tinha fechado, tampouco havia alguém ali, pelo visto, para ver quem entrava na casa. O ambiente cheirava a ar viciado e pó. Correu os olhos pelo vestíbulo, no qual, tal como ela esperava, faltavam os melhores móveis e peças de decoração: os pais precisaram vender tudo o que tinha algum valor material. O efeito era desolador.

– Olá. Tem alguém aqui? – gritou, como se a força de sua voz lhe incutisse mais energia. A voz soou como no castelo assombrado de um romance de terror inglês.

– Já vou! – ouviram uma vozinha vinda da área de serviço. Pouco depois apareceu uma negra baixinha, mais ou menos da idade delas. – Sim, o que desejam? – perguntou, limpando-se em um avental sujo.

– Desejo tomar um banho, uma cama limpa e saber o que está acontecendo aqui. Como se chama? Onde estão os outros?

– Eu sou Helena. E como...?

Mas não pôde concluir, uma vez que Joana suspeitou que ela faria uma pergunta pouco diplomática.

– Bom dia, Helena. Acho que não nos conhecemos. Sou a sinhá Joana, a cunhada da sinhá Vitória. Estamos esgotadas da longa viagem que fizemos até aqui. Pode nos trazer algo para beber, por favor? E peça também a algum homem que ajude o cocheiro com a bagagem.

– Por que foi tão amável com aquela inútil? – perguntou Vitória, quando Helena já tinha ido embora. – Agora vai achar que é uma senhora e vai querer se sentar conosco para tomar café.

Joana deu de ombros.

– Pareceu-me correto assim. Não é nenhuma criança, nem uma velha amiga.

Não. Era uma antiga escrava, e pelo visto nem ela nem os outros quatro a quem Vitória encarregara a manutenção da Boavista eram capazes de fazer direito o trabalho que lhes competia. Seria demais pedir que a casa estivesse em condições por dentro e por fora? Pelo menos superficialmente? Não era preciso limpar, encerar e polir cada centímetro, mas pelo menos podiam ter arejado os quartos e lavado o chão regularmente. Vitória zangou-se consigo mesma. Devia ter imaginado. A maioria das pessoas, negras ou brancas, precisava de alguém que lhes dissesse o que tinham de fazer. Fora um erro confiar no velho Luíz, que, embora sendo de confiança e como antigo capataz tinha uma certa autoridade, lidava melhor com os pés de café do que com a manutenção de uma casa. Mas não tinha outra alternativa: exceto Luíza e José, que tinham ido com os pais para o Rio, todos os escravos que trabalhavam na casa haviam desaparecido de uma hora para a outra. Ia deixar a Boavista nas mãos de um estranho?

Vitória empurrou a porta que dava para a sala. Os poucos móveis que restavam estavam cobertos com lençóis, que já tinham uma cor amarelada. Abriu as cortinas, das quais saiu uma nuvem de pó. Abriu as janelas, emperradas depois de tantos anos sem uso. À impiedosa luz do dia, a sala tinha um aspecto mais triste do que antes. Viam-se riscos na madeira do piso, uma mancha amarela de umidade na parede e teias de aranha penduradas do teto ou em um e outro canto. Credo, não podia ser assim tão difícil prender o espanador numa vareta e limpar de vez em quando os tetos e as paredes!

Flap, flap, flap... As sandálias de Helena anunciaram sua chegada a distância. Antes não se teria ouvido nada, já que os pequenos ruídos cotidianos eram abafados pelos grossos tapetes e pelos pesados móveis forrados.

– Não pode levantar os pés quando anda? – disse Vitória à jovem, que, assustada, ficou quieta com a bandeja nas mãos. – Não, claro – respondeu Vitória à sua própria pergunta. – Se não sabe fazer as tarefas da casa, seus próprios pés devem ser uma pesada carga para você.

– Muito obrigada, Helena.

Joana pegou um dos copos que estavam na bandeja, entregou-o a Vitória e depois pegou o seu. Vitória bebeu tudo de uma só vez e colocou-o bruscamente na bandeja.

– Onde está o Luíz? Mande-o vir aqui; tenho contas para ajustar com ele.

– O Luíz está muito doente, sinhá. Está lá em cima, na cama. Está com muita febre.

Vitória arregalou os olhos. Ela bem que havia dito! Os negros dormiam na cama deles! O passeio pelo jardim teria de esperar; primeiro queria dar uma passada de olhos nos quartos. Esperava que ninguém tivesse tido a coragem de profanar seu antigo quarto com sua imunda presença! Mas seu receio era infundado. Tanto o próprio quarto quanto o dos pais apresentavam o mesmo aspecto desolador dos cômodos do piso inferior; aparentemente, ninguém os tinha ocupado. De repente, ouviu um horrível "Oh!". Joana, que tinha ido ao quarto de hóspedes onde havia dormido na sua única visita à Boavista, fechou a porta com força e olhou para Vitória resignada.

– Tinha razão.

Verificaram que duas mulheres ocupavam aquele quarto, enquanto dois homens jovens partilhavam outro dos quartos de hóspedes e Luíz gozava do privilégio de um quarto só para ele. Furiosa, Vitória abriu a janela do "quarto do doente" para ver se desaparecia o terrível cheiro de álcool.

– Velho nojento! Muito doente, não me faça rir! Ordeno que daqui a meia hora esteja bom para que possa me contar em detalhes o que esteve fazendo por aqui durante os últimos anos!

À tarde Vitória perambulou sem rumo pelo que restava da fazenda. Os danos não eram menos graves do que os da casa, mas ali pelo menos conseguia respirar. Passou com cuidado pelas espirais destruídas da cerca de arame enferrujado para ir ao gramado cercado onde antigamente ficavam os cavalos. Gostou quando seus pés afundaram na terra, sem se preocupar com os sapatos. Passou a mão pelas ervas, que lhe chegavam quase até os quadris, mas não o fez com a serenidade que qualquer observador teria visto naquele gesto. Estava impressionada. Estava furiosa. E, sobretudo, estava muito zangada com o comportamento de Joana. Como podia ser tão amável com aquela gente? E como podia sentar-se calmamente à carcomida escrivaninha do quarto de Pedro e revistar o conteúdo da caixa que tinha trazido do Rio? Cartas, notas, lembranças como bilhetes ou o cardápio de algum banquete... ela havia levado para a Boavista todos os papéis avulsos que encontraram no escritório de Pedro.

– Talvez encontre algum indício da verdadeira causa da morte dele – disse Joana, justificando sua bagagem excessiva. Mas Vitória sabia que ela só queria remexer em suas lembranças.

Vitória deteve-se no pequeno cemitério familiar. Sentou-se no muro baixo que o cercava. Antigamente aquele monumento de pedra a repelia e não gostava dele. Mas agora estava satisfeita de pelo menos ali não se notar o desleixo das pessoas. Leu os nomes dos irmãos mortos. Pedro devia estar ali, e não no Rio. E ela? Onde seria enterrada se morresse jovem? Será que devia escrever em seu testamento o desejo de ser enterrada ali? Vitória sentiu um arrepio na espinha e, estremecendo, afastou os pensamentos sobre a própria morte. Ainda queria viver muitos anos!

O exercício ao ar livre lhe fez bem. Quando Vitória voltou para a casa estava mais calma. Não achou o ambiente tão claustrofóbico, tão deprimente.

– Vita? – Joana chamou-a da sala de jantar.

Vitória tirou os sapatos cheios de lama e foi vê-la descalça.

– Encontrei uma coisa que talvez lhe interesse – disse Joana sorrindo. – Pelo visto, Pedro se esqueceu de mandá-la.

Entregou à cunhada o envelope com o endereço de León que Vitória teria reconhecido imediatamente entre milhões de outras cartas. Estava lacrada.

O sorriso de Joana transformou-se numa expressão de preocupação quando viu a palidez de Vitória.

– Está se sentindo mal? Sente-se, coloque os pés para cima. Vou buscar um conhaque; bem, acho que provavelmente vou encontrar é aguardente. Meu Deus, se eu soubesse que uma antiga carta de amor fosse afetá-la tanto...

Levantou-se, mas Vitória a segurou. Pelo seu rosto deslizou uma lágrima que ela limpou energicamente com a manga do vestido. Pouco a pouco, recuperou a cor.

– Não é uma carta de amor normal. Abra-a. Pode lê-la.

Joana não queria ler a carta, mas, como Vitória insistiu, partiu o lacre e tirou do envelope uma pequena folha de papel azul-claro.

Querido León,

Efetivamente você me deixou um presente que, se eu fosse sua esposa, me deixaria cheia de alegria. Não acha que deveria se converter definitivamente em meu escravo, até que a morte nos separe?

Espero, temo, acredito. E sonho a cada instante com os seus beijos.

Com carinho, Vita.

Enquanto Joana lia a carta, Vitória examinava o envelope que estava em cima da mesa. Riu da caprichada escrita que, naquela época, considerava própria de uma senhora, as letras arredondadas e com grandes efeitos. Sua escrita era agora muito diferente, com as letras fortemente inclinadas para a direita. Era mais angulosa, mais dura, quase como a letra de um homem.

Impressionada, Joana deixou cair a carta no colo.

– Isso significa que você...

– Exatamente. Abortei.

Vitória não soube muito bem por que razão disse à cunhada a verdade de forma tão brutal. Joana também não entendeu.

– Estive semanas, meses, à espera de que ele aparecesse, de que se casasse comigo e ficasse feliz com a ideia de termos um filho. Você não imagina como estava desesperada por não saber nada de León. Como eu o odiei por ter me abandonado, grávida, com apenas 18 anos, tendo que escolher entre abortar, casar-me com Edmundo ou dar a criança para adoção e ir para um convento! O que você teria feito, Joana?

Joana chorava em silêncio e balançava a cabeça. Não sabia. Provavelmente teria tido a criança, mas não diria isso a Vitória.

– Quase morri depois do aborto.

– Você contou a León?

– Claro que não. Até cinco minutos atrás, eu pensava que ele conhecia minha decisão na época. Sempre evitamos falar do assunto.

– E agora?

– Agora... nada. Por acaso acha que uma antiga carta pode consertar alguma coisa? Antes de vir para cá assinei os papéis da separação e os entreguei a Aaron. Agora tudo seguirá seu rumo. E, acredite em mim: é melhor assim. Ao lado de León não consigo ter paz. Nós só nos magoaríamos cada vez mais, até que um dia acabaríamos com nossas vidas.

Vitória desviou seu olhar do de Joana e olhou pela janela. Será que ela acreditava realmente no que tinha acabado de dizer com tanta convicção? Se León não recebeu a carta, então...

– Ele a ama.

– Não diga bobagens, Joana. Como é que ele me ama se me chama de puta e assassina? Ele me odeia. E eu o odeio também.

– Bom, na noite em que Pedro morreu não parecia ser assim – deixou escapar Joana com certo tom de acusação.

Vitória soltou um profundo suspiro. Meu Deus! Teriam feito assim tanto barulho que todos na casa haviam sido testemunhas do espetáculo deles? Sentiu constrangimento ao recordar aquela noite, o êxtase que se apoderou deles, a arrebatadora paixão de seus corpos; como a união física os fez deixar de pensar, os ajudou a esquecer. Deu a Joana a mesma explicação com que ela própria acalmou a consciência na manhã seguinte.

– Não teve nada a ver com amor. Foi uma reação física à tristeza. Assim como outras pessoas comem sem parar quando morre alguém...

Joana olhava confusa para os pés. Numa tentativa de a cunhada compreendê-la, perdoá-la, Vitória prosseguiu:

– É a alegria de continuarmos vivos. Então são desencadeados em nós nossos instintos animais: comer e copular. É como se assim quiséssemos afastar nossa própria morte inevitável, rindo da fragilidade da vida. – Fez uma pausa. – Ai, que discurso tão patético! Lamento, Joana. Aquela noite não éramos nós mesmos.

Joana continuava olhando para os pés.

– Mas de fato zombaram da morte. Você está grávida, não está?

Vitória pegou a jarra de limonada e encheu os copos para disfarçar a surpresa. Como Joana sabia? Ela própria só soube poucos dias antes. Joana não podia ter notado nada, porque ela se sentia muito bem e não tinha enjoos nem vômitos.

– Sim, Joana. Não é uma amarga ironia do destino? Como tudo se repete... embora sob outras circunstâncias! León está a caminho da Europa; eu, grávida, na Boavista... seja qual for o caminho que escolhamos, sempre nos levará à desgraça.

– Mas por quê? – Joana olhou para Vitória, incrédula. – Você tem sorte! Pelo menos seu marido está vivo! – soluçou, mas limpou rapidamente as lágrimas do rosto, tentando falar num tom objetivo. Pegou a carta. – Aqui está a causa do seu fracasso. Tudo se baseia num trágico mal-entendido. Só isto já seria motivo para perdoar León. E ainda por cima está à espera de um filho dele; vocês estão nas melhores condições para começar tudo de novo. Tem de lhe escrever ainda hoje!

– Não quero voltar a passar pela mesma coisa outra vez. Estou farta de ser insultada por ele. Sabe o que León fará quando souber da minha gravidez? Não, não faz ideia do que ele é capaz de fazer. Mas eu lhe digo: ou vai achar que o bebê é de Aaron ou, no caso de pensar que é dele, fará tudo o que for possível para ficar com a guarda da criança depois da separação. Ora, Joana! Ele jamais saberá da criança!

– Não está pensando em...?

– Não, vou tê-la. Estou muito feliz. Durante anos pensei que o aborto havia me deixado estéril, e isso me sufocava mais do que eu pensava. Vou trazer ao mundo um verdadeiro brasileiro que não tenha de sentir vergonha nem do seu sangue indígena, por mais diluído que esteja, nem da sua mãe.

Joana olhou para Vitória com a testa franzida.

– O quê...?

– Ah! Por acaso León não lhe contou a verdade? Sempre achei que não havia segredos entre vocês. A mãe de León está viva, tem ascendência indígena e é ex-escrava.

Joana cobriu a boca com as mãos. Através dos dedos, sussurrou:

– Coitado, coitado do homem!

– Sim, o coitado do homem zombou de todos nós. Joana, entenda de uma vez por todas! León é um mentiroso e um covarde! Pergunto-me como é que aguentei tanto tempo ao lado dele.

– Não, Vita, você é quem deve entender. Ele só fez isso por amor a você. Teria se casado com ele, você, uma orgulhosa sinhazinha, se soubesse de suas origens?

– Talvez. Não, acho que não. Mas isso não lhe dava o direito de me fazer tomar uma decisão a favor dele baseada numa terrível mentira.

– E são assim tão terríveis as suas origens indígenas?

– Claro que não. Sinceramente, gostaria que a criança se parecesse mais com a dona Doralice do que com dona Alma. Ela é muito bonita, além de inteligente e amável.

– E quer privar uma mulher tão maravilhosa de seu neto? E seu filho, de uma figura paterna? O que lhe dirá quando um dia lhe perguntar pelo pai?

– Não sei. Pensarei em alguma coisa.

– E quanto a seus pais? Algum dia aparecerão. O que lhes dirá então?

– Convencerei dona Alma da minha concepção imaculada e ela me transformará em santa, coisa que, diga-se de passagem, já devia ter feito há muito tempo.

As duas soltaram uma sonora gargalhada, que, pouco depois, se transformou num choro histérico, para depois, quando viram os olhos avermelhados uma da outra, transformar-se novamente em riso.

– León voltará para você. Não pode evitar. Foram feitos um para o outro, atraem-se de forma quase mágica. É como... como uma lei da natureza.

– Não diga bobagem! A única lei da natureza que me interessa neste momento é a que me dita meu estômago. Tenho de comer alguma coisa com urgência. E você também. – Depois de uma pequena pausa, continuou: – Olhe para nós. Duas bobas lamentando os velhos tempos. Vamos pensar no dia de amanhã. Jantaremos alguma coisa, nos deitaremos cedo e, logo pela manhã, inspecionaremos a fazenda.

Levantou-se, deu um lenço para Joana e colocou o braço no ombro dela.

Na sala de jantar já estava posta a mesa... com uma toalha rasgada, louça de vários serviços misturados, talheres mal-colocados e copos de conhaque. Joana e Vitória tiveram novo ataque de riso nervoso. Mas, antes de começarem a chorar, Vitória endireitou as costas e chamou a criada.

– Não é culpa sua, Helena, mas esta mesa está péssima. A partir de amanhã, a sinhá Joana vai ensiná-la sobre a arte de pôr a mesa. Vai explicar quais talheres são apropriados para cada prato, que copos se utilizam para cada bebida, como se colocam a toalha e os guardanapos. Às oito em ponto você vai receber a primeira aula. Bom, agora traga o jantar, por favor. E dois guardanapos.

Vitória e Joana comeram em silêncio a rabada. Estava surpreendentemente saborosa, e os criados, que observavam as senhoras da porta, sentiram-se aliviados. Tinham demorado muito até decidir o que deveriam servir às patroas que haviam aparecido tão de repente, até que Inês se lembrou da excelente ideia da rabada. "Eu sei fazer. E é um prato muito requintado." Para os escravos era um prato de festa, embora para os senhores o rabo de boi fosse comida de cães. Mas isso nenhum dos cinco sabia, assim como não sabiam que, se as duas mulheres o comeram tão avidamente, foi porque estavam mortas de fome.

– Amanhã mando um telegrama para o Rio. Quero que a Mariana venha para cá. Já que não temos muitas alegrias, pelo menos que comamos bem.

Joana assentiu.

– Seria ótimo. Mas... seus pais não vão achar boa ideia ficarem sem cozinheira.

– Meu Deus, Joana, você só pensa nos outros! Meus pais têm a si próprios e aos novos amigos, enquanto nós somos duas pobres viúvas sozinhas e desamparadas. E, quando estiverem no Rio, poderão jantar todas as noites nos mais finos restaurantes, enquanto nós dependemos dos conhecimentos culinários de nossos empregados. Além disso, acho que Mariana vai preferir estar aqui do que com meus pais.

– Por que se considera viúva?

– E por que não? Não vamos falar disso outra vez, por favor. Vamos planejar os próximos dias e semanas. Temos tempo, temos dinheiro, podemos fazer o que quisermos. Temos várias possibilidades. Você, por exemplo, pode tratar da educação de Helena, além de arrumar esta sala de jantar tão pouco acolhedora e...

– Pare!

Vitória olhou para Joana surpreendida.

– Não quero que ninguém me anime. Também não quero me distrair, trabalhando sem parar. Só quero chorar com tranquilidade a minha dor. E a Boavista é o lugar ideal para isso, apesar da sala de jantar tão pouco acolhedora.

Vitória não conseguia entender Joana. Mudar de ambiente, estar ocupada com pequenos problemas cotidianos fáceis de resolver... isso era o que as tinha levado até ali. Como podia querer ficar sentada, as mãos no colo, chorando sua tristeza entre janelas por limpar e paredes sem quadros? Ela também lamentava muitíssimo a perda do irmão. Mas o que é que as pratas por polir, o piso por limpar e as toalhas descosturadas tinham a ver com isso? Agir assim não lhes traria Pedro de volta. Só as prejudicaria, e Vitória estava decidida a não se deixar levar pela autocompaixão. Num ambiente bem cuidado conseguiriam enfrentar de novo a vida melhor do que em uma casa desleixada.

Vitória pensou que tinha chegado o momento de deixar de ter pena de Joana, de lhe dizer só palavras agradáveis de encorajamento.

– Mas já pensou como me sinto aqui? Nasci nesta casa e passei vinte anos da minha vida nela. Cada mancha escura no papel de parede me lembra do quadro que lá estava antes pendurado. Essa cortina gasta que está atrás de você evoca os dias de sol. Antigamente tinha de fechar essa pesada, grossa e formidável cortina para que o calor não entrasse em casa. E, ao ver aquela mesa tão deteriorada, penso nos fedorentos produtos com que a costumávamos tratar e no grosso pano de feltro que colocávamos por baixo da toalha para que não se riscasse. Para você, tudo isto não é mais que um cenário no qual fez sua entrada como viúva desconsolada. Para mim, é o único lar que tive. Mas – concluiu Vitória, que finalmente tinha desabafado – a mesa não é sua. Por que se importaria com seu estado de conservação?

Joana levantou-se e saiu da sala sem dizer nada. Estava tremendo, e Vitória se arrependeu da rudeza de suas palavras. Bom, no dia seguinte Joana estaria bem! E, quando a casa estivesse novamente num estado mais ou menos aceitável, iria lhe agradecer.

Chamou Helena e pediu-lhe que reunisse os demais criados.

– Para todos aqueles que talvez não tenham ouvido a conversa entre mim e a sinhá Joana: a Boavista vai recuperar seu esplendor de antigamente. Isto significa que a boa vida de vocês acabou. A caldeira vai ficar toda a noite acesa para que a sinhá Joana e eu possamos tomar um banho quente de manhã. O Luíz fica encarregado de cuidar disso. Às seis têm de estar todos em seus postos de trabalho. Se eu ainda não tiver me levantado, sigam as instruções de Helena. Às sete será servido o café da manhã. Na mesa tem de haver mamão e manga, ovos e *bacon*, bolos e marmelada, pão, manteiga e queijo. Precisamos reunir forças para realizar todo o trabalho que temos pela frente. – Vitória examinou os rostos atônitos dos cinco empregados, os quais, era evidente, não simpatizavam com a sinhá. Amanhã explicarei a cada um suas tarefas em função das respectivas capacidades ou habilidades. Alguma pergunta?

Vitória não contava com o fato de um dos assustados negros ter de fato uma pergunta. Ia continuar a falar quando Inês indagou, os olhos bem abertos:

– Onde vamos arranjar mamões e mangas assim tão depressa?

– Nas árvores, onde estão penduradas centenas delas. Onde haveria de ser? O jovem Sebastião parece muito forte; assim que nascer o sol, ele vai com uma escada apanhar as frutas.

Animado pela coragem de Inês, Joaquim atreveu-se também a fazer uma pergunta à sinhá.

– E onde vamos dormir? As senzalas estão totalmente destruídas.

Vitória ficou horrorizada com a ideia de nas semanas seguintes ter de ensinar regras de educação àqueles inúteis embrutecidos e conseguir que tivessem alguma iniciativa.

– Nos quartos de hóspedes é que não vai ser, com certeza. Não faço ideia. Construam um alojamento provisório no armazém, ou no celeiro. Amanhã veremos isso. Bom, agora estão dispensados e podem comer o que sobrou da rabada. Boa noite.

Já estava na porta quando ouviu o jovem Sebastião perguntando em voz baixa aos outros:

– O que significa "provisório"?

No seu quarto, Vitória verificou que algum dos negros teve iniciativa suficiente para lhe trazer as malas e arrumar a cama. A primeira alegria do dia.

Já era um começo. Os lençóis não estavam passados, mas pareciam lavados. Vitória tirou a roupa, deixou-a na cadeira e, de roupa íntima, dispôs-se a procurar uma camisola na mala. Segundos depois, deixou de procurar. Para que precisaria de uma camisola? Ninguém tomaria a iniciativa de atuar como sua aia e entrar no quarto. Vitória despiu-se, enfiou-se na cama e caiu com rapidez num sono profundo e sereno.

Ainda estava escuro quando acordou, mas Vitória soube instintivamente que era de manhã bem cedo e que em breve amanheceria. Procurou os fósforos na mesinha de cabeceira para acender a lâmpada. Depois saltou da cama energicamente, pegou o vestido que estava na cadeira e procurou no bolso o relógio que usava sempre. Dez para as cinco. Tinha dormido oito horas. Sentia-se descansada e cheia da fervilhante alegria que sentiam as crianças no dia de Natal ou as jovens antes do seu baile de debutantes. Teria sonhado com alguma coisa boa? Não se lembrava. Mas, durante a noite, tinha desaparecido sua excitação, e o mal-estar havia se transformado numa energia positiva que a embriagava. Parecia-lhe que no ar vibrava a promessa de um futuro glorioso. Vitória pôs a mala em cima da cama e começou a desfazê-la. Colocou os objetos de toalete na penteadeira e viu que só com isso o quarto já ficava muito mais acolhedor. Pendurou os vestidos nos cabides e guardou a roupa íntima e as camisolas no armário que cheirava a mofo. Credo, que horror! Pulverizou o interior do armário com o perfume que ganhara dos criados no Rio, e a seguir pôs o vestido menos amarrotado que tinha, que acabou por ser também o mais claro. Não queria saber da regra que a obrigava a se vestir de luto. Olhou-se no espelho e perguntou-se por que motivo não punha aquele vestido havia tanto tempo, mesmo até antes da morte de Pedro. Era verde-claro, de lã muito fina, e não só lhe caía lindamente como também combinava com perfeição com o estado de espírito alegre, esperançoso, que a invadia.

Quinze minutos para as seis. Não tardaria para o sol nascer. Vitória abriu as cortinas e espreitou pela janela, olhando na direção leste, para não perder nem um segundo do espetáculo. Queria ver como a escuridão do céu passava lentamente a azul-escuro, como os primeiros raios de sol tingiam as nuvens de cor de laranja, como apareciam o turquesa e o violeta no horizonte antes de surgir a esfera de sol e a Terra despertar para a vida. O silêncio foi quebrado por passos que ecoaram no pátio. José bocejava e abotoava a camisa enquanto se dirigia para a cozinha. Atrás dele ia Inês, que esfregava os olhos, morta de sono. Ótimo, pensou Vitória, sorrindo satisfeita. Suas palavras tinham surtido efeito. Quando o pátio voltou a ficar em silêncio, Vitória teve de repente a sensação de que não tinha sido só ela que havia mudado durante a noite. Inspirou o ar com força. Sim, agora que se dissipava o perfume com que tinha pulverizado o armário, conseguia senti-lo. O delicado, fascinante, grandioso aroma das flores do café! O aroma que anunciava uma abundante colheita, uma promessa de felicidade! Vitória fechou os olhos e inspirou profundamente o ar que recendia a tudo o que ela amava e que lhe era sagrado, tão maravilhoso que quase lhe provocava dor.

Deve ter ficado pelo menos dez minutos com os olhos fechados, totalmente submersa nas lembranças que o doce aroma havia despertado nela. Quando abriu de novo os olhos, viu os primeiros raios de sol que acariciavam a terra e a inundavam de uma luz dourada. À sua frente estendia-se uma magnífica paisagem de conto de fadas repleta de pintas brancas. Que maravilha! Nos últimos anos não vira nada que pudesse se comparar com aquele milagre.

Por que razão admirava tanto as flores do café? Apesar de os campos estarem abandonados, apesar de os arbustos terem atingido uma altura tal que não se conseguia mais colher, as plantas estavam lá. Cresciam, floresciam, davam frutos... sem a intervenção humana. No seu ciclo eterno, a natureza renovava-se; da morte surgia uma nova vida. Da mesma forma que o ar precisa de vez em quando de uma tempestade para ficar limpo e claro, a terra também precisava de morte e destruição para ser fértil. Vitória colocou a mão no ventre e sentiu uma satisfação profunda ao saber que nem sequer ela conseguia deter aquele ciclo. Não podia fazer nada contra as leis da natureza.

XXXV

LEÓN DEIXOU CAIR A CARTA NO COLO E OLHOU para o fogo que ardia na lareira.

— Deseja mais alguma coisa, *sir*? — disse o mordomo, arrancando-o de seus pensamentos.

— Não, obrigado, Ralph. Hoje não preciso mais de você. Durma bem.

— Obrigado, *sir*. Descanse. — A pesada porta de madeira de carvalho fechou-se atrás do mordomo.

León tinha sérias dúvidas sobre se conseguiria dormir naquela noite. Não depois de ter lido aquela carta. Levantou-se, pegou o atiçador e colocou a lenha da lareira de modo que o fogo se avivasse. Depois sentou-se pesadamente no cadeirão de pele e deu um gole no *brandy* com o olhar fixo nas chamas.

Vitória estava tão desesperada que não teve outra alternativa, escreveu Joana com sua letra delicada e feminina. Não, pensou León, provavelmente Vita não tinha de fato outra alternativa àquela altura. Como devia tê-lo odiado, ele, que, depois de enganar a jovem inocente, partiu sem assumir as consequências, para dar início a uma longa estadia do outro lado do oceano! Meu Deus, se tivesse tido conhecimento da gravidez dela, teria regressado imediatamente e corrido para seus braços! Teriam se casado e vivido juntos com a criança. A criança... Qual teria sido sua aparência? Teria sido parecida com Vita, com seus cachos e os indescritíveis olhos azuis? Teria agora cinco anos. Ai, como poderia ter sido bela a vida na sua casa da Glória se houvesse nela risadas infantis, se tivesse podido mimar sua filhinha como uma princesa ou segurar o seu filho enquanto montava Sábado. Bastava! Não podia fazer aquilo. Não fazia sentido nenhum ficar imaginando uma criança que não tinha tido a oportunidade de viver... uma criança a quem ele havia negado essa oportunidade! Ele, León Castro, era responsável por aquela tragédia, só ele! Mas que estranha sucessão de infelizes acontecimentos! Por que Vitória teve de ficar grávida logo na primeira vez? Por que ele teve de fazer sua viagem pela Europa naquele exato momento? Por que nunca recebeu aquela carta tão decisiva? Por quê?

León deu outro gole no *brandy*, deixou o copo na mesa e leu novamente a carta perdida de Vita que Joana também tinha colocado no envelope.

> *Querido León,*
> *Efetivamente você me deixou um presente que, se eu fosse sua esposa, me deixaria cheia de alegria.*

Sim, Vita o tinha amado, com toda a paixão que só se tem aos 18 anos. Teria sido muito feliz casando-se com ele, teria lhe perdoado por seu erro e a "mancha" de suas origens. Poderiam ter sido um casal feliz. Como foi possível que nos últimos anos não tivessem se entendido? Por que Vita não lhe contou nada; por que não o confrontou com a verdade? O fracasso do casamento deles devia-se a um único mal-entendido que, se não tivessem se fechado os dois naquela falta de comunicação, teriam resolvido com rapidez. Assim, cada um foi desenvolvendo sentimentos equivocados: Vita, sua amargura pela suposta covardia de León; ele, sua decepção pela rigidez do coração dela.

E agora? Teriam realmente *o mais belo motivo para voltar a começar*, como escrevia Joana? Segundo ela, Vita nem sequer queria lhe comunicar que ia ser pai, embora soubesse que sua responsabilidade era menor do que antes. Depois de todo o mal que tinham feito um ao outro, ela deixou de amá-lo. Embora Joana, que acreditava cegamente no amor eterno, afirmasse o contrário. *Vita está muito feliz com a ideia de ter o bebê, e isso, querido León, demonstra que ainda sente alguma coisa por você.* "Não é bem assim", pensou León. Se fosse assim, ela própria lhe teria escrito. Talvez quisesse a criança, mas a ele com certeza não queria.

Mas teria de querê-lo. Se ele fosse para a Boavista, cheio de arrependimento, de sinceridade e de amor, não poderia rejeitá-lo, a ele, o pai do seu filho. Não tinha o direito de fazê-lo. E, quando estivesse com ela, conseguiria seduzi-la novamente. Haveria algum outro caminho? Ia ser pai! E nada no mundo o faria perder aquela experiência única; não queria gozá-la de longe, através das cartas de Joana. Queria vivê-la pessoalmente, ver como o corpo de

Vita iria se arredondar, desejava lhe acariciar o ventre, dar-lhe todo o tipo de conforto, estar ao lado dela antes e depois do parto, queria pegar o recém-nascido no colo e amar a jovem mãe.

Sim, no dia seguinte iria se informar sobre quando sairia o primeiro barco para a América do Sul. Se fosse preciso, viajaria até na adega, só para conseguir estar quanto antes no Rio. Era dia 14 de novembro, portanto não podia contar em estar no Brasil antes de meados de dezembro. Vitória estaria já no sexto mês de gravidez – não havia qualquer dúvida sobre a época da concepção. Como estaria bonita sua sinhazinha! Oh, estava impaciente para abraçá-la novamente!

O que estava fazendo ali, no seu entediante trabalho de diplomata na Inglaterra? Ele, León, pertencia ao Brasil, agora mais do que nunca. Seu lugar era ao lado do filho e da mulher. Mas será que Vita continuava a ser sua mulher? Quanto demoraria para se processar uma separação? Não importava! Nem que se casassem pela segunda vez. Iria lhe pedir perdão de joelhos, declararia seu amor, que nos últimos anos não tinha perdido nada da intensidade inicial. Tudo, tudo ia dar certo.

León levantou-se, cambaleando ligeiramente. Espalhou as cinzas da lareira, apagou a luz e foi para o quarto. Sem tirar o roupão, deixou-se cair na cama e imediatamente imergiu num leve sono cheio de pés de café, bruxas de macumba e cabanas de escravos.

– O calor vai acabar comigo! – Vitória limpou o suor da testa e depois voltou a se concentrar na sua costura.

– Sim, está um calor incomum. Quer que diga a Inês para lhe preparar um banho de eucalipto?

– Meu Deus, Joana! Se quisesse tomar banho, eu própria chamaria Inês. Por que me trata como se eu estivesse doente? Sinto-me ótima.

– Desculpe. – Joana concentrou-se, ofendida, na sua caixa de costura. Tirou de lá um pequeno gorro semipronto e começou a fazer um contorno cor-de-rosa.

– Se for menino não vamos lhe colocar esse gorro.

– Vita, por favor! Não me importo nada em fazer toda a roupa de bebê em duas cores. O que não usarmos, daremos. Afinal de contas, não temos propriamente muitas coisas para fazer aqui durante a tarde...

– É verdade. Sinceramente, já estou cansada de tanta costura.

– Então leia qualquer coisa para mim. Ou toque um pouquinho de piano.

– Também estou cansada disso. Ai, Joana! Por que não vamos a Vassouras fazer algumas compras inúteis, depois vamos ao teatro, comemos num restaurante e passamos a noite no Hotel Imperial? Não aguento mais ficar aqui.

– Nem pensar. No seu estado, é impossível. Em primeiro lugar, não ficaria bem ser vista assim em público. Em segundo lugar, não iam lhe fazer bem os solavancos da carruagem até Vassouras.

– Acho que está enganada. Quanto mais me mexo, mais sossegado o bebê fica. Acho que ele gosta de ser agitado e movimentado. – Vitória deixou a costura de lado, levantou-se e começou a andar em círculos. – E como eu gosto de dançar... Estou com vontade de voltar para o Rio. A vida no vale é realmente monótona.

– Bom, ainda tem de aguentar mais alguns meses. E pense, Vita: no verão, o calor é tão insuportável no Rio, que lá também não se sentiria bem. Além disso, muitos dos nossos conhecidos não estão na cidade, e sim nas montanhas. Aqui estamos muito bem. Pode tomar banho no rio como tanto gosta, sem que ninguém a veja. Pode andar ao ar livre sempre que quiser. A casa agora está muito acolhedora, e desde que Luíza chegou, você não pode se queixar da comida. Mas se comporta como uma menina mimada.

– Tem razão. Vou me acalmar. Serei grata e humilde, e aproveitarei as alegrias de ser mãe.

Joana riu.

– Depois do que você disse ontem ao pobre Luíz, ninguém vai vê-la como uma santa à qual se tem de tocar com luvas de veludo.

– Tanto melhor. Eu me limitei a utilizar apenas algumas palavras fáceis de compreender.

Vitória sorriu satisfeita ao lembrar-se das duras repreensões que dava ao velho. Mas não se podia tratar os negros de outra maneira. Se Joana e ela fossem amáveis demais, se se portassem como umas autênticas senhoras, eles pensariam que poderiam fazer o que quisessem. Faltava um homem na casa.

Ao contrário delas, um homem poderia gritar e ser brusco sem perder com isso sua classe. Ora! Não estava nem um pouco preocupada se os negros achassem que ela era uma senhora pouco delicada! O importante era que fizessem o trabalho deles.

E na Boavista havia muito para fazer. Sempre que depois de um enorme esforço achavam que podiam gozar de um merecido descanso, havia algum outro assunto para resolver. Mal tinham acabado de arrumar o telhado das senzalas, aparecia uma goteira no telhado da casa-grande; quando já tinham arado amplas áreas dos campos de café abandonados, era preciso começar a colher o milho; logo depois de acabar a renovação do interior da casa, os estábulos ameaçaram ruir depois de uma fortíssima tempestade. Vitória tinha contratado mais empregados e jardineiros, assim como uma lavadeira e um cocheiro, mas a organização já era um trabalho que representava para ela um grande esforço. Também era preciso planejar o futuro. Não podiam continuar a agir sem pensar, colhendo aqui e plantando ali, fazendo um reparo superficial aqui e um arranjo provisório ali. No longo prazo, não podiam investir apenas em soluções de urgência; tinham de perseguir um objetivo concreto. Isso porque Vitória tinha intenção de transformar a Boavista numa fazenda plenamente rentável e produtiva. A plantação de café era uma utopia sem os escravos e sem imigrantes europeus suficientes. Sim, pensou Vitória, os paulistas haviam sido mais espertos: atraíram os primeiros imigrantes, e os europeus que continuavam a chegar ao país queriam se instalar agora na província de São Paulo, onde podiam falar sua língua e manter seus costumes. "Talvez possamos plantar laranjeiras", pensou Vitória. Não era tão trabalhoso como a plantação do café e as condições climáticas do vale eram muito apropriadas. Ou deveriam se concentrar no gado? A enorme extensão dos seus campos permitia criar grandes rebanhos. Mas, antes de tomar uma decisão, tinha de encontrar um administrador que fosse trabalhador e de confiança, já que a estadia dela na Boavista seria limitada. Também tinha de arranjar uma governanta que soubesse tomar conta de uma casa como aquela. Agora que estava outra vez em condições e que certamente passariam ali dois ou três meses por ano, a mansão devia refletir o nível de seus moradores.

Vitória passou os olhos pela sala. Sim, com o sofá recém-estofado, os belos tapetes sobre o chão bem encerado e os novos quadros e fotografias nas paredes, o cômodo tinha um aspecto muito acolhedor. Nas paredes tinham colocado um papel de parede amarelo-claro com folhas verdes, que dava uma aparência muito alegre ao local, e os pesados móveis de madeira escura dos pais tinham sido substituídos por elegantes móveis de cerejeira. Os criados adaptaram-se surpreendentemente bem às mudanças. Com seus ornamentados uniformes – uma das primeiras inovações introduzidas por Vitória –, contribuíam para dar um toque de distinção à casa. Mas ainda tinham de melhorar os modos, embora nos dois meses e meio que ela e Joana estavam ali tivessem melhorado de modo substancial. Ou os bons modos deviam-se à influência de Luíza?

Como Luíza já não era necessária na casa de Pedro e Joana em São Cristóvão, acabaram por pedir a ela, e não a Mariana, que fosse ficar com elas na Boavista. E Luíza aceitou de imediato, deixando bem explicado que não podia passar mais de três meses sem ver o seu "neto" Felipe. Mas agora Luíza não conseguia mais pensar em ir embora. O Natal estava chegando e tinha a obrigação de preparar um belo jantar para suas patroas. E depois também não podia ir embora: não podia deixar sozinha a sinhazinha quando ela tivesse o bebê!

Como se adivinhasse seus pensamentos, a velha cozinheira bateu naquele instante à porta.

– Entre, Luíza. Ah, estou vendo que nos fez um chocolate quente!

– Sim, sinhazinha, e vai bebê-lo, mesmo que me venha outra vez com a conversa do calor. Nunca está calor demais para beber um chocolate. E, se continuar a comer tão pouco, pelo menos tem de beber alguma coisa bem nutritiva.

– Luíza, eu não como pouco. Como porções com as quais antes eu teria me alimentado durante três dias. Se continuar assim, depois do parto vou parecer o senhor Alves.

– Beba!

Vitória pegou a caneca e a cheirou.

– Voltou a pôr pimenta?

– Claro. E uma pitada de noz-moscada e de cravo em pó. Além de um pouquinho de canela.

Vitória arregalou os olhos, enquanto Joana sorria para a cozinheira.

– Eu adoro o seu chocolate com várias especiarias. Levanta o ânimo.

Até Vitória teve de admiti-lo. Embora a bebida tivesse um sabor estranho, era muito reconfortante. Lembrava-lhe a infância, uma época sem problemas nem preocupações, a agradável sensação de ser tratada com carinho e de se sentir querida.

– Obrigada, Luíza. Pode ir embora fumar seu cachimbo bem merecido. Joana se certificará de que beba essa mistura nojenta.

– Pst, isso porque fui boazinha! Aqui só ganho ingratidão – disse, saindo da sala com uma expressão de orgulho no rosto.

Três dias depois de receber a carta de Joana e, com ela, a antiga carta de Vita, León estava no convés de um moderno barco-correio e inspirava com força o ar salgado do mar. Estava tão frio que lhe doíam os pulmões, e os olhos se enchiam de lágrimas. Só duas semanas, pensou León, e chegariam ao Equador. Lá as temperaturas seriam mais dignas do ser humano. E então faltariam apenas outras duas semanas para chegar ao Rio. Tanto tempo! Dizia-se que aquele barco fazia a viagem no tempo recorde de vinte e quatro dias; era muito tempo!

Embora a passagem lhe tivesse custado uma fortuna e por isso lhe tenham dado um amplo camarote, a viagem foi muito mais aborrecida do que a de ida. Estava tão impaciente que não se dava conta do que ocorria ao redor. A comida surpreendentemente boa a bordo, o agradável comandante, o bom tempo... mal notou isso tudo. Em vez de ficar contente porque naquele ano as tempestades de outono não eram tão fortes e por não haver ondulação, o que permitia manter boa velocidade, León estava furioso com os dias perdidos naquele maldito barco. Como não havia outros passageiros com quem pudesse tomar uma bebida ou jogar cartas, não tinha remédio senão passar a maior parte do tempo olhando a escura superfície da água, recriminando a si próprio. Por que não percebeu que Vitória estava grávida? Por que assinou os papéis daquela maldita separação? Por que razão o ciúme o levou a cometer com Vita todos aqueles atos imperdoáveis pelos quais ela *tinha* de odiá-lo?

Poucos dias antes de chegar ao Rio, alterou-se o estado de espírito de León. Apoderou-se dele uma euforia que não sentia havia muitos anos. Aproximava-se da beirada do barco com a camisa insuflada pelo vento, apreciando a cálida brisa; cumprimentava os marinheiros com palmadinhas nas costas;

revelava-se amável e de bom humor. A tripulação observou a transformação que se produzira no seu singular passageiro com o mesmo ceticismo que o comandante, mas aceitou de bom grado as generosas gorjetas do senhor Castro. Sobretudo, ficaram satisfeitos por já não ter de ouvir continuamente seus permanentes pedidos para que fossem mais depressa e porque em breve o veriam descer pela escadaria.

León não apreciou a beleza selvagem do Rio, nem a alegre movimentação do porto. Sequer perdeu tempo à procura de um rapaz que lhe levasse as malas. Desceu apressadamente do barco com sua escassa bagagem, apanhou a primeira carruagem que viu e prometeu ao cocheiro que lhe pagaria o dobro se o levasse o mais depressa possível primeiro ao Flamengo e depois à estação. O cocheiro fez o que pôde, a ponto de numa curva a carruagem ter se inclinado tanto que quase tombou.

– Espere-me aqui. Não se atreva a sair daqui. Volto já, e seguiremos rapidamente para a estação.

León subiu de um salto os três degraus que davam acesso à casa de Aaron, tocou com força a campainha da porta e entrou precipitadamente quando um negro lhe abriu a porta com muita educação.

Entrou sem bater no escritório onde Aaron estava com um cliente e não perdeu tempo com desculpas.

– Aaron, a separação já está em processo?

– O quê...?

– Diga, depressa.

– Não, não. Houve uma série de atras...

– Graças a Deus! Retiro todos os meus poderes. Não quero a separação. Não tenho tempo de assinar nada. Mas este respeitável senhor – e apontou para o admirado cliente – é minha testemunha. Adeus!

León saiu tão depressa como tinha entrado.

Chegou à estação a tempo de apanhar o trem para Vassouras, seguido pelos insultos do cocheiro, que tinha recebido uma libra esterlina pelos seus serviços e não sabia o que fazer com ela. León não ligou para os gritos do homem. Correu pela estação e não se deteve até chegar à tabuleta com os horários. Ainda bem que as mudanças que o país tinha sofrido nos últimos anos não haviam afetado os horários dos trens! Ali estava, 11h30, tal como ele se lembrava. Plataforma 2, nem isso tinha mudado. O relógio da estação marcava 11h27.

Já no trem, León, obrigado pela necessidade, fez uma pausa para recuperar o fôlego. No vagão-restaurante serviram-lhe uma pequena refeição que ele mal tocou. De volta a seu compartimento, procurou o *nécessaire*: se não podia tomar banho, por ora teria de se conformar com a água-de-colônia e o pente. Seu nervosismo aumentava a cada quilômetro que o aproximava de Vassouras. E se não tivesse sido tão acertada assim a sua repentina decisão de regressar ao Brasil? E se ela se assustasse ao vê-lo aparecer de repente e o bebê sofresse algum dano com isso? Ah, bobagem! Vita nunca fora impressionável, e também não o seria agora, embora estivesse grávida. Era mais provável que lhe batesse a porta na cara, como na primeira vez em que se viram. Um leve sorriso cobriu os lábios de León, e ele se deleitou ao lembrar a primeira estadia na Boavista, até que o trem parou chiando com força e o tirou de seus pensamentos. León foi o primeiro passageiro a sair do trem e se dirigir às carruagens que aguardavam na porta da estação.

Mas sua precipitação não teve sucesso.

– Será que neste vilarejo abandonado por Deus não há uma carruagem para me levar à Boavista?

– Sim, senhor, mas não a esta hora. Logo escurecerá, e ninguém quer fazer o longo caminho de regresso à noite. Temos um hotel muito confortável onde poderá...

León deu meia-volta e afastou-se do eloquente cocheiro sem lhe dizer sequer obrigado. Mas poucos metros depois, virou-se.

– Quanto é que disse que custa seu cavalo? – O cocheiro olhou para León boquiaberto. – Considera setenta mil-réis um preço justo? – León procurou no porta-moedas algumas notas e as colocou na mão do homem. – É dinheiro inglês. Aproximadamente o dobro do que vale seu cavalo. E, se depois tiver alguma dúvida, já sabe onde me encontrar. Na casa da minha mulher, Vitória Castro da Silva, na Boavista.

O cocheiro estava estupefato. Não conseguiu articular uma palavra até a noite, durante o jantar com a família, e mesmo várias semanas depois contava aos amigos e conhecidos seu curioso encontro com o grande León Castro.

∗ ∗ ∗

Vitória sentia-se horrorosa. Por mais elogios que lhe fizessem Joana, Luíza e as outras pessoas a propósito de sua esplêndida aparência, ela sentia que seu corpo estava deformado, seu rosto parecia o de um *hamster* e seus membros tinham inchado. Até os dedos estavam mais grossos; não lhe cabia nenhum anel. E aquela roupa horrível! Se antes usava sempre vestidos justos, agora só lhe cabiam vestidos larguíssimos. Parecia uma matrona gorda, apesar dos finos tecidos e elegantes modelos.

– Está maluca? – tinha acabado de lhe dizer Joana, depois de ouvir as queixas dela. – Está com uma aparência fabulosa, melhor do que nunca. A pele está rosada e lisa, e os quilos a mais lhe ficam muito bem. Sabe, Vita, ninguém quis lhe dizer diretamente, mas no Rio, já nos últimos tempos, todos estavam preocupados com você; estava muito magra... E, agora, olhe para você: um autêntico deleite para o olhar.

Naturalmente, Vitória não dava muito crédito às palavras de Joana, e menos ainda às dos negros. Provavelmente só queriam mimá-la. A única pessoa que lhe dizia a verdade era Florinda. "Você engordou muito, Vita", dissera-lhe na última visita, sem querer dar a sensação de que era um elogio.

– Florinda tem é inveja – opinou Joana. – Como ela está tão gorda, registra cada grama que as outras mulheres ganham com a precisão de uma balança de pesar papel, e fica contente com isso. Não ligue para as observações dela. Aquela gansa estúpida. Eu gostaria que ela e seu aborrecido professor de piano não aparecessem mais aqui.

No fundo Vitória concordava com a avaliação que Joana fazia do casal. Eram provincianos, aborrecidos e tinham visão curta. Mas as visitas de Florinda e do marido eram uma das poucas coisas que alteravam a rotina diária, e não ia renunciar a elas voluntariamente. Sua vida na Boavista era tão solitária e monótona que qualquer distração era bem-vinda. Vitória quase lamentava ter perdido o contato com Eufrásia. Certamente a velha amiga teria dado alguma alegria à casa ou pelo menos teria arranjado sempre um assunto de conversa interessante. Joana e ela passavam as noites criticando Edmundo, que as visitara uma ou duas vezes e que com os anos não tinha perdido a timidez juvenil, para não falar dos seus pouco graciosos atributos.

– Ele está sempre com saliva seca no canto dos lábios – observou enojada Joana, depois de uma das visitas dele, ao que Vitória acrescentou rindo:

– Sim, e meus pais queriam que me casasse com esse... grosseirão!

Joana olhou para ela atônita.

– Mas por quê?

– Simplesmente porque tinha dinheiro. Sim, e agora não tem nada!

Embora nesse aspecto Vitória tivesse de reconhecer que Edmundo tinha se saído muito melhor do que os outros. Não se queixava continuamente, como Eufrásia, nem recorria a soluções interesseiras, como Rogério. Salvou a fazenda dos pais dedicando-se à produção de leite, um negócio que, embora não fosse muito bem-visto, pelo menos lhe dava algum lucro.

Joana e Vitória conheceram alguns dos novos vizinhos, cujas visitas esporádicas lhes causavam tanta alegria quanto as breves visitas do jovem padre e a chegada dos pedidos de Vassouras ou do correio, que aparecia por lá no máximo uma vez por semana. Vitória quase não tinha ninguém com quem valesse a pena se comunicar. Havia expulsado o marido, o irmão tinha morrido, os pais tinham ido para longe. Mal tinha amigos. Às vezes, Aaron lhe escrevia, mas as cartas dele não pareciam ser as de um bom amigo, e sim relatórios comerciais.

Joana, pelo contrário, recebia cartas com mais frequência. Graças à correspondência dos pais, dos amigos e do irmão, mantinham-se informadas de tudo o que acontecia no Rio. Loreta Witherford mantinha a amiga a par da vida social da capital; o irmão escrevia-lhe longos relatos sobre suas ousadas tentativas de voo; e Aaron entretinha Joana contando-lhe as pequenas aventuras que ele e os amigos comuns tinham diariamente na cidade grande.

A última carta que Aaron escreveu a Vitória chegou ao mesmo tempo que a de Joana, e, olhando de relance, Vitória percebeu que seu exemplar era mais impessoal do que o da amiga. Para Joana ele contava uma história divertida sobre sua caseira, a quem tinha visto apanhar formigas bitu nos fundos para depois assá-las; para Vitória, ao contrário, informava num tom frio sobre alguns possíveis investimentos interessantes. Ela, Vitória, tinha sido a melhor amiga de Aaron, e não Joana! Tinha sido aos negócios dela que ele dedicou seu tempo livre, para ela que ele olhou com carinho, com ela é que jogou xadrez várias tardes! Mas enfim, pensou Vitória, tentando superar aquele acesso de ciúme, Joana era uma pobre viúva e precisava ser animada. E por certo Aaron pensava que elas liam as cartas uma para a outra, e assim ele não precisava escrever as coisas duas vezes. Ou será que se portava assim porque entre Joana e Aaron surgia um inocente romance? Seria possível? Tão pouco tempo após a morte de Pedro? Mas quem sabe, um dia, quando a tristeza de Joana fosse menor, quando os sentimentos de Aaron em relação a ela, Vitória, se apagassem... fariam um casal perfeito.

Vitória tentou afastar a ideia de uma possível relação entre Aaron e Joana. Não queria que a felicidade futura dos outros, embora se baseasse em meras suposições, lhe relembrasse continuamente a própria solidão. Seria ela capaz de voltar a se apaixonar? Haveria no mundo algum homem que estivesse à altura de León? Como podia ter permitido que se tivessem afastado tanto; por que não lutou por ele? Como podia ter chegado a dizer que não amava León? Meu Deus, ele era o homem mais inteligente, atraente e elegante que ela tinha conhecido! E sentia tantas saudades dele!

Quanto mais tempo passava sem vê-lo, mais pálidas ficavam as lembranças dos piores episódios do casamento, e mais importância adquiriam os bons momentos. Algumas noites, Vitória ficava acordada durante horas na cama, ouvindo o silêncio, e imaginava os cenários cheios de cor, alegria e erotismo que, na sua mente, tinham uma fascinante sensualidade que provavelmente não possuíam na realidade. A primeira viagem de carruagem, às escondidas, no Rio, o encontro na velha árvore, o romântico passeio à floresta da Tijuca... ah, como tinham vivido juntos momentos maravilhosos!

E tinha de renunciar a tudo aquilo para o resto da vida porque punha sua tranquilidade acima do seu amor? Não! Preferia que León a enlouquecesse cem vezes ao dia, que a irritasse, que a beijasse, a insultasse e a amasse, do que aguentar aquela monótona vida de viúva. Tinha de ver passar sua vida como um calmo riacho quando já conhecia a fúria dos mares? Ao fim de algumas semanas, já tinha tomado uma decisão: ia escrever para León, enviar-lhe a velha carta que explicava tudo. Iria lhe pedir desculpas por suas acusações, pela falta de confiança na sinceridade e na honestidade dele. Pediria a ele que voltasse. Se não o fizesse por ela, que ao menos o fizesse pelo filho que esperava. Ela lhe diria que precisava dele. E talvez até que o amava.

*　*　*

– Joana, onde está a maldita carta que você encontrou no meio dos papéis do Pedro? Sabe à qual me refiro, a "prova".

Joana fez uma expressão de arrependimento. Encolheu os ombros e olhou para Vitória muito séria.

– Não a tenho mais.

– Como não a tem? Não pode jogar fora minhas cartas assim, sem mais nem menos. Não estava endereçada a você.

– Não a joguei. – Joana engoliu em seco. – Mas não se zangue comigo, Vita. Não foi fácil tomar essa decisão, acredite em mim. Porém, depois de muito pensar, cheguei à conclusão de que aquela carta tinha de chegar ao seu destino original.

Vitória olhou para a cunhada incrédula.

– Sim, Vita. Eu a mandei para León.

– Sem me dizer nada, sem o meu consentimento? Oh, Joana, como pôde fazer uma coisa dessas?

– Você não teria me deixado enviá-la. É tão teimosa que a teria rasgado e, assim, teria destruído a prova da sua inocência e da de León. Mas por que se lembrou dela? Para que a quer agora?

– Credo, Joana! Eu a queria para tampar as fendas das senzalas; para que mais haveria de ser?

– Viu?

Vitória arregalou os olhos. Às vezes Joana tinha menos senso de humor do que um banco de ordenha.

Poucos dias depois daquela conversa já tinha desaparecido o sentimento de culpa de Joana por ter agido por sua livre iniciativa, e o mal-estar de Vitória pela intromissão da amiga em seus assuntos.

As duas mulheres estavam novamente sentadas na sala, uma fazendo uma roupinha para o batizado, a outra concentrada num bordado de flores. Haviam tido um dia repleto de acontecimentos: inspecionaram as cercas que tinham mandado consertar, trabalharam na horta de ervas aromáticas e receberam uma encomenda de livros procedente do Rio. Os Abrantes tinham ido visitá-las para lhes apresentar a candidatura de Dionísio Abrantes à Câmara Municipal, e o namorado de Inês, que gostava da Boavista, ofereceu-se para trabalhar como ferreiro e cuidar da estribaria. Pela manhã, Joana e Vitória tinham tomado banho e depois, com o cabelo molhado, permitiram que Helena lhes cortasse as pontas. Para Vitória, era como se Joana fosse sua irmã; como se tivessem estado juntas desde pequenas e tivessem vivido muitos momentos como aquele. Riram como duas meninas, e por instantes esqueceram a viuvez e a separação, a responsabilidade e as preocupações da vida diária. O bebê começava a dar fortes pontapés no ventre de Vitória, e esta permitiu pela primeira vez que a cunhada pusesse a mão sobre seu corpo para sentir os primeiros sinais de vida do novo ser. Que bonito teria sido se fosse León a fazer aquele gesto! Na realidade, tinha de ser ele a se alegrar com ela da maravilha que tinham criado juntos; tinha de ser ele a lhe tocar com suavidade a barriga, sorrindo extasiado. "Ai, não pense nisso outra vez!", disse a si mesma. E logo Vitória recuperou a serenidade, embora não fosse fácil.

— Estas flores são muito complicadas para mim. Acho que é melhor bordar outra coisa mais fácil em ponto cruz nesta pequena camisa.

— Por quê? Está ótima – disse Joana, depois de dar uma rápida olhada no trabalho de Vitória.

— Mas neste ritmo vou acabar a camisa quando a criança já tiver 10 anos.

Uma hesitante batida à porta eximiu Joana de dar uma resposta. As duas mulheres levantaram os olhos.

— Sim, Inês, o que foi? – disse Vitória, admirada de a criada aparecer tão tarde.

— Tem uma visita, sinhá Vitória.

— Fala sério? Não ouvi a campainha.

— Bateram na porta dos fundos.

— Está bem. E quem é?

— Não conheço aquele, hum... senhor. Também nem parece um senhor. Mas disse que é seu marido.

Vitória ficou sem ar. Seria possível? Não, León estava na Inglaterra, e não podia ter voltado em tão pouco tempo. Um farsante, um ladrão? Mas quem iria tentar entrar ali com uma mentira tão atrevida e fácil de descobrir? Tinha de ser alguém muito tolo... ou então era uma piada de mau gosto. Vitória levantou-se de rompante e saiu, empurrando a moça.

– Ah, espere só. Vai ver como esse homem vai usar as pernas para sair daqui correndo! – murmurou, enquanto atravessava o vestíbulo apressadamente.

– Não é preciso, sinhazinha. Já as usei para entrar. Sua criada não teve a amabilidade de me deixar passar.

– León!

Vitória teve enorme dificuldade em reprimir o impulso de correr até ele e abraçá-lo. Poucas vezes havia ficado tão contente ao vê-lo, embora estivesse com uma aparência verdadeiramente horrível. Tinha a barba por fazer, mechas de cabelo caídas sobre o rosto, transpirava e a roupa estava imunda. Não seria um *déjà vu*? Estava igual à primeira vez que o vira. Ora, que coisa mais inquietante! De boca aberta, Vitória olhava fixamente para aquela figura, que era como uma aparição procedente de outro mundo, de outros tempos.

– Vita, querida esposa! Seus impulsos de alegria são muito lisonjeiros.

León fez desaparecer o irônico sorriso e olhou para ela fixamente. Estava linda! A surpresa fizera seus olhos se arregalarem – ah, aqueles divinos e brilhantes olhos azuis! – enquanto o rosto se tornara avermelhado devido ao embaraço. O olhar de León desceu pelo corpo dela, deteve-se um instante em seu ventre volumoso e depois voltou a se cruzar com o dela. O coração dele batia muito depressa. Estava de tal forma inundado pela alegria, pelo amor, pelo orgulho, que não lhe ocorriam as palavras certas. Durante alguns segundos ficaram os dois um diante do outro, surpresos, paralisados com aquela brusca explosão de sentimentos, até que enfim Vitória quebrou o silêncio.

– Já não sou sua mulher. Esqueceu?

Ora, não podia ter se lembrado de dizer algo menos brusco?

– Pelo menos uma vez na vida estou grato pelo fato de a burocracia ser tão lenta no Brasil. Nossa separação não está em processo, e, depois de eu ter anulado os poderes, já não vai se processar.

Vitória engoliu em seco. Nervosa, passou a mão pelo cabelo, os cachos sedosos caindo-lhe pelas costas.

– Não vai me dizer para ir à sala e me oferecer alguma coisa para beber? Fiz uma viagem infernal.

– Sim, sim, entre – gaguejou Vitória.

Joana, que reconhecera imediatamente a voz de León, levantou-se e correu para o amigo de braços abertos.

– León! Ainda bem que você veio! E tão depressa!

– O suborno que paguei ao comandante do barco foi exorbitante.

Joana salvou a situação antes que se tornasse embaraçosa. Assumiu o papel de anfitriã com toda a naturalidade, falou animadamente com León, contou-lhe tudo o que tinha acontecido nos meses que elas estavam na Boavista. E, graças ao fato de ela ter tomado a iniciativa, Vitória teve tempo de se recuperar do choque inicial. Estava muito grata a Joana, que depois de cerca de meia hora se levantou e se despediu.

– Não paro de dizer tolices, e com certeza vocês têm coisas mais importantes para falar um com o outro.

Vitória esboçou um sorriso.

– Sim, durma bem.

Mas, mal Joana tinha fechado a porta, voltaram a bater e Helena espreitou para dentro da sala.

– Deseja mais alguma coisa, sinhá?

– Não, obrigada, pode se retirar.

O embaraçoso silêncio entre Vitória e León foi interrompido minutos depois por nova aparição. Dessa vez era Inês quem perguntava se os senhores precisavam de alguma coisa.

– Já chega, bisbilhoteiras! Amanhã terão tempo para observar o senhor León! Fora, todas, depressa!

Da porta, fez um movimento nervoso com a mão, como se quisesse espantar moscas, e viu como Inês saía em disparada carreira.

Quando se virou para retomar o seu lugar, León estava à frente dela.

Ouviu a respiração dele. Reparou nas batidas de seu coração. E depois sentiu os dedos dele em seu queixo, que ele levantou suavemente.

– Olhe para mim, sinhazinha.

As pupilas dele estavam muito grandes, o olhar enigmático.

– Ah, Vita! Não imagina quanto desejei que chegasse este momento.

– Claro que imagino.

532

Ele afastou-se ligeiramente para conseguir interpretar corretamente a expressão do rosto de Vitória.

– Consegue? Então por que não me escreveu e teve que ser Joana a fazer isso?

– Ela se precipitou. Na realidade, fico feliz que tenha escrito. Eu não teria encontrado as palavras certas. Assim como agora.

– Não tem de dizer nada. Eu a conheço.

– Acha mesmo?

León assentiu. Atraiu suavemente Vitória para si, abraçou-a e inclinou seu rosto sobre o dela. Quando os lábios de ambos se tocaram, Vitória sentiu uma felicidade de tal modo arrebatadora que quase a fez desmaiar. Oh, como tinha sentido falta dele, que agradável sensação!

O beijo dele tornou-se mais intenso, adquirindo tamanha força que o mundo podia ter-se afundado sob seus pés que ela nem teria se dado conta. Um só pensamento lhe pairava na cabeça. E, quanto mais durava o beijo, mais aquele pensamento se tornava cada vez mais evidente: nunca, nunca mais permitiria que León fosse embora de novo!

PRÓXIMOS LANÇAMENTOS

Para receber informações sobre os lançamentos da
Editora Jangada, basta cadastrar-se no site:
www.editorajangada.com.br

Para enviar seus comentários sobre este livro,
visite o site www.editorajangada.com.br ou mande
um e-mail para atendimento@editorajangada.com.br